章炳麟論學手札

北京师范大学出版集团
BEIJING NORMAL UNIVERSITY PUBLISHING GROUP
北京师范大学出版社

图书在版编目（CIP）数据

章炳麟论学手札／章炳麟著．— 北京：北京师范大学出版社，2009.8

ISBN 978-7-303-10069-9

I. 章… II. 章… III. 国学－研究 IV.Z126.27

中国版本图书馆 CIP 数据核字(2009)第 132005 号

出版发行：北京师范大学出版社 www.bnup.com.cn
北京新街口外大街 19 号
邮政编码：100875
印　　刷：北京盛通印刷股份有限公司
经　　销：全国新华书店
开　　本：170 mm × 260 mm
印　　张：19.5
字　　数：267 千字
版　　次：2010 年 1 月第 1 版
印　　次：2010 年 1 月第 1 次印刷
定　　价：78.00 元

策划编辑：李　强　　责任编辑：陶　虹
装帧设计：李　强　　责任校对：李　菡
责任印制：马鸿麟

出版说明

吴承仕同志早在二十世纪三十年代，曾任北京师范大学国文系教授兼系主任。又长时间在当时的中国大学任教授，国学系主任。他治当时所谓「国故」之学，也就是沿袭清代乾嘉学派的考据之学，出之章炳麟的门下。章氏发展了乾嘉学派，颇有新的创获，曾跟他求学的许多人都成为近代著名的大学者。吴承仕同志不但治学态度更为谨严勤奋，而且和章氏的师生关系始终不渝，这可从他们往来的信件中得到证明。为了纪念我们的这位老校友、老革命家、老学者，我校把他珍重保存的章炳麟先生寄给他的信札若干封影印出版，这不仅为读者参考章氏的考证学说，更重要的是我们可以从中看到这两位老学者之间的高尚风格。吴承仕同志这时已是著名的学者，他治学还是那么虚心。遇有疑问，仍向老师求教。而章炳麟先生又是那么认真对待老学生的提问，那么仔细地答复。自己研究中的心得和疑问，也虚心地向老学生反复讨论。这些精神，至今仍是我们学习的榜样。众所周知，章氏晚年在政治思想上远远落在吴承仕同志的后面，吴对章虽执礼不衰，而章的嘱咐和邀请则一直没有遵行应聘。这在当时学术界是一件佳话，更是我们这位革命的老学者所以值得尊敬和学习的鲜明事例之一。

吴承仕同志（一八八四——一九三九），字检斋，「检」又常写作「简」、「絸」。安徽歙县昌溪人。早年曾应科举考试，中了举人。一九〇七年（光绪三十三年，丁未），「举贡」会考取中后，又以朝考一等第一名，被授予大理院主事之职。一九一二年民国政府成立后，任司法部佥事，十三、四年间，他目睹军阀混战、政治腐败、民生凋敝的社会现状，出于义愤而毅然辞职，从此潜心研究，专治《经学》。他在学术上对三礼名物、文字音韵诸学造诣很深，先后撰写了《三礼名物略例》、《经籍旧音辨证》、《淮南旧注校理》、《经典释文序录疏证》、《六书条例》等许多有价值的著作；尤其可贵的是，他在马克思主义世界观的影响下，开始用唯物主义辩证法指导学术研究，写出了不少有创见的学术论文。在政治上，他崇尚真理和正义，反对黑暗，以自己的实际行动反对军阀统治，支持抗日救国进步活动，一九三六年春天，吴承仕同志在故都北京光荣地加入中国共产党，他从一位清末举人经学大师终于成为一名无产阶级战士，积极地参加了党领导下的地下斗争。一九三九年，在日本侵略者的迫害下，不幸病逝。

他的长子吴鸿迈，是北京师范大学数学系的教授，现已退休，吴鸿迈在一九五〇年和其弟吴鸿逖把他们父亲的全部遗稿和这批章炳麟的书札，捐献给国家，现在我校保管，并逐步整理，准备陆续出版。

章炳麟（一八六九——一九三六），字太炎，浙江余杭县人，早年受学于俞樾、孙诒让，后来参加反对清朝的革命，又被迫流亡日本。袁世凯窃国，他再加反对，复受袁的迫害，终于坚强不屈，是一位近代资产阶级革命家。他的学术成就和影响，更是世所习知，不在这里多加介绍。

这一批信札最早的时间是一九一一年，最晚的时间是一九三六年。其中有少数几札残缺，也有几札不知时间，其余大部分可以从邮局盖在信封上的戳记看到年月。这里边有一些篇、节曾于章氏在世时即发表在一些杂志上，但那些旧刊物今已不易看到，现在全部加以影印，附印释文，并加标点。

从这批信札中大略可以对章氏的治学兴趣和方法得到一些理解：他曾研究佛教哲学，也接受宋明理学家的思想，他的目的并非出世的，而是设想借此来挽救社会上的腐败风气；他研究《经学》，早有他的许多专著，这批信札中，讨论《经学》的也占绝大比重。这固然由于答复吴氏的问题而作，但从中看到他对群经和注疏的精熟，逻辑推理的细密，确实非常值得钦佩；论古音韵的精辟，更是早有公论的。由于他不治金文、甲骨，考订古文，引证只到正始石经，取资未免稍窄。又在论古文经时，设想所及，曾推测梅赜古文原本，就不免有些落空了。信札中有许多谈到清代皇帝祖先世系的，按种族革命已经是资产阶级革命的范畴，何况种族问题上，专门探讨统治家族祖宗世系是否真实，时间又是在清王朝已被推翻之后，这只能说是种族革命理论的惯性延续而已。至于对五四新文化运动和共产主义运动所具的保守思想，则更是资产阶级革命家无容置辩的局限了。我们出版这些信札，主要是为读者特别是在学的青年看到这位老学者治学方法精密，态度严肃的方面，以期有所借鉴。

在信札的整理、训释和出版过程中，由启功教授标点原稿，又经肖璋教授校阅，还有侯刚、武静寰、胡云富等同志协助进行了具体工作。

章氏好写古体字，原札年久又有些残破的部分，可能有释不确、标点错误之处，都希望读者批评，以便改正。

北京师范大学出版社

一九八二年一月

修订说明

本书自一九八二年出版以来，由于独具的文化价值，受到专家、学者的关注和好评。二十多年过去，原书也不易买到了，应广大读者的要求，也为了使读者更好地共享这些宝贵资料，我们对原书进行了修订。

此次修订我们做了如下工作：

一、原书手稿和释文是分开排版的，此次修订，我们把释文随手稿排，以便读者对照阅读欣赏。

二、对手稿原件进行电分，图版质量更加清晰，使读者能更好地欣赏章太炎先生的手迹原貌。彩色印刷，更加精美。

三、原书的释文，大大方便了读者阅读。此次修订，在原来释文基础上，对个别错误做了勘误。

由于我们的水平所限，问题和错误仍然难免，请读者不吝赐教。

北京师范大学出版社

二〇〇九年十月

目录

信札原文及释文

一九一一年

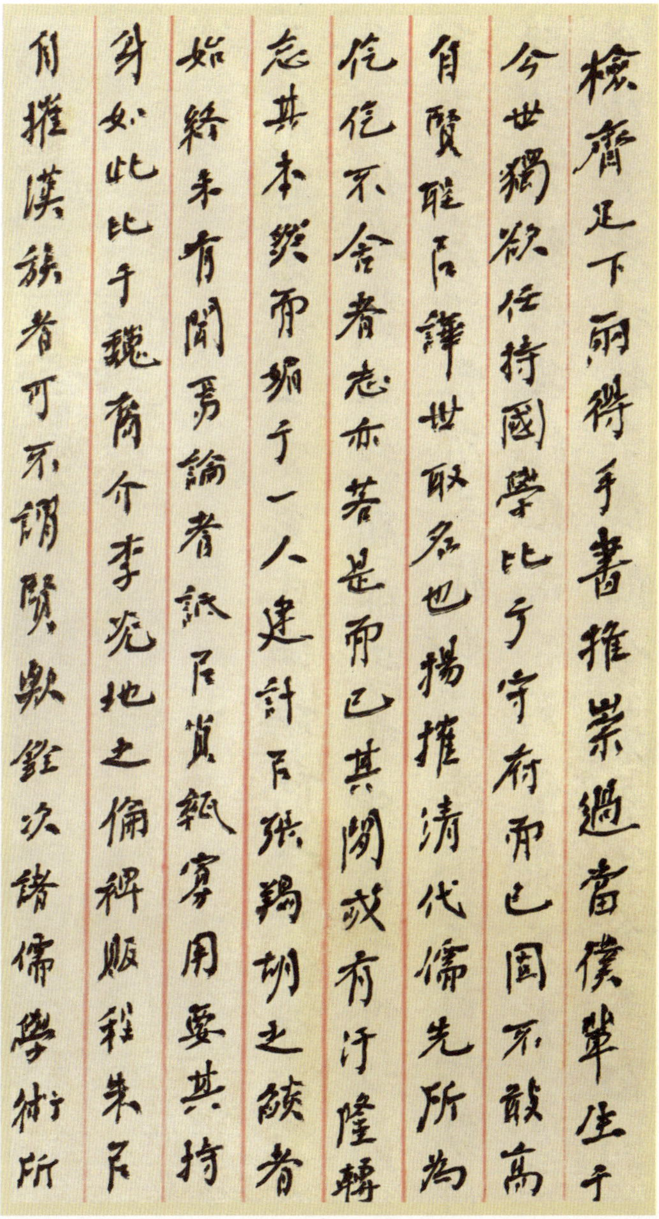
檢齋足下兩得手書推崇過當僕輩生于今世獨欲任持國學比于守府而已固不敢高自賢聖以嘩世取名也揚榷清代儒先所為仡仡不舍者志亦若是而已其閒或有汙隆轉忘其本然而媚于一人建計以張羯胡之焰者始終未有聞焉論者詆以貿瓴寡用要其持身如此比于魏裔介李光地之倫稗販程朱以自推漢族者可不謂賢歟銓次諸儒學術所

检斋足下：两得手书，推崇过当。仆辈生于今世，独欲任持国学，比于守府而已。固不敢高自贤圣，以哗世取名也。扬榷清代儒先所为仡仡不舍者，志亦若是而已。其间或有汙隆，转忘其本。然而媚于一人，建计以张羯胡之焰者，始终未有闻焉。论者诋以贸瓴寡用，要其持身如此。比于魏裔介、李光地之伦，

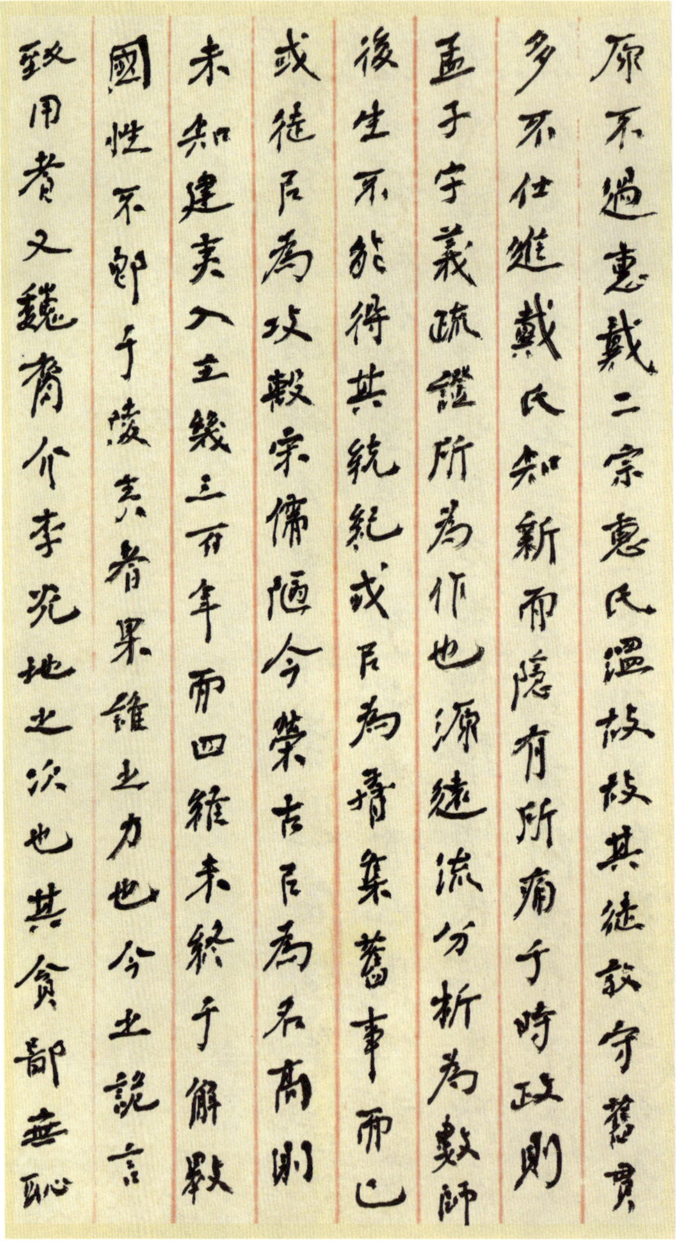
原不過惠戴二宗惠氏溫故故其徒敦守舊貫
多不仕進戴氏知新而隱有所痛于時政則
孟子字義疏證所為作也源遠流分析為數師
後生不能得其統紀或以為孴集舊事而已
或徒以為攻擊宋儒陋今榮古以為名高則
未知建夷入主幾三百年而四維未終于解斁
國性不即于陵夷者果誰之力也今之詭言
致用者又魏裔介李光地之次也其貪鄙無恥

裨贩程朱，以自摧汉族者，可不谓贤欤？铨次诸儒学术所原，不过惠、戴二宗。惠氏温故，故其徒敦守旧贯，多不仕进。戴氏知新，而隐有所痛于时政，则《孟子字义疏证》所为作也。源远流分，析为数师，后生不能得其统纪，或以为孴集旧事而已。或徒以为攻击宋儒，陋今荣古，以为名高，则未知建夷入主，几三百年，而四维未终于解斁，国性不即于陵夷者，果谁之力也。今之诡言致用者，又魏裔介、李光地之次也。其贪鄙无耻，大言鲜验，且欲残摧国故，以自解顺民降俘之诮者，则魏李所不为也。

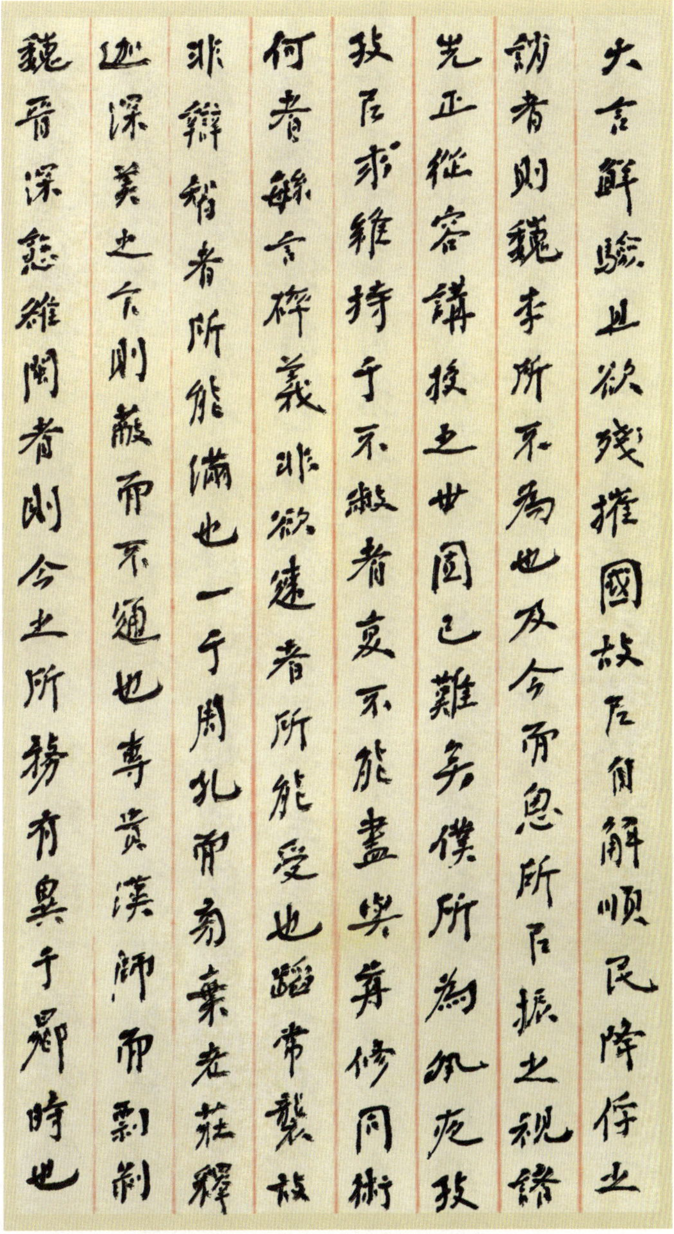
大言鮮驗且欲殘摧國故以自解順民降俘之誚者則魏李所不爲也及今而思所以振之視諸先正從容講授之世固已難矣僕所爲夙夜孜孜以求維持于不敝者復不能盡與前修同術何者繁言碎義非欲速者所能受也蹈常襲故非辯智者所能滿也一于周孔而旁棄老莊釋迦深美之言則蔽而不通也專貴漢師而剽剝魏晉深憨維閩者則今之所務有異于鄉時也

及今而思所以振之，视诸先正从容讲授之世，固已难矣。仆所为夙夜孜孜，以求维持于不敝者，复不能尽与前修同术。何者？繁言碎义，非欲速者所能受也；蹈常袭故，非辩智者所能满也。一于周孔，而旁弃老庄、释迦深美之言，则蔽而不通也。专贵汉师，而剽剥魏晋，深憨洛闽者，则今之所务有异于向时也。大氐六艺诸子，当别其流，毋相纷糅，以侵官局。朴学稽之于古，而玄理验之于心。事虽繁啧，必寻其原，然后有会归也。理虽幽眇，必征诸实，然后无遁辞也。以是为则，或上无戾于古先民，而

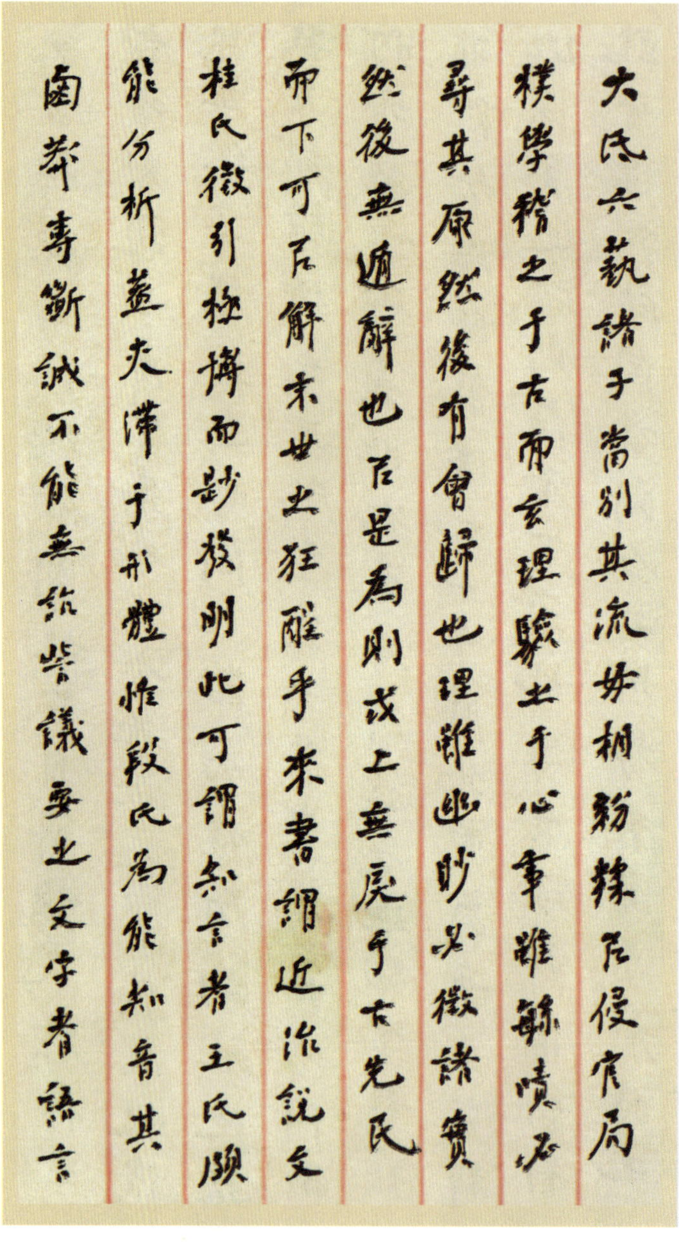
大氐六蓺諸子嘗別其流毋相紛糅乃侵官局
樸學稽之于古而玄理驗之于心事雖轇轕必
尋其原然後有會歸也理雖幽眇必徵諸實
然後無遁辭也乃是為則哉上無戾乎古先民
而下可以解末世之狂酲乎來書謂近治說文
桂氏徵引極博而鮮發明此可謂知言者王氏頗
能分析蓋亦滯于形體惟段氏為能知音其
鹵莽專斷誠不能無訾議要之文字者語言

下可以解末世之狂酲乎？来书谓近治《说文》，桂氏征引极博，而鲜发明，此可谓知言者。王氏颇能分析，盖亦滞于形体。惟段氏为能知音，其卤莽专断，诚不能无訾议。要之，文字者，语言之符，苟沾沾正点画、辨偏旁而已，此则《五经文字》《九经字样》已优为之，终使文字之用，与语言介然有隔，亦何贵于小学哉！段氏独能平秩声音，抽引端绪，故虽多疵点而可宝耳。来书称歙音多合唐韵，此有由也。五胡乱而古音亡，金元扰而唐韵歇。然其绪余，犹在大江以南，且乡曲之音，多正于城市；

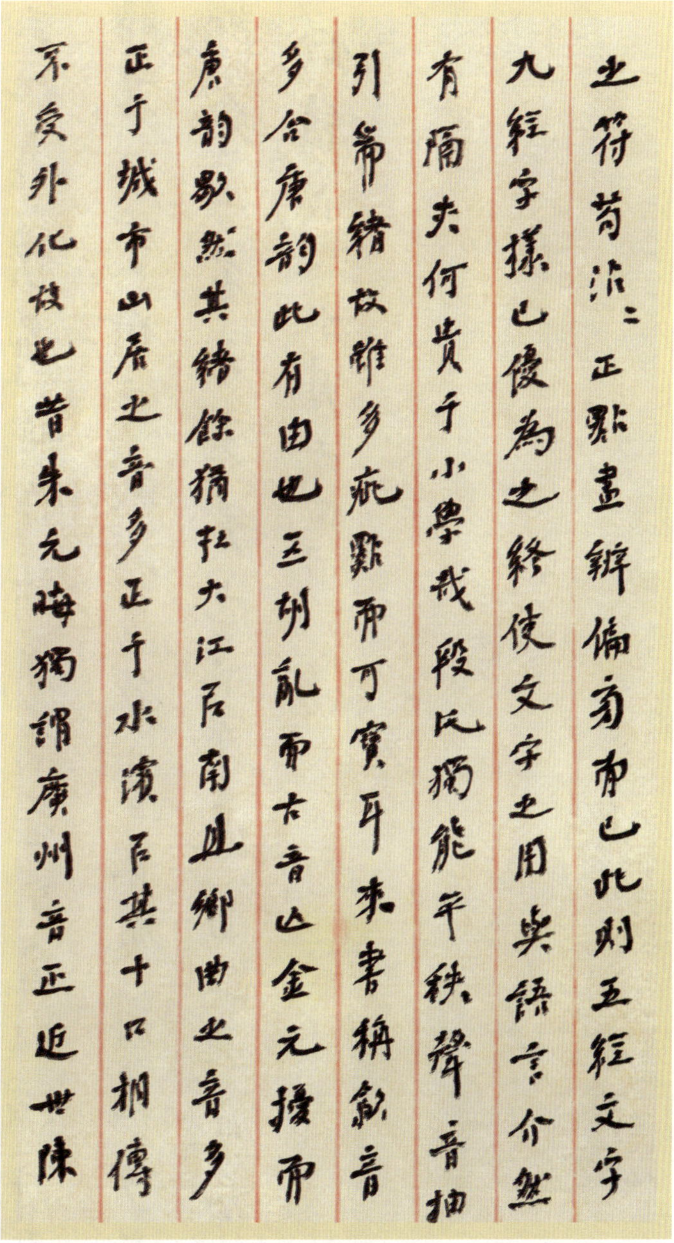

之符苟法，正點畫辨偏旁而已。此則五經文字
九經字樣已優為之。終使文字之用與語言介然
有隔，夫何貴于小學哉。段氏獨能平秩聲音，抽
引端緒，故雖多疵類，而可寶耳。來書稱歙音
多合唐韻，此有由也。五胡亂而古音亡，金元擾而
唐韻散，然其緒餘猶在大江以南，且鄉曲之音多
正于城市，山居之音多正于水濱，以其十口相傳
不受外化故也。昔朱元晦獨謂廣州音正，近世陳

山居之音，多正于水滨。以其十口相传，不受外化故也。昔朱元晦独谓广州音正，近世陈兰甫复申明之。以今所闻，二公之言，诚不虚也。所以不受流变者，亦由横隔五领，胡虏之音无由递传至此耳。仆向时作《新方言》盖欲尽取域内异言，稽其正变，所得裁八百余事，未能周悉。今以一册奉上。书不尽意，它日来过，当一一引伸之。

章炳麟白

十月十四日

蘭甫亦申明之吾今所聞二公所言誠不虛也所
吾不受流變者夫由横廣五領胡虜之音無由遞
傳至此耳僕鄙時作新方言蓋欲盡取域內異
言稽其正變所得裁八百餘事未能周悉今且
一冊奉上書不盡意它日來過當一一引伸也
章炳麟白　十月十四日

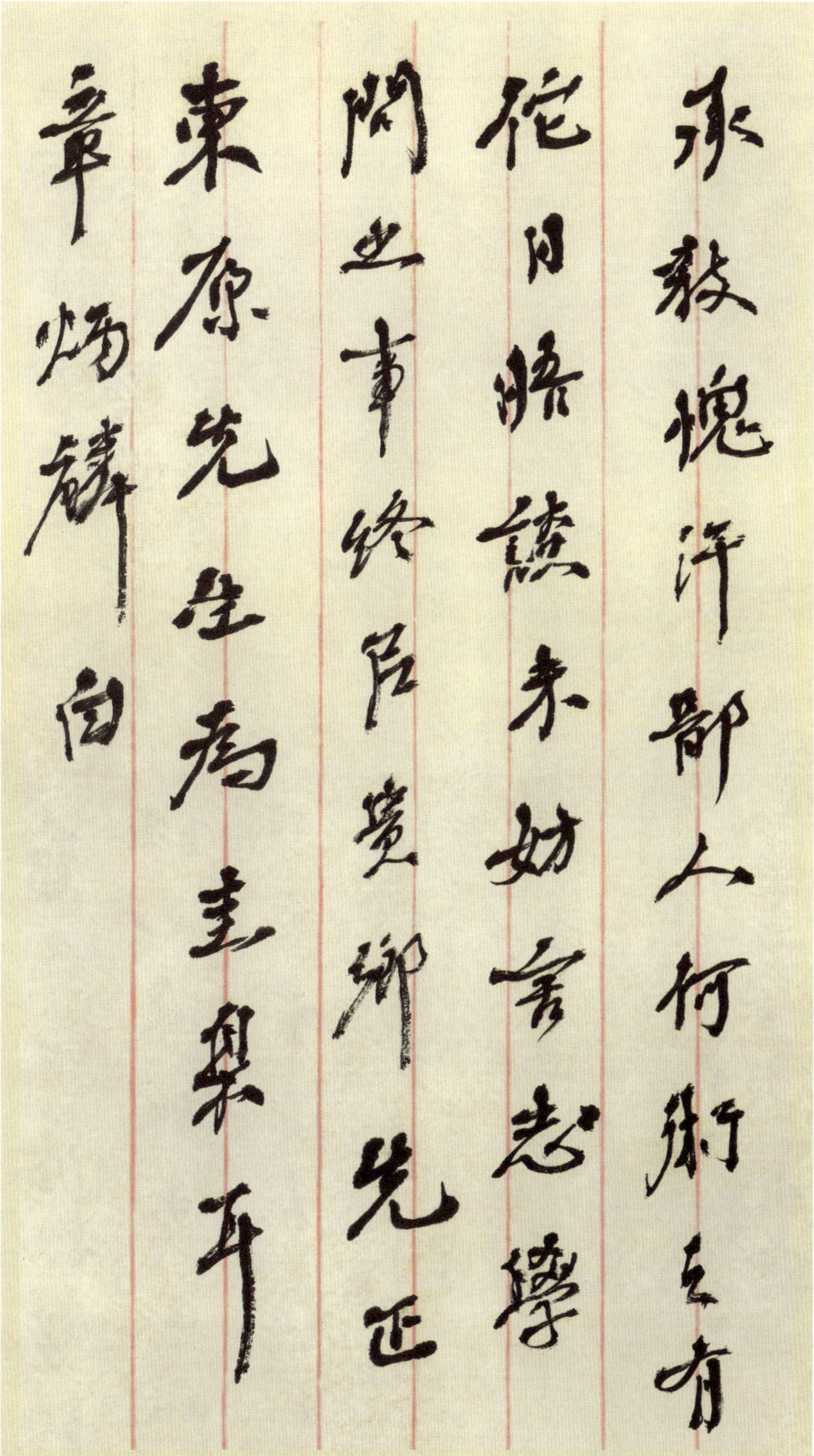

承教愧汗，鄙人何术之有？它日晤谈，未妨言志。学问之事，终以贵乡先正东原先生为圭臬耳。

章炳麟白

一九一二年

慈氏菩萨颂赞一联已写好，奉上。暇日无事，何不来谈胜义乎？此问检斋近祉！

章炳麟白

十五日

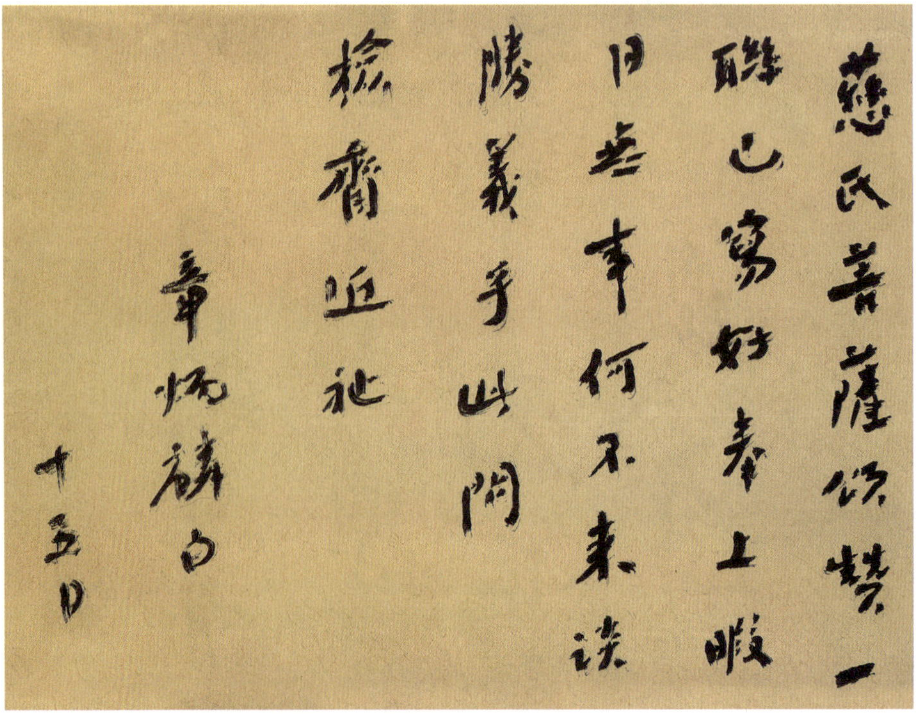

慈氏菩薩頌贊一聯已寫好奉上暇日無事何不來談勝義乎此問檢齋近祉

章炳麟白

十五日

昨日快谈，今因自说金不舍识之论，吾读陈那、护法，观所缘缘论释。彼说内色似外境现，为所缘缘，实无外境。若尔，藏识具有一切内色，何故同时同处不能普现，而以外境远近去来，成此隐显差别？论至此，陈那、护法二师亦穷矣。仆今所见，能为二师解围。自谓所见有过二师者，非我慢见，事理实然。所思且不以告足下，足下试一审思，若有所见，能解同时同处不能普现之惑，则足下进矣。此颂检斋起居胜健！

章炳麟鞠躬

二月十七日

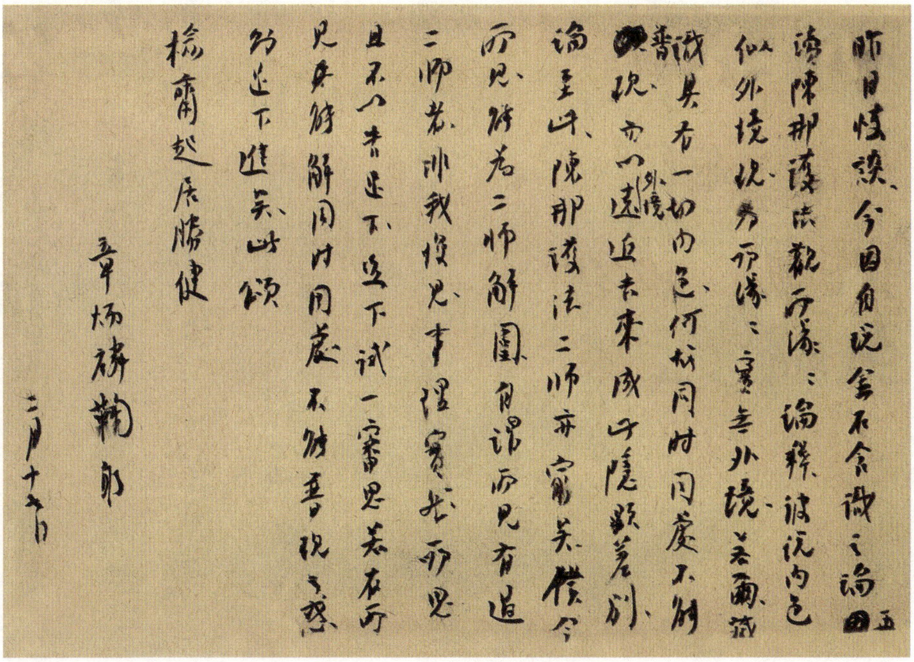

《齐物论释》第五章尚有未尽义，昨者读《法苑·义林章》乃悟《人间世》篇「耳目内通，虚室生白」之说，即内典所谓三轮清净神变教诫世人。但以禅那三昧视之，虽因果相依，究与教诫卫君何与耶？思得此义，甚自快也。足下可携《齐物论释》改定本来，当为补入。杨仁山曾注内篇，未审其曾悟此否？此上检斋足下

章炳麟白

一月十八日

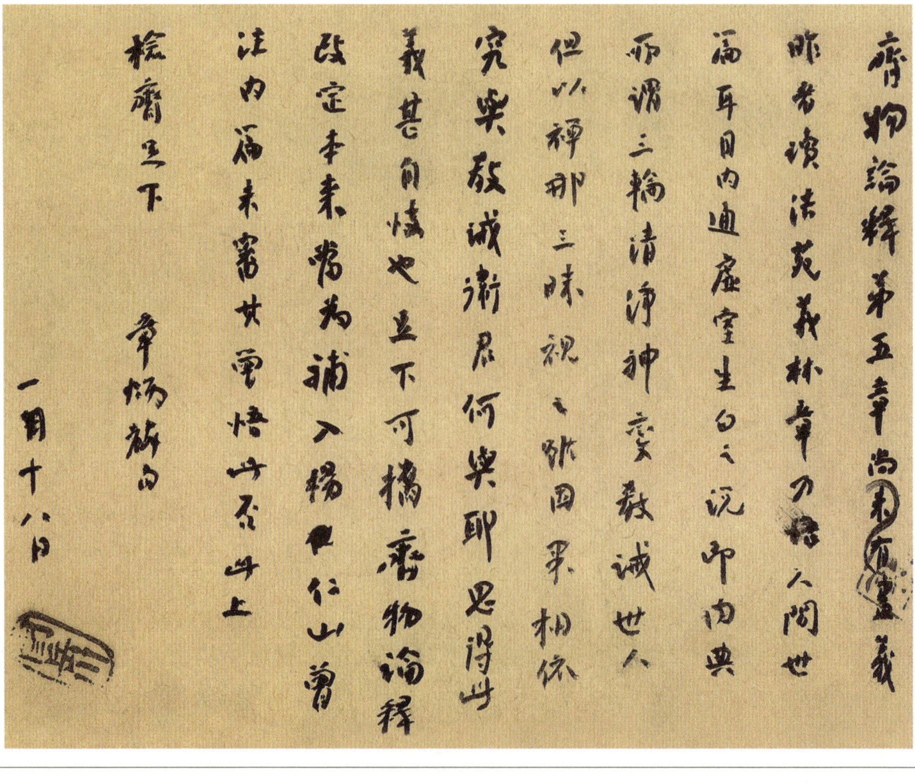
齊物論釋第五章尚有未盡義
昨者讀法苑義林章乃悟人間世
篇耳目內通虛室生白之說即內典
所謂三輪清淨神變教誡世人
但以禪那三昧視之雖因果相依
究與教誡衛君何與耶思得此
義甚自快也足下可攜齊物論釋
改定本來當為補入楊仁山曾
注內篇未審其曾悟此否此上
檢齋足下 章炳麟白
一月十八日

墓铭已删改毕，足下可自来取。近复见《管子解》自证分处，《庄子》中所说有弟而兄啼，即今自然淘汰之论。常念周秦哲理，至吾辈发挥始尽，乃一大快。尽传吾学者何人耶？此问检斋近祉

章炳麟白

二十五日

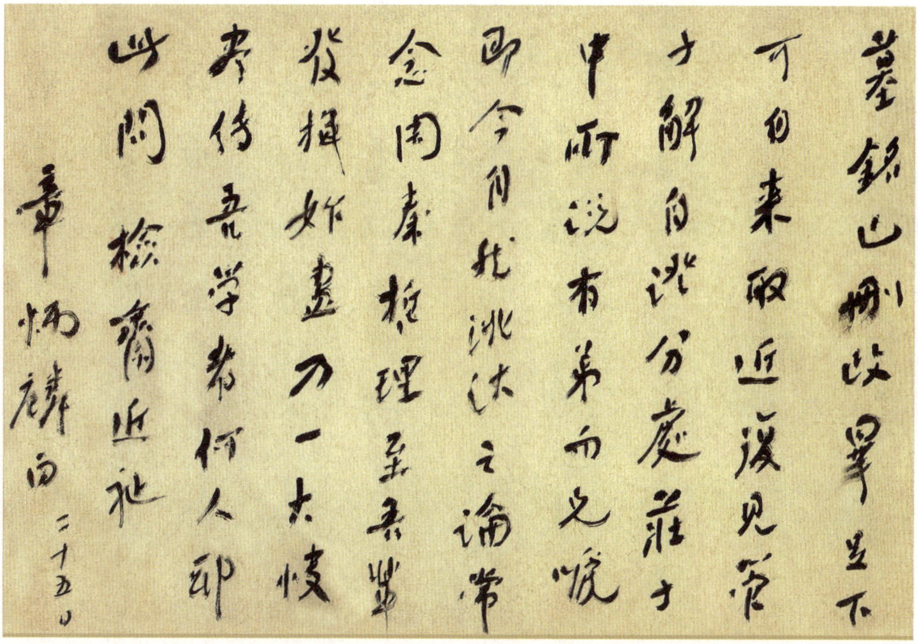

《成内色论》移书时不必题署，仍录在佛学部中可也。摩罗本是译音后造「魔」字，殊为缪俗。应依《涅槃》，但书作「磨」。《诸方等经》及唐译《俱舍论》如可得，望为代购之。此上检斋足下

章炳麟白

初二日

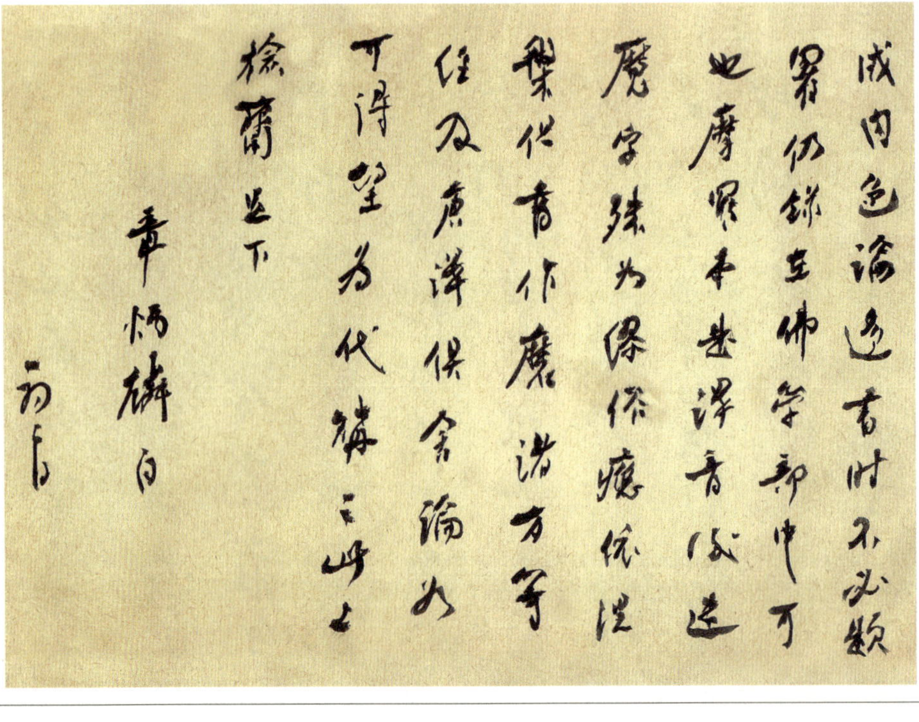
成內色論移書時不必題署仍錄在佛學部中可也摩羅本是譯音後造魔字殊為繆俗應依涅槃但書作磨諸方等經及唐譯俱舍論如可得望為代購之此上檢齋足下

章炳麟白

初二日

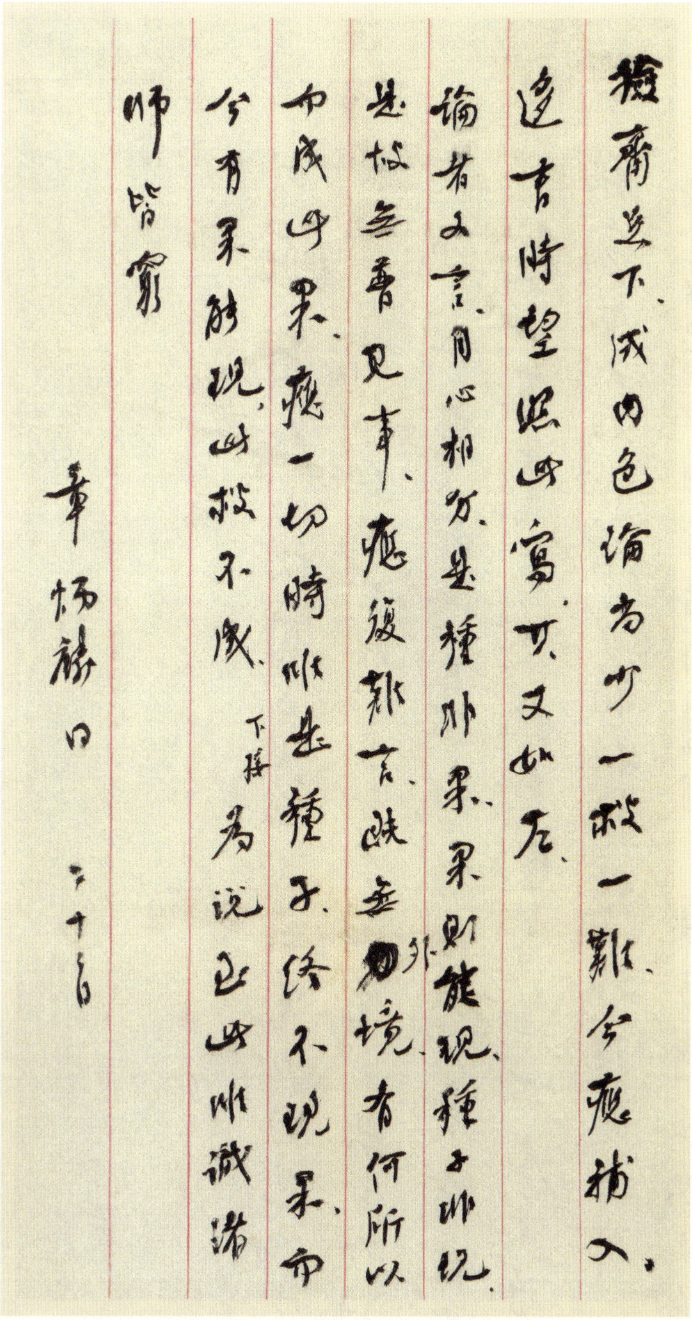

检斋足下：《成内色论》尚少一救一难，今应补入。移书时望照此写。其文如左：

「论者又言，自心相分，是种非果。果则能现，种子非现。是故无普见事，应复难言。既无外境，有何所以而成此果？应一切时唯是种子，终不现果。而今有果能现，此救不成」下接「为说至此，唯识诸师皆穷。」

章炳麟白

二十二日

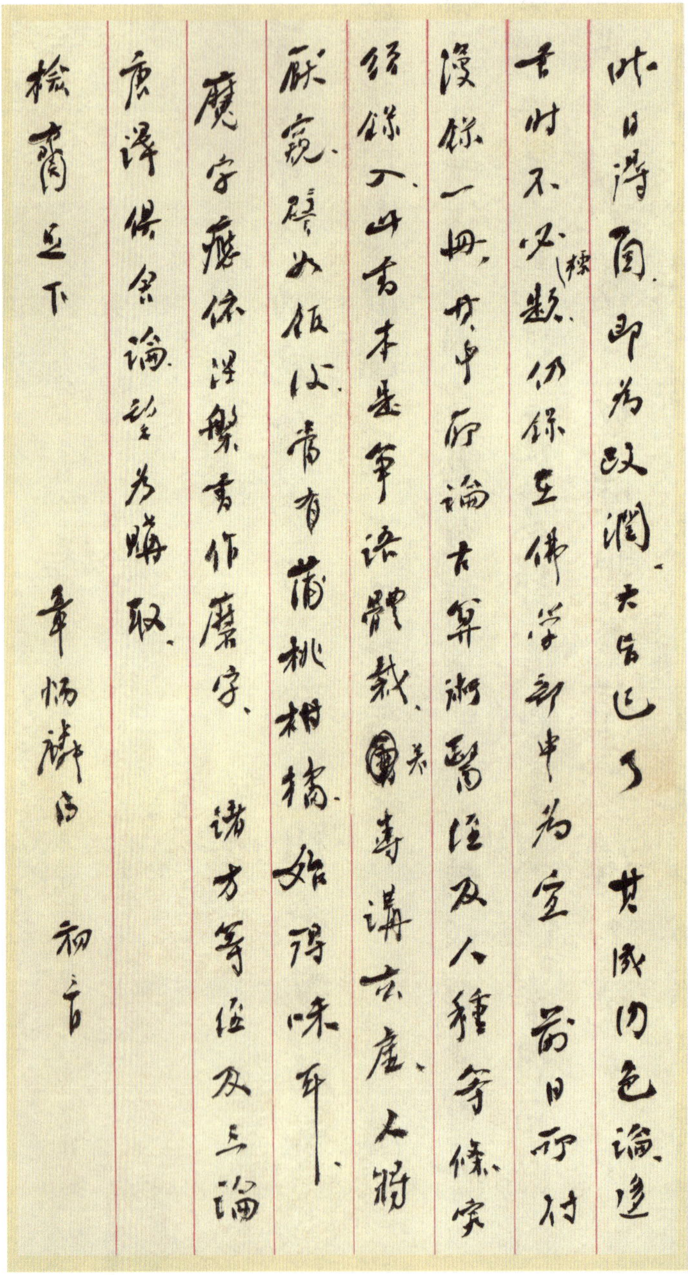

昨日得函，即为改润，大旨已了。其《成内色论》移书时不必标题，仍录在佛学部中为宜。前日所付《漫录》一册，其中所论古算术、医经及人种等条，究须录入。此书本是笔语体裁，若专讲玄虚，人将厌窥。譬如饭后，当有蒲桃、柑橘，始得味耳。「魔」字应依《涅槃》书作「磨」字。《诸方等经》及《三论》唐译《俱舍论》望为购取。

检斋足下

章炳麟白

初三日

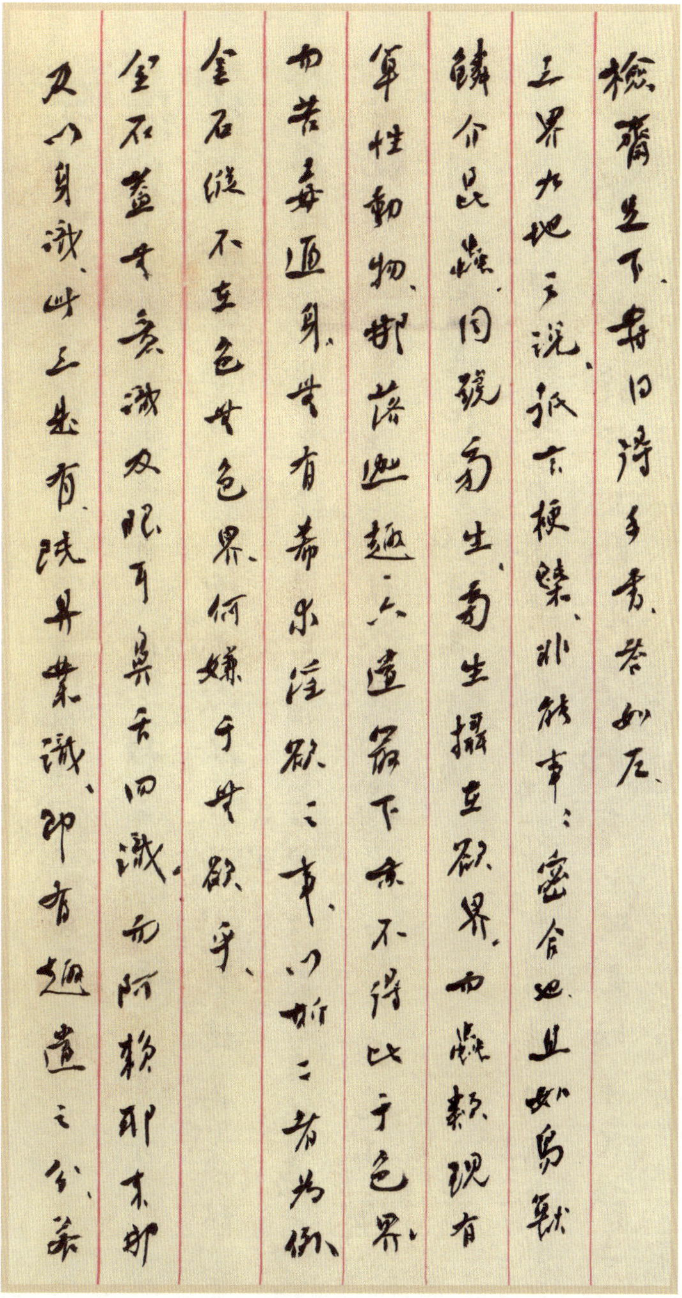

检斋足下：前日得手书，答如左：

三界九地之说，只言梗概，非能事事密合也。且如鸟兽鳞介昆虫，同号旁生，旁生摄在欲界。而虫类现有单性动物，那落迦趣，六道最下，亦不得比于色界。而苦毒逼身，无有希求淫欲之事。以斯二者为例，金石纵不在色、无色界，何嫌于无欲乎？

金石盖无意识及眼耳鼻舌四识，而阿赖耶、末那及以身识，此三是有，既具业识，即有趣遗之分。

若分情、器两界，即依此密意说耳。

《杂集论》说眼、耳与鼻，各有二种；云何不立二十一界，今按十八界者，先立六尘，依此以分六根、六识，以对境为主。故两眼、两耳、两鼻不分二界也。彼说一界二所，身得端严，其说不合。来书以「串习既久，孰为端严」驳之，所说诚谛，后引近世进化论说，亦为了当。

十八界中，触境最繁。皮知弹力，筋知重量。乃至人根所触，又与余体不同。然为触尘一也。是

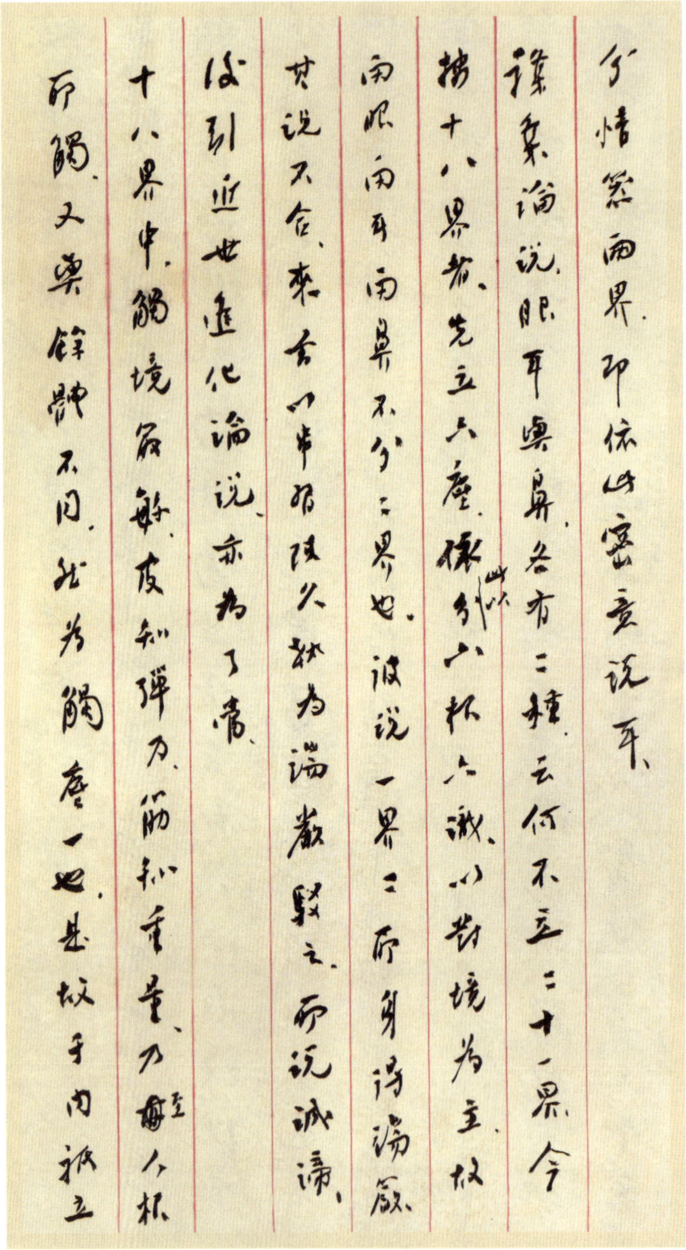
分情器兩界，即依此密意說耳。
雜集論說眼耳與鼻各有二種，云何不立二十一界，今
按十八界者，先立六塵，依此以分六根六識，以對境為主，故
兩眼兩耳兩鼻不分二界也。彼說一界二所，身得端嚴，
其說不合。來書以串習既久孰為端嚴駁之，所說誠諦，
後引近世進化論說，亦為了當。
十八界中，觸境最繁，皮知彈力，筋知重量，乃至人根
所觸，又與餘體不同，然為觸塵一也。是故手內根立

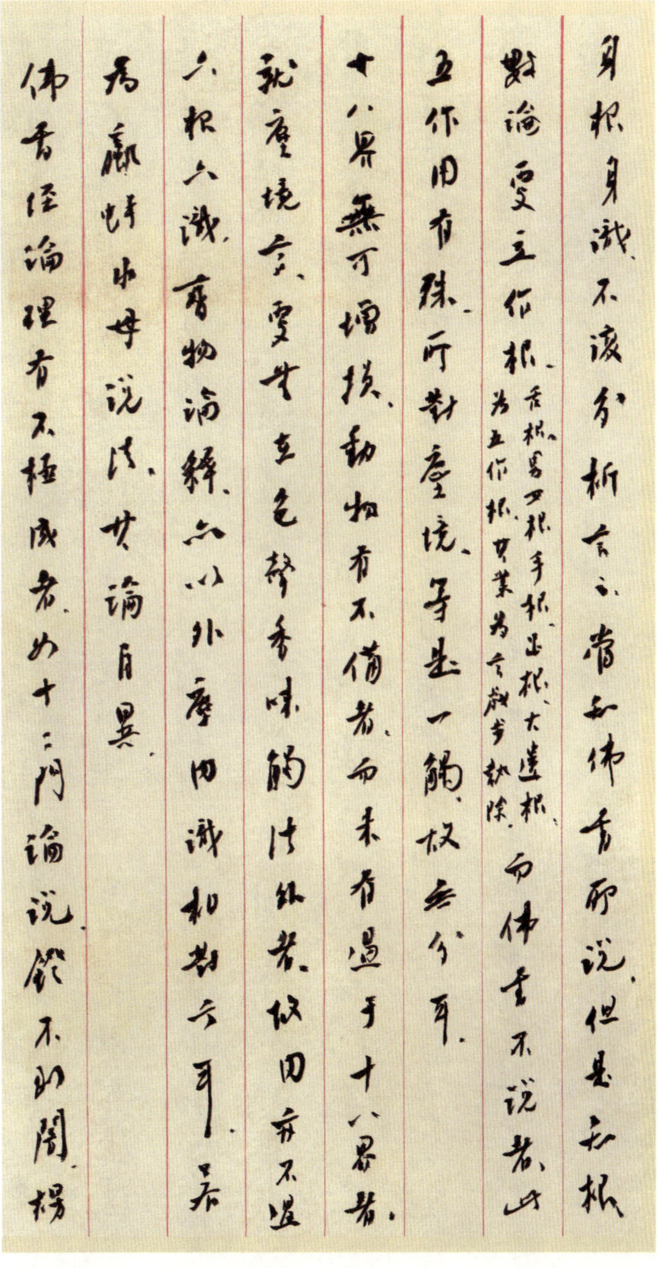
身根身识不复分析言之，当知佛书所说，但是知根。数论更立作根，（舌根、男女根、手根、足根、大遗根为五作根，其业为言、戏、步、执、除。）而佛书不说者，此五作用有殊，所对尘境，等是一触，故无分耳。
十八界无可增损，动物有不备者，而未有过于十八界者，就尘境言，更无在色、声、香、味、触、法外者，故内亦不过六根、六识。齐物论释亦以外尘内识相对言耳。若为蠃蚌水母说法，其论自异。
佛书经论理有不极成者，如十二门论说，镫不到闇，楞

故于内只立身根、身识不复分析言之。当知佛书所说，但是知根。《数论》更立作根，舌根、男女根、手根、足根、大遗根，为五作根。其业为言、戏、步、执、除。而佛书不说者，此五作用有殊，所对尘境，等是一触，故无分耳。

十八界无可增损，动物有不备者，而未有过于十八界者，就尘境言，更无在色、声、香、味、触、法外者，故内亦不过六根、六识。《齐物论释》亦以外尘内识相对言耳。若为蠃蚌水母说法，其论自异。

佛书经、论，理有不极成者。如十二门论说，镫不到暗，《楞严经》说，食办击鼓，众集撞钟，

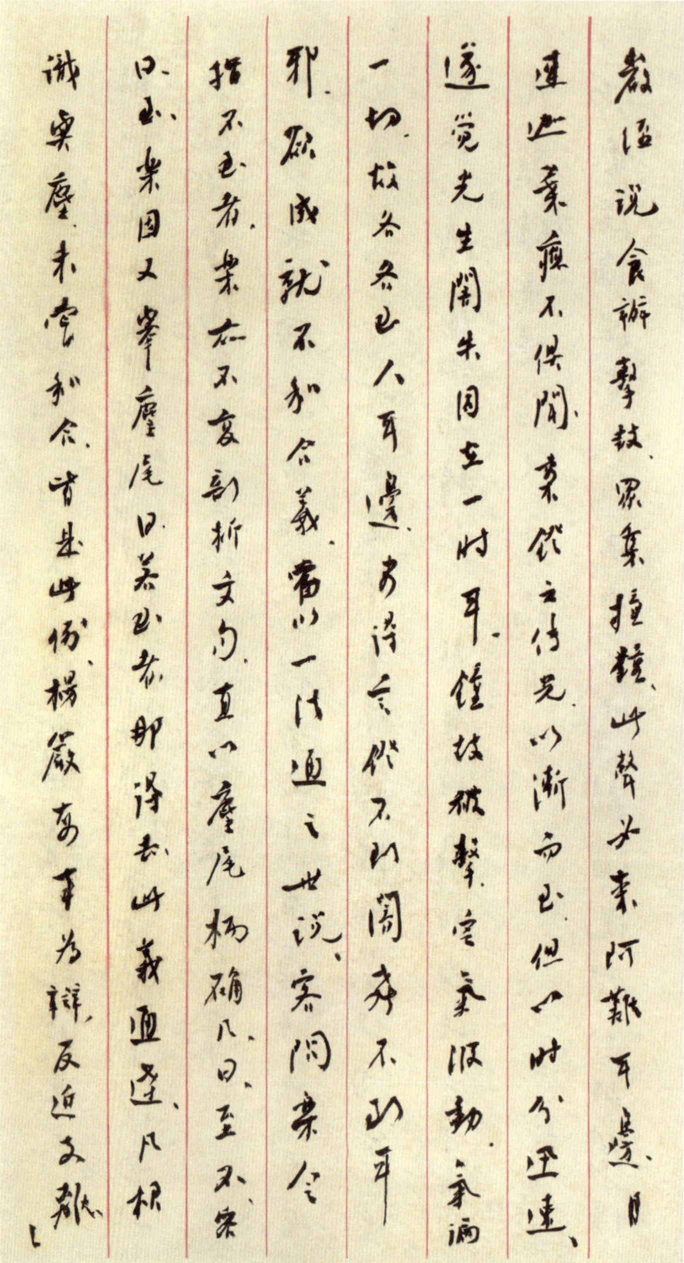

此声必来阿难耳边，目连迦叶应不俱闻。案镫之传光，以渐而至。但以时分迅速，遂觉光生暗失同在一时耳。钟鼓被击，空气波动，气遍一切，故各各至人耳边。安得言镫不到暗，声不到耳邪？欲成就不和合义，当以一法通之。《世说》：「客问乐令指不至者，乐亦不复剖析文句，直以麈尾柄确几，曰：『至不？』客曰：『至。』乐因又举麈尾曰：『若至者，那得去？』」此义通达。凡根识与尘，未尝和合，皆是此例。《楞严》每事为辩，反近支离。五尘对于五根，皆可言触。五遍行境中触位，即根、

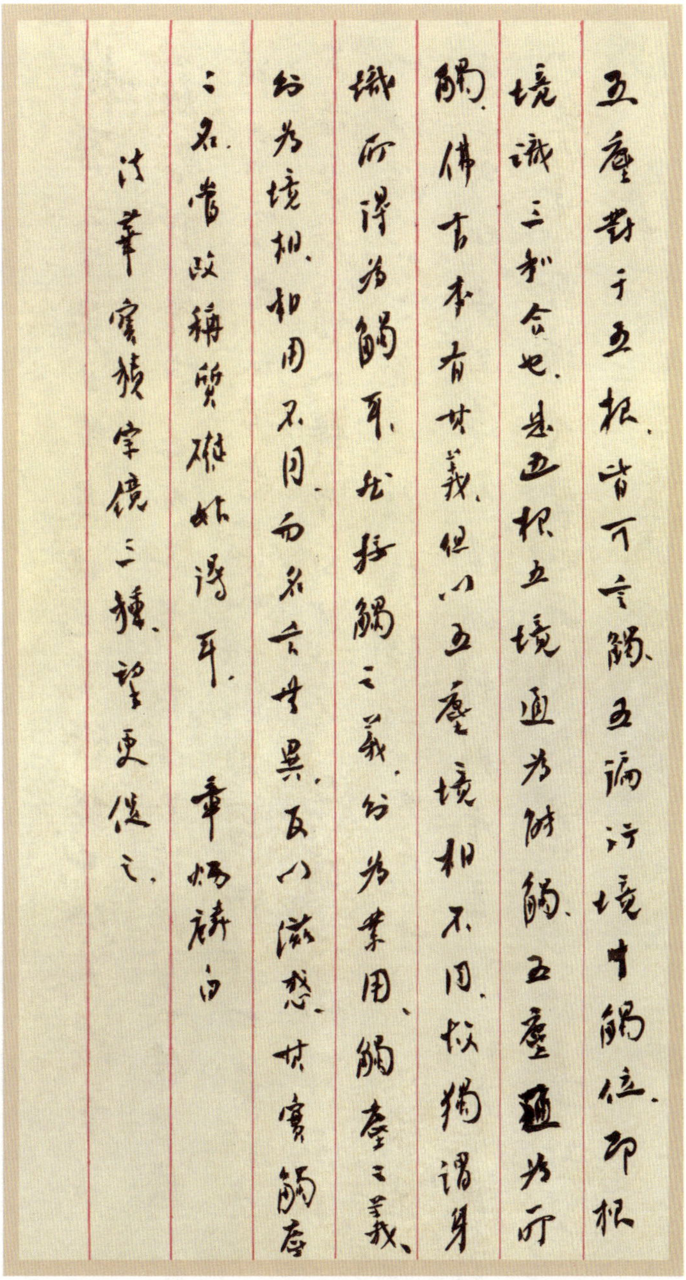
五塵對于五根，皆可云觸。五論訂境中觸位，即根境識三和合也。是五根五境通為能觸，五塵通為所觸。佛書本有其義，但以五塵境相不同，故獨謂身識所得為觸耳。然按觸之義，則為業用；觸塵之義，則為境相。相用不同，而名言無異，反以滋惑。其實觸塵二名，當改稱質礙始得耳。　章炳麟白
法華寶積字鏡三種，望更假之。

境、识三和合也。是五根、五境通为能触，五尘通为所触。佛书本有其义，但以五尘境相不同，故独谓身识所得为触耳。然按触之义，则为业用，触尘之义，则为境相。相用不同，而名言无异，反以滋惑。其实触、尘二名，当改称质、碍始得耳。

章炳麟白

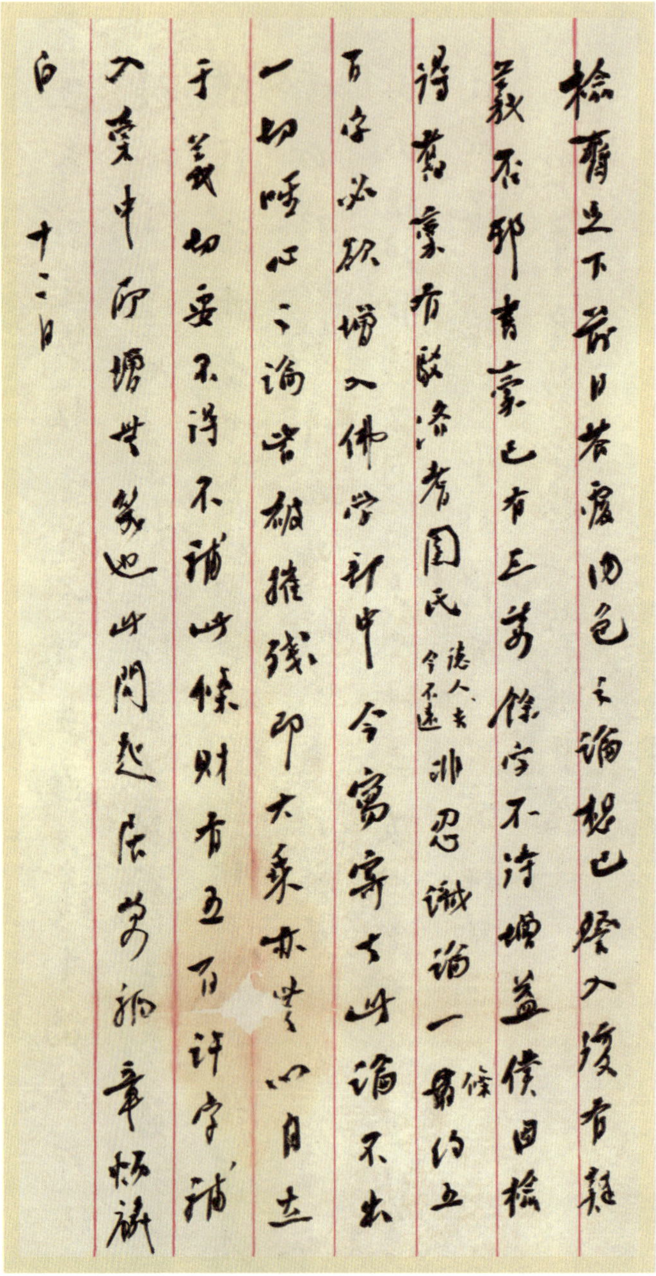

《法华》、《宝积》、《宗镜》三种，望更促之。

检斋足下：前日答复内色之论，想已察入，复有疑义否邪？书稿已有三万余字，不待增益。仆因检得旧稿，有驳洛耆围氏（德人，去今不远。）非忍识论一条，约五百字，必欲增入佛学部中，今写寄去。此论不出，一切唯心之论皆被摧残，即大乘亦无以自立。于义切要，不得不补。此条财有五百许字，补入稿中，所增无几也。此问起居万福！

章炳麟白

十二日

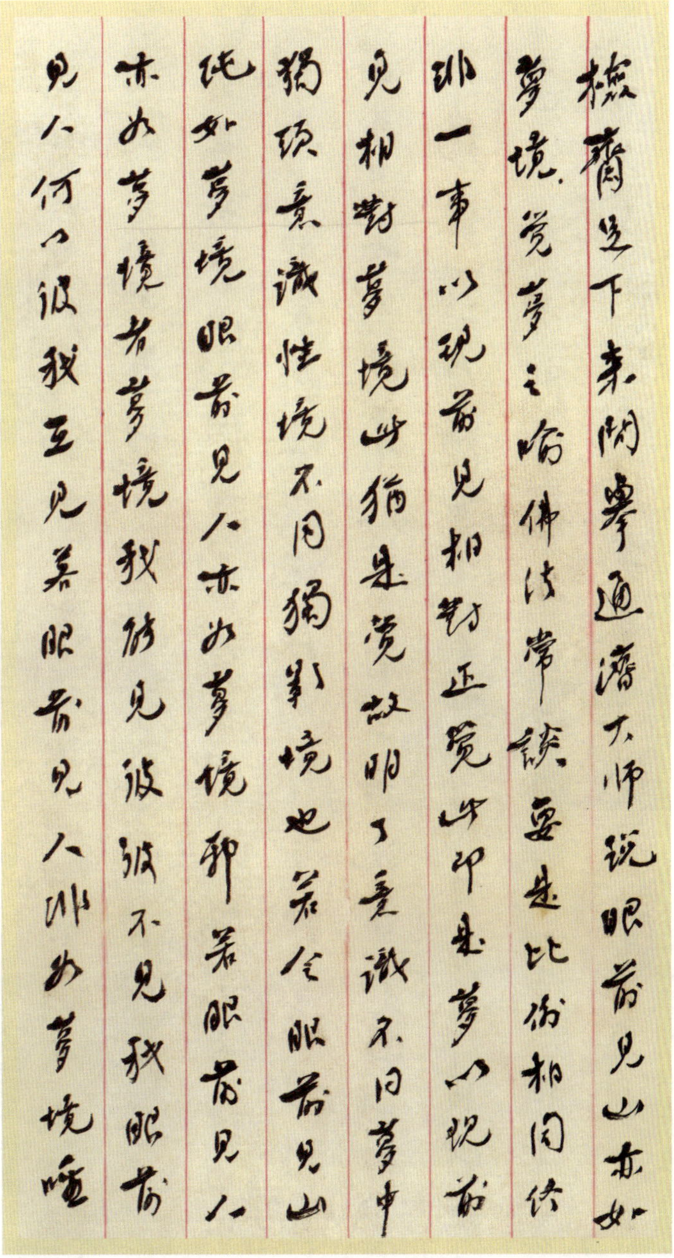
檢齋足下來問舉通濟大師說眼前見山亦如
夢境覺夢之喻佛法常談要是比例相同終
非一事以現前見相對正覺此即是夢以現前
見相對夢境此猶是覺故明了意識不同夢中
獨頭意識性境不同獨影境也若令眼前見山
純如夢境眼前見人亦如夢境邪若眼前見人
亦如夢境者夢境我能見彼彼不見我眼前
見人何以彼我互見若眼前見人非如夢境唯

检斋足下：来问举通济大师说「眼前见山，亦如梦境」。觉、梦之喻，佛法常谈，要是比例相同，终非一事。以现前见相对正觉，此即是梦；以现前见相对梦境，此犹是觉。故明了意识不同梦中独头意识，性境不同独影境也。若令眼前见山，纯如梦境，眼前见人，亦如梦境邪？若眼前见人亦如梦境者，梦境我能见彼，彼不见我。眼前见人，何以彼我互见？若眼前见人非如梦境，唯见山河大地等物，乃如梦境者，此则同时见人，同时见山，一分非梦境，一分是梦境邪？又如死后尸骸正与大地山河无异。今有侍奉病人者，呼吸未绝，所见非梦；呼吸乍绝，所见即梦邪？通济师举山为说，而不敢举人、畜、旁生为说，正为避此攻难。非独通济为然，前此梵土论藏，亦往往同此矣。盖由佛典相承密意，分说情界、器界。后生执著，不了地、水、火、风等是含识，但无意识及眼、耳、鼻、舌四识耳。以地、水、火、风非是含识，而亦有相可见，说为如梦。至于人、畜、旁生，既是含识，而复有相可见，乃不得竟说为梦。此则支离灭裂，自入陷坑矣。是故今说情界、器界等是含识，俱无色相。所见色相，唯是

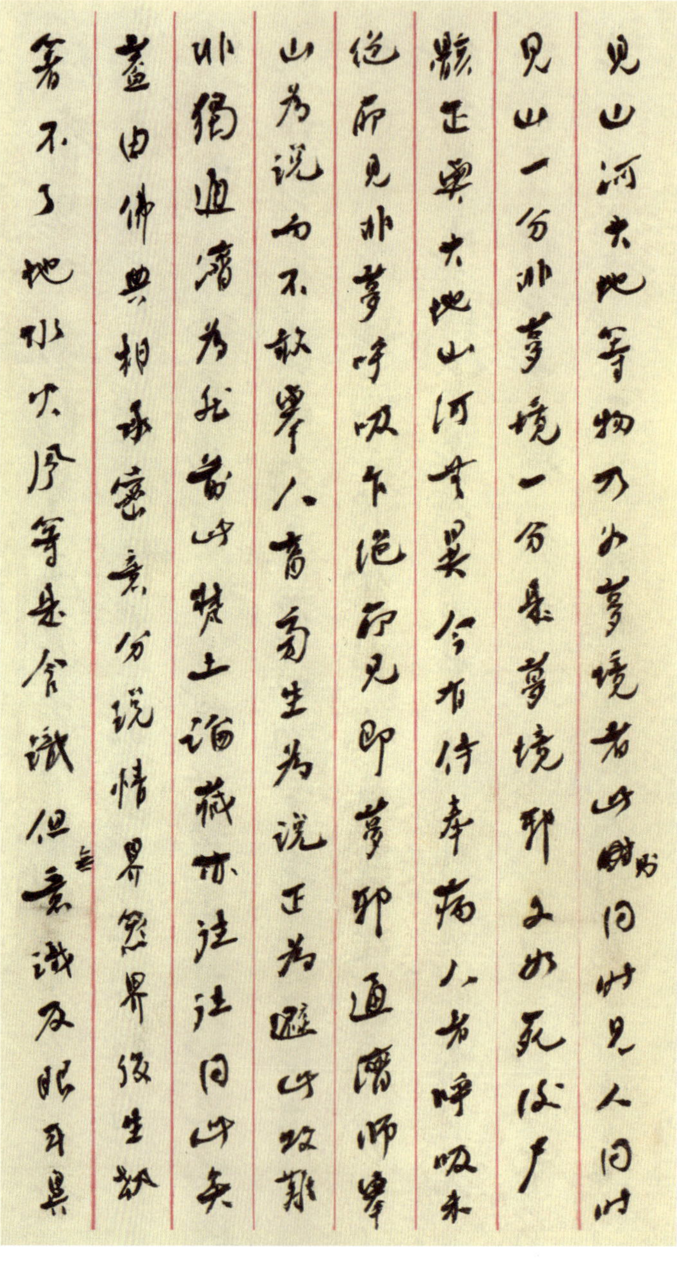

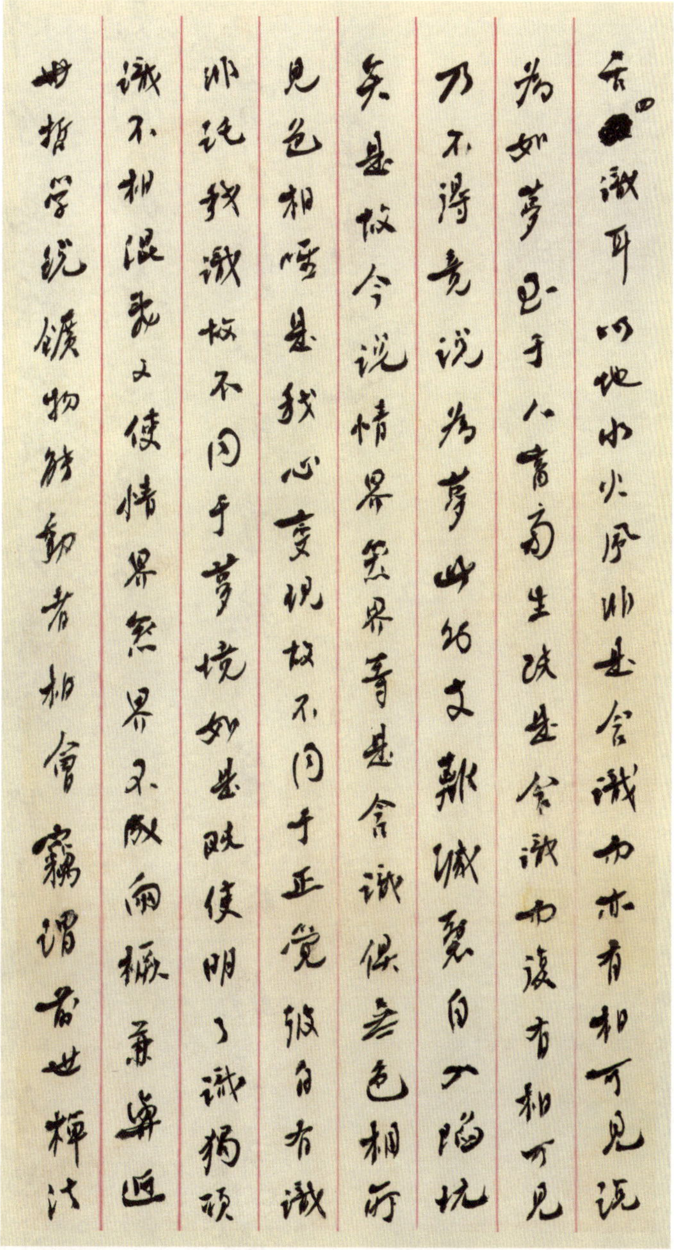
云四識耳以地水火風非是含識而亦有相可見說為如夢已于人言畜生既是含識而復有相可見乃不得竟說為夢此所云鄰識覓自入陷坑矣是故今說情界器界皆是含識俱無色相所見色相唯是我心變現故不同于正覺彼自有識非託我識故不同于夢境如是既使明了識獨頭識不相混亂又使情界器界不成兩橛兼與近世哲學說礦物能動者相會竊謂世禪法

我心变现，故不同于正觉。彼自有识，非托我识，故不同于梦境。如是既使明了识，独头识不相混乱，又使情界、器界不成两橛，兼与近世哲学说矿物能动者相会。窃谓世禅、法诸师，除马鸣大士以外，未有能见及此者也。足下以为何如？

章炳麟白

禅书二种收到，《宝积》、《法华》、《宗镜》三种望促其转运来京也。

得《左氏集解》一部，精美可玩。旧所有二十八册，敬以奉偿，终制，曾自写大件，其原写一纸即归足下存之，但斯时勿遽示人耳。此问检斋起居康健！

章炳麟手状

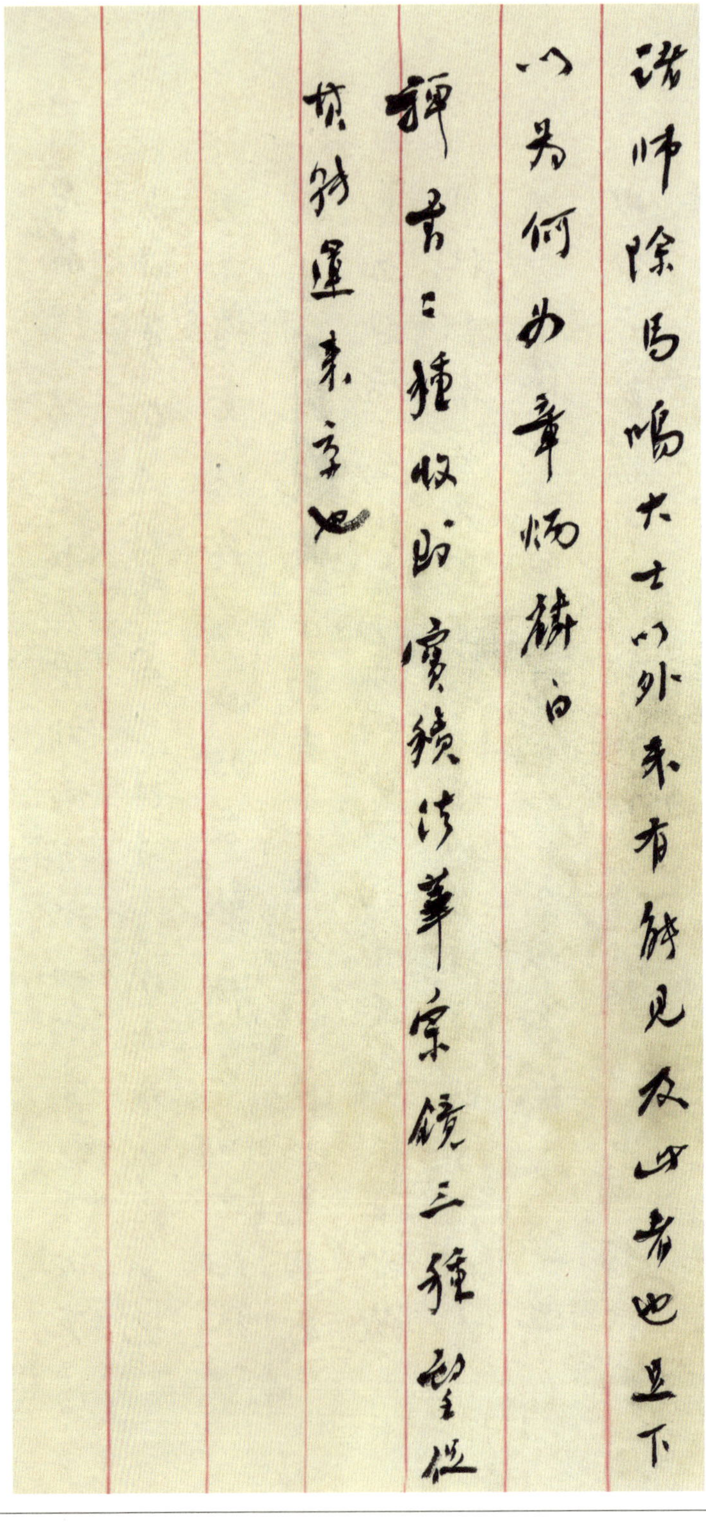
诸师除马鸣大士以外未有解见及此者也足下
以为何如章炳麟白
禅书二种收到宝积法华宗镜三种望促
其转运来京也

得左氏集解一部，精美可玩。舊所有二十八册，敬在孝儇續制，曾自寫大件，其原寫一紙，即歸送下，好也。但斯時勿遽示人耳。此問

檢齋起居康健

章炳麟手狀

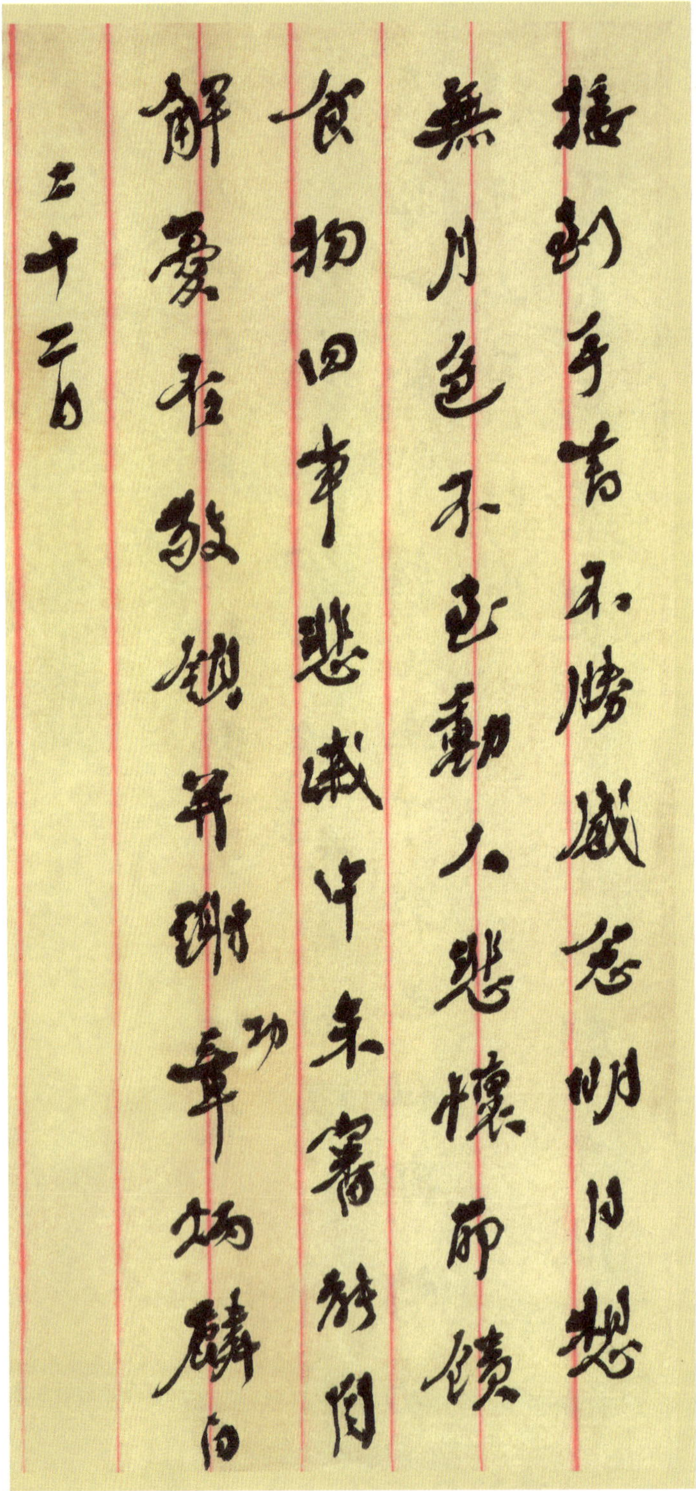

接到手书，不胜感念！明日想无月色，不至动人悲怀。所馈食物四事，悲戚中未审能自解忧否？敬领并谢！

功章炳麟白

二十二日

一九一六年

检斋足下：数得手书，事冗未复。所问佛典教义，烦剧之际，未暇多述。迩者，士人多以人心偷薄，欲改良社会，以遏贪竞之原。时时来请讲学，鄙意以为时未可也。大抵人心所以偷薄者，皆由政

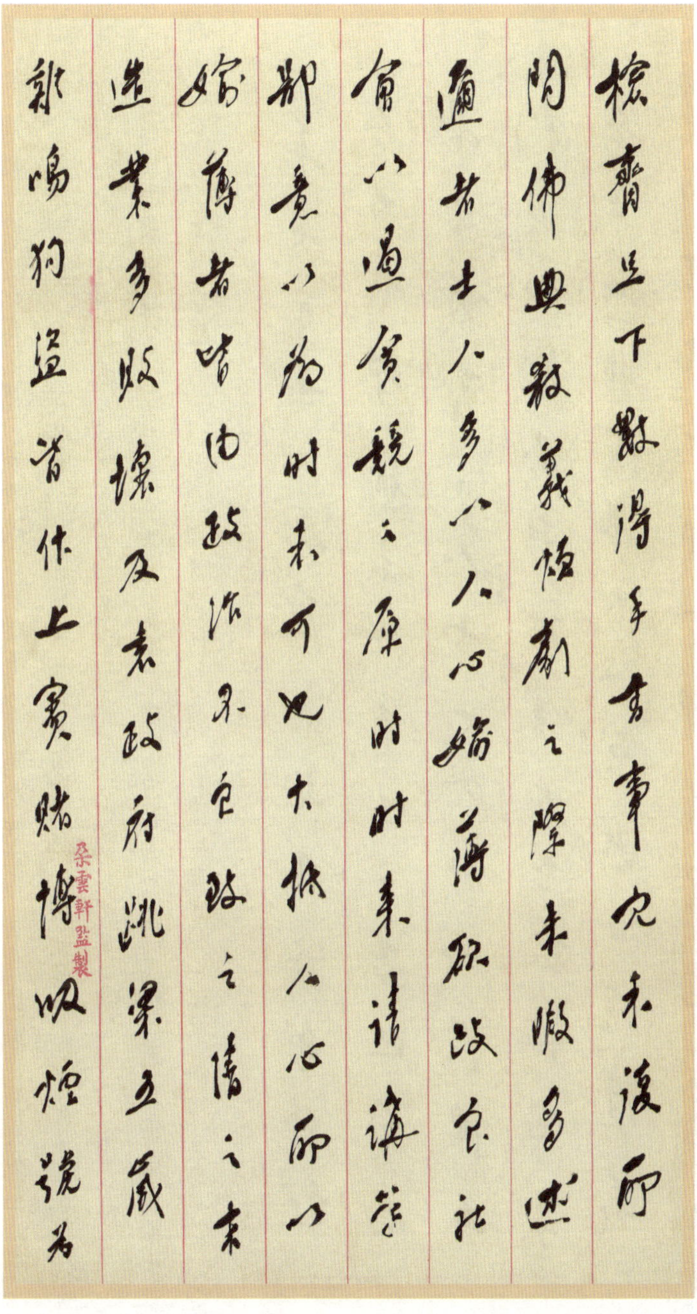
檢齋足下數得手書事冗未復所
問佛典教義煩劇之際未暇多述
邇者士人多以人心偷薄欲改良社
會以遏貪競之原時時來請講學
鄙意以為時未可也大抵人心所以
偷薄者皆由政治不良政治之末
造業多敗壞及袁政府跳梁五歲
雞鳴狗盜皆作上賓賭博吸煙號為

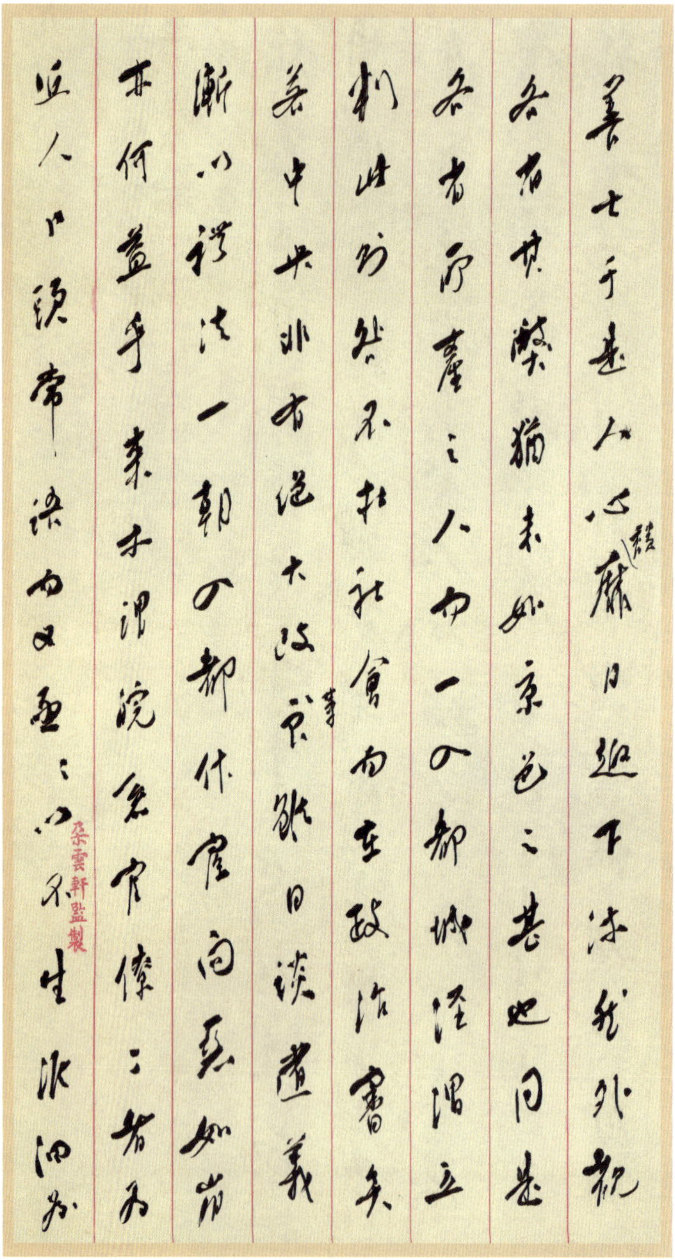

善士于是人心頹靡日趨下流然外觀
各省其弊猶未如京邑之甚也同是
各省所產之人而一入都城涇渭立
判此則咎不在社會而在政治審矣
若中央非有絕大改革雖日談道義
漸以禮法一朝入都作官向惡如崩
亦何益乎來示謂皖系官僚二者為
近人口頭常語而又亟亟以不生淮泗為
朵雲軒監製

治不良致之。清之末造，业多败坏，及袁政府跳梁五岁，鸡鸣狗盗，皆作上宾，赌博吸烟，号为善士。于是人心颓靡，日趋下流。然外观各省，其弊犹未如京邑之甚也。同是各省所产之人，而一入都城，泾渭立判。此则咎不在社会，而在政治审矣。若中央非有绝大改革，虽日谈道义，渐以礼法，一朝入都作官，向恶如崩，亦何益乎？来示谓皖系、官僚二者，为近人口头常语，而又亟亟以不生淮泗为自幸。所谓皖系者，本只谓皖北耳，于丹杨故郭何与耶？官僚与非官僚之辨，则视其习气何如而定，

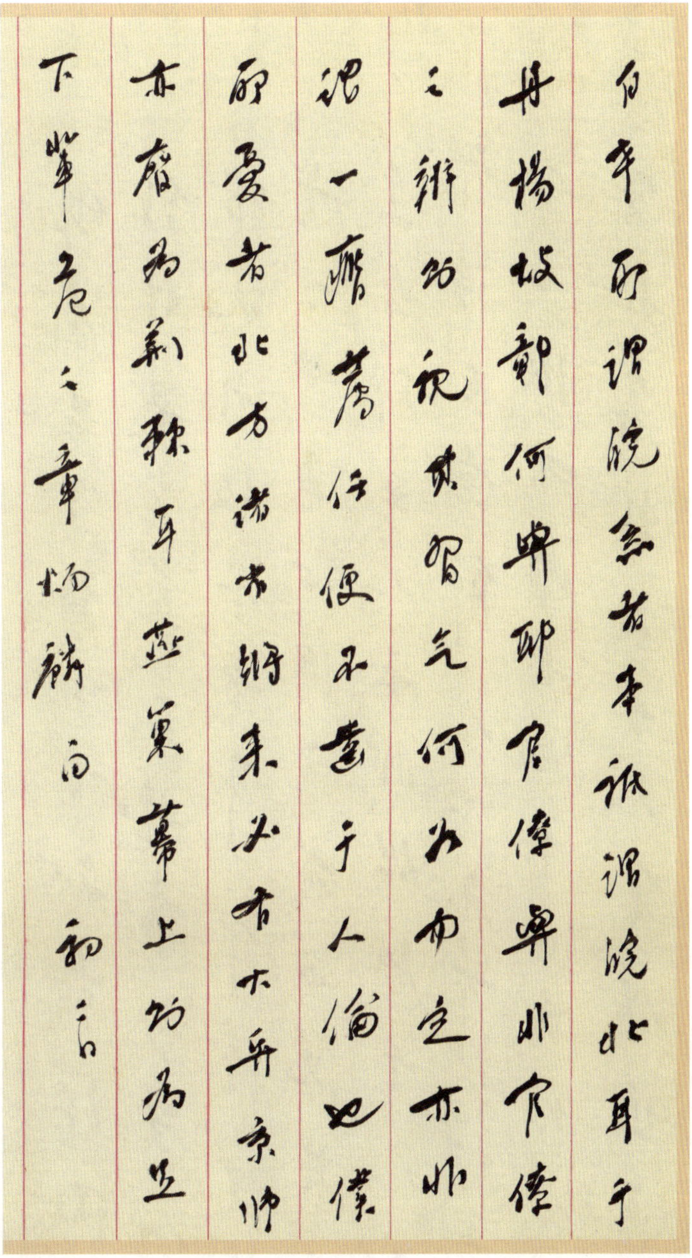

亦非谓一膺荐任，便不齿于人伦也。仆所忧者，北方诸省将来必有大兵，京师亦废为荆棘耳。燕巢幕上，则为足下辈危之。

章炳麟白

初二日

一九一七年

检斋足下：接手书，知《葑汉微言》销售甚少，盖京师素少学人，唯有玩弄版本者耳。即经史常业，亦无专心治之者，而况其深至者耶？昔人云：「非但能言人不可得，正索解人亦不可得。」古今一概，有如是也。

夫曲高则今人寡和，义精则古人寡倡。近更细绎宋明儒言，冀有先觉，然偶中者，什无一二。其于大体，则远不相逮矣。其中亦有不讳言禅者，只为圆滑酬应之谈，未必有根柢也。且寄一二十册

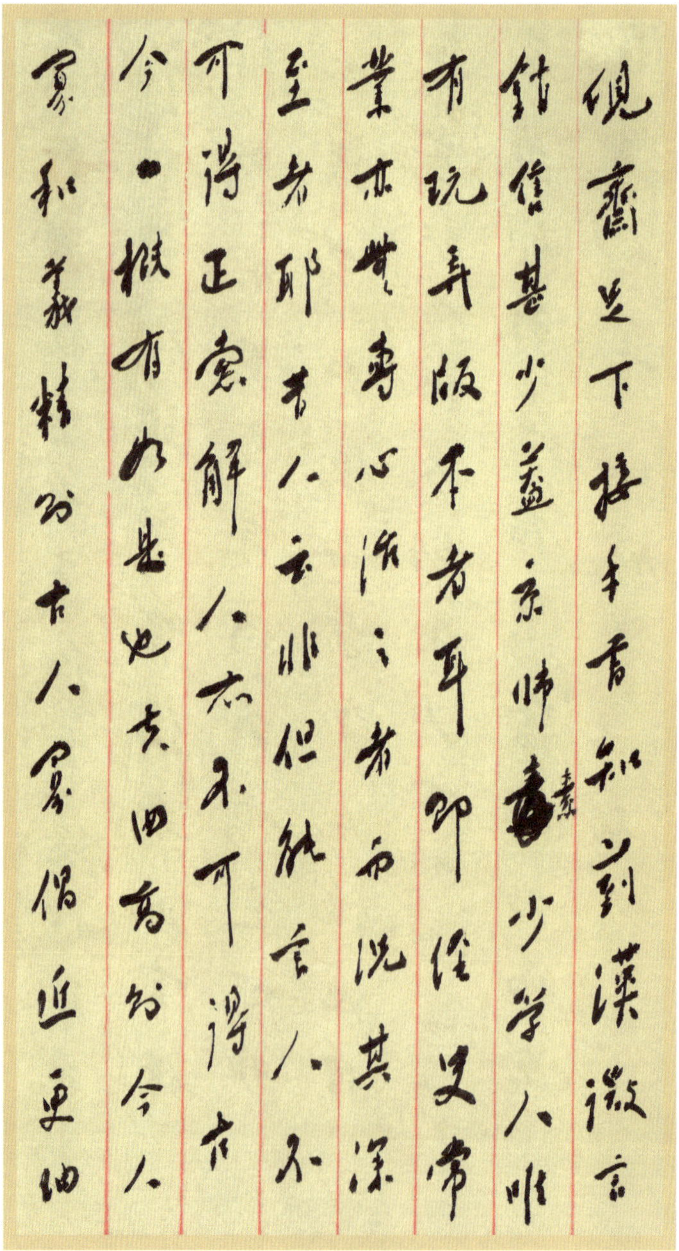
检斋足下接手书知葑汉微言销售甚少盖京师素少学人唯有玩弄版本者耳即经史常业亦无专心治之者而况其深至者耶昔人云非但能言人不可得正索解人亦不可得古今一概有如是也夫曲高则今人寡和义精则古人寡倡近更细

来，以俟人间要索，其余随足下所便耳。大抵此事常应宣说，使其易受。不然，直视此为龙宫秘册矣。书此敬问起居。

章炳麟白

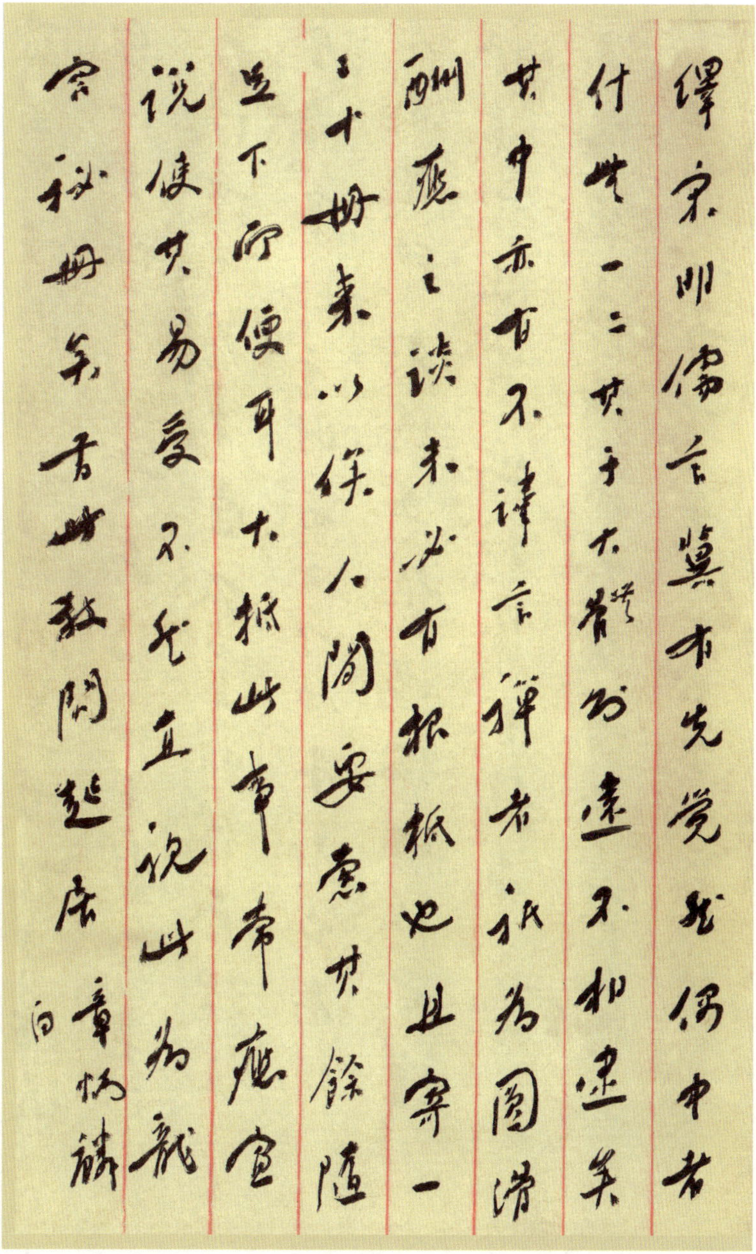

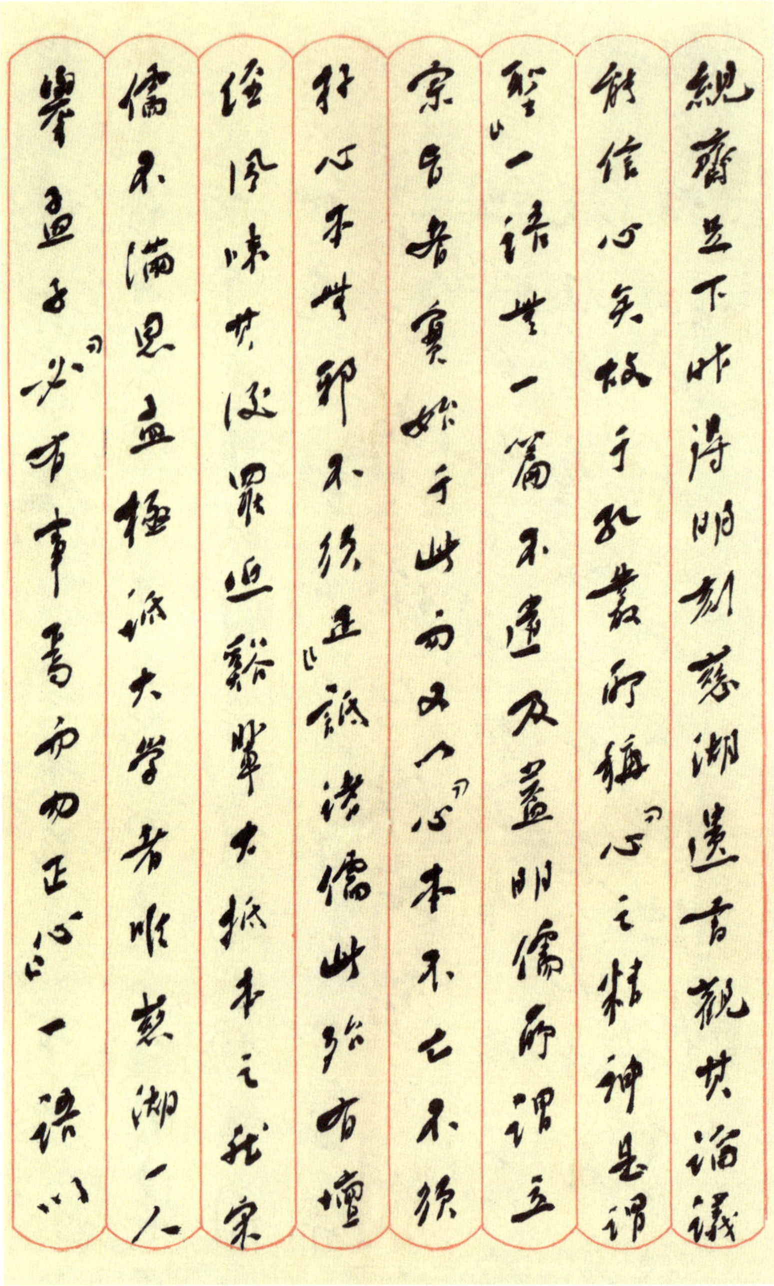
檢齋足下：昨得明刻慈湖遺書，觀其論議，能信心矣，故于孔叢所稱心之精神是謂聖一語，無一篇不道及。蓋明儒所謂立宗旨者，實始于此。而又以心本不亡不須存，心本無邪不須正詆諸儒，此殆有壇經風味。其後羅近溪輩，大抵本之。就宋儒不滿思、孟，極詆大學者，惟慈湖一人，舉孟子必有事焉而勿正心一語以

检斋足下：昨日得明刻《慈湖遗书》，观其论议，能信心矣，故于《孔丛》所称「心之精神是谓圣」一语，无一篇不道及。盖明儒所谓立宗旨者，实始于此。而又以「心本不亡不须存，心本无邪不须正」诋诸儒，此殆有坛经风味。其后罗近溪辈，大抵本之。就宋儒不满思、孟，极诋《大学》者，

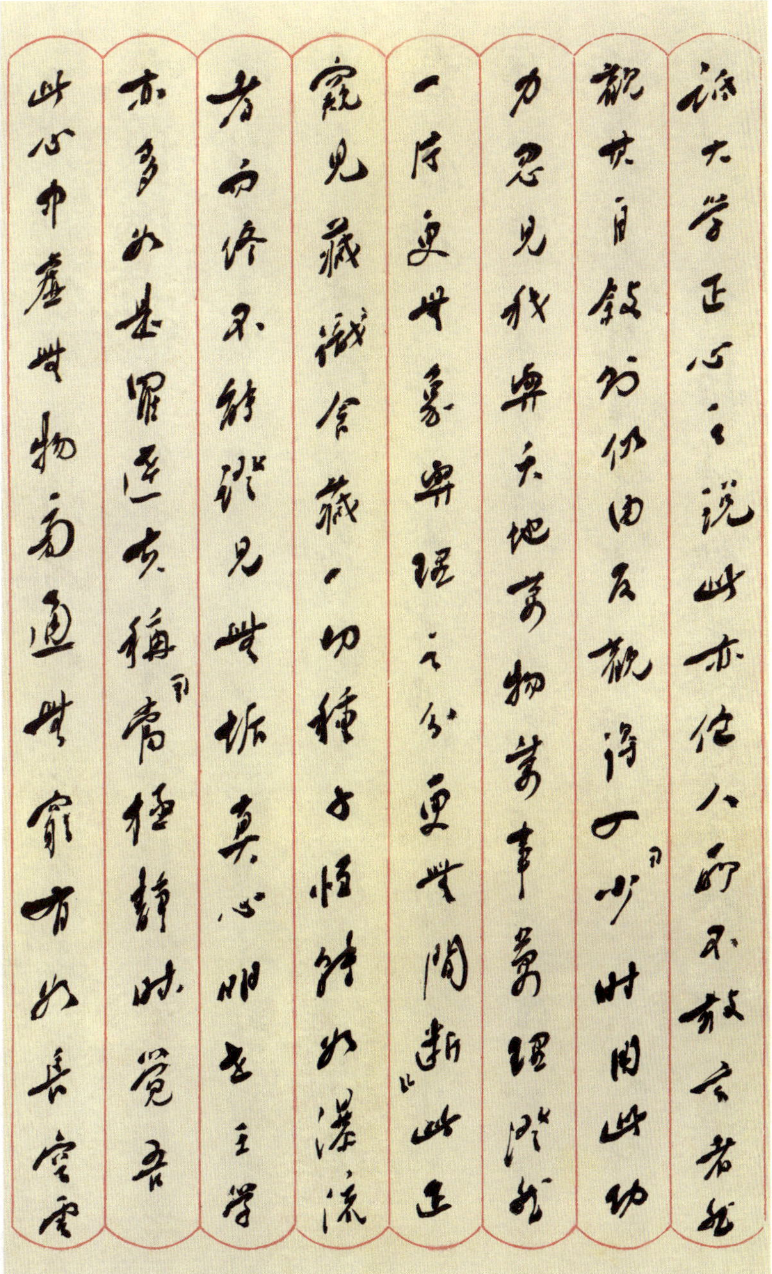
論大學正心之說此亦他人所不敢言者也
觀其自敘則仍由反觀得入少時用此功
力忽見我與天地萬物萬事萬理澄然
一片更無象與理之分更無間斷此正
窺見藏識含藏一切種子恆轉如瀑流
者而終不能證見無垢真心明世王學
亦多如是羅達夫稱當極靜時覺吾
此心中虛無物旁通無窮有如長空雲

唯慈湖一人。举《孟子》「必有事焉而勿正心」一语以诋《大学》「正心」之说，此亦他人所不敢言者。然观其自叙，则仍由反观得入。「少时用此功力，忽见我与天地万物万事万理澄然一片，更无象与理之分，更无间断。」此正窥见藏识含藏一切种子恒转如瀑流者，而终不能证见无垢真心。明世王

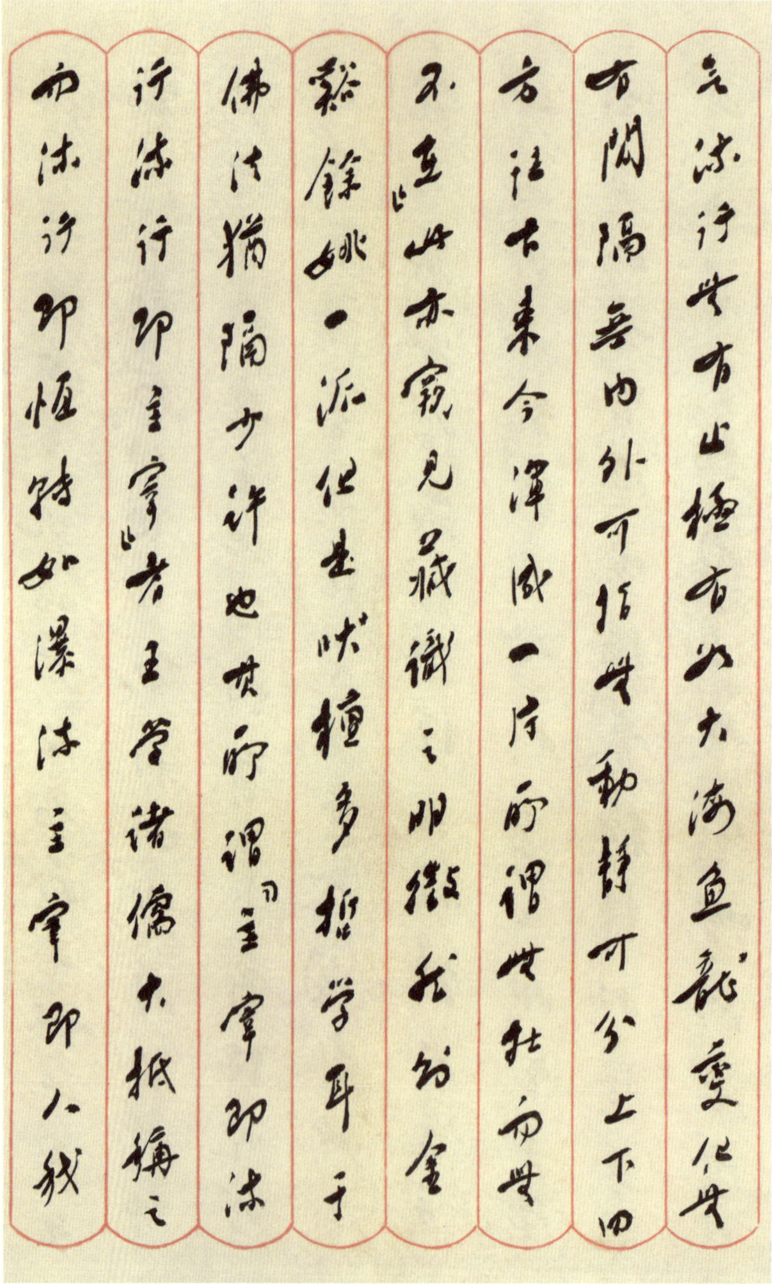
气流行，无有止极。有如大海鱼龙变化，无
有间隔，无内外可指，无动静可分，上下四
方，往古来今，浑成一片，所谓无在而无
不在也。此亦窥见藏识之明征。然则金
溪余姚一派但是吠檀多哲学耳，于
佛法犹隔少许也。其所谓「主宰即流
行流行即主宰」者，王学诸儒大抵称之，
而流行即恒转如瀑流，主宰即人我

学亦多如是。罗达夫称「当极静时，觉吾此心，中虚无物，旁通无穷，有如长空云气流行，无有止极。有如大海鱼龙变化，无有间隔。无内外可指，无动静可分，上下四方，往古来今，浑成一片。所谓无在而无不在。」此亦窥见藏识之明征。然则金溪、余姚一派但是吠檀多哲学耳，于佛法犹隔少许也。

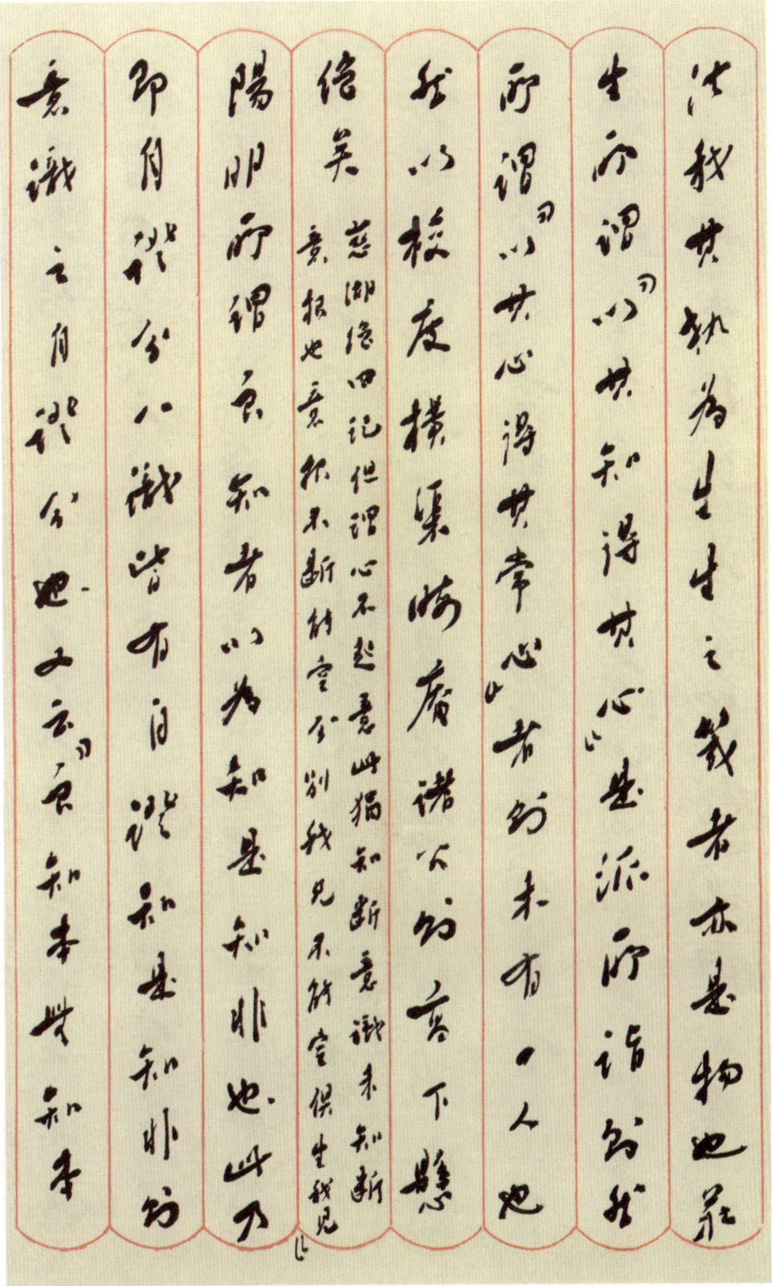
法我其执为生生之几者，亦是物也。庄生所谓以其知得其心，是派所诣则然。所谓以其心得其常心者，则未有一人也。然以校度横渠、晦庵诸公，则高下悬绝矣。慈湖绝四记但谓心不起意，此独知断意识，未知断意根也。意根不断，能空分别我见，不能空俱生我见。阳明所谓良知者，以为知是知非也，此乃即自证分，八识皆有自证分，知是知非，乃意识之自证分也。又云良知本无知，本

其所谓「主宰即流行，流行即主宰」者，王学诸儒大抵称之，而流行即恒转如瀑流，主宰即人我、法我，其执为生生之几者，亦是物也。庄生所谓「以其知得其心」，是派所诣则然。所谓「以其心得其常心」者，则未有一人也。然以校度横渠、晦庵诸公，则高下悬绝矣。慈湖《绝四记》但谓心不起意，此独知断意识，未知断意根也。意根不断，能空分别我见，不能空俱生我见。阳明所

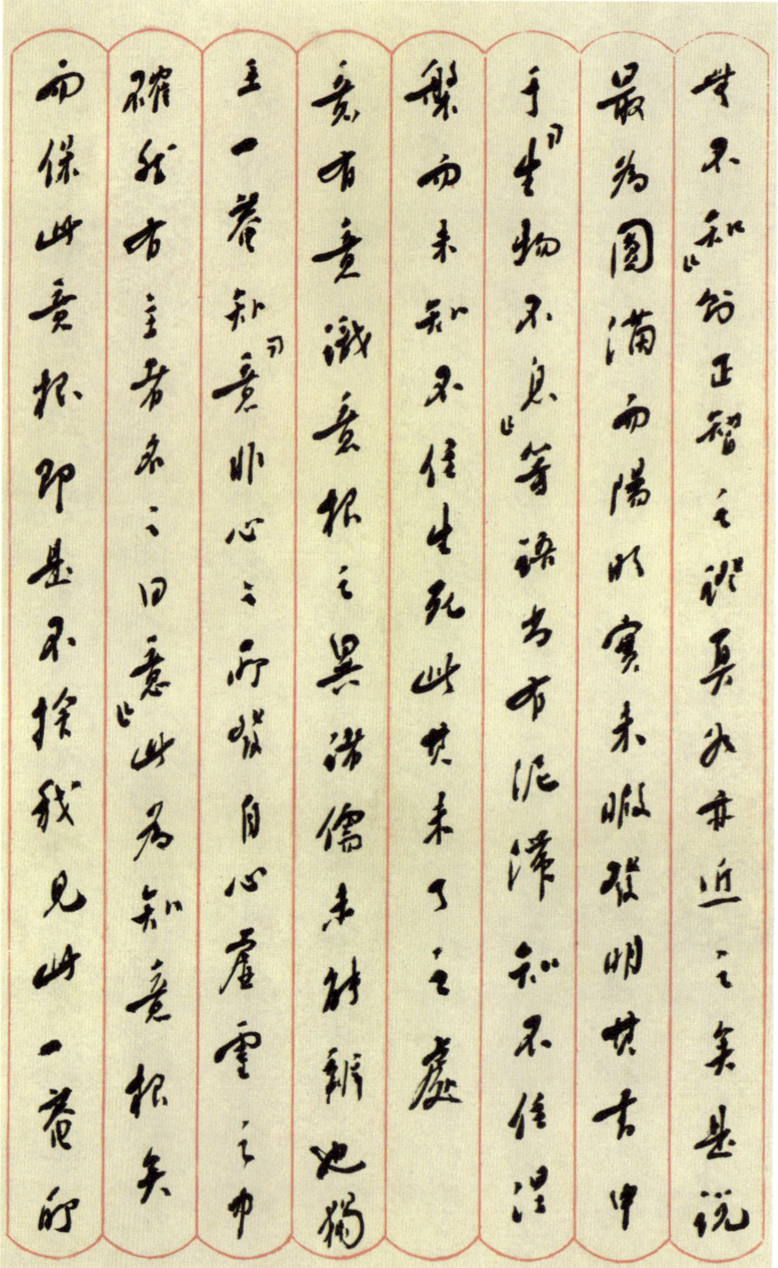

谓良知者，以为知是知非也，此乃即自证分。八识皆有自证。知是知非，则意识之自证分也。又云「良知本无知，本无不知」则正智之证真如，亦近之矣。是说最为圆满，而阳明实未暇发明。其书中于「生物不息」等语，尚有泥滞，知不住涅槃，而未知不住生死，此其未了之处。

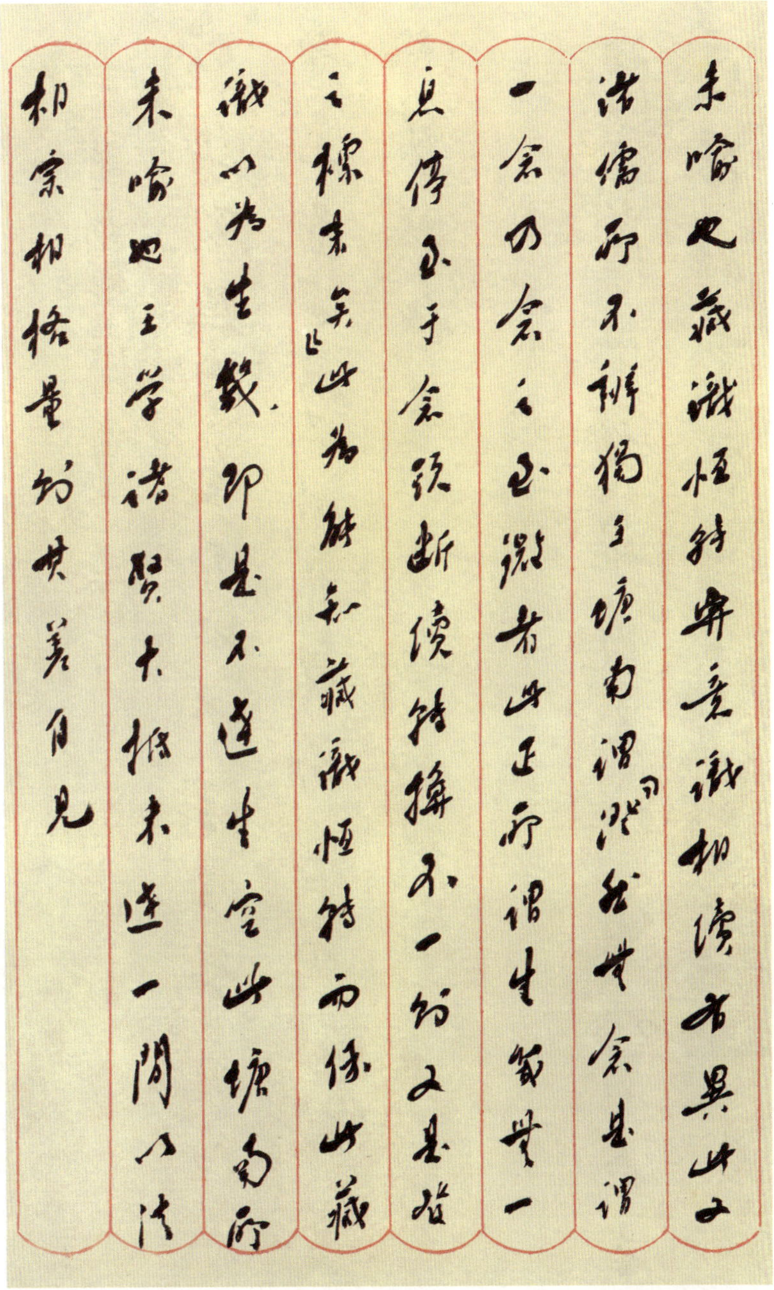
未喻也藏识恒转与意识相续者异此又
诸儒所不辨独王塘南谓澄然无念是谓
一念乃念之至微者此正所谓生几无一
息停于念头断续转换不一念又是皆
之根本矣此为解知藏识恒转而缘此藏
识以为生几即是不达生空此塘南所
未喻也王学诸贤大抵未达一间以法
相宗相格量始其差自见

意有意识、意根之异，诸儒未能辨也。独王一庵知「意非心之所发，自心虚灵之中确然有主者，名之曰意，」此为知意根矣。而保此意根，即是不舍我见，此一庵所未喻也。藏识恒转，与意识相续有异，此又诸儒所不辨，独王塘南谓「澄然无念，是谓一念。乃念之至微者，此正所谓生几无一息停。至于念头断续，转换不一，则又是发之标末矣」。此为能知藏识恒转，而保此藏识，以为生几，即是不达生空，此塘南所未喻也。王学诸贤，大抵未达一间。以法相宗相格量，则其差自见，仆近欲起学会，大致仍主王学，而为王学更进一步。此非无所见而云然，盖规矩在我矣。

章炳麟白

四月三日

是书阅后，望与同志研究。如以为是，还请录稿寄回。

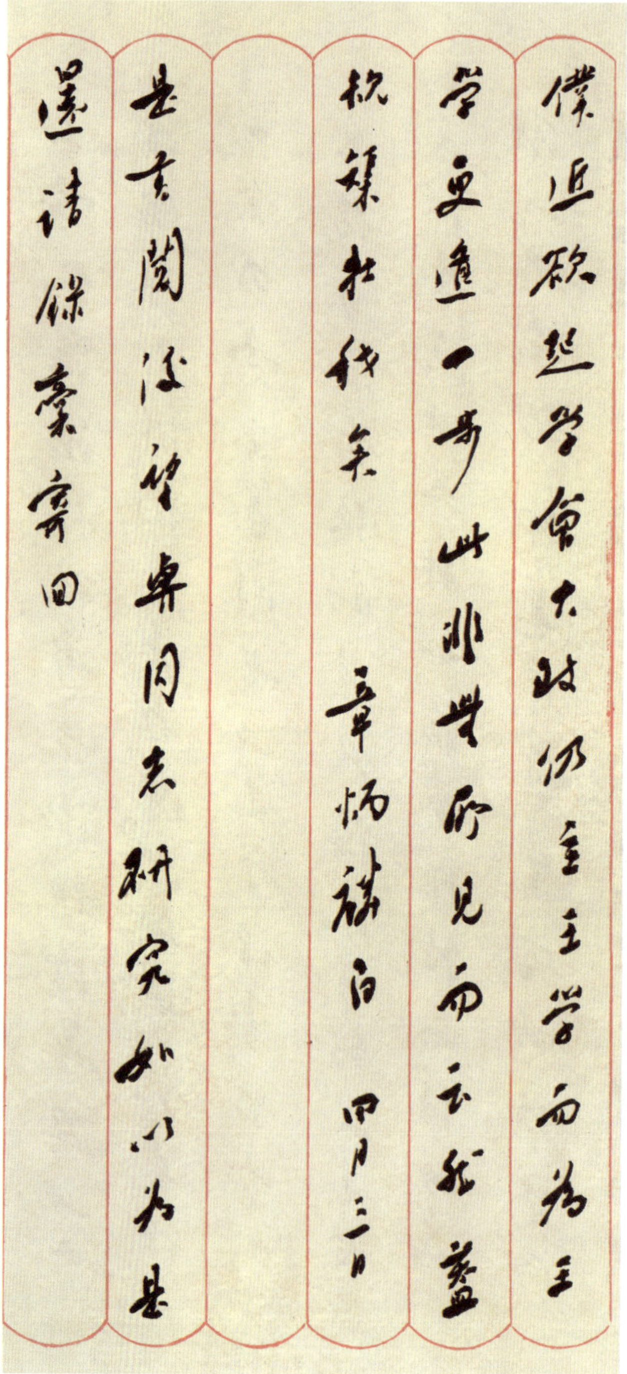
僕近欲起學會大致仍主王學而為王學更進一步此非無所見而云然蓋規矩在我矣 章炳麟白 四月三日

是書閱後望與同志研究如以為是還請錄稿寄回

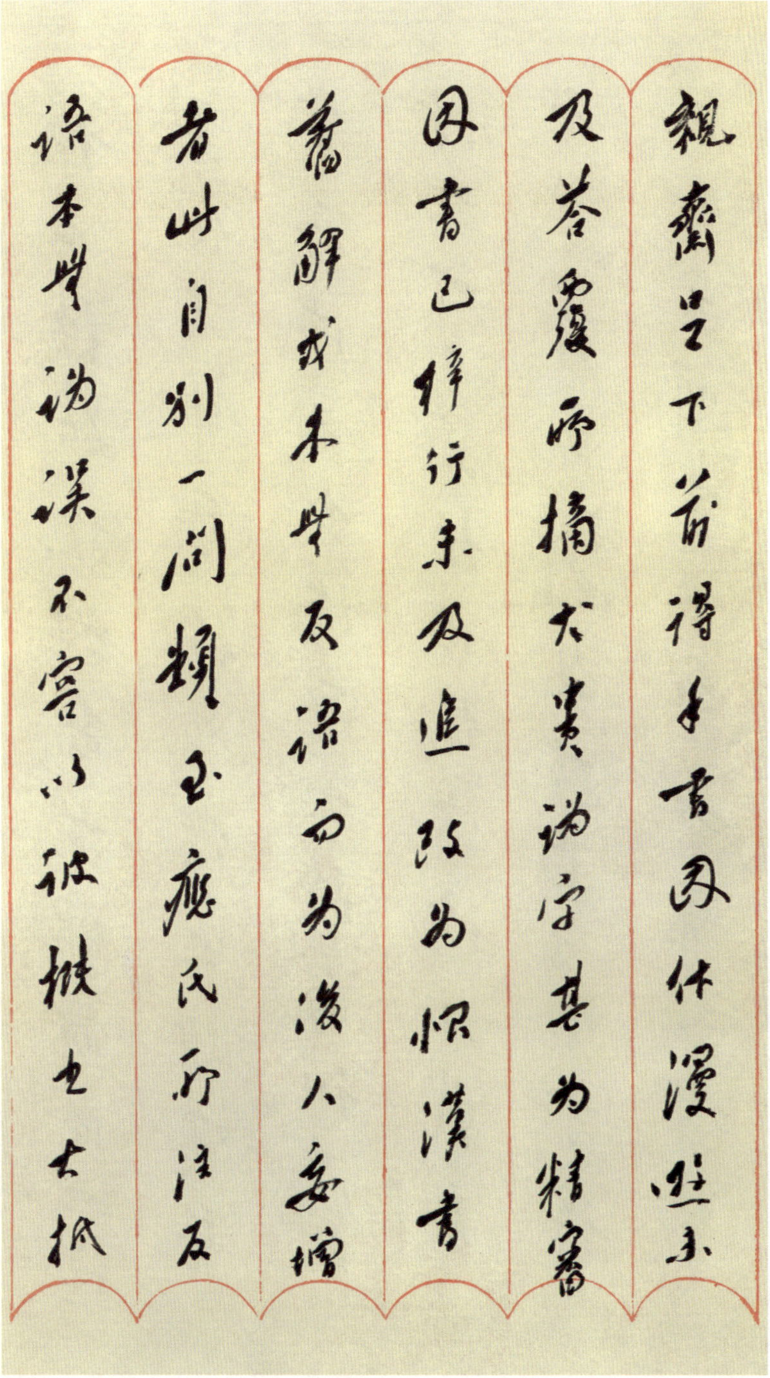

䌹斋足下：前得手书，因作漫游，未及答复。所摘尤贵讹字，甚为精审，因书已梓行，未及追改为恨。《汉书》旧解，或本无反语，而为后人妄增者，此自别一问题。至应氏所注反语，本无讹误，不容以彼概之。大抵称反语始孙叔然者，谓解经一涂耳，他书非所论也。仆近颇究医事，所涉不少，

治疗亦验。向知清乾隆末有王廷相作《伤寒论注》，戴东原为之作序（见戴年谱）是书南方不可得，不知京师有之否？若黄元御辈不足道也。足下宦况，不问可知。闻学界追逼薪水，为之悼笑，然惜政界尚未能耳。此问起居康胜！

章炳麟白　四月二十七日

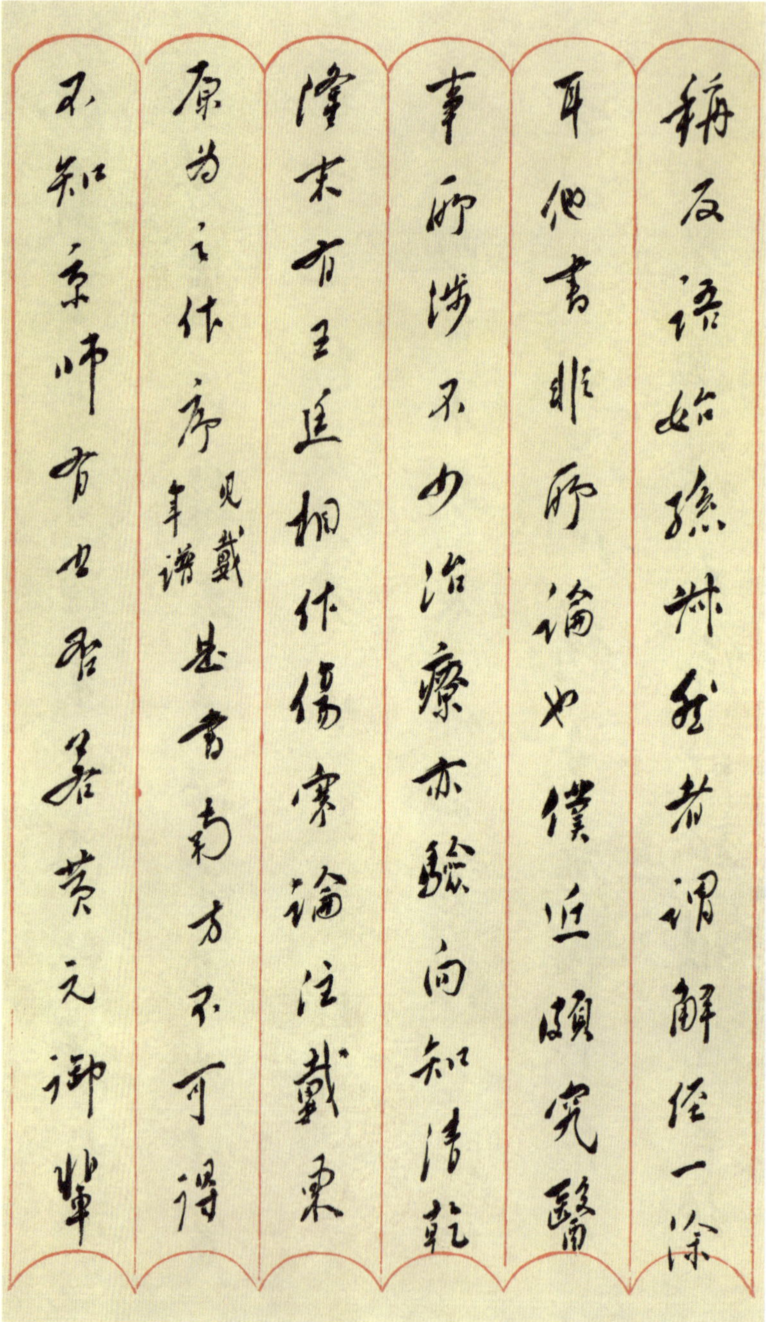

稱反語始孫辨我者謂解經一途

耳他書非所論也僕近頗究醫

事所涉不少治療亦驗向知清乾

隆末有王廷相作傷寒論注戴東

原為之作序（見戴年譜）是書南方不可得

不知京師有之否若黃元御輩

不過貴也過下宜況不問可知聞
學界進退新派為之悼笑然
借政界尚未能耳此間起居康
健章炳麟白　四月二十七日

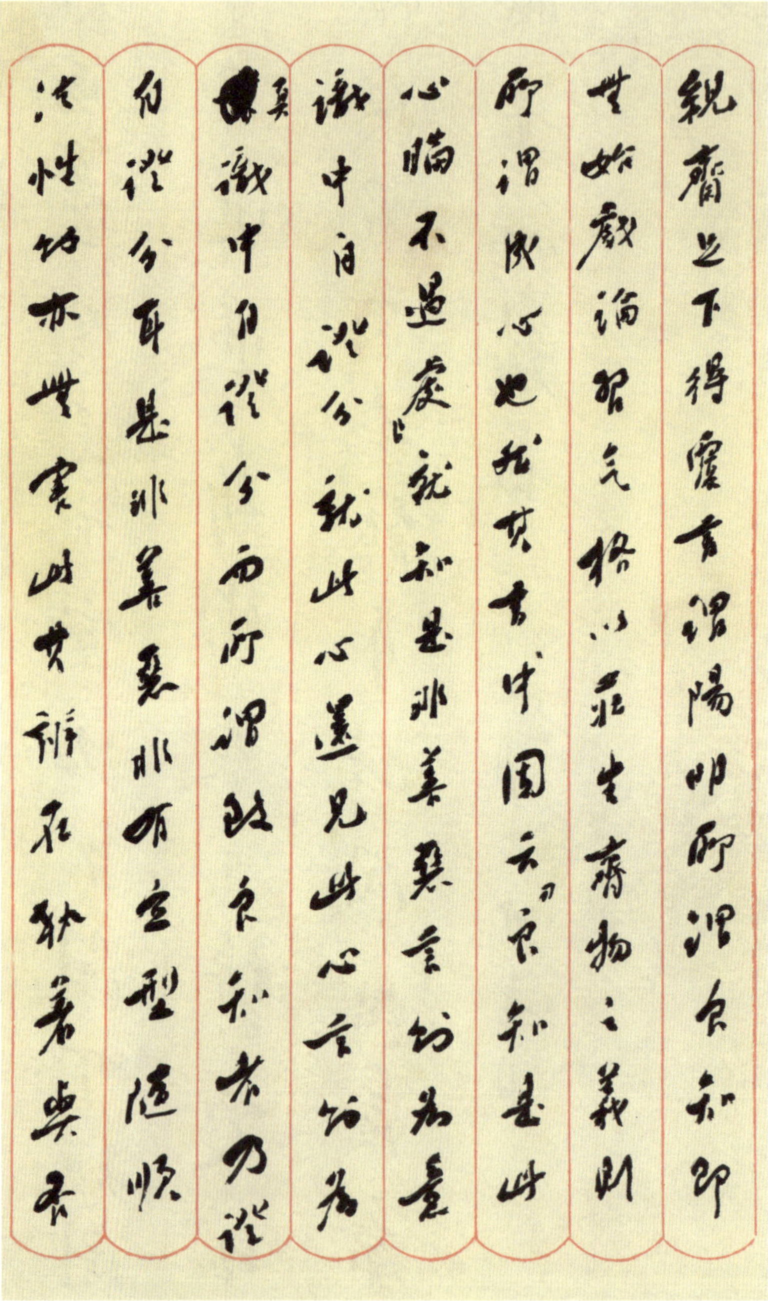

觇斋足下：得复书，谓阳明所谓良知即无始戏论习气。格以庄生齐物之义，则所谓成心也。然其书中固云「良知是此心瞒不过处」，就「知是非善恶」言，则为意识中自证分；就「此心还见此心」言，则为真识中自证分。而所谓「致良知」者，乃证自证分耳。是非善恶，非有定型，随顺法性，则亦无害。

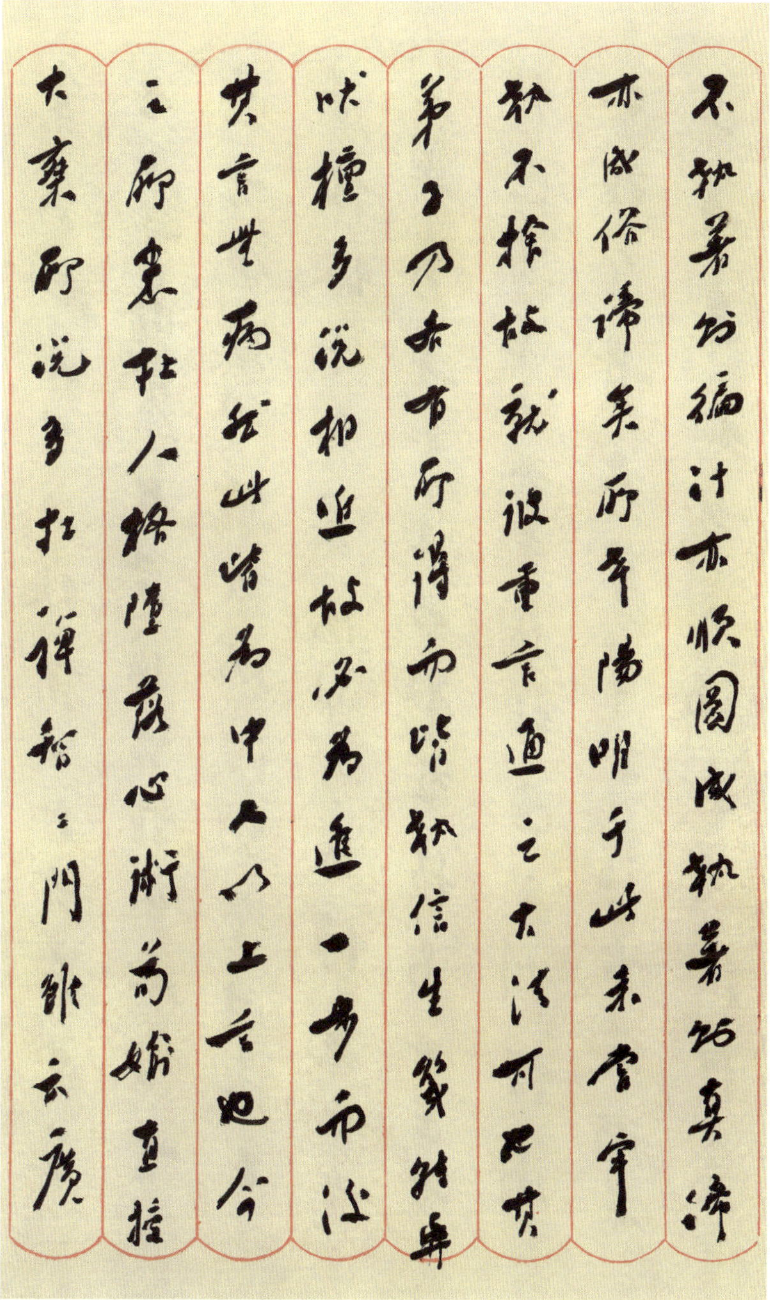
不執著於徧計亦順圓成執著於真諦
亦成俗諦矣所幸陽明于此未嘗牢
執不捨故就彼重言通之大法可也其
弟子乃各有所得而皆執信生幾轉與
吠檀多說相近故必為進一步而後
其言無病然此皆為中人以上言也今
之所患在人格墮落心術苟偷直授
大乘所說多在禪智之門非廣

此其辨在执著与否。不执著则遍计亦顺圆成，执著则真谛亦成俗谛矣。所幸阳明于此，未尝牢执不舍，故就彼重言，通之大法可也。其弟子乃各有所得，而皆执信生几，转与吠檀多说相近，故必为进一步而后其言无病，然此皆为中人以上言也。今之所患，在人格堕落，心术苟偷，直授大乘所说，多在禅、

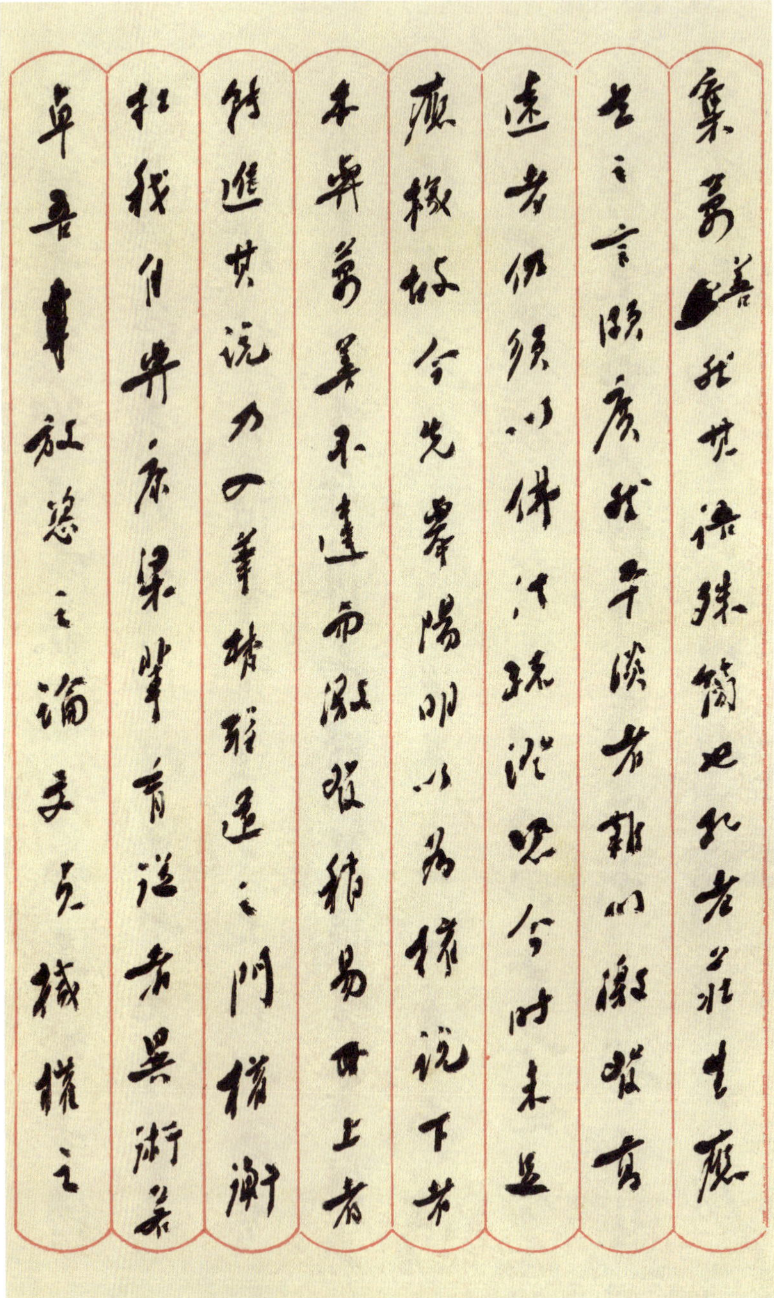
集萬善，然其語殊簡也。孔、老、莊生，應世之言頗廣。然平淡者難以激發，高遠者仍須以佛法疏證。恐今時未足應機，故今先舉陽明以為權說，下者本與萬善不違，而激發稍易，上者能進其說，乃入華梵聖道之門，權衡在我，自與康梁輩盲從者異術。若卓吾輩放恣之論，文貞機權之

智二门。虽云广集万善，然其语殊简也。孔、老、庄生，应世之言颇广。然平淡者难以激发，高远者仍须以佛法疏证。恐今时未足应机，故今先举阳明以为权说，下者本与万善不违，而激发稍易。上者能进其说，乃入华梵圣道之门，权衡在我，自与康梁辈盲从者异术。若卓吾辈放恣之论，文贞机权

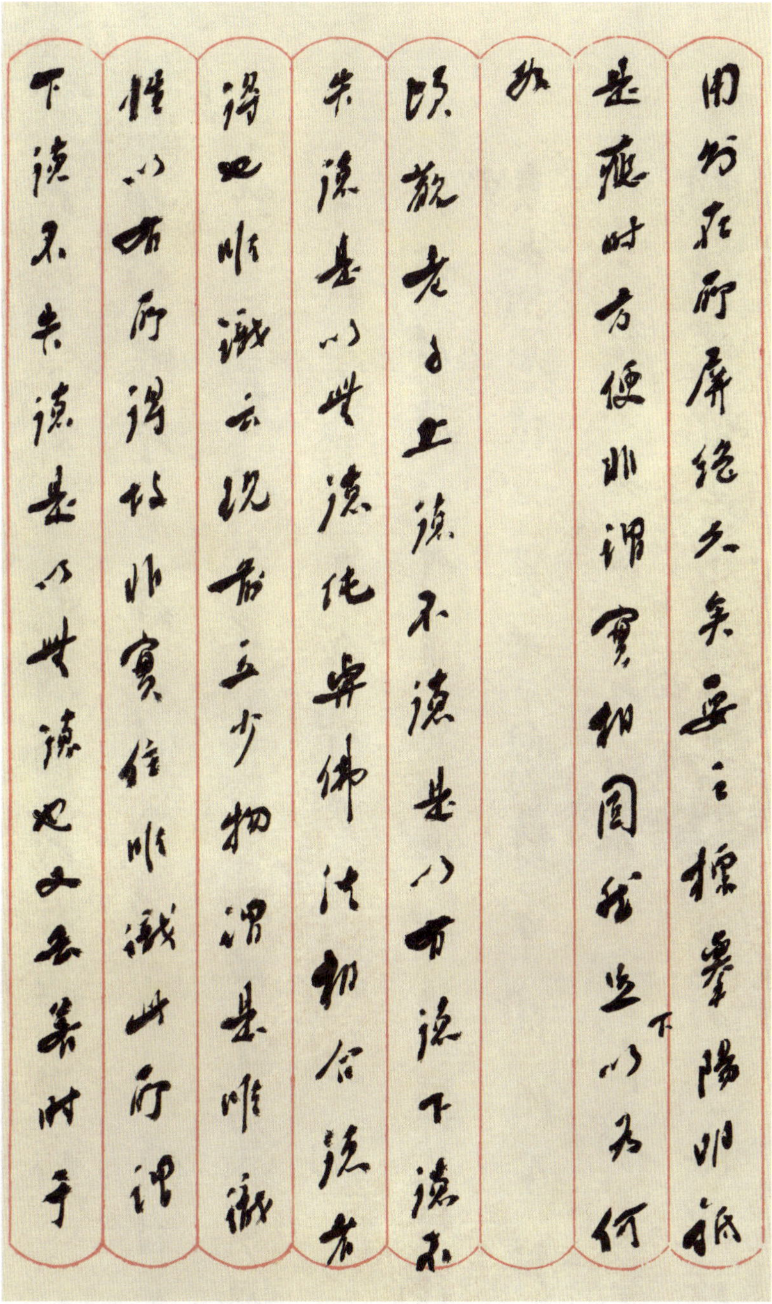
用則在所屏絕久矣要之標舉陽明祇是應時方便非謂實相固然足下以為何如
頃觀老子上德不德是以有德下德不失德是以無德純與佛法相合德者得也唯識云現前立少物謂是唯識性以有所得故非實住唯識此所謂下德不失德是以無德也又

之用，则在所屏绝久矣。要之，标举阳明，只是应时方便，非谓实相固然，足下以为何如？顷观《老子》「上德不德，是以有德；下德不失德，是以无德，」纯与佛法相合。德者，得也。《唯识》云：「现前立少物，谓是唯识性，以有所得，故非实住唯识。」此所谓「下德不失德，是以无德也」。又云：「若时于所缘智，都无所得。尔时住唯识，离离取相故，」此即所谓「上德不德，是以有德也」。孔子云：「吾有知乎哉，无知也。有鄙夫问于我，空空如也，我叩其两端而竭焉。」此谓有依他心，无自依心也。「叩」当读「控」，竭者举也。以心缘心，为带质境。中间相分，从两头生，圣人有依

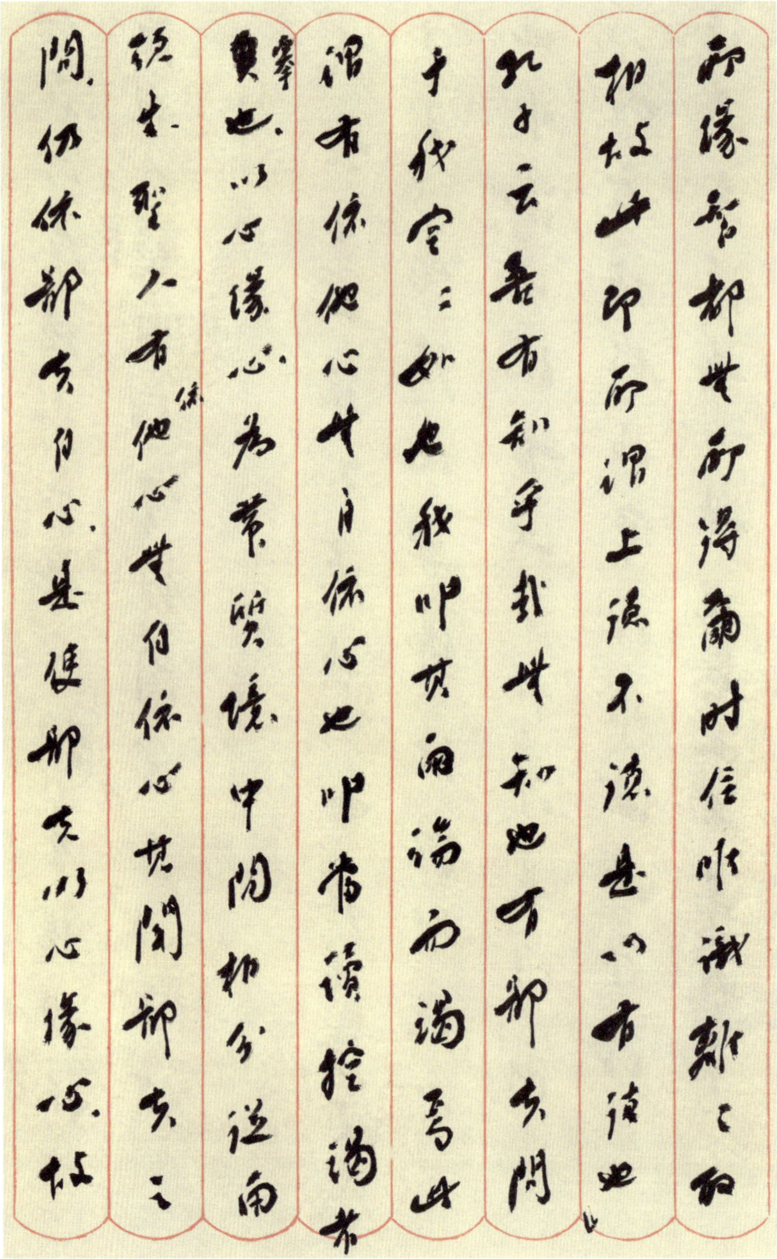
所緣智都無所得爾時住唯識離ヽ取
相故此即所謂上德不德是以有德也
孔子云吾有知乎哉無知也有鄙夫問
于我空ヽ如也我叩其兩端而竭焉此
謂有依他心無自依心也叩者讀控竭者
舉也以心緣心為帶質境中間相分從兩
頭生聖人有依他心無自依心其聞鄙夫之
問仍依鄙夫自心是使鄙夫以心緣心故

他心，无自依心。其闻鄙夫之问，仍依鄙夫自心。是使鄙夫以心缘心，故控引两头，而相分标举于中间，所谓两头烁起也。若非佛言证明，此语竟何处索解邪？近人或言佛法与造化斗，是说近之，而佛不自言也。《系辞》云：「犯违天地之化而不过。」马融、王肃本如此。天地之化，所谓生灭，不生不灭，则犯违天地之化也。超出三界，而非于三界之外别建法界，所谓不过也。

章炳麟白

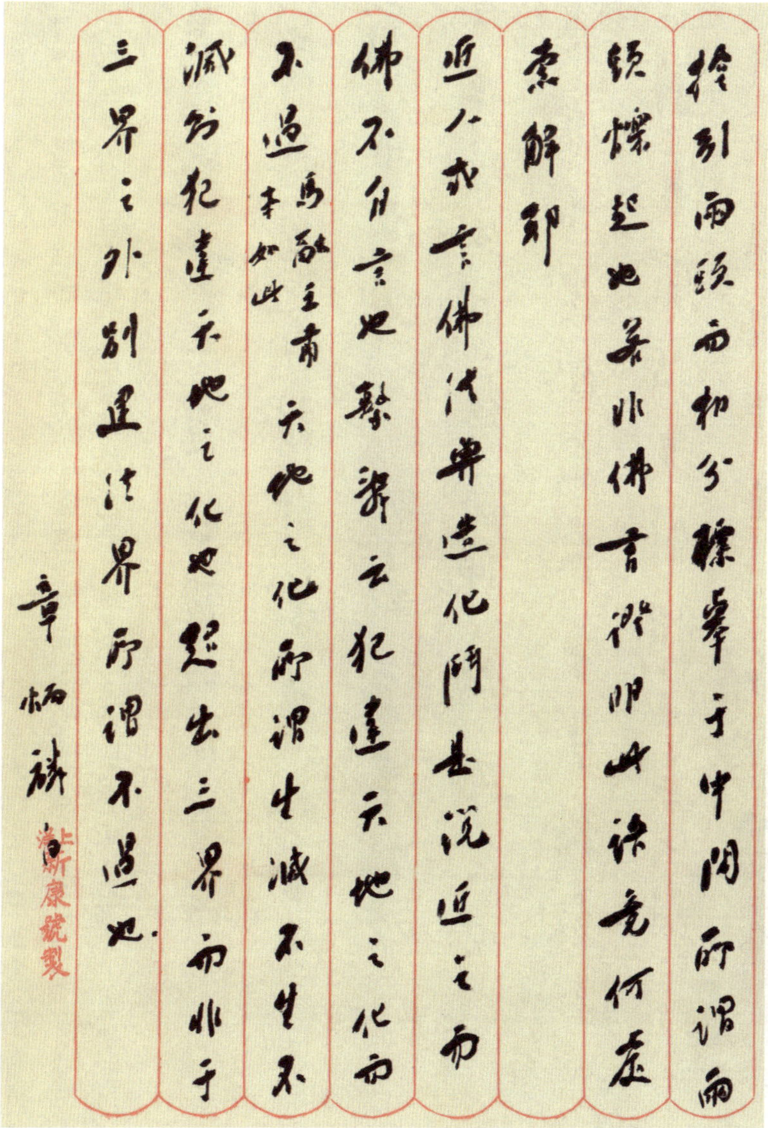
控引两头而相分标举于中间所谓两头烁起也若非佛言证明此语竟何处索解邪近人或言佛法与造化斗是说近之而佛不自言也系辞云犯违天地之化而不过马融王肃本如此天地之化所谓生灭不生不灭则犯违天地之化也超出三界而非于三界之外别建法界所谓不过也
章炳麟
上海新康號製

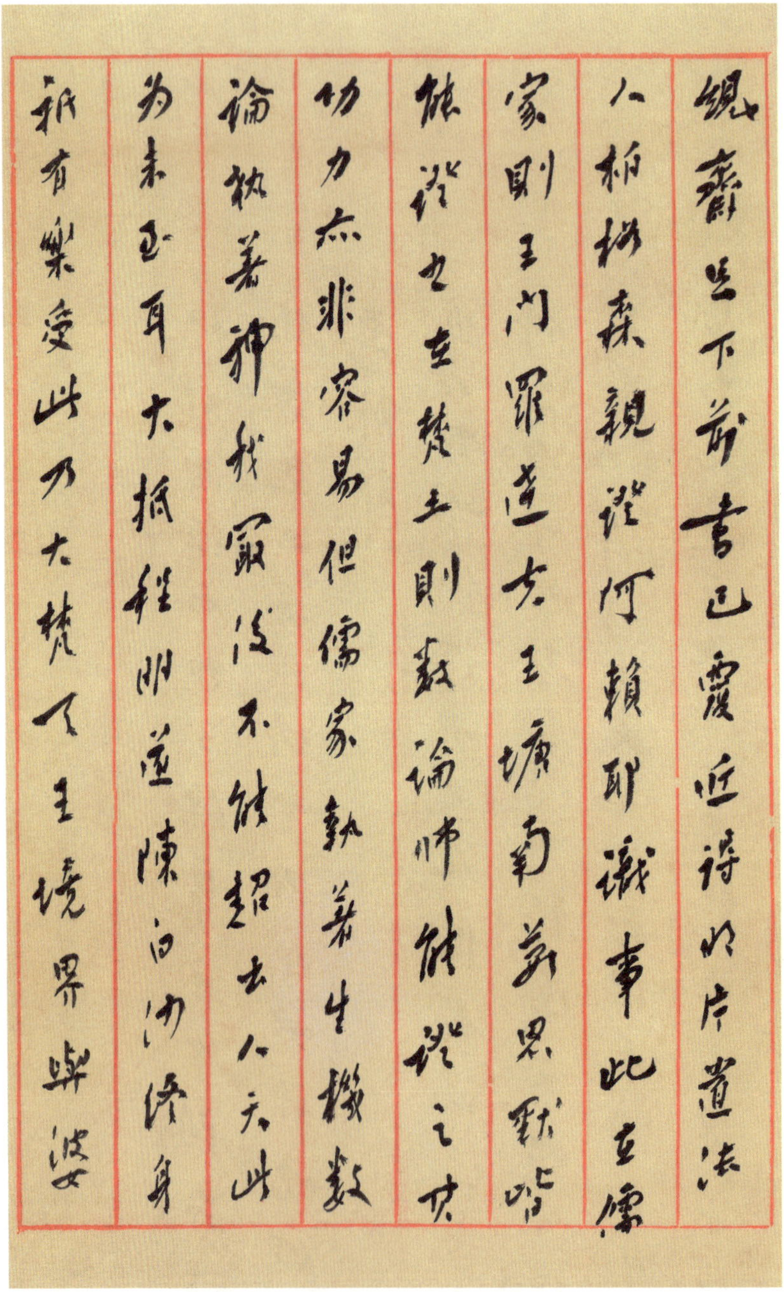

𬘫斋足下：前书已复，近得明片，道法人柏格森亲证阿赖耶识事，此在儒家则王门罗达夫、王塘南、万思默皆能证之，在梵土则《数论》师能证之，其功力亦非容易。但儒家执著生机，《数论》执著神我，最后不能超出人天，此为未至耳。大抵程明道、陈白沙终身只有乐受，此乃大梵天王境界，与婆罗门

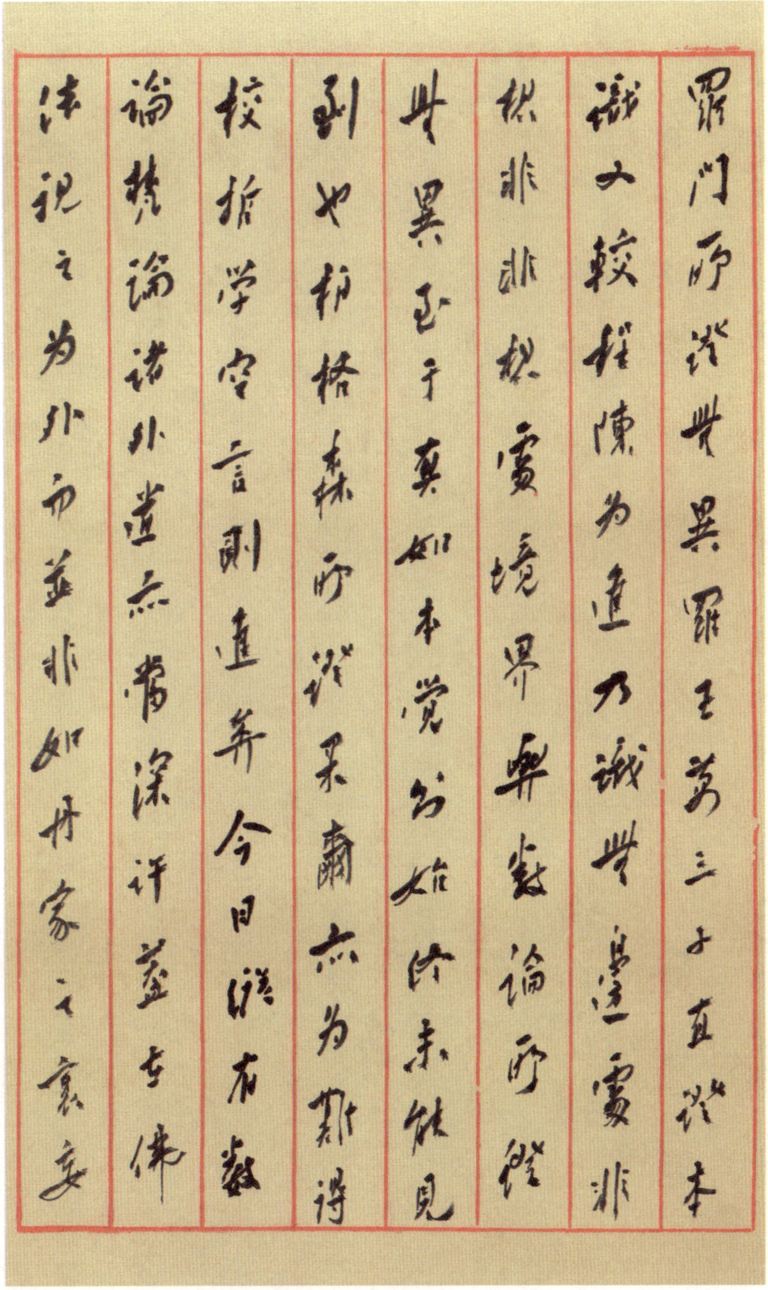
罗门所证无异罗王万三子直证本
识又较程陈为进乃识无边处非
想非非想处境界与数论所证
无异至于真如本觉则始终未能见
到也柏格森所证果尔亦为难得
校哲学空言则进矣今日纵有数
论梵论诸外道亦当深许盖在佛
法视之为外而并非如丹家之哀妄

所证无异。罗、王、万三子，直证本识，又较程、陈为进。乃识无边处、非想非非想处境界，与《数论》所证无异。至于真如本觉，则始终未能见到也。柏格森所证果尔，亦为难得，校哲学空言则进矣。今日纵有数论，梵论诸外道，亦当深许。盖在佛法视之为外，而非并非如丹家之哀妄，（今日刘芷塘一派是也。）亦并非如景教之凡陋，景教不成外道，只是天凡。于世法原是最高，但使其人能知大乘，则趣道甚易也。每见欧阳竟无辈排斥理学，吾甚不以为是，此与告季刚勿排桐城派相似。盖今日贵在引人入胜，无取过峻之论也。书此即问起居佳胜！

章炳麟白　五月二十三日

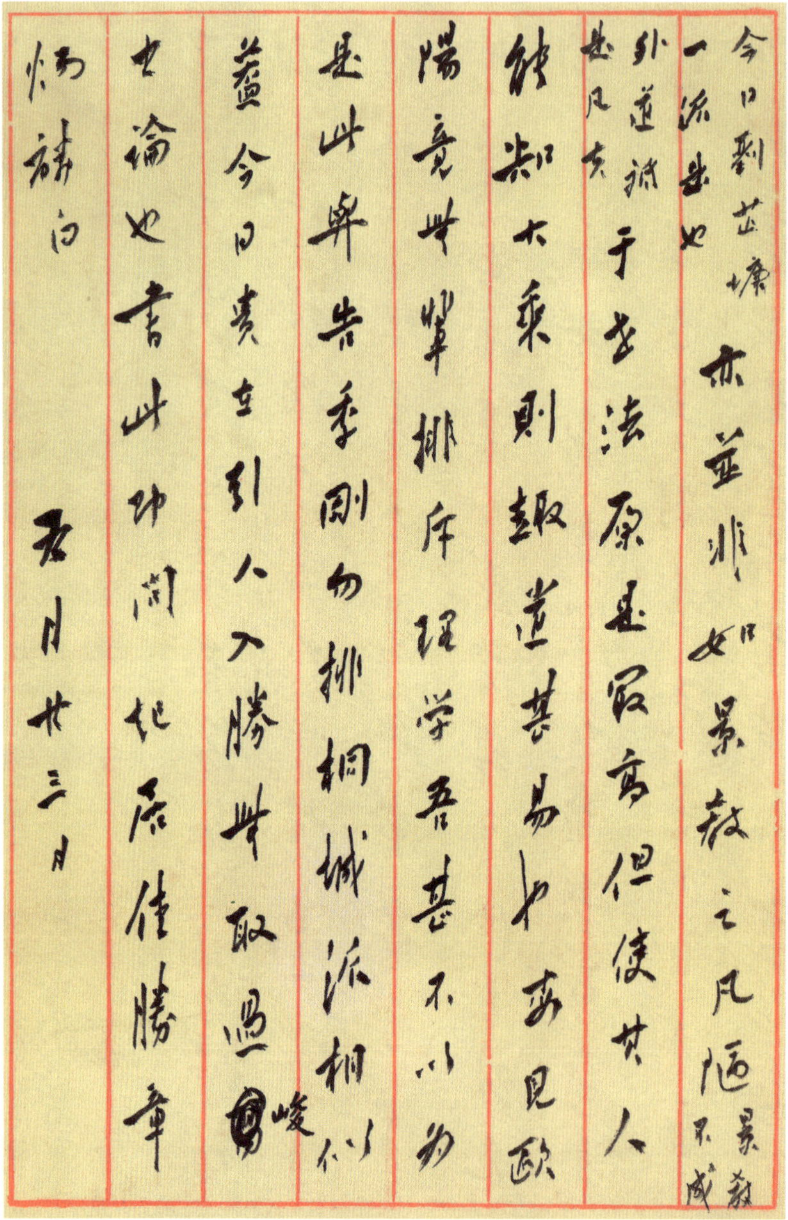

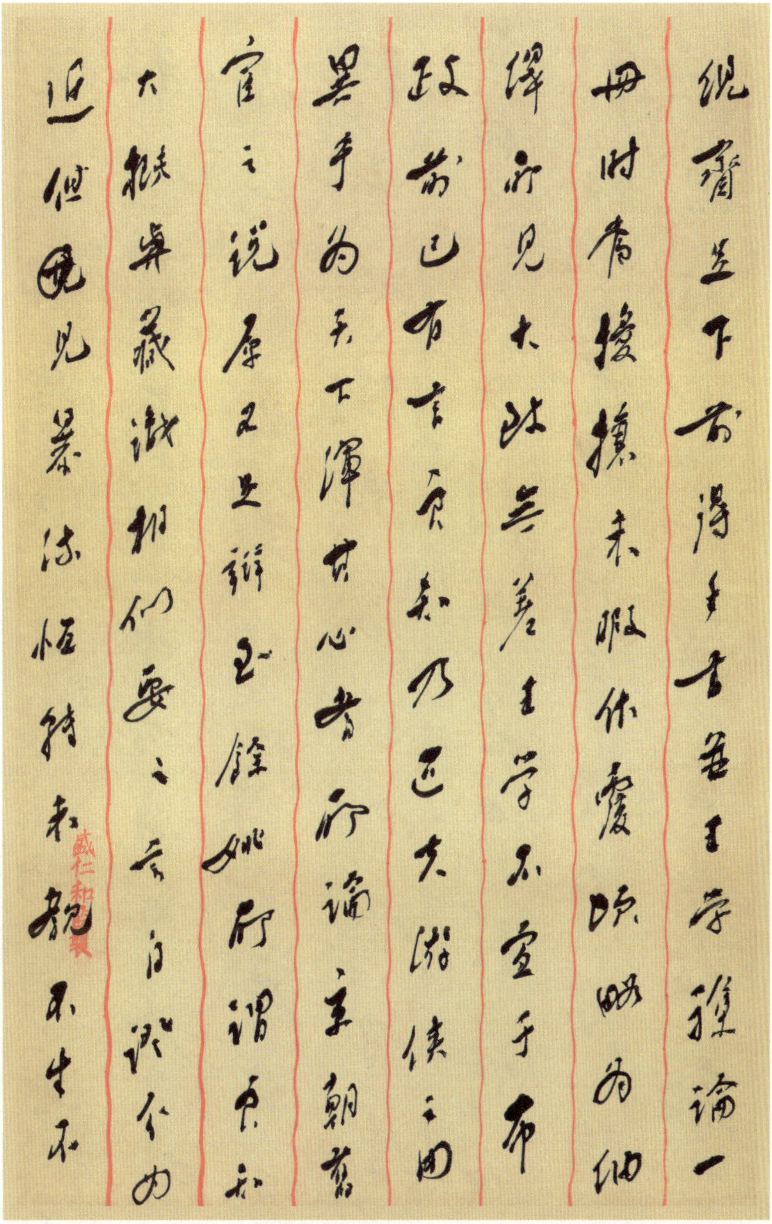

纨斋足下：前得手书，并《王学杂论》一册，时当扰攘，未暇作复。顷略为绅绎，所见大致无差。王学不宜于布政，前已有言。良知乃匹夫游侠之用，异乎为天下浑其心者，所论京朝旧宦之说，原不足辩。至余姚所谓良知，大概与藏识相似。要之言自证分为近，但见暴流恒转，未觌不生不灭之真如，

識之真如原不可言也道非都見以為學有深淺本無內外意近之分歧隨機應用香者其可今者土之清沈非甚莫能振發要其義談之路不妨指陳而非如宋守宋派者以斯為不二法門也無自援佛法來是枝變蓋亦得手經歷試驗甚多所謂衛生之教變非此康之業

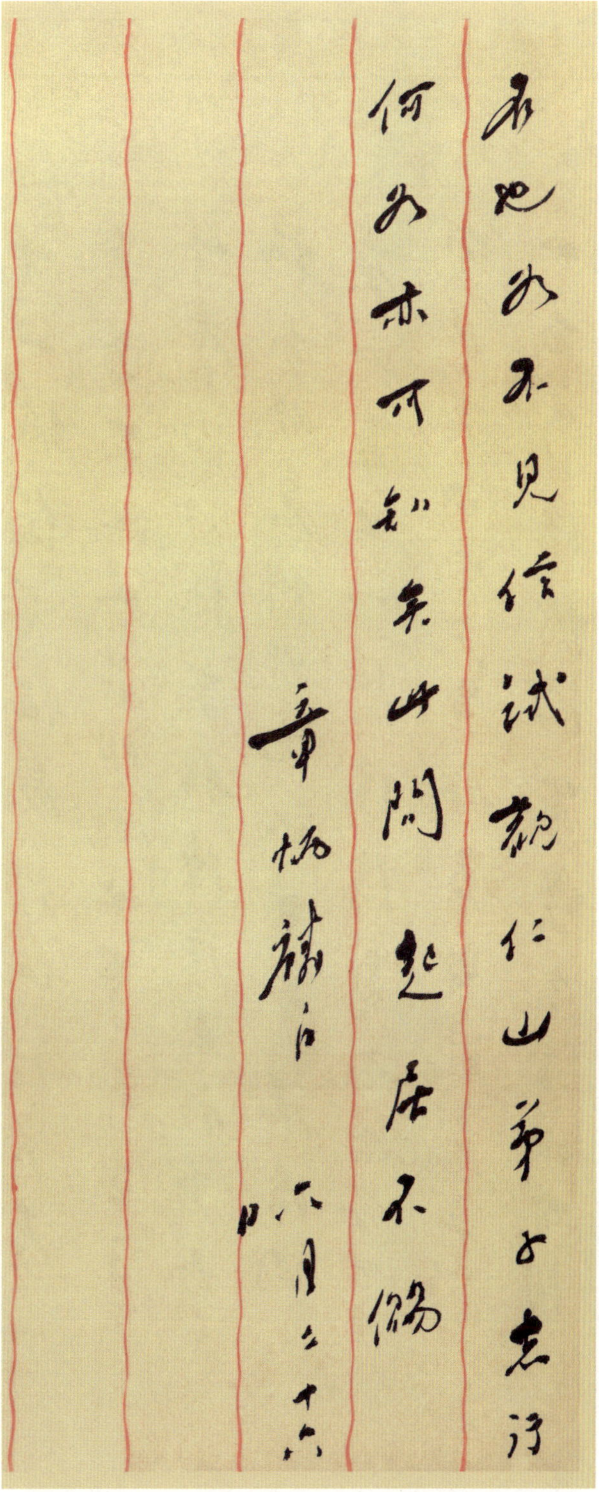
是也如不見信試觀仁山弟子志行
何如亦可知矣此問起居不偈
章炳麟白
六月二十六日

原不可云至道。唯鄙见以为学有深浅，本无内外邪正之分，故随机应用，各有其可。今者士气消沉，非是莫能振发，要其差误之点，不妨指陈。而非如牢守宗派者以斯为不二法门也。若直授佛法，未足救弊，盖亦得于经历证验甚多，所谓卫生之谷麦，非攻疾之药石也。如不见信，试观仁山弟子志行何如，亦可知矣。此问起居，不偈。

章炳麟白

六月二十六日

一九一八年

检斋足下：昨沪城某君递到手书一械，阅之快慰。仆此行自广东过交趾，入昆明，北出毕节，至于重庆。沿江抵万县，陆行至施南。南抵永顺、辰州，沿沅水至常德，渡洞庭入夏口以归。环绕南方

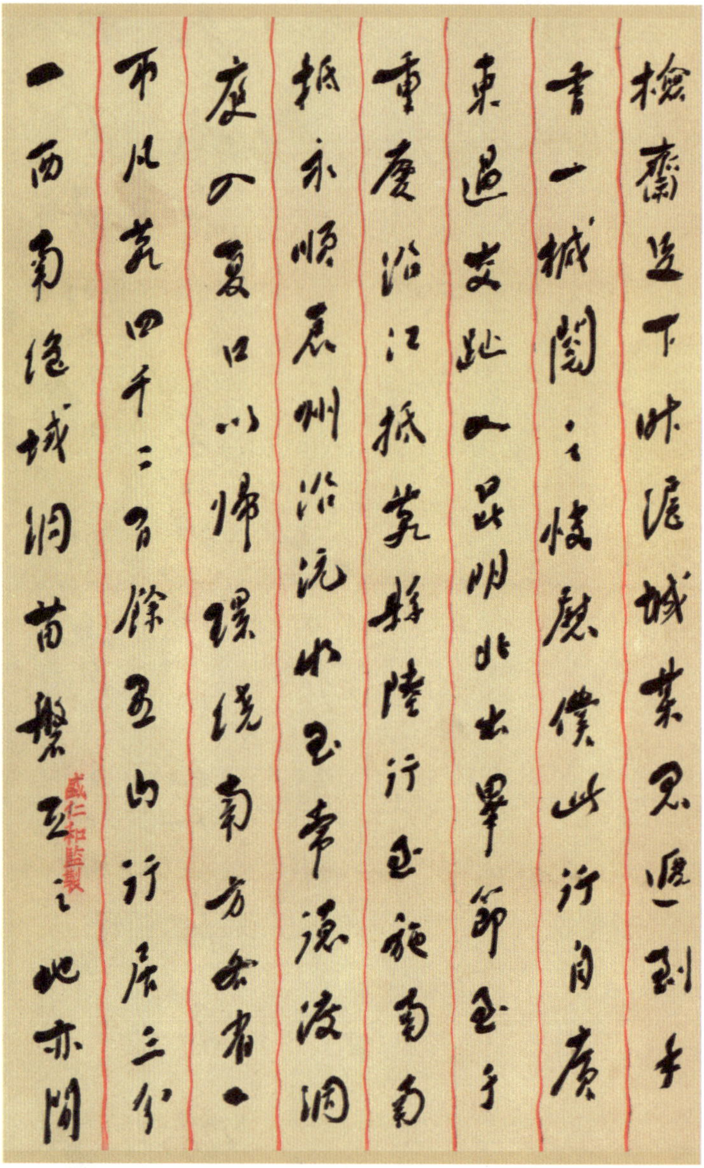
檢齋足下昨滬城某君遞到手
書一械閱之快慰僕此行自廣
東過交趾入昆明北出畢節至于
重慶沿江抵萬縣陸行至施南南
抵永順辰州沿沅水至常德渡洞
庭入夏口以歸環繞南方餘者一
萬八千二百餘里內行居三分
一西南絕域州苗蠻互之地亦聞

各省一市，凡万四千二百余里，山行居三分一。西南绝域，洞苗磐亘之地，亦间及焉。于此无益大计，而人情文野，人材优绌，颇憭憭于胸次。行虽劳苦，亦不虚也。天地闭，贤人隐，诚如来旨，乱世恐亦无涉学者。颇闻宛平大学又有新文学、旧文学之争，往者季刚辈与桐城诸子争辩骈散，仆甚谓不宜。

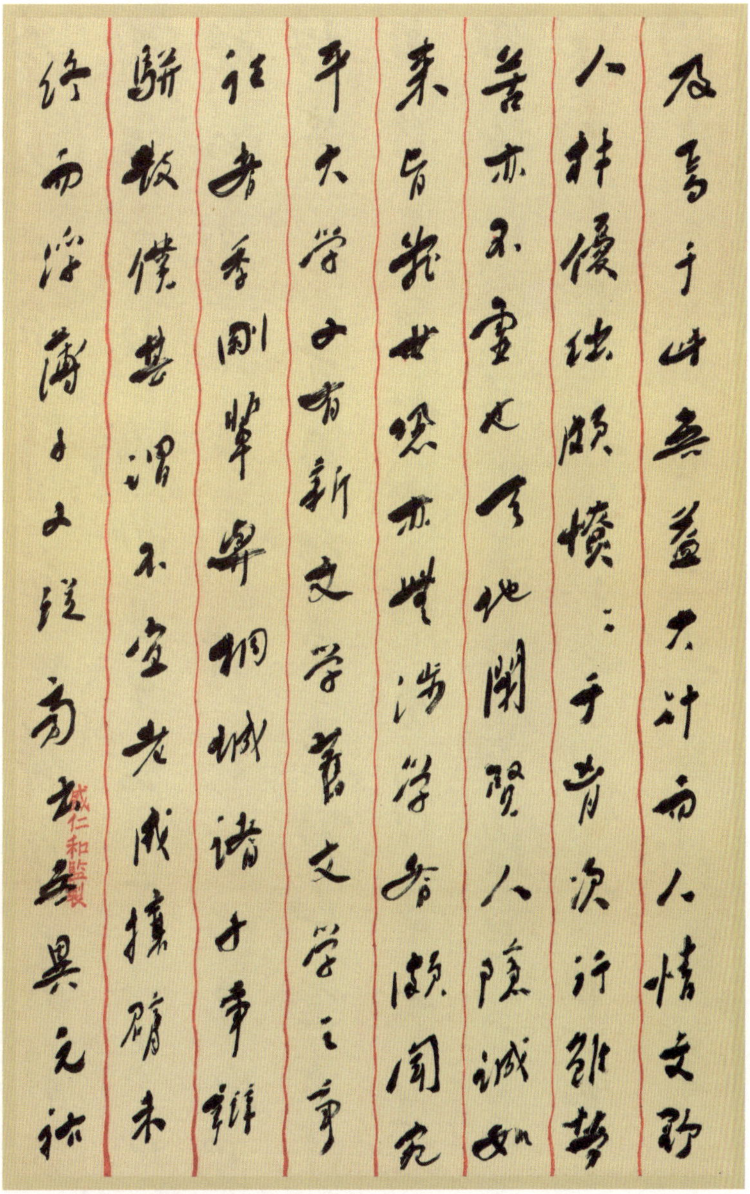

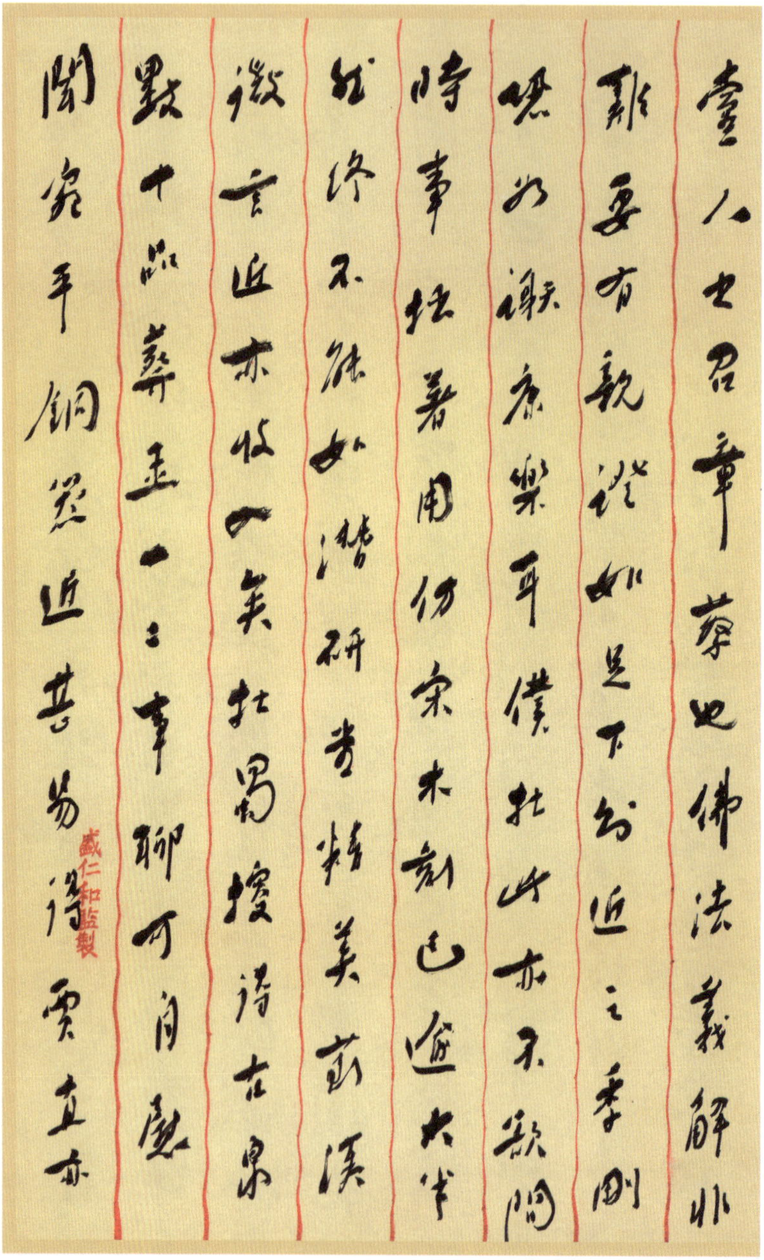
黨人之召章蔡也佛法義解非
難要有親證如足下則近之季剛
恐如謝康樂耳僕在此亦不欲問
時事拙著用仿宋木刻已逾大半
然終不能如潛研堂精美葑漢
微言近亦收入矣在蜀搜得古泉
數十品葬玉一二事聊可自慰
聞宛平銅器近甚易得賈直亦

老成攘臂未终，而浮薄子又从旁出，无异元祐党人之召章蔡也。佛法义解非难，要有亲证。如足下则近之，季刚恐如谢康乐耳。仆在此亦不欲问时事。拙著用仿宋木刻已逾大半，然终不能如潜研堂精美。《葑汉微言》近亦收入矣，在蜀搜得古泉数十品，葬玉一二事，聊可自慰。闻宛平铜器近甚易得，贾直亦轻，

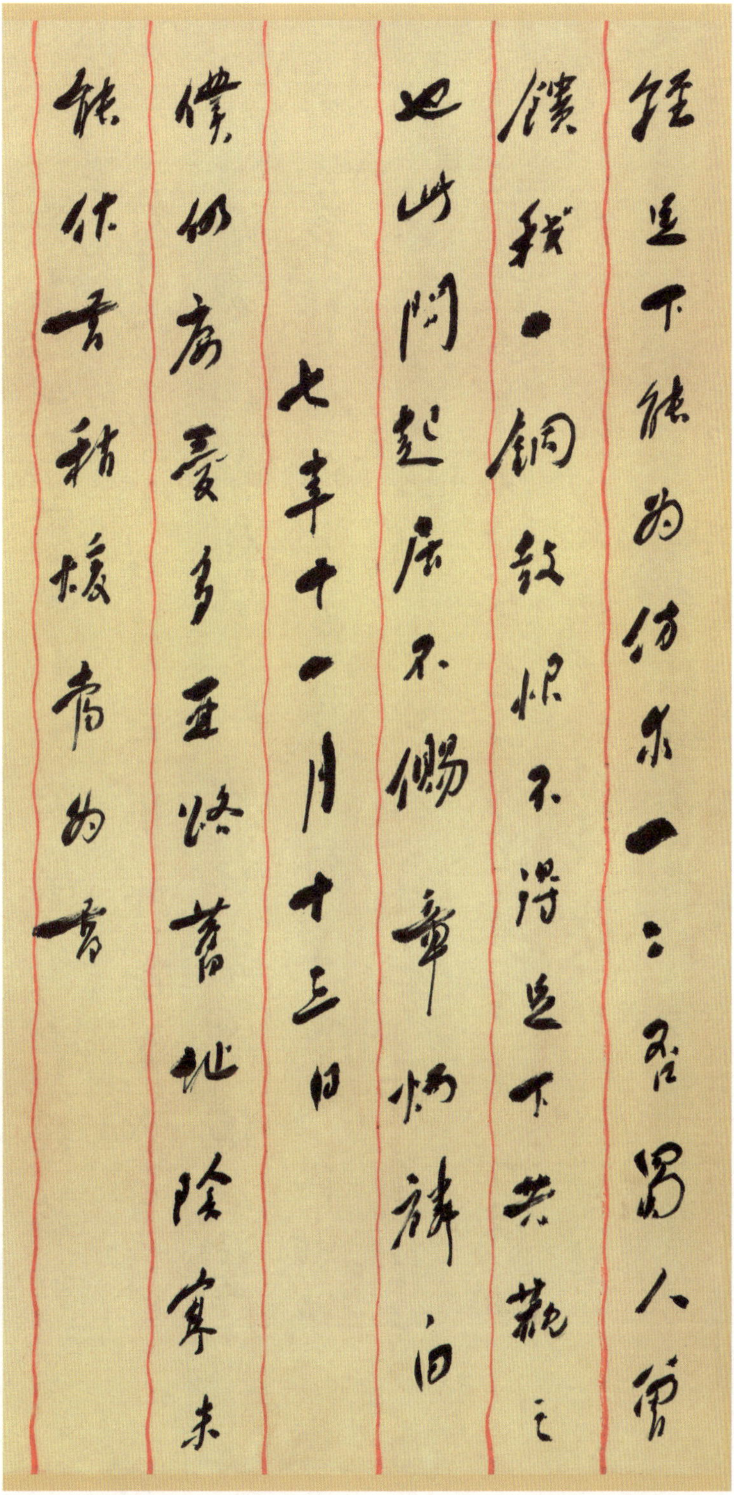

足下能为访求一二否？蜀人曾馈我一铜鼓，恨不得足下共观之也。此问起居不儩！

章炳麟白

七年十一月十三日

仆仍寓爱多亚路旧址，阴寒未能作书，稍煖当为书。

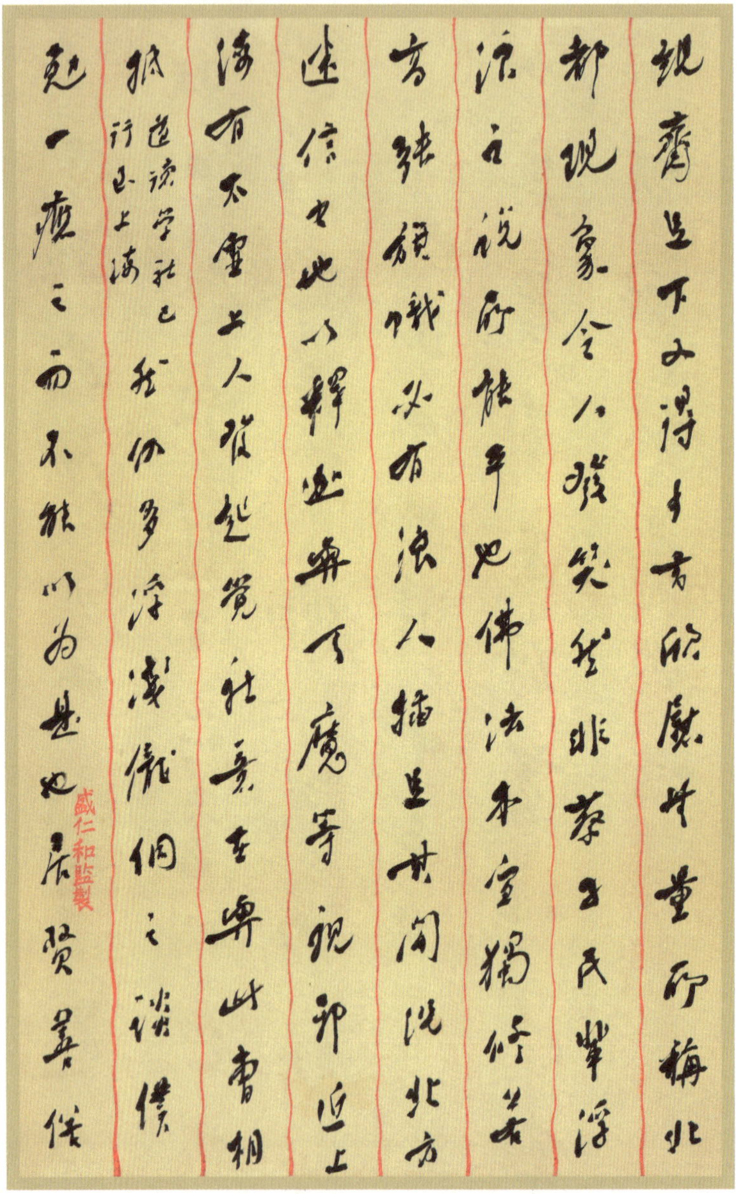

觋斋足下：又得手书，欣慰无量。所称北都现象，令人发笑。然非蔡子民辈浮浪之说所能平也。佛法本宜独修，若高张旗帜，必有浪人插足其间，况北方迷信之地，以释迦与天魔等视邪？近上海有太虚上人发起觉社，意在与此曹相抵，道德学社已行至上海然仍多浮浅笼统之谈。仆勉一应之，而不能以为是也。居贤善俗，仍以儒术为佳。虽心与佛相应，而形式不可更张。明道、象山、慈湖、白沙、阳明所得各

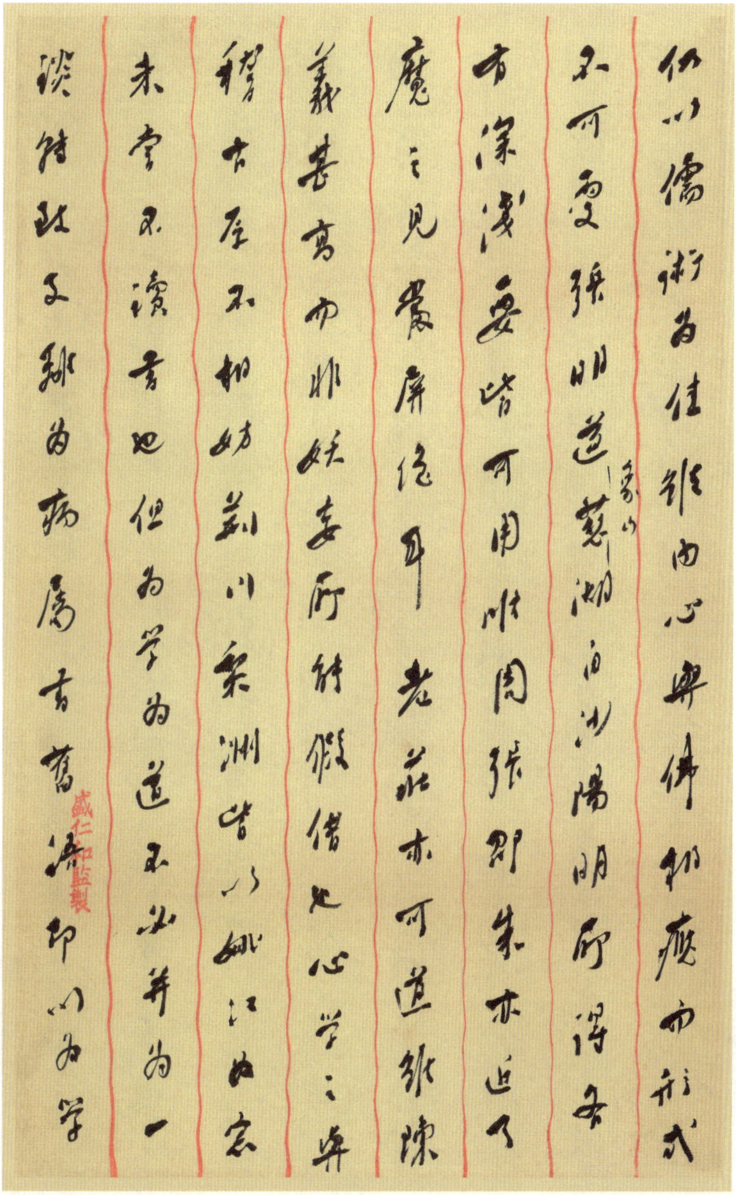

有深浅，要皆可用。唯周、张、邵、朱，亦近天魔之见，当屏绝耳。老、庄亦可道，虽陈义甚高，而非妖妄所能假借也。心学之与稽古，原不相妨。荆川、黎洲，皆以姚江为宗，未尝不读书也。但为学道，不必并为一谈，转致支离为病，属书旧语，即以「为学日益，为道日损」相授，当知吾意耳。端居无事，且思得一二铜器以为娱乐。在蜀亦得数品，北都此物仍贵，足下似亦不好，唯古钱想易识别。仆

所得亦不少，而终不能完备。足下于厂肆间有所得耶？生平所厌，唯厌胜品，其余常品、奇品皆好之，足下能为罗致数品否？尤难得者，姑附一纸，可遇不可求也，勿以玩物丧志为笑。

章炳麟白

十二月六日

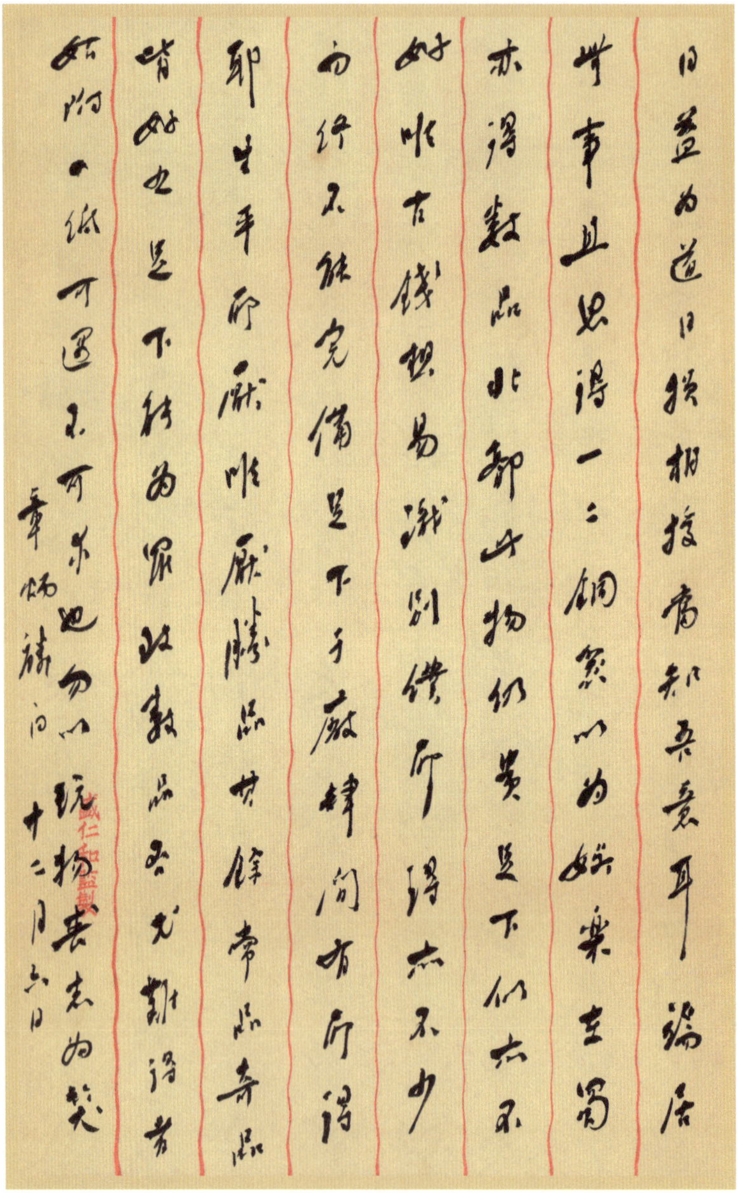

一九一九年

缌斋足下：得书久未复，因近亦有少许烦恼也。欧阳所述，大抵故言。此即佛法中，惠定宇、孙渊如一派。倡始之初，此种不可少，渐有心得，则义解当转道矣。博戏虽无伤，然习之既久，费日耗资，

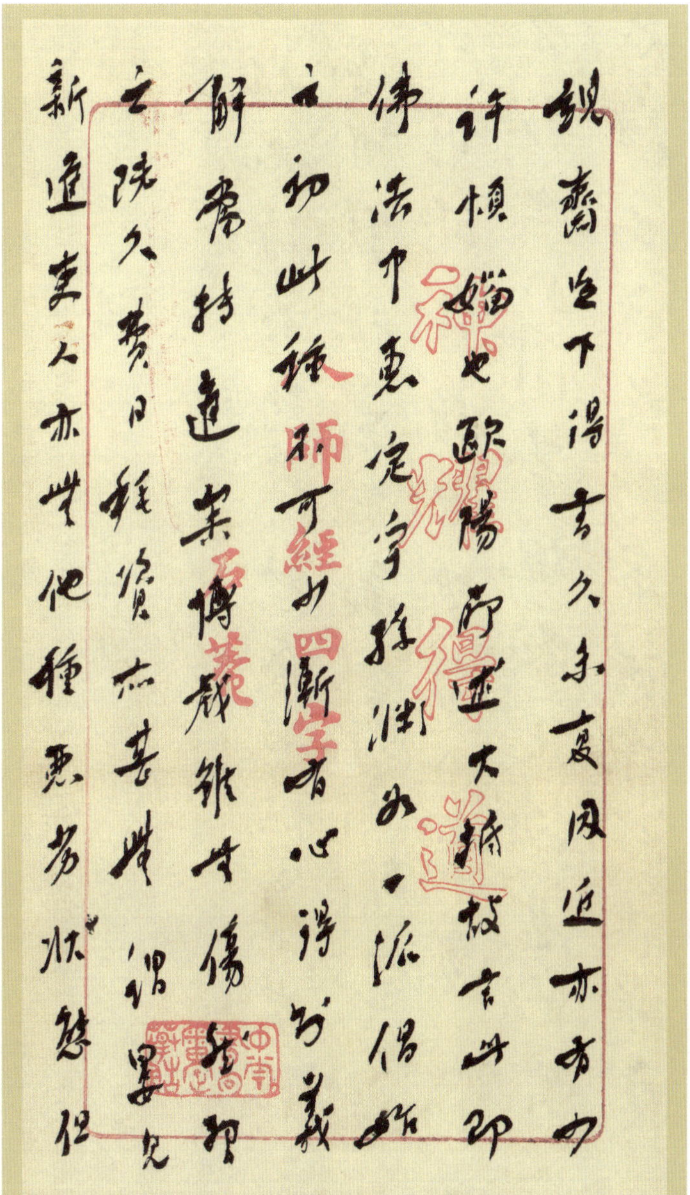
緦齋足下得書久未復因近亦有少
許煩惱也歐陽所述大抵故言此即
佛法中惠定宇孫淵如一派倡始
之初此種不可少漸有心得則義
解當轉道矣博戲雖無傷然習
之既久費日耗資亦甚無謂
新進來人亦無他種惡劣狀態但

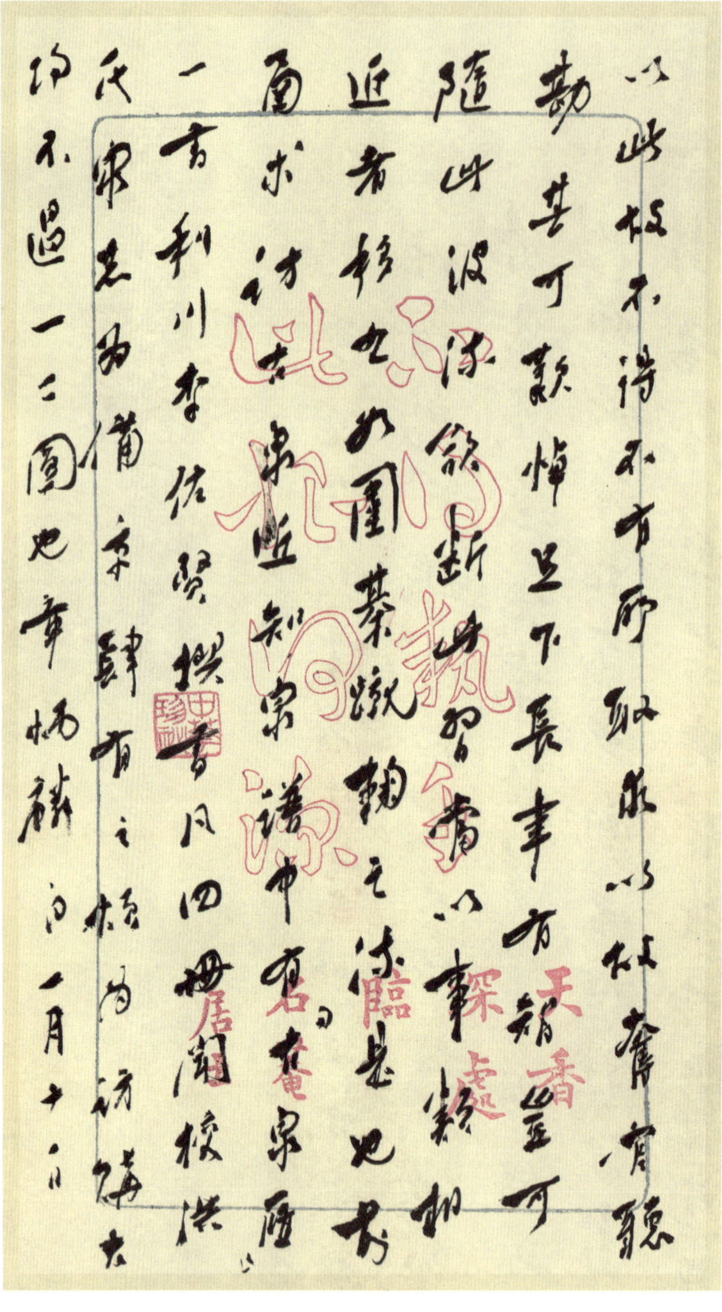

亦甚无谓。屡见新进吏人，亦无他种恶劣状态，但以此故，不得不有所取求，以故夺官听勘，甚可叹悼。足下长年有智，岂可随此波流？欲断此习，当以事类相近者移之，如围棋蹴鞠之流是也。前函求访古泉，近知泉谱中有《古泉汇》一书，利川李佐贤撰，书凡四册，闻校洪氏《泉志》为备，京肆有之，烦为访购，大约不过一二圆也。

章炳麟白

一月十一日

一九二〇年

觋斋足下：前得手书时，仆适有肝病，胆汁迸裂，传为黄疸。调治两月，近始痊可，芒硝已服至半斤矣。前所说藏经事，因哈同花园有议和代表，门庭闭锢，非其道无由入。仆不愿与混混者胡搅，王揖唐时请吃茶、吃饭皆婉谢之。近得

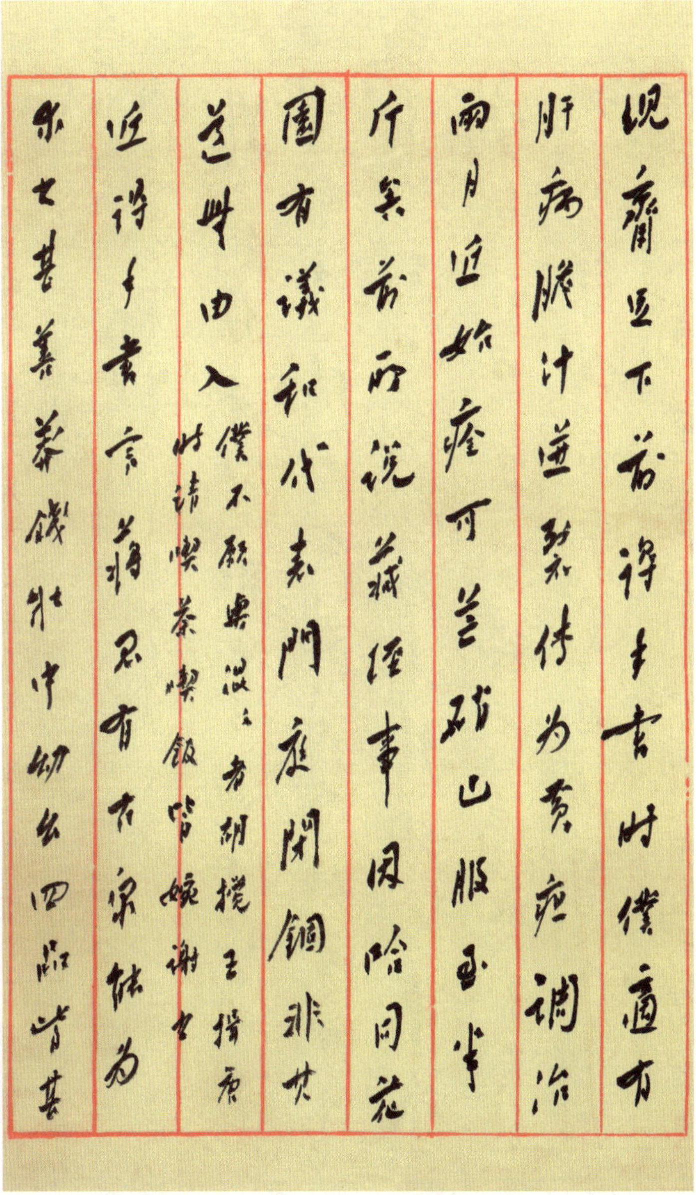

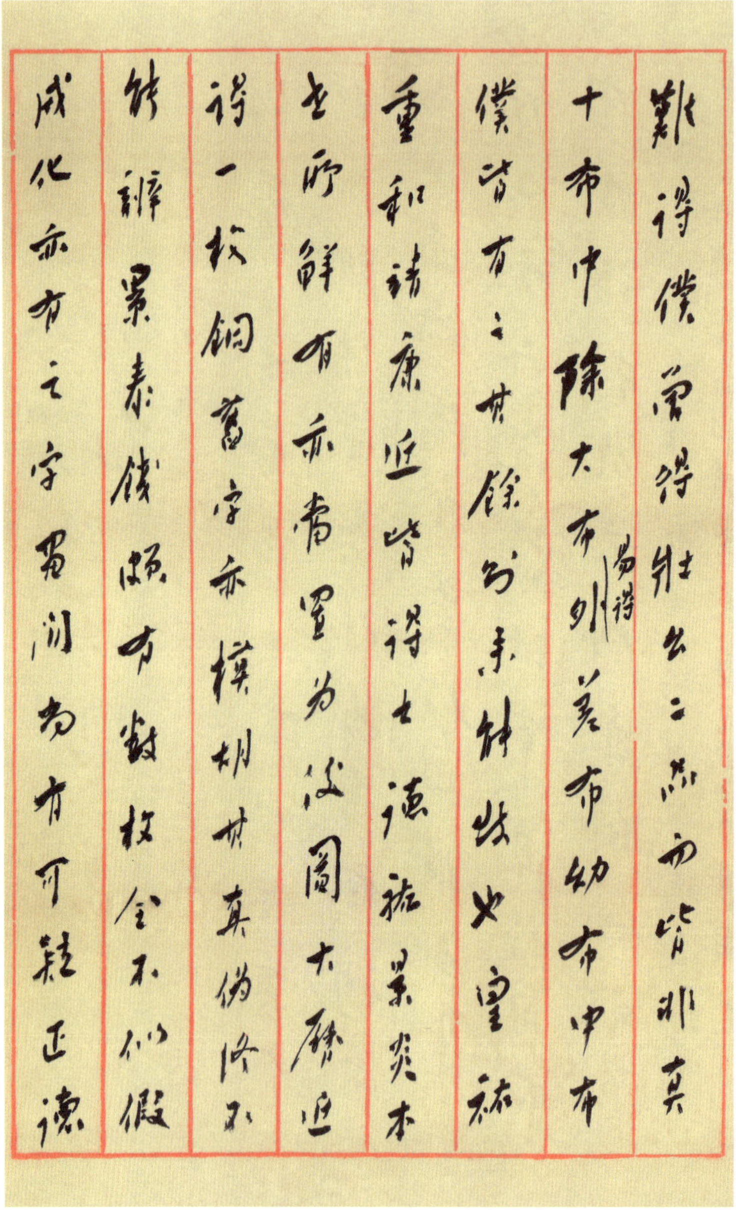
難得，僕曾得壯、幺二品，而皆非真。十布中，除大布易得外，差布、幼布、中布僕皆有之，其餘則未能致也。皇祐、重和、靖康近皆得之。德祐、景炎本世所鮮有，亦當置為後圖。大曆近得一枚，銅舊字亦模糊，其真偽終不能辨。景泰錢頗有數枚，全不似假。成化亦有之，字畫間尚有可疑。正德

手书，言蒋君有古泉，能为求之，甚善。莽钱壮、中、幼、幺四品皆甚难得，仆曾得壮、幺二品，而皆非真。十布中，除大布易得外，差布、幼布、中布仆皆有之，其余则未能致也。皇祐、重和、靖康近皆得之。德祐、景炎本世所鲜有，亦当置为后图。大历近得一枚，铜旧字亦模糊，其真伪终不能辨。景泰钱颇有数枚，全不似假。成化亦有之，字画间尚有可疑。正德钱自清初已谓无真者，今所见轮郭

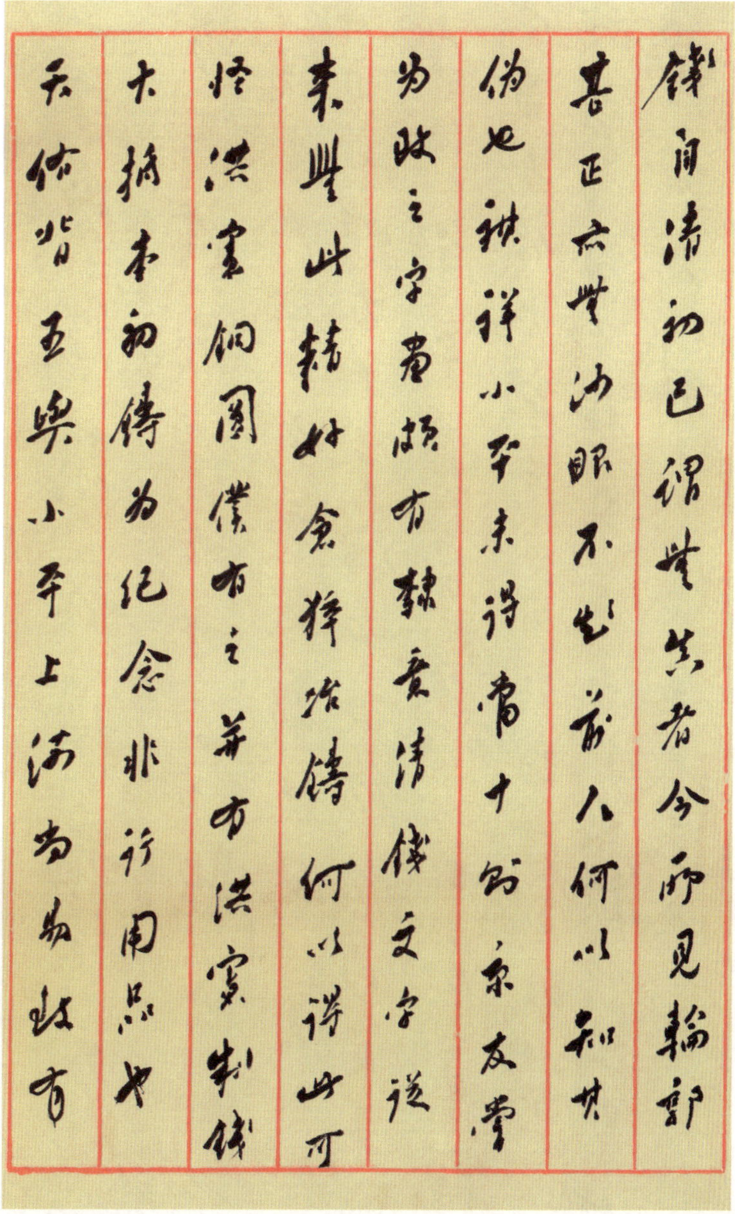
钱自清初已谓[illegible][illegible]者今所见輪郭
甚正亦无沙眼不知前人何以知其
伪也祺祥小平未得当十则京友尝
为致之字画颇有隶意清钱文字从
来无此精好仓猝冶铸何以得此可
怪洪宪铜圆仆有之并有洪宪制钱
大抵本初铸为纪念非行用品也
天祐背五与小平上海尚易致有

甚正，亦无沙眼，不知前人何以知其伪也。祺祥、小平未得，当十则京友尝为致之，字画颇有隶意。清钱文字从来无此精好，仓猝冶铸，何以得此，可怪！洪宪铜圆仆有之，并有洪宪制钱，大抵本初铸为纪念，非行用品也。天祐背五与小平，上海尚易致，有二三字者稍难。龙凤与徐天启则难得矣。仆所得亦有一二异者，如孙亮五凤，横书「五凤」二字，字在篆隶间。纪元入钱，实自此始。太平百钱，亦彼时物，同用年号。朱全忠开平通宝体近八分西夏贞观通宝，字画全仿

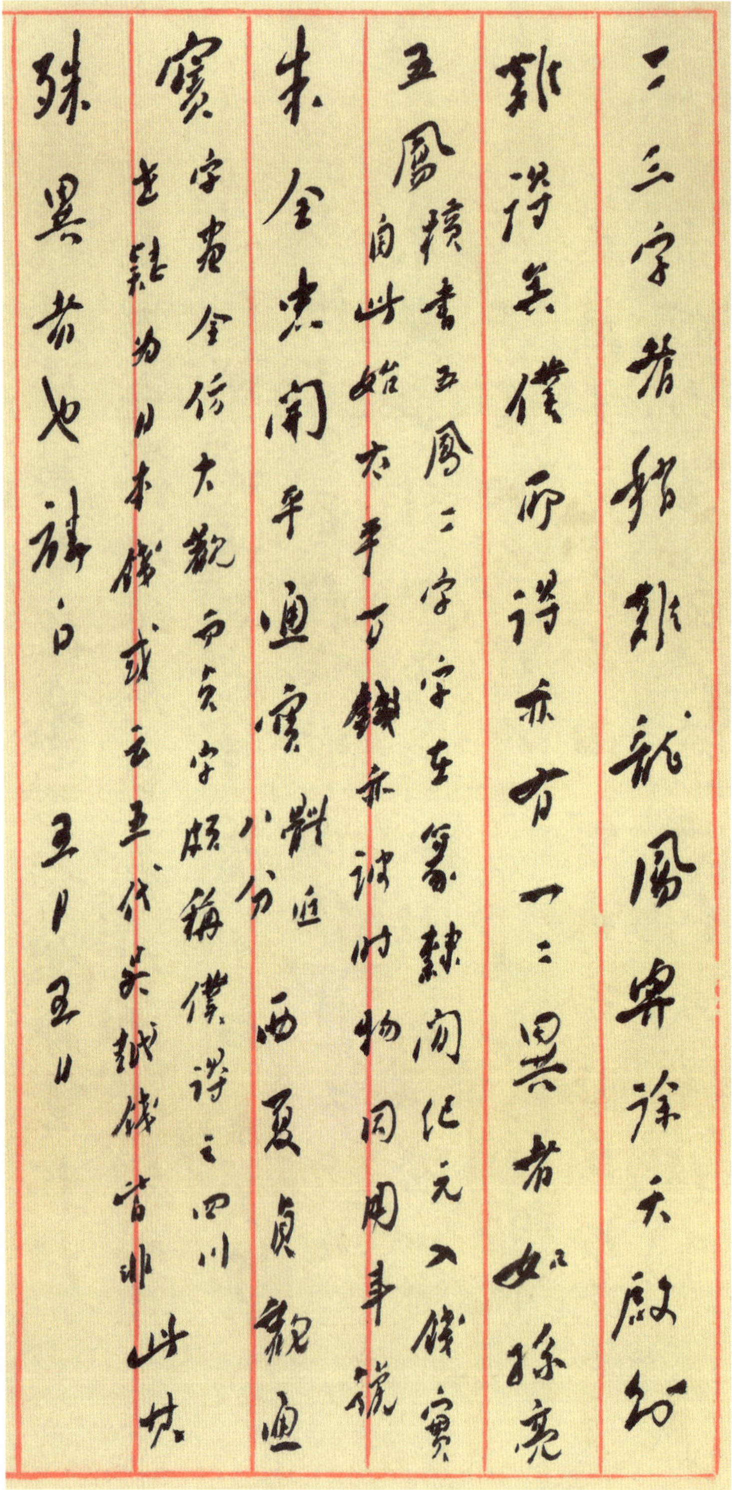

大观，而贞字颇称。仆得之四川，世疑为日本钱，或云五代吴越钱，皆非。此其殊异者也。

麟白

五月五日

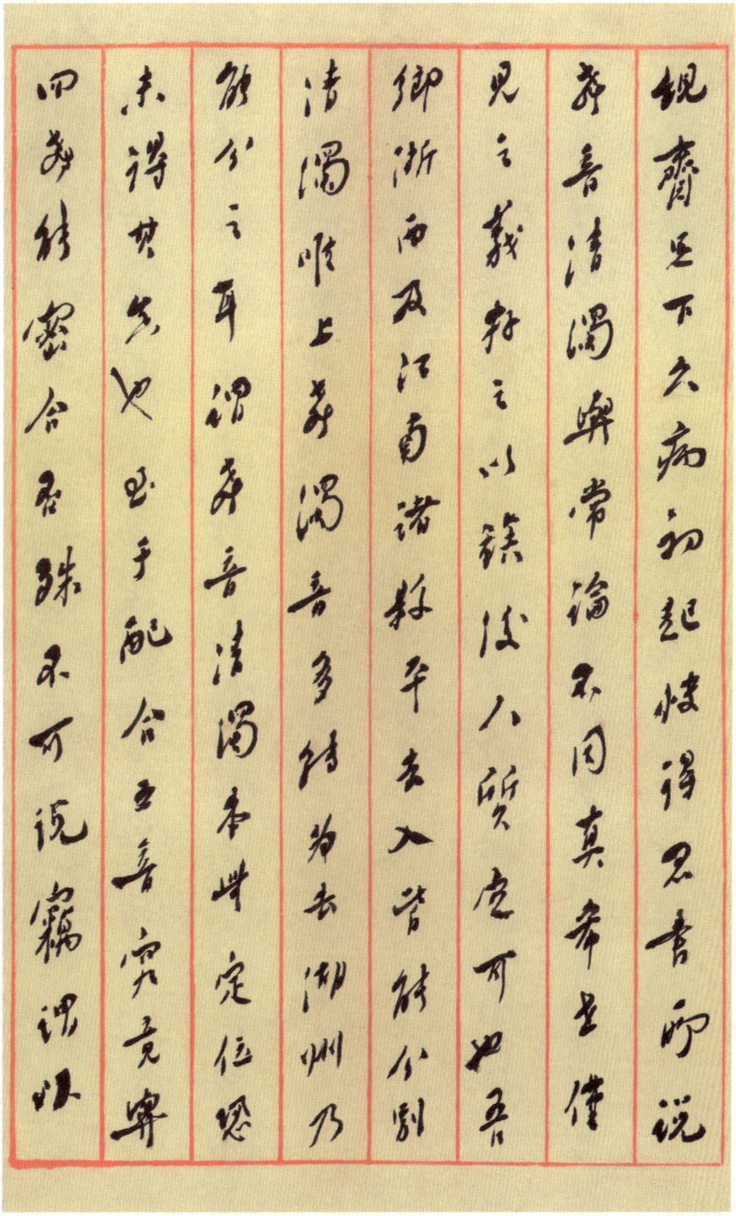
規齋足下久病初起快得君書所說
聲音清濁與常論不同真希世僅
見之義存之以俟後人質定可也吾
鄉浙西及江南諸縣平去入皆能分別
清濁唯上聲濁音多轉為去湖州乃
能分之耳謂聲音清濁本無定位恐
未得其真也至于配合五音究竟與
四聲能密合否殊不可說竊謂以

规斋足下：久病初起，快得君书。所说声音清浊，与常论不同，真希世仅见之义，存之以俟后人质定可也。吾乡浙西及江南诸县平去入皆能分别清浊，唯上声浊音多转为去，湖州乃能分之耳。谓声音清浊本无定位，恐未得其真也。至于配合五音，究竟与四声能密合否，殊不可说。窃谓以字配管色者，乃随其度调高下而得之。一字所配，未必定为某色。即同在一曲尚然，况异曲哉？吕氏《韵集》

以五声分五部，大抵魏晋间人未有平上去入之标目，借五音以为符号耳。亦犹今人以五行、五德配五数，非必实有此义也。而其所分五卷，今亦不可尽知。若云平声阴阳或分为二，何以陆法言辈不见遵从？且魏晋人反语，见于《经典释文》者尚多，其下一字，平声亦不分清浊，则知吕氏五卷，非阴阳上去入也。私意古人著书必有序例，或者四声各为一卷，加以序例，则为五耳。究之乐律清浊，未必

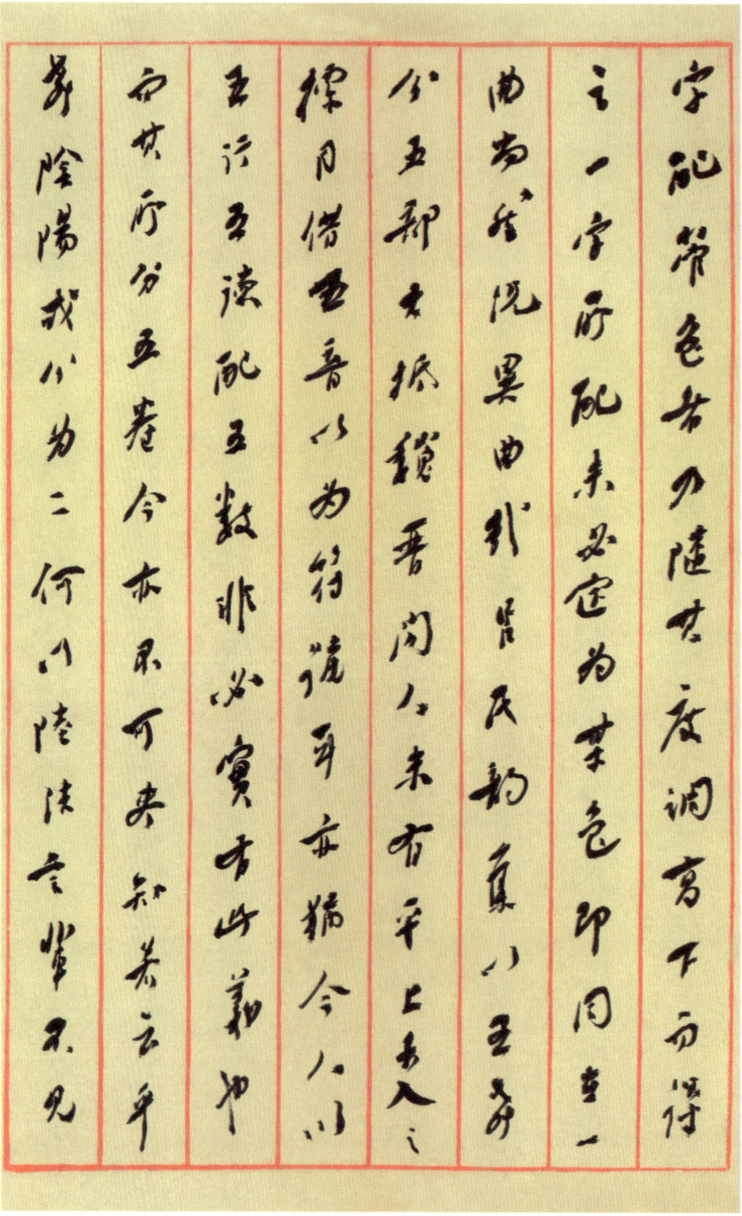
字配帶色者乃隨其度調高下而附
之一字所配未必定為某色即同是一
曲而前後異曲我故呂氏韵集以五聲
分五部大抵魏晉間人未有平上去入之
標目借五音以為符號耳亦猶今人以
五行五德配五數非必實有此義也
而其所分五卷今亦不可盡知若云平
聲陰陽或分為二何以陸法言輩不見

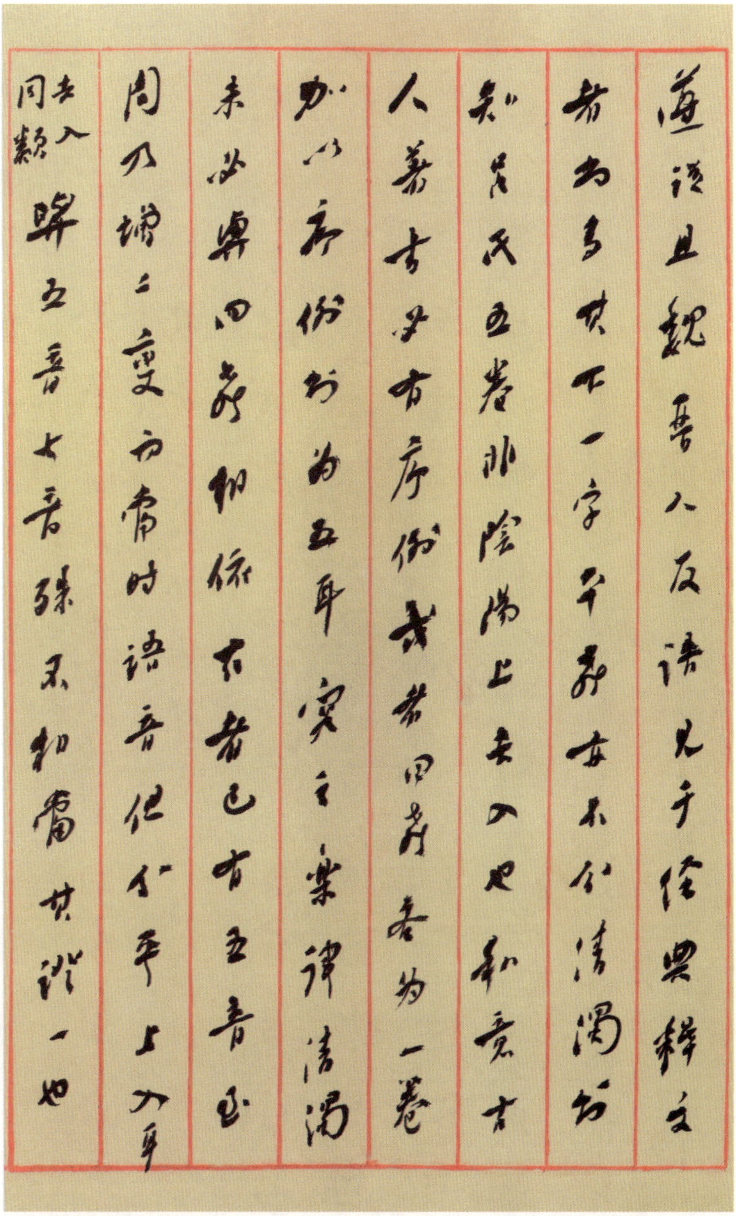

与四声相依。古者已有五音，至周乃增二变，而当时语音但分平上入耳，去入同类。与五音、七音殊不相当，其证一也。今人管色用七位十三字，然南方四声完具，而度曲反无凡、乙二位；北方四声不具，而度曲反尽具十三字。多寡相配，适成反戾。其证二也。四声唯中国有之，外裔则无此分别，唯促音有分耳。而七音则中外尽同，明其不可强配矣。其证三也。陈兰甫兼明切韵、乐律之学，而两书未尝牵以相证，恐此

事不可附合耳。仆於乐律，向无实验，于此不能强论。然以多寡分剩言，仍不能相比者，故略为甄辨如此。季刚分韵太多，于音理未必无益，但最初古音，本无可考。今所谓古韵者，不过用《毛诗》为质验耳。如冬、侵二部，巽轩以来，久分为二。然仆常怪冬部文字过少，疑古人必与侵为一韵，如《诗》「凿冰冲冲，纳于凌阴」为韵，「骐駵是中，騧骊是骖」为韵，则知冲冲必读入侵部。尚欲并冬入侵，而向时沿袭旧说，未能合也。年来婴于疾疢，颇究医方，暇亦时作止观（海上时疫，真可危心。西医虽下血清，仍无可救），于他书屏置已久。学殖荒落，当为足下笑耳。南方于细辛、五味二品，难得真者，此物产于辽东，京师大药肆中或有其物，烦为各购一二两也。某君所藏古泉，有可喜者否？近得四川虎錞一具，铜质黝黑，朱绿遍满，重三十斤，聊以玩物丧志焉。此问起居佳胜。

麟白

原稿附致。

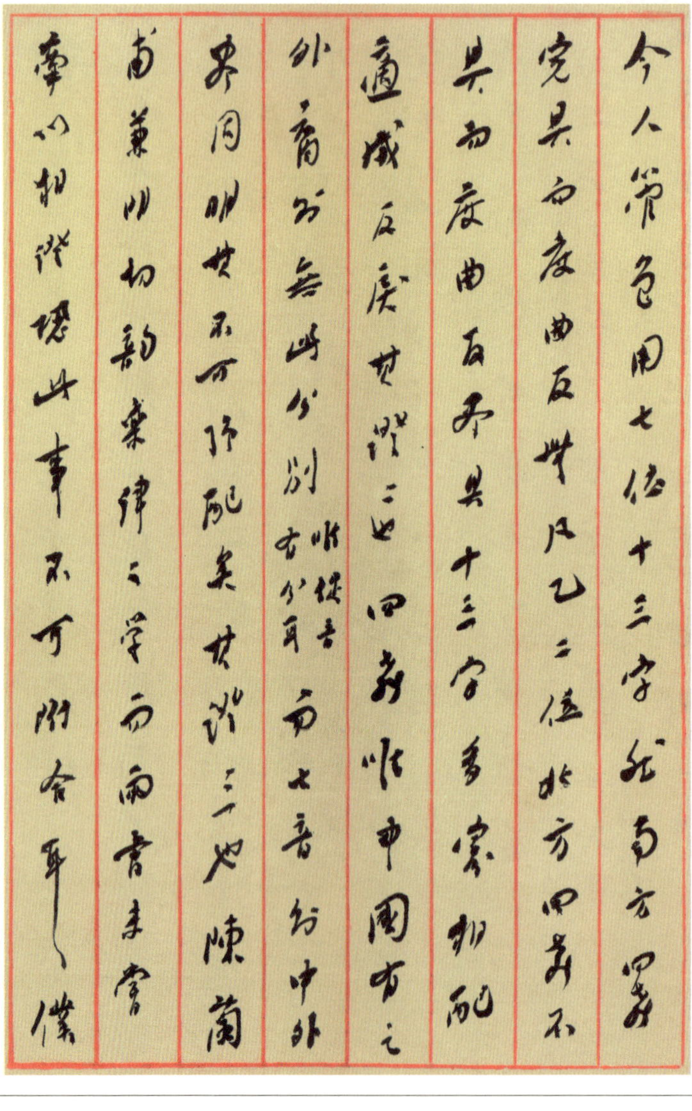

於樂律向無實驗于此不能輕論如
以多寡分剖亦仍不能相比者故略為
甄綜如此季剛分韵太多于音理未
必無當但最初古音本無可證今所謂
古韵者不過用毛詩為驗耳如冬侵
二部巽軒以來久分為二然僕常怪冬部
文字過少疑古人必冬侵為一韵（如詩鑿冰沖沖納于
凌陰為韵騏騮是中騧驪是驂為韵）欲并冬入侵
為韵然知沖中必讀入侵部

而由卿附益舊說，未得命也。年來嬰于疾疢，頗究醫方（滬上時疫甚可危心，西醫雖不逮，清卿不可救），暇亦時作此類，于他書屏置已久，學殖荒落，當為通人笑耳。南方于細辛、五味二品難得真者，此物產于遼東，京師大藥肆中或有其物，煩為吾購一二兩，如葉界卿藏古家有可意者。吾近得四川虎錞一，是銅質獨異，朱綠遍滿，重三十斤，聊以抗物者未嘗此間甚屬佳睹。耑白

原稾附此

上洋永仁和監製

一九二二年

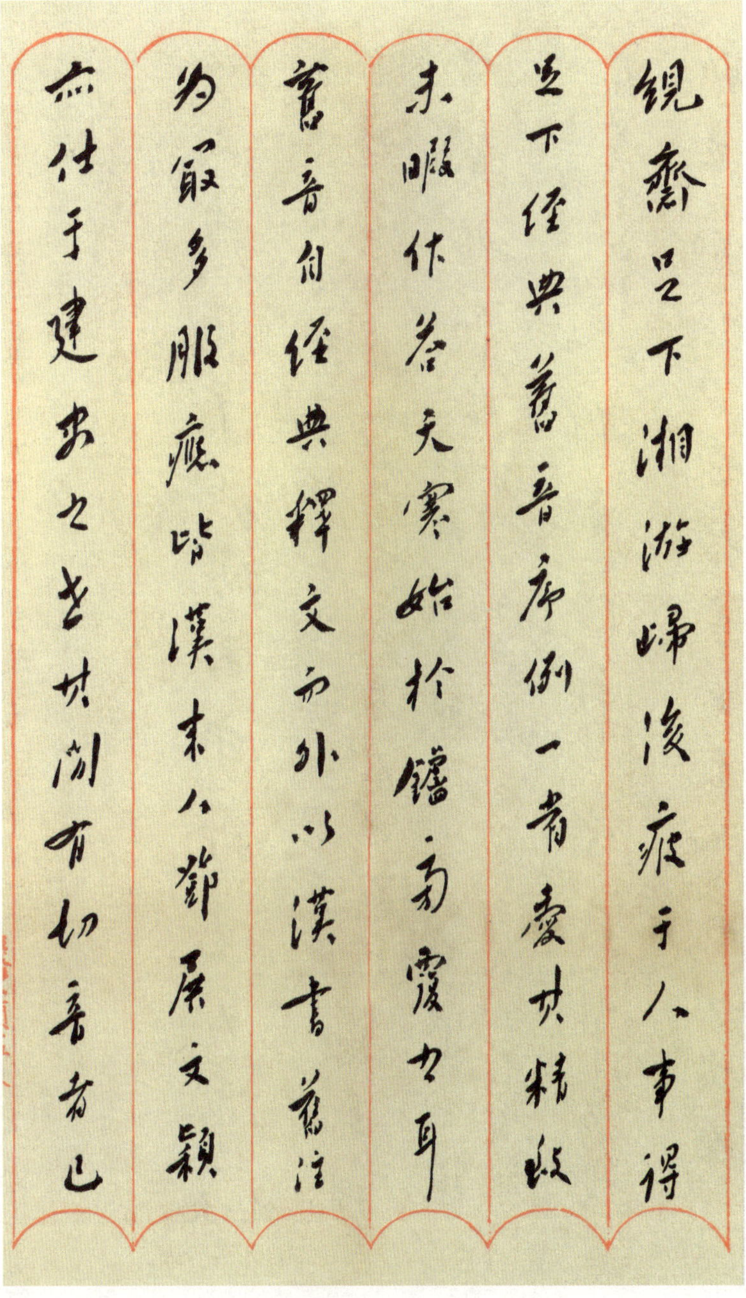
覘齋足下湘游歸後疲於人事得
足下經典舊音序例一首愛其精致
未暇作荅天寒始於鑪勿覆也耳
舊音自經典釋文而外以漢書舊注
爲最多服虔皆漢末人鄭康成穎
亦仕于建安之世其閒有切音者已

觇斋足下：湘游归后，疲于人事，得足下《经典旧音序例》一首，爱其精致，未暇作答。天寒始

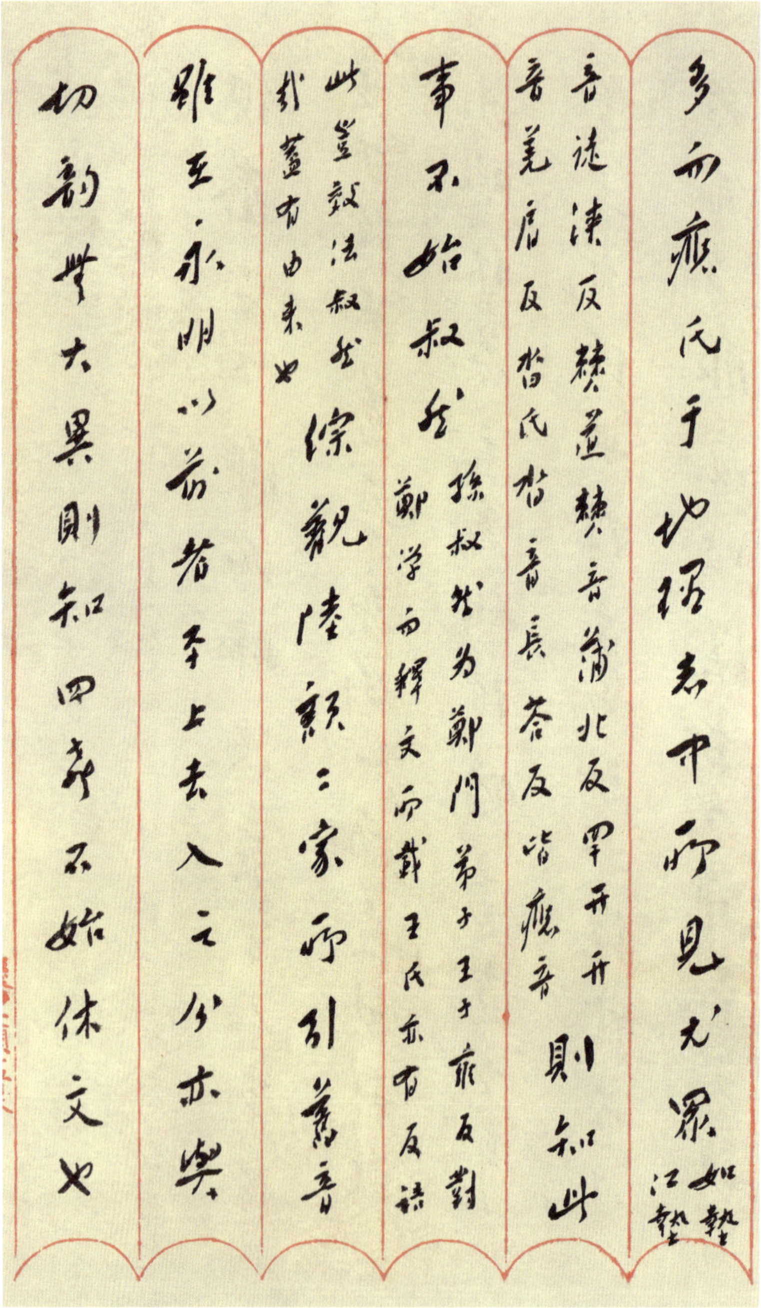
多而應氏于地理志中所見尤衆如墊江墊
音徒陝反僰道僰音蒲北反罕开开
音羌肩反沓氏沓音長荅反皆應音則知此
事不始叔然孫叔然為鄭門弟子王子雍反對鄭學而釋文所載王氏亦有反語
此豈效法叔然哉蓋有由來也綜觀陸顏二家所引舊音
雖在永明以前者平上去入之分亦與
切韵無大異則知四聲不始休文也

于炉旁复书耳。旧音自《经典释文》而外，以《汉书》旧注为最多。服、应皆汉末人，邓展文颖亦仕于建安之世，其间有切音者已多，而应氏于《地理志》中所见尤众。如垫江垫音徒陕反，僰道僰音蒲北反，罕开开音羌肩反，沓氏沓音长答反，皆应音。则知此事不始叔然。孙叔然为郑门弟子，王子雍反对郑学，而《释文》所载王氏亦有反语。此岂效法叔然哉，盖有由来也。综观陆、颜二家所引旧音，虽在永明以前者，平上入去

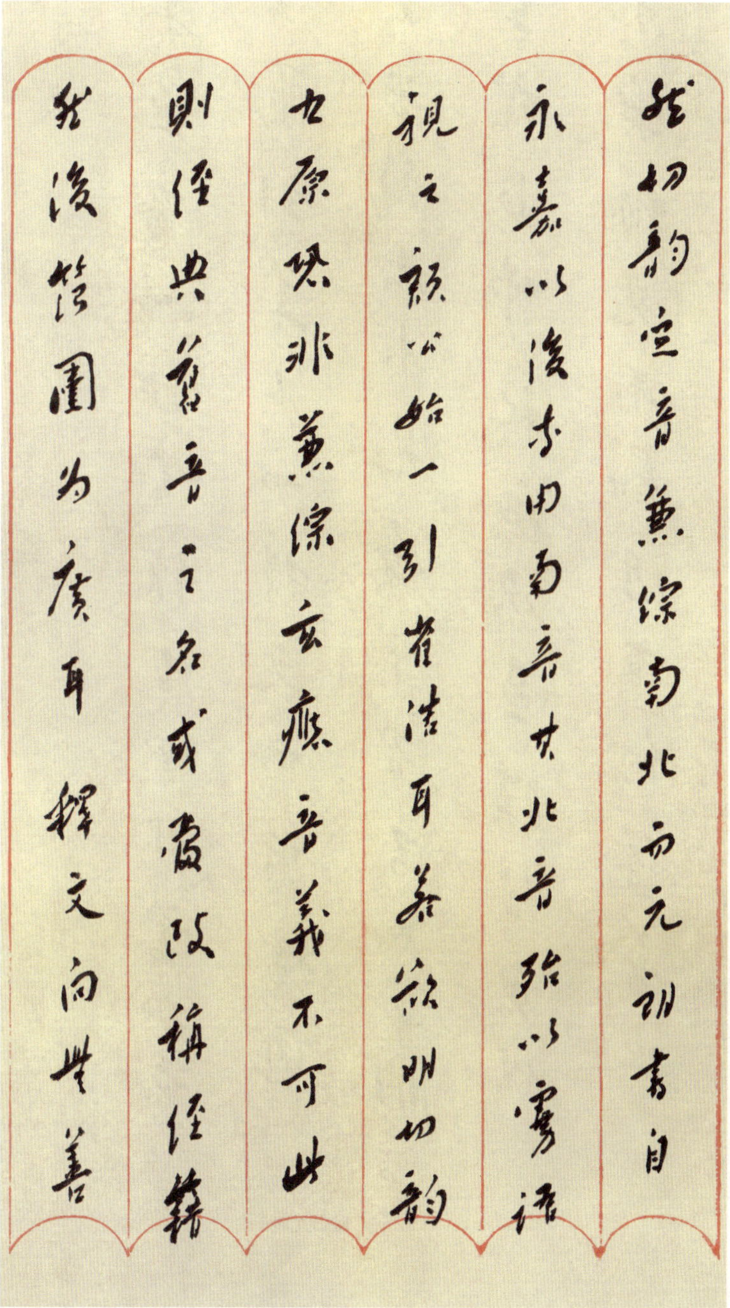
然切韻定音兼綜南北而元朗書自
永嘉以後亦用南音其北音殆以虜語
視之顏公始一引崔浩耳若欲明切韻
之原恐非兼綜玄應音義不可此
則經典舊音之名或當改稱經籍
然後範圍為廣耳釋文向無善

之分，亦与切韵无大异，则知四声不始休文也。然《切韵》定音，兼综南北，而元朗书自永嘉以后，专用南音，其北音殆以虏语视之，颜公始一引崔浩耳。若欲明《切韵》之原，恐非兼综玄应《音义》不可。此则「经典旧音」之名，或当改称「经籍」然后范围广耳。《释文》向无善本。近商务印书馆有《四部丛刊》，意在汇刻善本，而《释文》亦只据通志堂刻，亦未见优于召弓也。季刚在武昌师范，

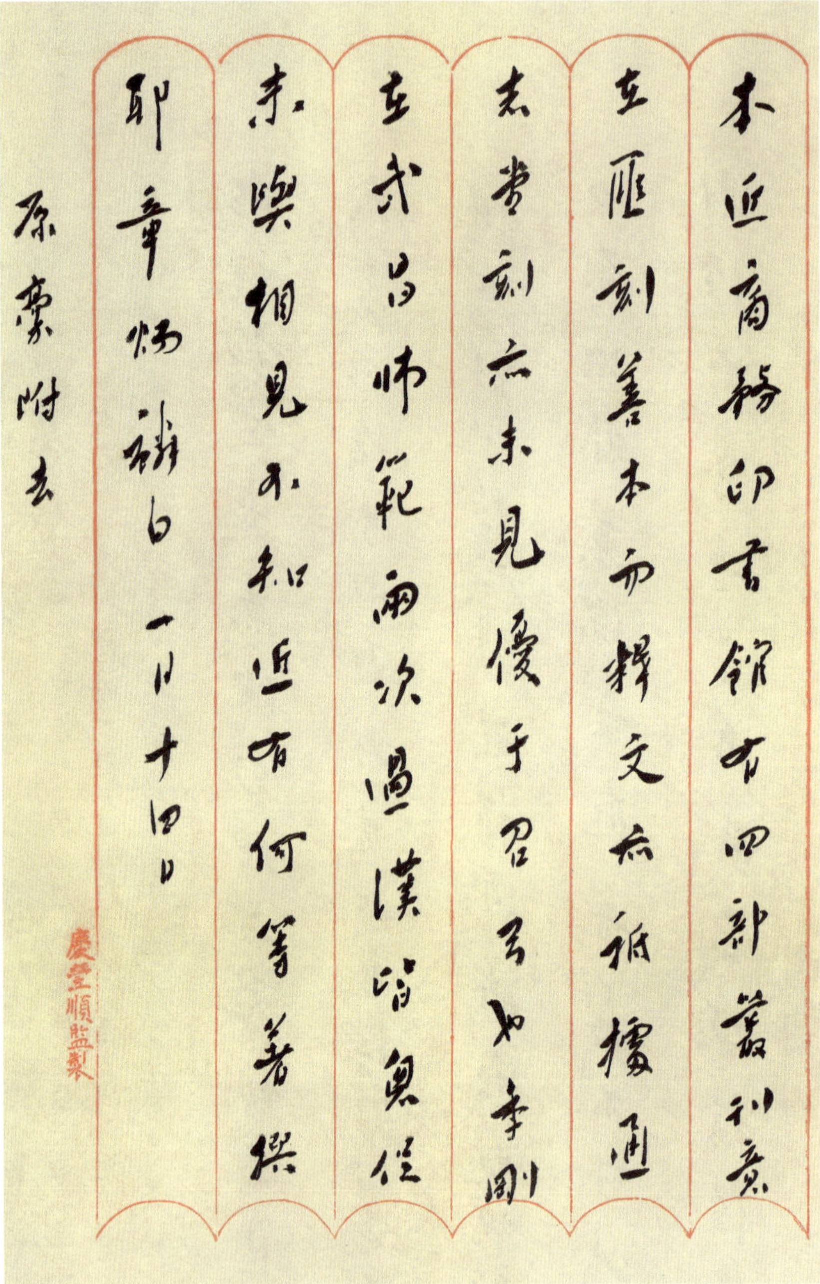

两次过汉，皆匆促未与相见，不知近有何等著撰耶？

原稿附去

章炳麟白

一月十四日

一九二三年

觋斋足下：抢攘半年，殆不复亲坟籍。昨因友人来问音韵，稍授大略。适得大著五册，续又到一

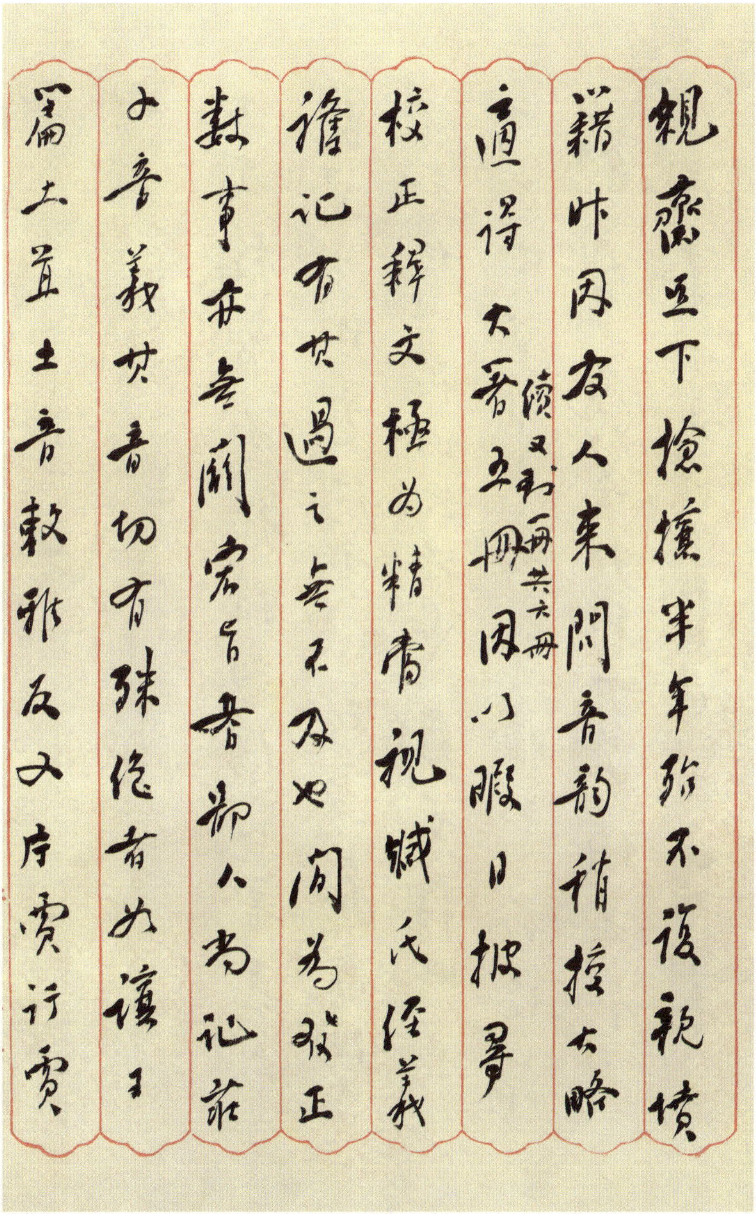
覡齋足下搶攘半年殆不復親墳
籍昨因友人來問音韵稍授大略
適得大著五冊續又到一冊共六冊因以暇日披尋
校正釋文極爲精審視臧氏經義
雜記有其過之無不及也閒爲指正
數事存無關宏旨者鄙人爲訓詁
之音義其音切有殊絕者如讀王
篇大[illegible]土音教[illegible]反又序[illegible]

册共六册。因以暇日披寻，校正《释文》，极为精当，视臧氏《经义杂记》有其过之，无不及也。间为发正数事，亦无关宏旨者。鄙人尚记《庄子音义》，其音切有殊绝者。如《让王篇》土苴土音敕雅反，又片贾、行贾二反。敕雅为韵转类隔之音，无足骇异。其片贾、行贾二反，于声纽绝远，不知何以得此二音也。猝思得此，足下如有发明之处，望补入。所论[口张]，[卢象]，同字，声音相转，其义极是。饭器上

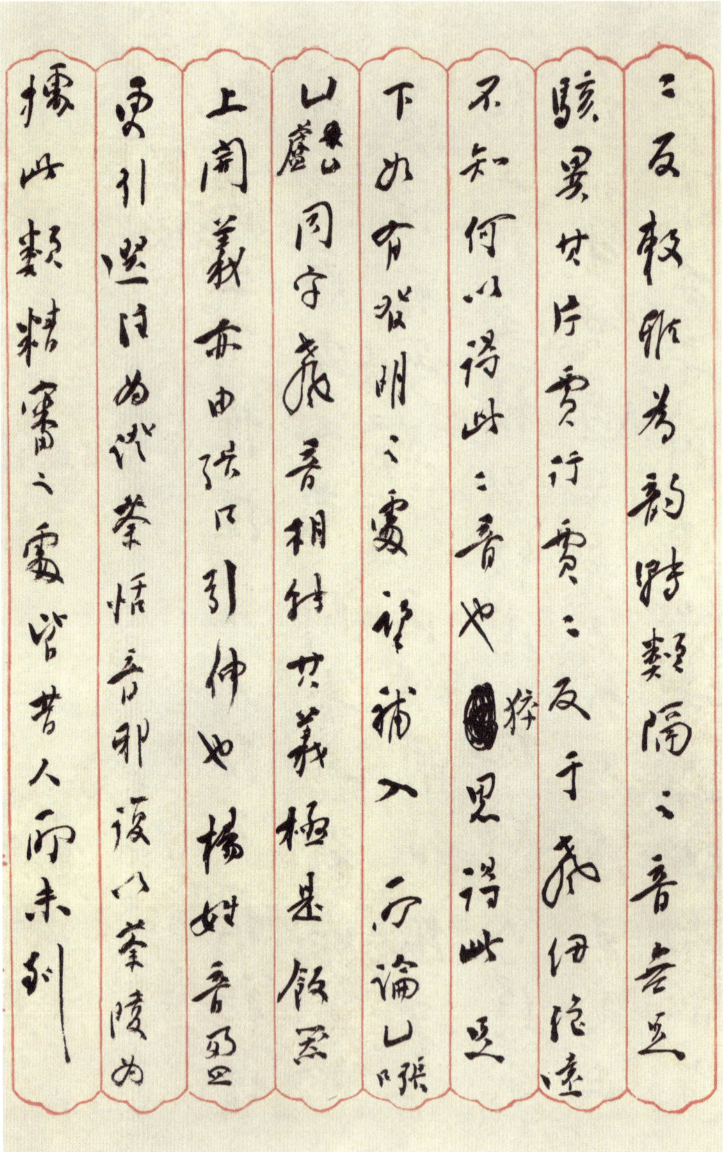
二反。敕雅為韻轉類隔之音，無足
駭異。其片賈、行賈二反，于聲紐絶遠，
不知何以得此二音也。猝思得此，足
下如有發明之處，望補入。所論口張
山盧同字，義音相轉，其義極是。飯器
上開義亦由張口引伸也。

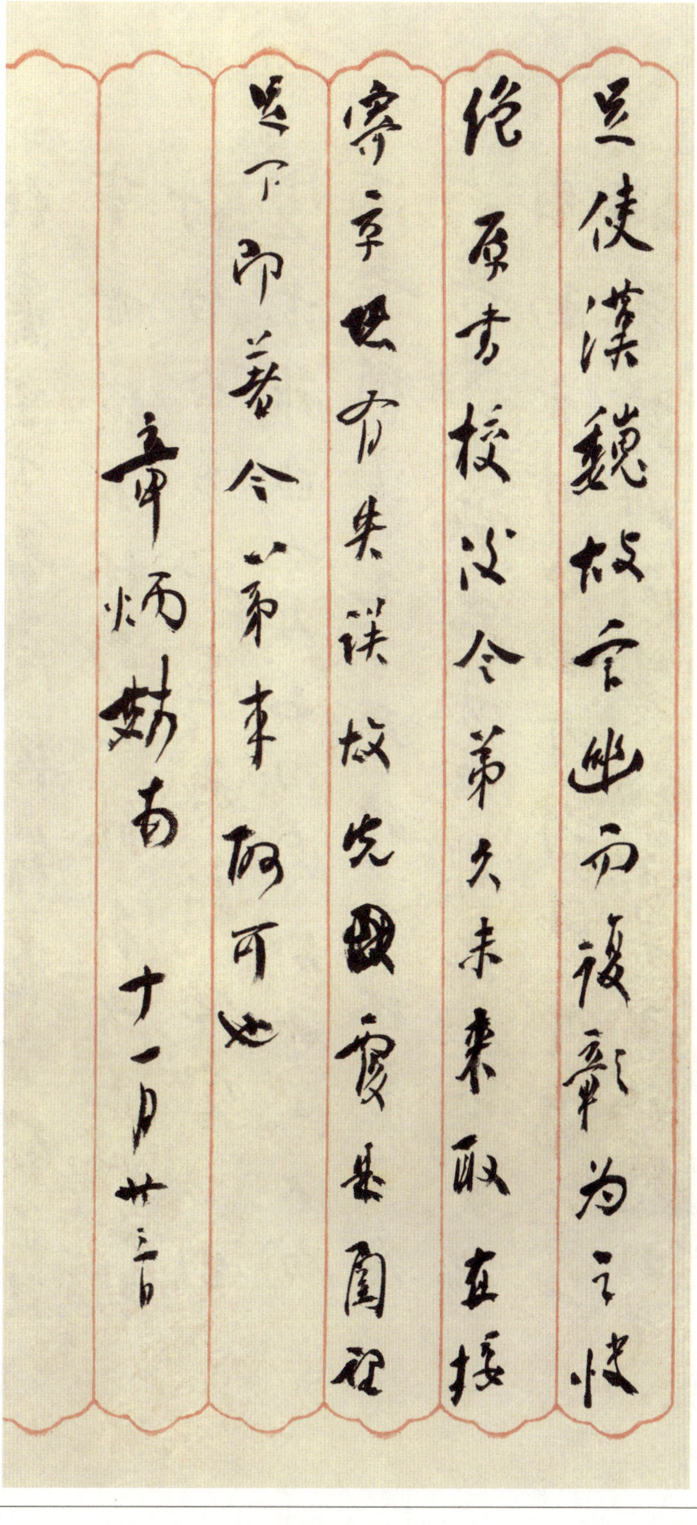

足使漢魏故言幽而復彰為之快絕原書校後令弟久未來取直接寄京恐有失誤故先復是函望足下即着令弟來取可也

章炳麟頓首

十一月廿三日

开，义亦由张口引伸也，杨姓音盈，更引《选》注为证。茶、恬音邪，复以茶陵为据。此类精审之处，皆昔人所未到，足使汉魏故言，幽而复彰，为之快绝。原书校后，令弟久未来取，直接寄京，恐有失误，故先复是函，望足下即着令弟来取可也。

章炳麟顿首

十一月二十三日

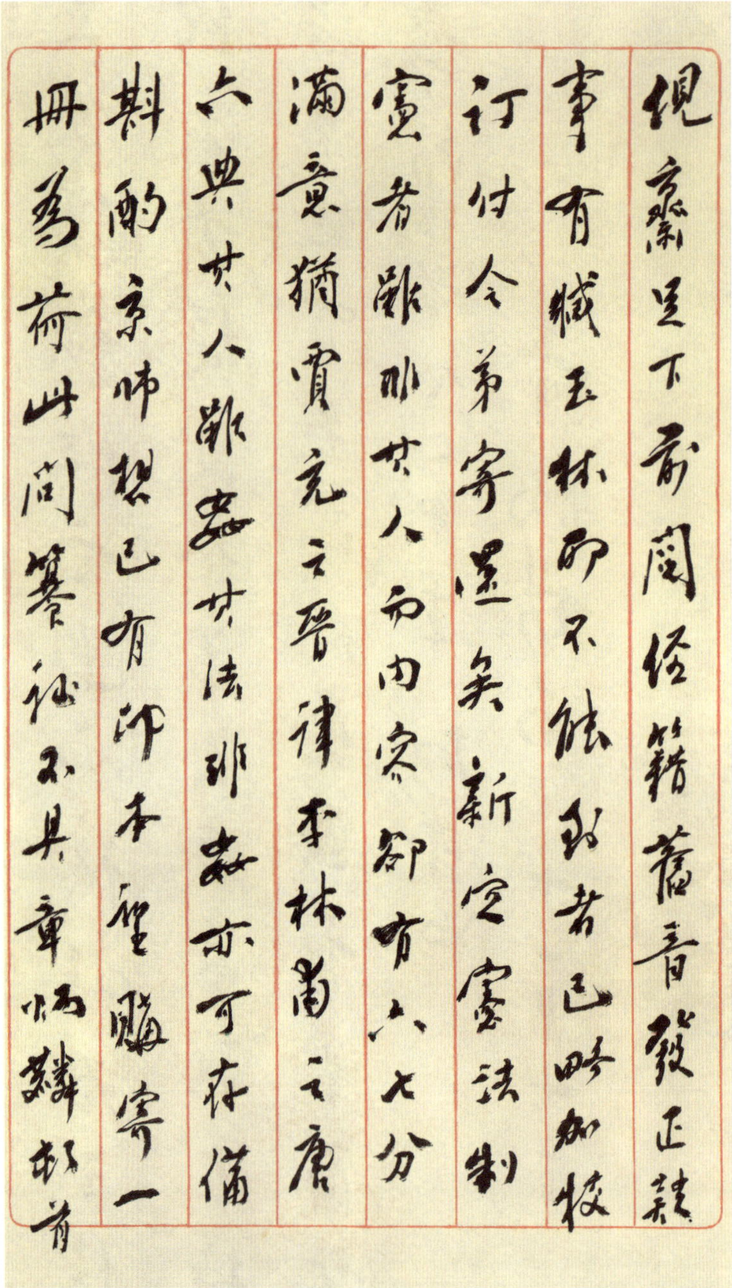

觇斋足下：前阅《经籍旧音发正》疑事有臧玉林所不能到者，已略加校订，付令弟寄还矣。新定宪法，制宪者虽非其人，而内容却有六七分满意。犹贾充之《晋律》，李林甫之《唐六典》其人虽奸，其法非奸，亦可存备斟酌。京师想已有印本，望购寄一册为荷。此间纂祉，不具。

章炳麟顿首

一九二四年

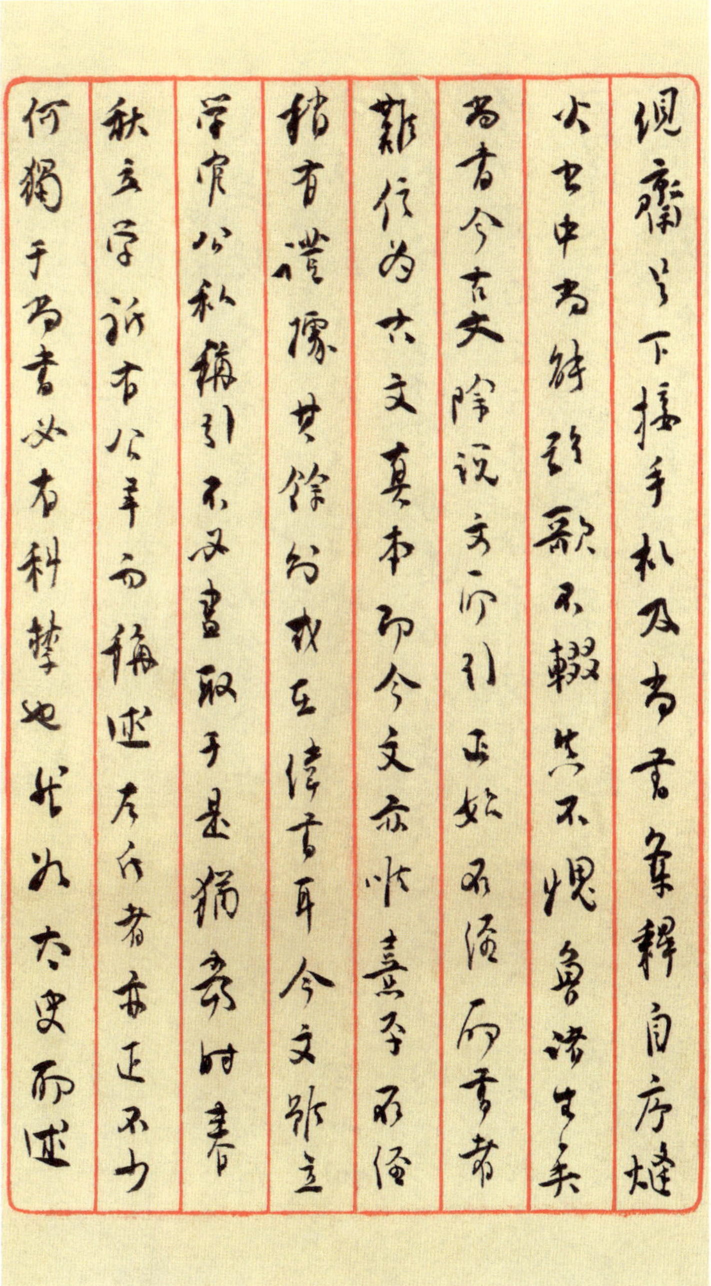

缐斋足下：接手札及《尚书集释自序》烽火之中尚能弦歌不辍，真不愧鲁诸生矣。《尚书》今、古文，除《说文》所引、《正始石经》所书者，难信为古文真本。即今文亦唯《熹平石经》稍有证据，

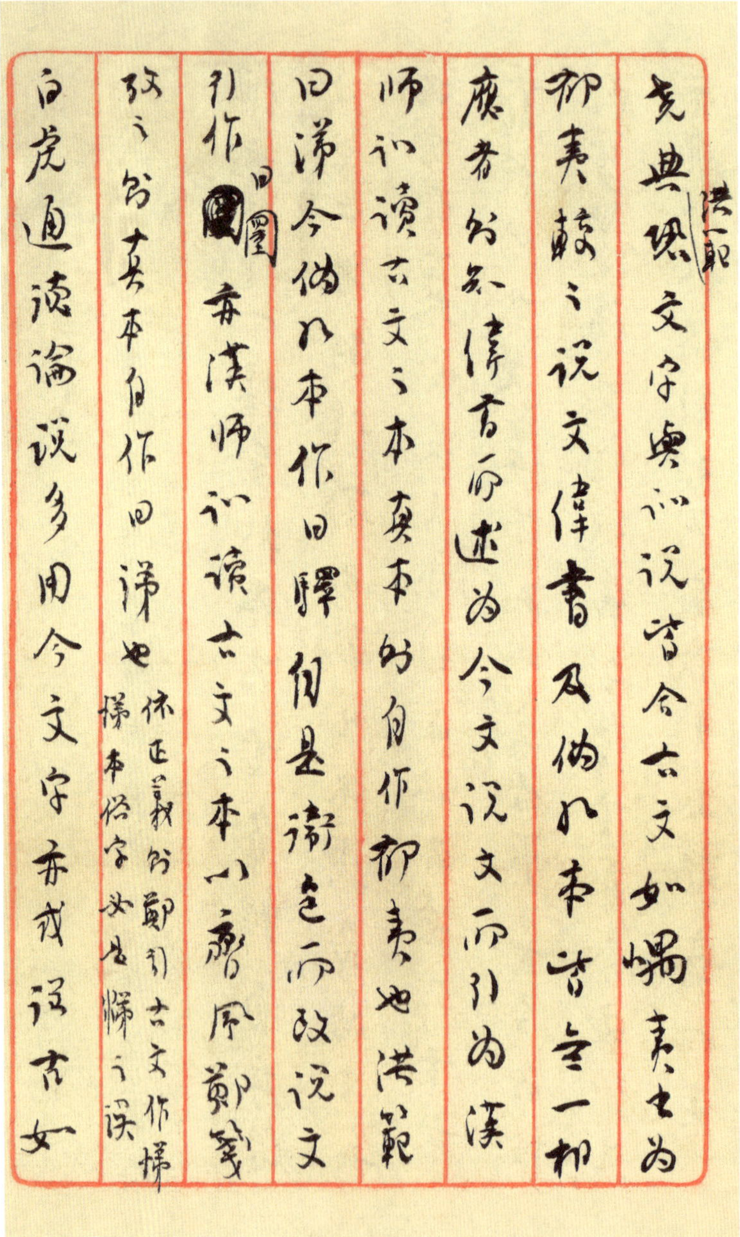
堯典恐文字與訓説皆合古文如嵎夷之為
郁夷較之説文緯書及偽孔本皆無一相
應者則知緯書所述為今文説文所引為漢
師訓讀古文之本真本則自作郁夷也洪範
曰涕今偽孔本作曰驛則是衛包所改説文
引作曰圛亦漢師訓讀古文之本小齊風鄭箋
改之則真本自作曰涕也依正義則鄭引古文作悌悌本俗字必是㣯之誤
白虎通德論説多用今文字亦或説古文

其余则或在纬书耳。今文虽立学官，公私称引，不必尽取于是。犹当时《春秋》立学，只有《公羊》，而称述《左氏》者，亦正不少，何独于《尚书》必有科禁也。然如太史所述《尧典》、《洪范》，恐文字与训说皆合古文。如嵎夷之为郁夷，较之《说文》、纬书及伪孔本，皆无一相应者，则知纬书所述为今文，《说文》所引为汉师训读古文之本，真本则自作郁夷也。《洪范》曰涕，今伪孔本作曰驿，

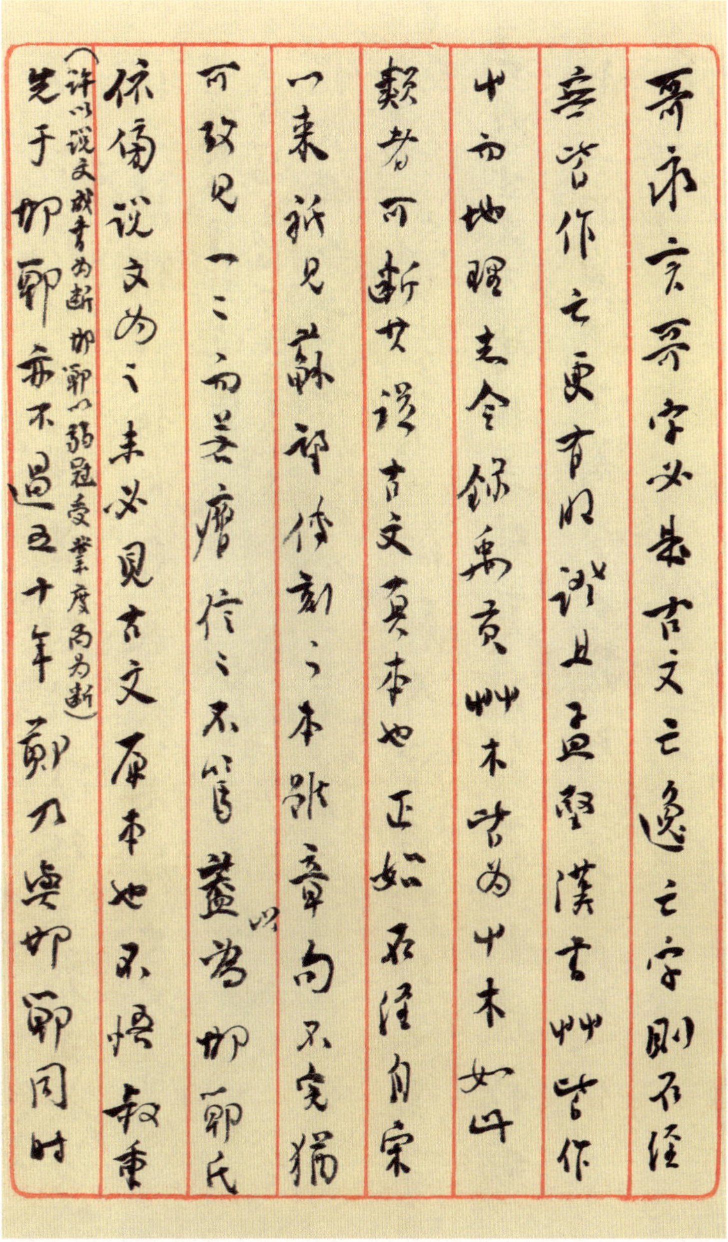

自是卫、包所改。《说文》引作日圛，亦汉师训读古文之本，以《齐风》郑笺考之，则真本自作日涕也。（依《正义》则郑引古文作悌，悌本俗字，必是涕之误。）《白虎通德论》说多用今文，字亦或从古。如哥永言，哥字必是古文。「亡逸」亡字，则石经无皆作亡，更有明证。且孟坚《汉书》艸皆作屮，而地理志全录《禹贡》艸木皆为屮木，如此类者，可断其从古文真本也。《正始石经》自宋以来，只见苏望传刻之本，虽章句不完，犹可考见一二。而

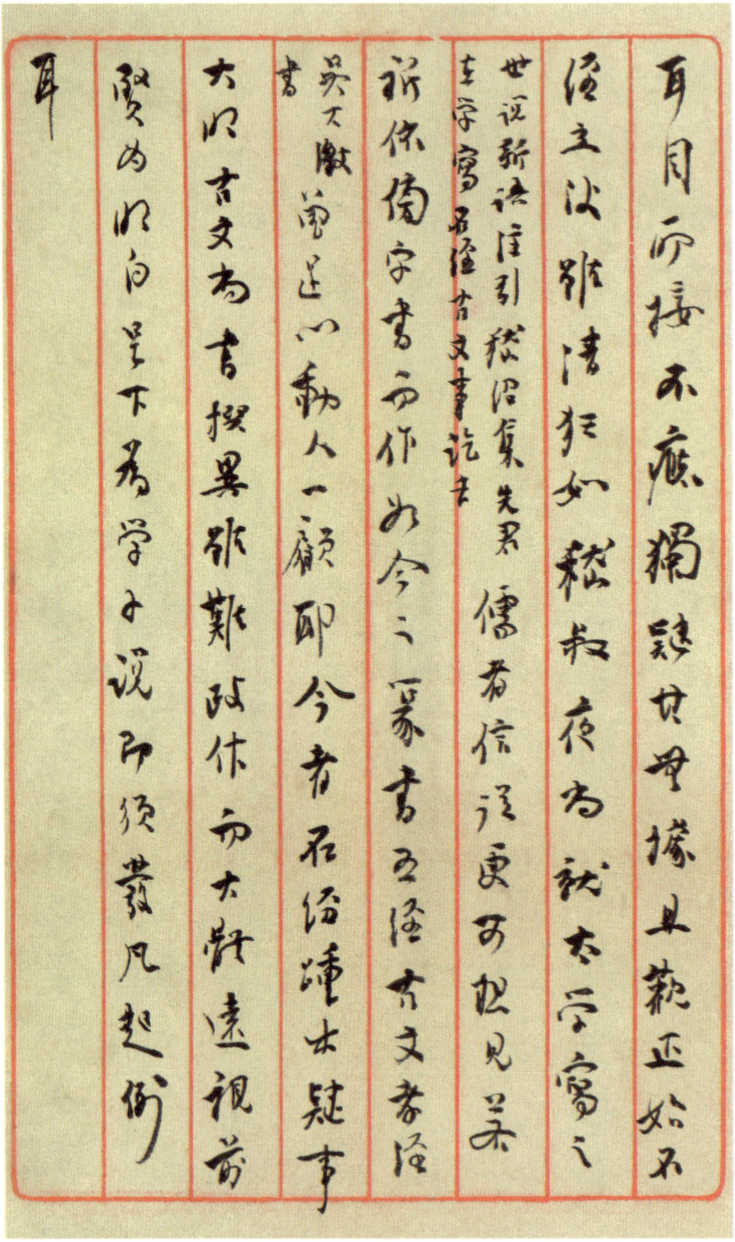

若膺信之不笃，盖以为邯郸氏依傍《说文》为之，未必见古文原本也。不悟叔重先于邯郸亦不过五十年，（许以说文成书为断，邯郸以弱冠受业度尚为断。）郑乃与邯郸同时，耳目所接，不应独疑其无据。且观《正始石经》立后，虽清狂如嵇叔夜，尚就太学写之，（《世说新语注》引《嵇绍集》：「先君在学写石经古文，事讫去。」）儒者信从，更可想见。若只依傍字书而作如今之《篆书五经》、《古文孝经》（吴大澂书。）曾足以动人一顾耶？今者《石经》踵出，

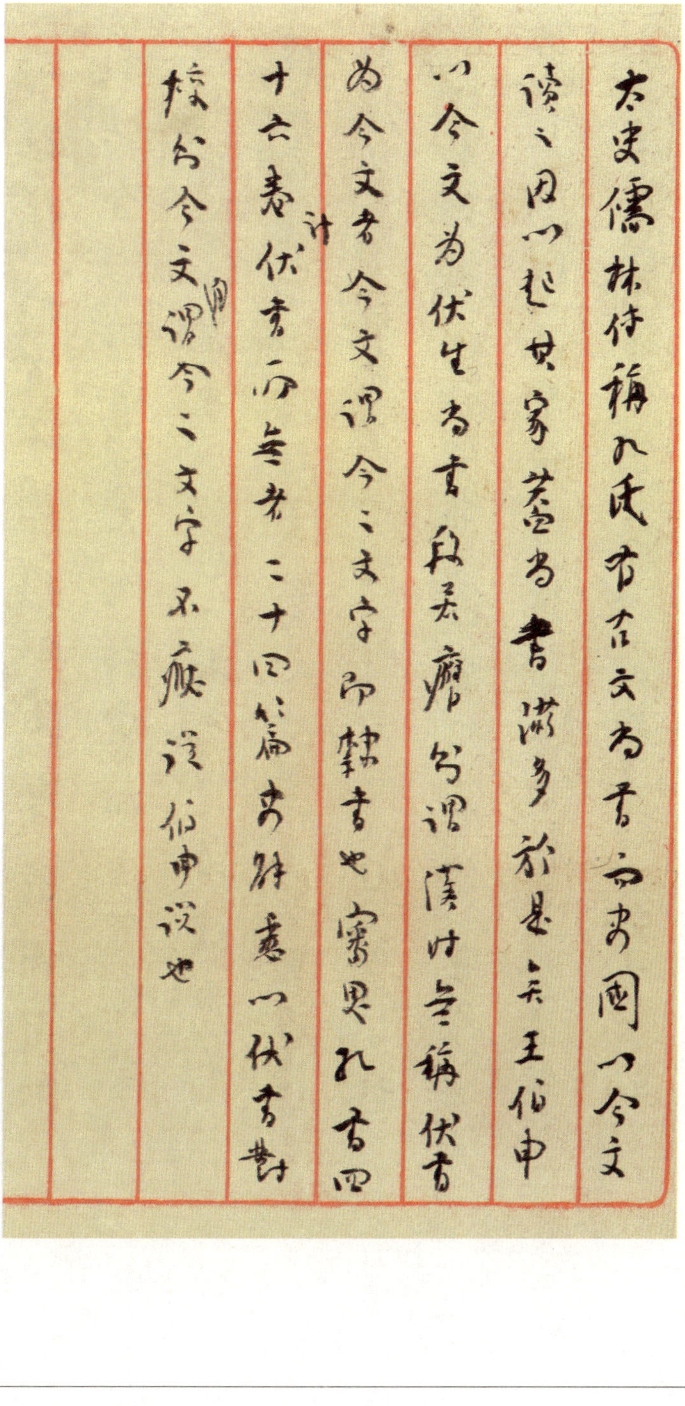
太史儒林传称孔氏有古文尚书而安国以今文读之因以起其家盖尚书滋多於是矣王伯申以今文为伏生尚书段若膺则谓汉时无称伏书为今文者今文谓今之文字即隶书也審思孔书四十六卷计伏书所无者二十四篇安能悉以伏书对校则今文自谓今之文字不应从伯申说也

疑事大明，《古文尚书撰异》，虽难改作，而大体远视前贤为明白。足下为学子说，即须发凡起例耳。太史《儒林传》称孔氏有《古文尚书》而安国以今文读之，因以起其家，盖《尚书》滋多于是矣。王伯申以今文为伏生《尚书》，段若膺则谓汉时无称伏书为今文者，今文谓今之文字，即隶书也。审思孔书四十六卷，计伏书所无者二十四篇，安能悉以伏书对校？则今文自谓今之文字，不应从伯申说也。所说《仪礼》古文、《周礼》故书，契当明白。桃茢铸金之状二条，尤为精审。他日可会萃诸条，

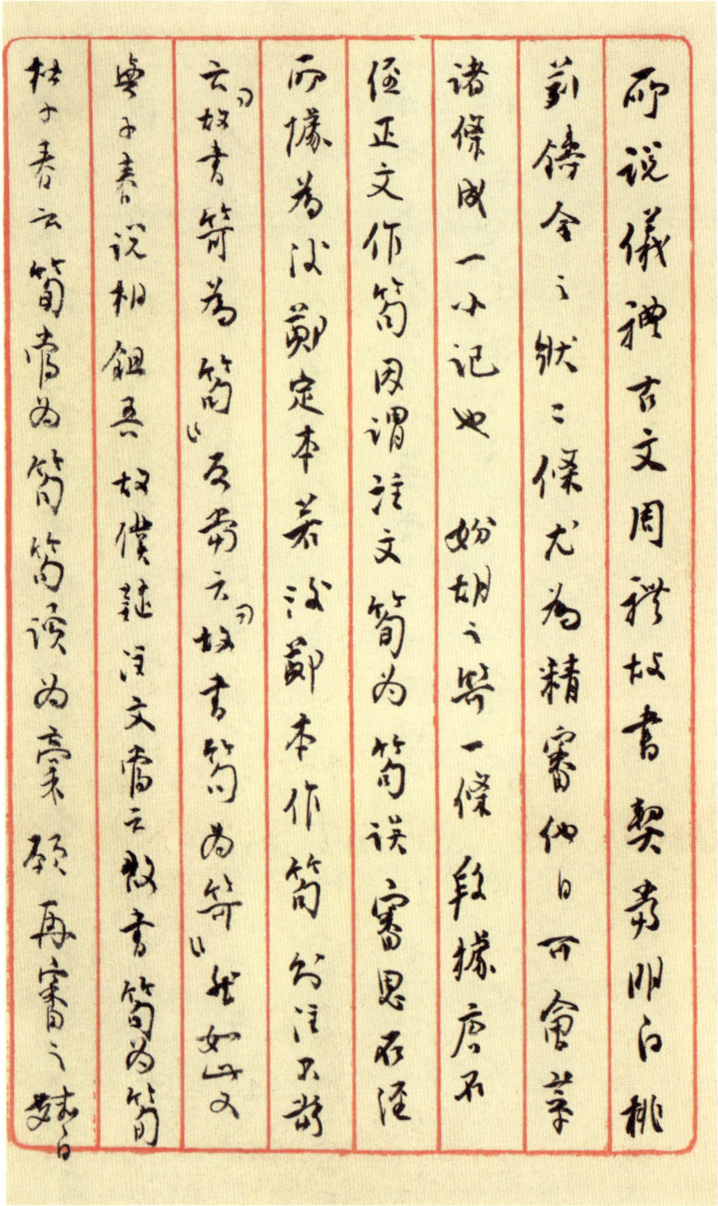

成一小记也。妢胡之笴一条，段据《唐石经》正文作筍，因谓注文筍为笴误。审思《石经》所据，为后郑定本。若后郑本作筍，则注不当云「故书笴为筍」，反当云「故书筍为笴」。然如此又与子春说相鉏吾。故仆疑注文当云「故书笴为筍。杜子春云：筍当为笴，笴读为稿」。愿再审之。

麟白

一月十九日

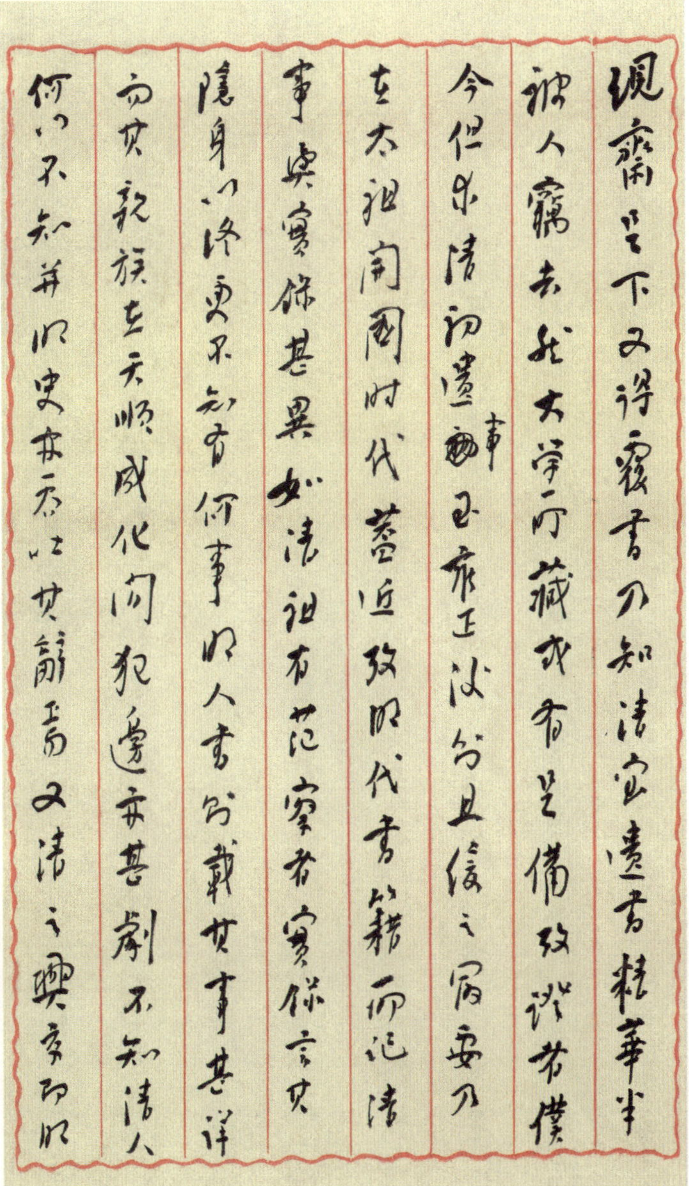
覌齋足下又得覆書乃知清室遺書精華半
被人竊去然大學所藏或有足備考證者僕
今但求清初遺事至雍正後則緩之最要乃
在太祖開國時代蓋近考明代書籍所記清
事與實錄甚異如清祖有范察者實錄言其
隱身以終更不知有何事明人書所載其事甚詳
而其親族在天順成化間犯邊亦甚劇不知清人
何以不知并明史亦吞吐其辭焉又清之興京即明

觃斋足下：又得复书，乃知清室遗书精华半被人窃去，然大学所藏，或有足备考证者。仆今但求清初遗事，至雍正后则缓之。最要乃在太祖开国时代。盖近考明代书籍，所记清事，与实录甚异。如清祖有范察者，《实录》言其隐身以终，更不知有何事。明人书则载其事甚详，而其亲族在天顺、成化间犯边亦甚剧，不知清人何以不知，并《明史》亦吞吐其辞焉。又清之兴京，即明之建州卫，建州头目受明官号者，明人书载之甚详，而清人皆不知。大抵明代敕书底簿存于内阁，一检即知。清则前

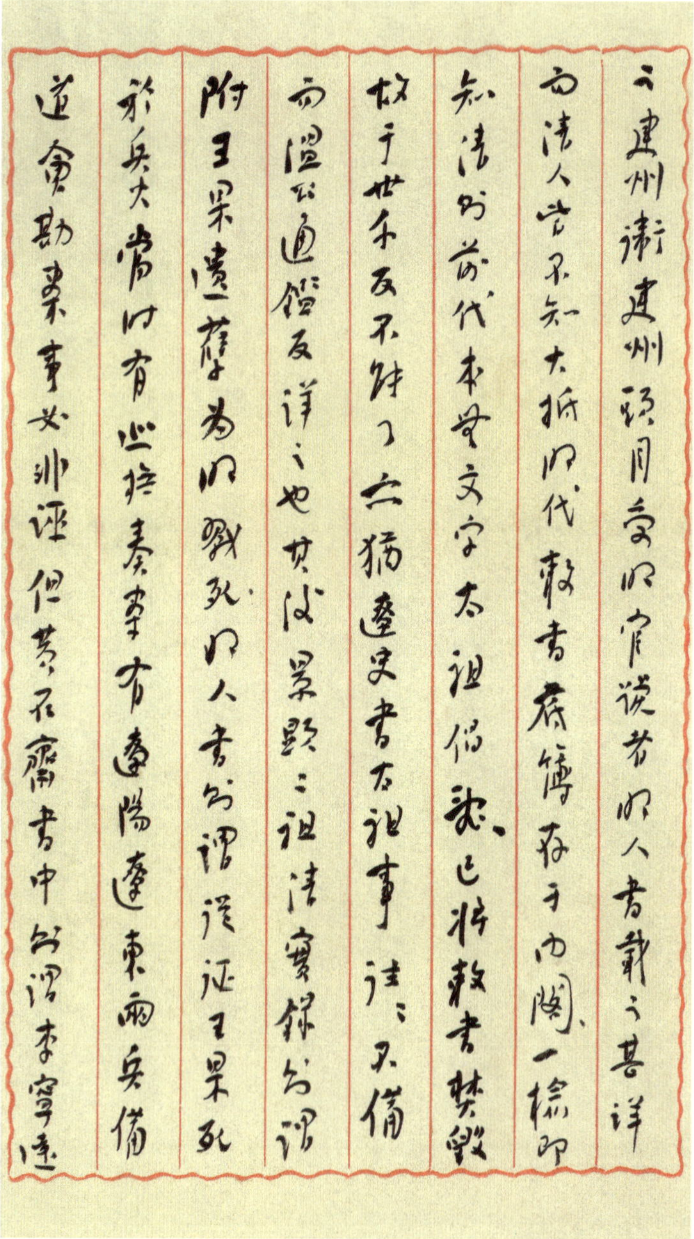
之建州衛建州頭目受明官號者明人書載之甚詳而清人豈不知大抵明代敕書存于內閣一檢即知清於前代本無文字太祖倡亂已將敕書焚毀故于世系反不能了亦猶遼史書太祖事往往不備而温公通鑑反詳之也其後景顯二祖清實録則謂附王杲遺孽為明戮死明人書則謂從征王杲死於兵火當時有巡撫奏案有遼陽遼東兩兵備道會勘案事必非誣但黃石齋書中則謂李寧遠

代本无文字，太祖倡乱，已将敕书焚毁，故于世系反不能了，亦犹《辽史》书太祖事往往「不备」，而温公《通鉴》反详之也。其后景显二祖，《清实录》则谓附王杲遗孽，为明戮死，明人书则谓从征王杲，死于兵火。当时有巡抚奏案，有辽阳、辽东两兵备道会勘案，事必非诬。但黄石斋书中则谓李宁远忌功陷之死地。清《开国方略》亦姑引黄说以存疑，而终以党叛被戮之说为主，殊可怪也。如此之类，清官书既有所讳，而案牍小文，或反有泄漏实情之处，足下试为检取数事，钞以相示，则幸甚矣。

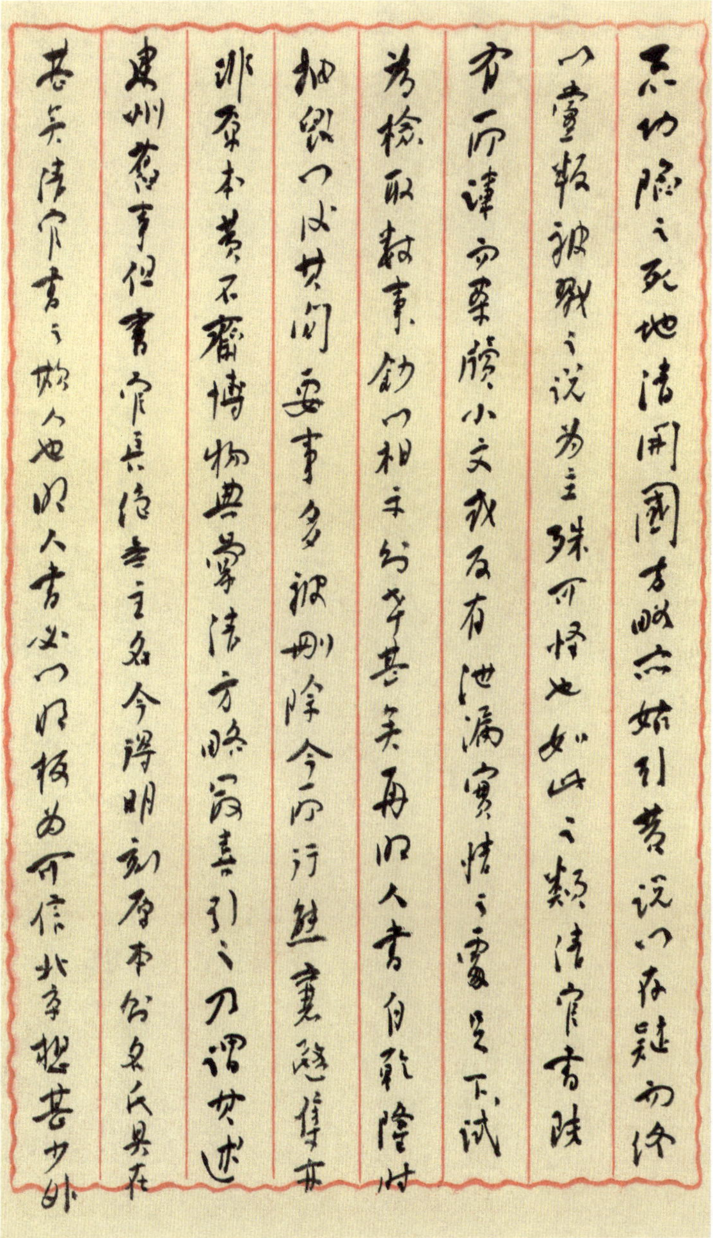
不必隐之处也清开国方略亦始引黄说以存疑而余
以[illegible]被戮之说为主殊可怪也如此之类清官书所
讳而草野小文或有泄漏实情之处足下试
为检取载事钞以相示幸甚矣再明人书自乾隆时
抽毁以后其间要事多被删除今所行熊襄愍集亦
非原本黄石斋博物典汇清方略最喜引之乃谓其述
建州旧事但书官长绝无主名今得明刻原本则名氏具在
甚矣清官书之欺人也明人书必以明板为可信北京想甚少外

再明人书自乾隆时抽毁以后，其间要事，多被删除。今所行《熊襄愍集》亦非原本，黄石斋《博物典汇》清《方略》最喜引之，乃谓其述建州旧事，但书官长，绝无主名，今得明刻原本，则名氏具在。甚矣清官书之欺人也。明人书必以明板为可信，北京想甚少，外省或犹有可求者。贵省程篁墩名敏政，明弘治时名士也。父曰程信，天顺间为辽东巡抚，即调查建州谋叛事者，此人想未必有文集。而篁墩声

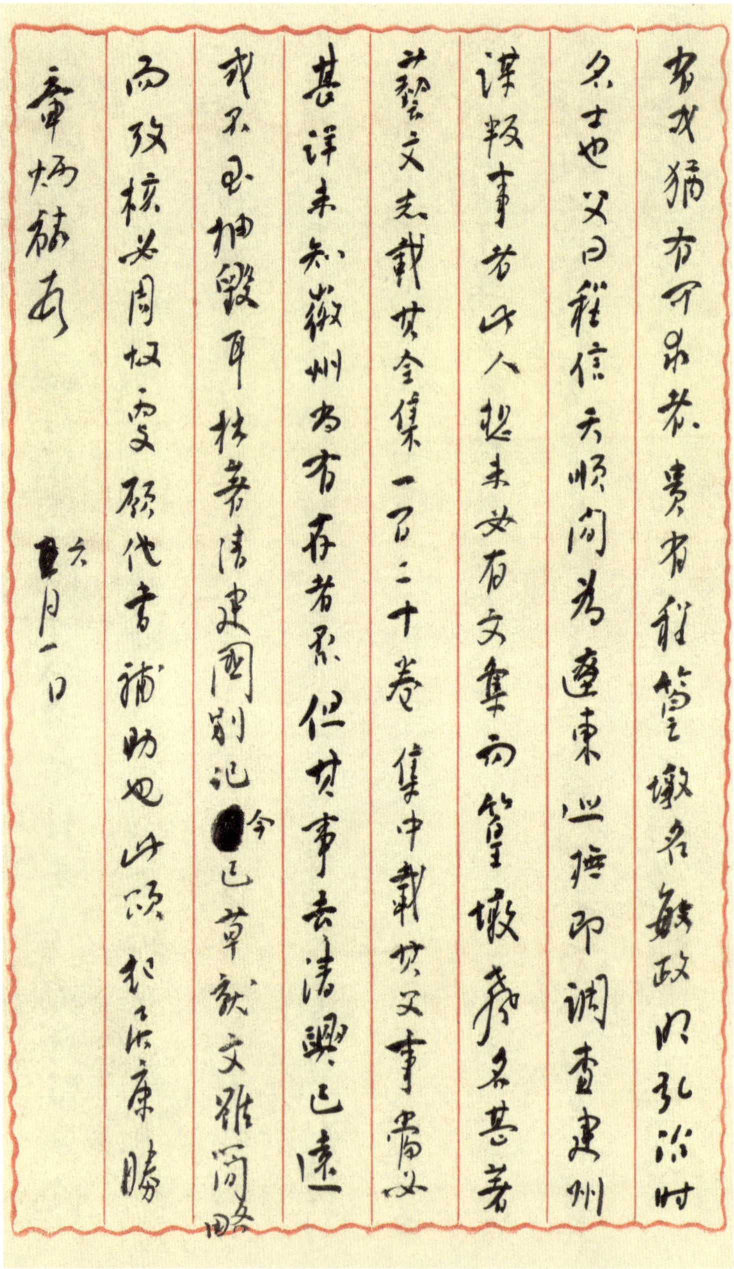

名甚著，《艺文志》载其全集一百二十卷，集中载其父事当必甚详，未知徽州尚有存者否？但其事去清兴已远，或不至抽毁耳。拙著《清建国别记》今已草就，文虽简略，而考核必周，故更愿他书补助也。此颂起居康胜。

章炳麟顿首

六月一日

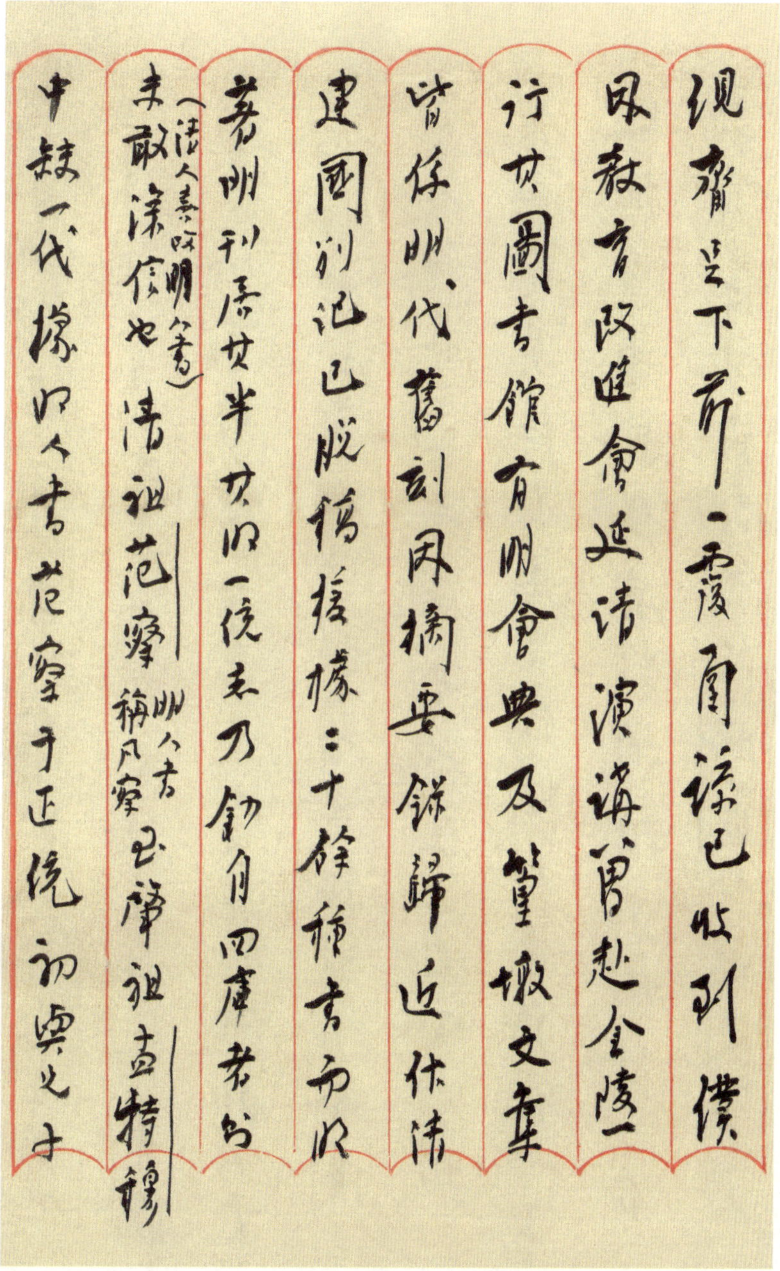

觇斋足下：前一复函，谅已收到。仆因教育改进会延请演讲，曾赴金陵一行，其图书馆有《明会典》及《篁墩文集》皆系明代旧刻，因摘要录归。近作《清建国别记》已脱稿，援据二十余种书，而明著明刊居其半。其《明一统志》乃钞自四库者，则未敢深信也。（清人喜改明人书）清祖范察（明人书称凡察。）至肇

祖孟特穆中缺一代。据明人书，范察于正统初与兄子董山分领建州左、右卫，其后董山伏诛，则在成化三年。又三年董山、范察之后及中卫李满住之后皆得袭。董山之子名脱罗，明人书已详之。范察之

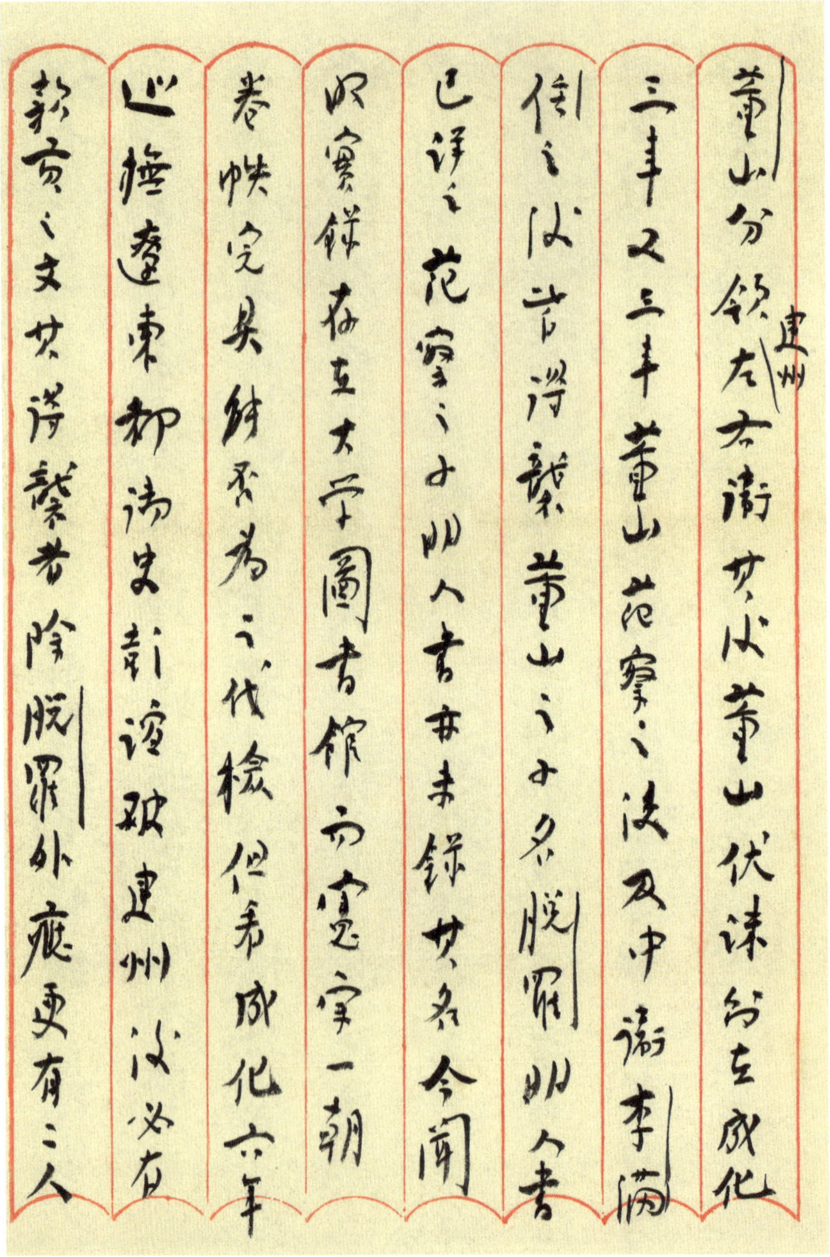

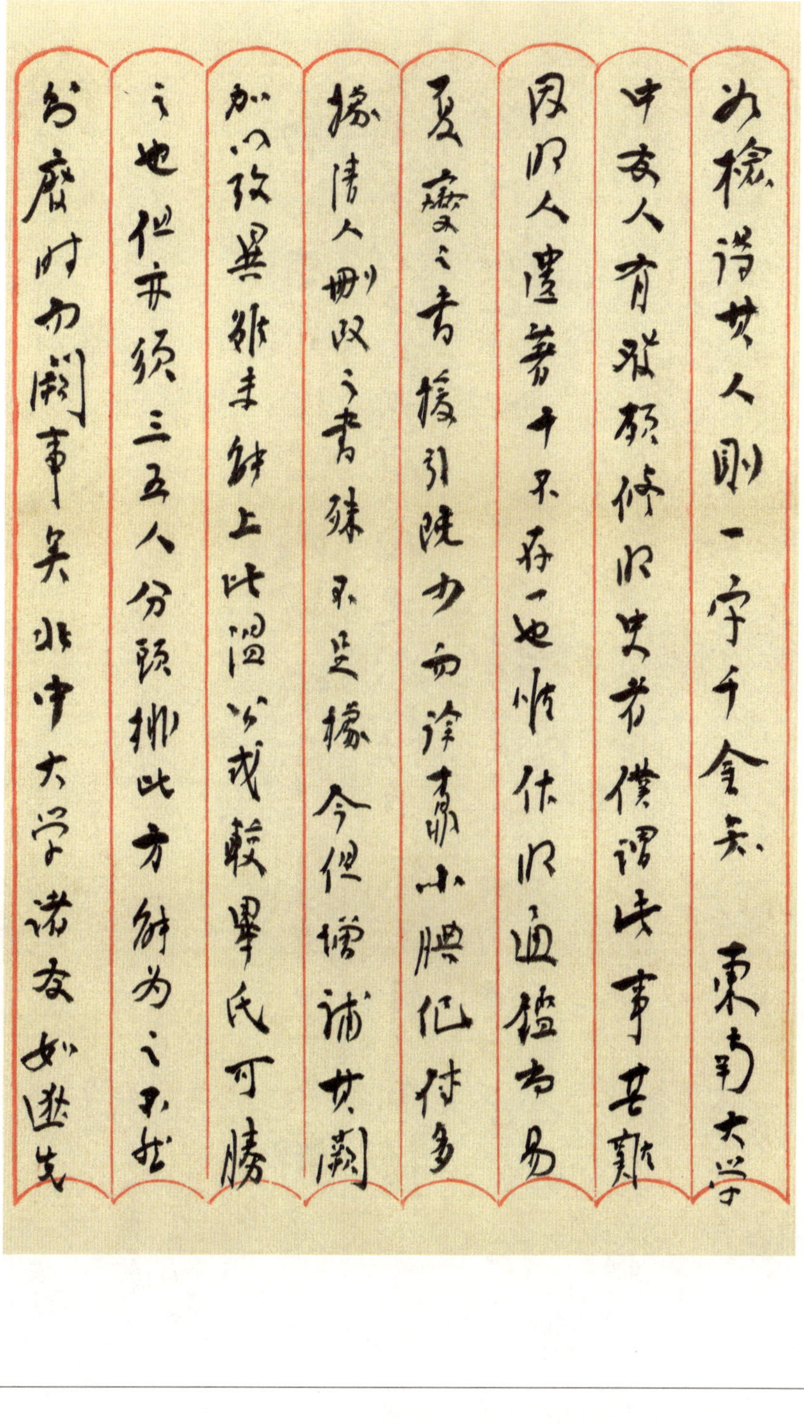

子明人书亦未录其名，今闻《明实录》存在大学图书馆，而宪宗一朝，卷帙完具，能否为之代检？但看成化六年巡抚辽东都御史彭谊破建州后，必有款贡之文，其得袭者，除脱罗外，应更有二人。如检

得其人，则一字千金矣。东南大学中友人有发愿修《明史》者，仆谓此事甚难。因明人遗著十不存一也。唯作《明通鉴》尚易，夏燮之书，援引既少，而徐鼒《小腆纪传》多据清人删改之书，殊不足据。今但增补其阙，加以考异，虽未能上比温公，或较毕氏可胜之也。但亦须三五人分头排比，方能为之，不然则废时而阙事矣。北中大学诸友，如逖先、蔚西，亦于历史地理有所研究，南则柳翼谋于此最明，但恐以餬口故不能分精神于他事也。

章炳麟 白

七月十四日

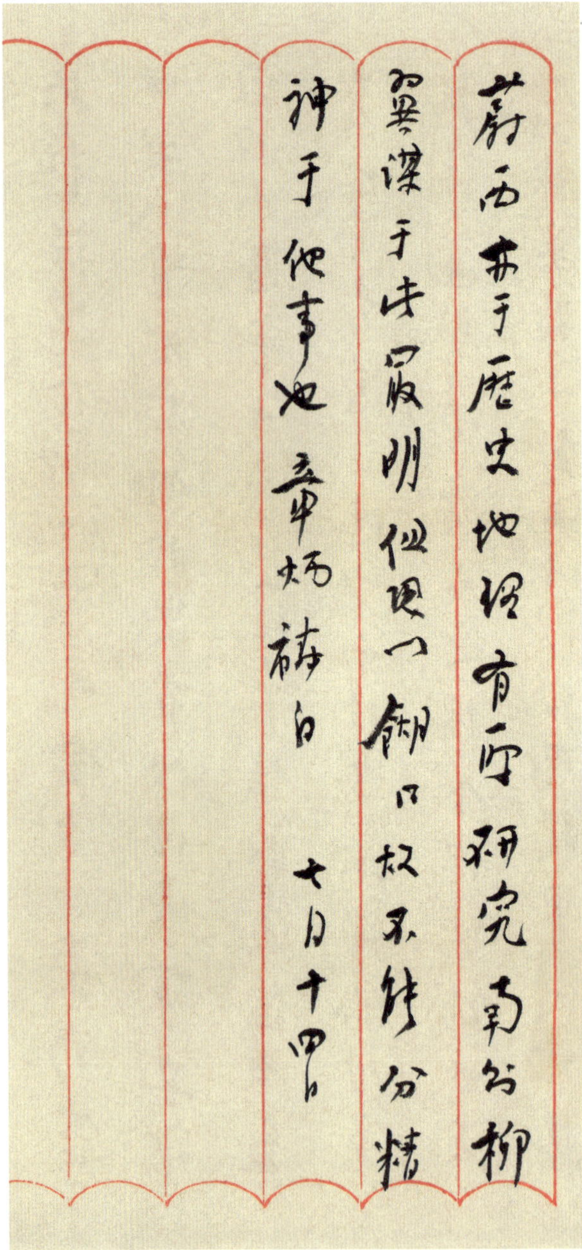
蔚西亦于历史地理有所研究南则柳翼谋于此最明但恐以餬口故不能分精神于他事也 章炳麟白 七月十四日

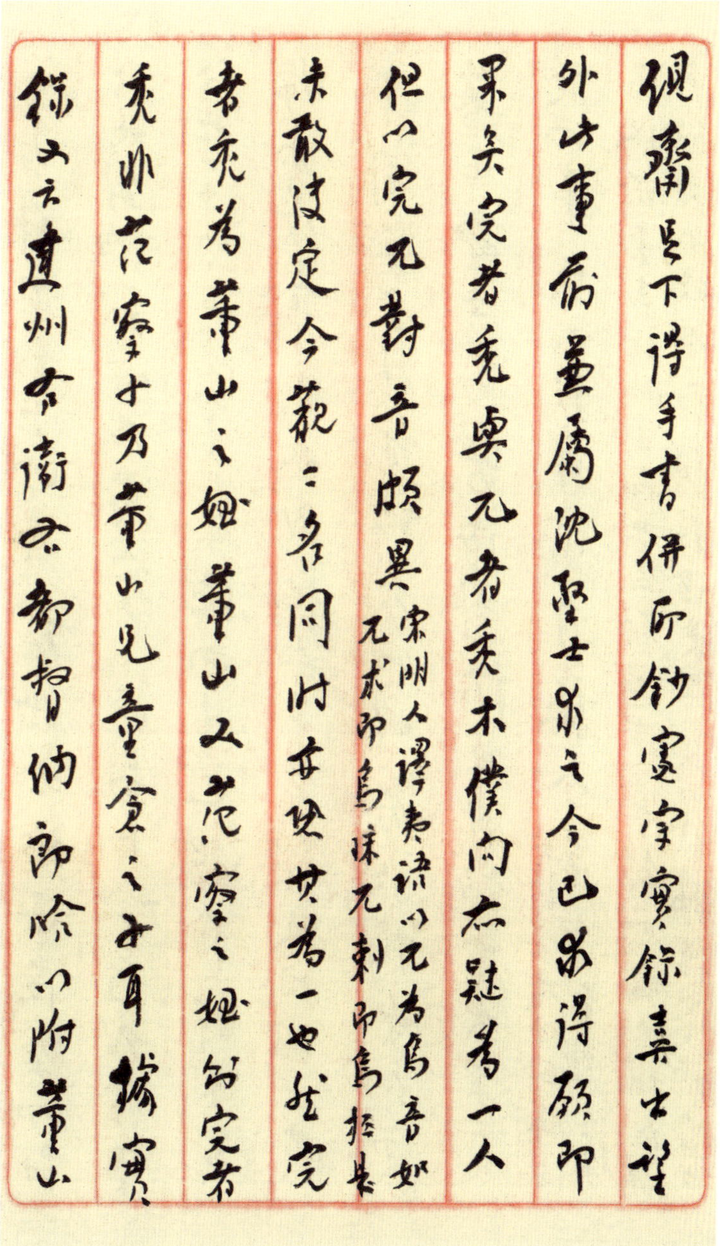

䌹斋足下：得手书并所钞宪宗《实录》，喜出望外。此事前兼属沈兼士求之，今已求得，愿即果矣。完者秃与兀者秃木，仆向亦疑为一人，但以完兀对音颇异（宋·明人译夷语以兀为乌音，如兀术即乌珠、兀剌即乌拉是。）未敢决定，今观二名同时，亦恐其为一也，然完者秃为董山之侄，董山又范察之侄，则完者秃非范察子，乃董山兄童仓之子耳。据《实录》又云建州右卫右都督纳郎哈以附董山叛，伏诛，其叔卜哈秃袭职。右卫正范察所封

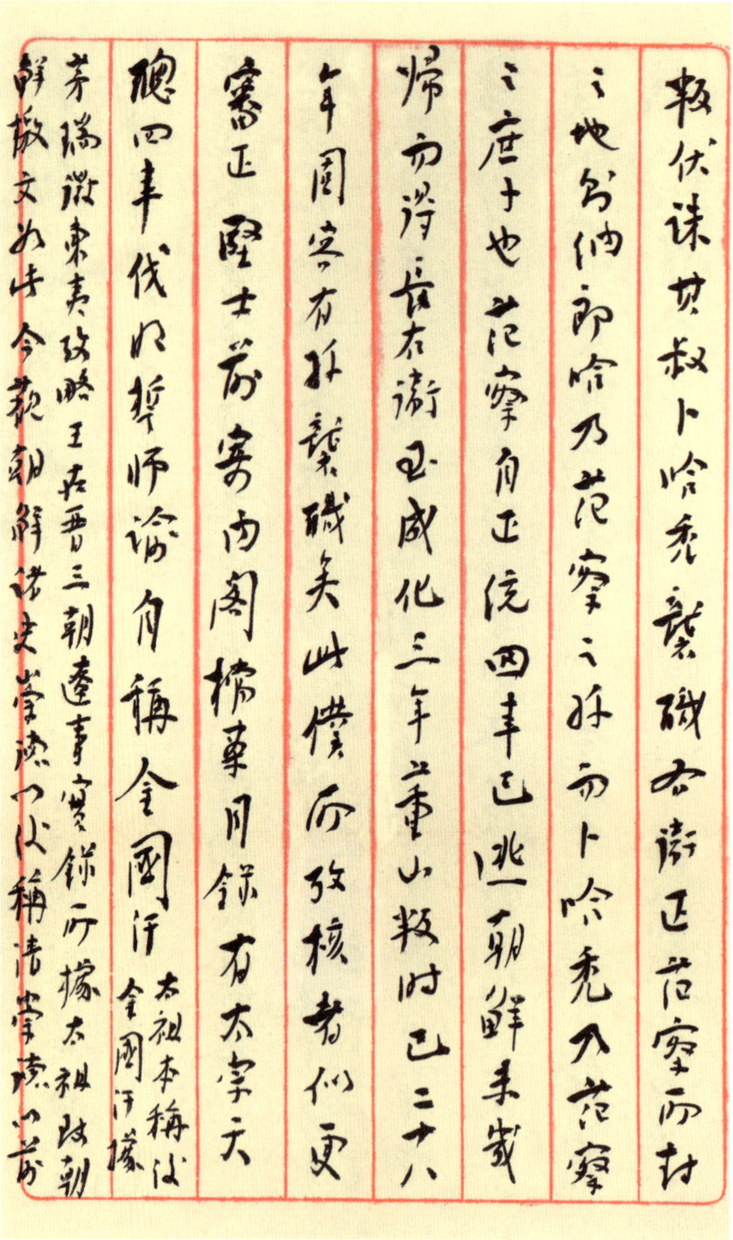
叛伏诛，其叔卜哈秃袭职右卫，正范察所封之地，则纳郎哈乃范察之孙，而卜哈秃乃范察之庶子也。范察自正统四年已逃朝鲜，未几归，而得长右卫。至成化三年董山叛时，已二十八年，固容有孙袭职矣。此仆所考核者，似更审正。兼士前寄内阁档案目录，有太宗天聪四年《伐明誓师谕》，自称全国汗。太祖本称后金国汗，据茅瑞徵《东夷考略》、王在晋《三朝辽事实录》所据，太祖致朝鲜檄文如此。今观朝鲜诸史，崇德以前

之地，则纳郎哈乃范察之孙，而卜哈秃乃范察之庶子也。范察自正统四年已逃朝鲜，未几归，而得长右卫。至成化三年董山叛时，已二十八年，固容有孙袭职矣。此仆所考核者，似更审正。兼士前寄内阁档案目录，有太宗天聪四年《伐明誓师谕》，自称全国汗。（太祖本称后金国汗，据茅瑞徵《东夷考略》、王在晋《三朝辽事实录》所据，太祖致朝鲜檄文如此。今观朝鲜诸史，崇德以后称清，崇德以前皆称金。）当即属将原谕钞示。此件果得，则更无遁辞，所谓亲口供招，不容抵赖者也。望更属兼士速

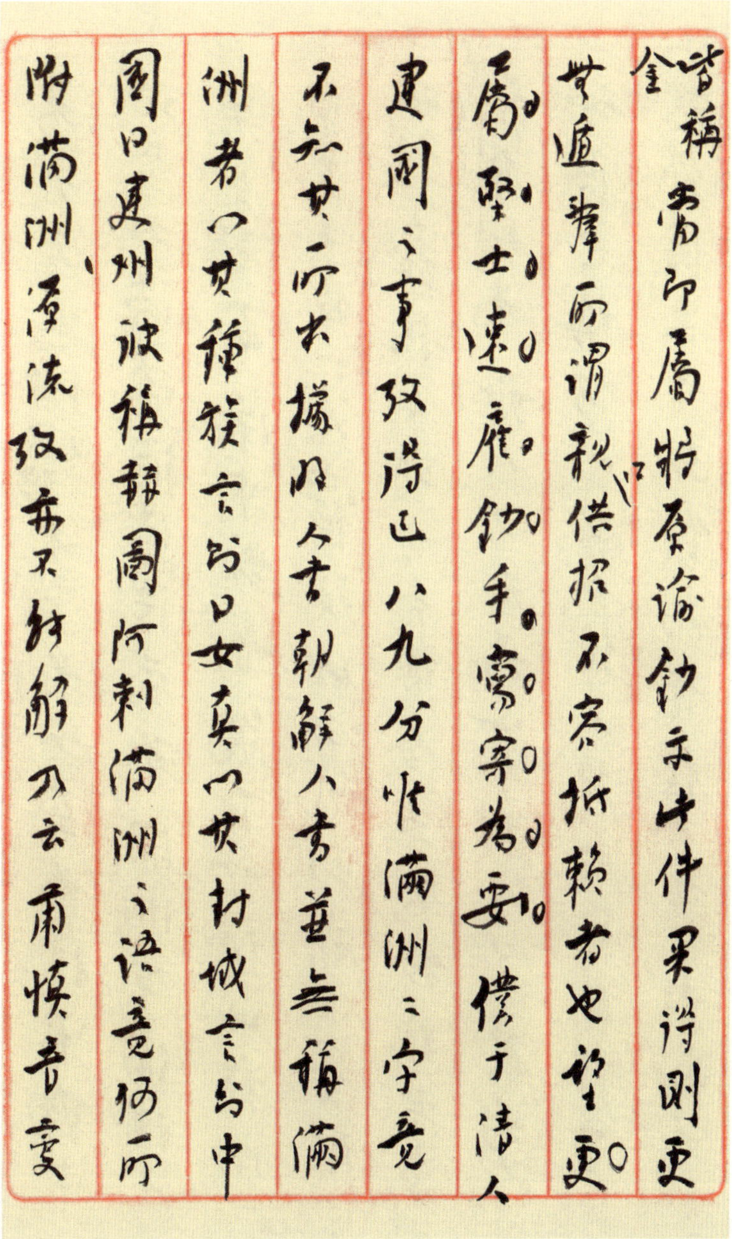
皆稱 當即屬將原論鈔手件果得則更
其值舉所謂秘借探不容拆賴者也望更
屬緊士速雇鈔手寫寄為要。僕于清人
建國之事考得已八九分唯滿洲二字竟
不知其所出據明人書朝鮮人書並無稱滿
洲者以其種族言則曰女真以其封域言則中
國曰建州彼稱赫圖阿刺滿洲之語竟何所
附滿洲源流考亦不能解乃云肅慎音變

雇钞手写寄为要。仆于清人建国之事，考得已八九分。唯满洲二字，竟不知其所出。据明人书、朝鲜人书并无称满洲者。以其种族言，则曰女真；以其封域言，则中国曰建州，彼称赫图阿剌。满洲之语，竟何所附？《满洲源流考》亦不能解，乃云肃慎音变为朱里真，（宇文懋中说。）又变为女真，为珠申，珠申语变为满珠，满珠语变为满洲。夫满珠不与朱里真、珠申对音，触耳可辨，此种附会，真不值一笑。窃疑此

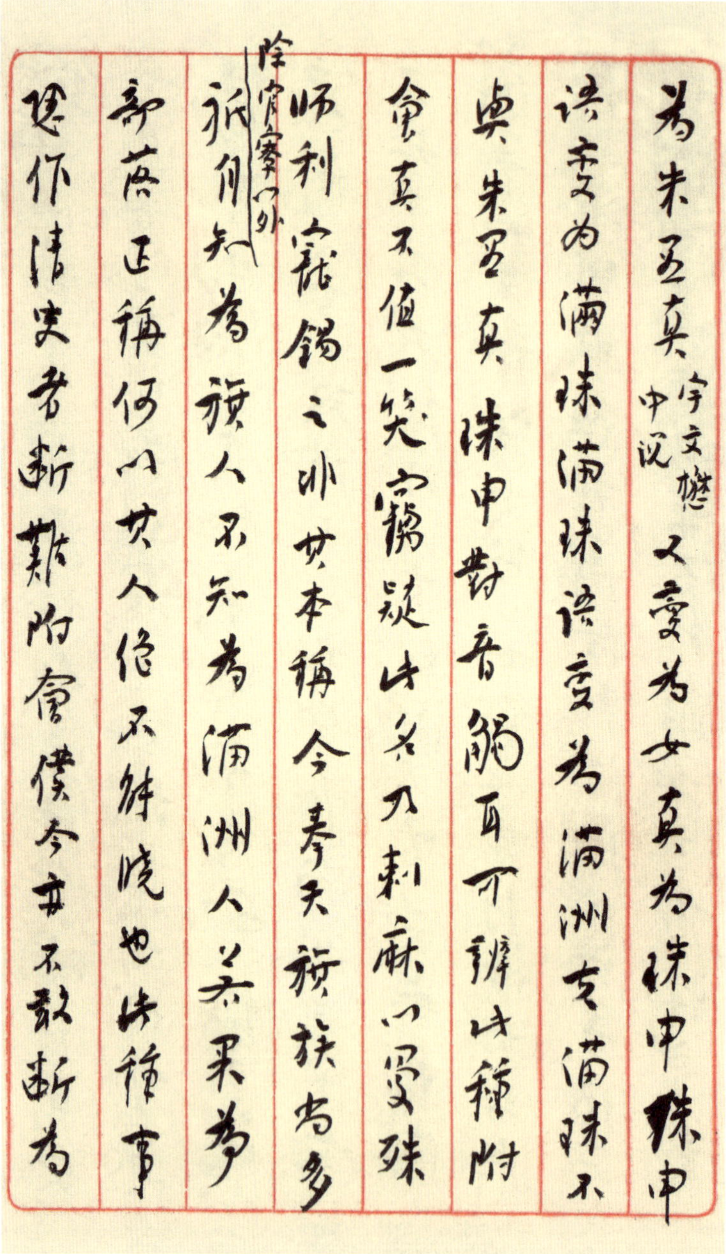
為朱里真（宇文懋昭中記）又變為女真，為珠申，珠申訛變為滿珠，滿珠訛變為滿洲，古滿珠不與朱里真、珠申對音，鶻耳不辨此種附會，真不值一笑。竊疑此名乃剌麻以曼殊師利寵錫之，非其本稱。今奉天旗族尚多，除官寮以外，祇自知為旗人，不知為滿洲人。若果為部落正稱，何以其人絕不能曉也。此種事恐作清史者斷難附會，僕今亦不敢斷為

名乃剌麻以曼殊师利宠锡之，非其本称。今奉天旗族尚多，除官寮以外，只自知为旗人，不知为满洲人。若果为部落正称，何以其人绝不能晓也。此种事恐作《清史》者断难附会，仆今亦不敢断为剌麻宠锡，但其绝无根据，则可知已。

年来著述颇稀，唯《三体石经考》、《清建国别记》自觉精当，各不过万余言耳。余暇所得，则

如李自成不死于九宫，李绂以附会世宗杀弟，不肯自为，又不肯隐讳，遂招大谴。此二事考之最详。日来在金陵又审知梅伯言作三老五更事。《程篁墩文集》百余卷，亦在图书馆见之，乃正德原刊也。此公在明中叶最为博洽，殆李西涯所不及，而世人只认为姚江学派之先驱，殊不相当也。

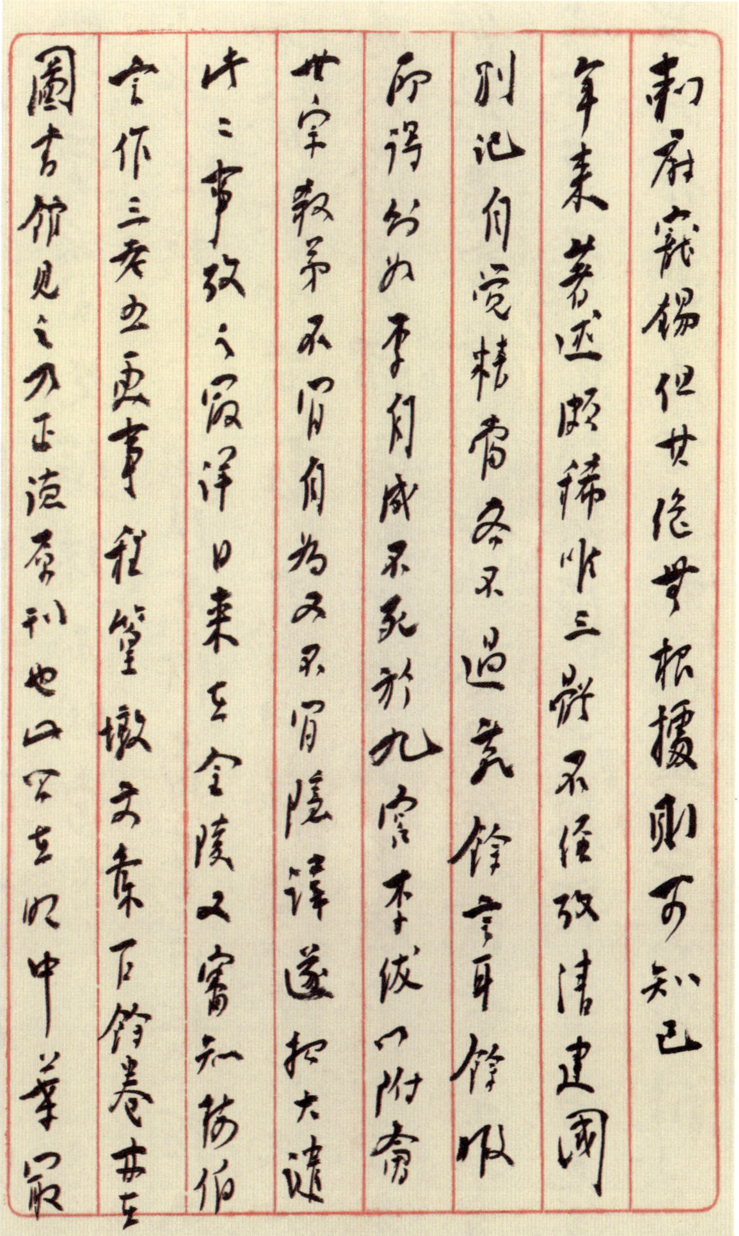
所谓如李自成不死于九宫李绂以附会
世宗杀弟不肯自为又不肯隐讳遂招大谴
此二事考之最详日来在金陵又审知梅伯
言作三老五更事程篁墩文集百余卷亦在
图书馆见之乃正德原刊也此公在明中叶最

大著近想更富，既有《淮南》旧注校理，又勘《论衡》，功亦勤矣。然此种书单行未必为人所贵，惜

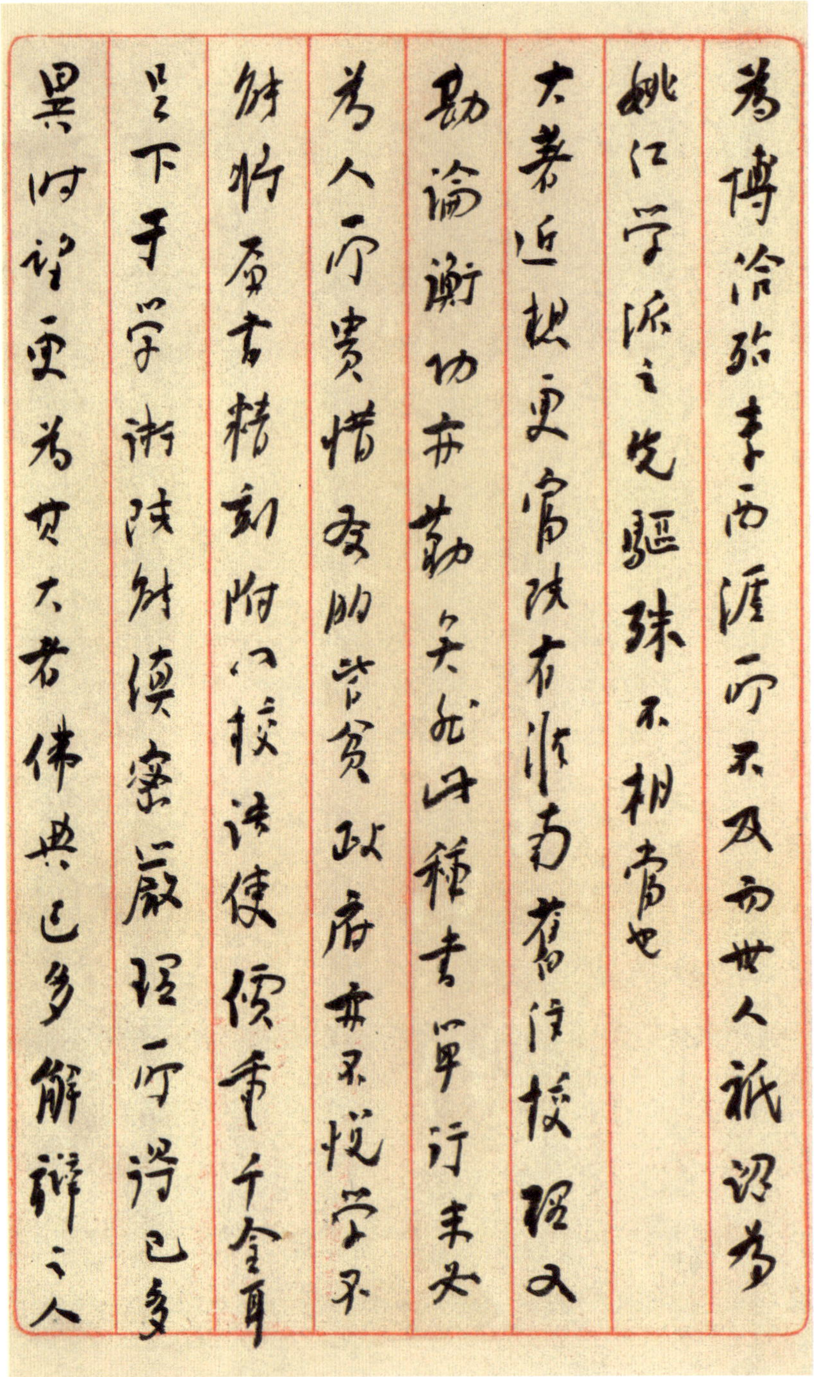

友朋皆贫，政府亦不悦学，不能将原书精刻附以校语，使价重千金耳。足下于学术既能缜密严理，所得已多，异时望更为其大者。佛典已多解辨之人，史学则似非君素业，以此精力，进而治经，所得必大。

且自《三体石经》发出后，古文之疑，当可尽释，后来作者，必又有以过段、孙诸儒矣。次则宋明理学，得精心人为之，参考同异：若者为摭拾内典，若者为窃取古义，若者为其自说，此亦足下所能为。

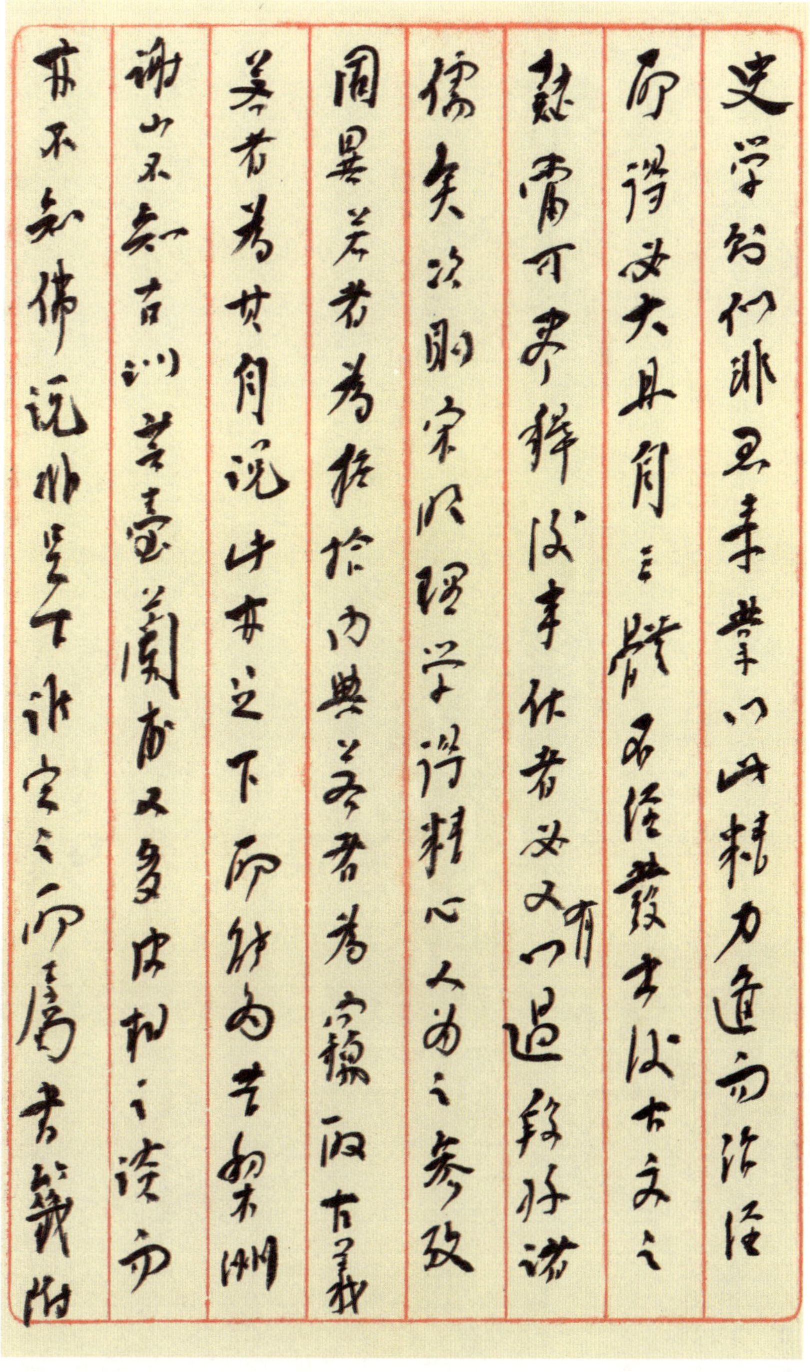

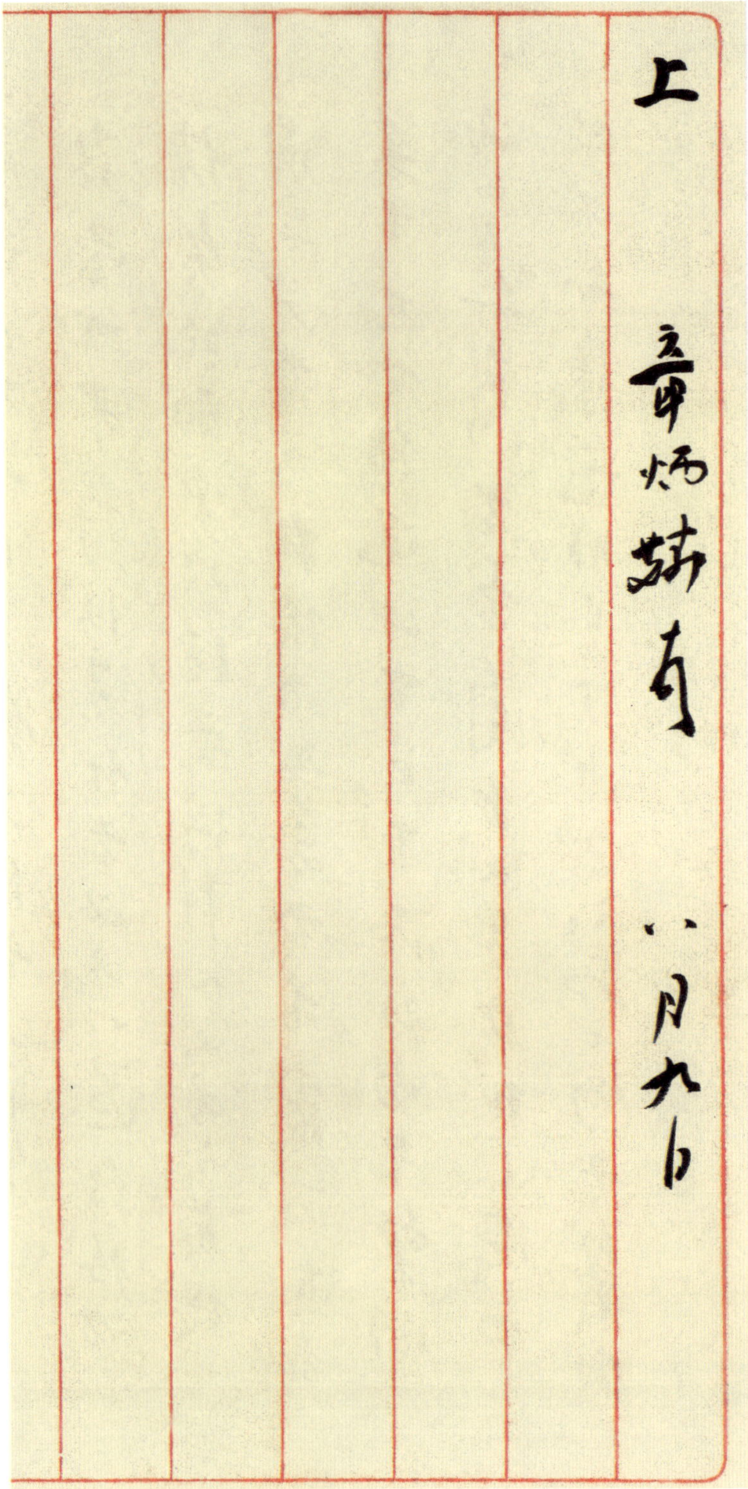
上

章炳麟頓首

八月九日

昔梨洲、谢山、不知古训，芝台、兰甫，又多皮相之谈，而亦不知佛说。非足下，谁定之？所属书签附上

章炳麟顿首

八月九日

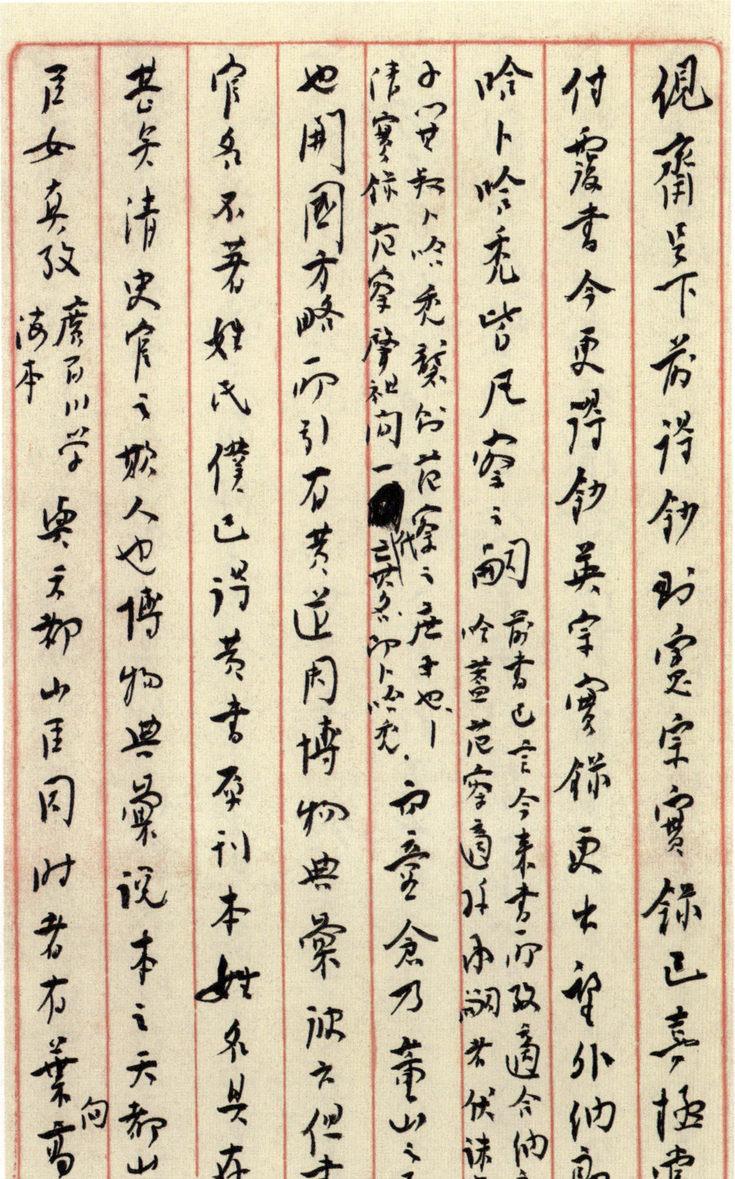

缄斋足下：前得钞到《宪宗实录》已喜极，当付复书。今更得钞《英宗实录》更出望外。纳郎哈、卜哈秃，皆凡察之嗣，（前书已言。今来书所考适合。纳郎哈盖范察嫡孙承嗣者。伏诛无子，以其叔卜哈秃袭，则范察之庶子也。《清实录》范察、肇祖间一代亡其名，即卜哈秃。）而童仓乃董山之兄也。《开国方略》所引有黄道周《博物典汇》彼云但书官名，不著姓氏。仆已得黄书原刊本，姓名具存，甚矣清史官之欺人也。《博物典汇》说本之天都山臣《女真考》（《广百川学海》本。）与天都山臣同时者有叶向高《四夷考》，

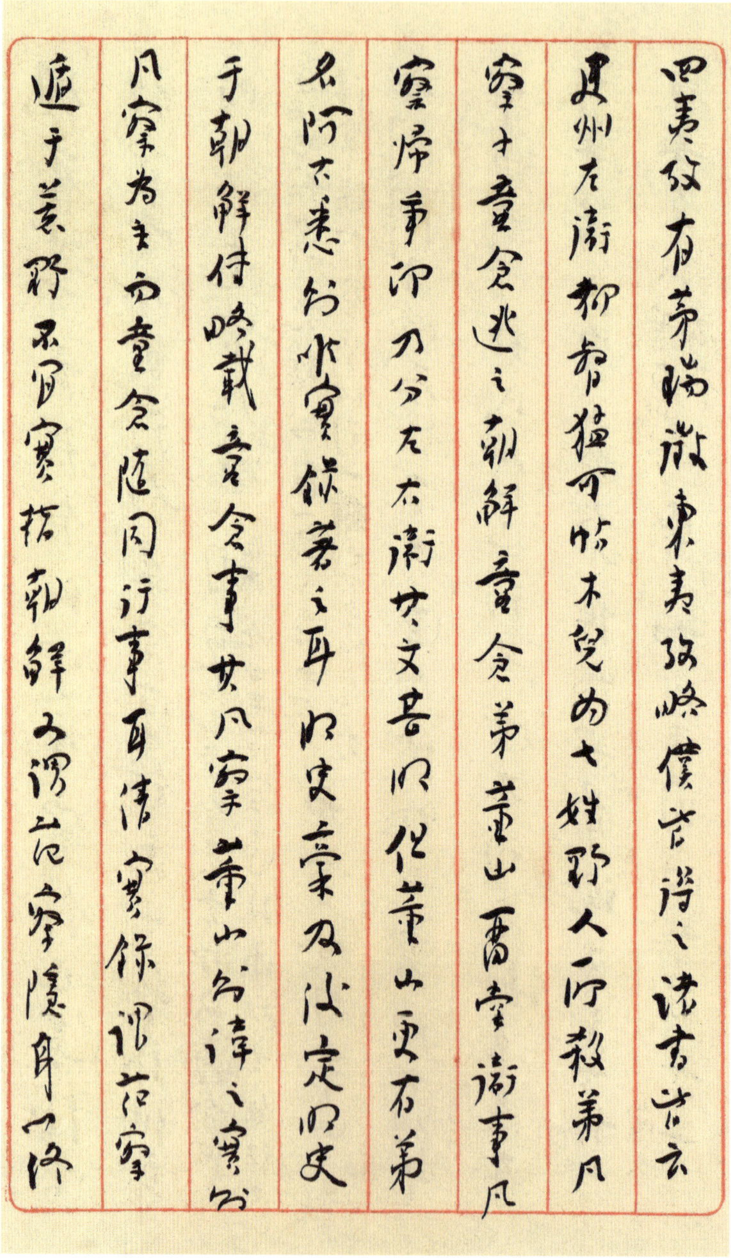
四夷考有茅瑞徵東夷考略僕皆得之諸書皆云
建州左衛都督猛可帖木兒為七姓野人所殺弟凡
察子童倉逃之朝鮮童倉弟董山留掌衛事凡
察歸爭印乃分左右衛其文甚明但董山更有弟
名阿古悉此實錄著之耳明史稿及後定明史
於朝鮮傳略載童倉事其凡察董山則諱之實則
凡察為主而童仓隨同行事耳清實錄謂范察
遁于荒野不肯實指朝鮮又謂范察隱身以終

有茅瑞徵《东夷考略》，仆皆得之。诸书皆云建州左卫都督猛可帖木儿为七姓野人所杀，弟凡察子童仓逃亡朝鲜，童仓弟董山留掌卫事。凡察归，争印，乃分左右卫。其文甚明，但董山更有弟名阿古悉，则唯《实录》著之耳。《明史稿》及后定《明史》于《朝鲜传》略载童仓事，其凡察、董山则讳之。实则凡察为主，而童仓随同行事耳。《清实录》谓范察遁于荒野，不肯实指朝鲜。又谓范察隐身以终，

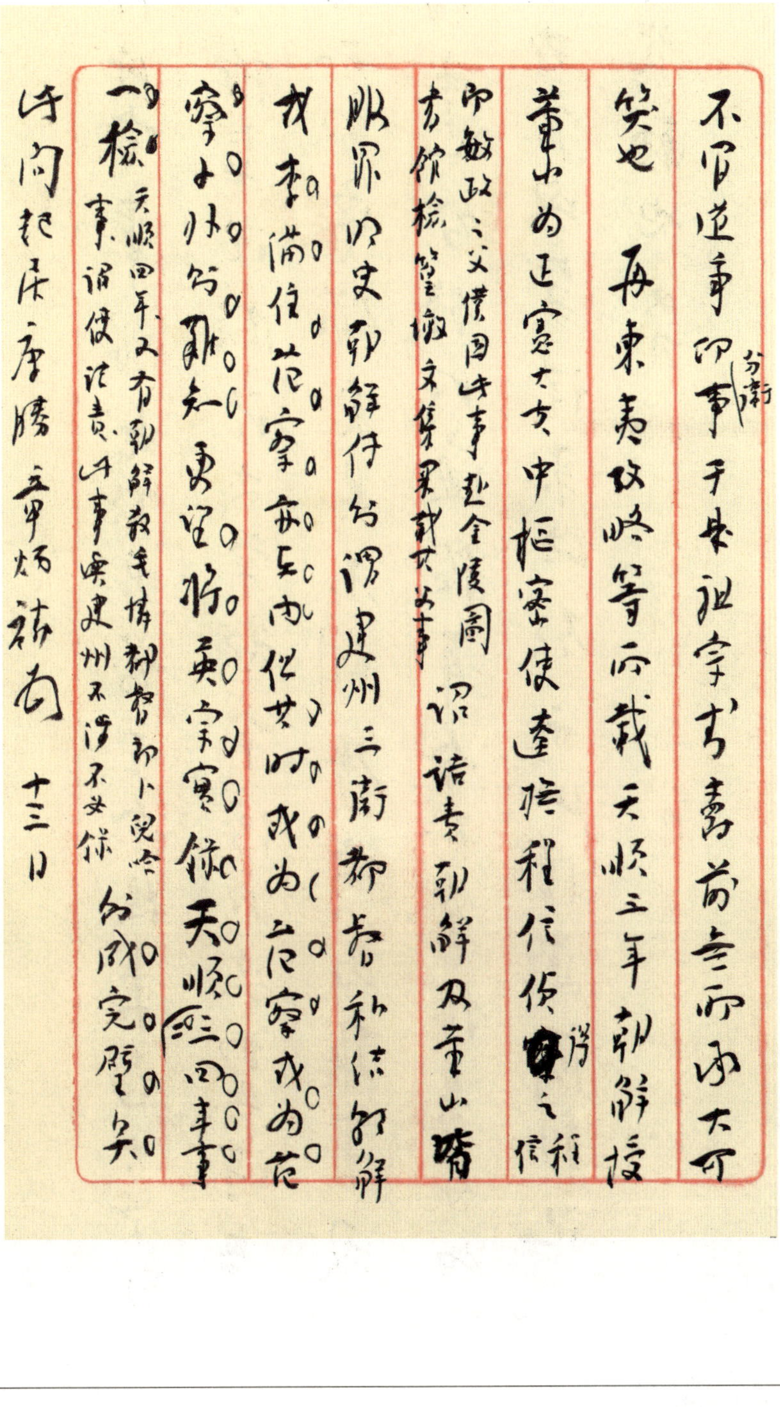

不肯道争印分卫事，于是祖宗封爵，前无所承，大可笑也。再《东夷考略》等所载天顺三年朝鲜授董山为正宪大夫、中枢密使。辽抚程信侦得之，（程信即敏政之父，仆因此事赴金陵图书馆检《篁墩文集》果载其父事。）诏诘责朝鲜及董山，皆服罪。《明史·朝鲜传》则谓建州三卫都督私结朝鲜，或李满住、范察亦在内。但其时或为范察，或为范察子孙，

则难知。更望将《英宗实录》天顺二三四年事一检，天顺四年又有朝鲜杀毛怜都督郎卜儿哈事，诏使诘责。此事与建州不涉，不必录。则成完璧矣。此问起居康胜。

章炳麟顿首

十三日

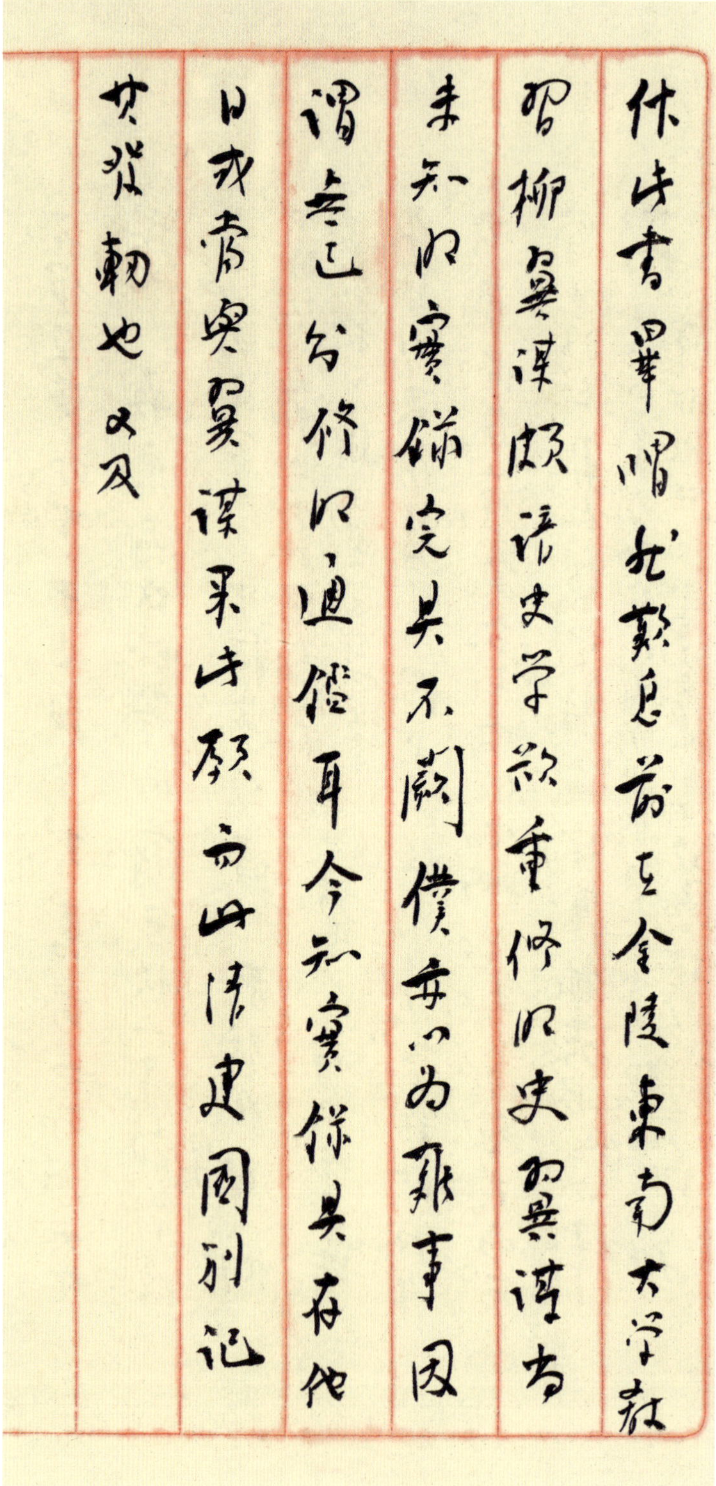
休宁书毕，谓我数息，前在金陵东南大学教习柳翼谋颇讲史学，欲重修明史。翼谋有未知明实录究其不满价每以为疑事，因谓会已分修明通鉴耳。今知实录其存，他日我当与翼谋来时顾而与清建国别记共发轫也。又及

作此书毕，喟然叹息。前在金陵东南大学，教习柳翼谋颇谙史学，欲重修《明史》、翼谋尚未知《明实录》完具不阙，仆亦以为难事。因谓无已则修《明通鉴》耳。今知《实录》具存，他日或当与翼谋果此愿，而此《清建国别记》其发轫也。又及

觋斋足下：得钞《英宗实录》更出望外，而愚意犹得陇望蜀，故复书又属查天顺时事。但仆所欲查者，尚有数耑，而足下去馆甚远，仆仆往来，殊为劳苦。今由邮递上二十元，供车马信札之费。所查共有六事，一并写上。非故为诛求，盖以调查诸书已甚翔实，而世系终有未明，故不惮审求也。望谅之！此问起居康胜。

章炳麟顿首

八月十五日

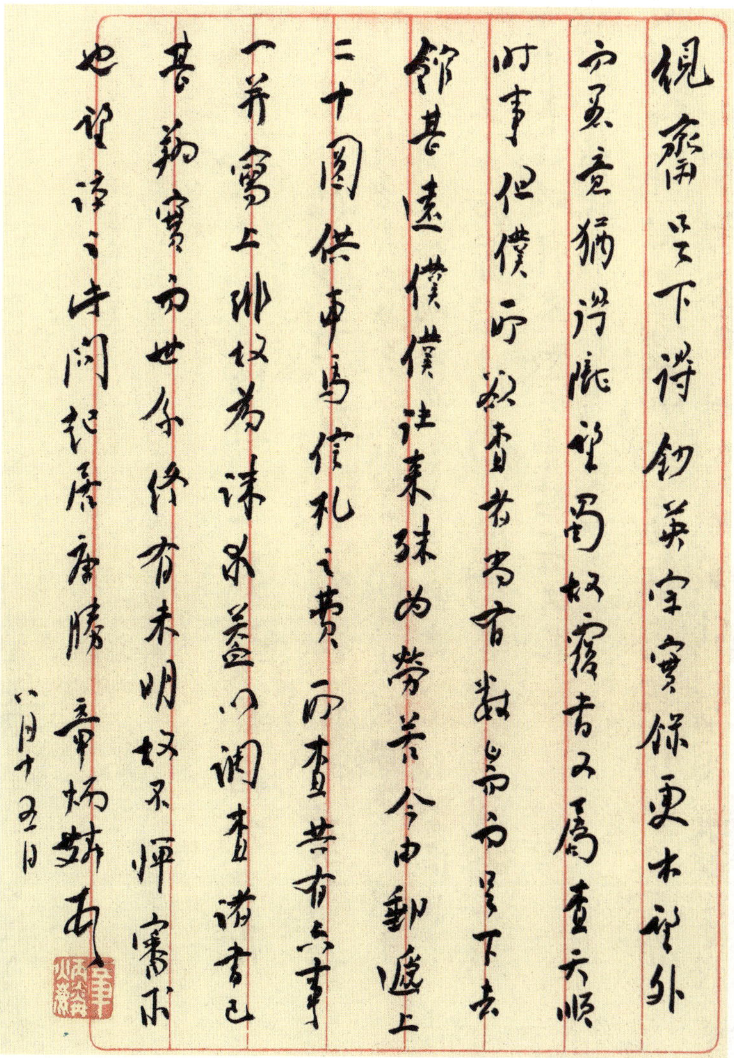

一、永乐元年始遣邢枢、张斌招抚女真。应调查建州始受抚者何人，始设卫时受朝命者何人。据《东夷考略》等书，第一世阿哈出，赐名李思诚。子释家奴嗣，赐名李显忠，显忠之子即李满住。

二、永乐三年始置毛怜卫，应调查始受朝命者何人。据《东夷考略》释家奴之弟猛哥不花，曾领毛怜卫，但未知是始受朝命者否。

三、永乐十年始置建州左卫，应调查左卫始受朝命者何人。有无与建州李氏相关。最要。据《英宗实录》凡察、满住之叔曰逢吉，则二人必是同姓兄弟。如此，则左卫始受朝命者，必从李思诚派下分出。

以上《太宗实录》

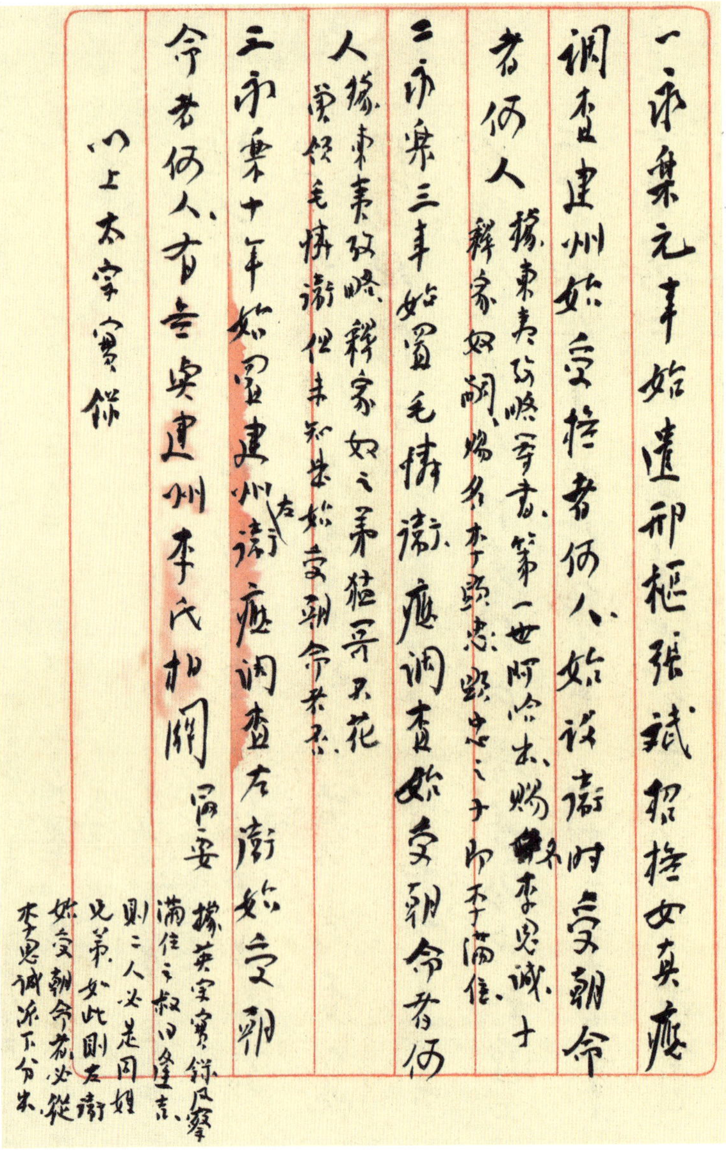

一、永樂元年始遣邢樞、張斌招撫女真，應調查建州始受撫者何人，始設衛時受朝命者何人。據東夷考略等書，第一世阿哈出，賜名李思誠。子釋家奴嗣，賜名李顯忠，顯忠之子即李滿住。

二、永樂三年始置毛憐衛，應調查始受朝命者何人。據東夷考略，釋家奴之弟猛哥不花曾領毛憐衛，但未知是始受朝命者否。

三、永樂十年始置建州左衛，應調查左衛始受朝命者何人，有無與建州李氏相關。最要。據英宗實錄，凡察、滿住之叔曰逢吉，則二人必是同姓兄弟，如此則左衛始受朝命者必從李思誠派下分出。

以上太宗實錄

四、天顺二三年间，朝鲜私授董山为正宪大夫中枢密使，或云三卫都督，皆私结朝鲜。应调查是时建州右卫都督系何人。以上《英宗实录》

五、嘉靖四十一年，建州右卫都指挥王杲犯边，杀明副总兵黑春，万历二年，李成梁出塞进剿。

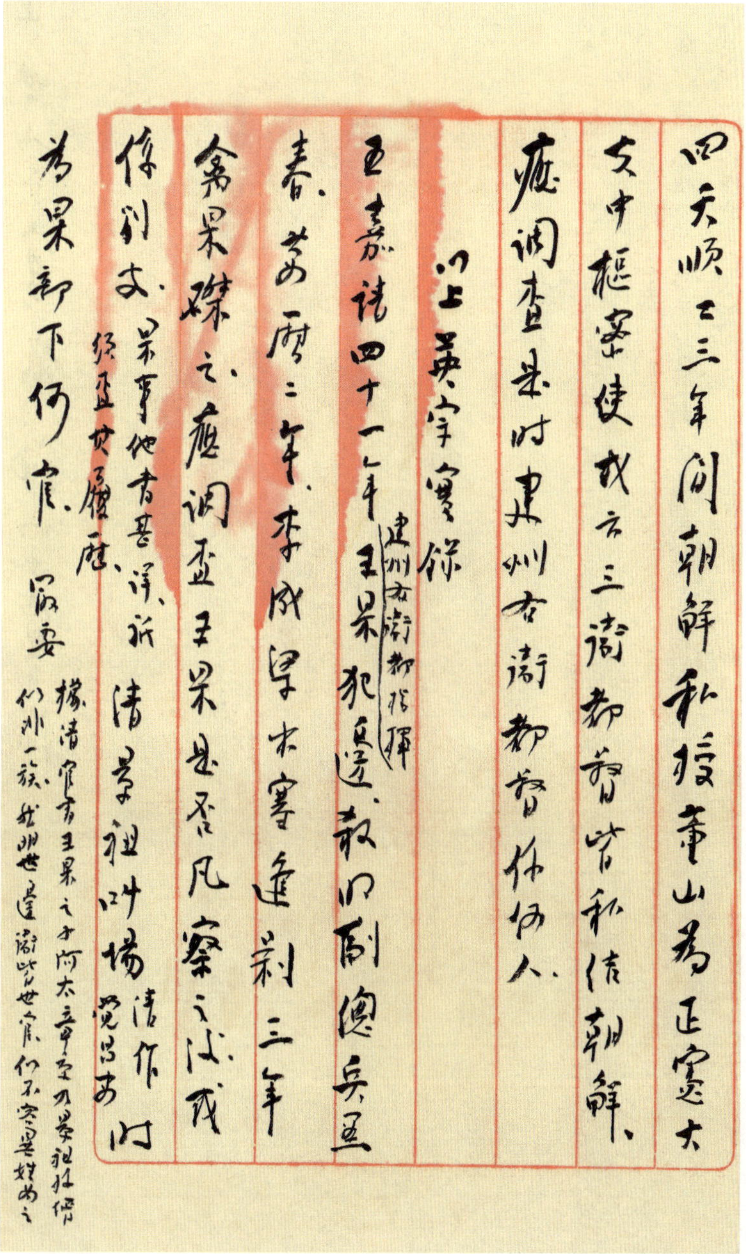

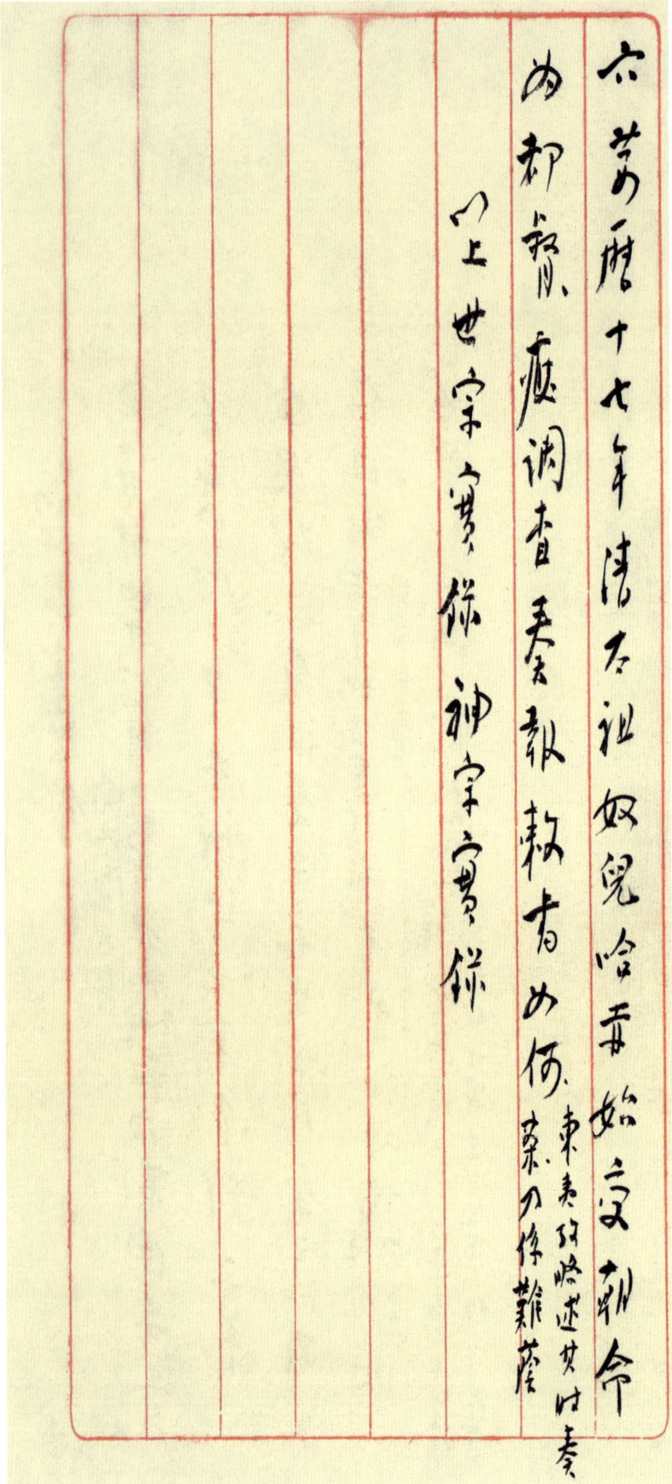
六萬曆十七年清太祖奴兒哈赤始受朝命為都督。應調查奏報敕書如何。東夷考略述其時奏案乃係難蔭。
以上世宗實錄 神宗實錄

三年，擒杲磔之。应调查王杲是否凡察之后，或系别支。杲事他书甚详，只须查其履历。清景祖叫场清作觉昌安。时为杲部下何官。最要。据清官书王杲之子阿太章京乃景祖孙婿，似非一族。然明世边卫皆世官，似不容异姓为之。

六、万历十七年，清太祖努儿哈赤始受朝命为都督。应调查奏报敕书如何。《东夷考略》述其时奏案，乃系难荫。

以上《世宗实录》、《神宗实录》

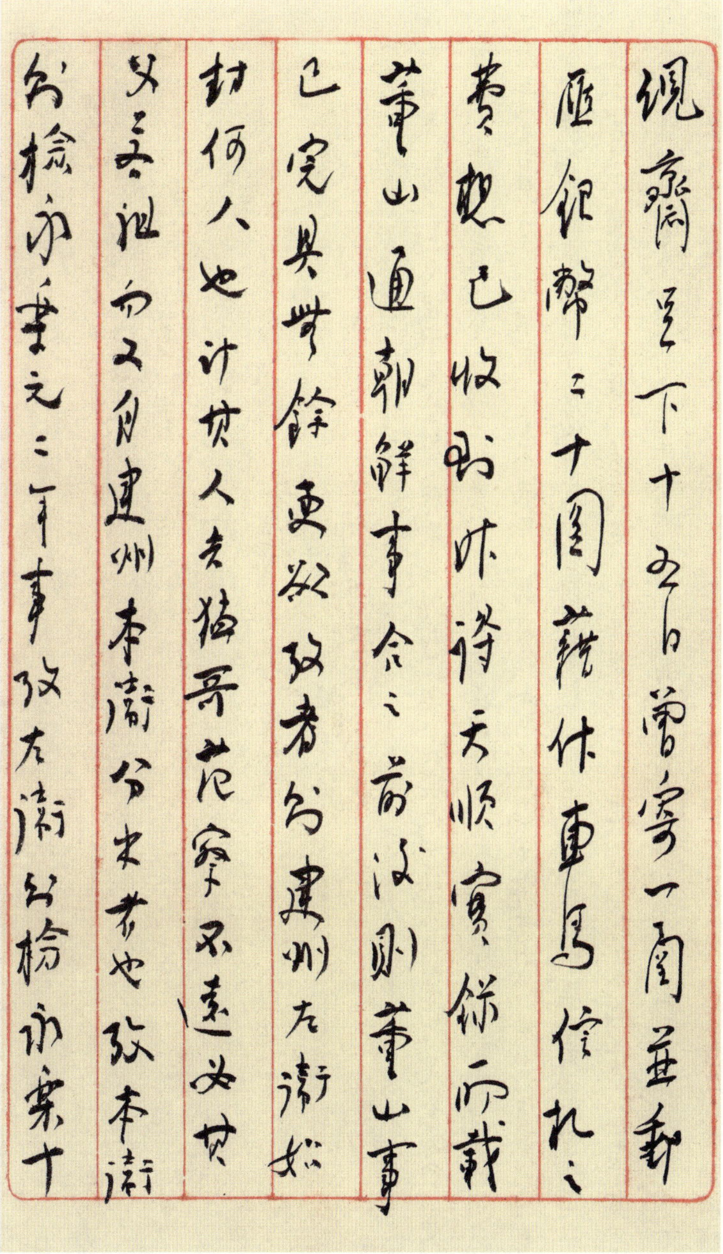

绳斋足下：十五日曾寄一函，并邮汇银币二十元，藉作车马信札之费，想已收到。昨得《天顺实录》所载董山通朝鲜事，合之前后，则董山事已完具无余。更欲考者，则建州左卫始封何人也。计其人去猛哥、范察不远，必其父若祖而又自建州本卫分出者也。考本卫，则检永乐元二年事，考左卫，则检永乐十年事。其中世系，恐足下有未悉，特录明人所述，以便考定。

建州卫

（永乐时）

阿哈出（即李思诚）——释家奴（即李显忠乃思诚子）——李满住（宣德正统时）（显忠子）——猛哥帖木儿——凡察（猛、凡与李满住为同姓兄弟）

阿哈出——猛哥不花（思诚子显忠弟毛怜卫）

此中所未知者，猛、凡父祖于阿哈出、释家奴为几等亲。《实录》既完具如此，足下云《明史》难成，本纪易就，亦是。唯《实录》全数约三千卷，而新、旧《明史·本纪》皆不过二十四卷。则只得《实录》千分之八耳。若更令本纪增长，亦不成体。鄙意作《明通鉴》为得其中。夏燮所撰，约有百卷，而不详者甚多，非独建州事也。今计必可成一百四五十卷，则于《实录》中要事不至尽失也。

玄同、兼士皆送天聪四年伐明誓师谕已到，此即崇祯三年也。时太宗亲犯北京，而于其年正月，则东攻永平，此谕乃攻永平时谕汉土军民者，当云「犯北京誓众谕」不得云「伐明誓师谕」也。

章炳麟顿首

八月二十一日

年事其中世系足下有未悉特錄

以人所述之便攷定

建州衛（永樂時）

阿哈出即李思誠——釋家奴即李顯忠，乃思誠子——李滿住顯忠子（宣德正統時）

阿哈出——猛哥不花思誠子，顯忠弟，領毛憐衛

建州左衛

猛哥帖木兒——凡察

猛凡與李滿住為內姊兄弟

此中所未知者，猛凡父祖於阿哈出、釋家奴為何等親

實錄既完其為此是下之明史斯成本紀爲就弃其作實錄全數約三千卷而新舊明史本紀皆不過二十四卷然祇得實錄千分之八耳至要令本紀增其亦不成體鄙意作明通鑑爲得其中之大變所撰約有百卷而不詳者甚多非獨建州事也今計必可成一百四五十卷然於實錄中要事不至遺失也

玄同兼士皆從天隨四年代明揆師論已出

此即崇禎三年也。时太宗親犯北京，而于其年正月略東收永平，此論乃收永平时論漢土軍民者。前云犯北京抒衆論，不得云代明抒师論也。

章炳麟白　八月二十一日

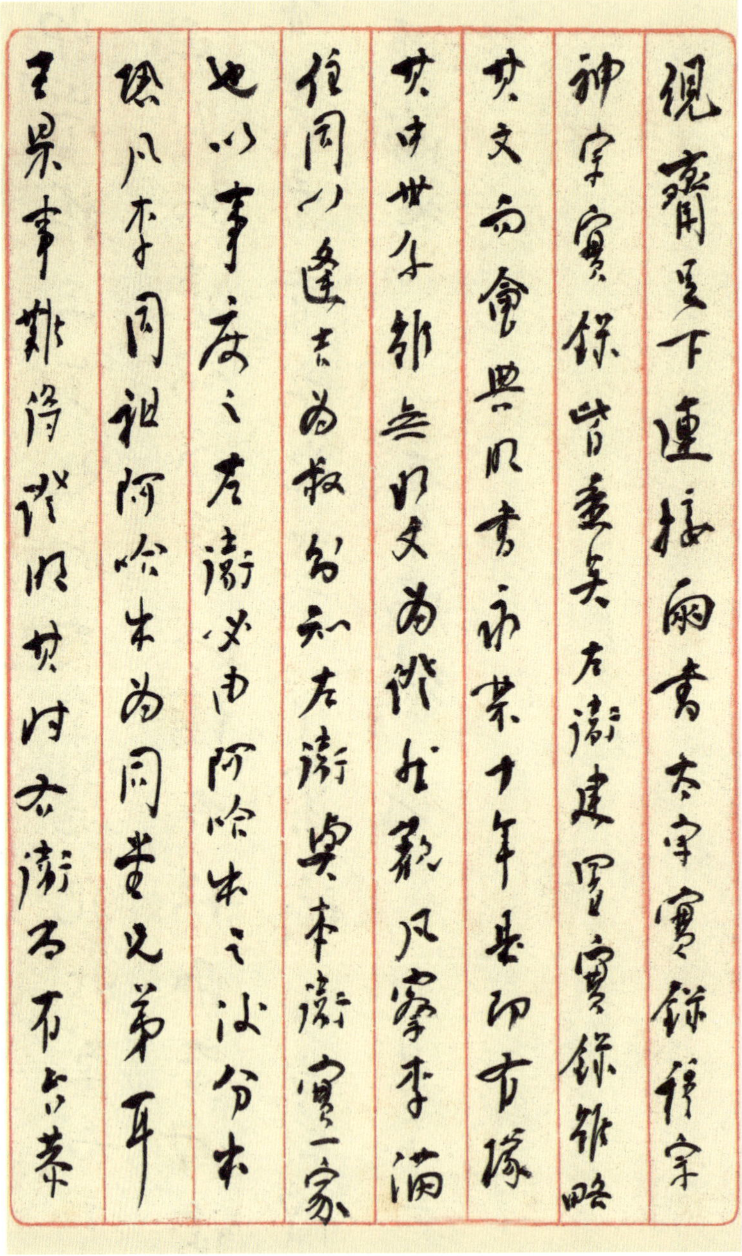
覌齋足下連接兩書太宗實錄穆宗
神宗實錄皆重矣左衛建置實錄雖略
其文而會典明書永樂十年是即有據
其中世系雖無明文爲證然覌凡察李滿
住同以逢吉爲叔則知左衛與本衛實一家
也以事度之左衛必由阿哈出之後分出
恐凡李同祖阿哈出爲同堂兄弟耳
王杲事難得證明其時右衛尚有台恭

觃斋足下：连接两书，《太宗实录》、《穆宗、神宗实录》皆重矣。左卫建置，《实录》虽略其文，而《会典》明书永乐十年，是即有据。其中世系，虽无明文为证，然观凡察、李满住同以逢吉为叔，则知左卫与本卫实一家也。以事度之，左卫必由阿哈出之后分出，恐凡、李同祖，阿哈出为同堂兄弟耳。王杲事难得证明，其时右卫尚有台恭，左卫尚有撒哈答柳尚等，而《三朝辽事实录》又载三卫

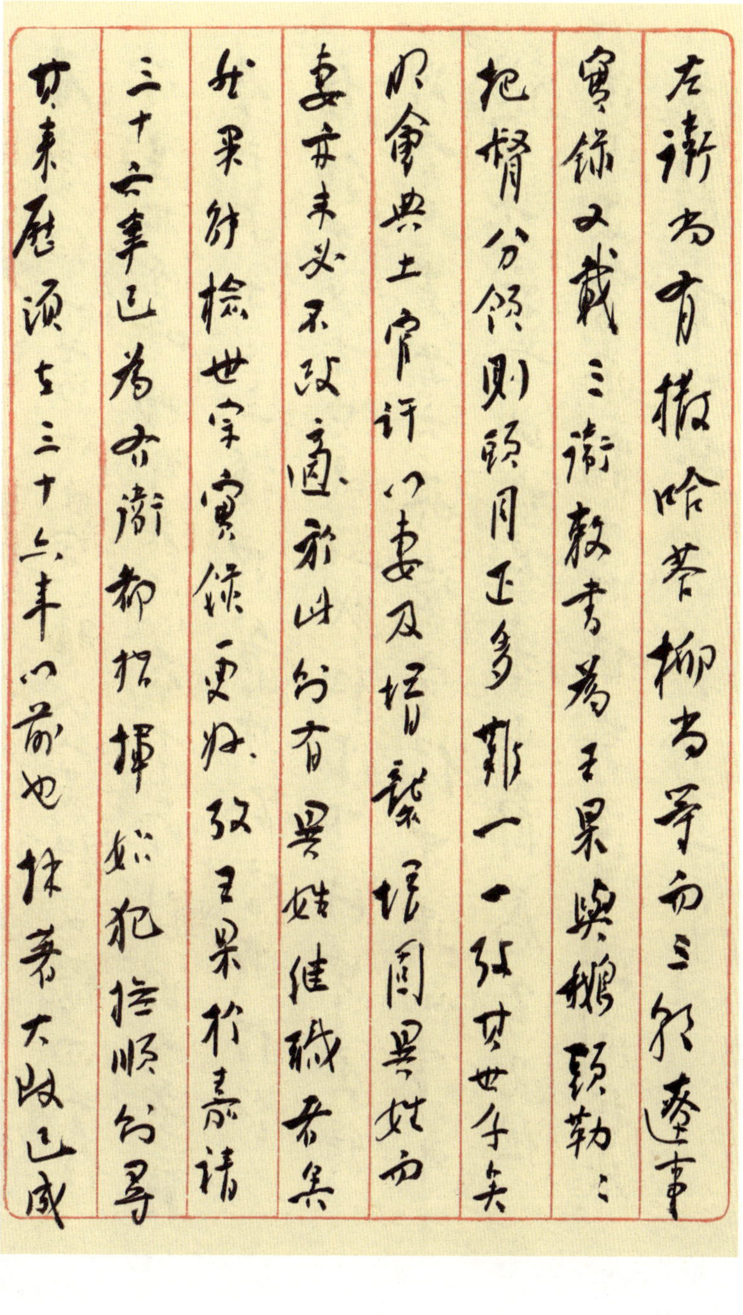
左衛為有撤哈答柳為等而三衛遂事
實錄又載三衛敕書為王杲與鵝頭勒勒
把督分領則頭目正多難一一考其世系矣
明會典土官許以妻及婿襲婿固異姓而
妻亦未必不改適於此則有異姓繼職者矣
然果能檢世宗實錄更好考王杲於嘉靖
三十六年已為右衛都指揮始犯撫順則尋
其來歷須在三十六年以前也拙著大致已成

敕书为王杲与鹅头勒勒把督分领，则头目正多，难一一考其世系矣。《明会典》土官许以妻及婿袭，婿固异姓，而妻亦未必不改适。于此则有异姓继职者矣。然果能检《世宗实录》更好。考王杲于嘉靖三十六年已为右卫都指挥，始犯抚顺，则寻其来历，须在三十六年以前也。拙著大致已成，原稿约一万四千字，补入实录，又增四千余字。足下于此，助我不浅。原书所引明人旧籍，原刊凡十二三种，或箧中所有，或借钞。借钞者，必书其名姓地址，足下此举，更特别言之。来书云尽写《实录》中建州事，不过二十万言，此亦易举。已函属家兄，但浙中正惊风鹤，一时恐难决耳。此问起居康胜。

章炳麟顿首

八月二十四日

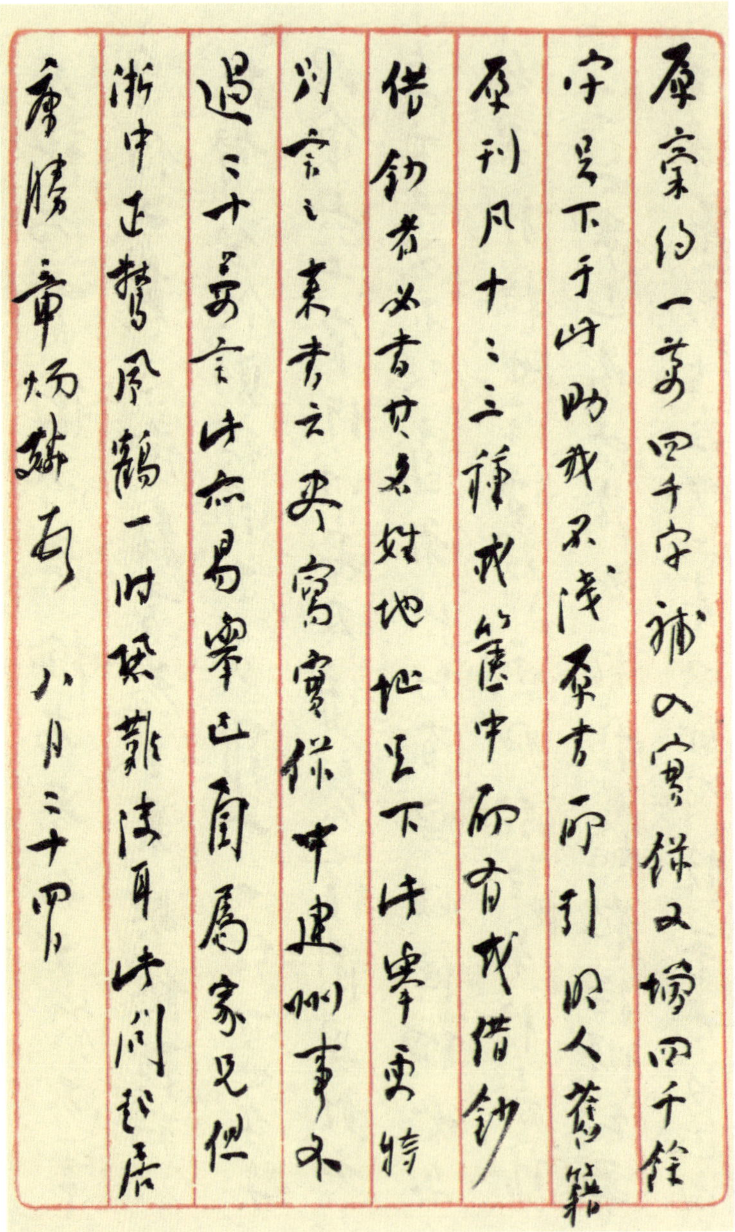
原案约一万四千字，补入实录又增四千余字，足下于此助我不浅。原书所引明人旧籍原刊凡十三种，或箧中所有，或借钞。借钞者必书其名姓地址，足下此举更特别言之。来书云尽写实录中建州事，不过二十万言，此亦易举。已函属家兄，但浙中正惊风鹤，一时恐难决耳。此问起居康胜。章炳麟顿首 八月二十四日

觇斋足下：得钞永乐时猛哥帖木儿事，是猛哥为始领左卫之人。猛哥、凡察为兄弟，而李满住又与凡察同以逢吉为叔，则知猛、凡与李为同堂兄弟，同祖阿哈出也。清前代世系于是可定矣。唯后起王杲，始终不详为何人之后。观其所领，则在右卫，而据足下钞得《穆宗、神宗实录》，则是时各卫都督尚有安台失及台恭辈，其世系皆不可详，亦非独一王杲。《世宗实录》如有所征，则为至幸；无所征，则阙之尔。国务院某局长取去《世宗实录》必有调查之处，其时大礼、郊祀及倭寇零窃，于今无所用之，或者以收回蒙古

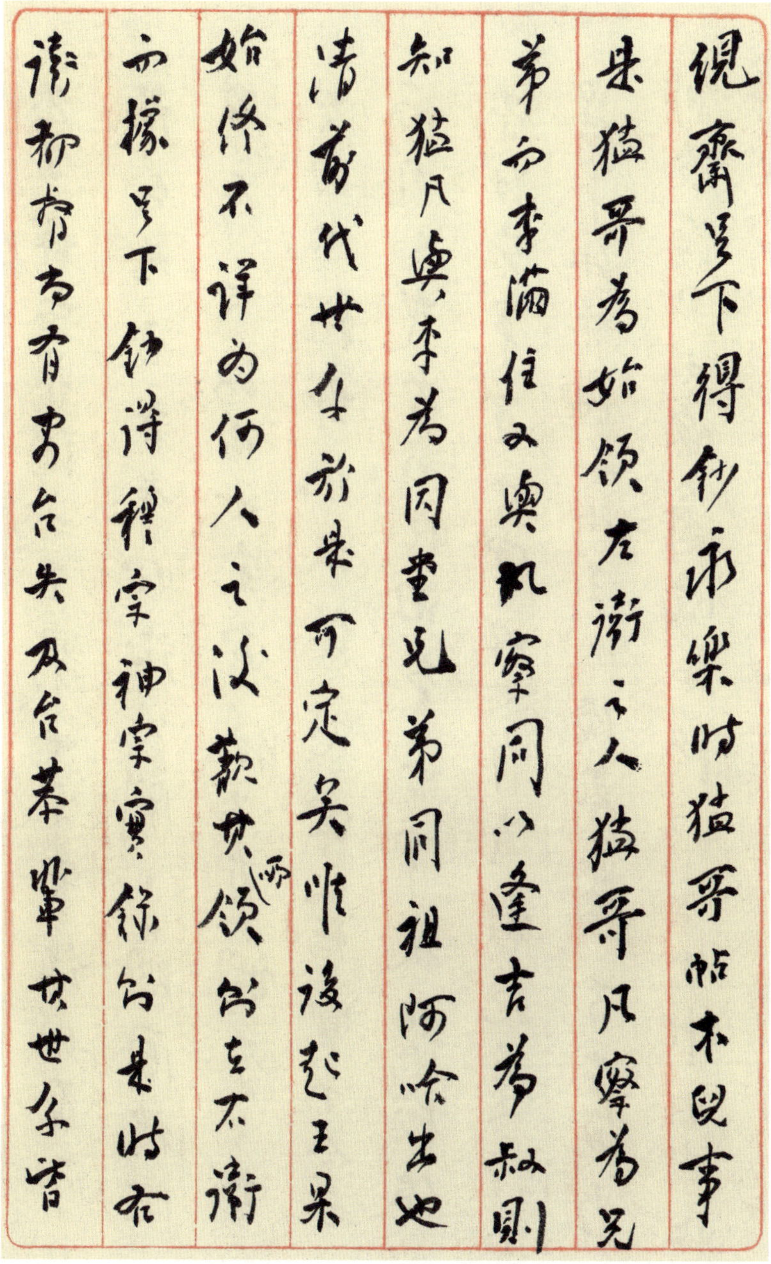
覘齋足下得鈔永樂時猛哥帖木兒事
是猛哥為始領左衛之人猛哥凡察為兄
弟而李滿住又與凡察同以逢吉為叔則
知猛凡與李為同堂兄弟同祖阿哈出也
清前代世系於是可定矣唯後起王杲
始終不詳為何人之後觀其所領則在右衛
而據足下鈔得穆宗神宗實錄則是時右
衛都督尚有安台失及台恭輩其世系皆

事状，欲检俺答对贡事耳。其实明世自瓦剌犯边，特为异事外，其后如小王子俺答辈，皆在漠南，非今漠北之喀尔喀也。终明之世，唯太宗北征，尝至胪朐河，（今克鲁伦河。）其余皆与漠北无涉。即瓦剌亦今鲁厄特，非喀尔喀也。然某局长能调查及此，亦可谓粗知稽古者。足下能一见之，或可有所得耶？江浙战争之说，甚嚣尘上，其实尚未开仗。足下来书亦皆收到，并金陵学者书件，近亦得之。以后如果开仗，则当作别论耳。图书馆长徐君闻是吾乡德清人徐心斋（养源）之裔，度亦必谙识古今者也。此问起居康胜。

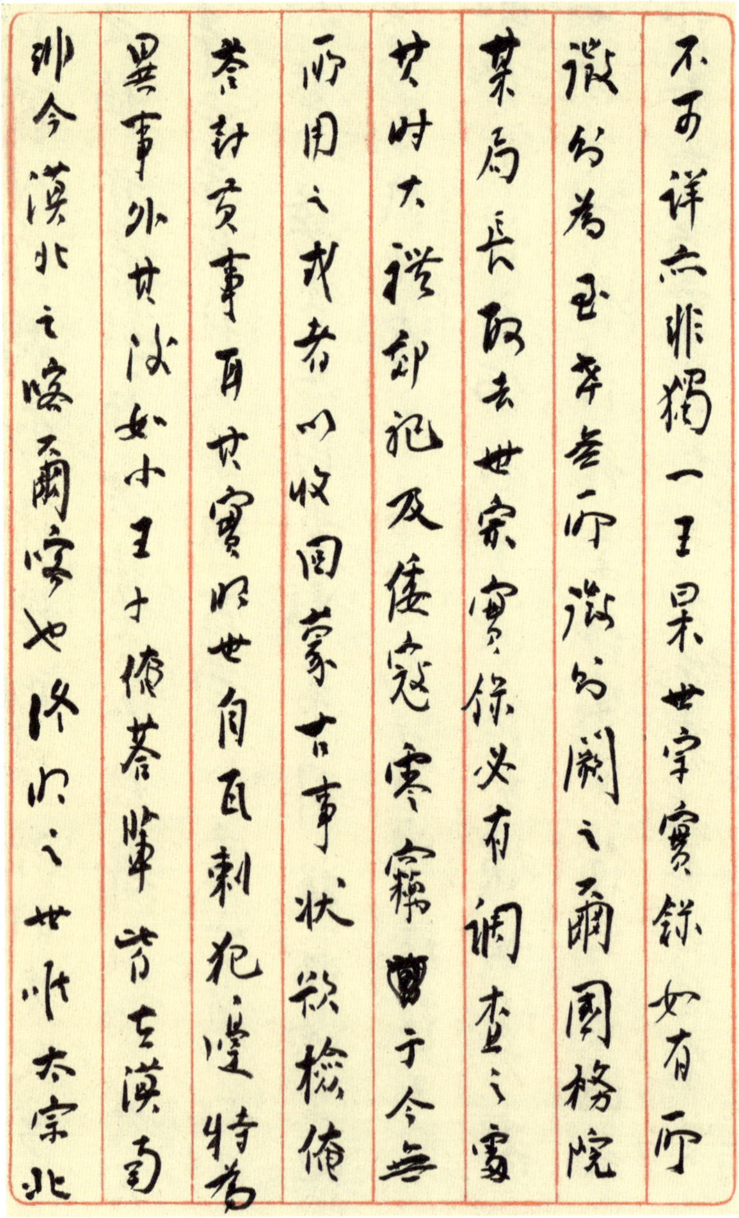

章炳麟顿首

延雲出臚朐河今克魯倫河其餘皆與漠北無涉

即瓦剌其今之乞魯特非喀爾喀也若

某局長能調查及此亦可謂審知稽古者

足下能一見之我可有所得即江浙

戰爭之說甚囂塵上其實尚未開仗足下

來書并皆收到并金陵學者書件近亦得

之以後如果開仗紛爭係別論耳圖書館

長徐君聞其吾鄉述法八徐心齋源養之裔孫

亦必諳識古今者也時問起居康勝章炳麟頓首

来书所云《太宗实录》系近年补钞者，不知于何处得来。据《亭林文集》，《实录》藏于皇史宬，其稿则焚之，故民间不得见。万历末始许流传，然部帙繁重，非千金不能得。有摘钞者，则称为《圣政记》。其时梨洲家有《实录》，盖即万历后所钞者。今闻梨洲此书后归卢抱经，顷岁抱经家又出转卖，有人得之，亦零碎不具，不知图书馆从何处移写，烦询徐君，或因此知民间副本也。

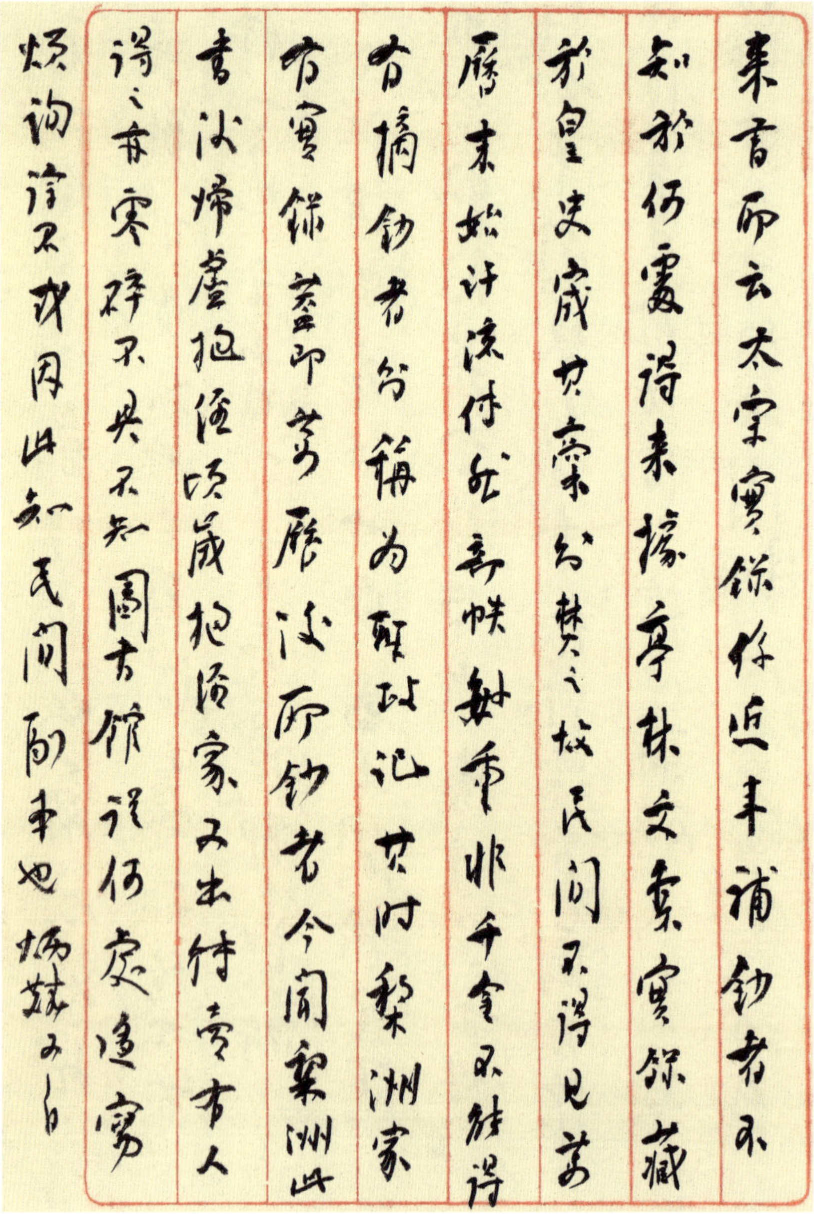

炳麟又白

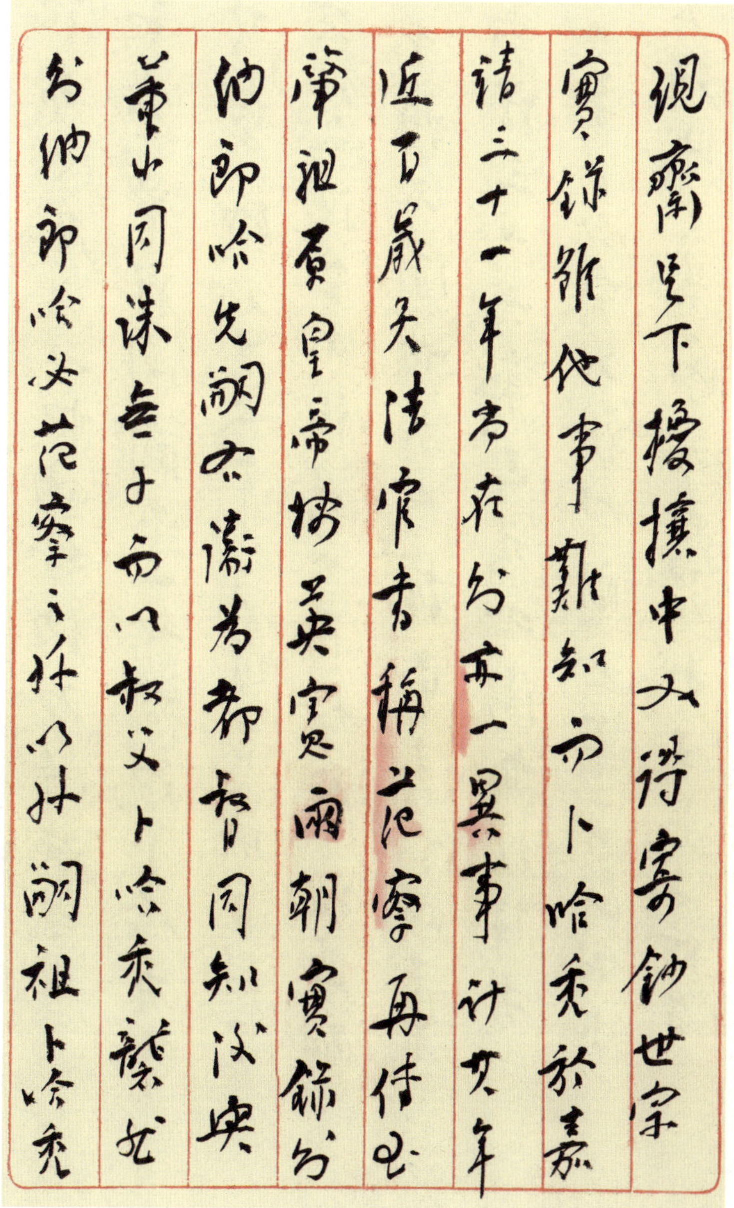
絅齋足下擾攘中又得寄鈔世宗
實錄雖他事難知而卜哈秃於嘉
靖三十一年尚在亦一異事計其年
近百歲矣清官書稱范察再傳至
肇祖原皇帝按英宪兩朝實錄則
納郎哈先嗣右衛為都督同知後
與董山同誅無子而以叔父卜哈秃襲然
則納郎哈必范察之孫以孫嗣祖卜哈秃

䌹斋足下：扰攘中又得寄钞《世宗实录》虽他事难知，而卜哈秃于嘉靖三十一年尚在，则亦一异事。计其年近百岁矣。清官书称范察再传至肇祖原皇帝，按英、宪两朝《实录》则纳郎哈先嗣右卫为都督同知，后与董山同诛，无子，而以叔父卜哈秃袭。然则纳郎哈必范察之孙，以孙嗣祖，卜哈秃必范察之庶子，以叔嗣侄。纳郎哈既无子，则范察、肇祖间阙名一世者，即卜哈秃也。计其袭职八十三年，

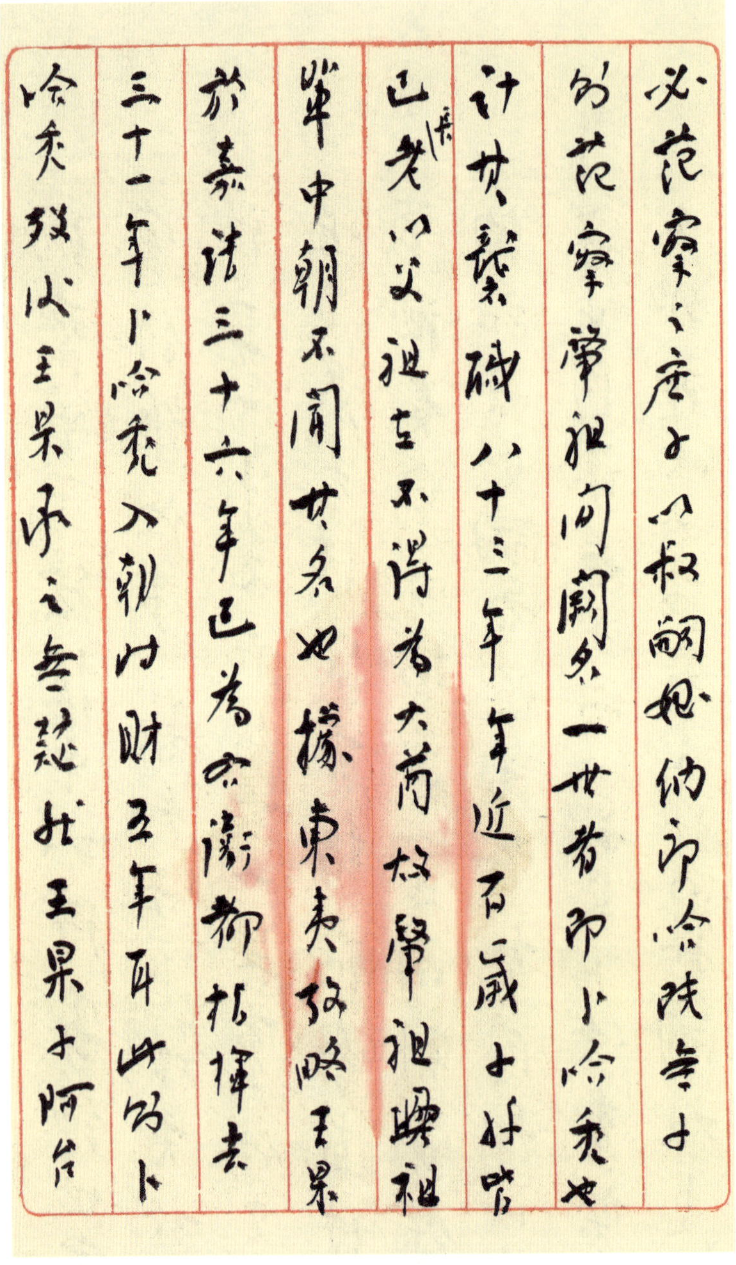
必范察之庶子，以叔嫂姻娅纳卜哈秃无子
为范察肇祖间阔矣。一世者即卜哈秃也
计其袭职八十三年，年近百岁，子孙皆
已老，以父祖在，不得为大酋，故肇祖、兴祖
辈中朝不闻其名也。据东夷考略，王杲
于嘉靖三十六年已为右卫都指挥，去
三十一年卜哈秃入朝时财五年耳，此则卜
哈秃殁后王杲承之无疑矣。然王杲子阿台

年近百岁，子孙皆已长老，以父祖在，不得为大酋，故肇祖、兴祖辈，中朝不闻其名也。据《东夷考略》王杲于嘉靖三十六年已为右卫都指挥，去三十一年卜哈秃入朝时才五年耳。此则卜哈秃殁后，王杲承之无疑。然王杲子阿台娶景祖孙女，纵使夷狄之俗，婚不避宗，王杲若为卜哈秃孙，则于景祖为从父，若为卜哈秃曾孙，亦于景祖为兄弟，此据肇祖至太祖四世之说，除去充善、锡宝齐篇古不数。阿台非景祖兄弟即为其侄，似不当以孙女

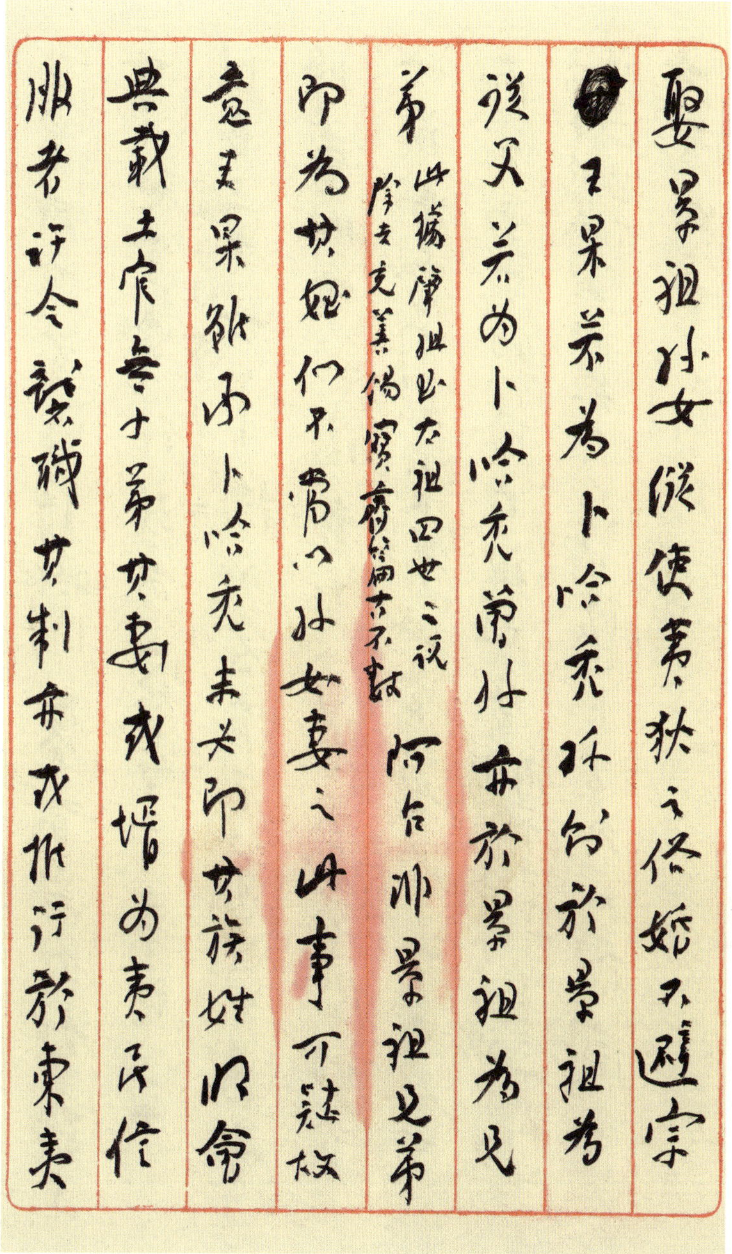
娶景祖孫女，從使夷狄之俗，婚不避宗
王杲若為卜哈禿孫，則於景祖為
從父；若為卜哈禿弟之子，於景祖為兄
弟（此據景祖出太祖四世之說 [illegible]），阿台則景祖兄弟
即為其姪，何不當以孫女妻之？此事可疑，故
意王杲雖承卜哈禿，未必即其族姓。《明會
典》載：土官無子弟，其妻或婿為夷民信
服者，許令襲職，其制亦或推行於東夷

妻之，此事可疑。故意王杲虽承卜哈秃，未必即其族姓。《明会典》载，土官无子弟，其妻或婿为夷民信服者，许令袭职，其制亦或推行于东夷。王杲或其家之婿，(但未知昭穆。)容有异姓袭职之事。《世宗实录》既可窥寻，于嘉靖三十一后至三十六年检之（此五年事望检示），容有王杲迹也。再者隆庆时有右卫都督安台失，万历时有右卫都督同知台恭，此皆尊官，亦不知其所出。而其时清太祖已生，(据清官书，太祖于万历十一年年二十

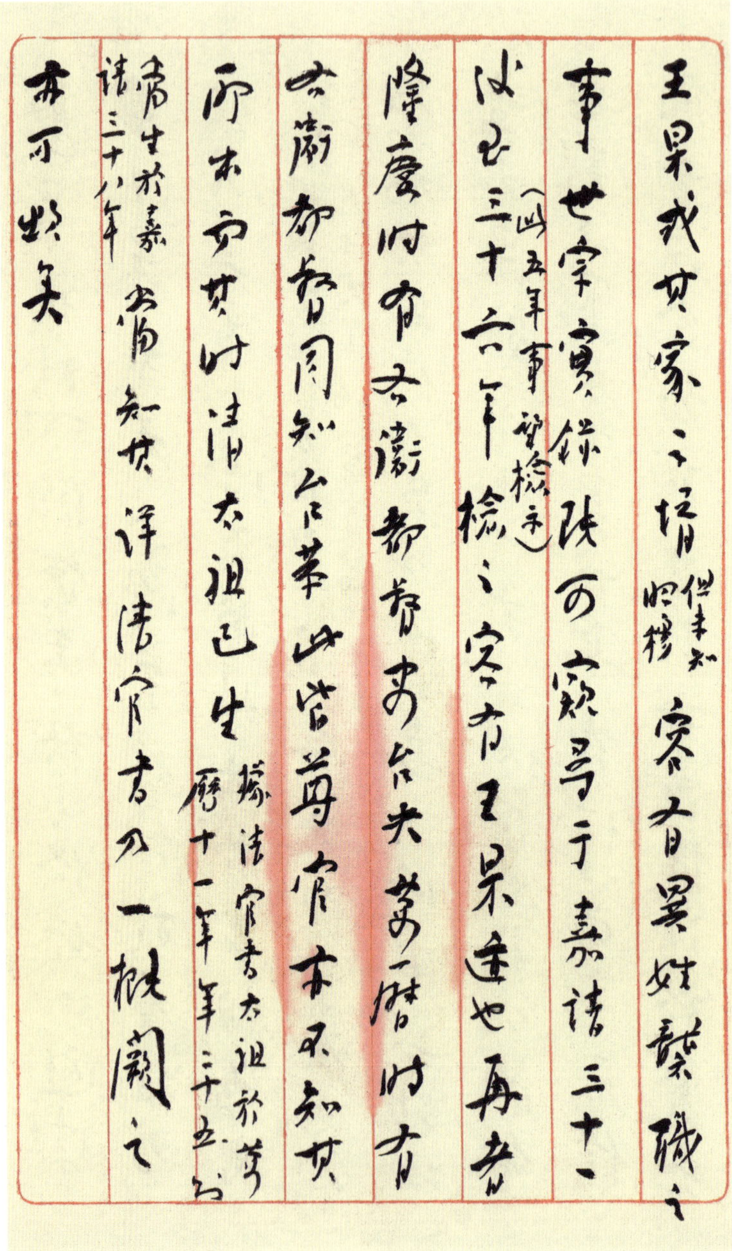
王杲我其家之婿 似未知旧档 實有異姓繁職之
事世宗實錄既有号于嘉靖三十六
此亦三十六年（四五年事可證檢之）檢之實有王杲逆也再者
隆慶時有右衛都督東西大苦萬曆時有
右衛都督同知台楚也皆萬官者不知其
所未有其時清太祖已生 據清官書太祖於萬曆十一年年二十五，則
當生於嘉靖三十八年 當知其詳清官書乃一概闕之
亦可歎矣

五，则当生于嘉靖三十八年。当知其详。清官书乃一概阙之，亦可歎矣。女真之先为挹娄勿吉靺鞨，明代书悉作此语，足下意满洲即靺鞨转音，其实《王制正义》引《东夷传》：「九夷一曰玄菟，二曰乐浪，三曰高骊，四曰满饰。」满饰与满珠音更近。但鄙人所以不敢附会者，则以金世已无其称，不得至明末复有之。明人书亦无称建州女真为满洲者，故据《满洲源流考》谓「西藏献书称曼殊师利大皇帝，鸿号肇称，

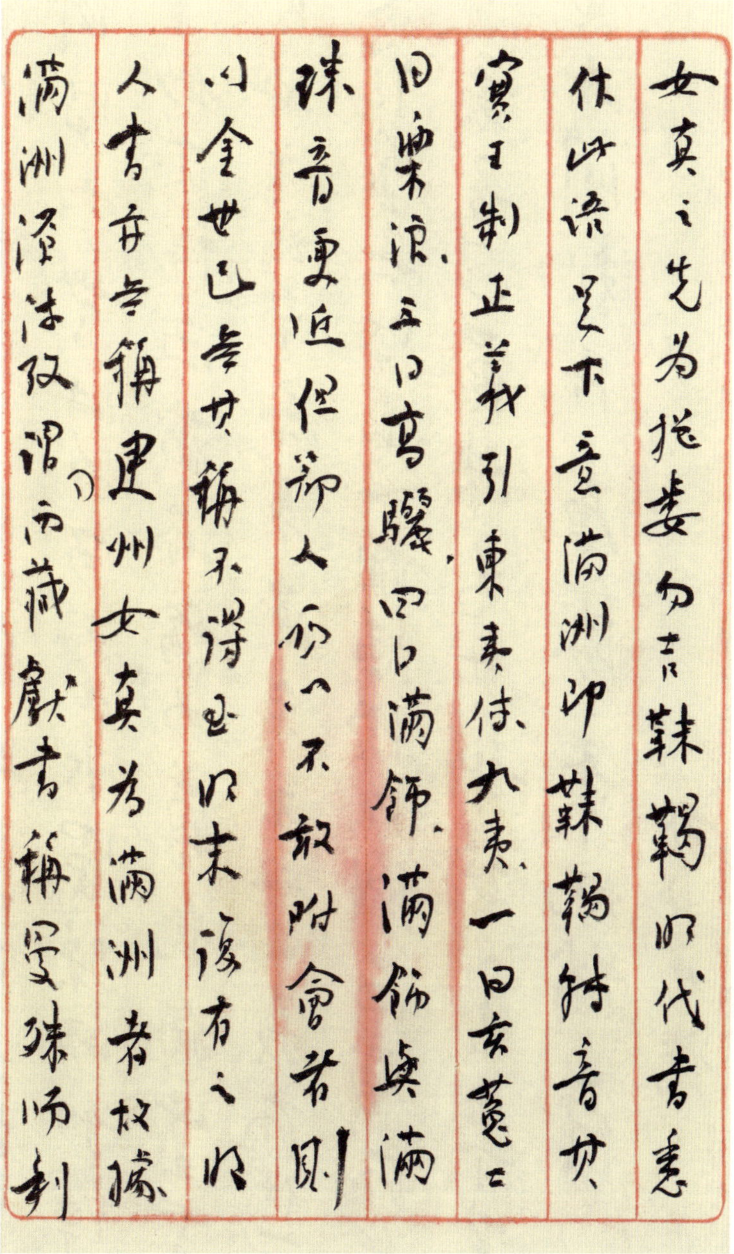
女真之先為挹婁、勿吉、靺鞨，以代音考
休此語是下意，滿洲即靺鞨轉音歟。
實王制正義引東夷傳，九夷一曰玄菟，二
曰樂浪，三曰高驪，四曰滿飾，滿飾與滿
珠音更近，但彼人亦必不敢附會若則
以金世已無此稱，不得至明末後有之，以
人書無稱建州女真為滿洲者，按
滿洲之語蓋謂西藏獻書稱曼殊師利

实本诸此」为确证。其名既自番僧与之，则太祖初建国时，尚无此名，可知也。唯曼殊师利译言妙吉祥，西藏所称本为尊号，犹此土言圣神文武皇帝耳。建夷不知文义，所任范文程辈，亦皆边鄙陋儒，不识西藏所称之意，竟以曼殊为其部族之名，大可笑也。此问起居康胜。

章炳麟顿首

九月十号

大皇帝鴻號肇稱實本諸此夢壇讚共多說自番僧與之則太祖初建國時尚無此名可知也惟曼殊師利譯言妙吉祥西藏所稱為本尊號猶此土言聖神文武皇帝耳建夷不知文義所任范文程輩亦皆遼鄙陋儒不識西藏所稱之意竟以曼殊為其部族之名大可笑也此問起居康勝章炳麟頓首

九月十號

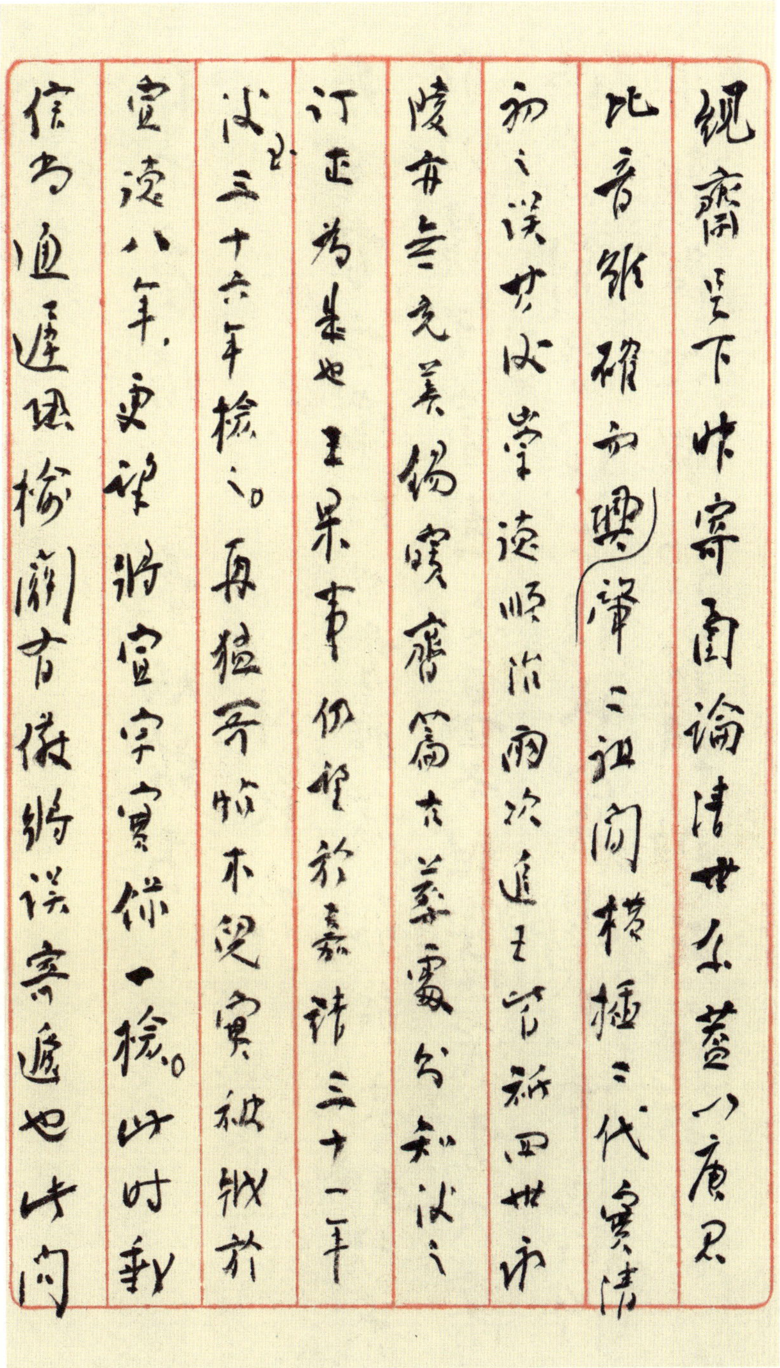

𬘘斋足下：昨寄函论清世系，盖以唐君比音虽确，而肇、兴二祖间横插二代，实清初之误。其后崇德、顺治两次追王，皆只四世，永陵亦无充善、锡宝齐篇古葬处，则知后之订正为是也。王杲事仍望于嘉靖三十一年后至三十六年检之，再猛哥帖木儿实被戕于宣德八年，更望将《宣宗实录》一检。

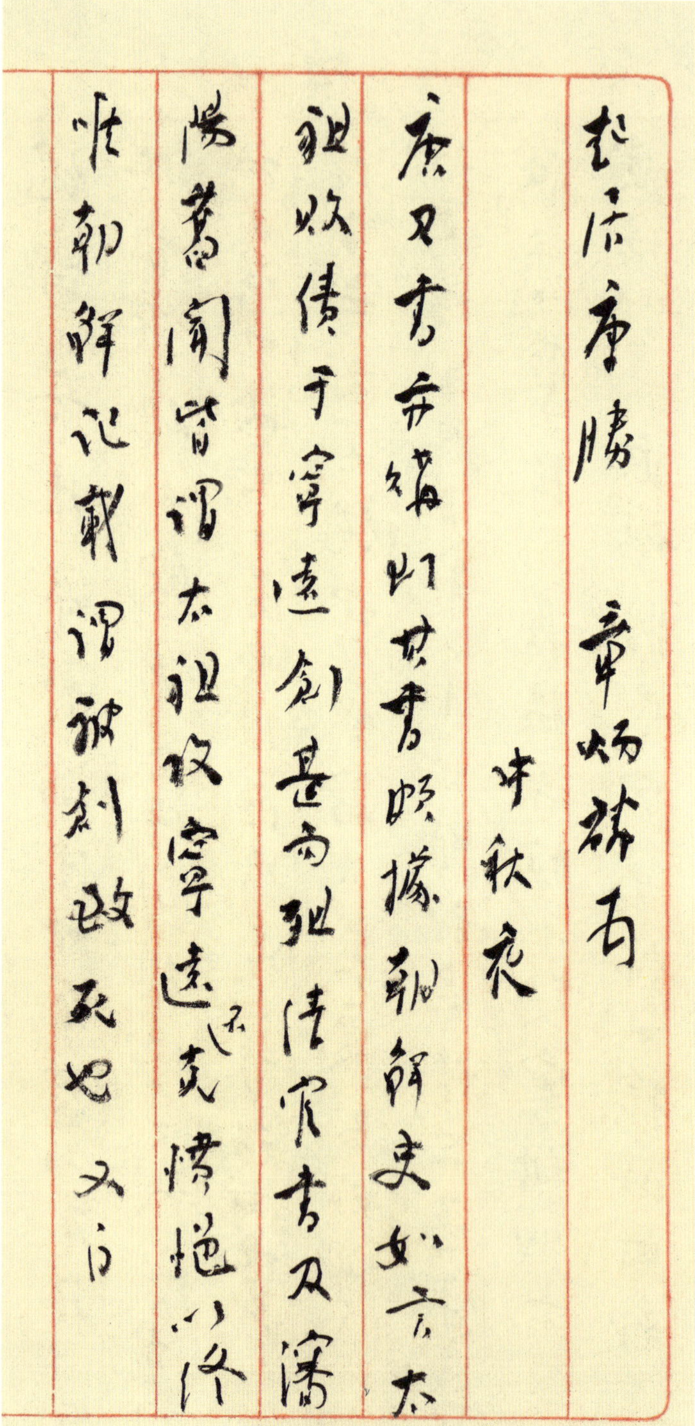

此时邮信尚通，迟恐榆关有儆，将误寄递也。此问起居康胜。

章炳麟顿首

中秋夜

唐君书亦购到，其书颇据《朝鲜史》如言太祖败绩于宁远，创甚而殂。清官书及沈阳旧闻，皆谓太祖攻宁远不克，愤悒以终，唯朝鲜记载谓被创致死也。又白

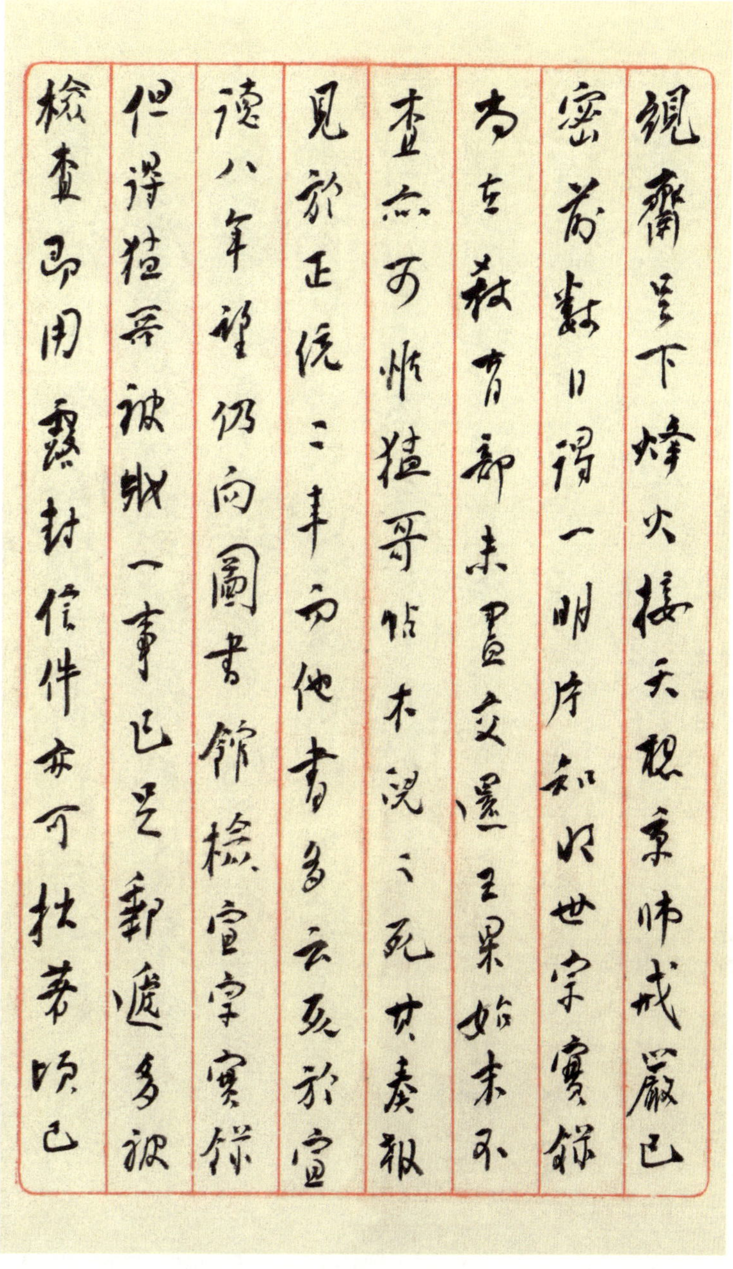

䌹斋足下：烽火接天，想京师戒严已密。前数日得一明片，知《明世宗实录》尚在教育部，未尽交还。王杲始末，不查亦可。惟猛哥帖木儿之死，其奏报见于正统二年，而他书多云死于宣德八年，望仍向图书馆检《宣宗实录》。但得猛哥被戕一事已足。邮递多被检查，即用露封信件亦可。拙著顷已完就，唯此条尚待补苴也。至要至要！

唐君书以孟特穆为猛哥帖木儿，充善为董山，妥罗为脱罗，对音颇近。鄙意终以两次追王，及永陵列墓为定。盖肇、兴二祖间，本无他祖，则始误而后正之也。且董山事迹显著，于明为叛人，于建州为豪杰。若果清室直系之祖，何故追王不及，陵墓不列衣冠耶？此问起居康胜！

麟白

九月廿九日

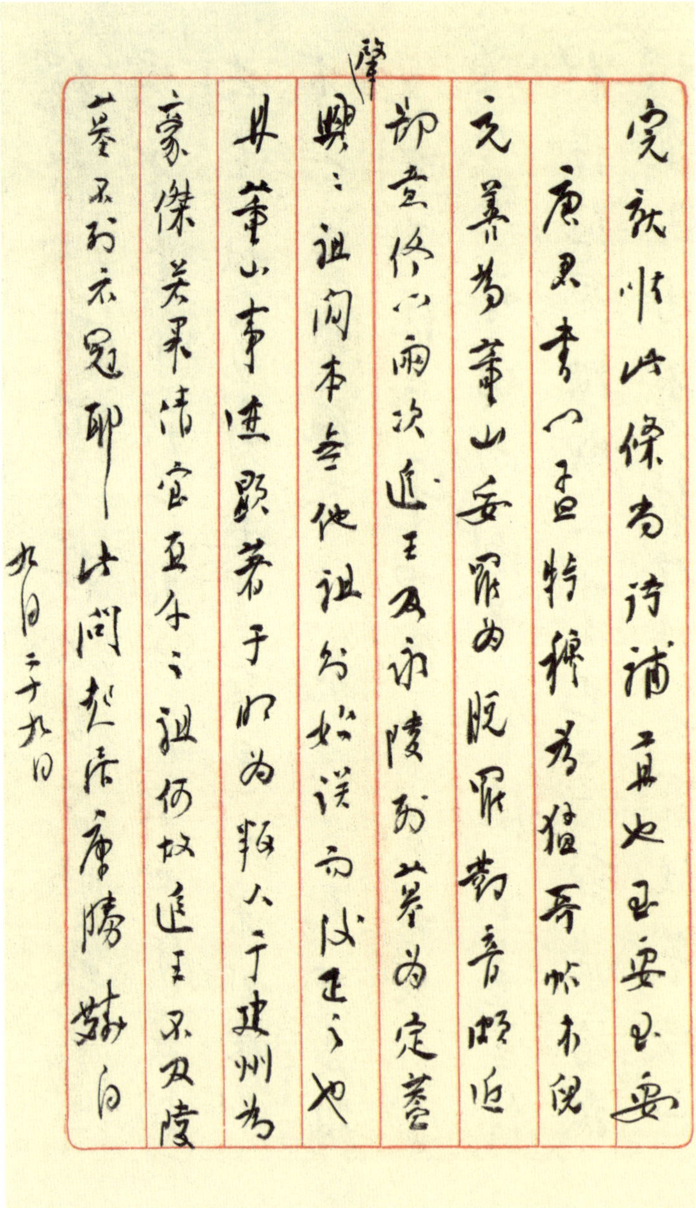

䌹斋足下：昨日接得手书，并所钞《宣宗实录》。猛哥之死在八年，而实录录于九年凡察奏中者，以奏报到时始书也。此件既付缮写，全书已脱稿矣。赖足下出力，实不少也。来书称徐君曾赴洛阳，得《熹平石经》、《正始石经》残片，所摹熹平残片，其迹近真。正始残片不知何似？前岁之冬，石经既出，随有伪作残片者自洛阳来，仆因与原石相比，则往往取三四字摹刻之者，以是不信。随有伪作三体以

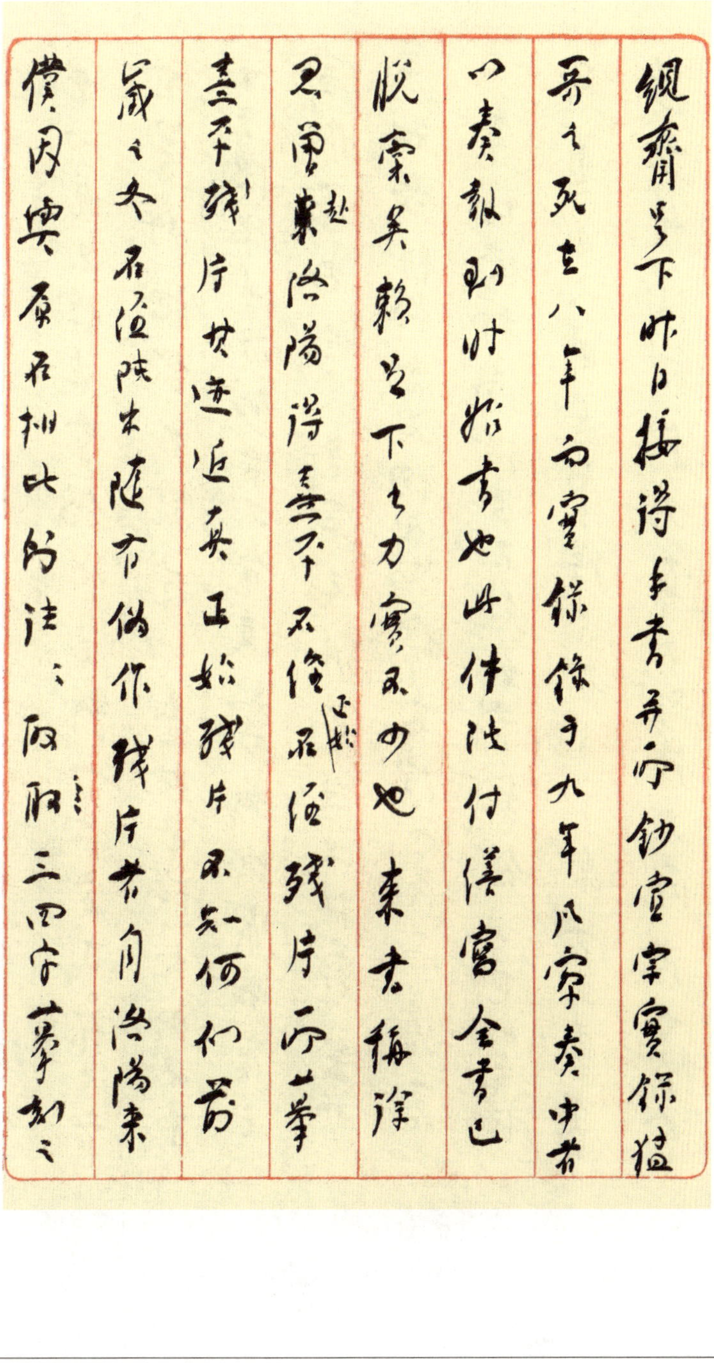
䌹齋足下昨日接得手書并所鈔宣宗實錄猛
哥之死在八年而實錄于九年凡察奏中者
以奏報到時始書也此件既付繕寫全書已
脫稿矣賴足下出力實不少也來書稱徐
君曾赴洛陽得熹平石經正始石經殘片所摹
熹平殘片其迹近真正始殘片不知何似前
歲之冬石經既出隨有偽作殘片者自洛陽來
僕因與原石相比則往往取三四字摹刻之

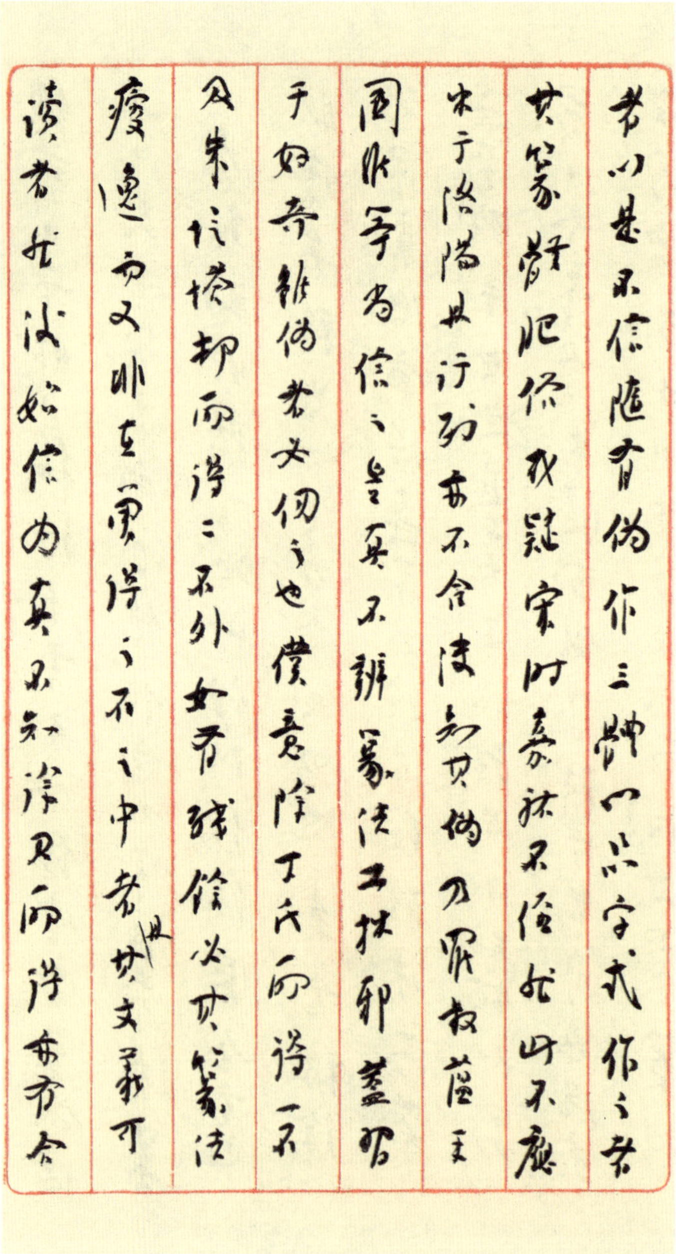
者以是不信，隨有偽作三體以品字式作之者
其篆體肥俗，或疑宋時嘉祐石經，然此不應
出于洛陽，且行列亦不合。決知其偽，乃羅叔蘊、王
國維等尚信之，豈真不辨篆法工拙耶？蓋習
于好奇，雖偽者亦仞之也。僕意除丁氏所得一石
及朱坨塔村所得二石外，如有殘餘，必其篆法
瘦逸，而又非在曾得之石之中者，且其文義可
讀者，然後始信為真。不知徐君所得者亦合

品字式作之者，其篆体肥俗，或疑宋时《嘉祐石经》，然此不应出于洛阳，且行列亦不合。决知其伪。乃罗叔蕴、王国维等尚信之，岂真不辨篆法工拙邪？盖习于好奇，虽伪者必仞之也。仆意除丁氏所得一石，及朱圪塔村所得二石外，如有残余，必其篆法瘦逸，而又非在曾得之石之中者，且其文义可读者，然后始信为真。不知徐君所得亦有合于斯例乎？暇问之，则可知也。再者，《正始石经》古文依壁中张苍原本，隶书依汉儒定读，篆乃依隶书之。而《春秋公羊》先立学官，《左氏》至贾景伯乃以三家

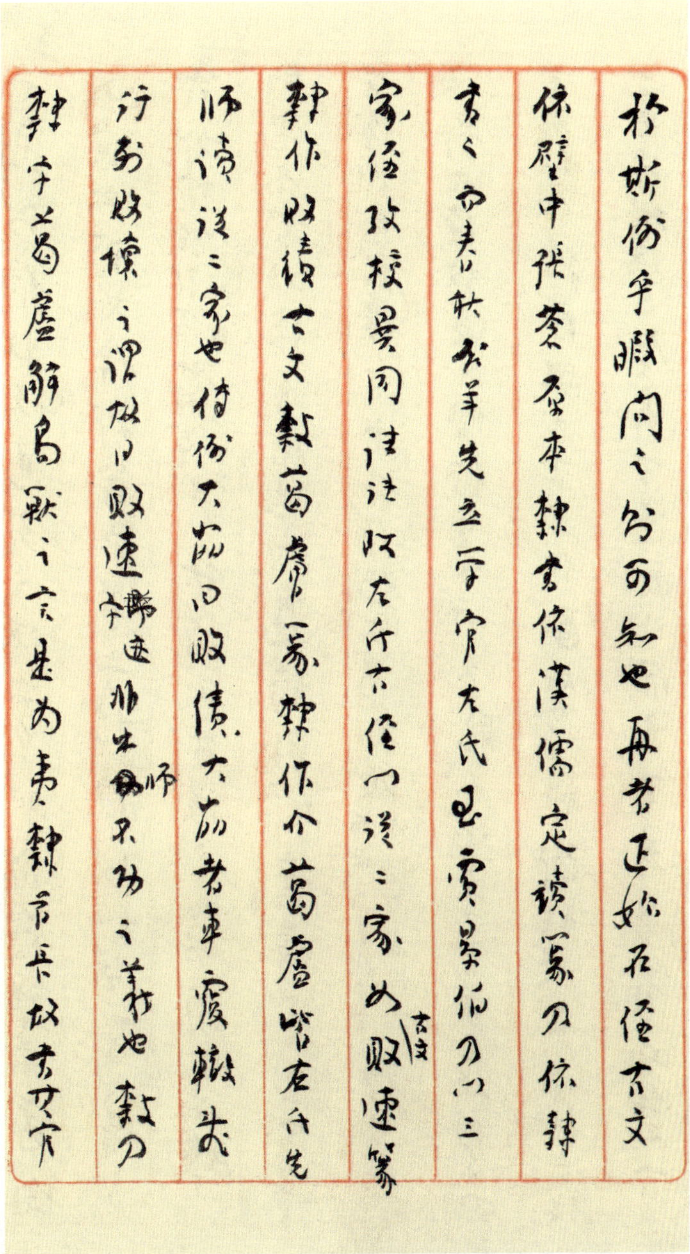

经考校异同，往往改《左氏》古经以从二家。如古文「败速」，篆隶作「败绩」古文「𦳸葛虘」，篆隶作「介葛盧」，皆《左氏》先师读从二家也。传例大崩日败绩，大崩者，车覆辙乱，行列败坏之谓，故曰败速，即迹字。非出师不功之义也。「𦳸」乃「隸」字，葛盧解鸟兽之言，是为夷隶酋长，故书其官，其国则犹牧场、马苑之流，亦名曰隸。𦳸从示声，敛入喉，则读如狋、祁等字，夷音稍转，则如介。夏人读之，亦如计。介根，《汉地理志》作计斤。《春秋》读音可从主人，而简书必依王制也。《尚书》师读多依马氏，遾

读𣝗,不作猷。宷读崇,是也。此种文例,非素涉经学者,虽作伪亦易勘破。勿与罗、王辈言之,恐被因是作伪。仆前作《三体石经考》,近又增修。足下所云𣪊即𫝀字者,亦已依用。又如《君奭篇》「礼陟配天」古文作𨟻,篆文作𨟻,并从卩,与说文从已者异。按从已声义皆远,配训酒色,卩为色者,此盖古文小篆之正,今本《说文》或由浅人妄改尔。《无逸篇》「不宽绰厥心」,绰字隶作绍,古文虽泐,尚存右旁𠬝字,即说文

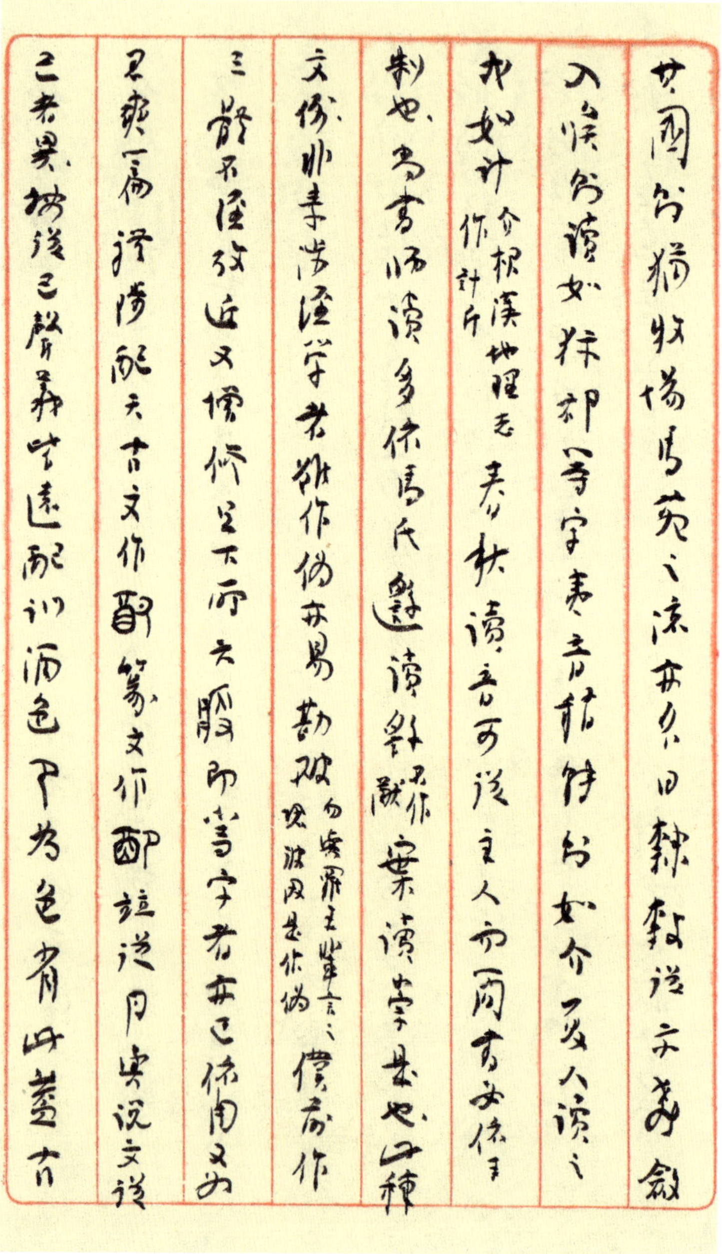

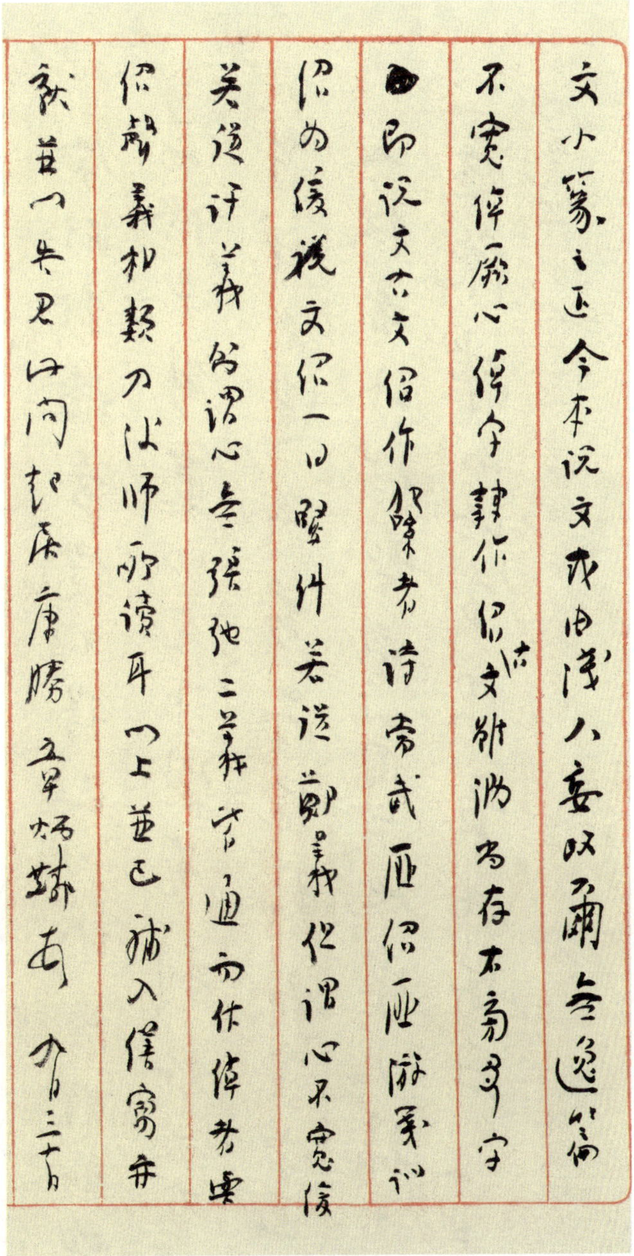

古文绍作𦃇者。《诗·常武》「匪绍匪游」笺训绍为缓。《说文》「绍一日紧纠」，若从郑义，但谓心不宽缓，若从许义，则谓心无张弛。二义皆通，而作绰者，与绍声义相类，乃后师所读耳。以上并已补入，缮写亦就，并以告君。此问起居康胜。

章炳麟顿首

九月三十日

觋斋足下：

前得所钞《宣宗实录》已付复书。今得三日明片，知复书尚未到也。所论逸字古文字义一篇，尚未收到，此字形体诡奇，仆不得已，以水溢牂牁为说，而终未能惬心。足下能为剖析，必有以匡我不逮矣。前所论殷即[illegible]字，已补入拙著，此条望更函示也。烽火接天，邮递稽滞，以此为恨。

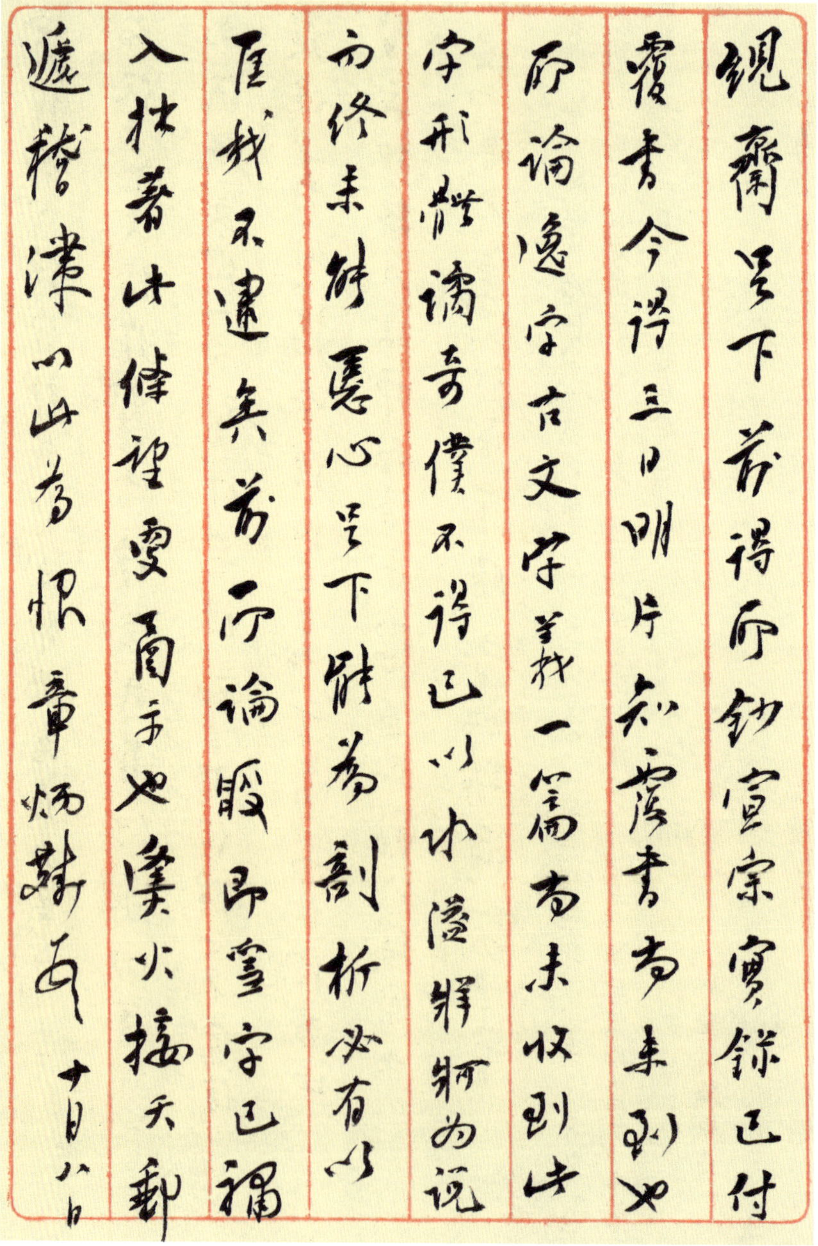

章炳麟顿首

十月八日

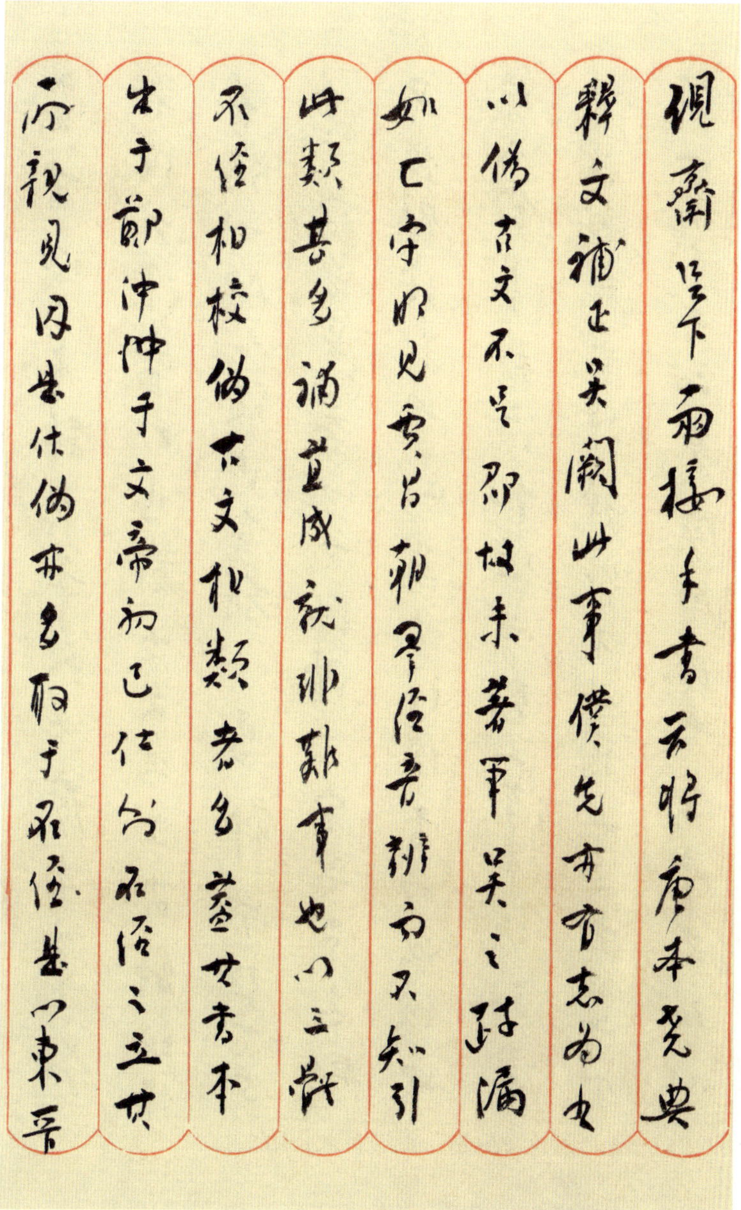
絸齋足下兩接手書云將唐本堯典
釋文補正吴闕此事僕先亦有志為之
以偽古文不足邵故未著筆吴之疏漏
如匸字明見賈昌朝群經音辨而不知引
此類甚多補苴成就非難事也以三體
石經相校偽古文相類者多蓋其書本
出于鄭沖沖于文帝初已仕則石經之立其
所親見因是作偽亦多取于石經是以東晉

絸斋足下：两接手书，云将唐本《尧典》释文，补正吴阙，此事仆先亦有志为之，以伪古文不足邵，故未著笔。吴之疏漏，如，「匚」字明见贾昌朝《群经音辨》，而不知引，此类甚多。补苴成就，非难事也。以《三体石经》相校，伪古文相类者多，盖其书本出于郑冲，冲于文帝初已仕，则《石经》之立，其所亲见，因是作伪亦多取于《石经》。是以东晋献书时，人不疑其妄。段若膺未见《三体石经》，乃谓「当时马、郑古文尚在，安能故作奇诡，以启人疑」。由今观之，马、郑皆称古文，而文字多异，盖皆其训读之字。若原本，则尽依壁经，断无歧异之理。恐当时说经，与宋人钟鼎款识相近。首列摹本，次则真书，后则释文。行款虽不必同，而三者必皆完备。摹本者，即移写壁经也。真书者，即以己意训读之本也。释文者，即己所作传注也。是故马、郑本见于《经典释文》者，皆其训读之本，而非其

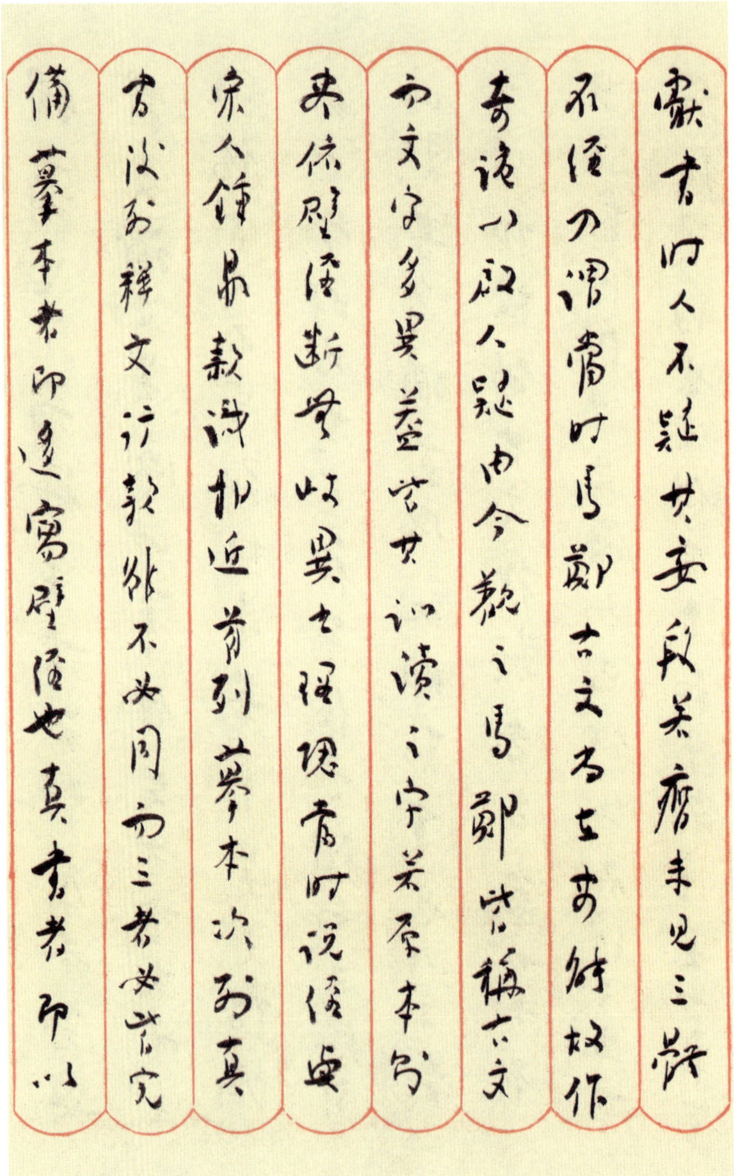
獻者以人不疑其妄段若膺未見三體
石經乃謂當時馬鄭古文尚在安能故作
奇詭以啟人疑由今觀之馬鄭皆稱古文
而文字多異蓋皆其訓讀之字若原本則
盡依壁經斷無歧異之理恐當時說經與
宋人鐘鼎款識相近首列摹本次則真
書後則釋文行款雖不必同而三者必皆完
備摹本者即移寫壁經也真書者即以

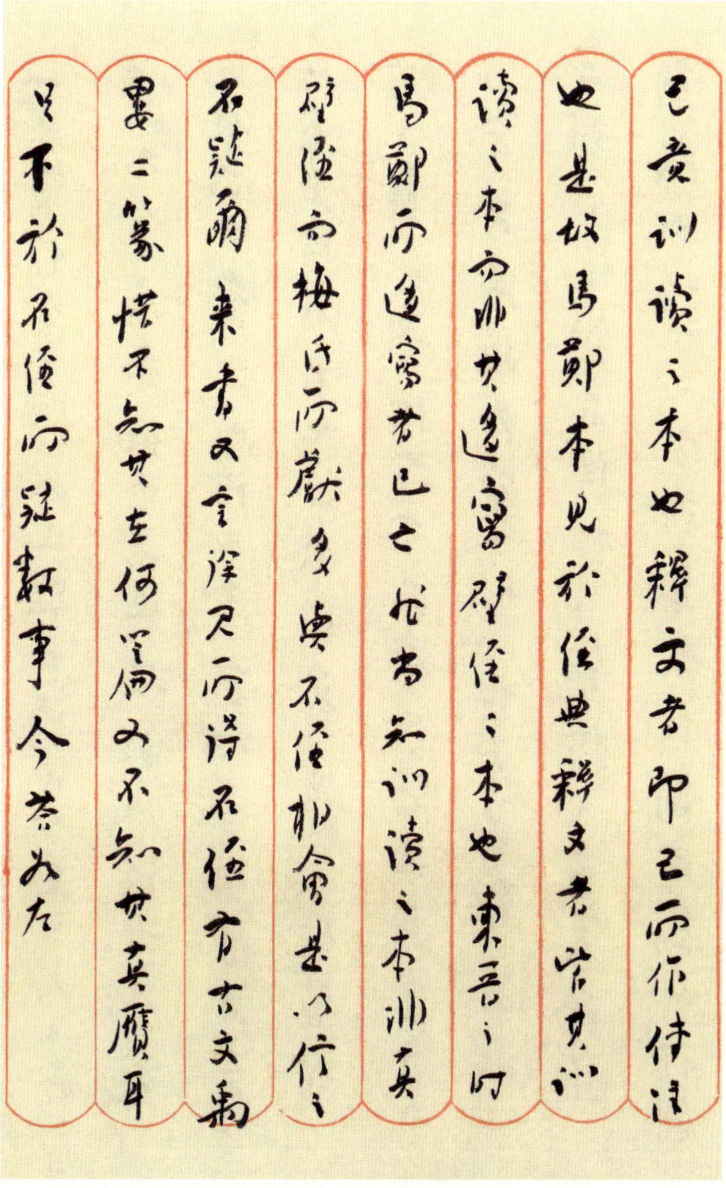

移写壁经之本也。东晋之时，马、郑移写者已亡，然尚知训读之本非真壁经。而梅氏所献，多与《石经》相会，是以信之不疑尔。来书又言徐君所得《石经》有古文「禹娄」二篆，惜不知其在何篇，又不知其真赝耳。足下于《石经》所疑数事，今答如左：一、寍之作[illegible]，渊如已疑其伪，由今思之，人之所安，衣食居处妃匹而已。安从宀从女。居处也，妃匹也。寍从宀，从皿，居处也，食也。古文寍作[illegible]从衣，

衣也。且衣字象复二人，则兼妃匹之意。衣者依也，有所依则安。与安㝠之义相会，安得改为[illegible]形，以就小篆耶？

二、割之作[illegible]，《石经》只见[illegible]腹之文，篆隶作割殷。而伪古文方割，《集韵》引割申劝皆作创。仆谓仺为奇字仓，《说文》有明证。《汗简》刃部引孙强说[illegible]为创字。形声皆合。刀、刃古文相变耳。

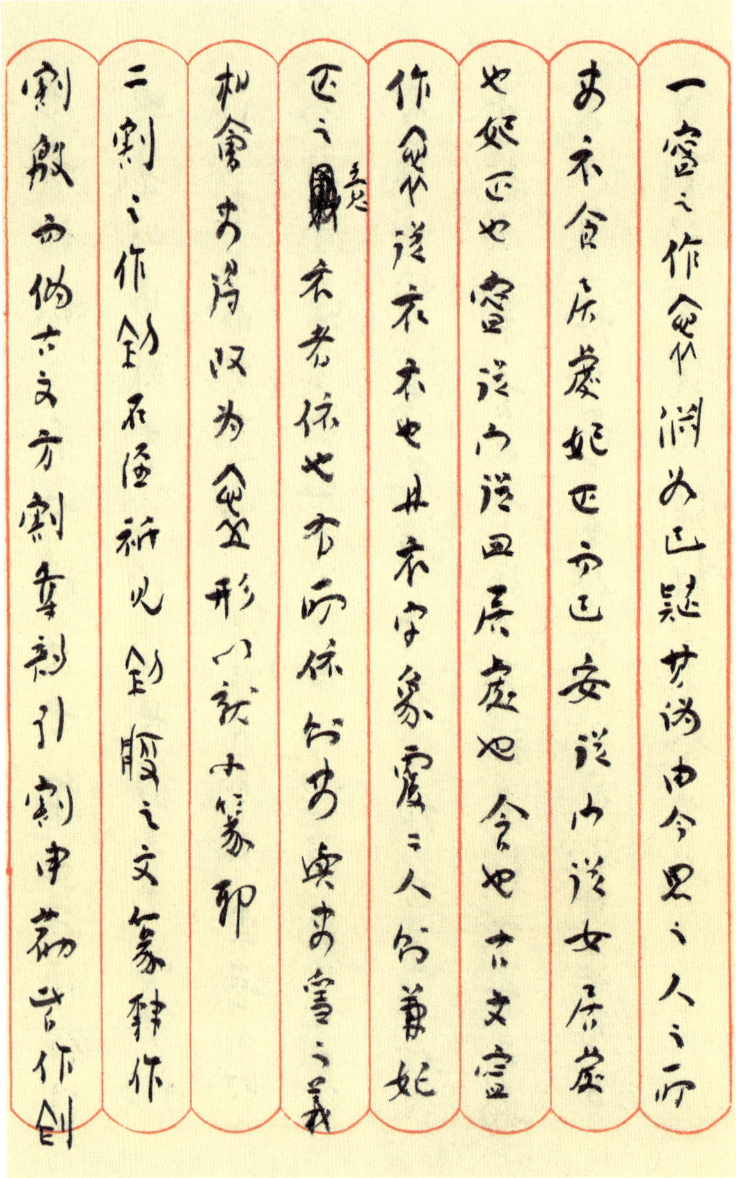

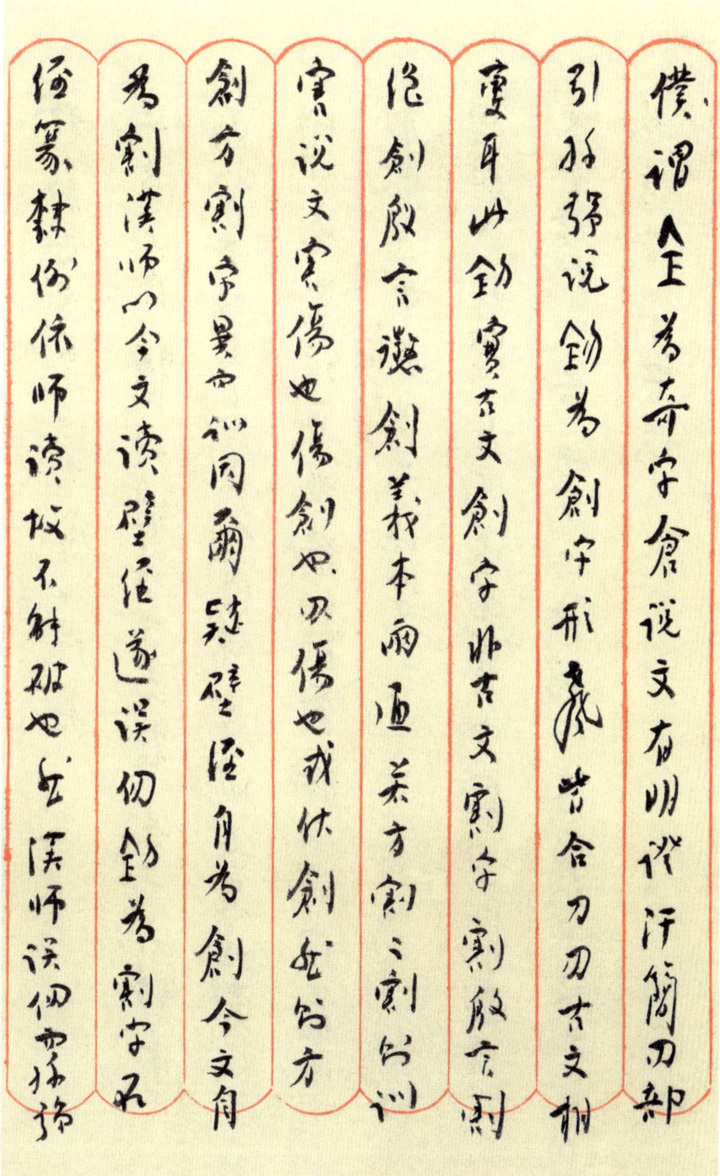
僕謂全為奇字倉說文有明徵汗簡刀部
引孫強說刅為創字形義皆合刅刃古文相
受耳此刅實古文創字非古文割字割殷言割
絕創殷言懲創義本兩通若方割之割則訓
害說文害傷也傷創也刃傷也或作創然則方
創方割字異而訓同爾疑壁經自為創今文自
為割漢師以今文讀壁經遂誤仞刅為割字石
經篆隸例依師讀故不能破也然漢師誤仞而孫強

此刅，实古文创字，非古文割字。割殷言割绝，创殷言惩创，义本两通。若方割之割，则训害。《说文》害伤也，伤创也，刃伤也，或作创。然则方创、方割，字异而训同尔。疑壁经自为创，今文自为割，汉师以今文读壁经，遂误仞刅为割字。《石经》篆隶例依师读，故不能破也。然汉师误仞，而孙强独能正之，可谓千虑一得矣。

三，逸之作𧴹，从兟，为古文浆，是矣。若谓㲋即㲋字，则上㠳与八绝殊。愚谓上㠳乃兔头，此仍兔字。从月者，犹龙、能、豚之从肉尔。从兟从逸省声，是为洪字。

四、殷之作𣪊，足下说为𡧱字，最合。肻者倚也，倚者依也。𡧱者，有所依据也。从爪、从又，从疒，为𡧱字，义甚确。

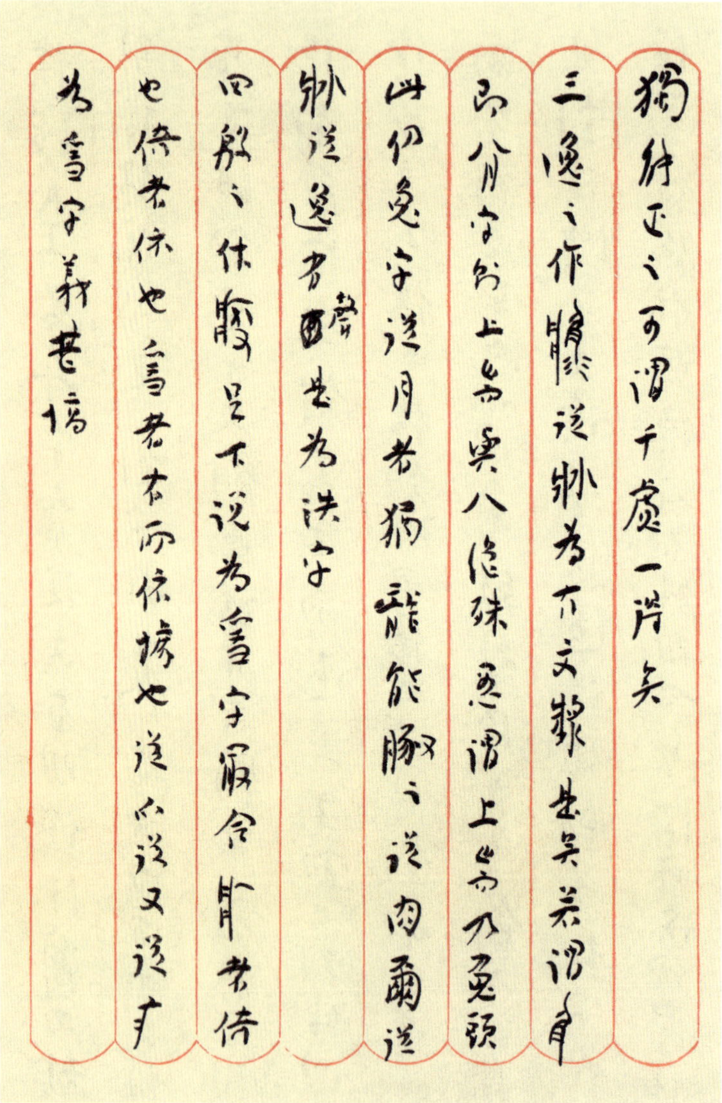
獨糾正之可謂千慮一得矣
三逸之作𧴹從兟為古文漿是矣若謂㲋
即㲋字則上㠳與八絶殊愚謂上㠳乃兔頭
此仍兔字從月者猶龍能豚之從肉爾從
兟從逸省聲是為洪字
四殷之作𣪊足下說為𡧱字最合肻者倚
也倚者依也𡧱者有所依據也從爪從又從疒
為𡧱字義甚確

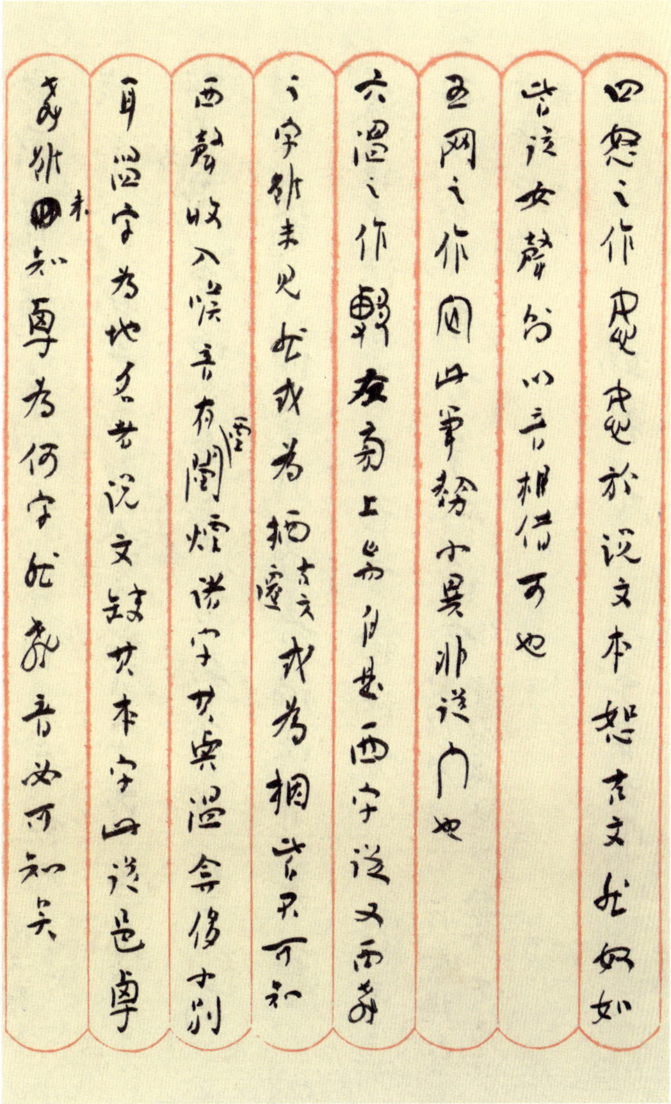

五、怒之作于[illegible]，[illegible]《说文》本怒古文。然奴、如皆从女声，则以音相借可也。

六、网之作冈，此笔势小异，非从冂也。

七、温之作䵈，左旁上耑，自是西字，从又西声之字虽未见，然或为栖，古文迁。或为捆，皆不可知。西声收入喉音，有垔、闉，煙诸字。其与温，弇、侈小别耳。温字为地名者，《说文》缺其本字，此从邑卓声，虽未知卓为何字，然声音必可知矣。

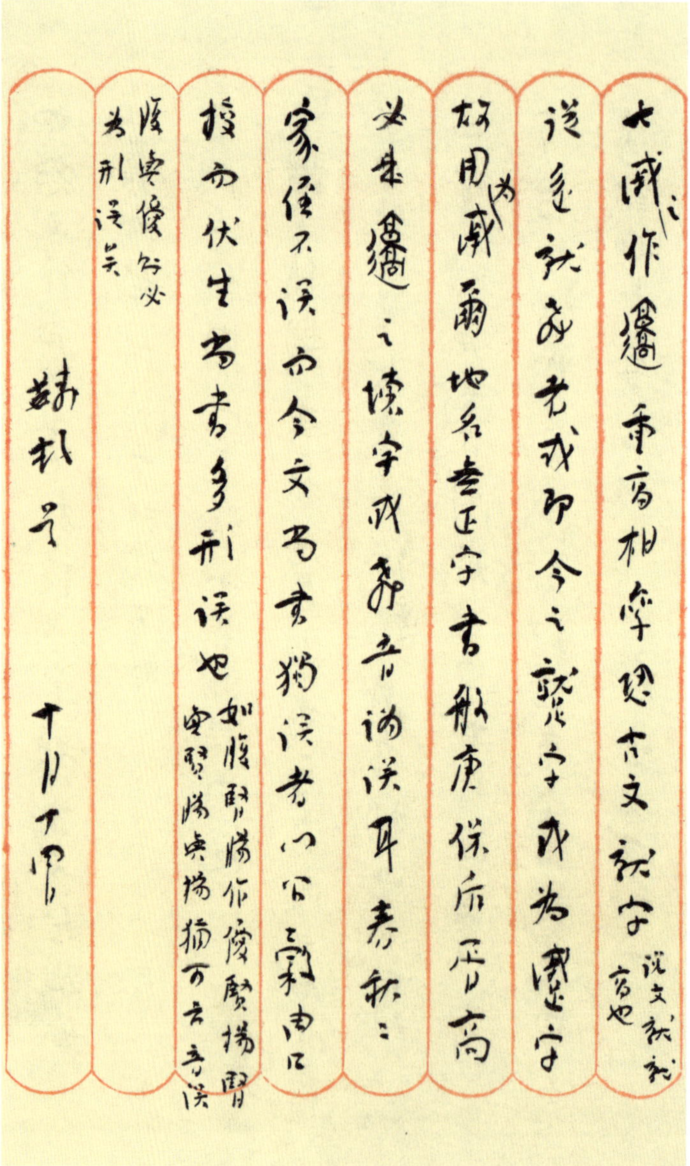

八、戚之作⿺辶⿱高高，重高相累，恐古文就字。《说文》就，就高也。从辵就声者，或即今之蹴字，或为蹙字。故用为戚尔。地名无正字，《书·般庚》「保后胥高」必是「⿺辶⿱高高」之坏字，或声音讹误耳。《春秋》二家经不误，而今文《尚书》独误者，以公、谷由口授，而伏生《尚书》多形误也。如腹、肾、肠作优、贤、扬。肾与贤，肠与扬犹可云音误，腹与优，则必为形误矣。

麟顿首

十月十四日

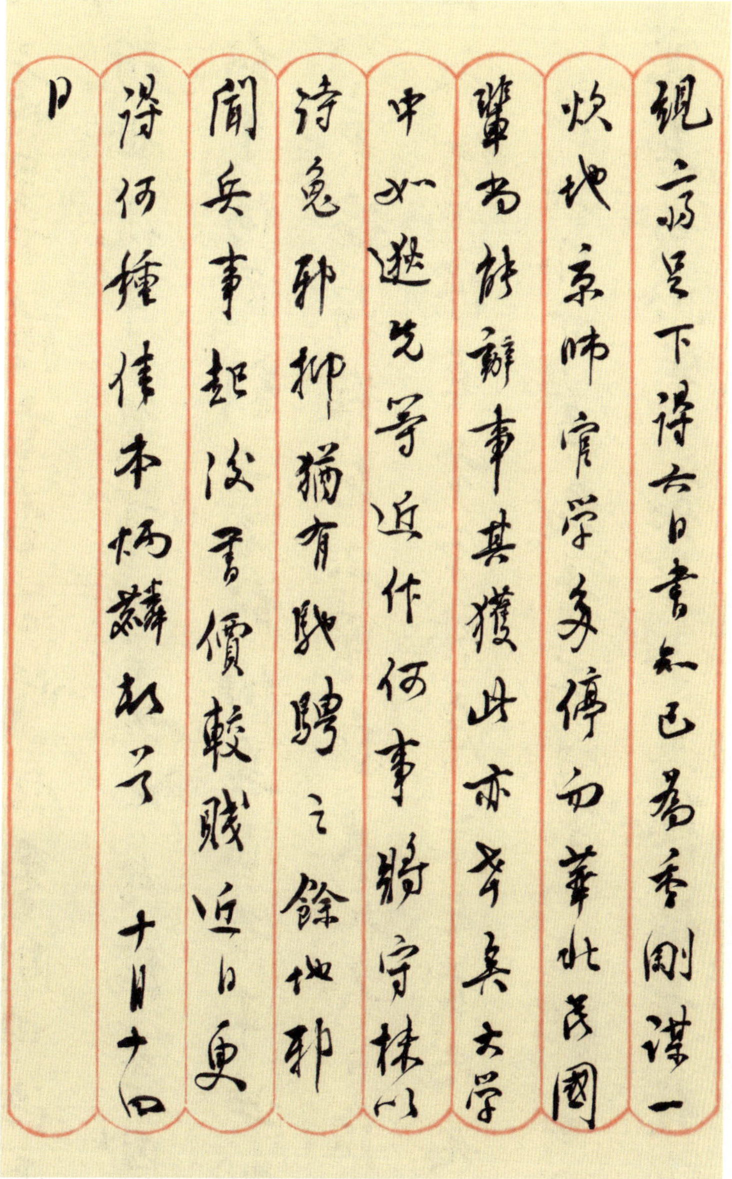

觌斋足下：得六日书，知已为季刚谋一炊地。京师官学多停，而华北、民国辈，尚能办事。其获此，亦幸矣。大学中如逖先等近作何事，将守株以待兔邪？抑犹有驰骋之余地邪？闻兵事起后，书价较贱，近日更得何种佳本？

炳麟顿首

十月十四日

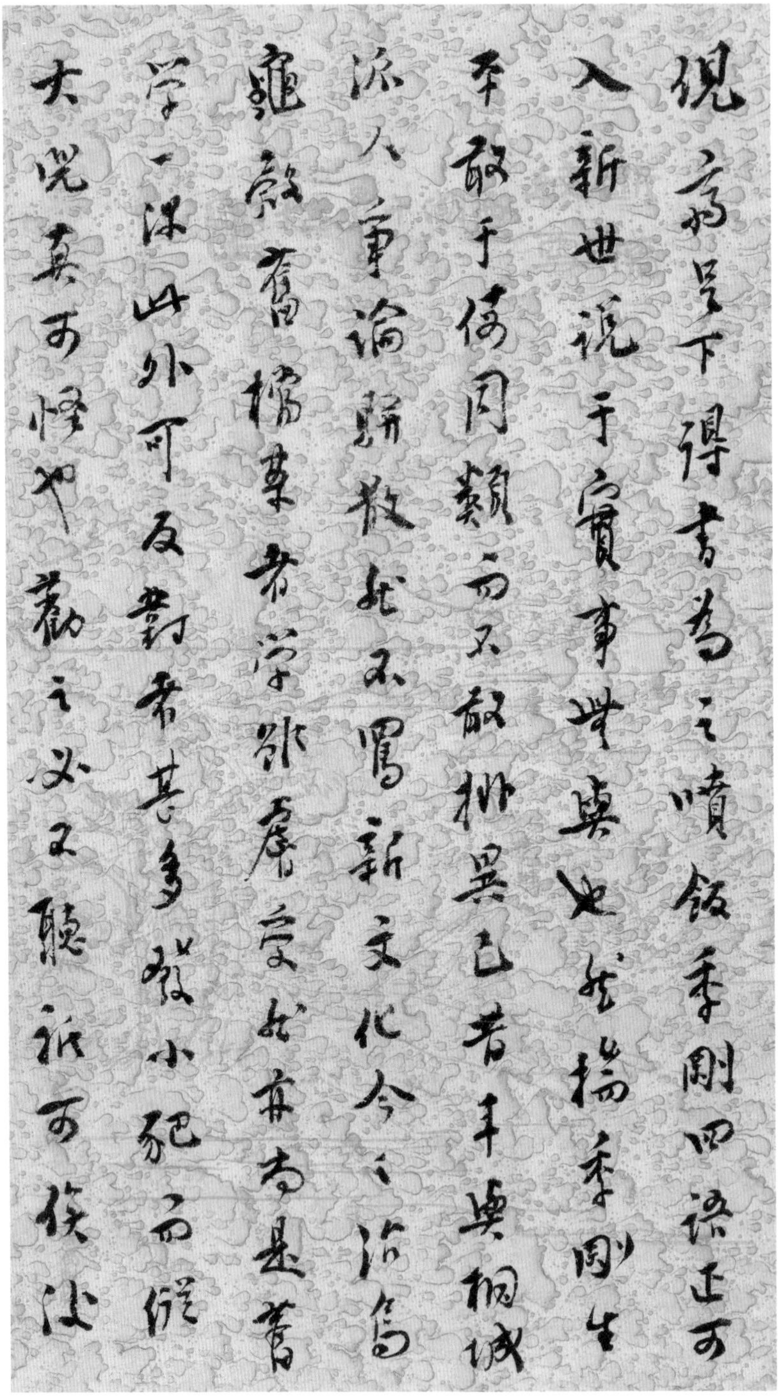

绲斋足下：得书为之喷饭。季刚四语，正可入《新世说》，于实事无与也。然揣季刚生平，敢于侮同类，而不敢排异己。昔年与桐城派人争论骈散，然不骂新文化。今之治乌龟壳、旧档案者，学虽肤受，然亦尚是旧学一流，此外可反对者甚多。发小豝而纵大兕，真可怪也。劝之必不听，只可俟后世刘义

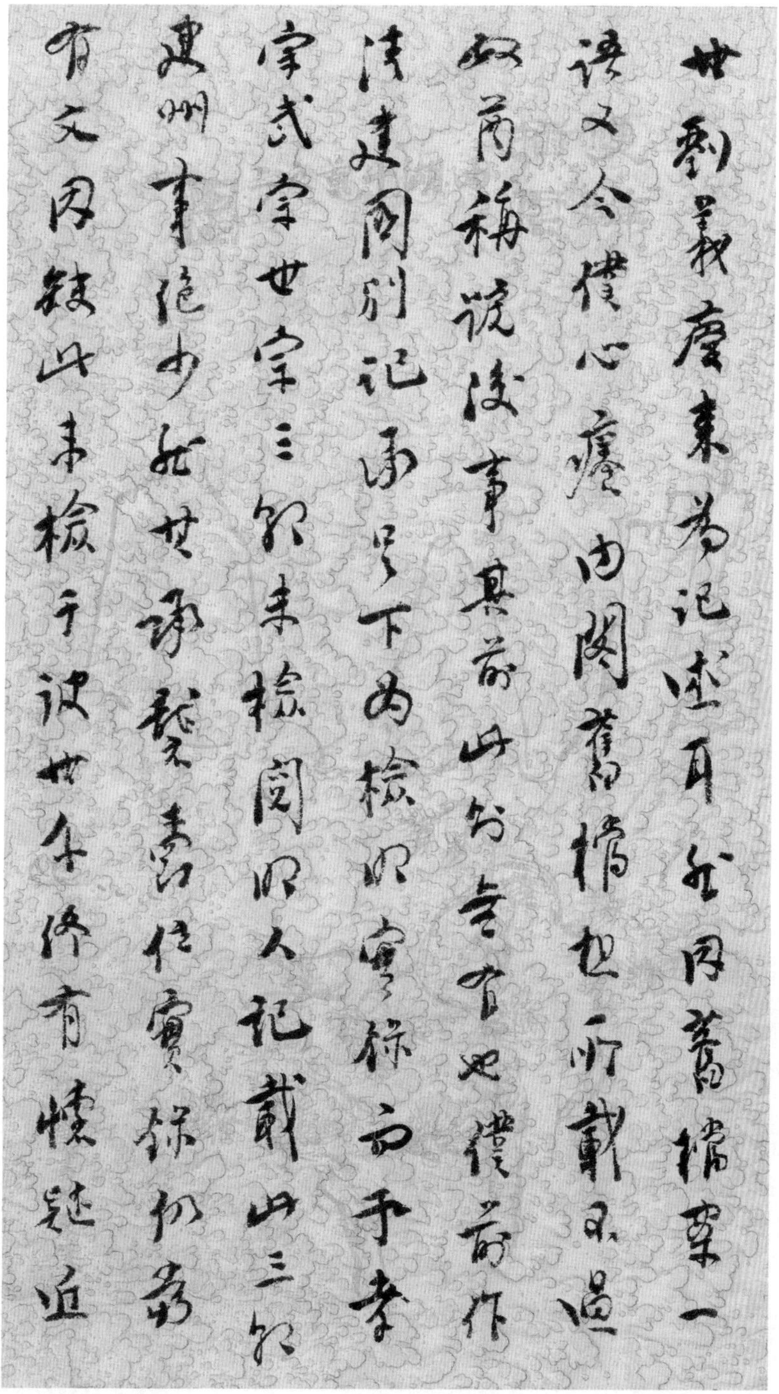
世劉曩慶來為記述耳然因舊檔案一
語又令僕心癢內閣舊檔想所載不過
奴酋稱號後事其前此則無有也僕前作
清建國別記承足下為檢明實錄而於孝
宗武宗世宗三朝未檢閱明人記載此三朝
建州事絕少然其承襲爵位實錄仍當
有文因缺此未檢於彼世系終有懷疑近

庆来为记述耳。然因旧档案一语，又令仆心痒。内阁旧档，想所载不过奴酋称号后事，其前此则无有也。仆前作《清建国别记》承足下为检《明实录》而于孝宗、武宗、世宗三朝未检阅，明人记载此三朝建州事绝少。然其承袭爵位，《实录》仍当有文。因缺此未检，于彼世系，终有怀疑。近如得暇，请将

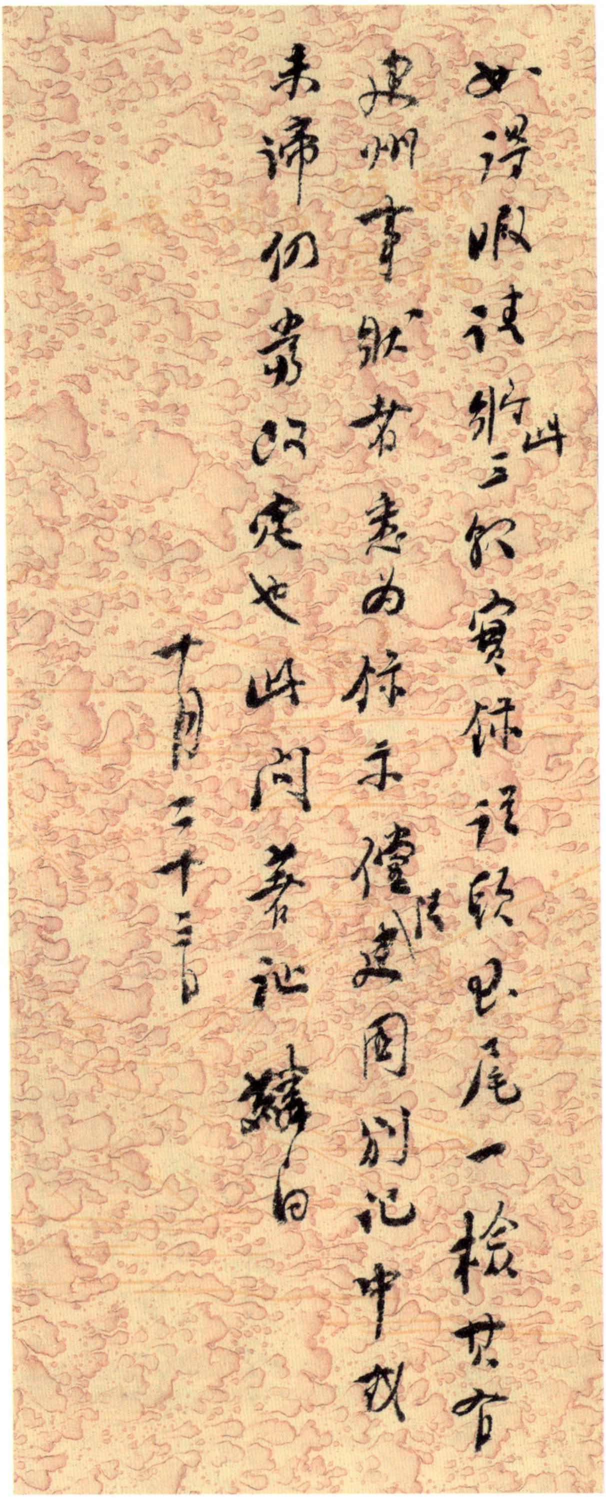

此三朝《实录》从头至尾一检，其有建州事状者，悉为录示。倘《清建国别记》中或未谛，仍当改定也。此问著祉。

麟白

十月二十三日

一九二五年

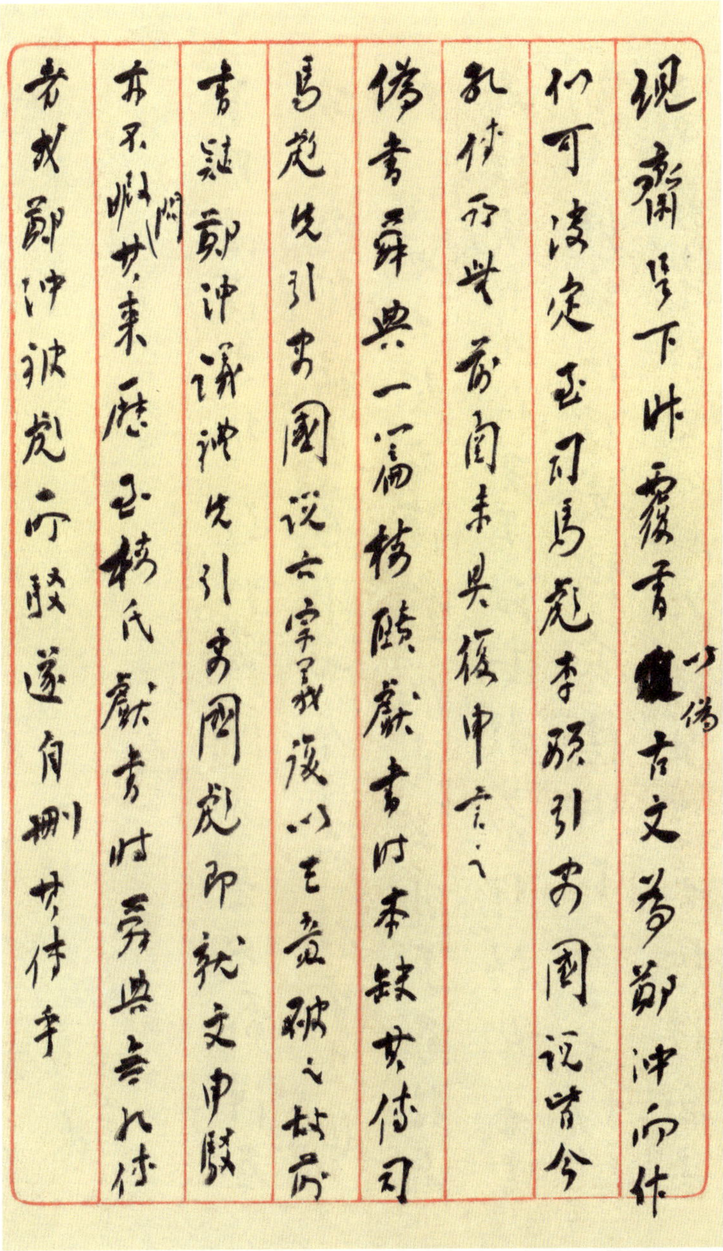

觇斋足下：昨复书以伪古文为郑冲所作，似可决定。至司马彪、李颙引安国说，皆今孔传所无，

前函未具，复申言之。伪书《舜典》一篇，梅赜献书时本缺其传。司马彪先引安国说六宗义，复以己意破之，故前书疑郑冲议礼，先引安国，彪即就文申驳，亦不暇问其来历。至梅氏献书时，《舜典》无孔传者，或郑冲被彪所驳，遂自删其传乎？李颙注汉《太誓》，引孔安国义，是必郑冲原书，于《太誓》犹用旧本。而今之所传，出于梁柳以后也。《太誓》在汉魏间，马、王虽有所疑，然《石经》与

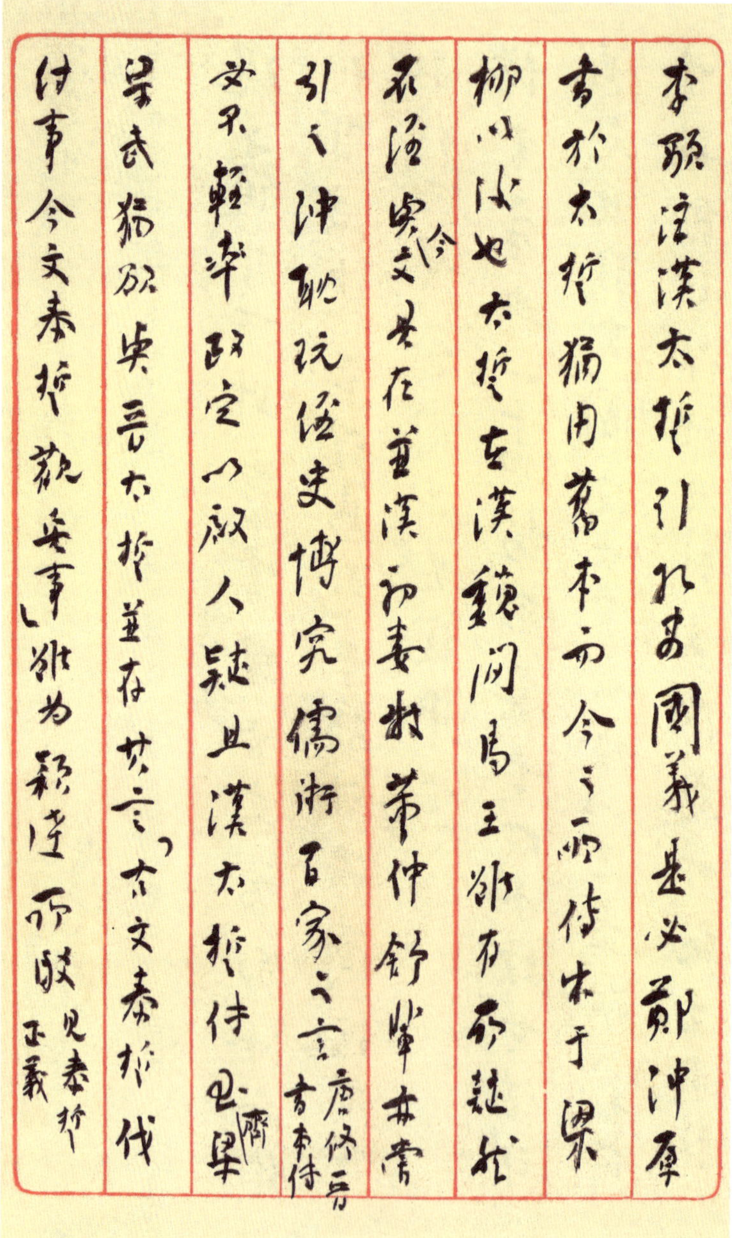
李顒注漢太誓引孔安國義是必鄭沖原
書於太誓猶用舊本而今之所傳出於梁
柳以後也太誓在漢魏間馬王雖有所疑然
石經實文（今）具在並漢初安國弟仲舒等嘗
引之沖既玩經史博究儒術百家之言（唐修晉書本傳）
必不輕率改定以啟人疑且漢太誓傳與（齊）梁
異者猶殷史言太誓並存其言古文泰誓伐
紂事今文泰誓雖無事非為穎達所駁（見泰誓正義）

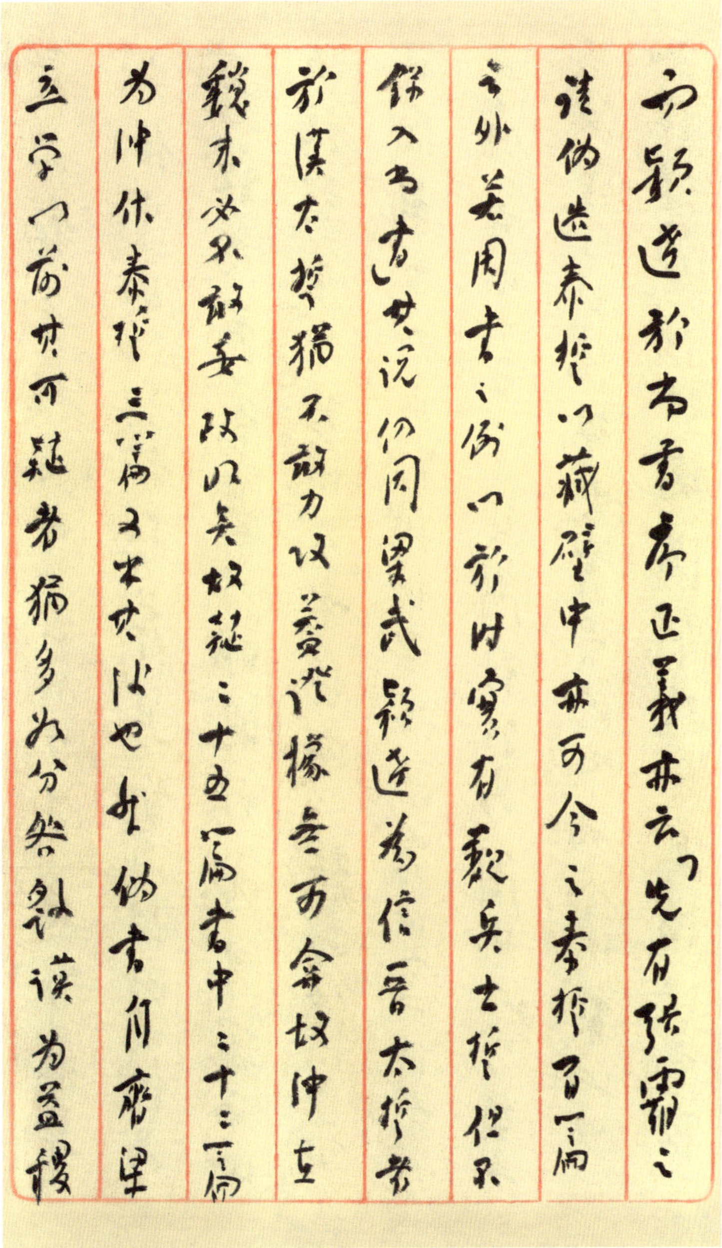

今文具在。并汉初娄敬、董仲舒辈，亦尝引之。冲耽玩经史，博究儒术百家之言，（唐修《晋书》本传。）必不轻率改定，以启人疑。且汉《太誓》传至齐、梁，梁武犹欲与晋《太誓》并存，其言「古文《泰誓》伐纣事，今文《泰誓》观兵事」虽为颖达所驳，（见《泰誓正义》）而颖达于《尚书序正义》亦云：「先有张霸之徒，伪造《泰誓》，以藏壁中亦可。今之《泰誓》，百篇之外，若《周书》之例，以于时实有观兵之誓，但不录入《尚书》。」

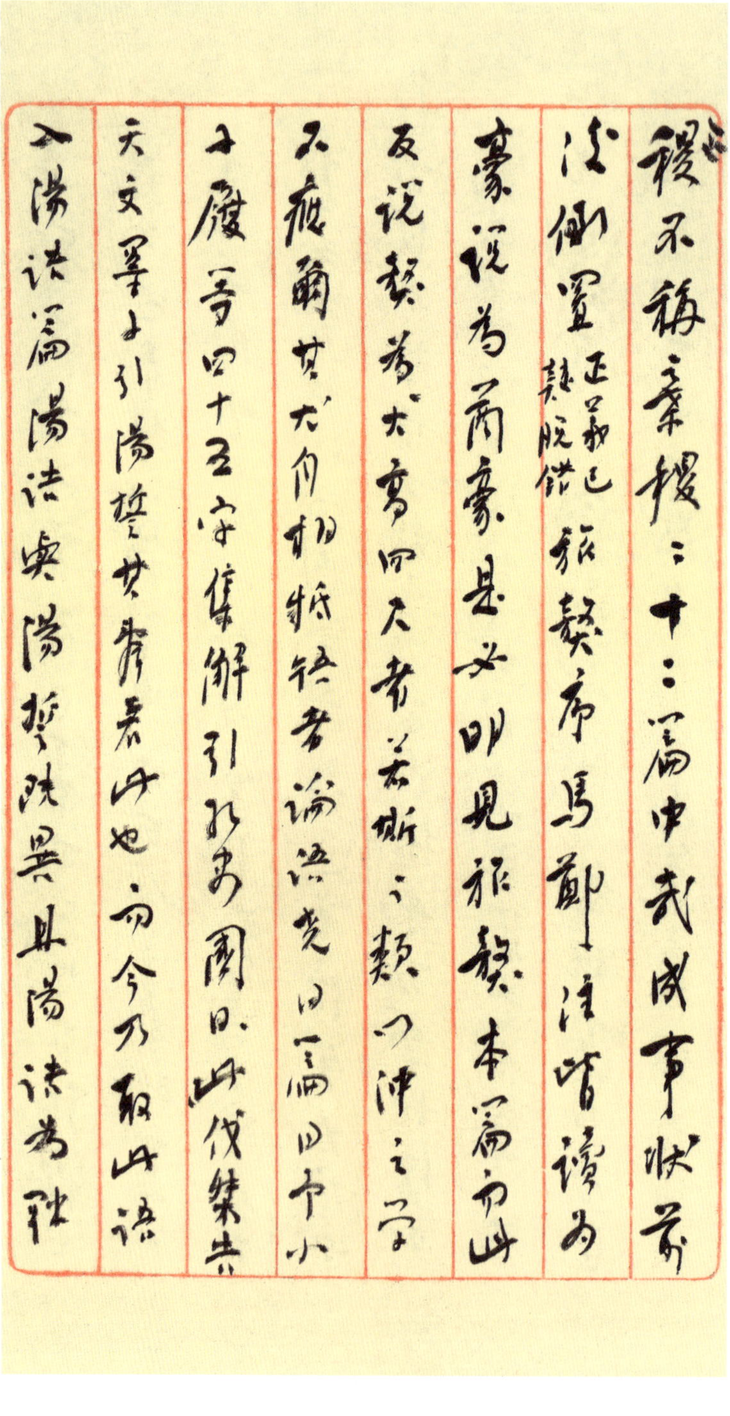

其说仍同梁武。颖达为信晋《泰誓》者，于汉《太誓》犹不敢力攻，盖证据无可弃。故冲在魏末必不敢妄改明矣。故疑二十五篇书中二十二篇为冲作，《泰誓》三篇又出其后也。然伪书自齐、梁立学以前，其可疑者犹多。如分《咎繇谟》为《益稷》，稷不称弃稷。二十二篇中《武成》事状，前后倒置，《正义》已疑脱错。《旅獒序》马、郑注皆读为豪，说为酋豪，是必明见《旅獒》本篇，而此反说獒为犬，高四尺者。

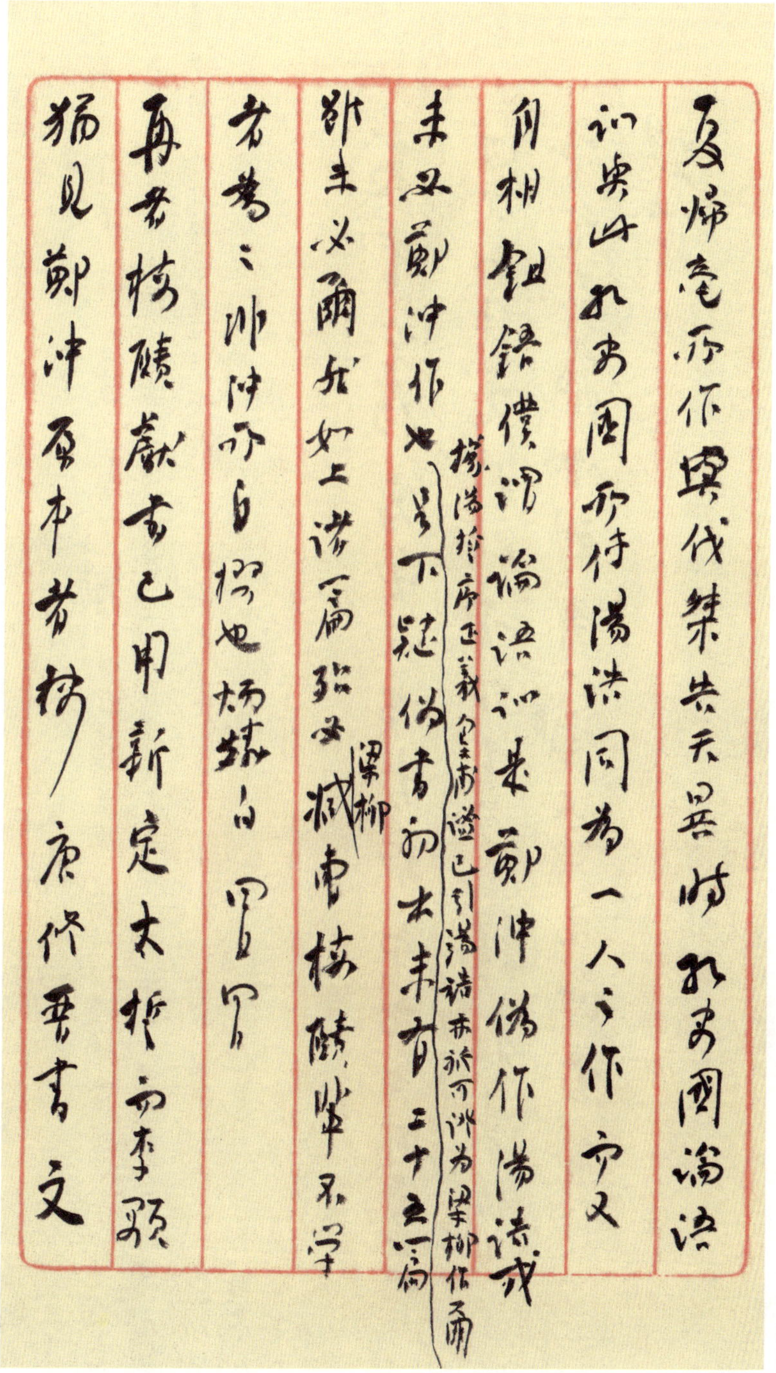

若斯之类，以冲之学不应尔。其尤自相抵牾者，《论语·尧曰篇》曰：「予小子履」等四十五字，《集解》引孔安国曰：「此伐桀告天文」，《墨子》引《汤誓》，其辞若此也。而今乃取此语入《汤诰篇》，《汤诰》与《汤誓》既异，且《汤诰》为黜夏归亳所作，与伐桀告天异时。孔安国《论语训》与此孔安国所

传《汤诰》同为一人之作，而又自相钮铻。仆谓《论语训》是郑冲伪作，《汤诰》或未必郑冲作也。据《汤誓序正义》皇甫谧已引《汤诰》亦祇可证为梁柳作尔。足下疑伪书初出，未有二十五篇，虽未必尔，然如上诸篇，殆必梁柳、臧曹、梅赜辈不学者为之，非冲所自撰也。

炳麟白

四月四日

再者梅赜献书，已用新定《太誓》，而李颙犹见郑冲原本者，按唐修《晋书·文苑·李充传》充曾注《尚书》颙即充子，其书盖述父而作。充始辟丞相王导掾，其生当在渡江前，且祖秉、伯父重，皆有声中朝，或以旧家窥见冲书耳。

麟又白

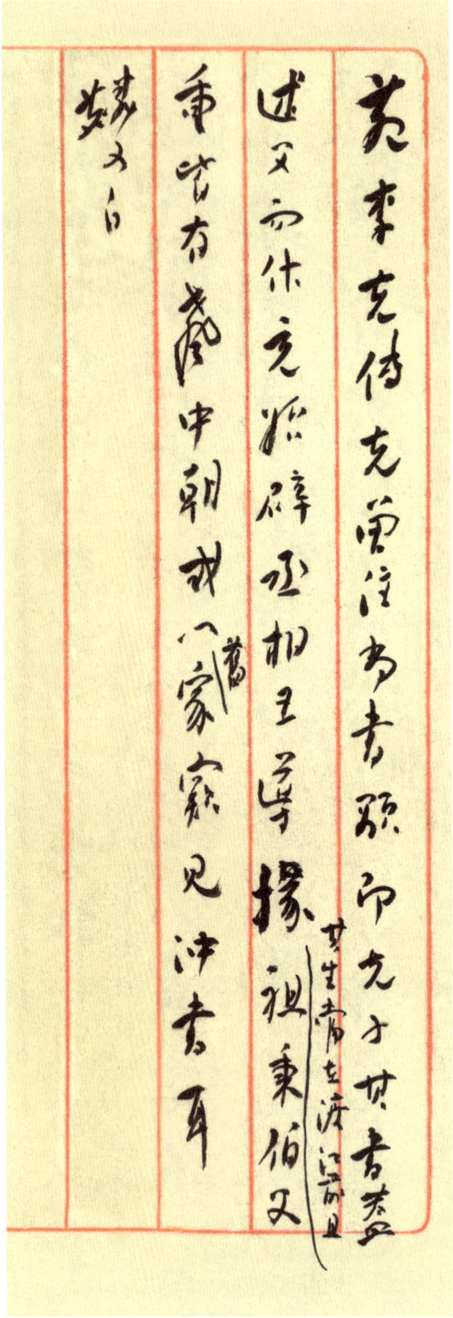

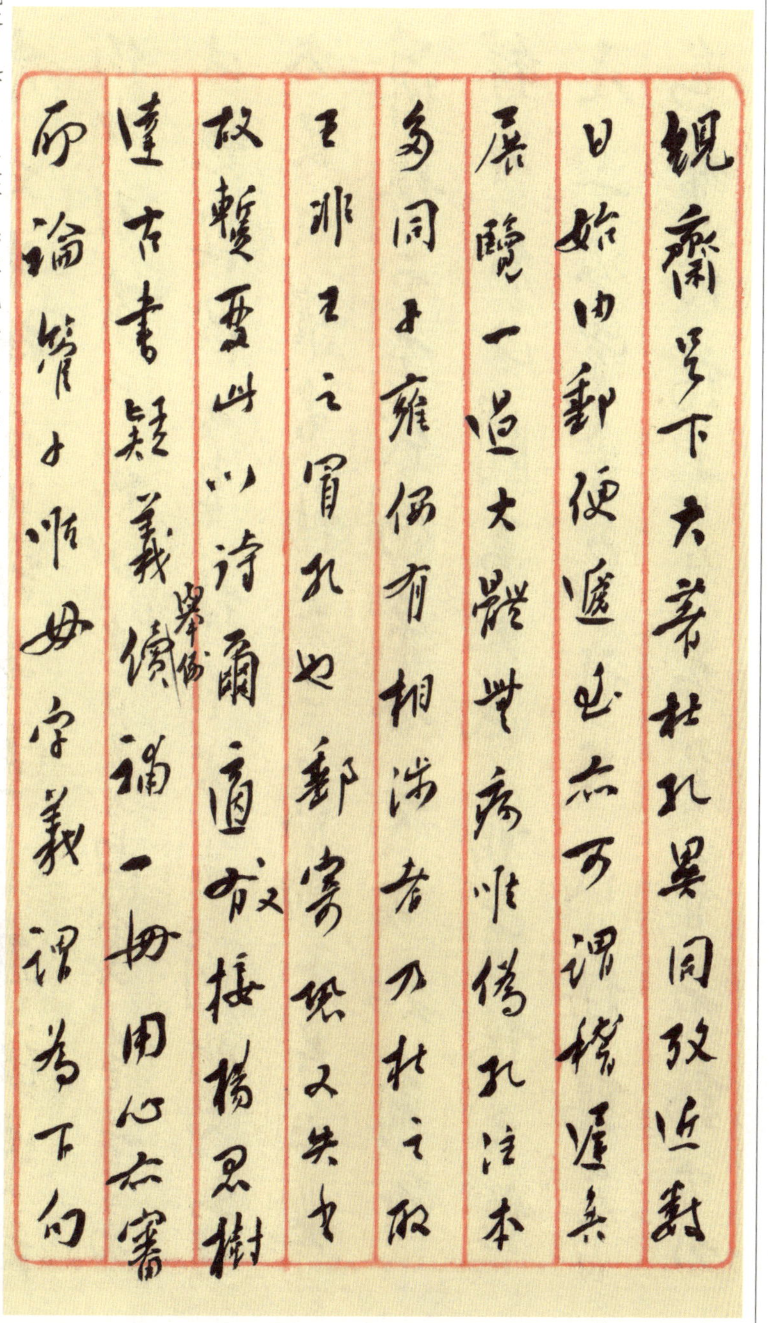
覬齋足下大著杜孔異同考近數
日始由郵便遞至亦可謂稽遲矣
展覽一過大體無病唯偽孔注本
多同子雍偶有相涉者乃杜之取
王非王之冒孔也郵寄恐又失之
故暫留此以待爾適又接楊君樹
達古書疑義舉例續補一冊用心亦審
所論管子唯毋字義謂為下句

觊斋足下：大著《杜孔异同考》近数日始由邮便递至，亦可谓稽迟矣。展览一过，大体无病。唯伪孔注本，多同子雍，偶有相涉者，乃杜之取王，非王之冒孔也。邮寄恐又失之，故暂留此以待尔。适又接杨君树达《古书疑义举例续补》一册，用心亦审，所论管子「唯毋」字义，谓为下句省文，足规高邮之过。唯避复变文例中，引崔氏说「日中星鸟」变星言鸟，此恐误证。七星称星，本是简略之

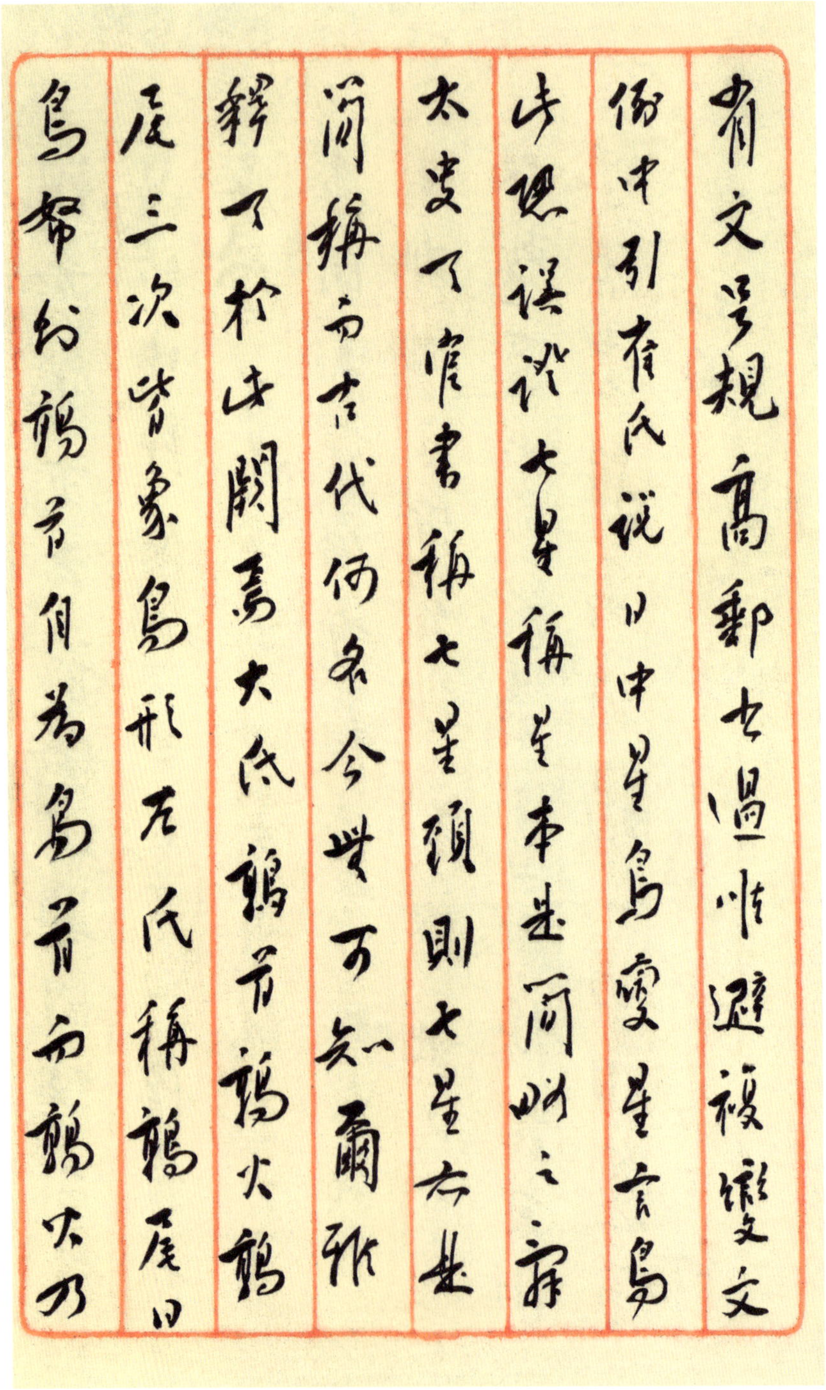
有文學規高郵[illegible][illegible]惟避複變文
例中引杜氏說日中星鳥變星言鳥
此[illegible]誤說七星稱星本是簡略之辭
太史天官書稱七星頸則七星亦是
簡稱而古代何名今無可知爾雅
釋天於此闕焉大氏鶉首鶉火鶉
尾三次皆象鳥形左氏稱鶉尾曰
鳥帑然鶉首自爲鳥首而鶉火乃

辭。太史《天官书》称「七星颈」，则「七星」亦是简称。而古代何名，今无可知。《尔雅·释天》，于此阙焉。大氏鹑首、鹑火、鹑尾三次，皆象鸟形。左氏称鹑尾曰鸟帑，则鹑首，自为鸟首，而

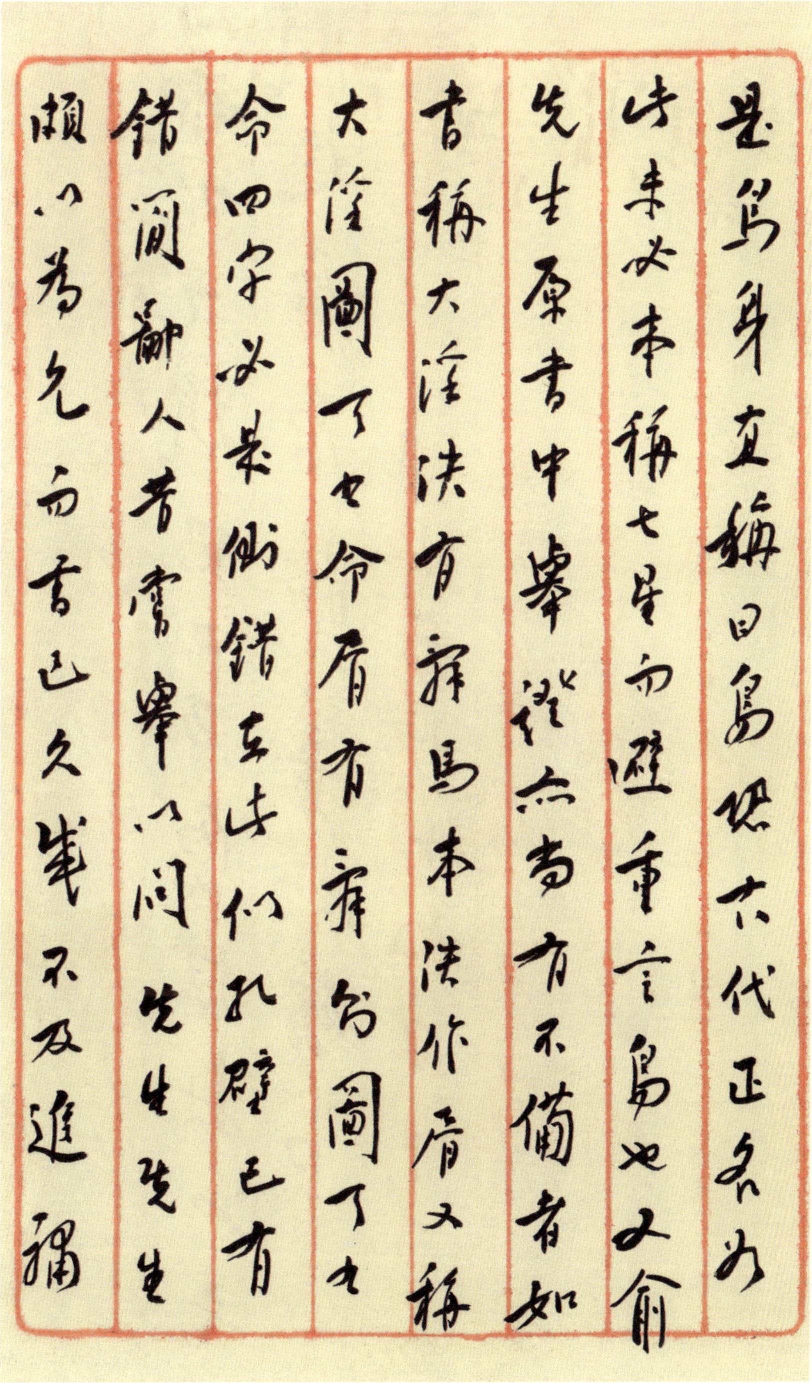

鹑火乃是鸟身。直称曰鸟，恐古代正名如此，未必本称七星，而避重言鸟也。又俞先生原书中举证亦尚有不备者，如《书》称大淫泆有辞，马本泆作胥。又称大淫图天之命胥有辞，则图天之命四字必

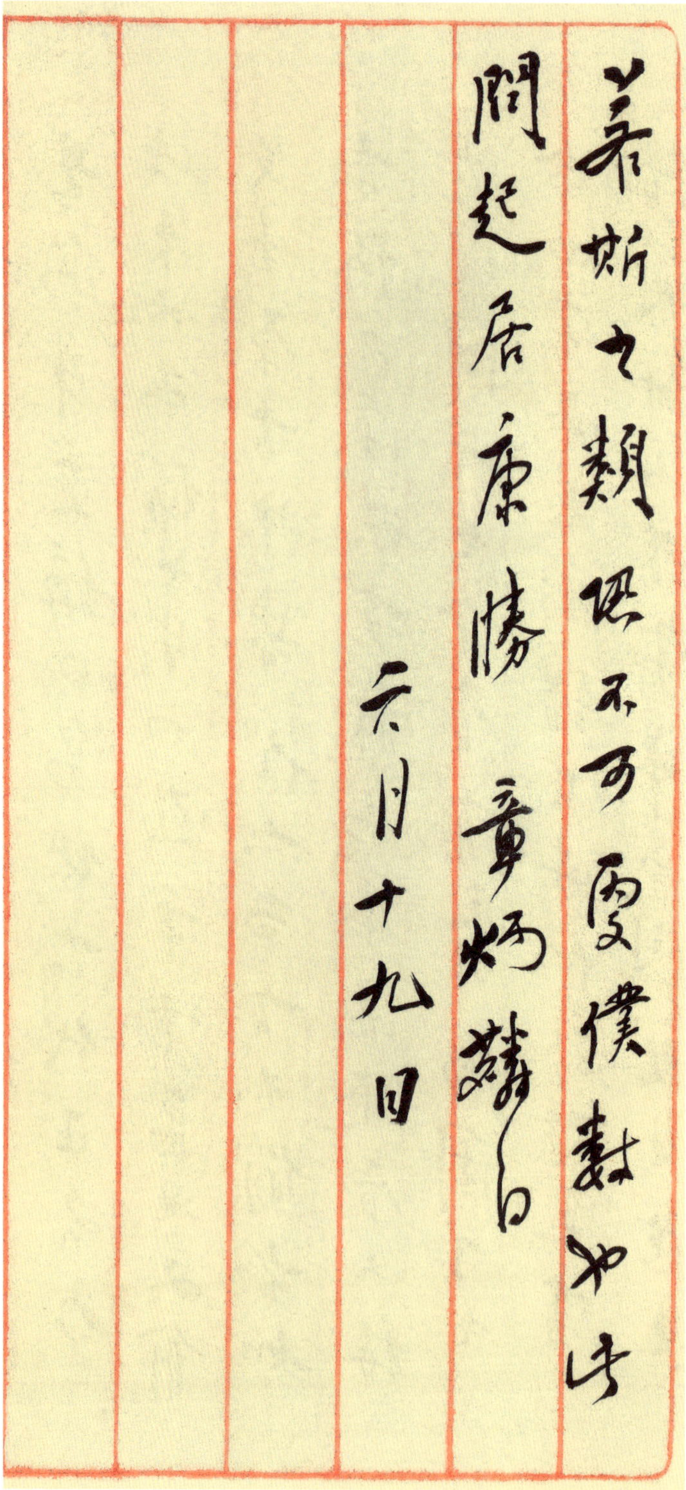
若斯之類恐不可更僕數也此
問起居康勝 章炳麟白
六月十九日

是倒错在此，似孔壁已有错简。鄙人昔尝举以问先生，先生颇以为允，而书已久成，不及追补。若斯之类，恐不可更仆数也。此问起居康胜。

章炳麟白

六月十九日

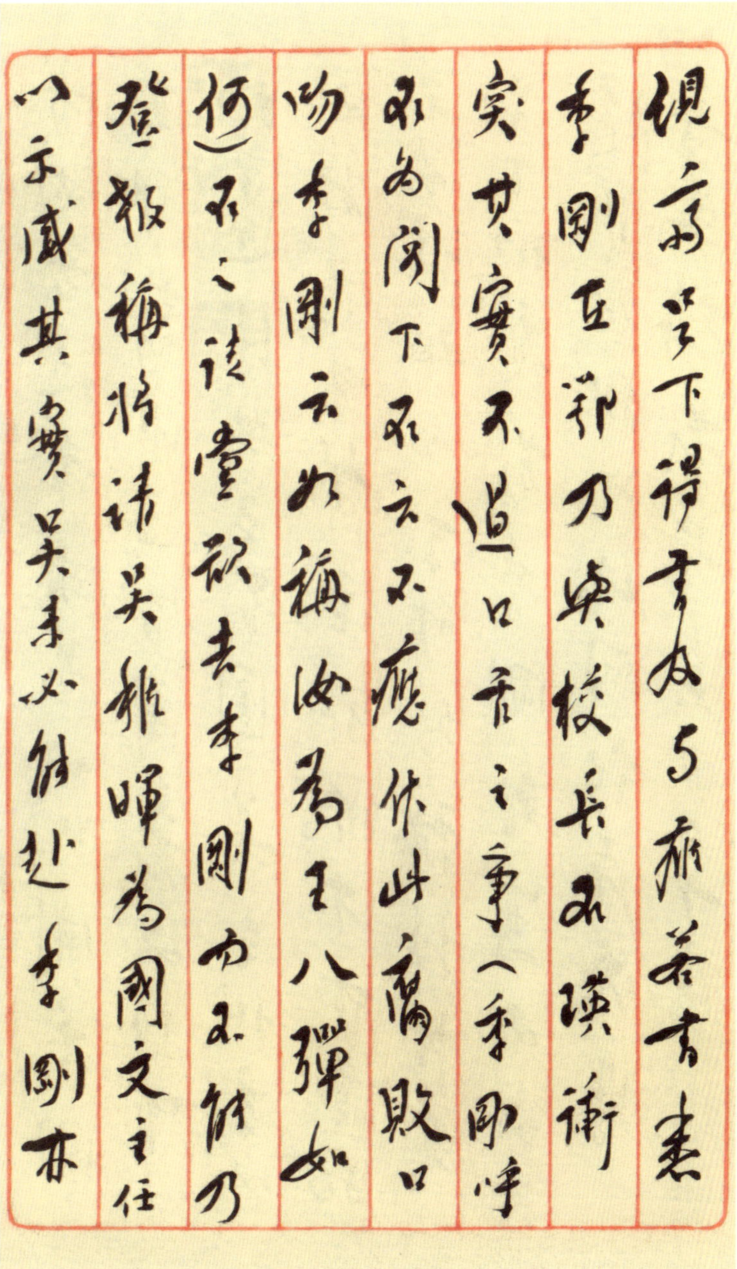
覘齋足下：得書及與雁若書，悉季剛在鄂，乃與校長石瑛衝突，其實不過口舌之爭（季剛呼石為閣下，石云不應作此腐敗口吻，季剛云如稱汝為王八彈如何？）石之徒黨，欲去季剛而不能，乃登報稱將請吳稚暉為國文主任以示威。其實吳未必能赴。季剛亦

觇斋足下：得书及与雁若书，悉季刚在鄂，乃与校长石瑛冲突，其实不过口舌之争。（季刚呼石为阁下，石云不应作此腐败口吻，季刚云如称汝为王八弹如何？）石之徒党，欲去季刚而不能，乃登报称将请吴稚晖为国文主任以示威。其实吴未必能赴，季刚亦有土著徒党，未易攻也。闻季刚在鄂薪水三百元，萧又别有赠遗，约共五百元。若在北京，必不能满其望。兼鄂中本有党羽不易攻破，而京

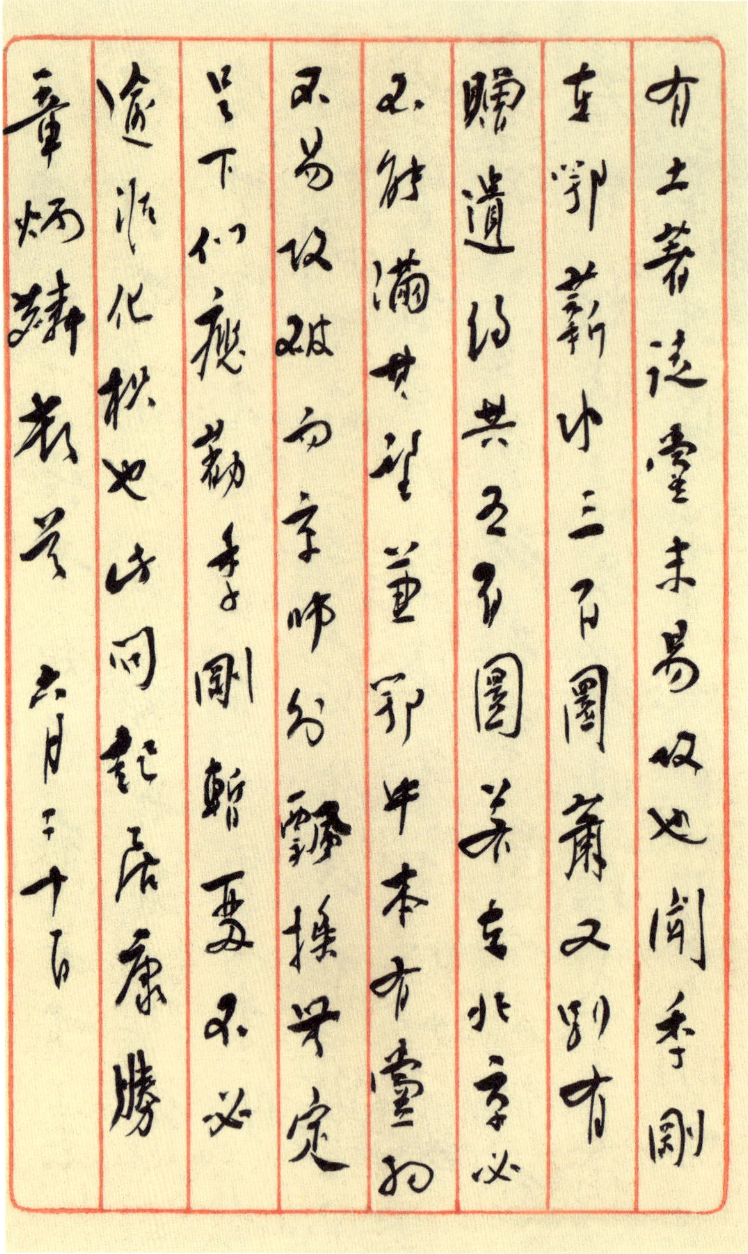

师则飘摇无定，足下似应劝季刚暂留，不必逾淮化枳也。此问起居康胜。

章炳麟顿首

六月二十一日

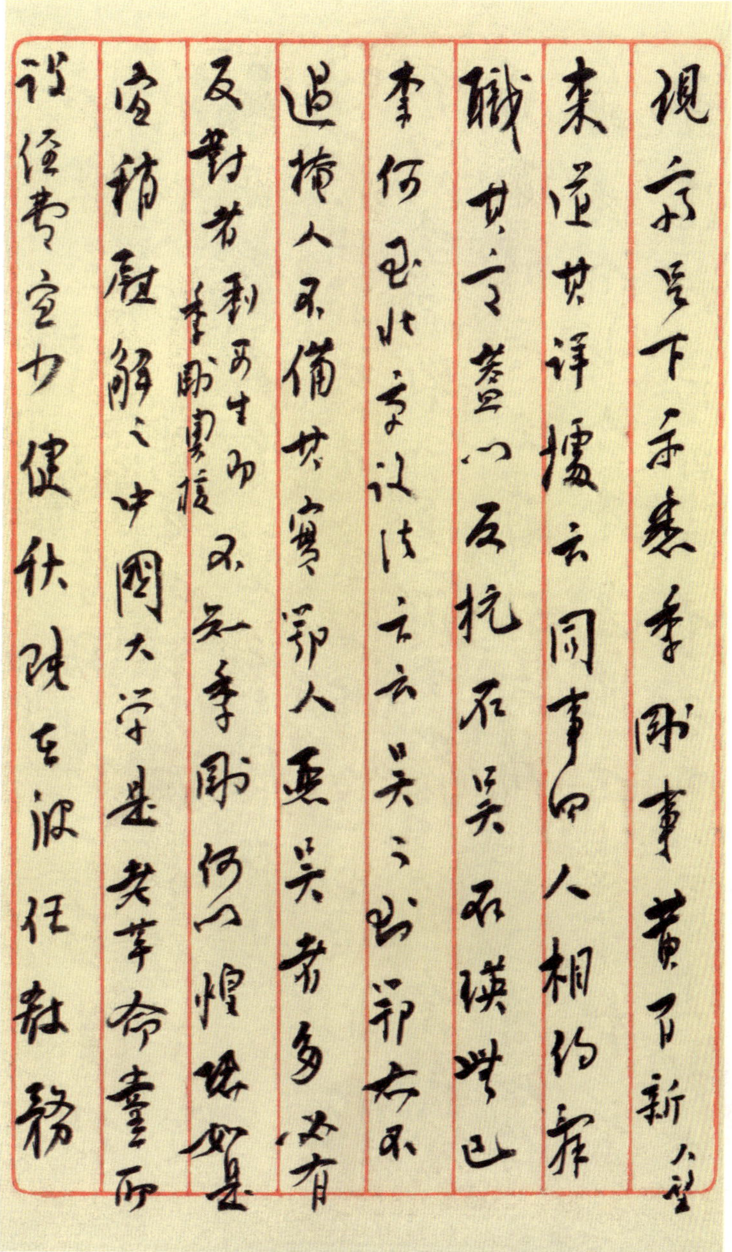

觐斋足下：示悉，季刚事，黄百新人望
来道其详。据云，同事四人相约辞
职，其意盖以反抗石、吴。石瑛无已
奈何。至北京设法云云。吴之到鄂亦不
过掩人不备，其实鄂人恶吴者多，必有
反对者。刘禺生即季刚奥援。不知季刚何以惶恐如是，
宜稍慰解之。中国大学是老革命党所
设，经费宜少，健秋既在彼任教务

觐斋足下：示悉，季刚事，黄百新人望来道其详。据云，同事四人，相约辞职，其意盖以反抗石、吴。石瑛无已奈何。至北京设法云云。吴之到鄂，亦不过掩人不备，其实鄂人恶吴者多，必有反对者。刘禺生即季刚奥援。不知季刚何以惶恐如是，宜稍慰解之。中国大学是老革命党所设，经费宜少，健秋既在彼任教务长，果欲聘请季刚，谋一兼差，想非难事，但恐不足满季刚之壑尔。目前且宽慰季刚为得。足下尽

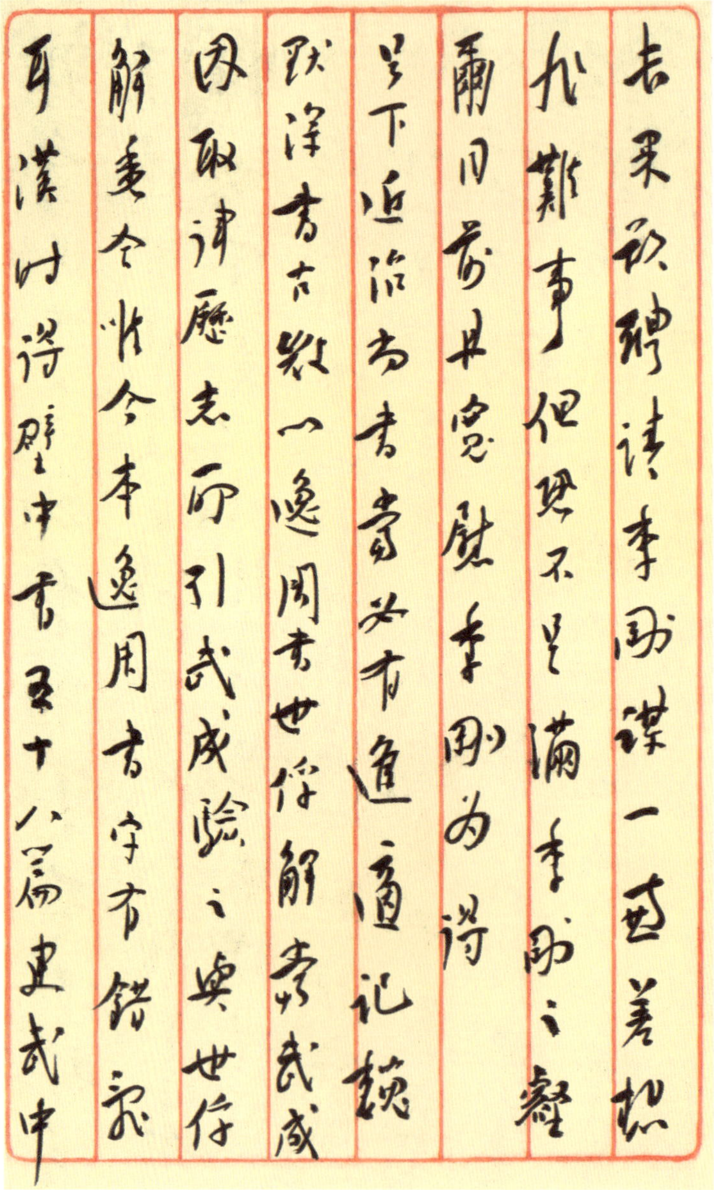

治《尚书》当必有进。适记魏默深《书古微》以《逸周书·世俘解》当《武成》，因取《律历志》所引《武成》验之，与《世俘解》悉合。唯今本《逸周书》字有错乱耳。汉时得壁中书五十八篇，建武中亡《武成》一篇，今则逸篇尽亡，而建武中所亡者乃在。汉儒于《逸周书》不甚注意，作伪古文者，亦不取《世俘》为《武成》，而其书岿然竟存。默深他事多臆断，独此乃得其真。窃谓后人解《尚书》

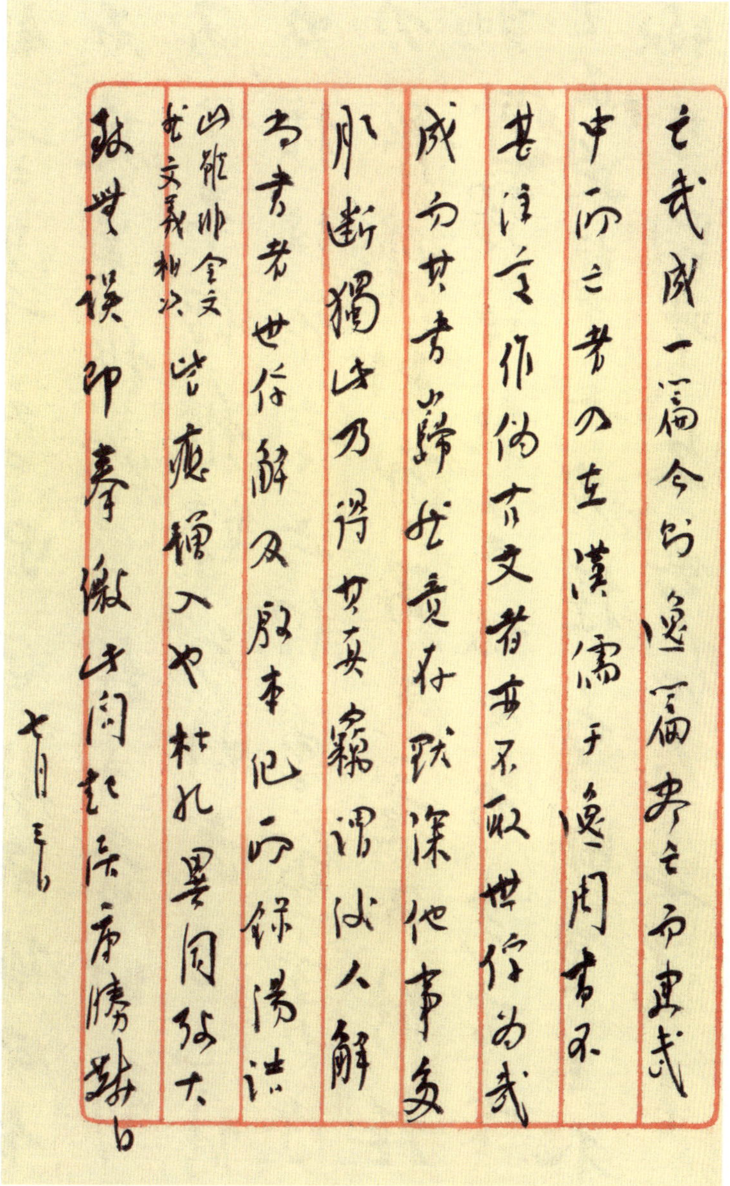

者，《世俘解》及《殷本纪》所录《汤诰》，此虽非全文，然文义相次。皆应增入也。《杜孔异同考》大致无误，即奉徽。此问起居康胜。

麟白

七月三日

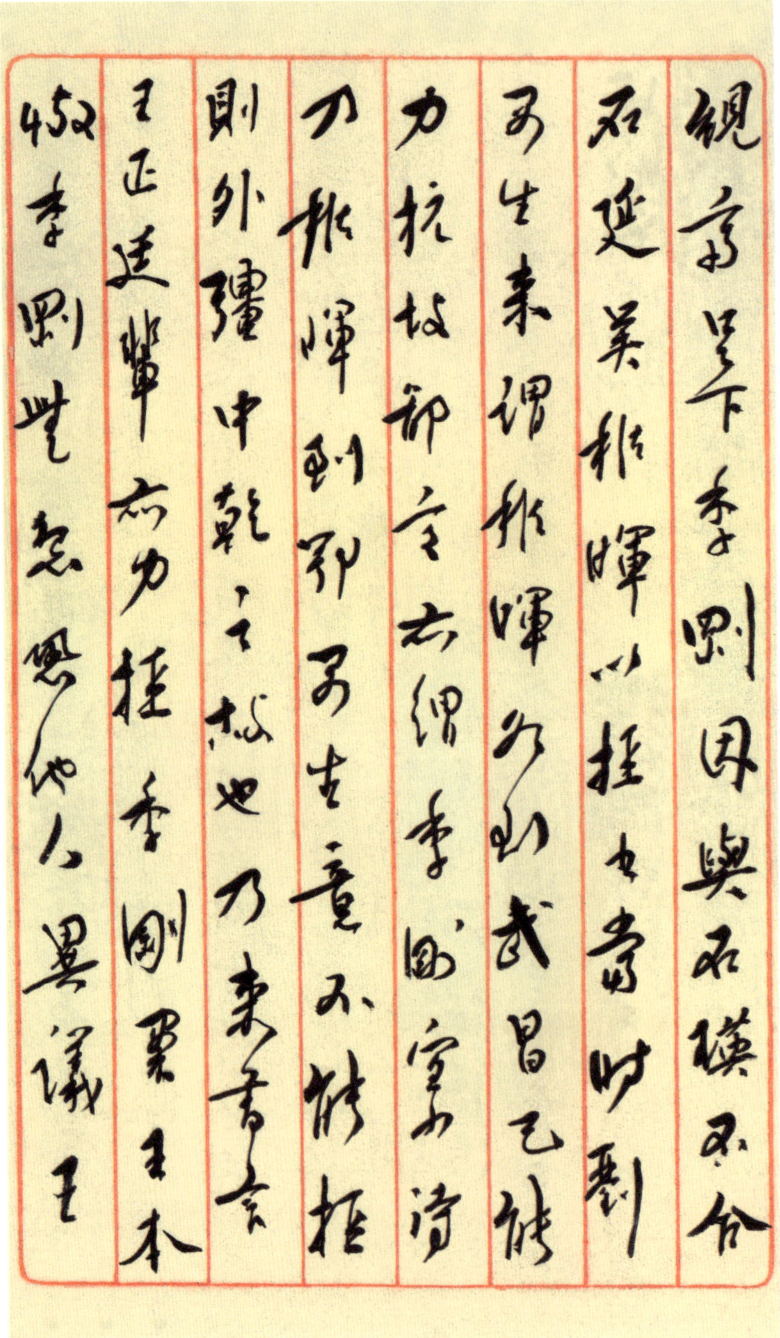
覘齋足下季剛因與石瑛不合
石延吳稚暉以拒之當時劉
禺生來謂稚暉如到武昌已能
力抗故鄙意亦謂季剛宜少待
乃稚暉到鄂禺生竟不能拒
則外彊中乾之故也乃來書言
王正廷輩亦力拒季剛案王本
與季剛無怨恐他人異議王

觇斋足下：季刚因与石瑛不合，石延吴稚晖以拒之。当时刘禺生来，谓稚晖如到武昌，已能力抗，故鄙意亦谓季刚宜少待。乃稚晖到鄂，禺生竟不能拒，则外强中干之故也。乃来书言，王正廷辈亦力拒季刚，案王本与季刚无怨，恐他人异议，王亦不得不从同尔。闻广东大学延请季刚，季刚亦愿往教。

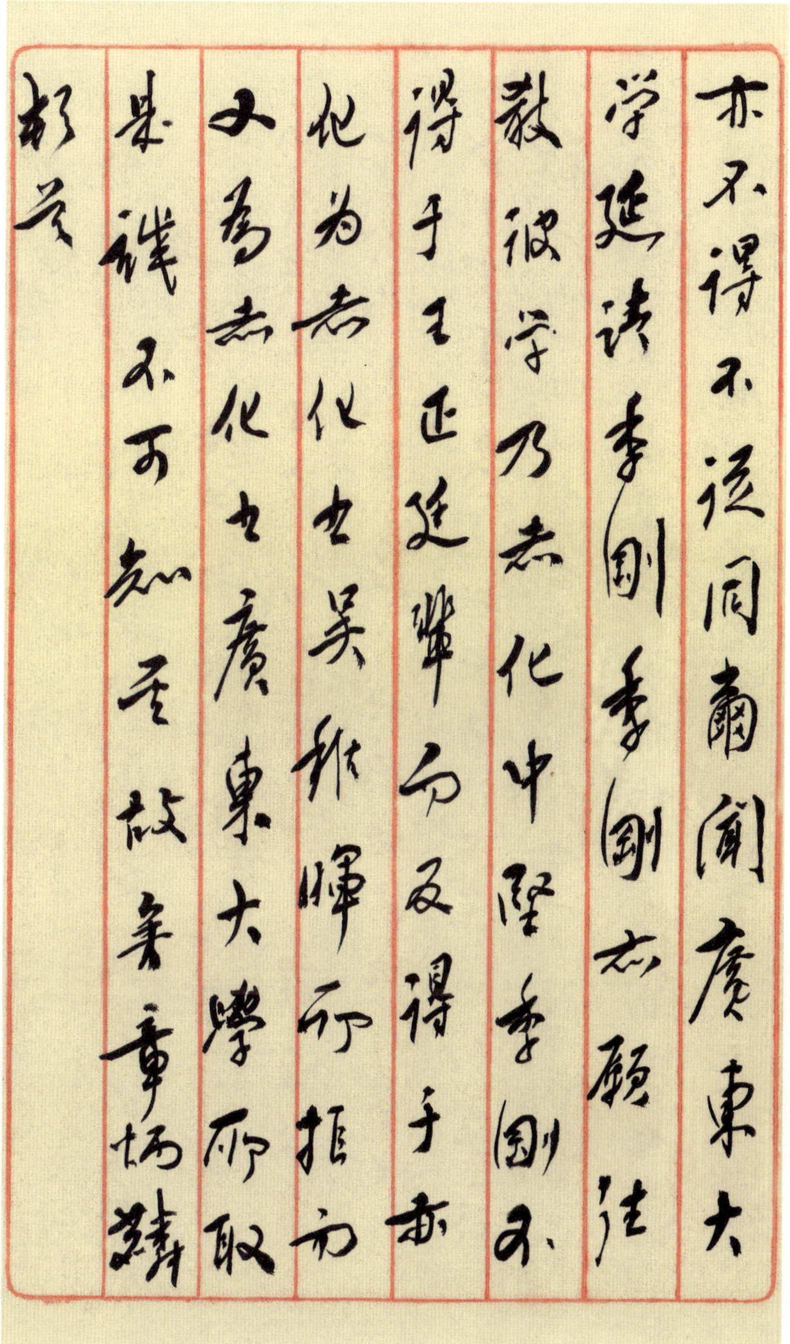
亦不得不從同爾。聞廣東大
學延請季剛，季剛太願往
教。彼學乃赤化中堅。季剛不
得于王正廷輩，而反得于赤
化，為赤化之吳稚暉所拒，而
又為赤化之廣東大學所取，
是誠不可知其故矣。章炳麟
頓首

彼学乃赤化中坚。季刚不得于王正廷辈，而反得于赤化，为赤化之吴稚晖所拒，而又为赤化之广东大学所取，是诚不可知其故矣。

章炳麟　顿首

觍斋足下：得某君《中医剥复案》，明中医之不可废，是也。然谓中医为哲学医，又以五行为可信，前者则近于辞遁，后者直令人笑耳。禹之六府，曰水、火、金、木、土、谷，此指其切于民用者也。五行之官，曰句芒、祝融、后土、蓐收、玄冥，亦犹今世有盐法、电气、河道之官，因事而施，亦切于民用者也。逮《鸿范》所陈，亦举五行之性耳。生克之说，虽《鸿范》亦无其文，尤在

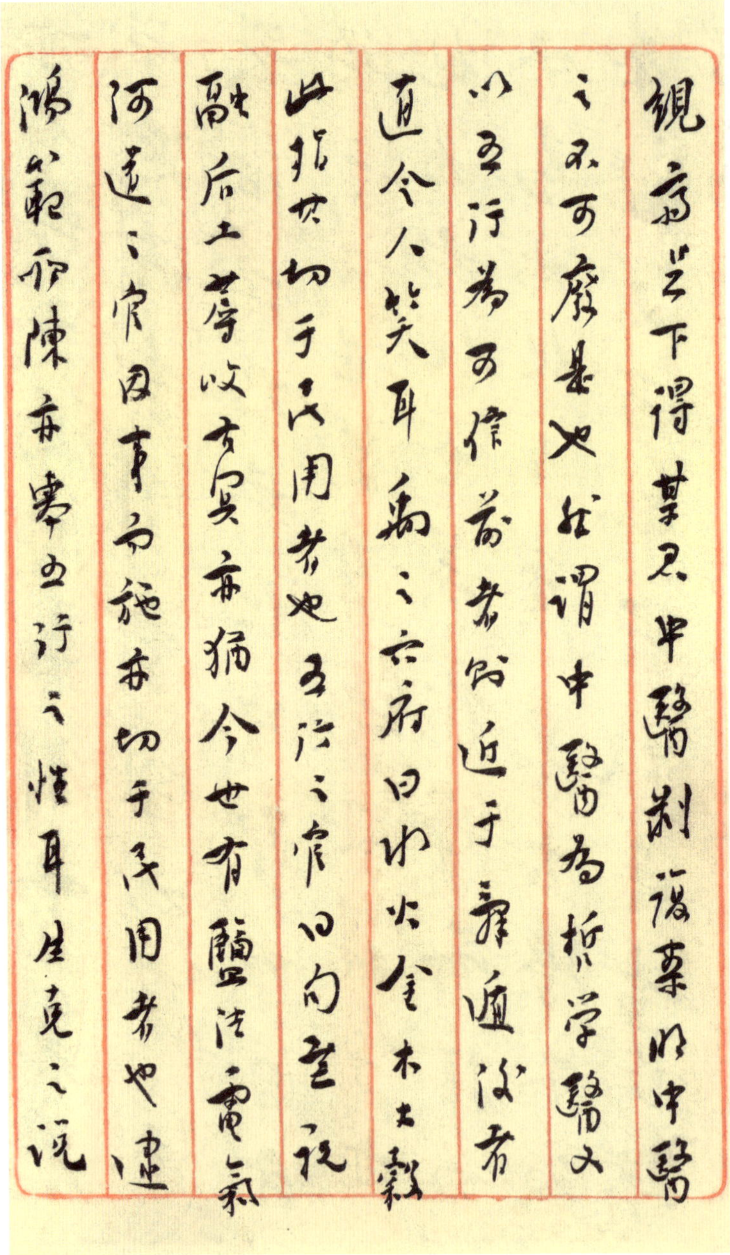
覥齋足下得某君中醫剝復案明中醫之不可廢是也然謂中醫為哲學醫又以五行為可信前者則近于辭遁後者直令人笑耳禹之六府曰水火金木土穀此指其切于民用者也五行之官曰句芒祝融后土蓐收玄冥亦猶今世有鹽法電氣河道之官因事而施亦切于民用者也逮鴻範所陳亦舉五行之性耳生克之說

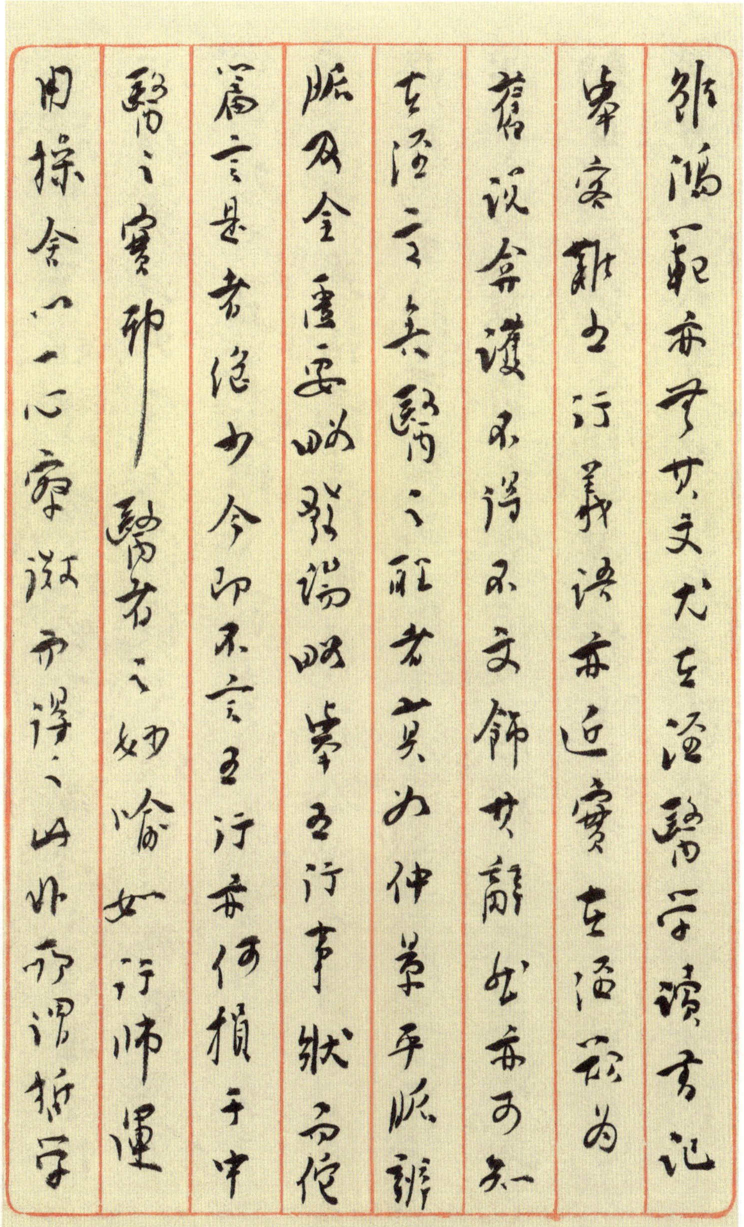

張鴻範亦舉其文尤在涇醫學讀書記
舉客難五行義語亦近實在涇欲為
舊說辯護不得不文飾其辭然亦可知
在涇之意矣醫之聖者莫如仲景平脈辨
脈及金匱要略發端略舉五行事狀而佗
篇言是者絕少今即不言五行亦何損於中
醫之實邪　醫者之妙喻如行師運
用操舍以一心察微而得之此非所謂哲學

泾《医学读书记》举客难五行义，语亦近实。在泾欲为旧说弁护不得不文饰其辞，然亦可知在泾意矣。医之圣者，莫如仲景《平脉》、《辨脉》及《金匮要略·发端略》举五行事状，而佗篇言是者绝少。今即不言五行，亦何损于中医之实邪？医者之妙，喻如行师，运用操舍，以一心察微而得之。此非所谓哲学也，谓其变化无方之至耳。五行之论，亦于哲学何与？此乃汉代纬候之谈，可以为愚，不可以为哲也。且五藏之配五行，《尚书》古、今文二家已有异议，郑康成虽从今说，及注《周官·疾医》云：「肺气热配火，心气次之配土，肝气凉配金，脾气温配木，肾气寒配水。则犹从古说也。以此知五行分配，本非一成，犹在天有赤道、黄道及月行之九道。近代变九道称白道，于测天之实，不相干也。某君所持论，似皆不足以驳余氏。至论医学进步，谓四家进于《千金》、《外台》，叶、

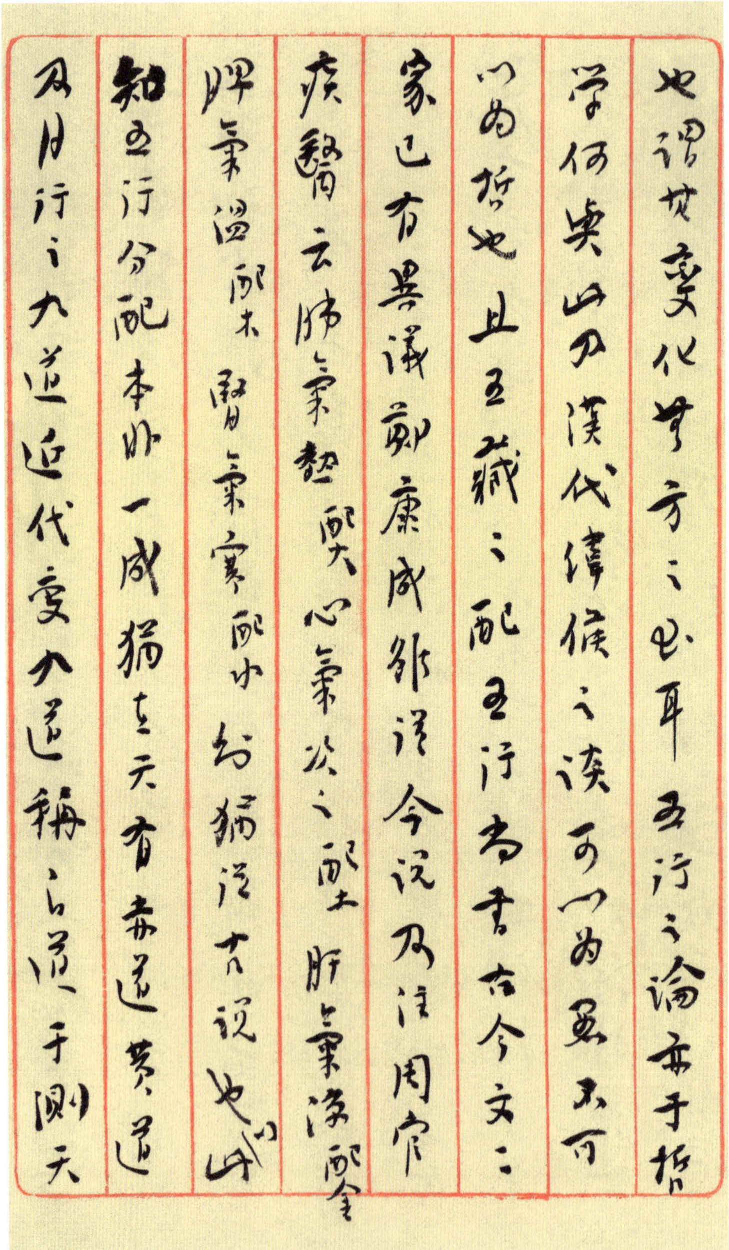
也謂其變化無方之出耳五行之論亦于哲
學何與此乃漢代緯候之談可以為愚不可
以為哲也且五藏之配五行尚書古今文二
家已有異議鄭康成雖從今說及注周官
疾醫云肺之氣熱配火心氣次之配土肝之氣涼配金
脾氣溫配木腎氣寒配水是猶從古說也以此
知五行分配本非一成猶在天有赤道黄道
及月行之九道近代變九道稱白道于測天

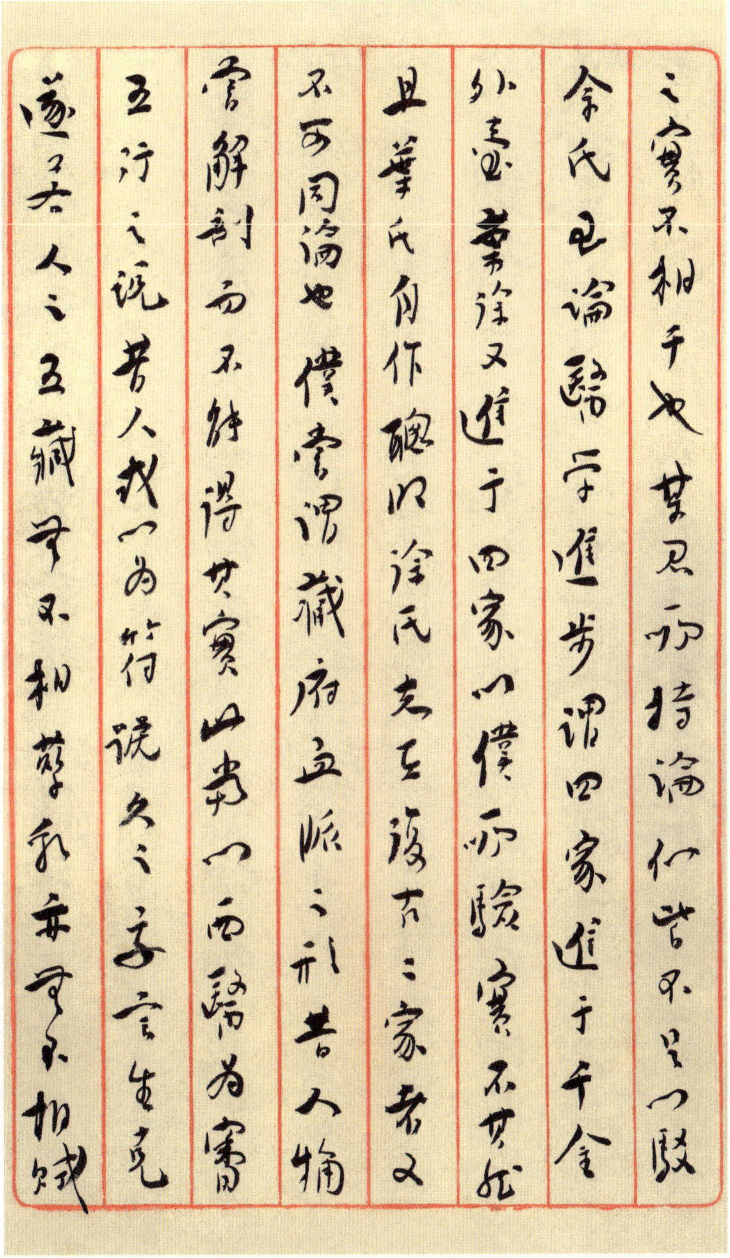
之實不相干也其兄所持論似皆不足以駁
余氏至論醫學進步謂四家進于千金
外臺葉徐又進于四家以僕所驗實不其然
且葉氏自作聰明徐氏志在復古二家者又
不可同論也僕嘗謂藏府血脈之形昔人犕
嘗解剖而不能得其實此當以西醫為審
五行之說昔人或以為符號久之妄言生克
遂若人之五藏無不相孳乳無不相賊

徐又进于四家。以仆所验，实不其然。且叶氏自作聪明，徐氏志在复古。二家者，又不可同论也。

仆尝谓藏府血脉之形，昔人犕尝解剖，而不能得其实，此当以西医为审。五行之说，昔人或以为符号，久之妄言生克，遂若人之五藏无不相孳乳，亦无不相贼害者。晚世庸医藉为口诀，则实验可以尽废，此必当改革者也。中医之胜于西医者，大氏《伤寒》为独甚，温病、热病，本在五种伤寒之

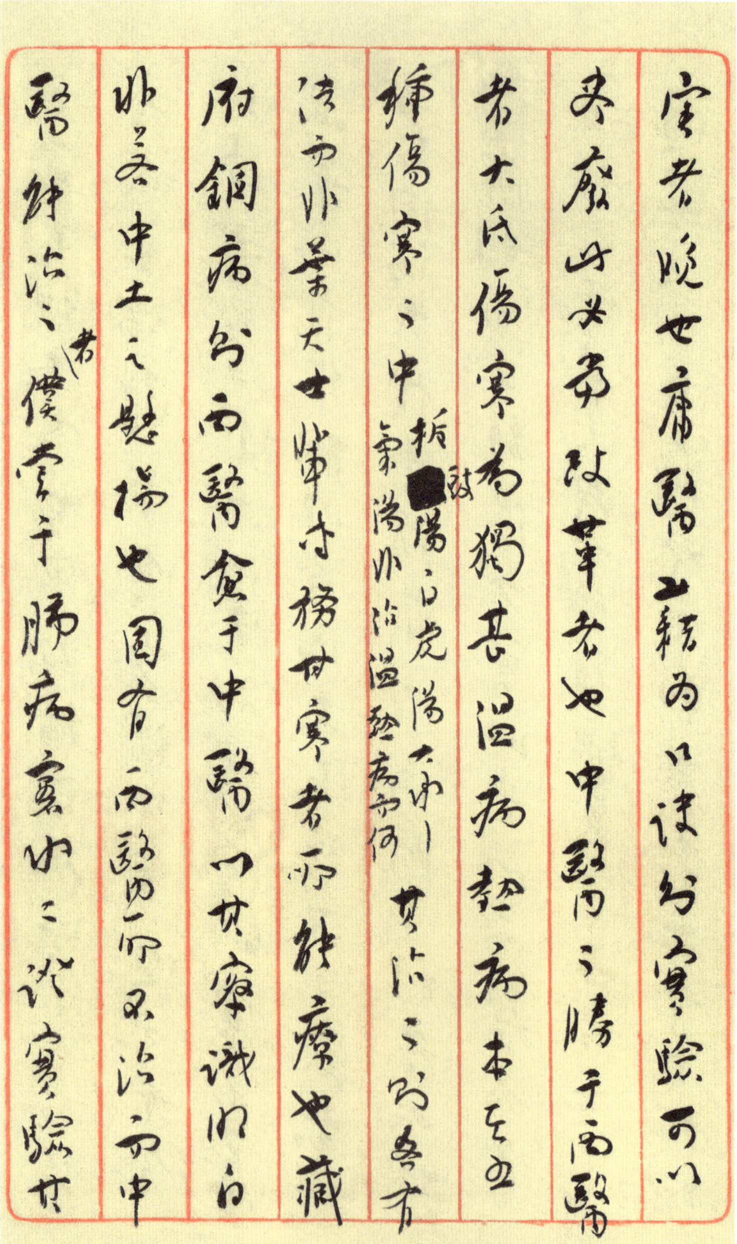

中。梔豉汤、白虎汤、大承气汤，非治温、热病而何？其治之各有法，而非叶天士辈专务甘寒者所能疗也。藏府锢病，则西医愈于中医，以其察识明白，非若中土之悬揣也。固有西医所不治，而中医能治之者，仆尝于肺病、里水二证实验其然。有肺痿西医称不治者，仆以钟乳补肺汤为丸疗之；有里水西医放水至三次仍不愈者，仆以越婢加术汤疗之，皆痊愈。若夫肠痈用大黄牡丹汤，与封割无异。霍乱用四逆汤，与盐水注射无异，则所谓异曲同工者也。如曰幸而得之，不治于西医，而治于汉医，则不可云幸而得之也。

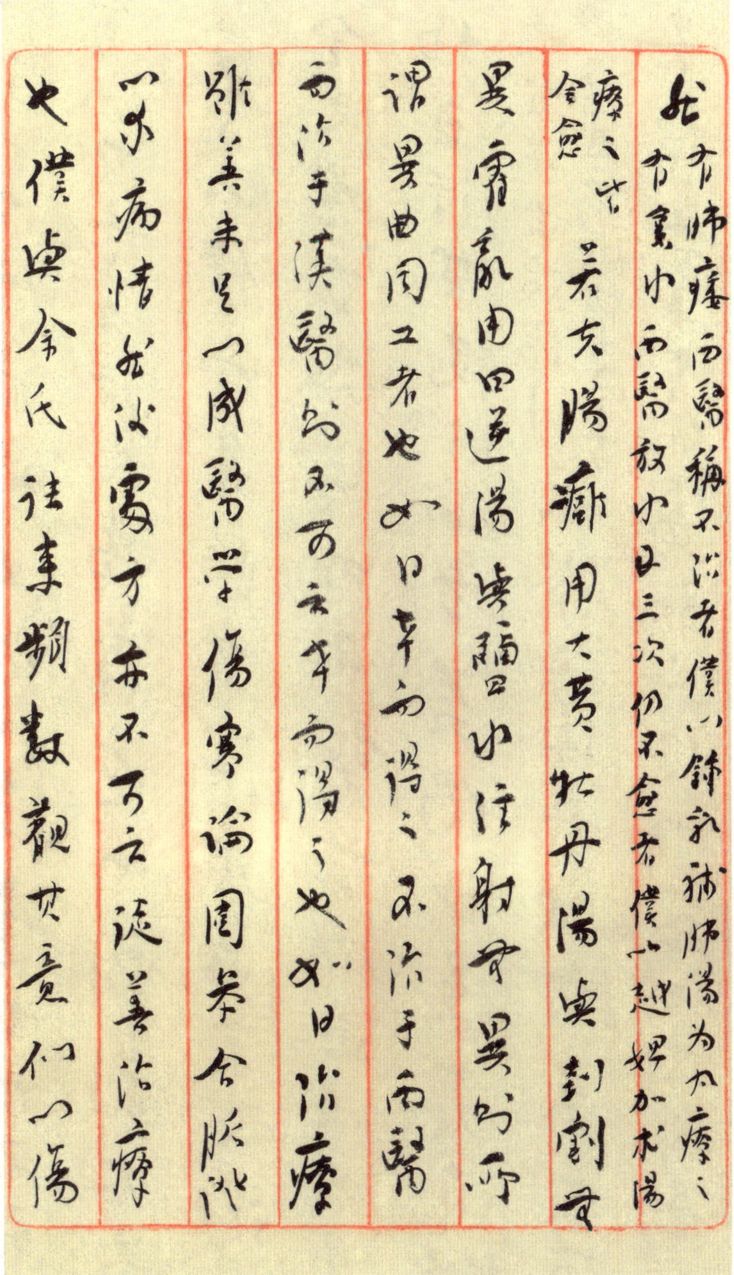
如肺痿而醫稱不治者，僕以錢氏豬肺湯為之療之，水氣少而醫效少，日三次仍不愈者，僕以越婢加术湯療之，皆全愈。若夫腸癰用大黄牡丹湯與剖割者，[illegible]霍亂用四逆湯與鹽水注射者，要皆所謂異曲同工者也。如曰幸而得之，不治于西醫而治于漢醫，然不可云幸而得之也。如曰治療雖善，未足以成醫學，傷寒論固參合脈證以求病情，然後處方，亦不可云徒善治療也。僕與余氏往來頻數，觀其意，似以傷

如日治疗虽善，未足以成医学，《伤寒论》固参合脉证，以求病情，然后处方，亦不可云徒善治疗也。仆与余氏往来频数，观其意，似以《伤寒》、《金匮》、《千金》、《外台》为有用，而上不取《灵素》、《难经》，以其言藏府血脉之多违也。下不取四大家，以其言五行之为辞遁也。剽剥太过？亦信有之，以仆所身验者，汉、唐、两宋之术，固视金、元为有效。若乃不袭藏府血脉之伪，不拘五行生克之论者，

寔金匱千金外臺爲有用而上不取靈素難經以其言藏府血脈之多違也下不取四大家以其言五行之爲辭遁也劉劇太過無信古之心僕所身驗者漢唐兩宋之術固視金元之爲有效然亦不繫藏府血脈之論不拘五行生克之論者蓋獨仲景一人耳（平脈 辨脈）（金匱發端論治肝一及五行是其非本書者）凡人之善於技者苟有可錄雖半醫而亦嘗咨焉執一說以蔽之下之是者

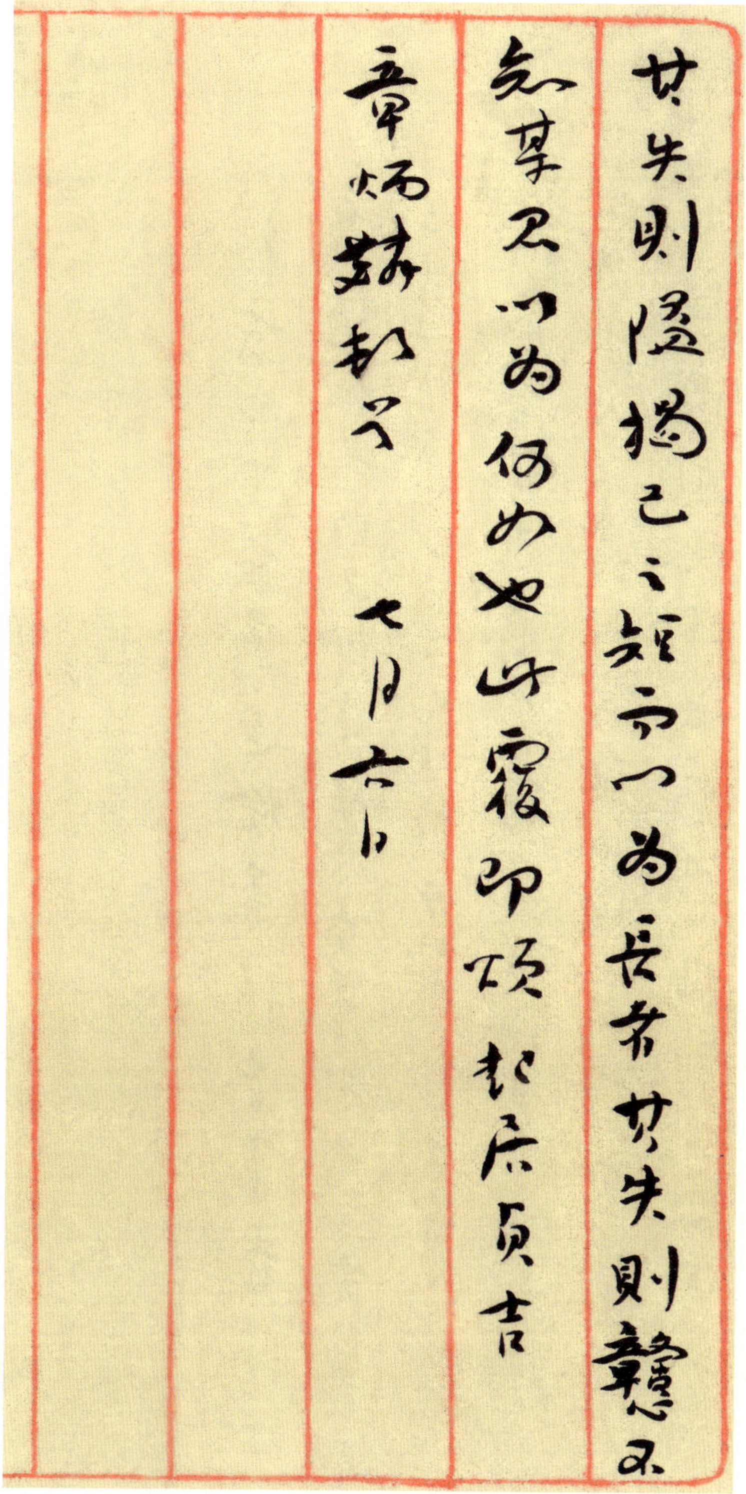
其失則隘揭己之短而以為長者其失則戇不
知某君以為何如也此復即頌起居貞吉
章炳麟頓首　七月六日

盖独仲景一人耳。《平脉》、《辨脉》、《金匮·发端》诸论，涉及五行，是其洮汰未尽者。凡人之善于技者，苟有可录，虽串医亦当咨焉。执一说以蔽天下之是者，其失则隘；揭己之短而以为长者，其失则戆；不知某君以为何如也。此复，即颂起居贞吉！

章炳麟顿首　七月六日

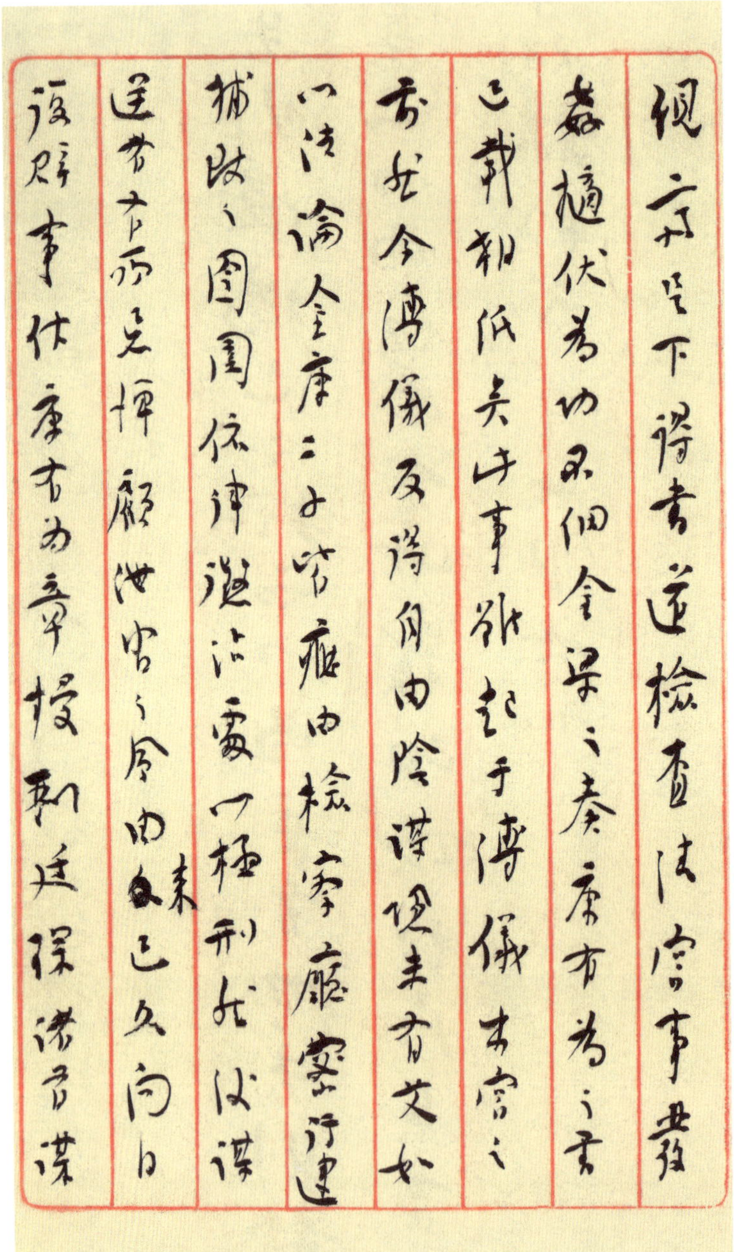

觇斋足下：得书，道检查清宫事，发奸挺伏，为功不细。金梁之奏，康有为之书，已载朝纸矣。此事虽起于溥仪出宫之前，然今溥仪反得自由，阴谋恐未有艾。如以法论，金、康二子皆应由检查厅密行逮捕，致之囹圄，依律惩治，处以极刑，然后谋逆者有所忌惮。顾泄沓之风，由来已久。向日复辟事作，康有为、章梫、刘廷琛诸首谋无不网漏吞舟，听其自由居住。背诞之言，时时形于文字，

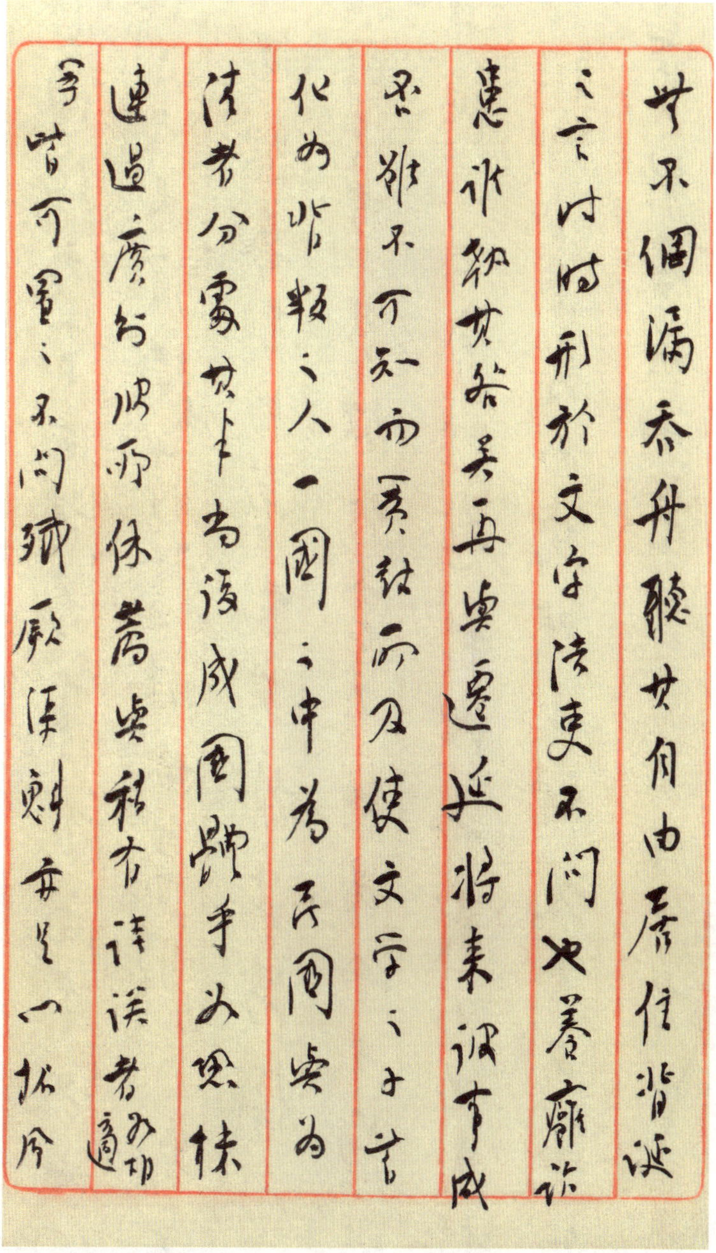
其不网漏吞舟听其自由唐任背诞之言时时刑于文字法吏不问也养痈诒患谁执其咎若再与迁延将来彼事成否虽不可知而簧鼓所及使文学之子皆化为背叛之人一国之中为民国与为清者分处其半尚复成国体乎为恐株连过广则彼所保荐与稍有诖误者如胡适等皆可置之不问歼厥渠魁亦足以振风纪

法吏不问也。养痈诒患，谁执其咎？若再与迁延，将来彼事成否虽不可知，而簧鼓所及，使文学之子，皆化为背叛之人。一国之中，为民国与为清者分处其半，尚复成国体乎？为恐株连过广，则彼所保荐，与稍有诖误者如胡适等，皆可置之不问。歼厥渠魁，亦足以振风纪，特恐当事泄沓，不肯为此耳。国家失统，致纪元有两号，奉事有两主。为此，纲纪已去，尚复拟草宪法，亦焉用之？鄙人于黄陂再起时，曾劝

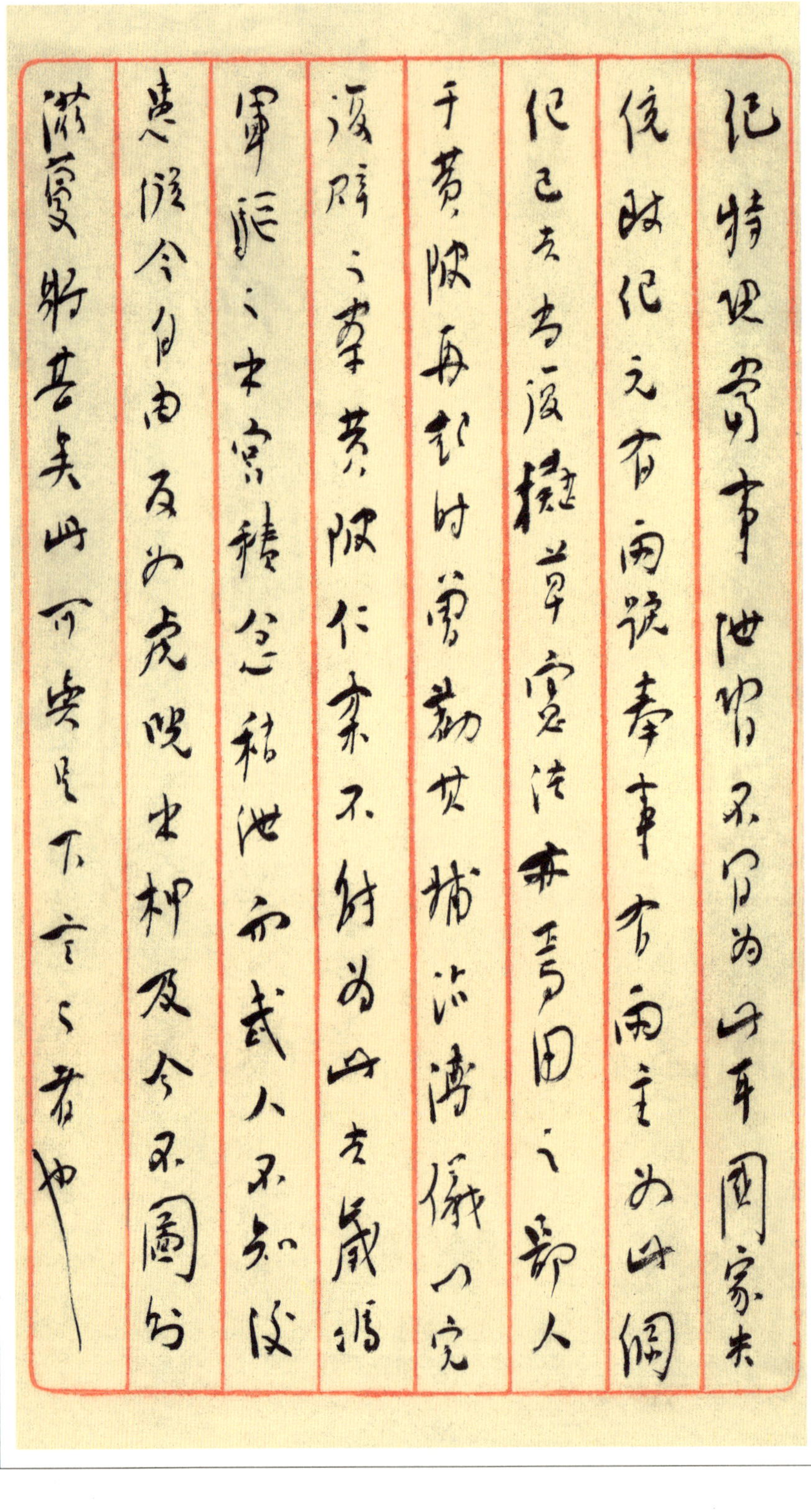

其捕治溥仪，以完复辟之案。黄陂仁柔，不能为此。去岁冯军驱之出宫，积忿稍泄。而武人不知后患，纵令自由，反如虎兕出柙。及今不图，则滋蔓将甚矣。此可与足下言之者也。季刚在鄂，就中

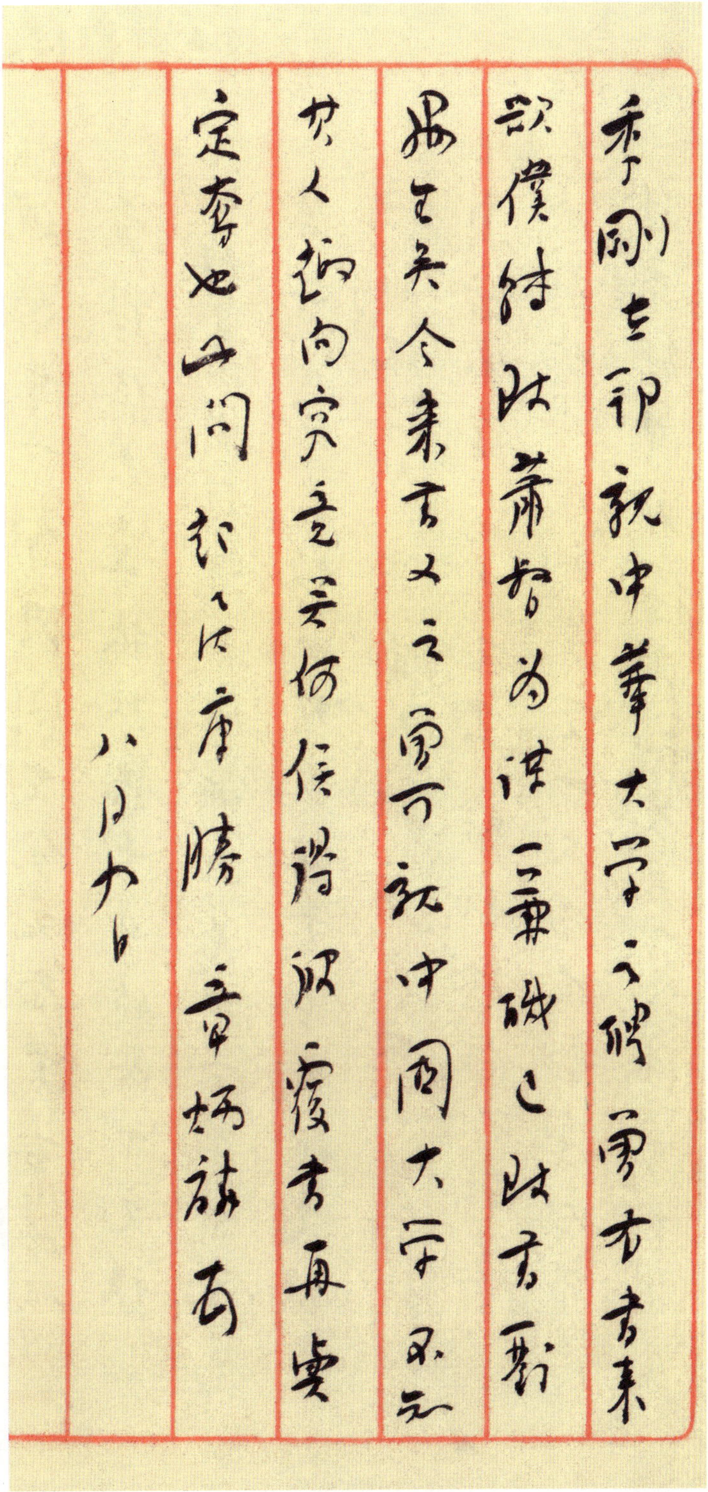

华大学之聘，曾有书来，欲仆转致萧督，为谋一兼职，已致书刘禺生矣。今来书又云曾可就中国大学，不知其人趣向究竟若何，俟得彼复书，再与定夺也。此问起居康胜。

章炳麟顿首

八月九日

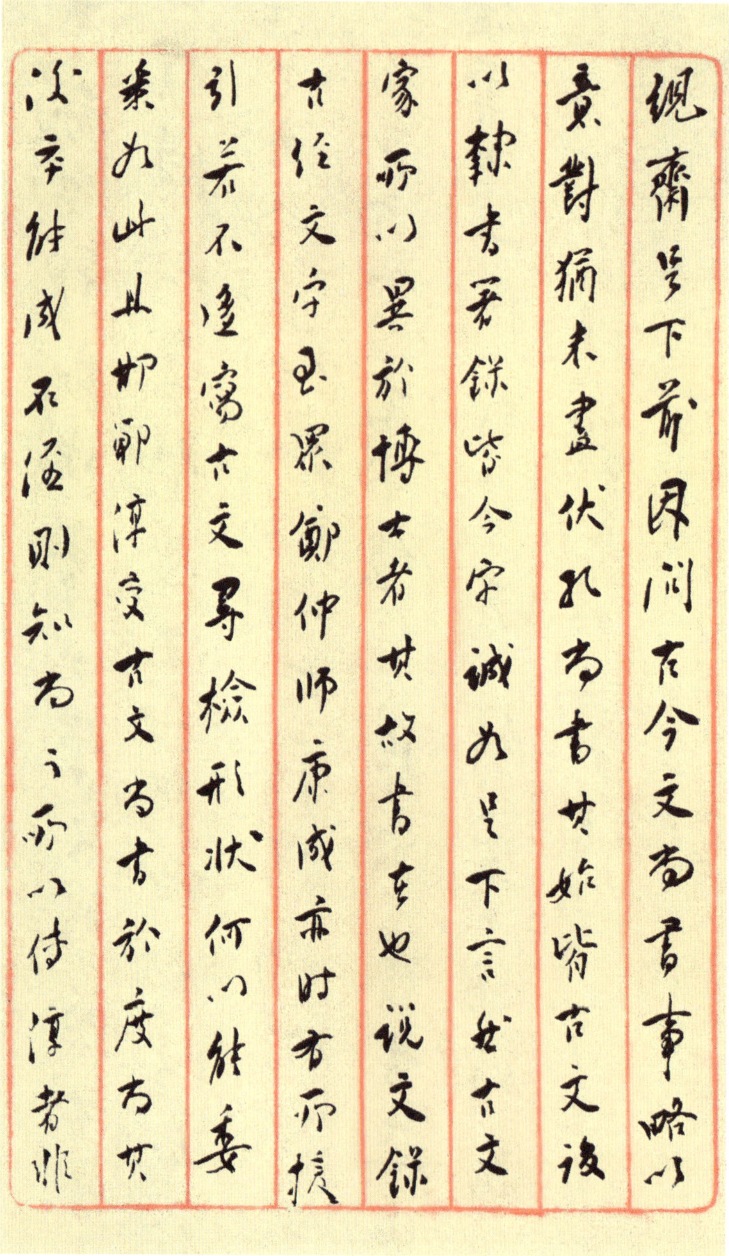
絸齋足下：前因問古今文尚書事，略以意對，猶未盡。伏、孔尚書，其始皆古文，後以隸書著錄，皆今字，誠如足下言。然古文家所以異於博士者，其故書在也。說文錄古經文字至眾，鄭仲師、康成亦時有所援引。若不遂寫古文，尋檢形狀，何以能委悉如此？且邯鄲淳受古文尚書於度尚，其後卒能成石經，則知尚之所以傳淳者，非

缌斋足下：前因问古今文《尚书》事，略以意对，犹未尽。伏、孔《尚书》，其始皆古文，后以隶书著录，皆今字，诚如足下言。然古文家所以异于博士者，其故书在也。《说文》录古经文字至众，郑仲师、康成，亦时有所援引。若不移写古文，寻检形状，何以能委悉如此？且邯郸淳受古文《尚书》于度尚，其后卒能成《石经》，则知尚之所以传淳者，非徒隶书训说，其真本自在也。前疑古文家于

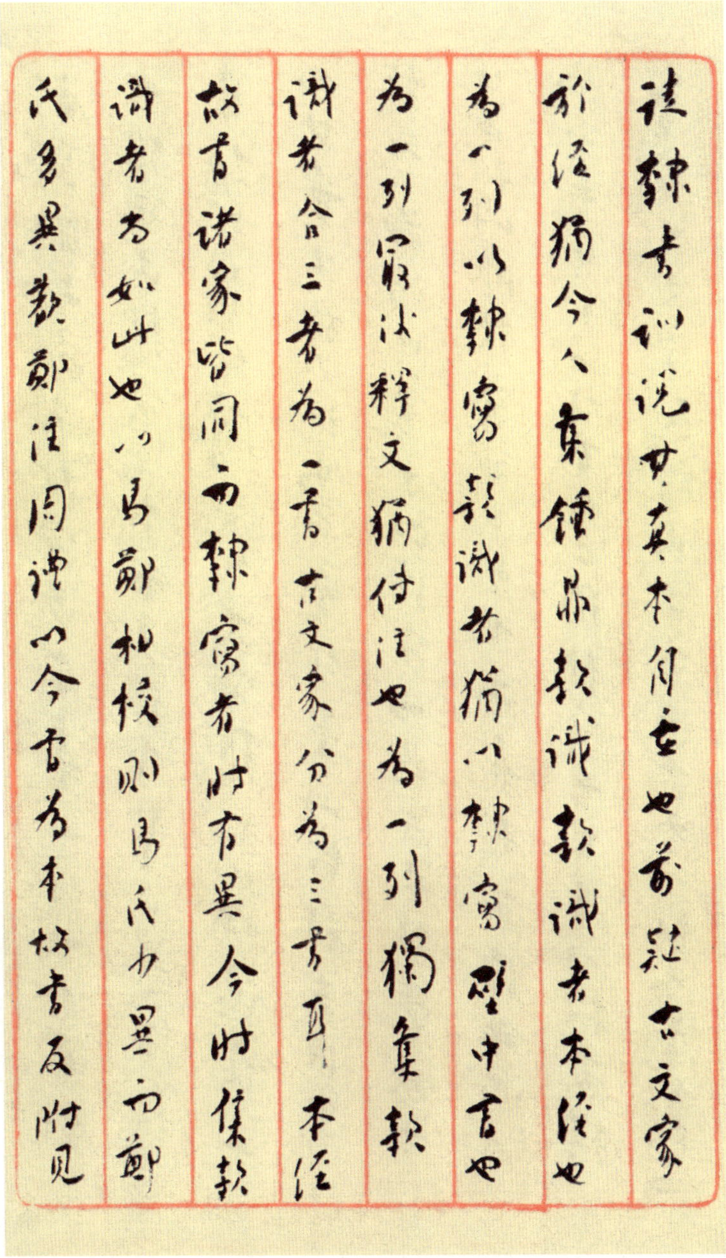
諸隸書訓說其真本自在也前疑古文家
於經猶今人集鍾鼎款識款識者本經也
為一列以隸寫款識者猶以隸寫壁中書也
為一列最後釋文猶傳注也為一列獨集款
識者合三者為一書古文家分為三書耳本經
故書諸家皆同而隸寫者時有異今時集款
識者為如此也以馬鄭相校則馬氏少異而鄭
氏多異觀鄭注周禮以今書為本故書反附見

经犹今人集钟鼎款识。款识者，本经也，为一列。以隶写款识者，犹以隶写壁中书也，为一列。最后释文，犹传注也，为一列。独集款识者，合三者为一书，古文家分为三书耳。本经故书，诸家皆同，而隶写者时有异，今时集款识者尚如此也。以马、郑相校，则马氏少异，而郑氏多异。观郑注《周礼》，以今书为本，故书反附见于注，则知郑氏改字多矣。若一字古今异体者，虽马氏隶写之本亦多从今。

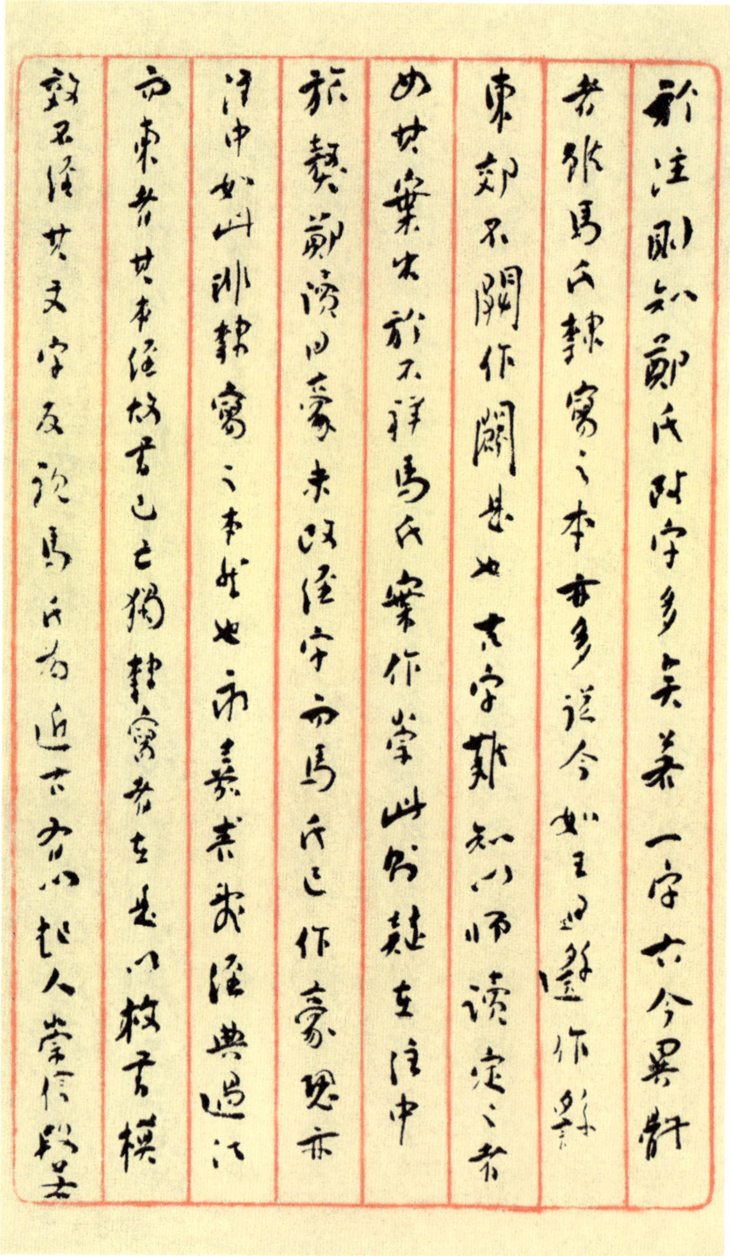
於注則知鄭氏改字多矣。若一字古今異體
者，張、馬氏隸寫之本當多從今，如王曰邎作繇
東郊不闢作闢是也。古字難知，以師讀定之者
如其棐出於不詳，馬氏棐作崇，此則疑在注中
旅獒鄭讀曰豪，未改經字，而馬氏已作豪，恐亦
注中如此，非隸寫之本然也。永嘉喪亂，經典過江
而東者，其本經故書已亡，獨隸寫者在，是以校書模
效石經，其文字反視馬氏為近古，有以起人崇信。段若

如「王曰邎」作「繇」，「东郊不闢」，作「闢」，是也。古字难知，以师读定之者，如「其棐出于不详」，马氏「棐」作「崇」，此则疑在注中。《旅獒》郑读曰豪，未改经字，而马氏已作豪，恐亦注中如此，非隶写之本然也。永嘉丧乱，经典过江而东者，其本经故书已亡，独隶写者在，是以校书模效《石经》，其文字反视马氏为近古，有以起人崇信。段若膺以校本为古文，顾今所见校本，自范

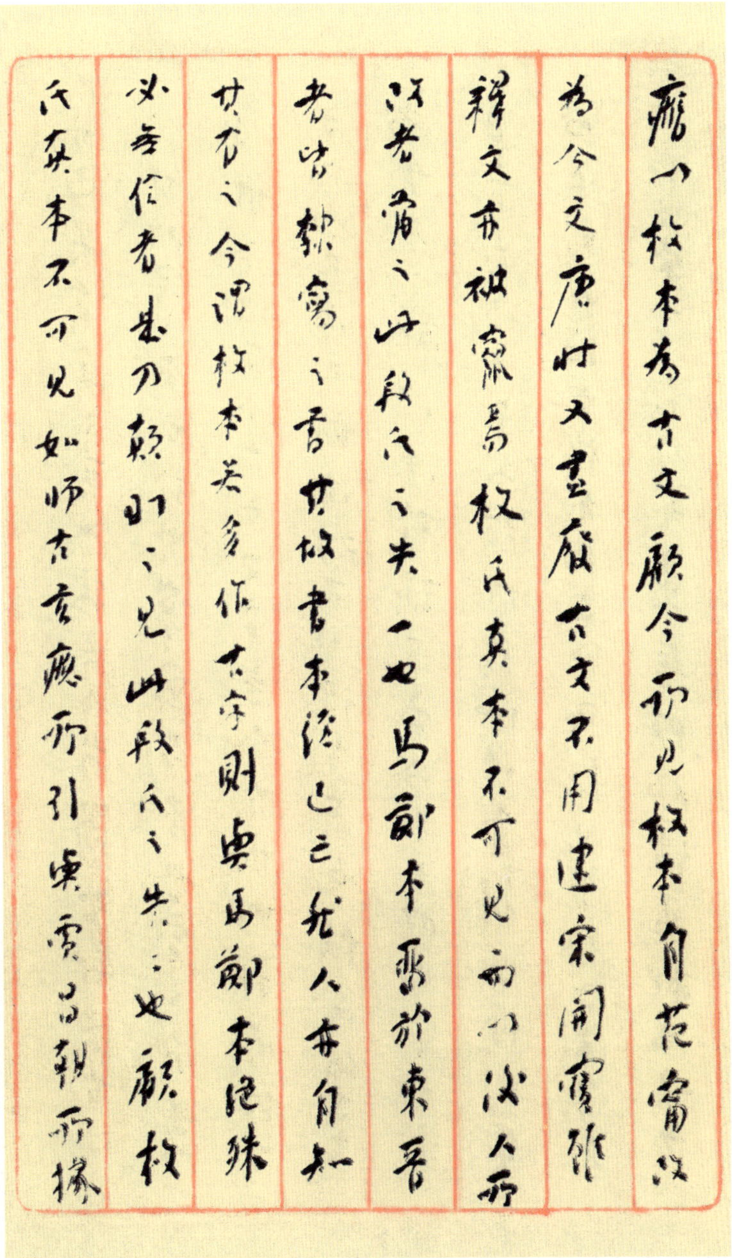

宁改为今文，唐时又尽废古文不用，逮宋开宝，虽释文亦被窜焉。校氏真本不可见，而以后人所改者当之，此段氏之失一也。马、郑本留于东晋者，皆隶写之书，其故书本经已亡，然人亦自知其有之。今谓枚本若多作古字，则与马、郑本绝殊，必无信者。是乃颠倒之见，此段氏之失二也。顾枚氏真本不可见，如师古、玄应所引，与贾昌朝所据而已矣。直汉之衰，诸儒各为苟简。习郑学者，徒传其改

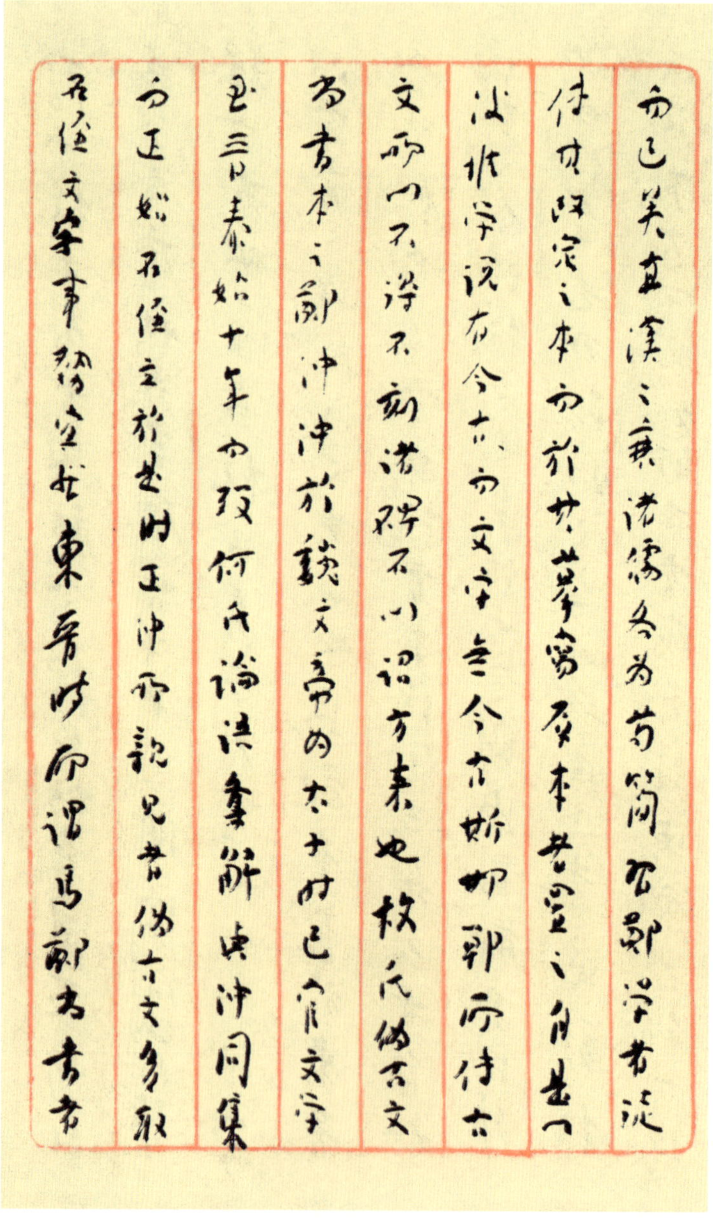
而已矣至汉之衰诸儒各为苟简马郑学者递
传其所定之本而于其摹写原本者置之自是以
后学说有今古而文字无今古斯邯郸所传古
文所以不得不刻诸碑石以诏方来也枚氏伪古文
尚书本之郑冲冲于魏文帝为太子时已官文学
至晋泰始十年而殁何氏论语集解与冲同集
而正始石经立于是时正冲所亲见者伪古文多取
石经文字事势宜然东晋时所谓马郑尚书者

定之本，而于其摹写原本者置之。自是以后，学说有今古，而文字无今古。斯郸邯所传古文，所以不得不刻诸碑石，以诏方来也。枚氏伪古文《尚书》，本之郑冲，冲于魏文帝为太子时已官文学，至晋泰始十年而殁。何氏《论语集解》与冲同集，而《正始石经》立于是时，正冲所亲见者。伪古文多取《石经》文字，事势宜然。东晋时所谓马、郑《尚书》者，但作今字，其真本典型已绝，伪书乃适与《石

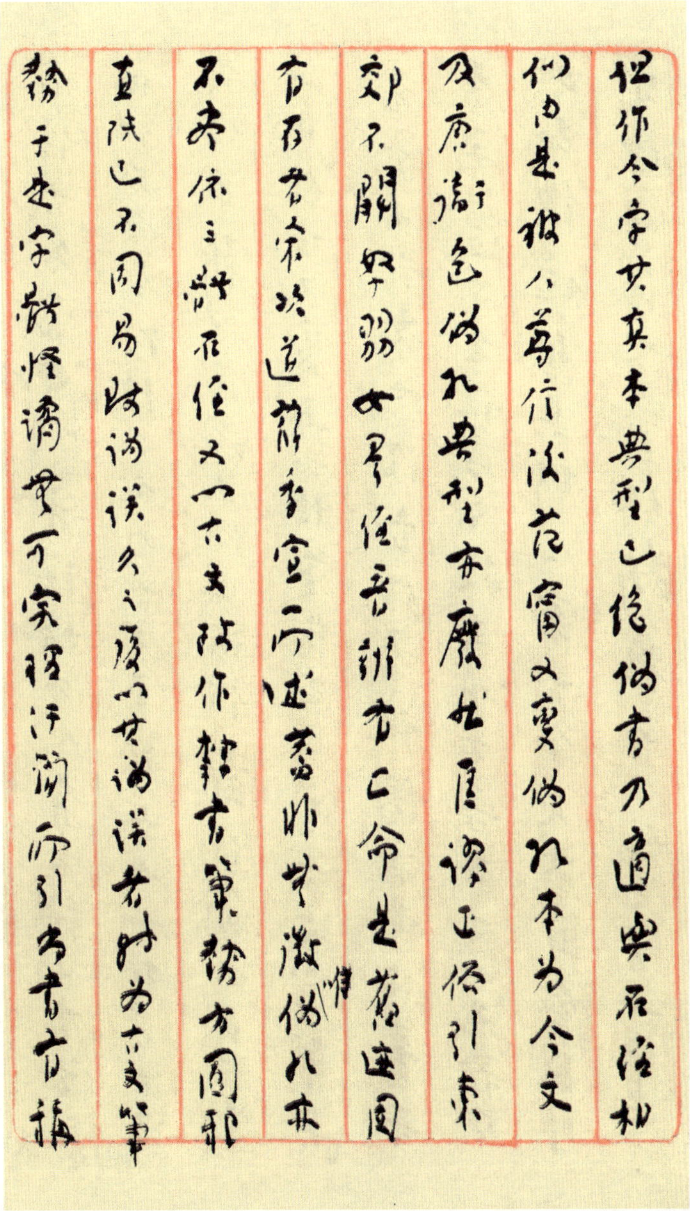
但作今字其真本典型已绝伪书乃适与石经相
似由是被人尊信后范宁又变伪孔本为今文
及唐卫包伪孔典型亦废然匡谬正俗引东
郊不關弩弱女见经音辨有匚命是旧迹固
有存者宋次道薛季宣所述盖非无征唯伪孔亦
不尽依三体石经又以古文改作隶书笔势方圆邪
直既已不同易致讹误久之复以其讹误者转为古文笔
势于是字体怪谲无可究理汗简所引尚书古文

经》相似，由是被人尊信。后范宁又变伪孔本为今文，及唐卫包伪孔典型亦废。然《匡谬正俗》引东郊不「關」弩「弱」女，《群经音辨》有匚命，是旧迹固有存者。宋次道、薛季宣所述，盖非无征。唯伪孔亦不尽依《三体石经》。又以古文改作隶书，笔势方圆邪直既已不同，易致伪误。久之复以其伪误者转为古文笔势，于是字体怪谲，无可究理。《汗简》所引《尚书》有称石经者，则当时所见《石经》拓本也。有直称《尚书》者，则依伪孔原本转隶古而为古文笔势者也。如誓字古文或借用[illegible]折，《匡

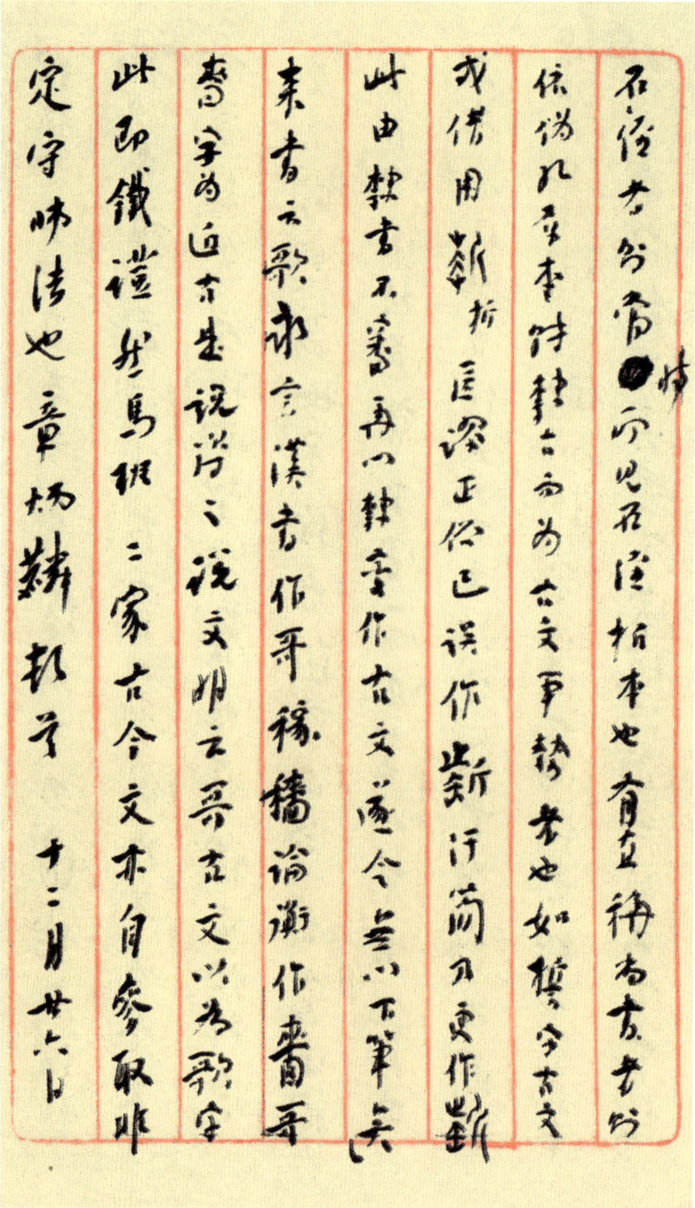

谬正俗》已误作[illegible]，《汗简》乃更作「[illegible]」，此由隶书不审，再以隶变作古文，遂令无以下笔矣。来书云「歌永言」《汉书》作「哥」，稼穑《论衡》作「啬」。哥、啬字为近古，是说得之。《说文》明云「哥，古文以为歌字」，此即铁证。然马、班二家，古今文亦自参取，非定守师法也。

章炳麟顿首

十二月二十六日

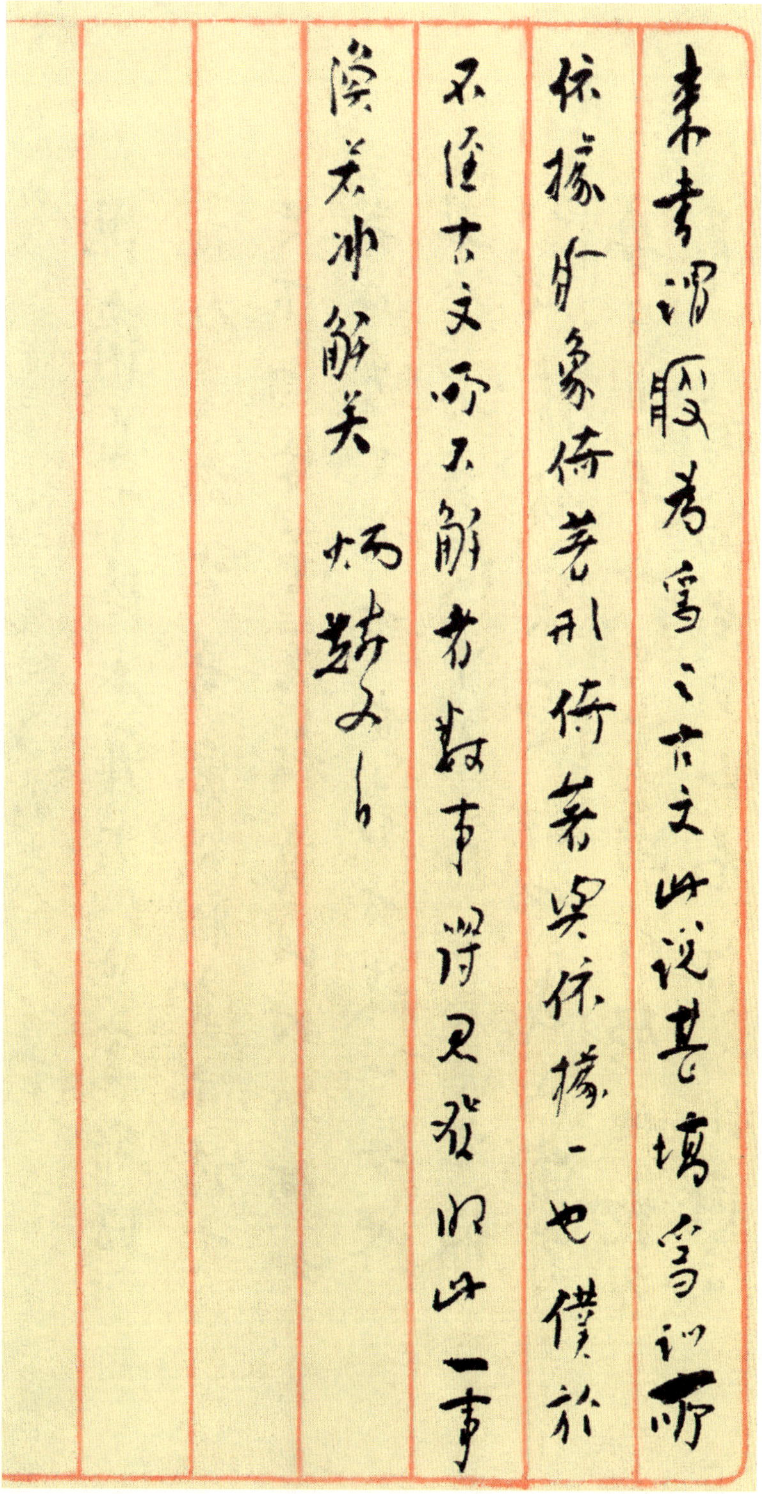

来书谓「股」为「㕟」之古文，此说甚塙，「㕟」训所依据，「爿」象倚著形，倚著与依据一也。仆于《石经》古文所不解者数事，得君发明，此一事涣若冰解矣。

炳麟又白

一九二六年

觊斋足下：得本月十八日书，斯时禄仕在都者，奇窘之状，自不待言。足下向亦兼充教员，此时如何？如并此失之，唯有在南方谋一善地，且俟与学校中人商之。但暑假以后，情势变迁，都中或

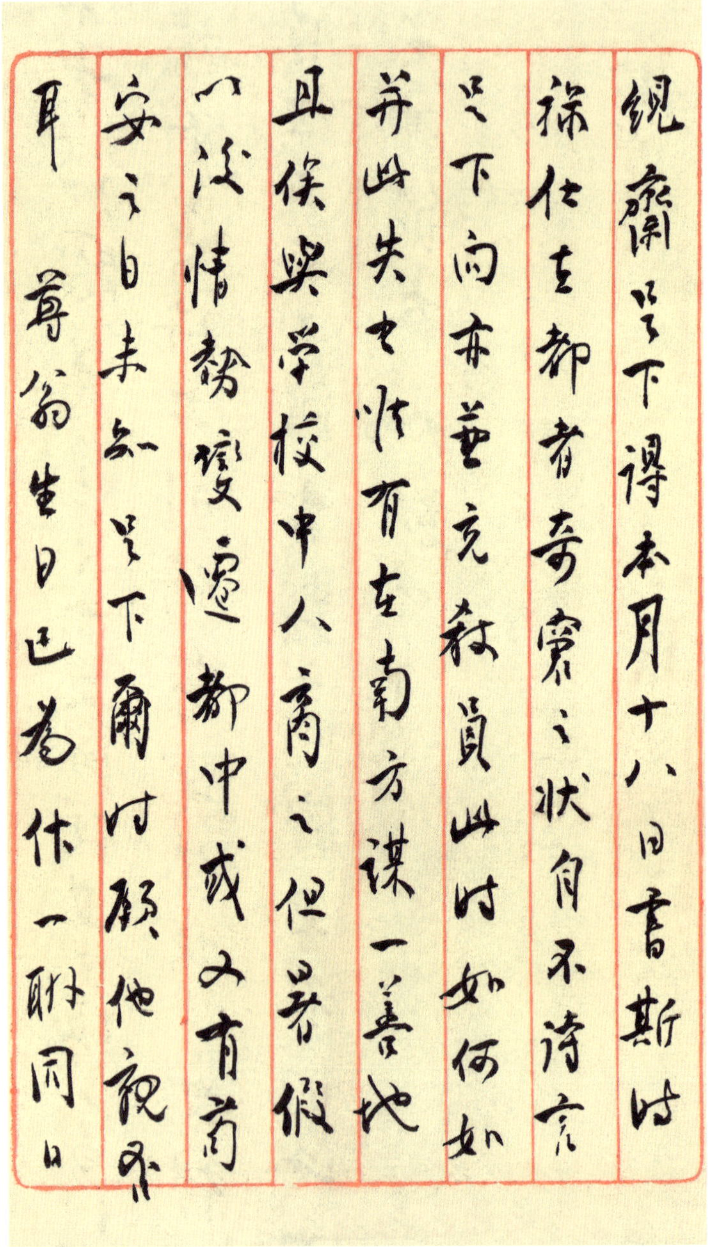

觀齋足下得本月十八日書斯時
祿仕在都者奇窘之狀自不待言
足下向亦兼充教員此時如何如
並此失之，唯有在南方謀一善地
且俟與學校中人商之但暑假
以後情勢變遷都中或又有前
安之日未知足下爾時願作他就否
耳　尊翁生日適為作一聯同日

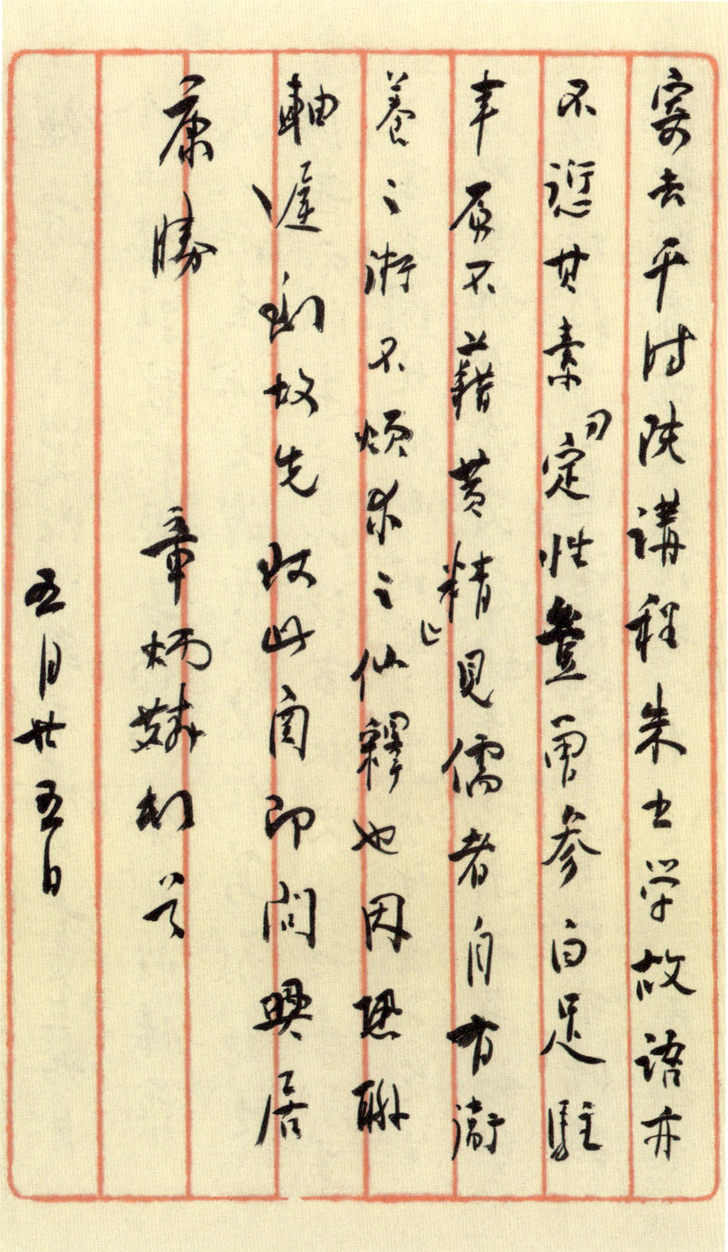

又有苟安之日，未知足下尔时愿他就否耳。尊翁生日，已为作一联，同日寄去。平时既讲程、朱之学，故语亦不愆其素。「定性岂曾参白足；驻年原不藉黄精」。见儒者自有卫养之术，不烦求之仙释也。因恐联轴迟到，故先致此函，即问兴居康胜。

章炳麟顿首

五月廿五日

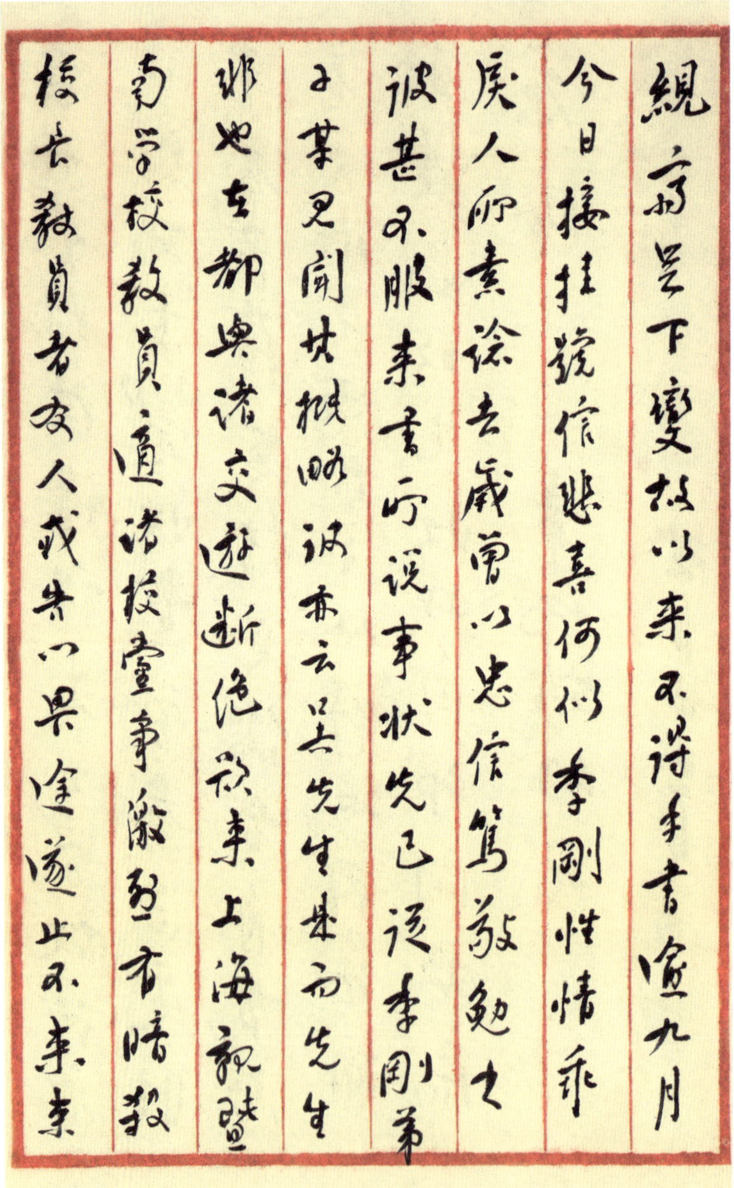
緦齋足下變故以來不得手書逾九月
今日接挂號信悲喜何似季剛性情乖
戾人所素諗去歲曾以忠信篤敬勉之
彼甚不服來書所説事狀先已從季剛弟
子某君聞其概略彼亦云吳先生是
非也在都與諸交游斷絶欲來上海就暨
南學校教員適諸校黨爭激烈有暗殺
校長教員者友人或告以畏途遂止不來來書

缌斋足下：变故以来，不得手书逾九月。今日接挂号信，悲喜何似！季刚性情乖戾，人所素谂。去岁曾以忠信笃敬勉之，彼甚不服。来书所说事状，先已从季刚弟子某君闻其概略，彼亦云吴先生是，而先生非也。在都与诸交游断绝，欲来上海，就暨南学校教员。适诸校党争激烈，有暗杀校长教员者。友人或告以畏途，遂止不来。来书云，季刚已去，是否往关东耶？足下辞去法部事务，可谓竟信

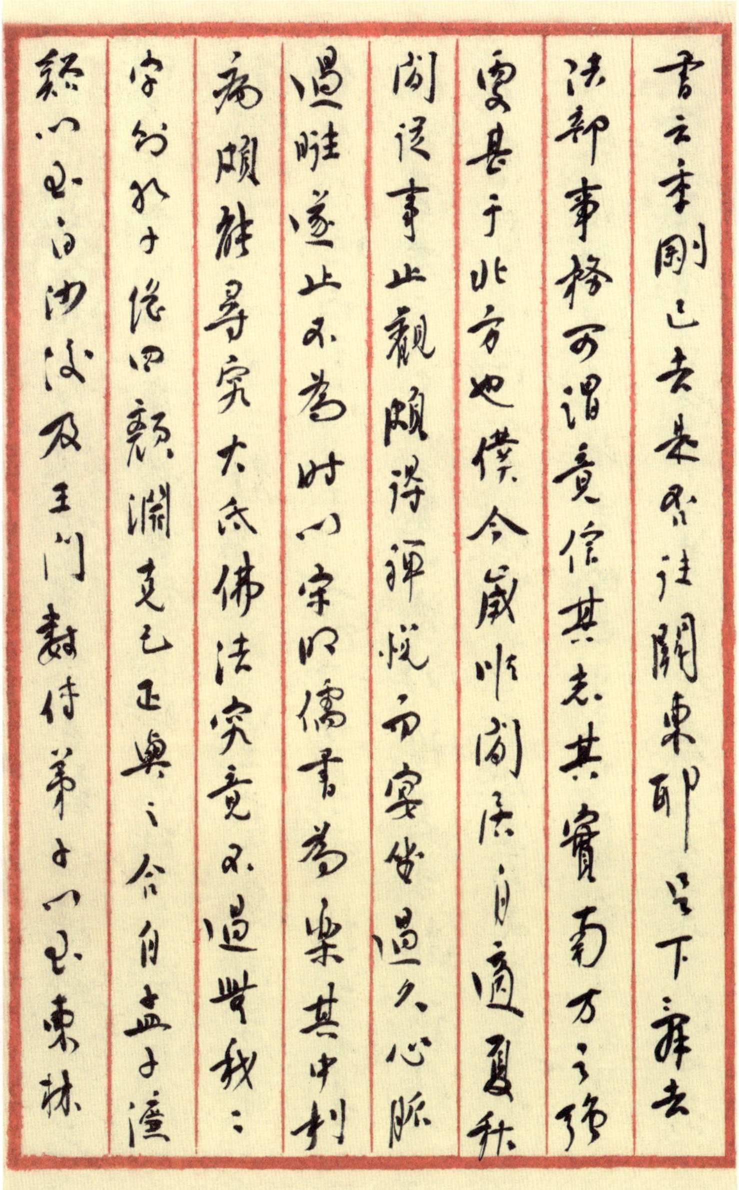
書云季剛已去朱君往關東耶足下辭去
法部事務可謂竟信其志其實南方之強
更甚于北方也僕今歲唯閒居自適夏秋
間從事止觀頗得禪悅而宴坐過久心脈
過旺遂止不為時以宋明儒書為樂其中利
病頗能尋究大氐佛法究竟不過無我二
字則孔子絕四顏淵克己正與之合自孟子濂
溪以至白沙及王門數傳弟子以至東林

其志。其实南方之强，更甚于北方也。仆今岁唯闲居自适，夏秋间从事止观，颇得禅悦，而宴坐过久，心脉过旺，遂止不为。时以宋明儒书为乐，其中利病，颇能寻究。大氐佛法究竟，不过无我二字，则孔子绝四，颜渊克己，正与之合。自孟子、濂溪以至白沙，后及王门数传弟子，以至东林之高景逸，所得虽深，实是数论神我之见，所谓天乘者也。中庸归本于天，即中国之婆罗门。横渠近之，又不如

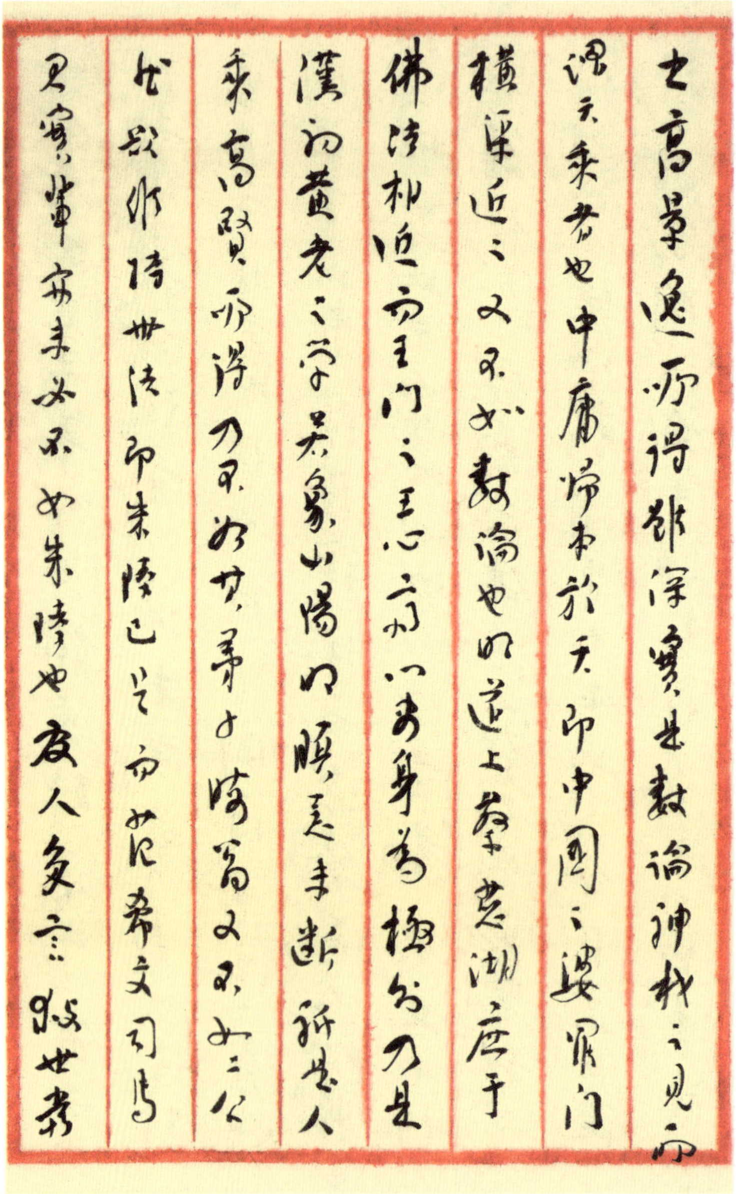
之高景逸所得卻深實出數論神我之見而
謂天乘者也中庸歸本於天即中國之婆羅門
橫渠近之又不如數論也明道上蔡慈湖庶于
佛法相近而王門之王心齋以安身為極則乃是
漢初黃老之學若象山陽明瞋恚未斷只是人
乘高賢所得乃不如其弟子晦翁又不如二公
然欲維持世法即朱陸已足而范希文司馬
君實輩亦未必不如朱陸也友人多言救世者

数论也。明道、上蔡、慈湖，庶于佛法相近，而王门之王心斋，以安身为极则，乃是汉初黄老之学。若象山、阳明，瞋恚未断，只是人乘。高贤所得，乃不如其弟子，晦翁又不如二公。然欲维持世法，即朱、陆已足，而范希文、司马君实辈，亦未必不如朱、陆也。友人多言救世当用佛法，仆谓不本儒术，则王摩诘、裴相国之伦，何益人事？佛、儒相资，杨大年、赵清献辈乃可与有立耳。足下自言以恕待人，

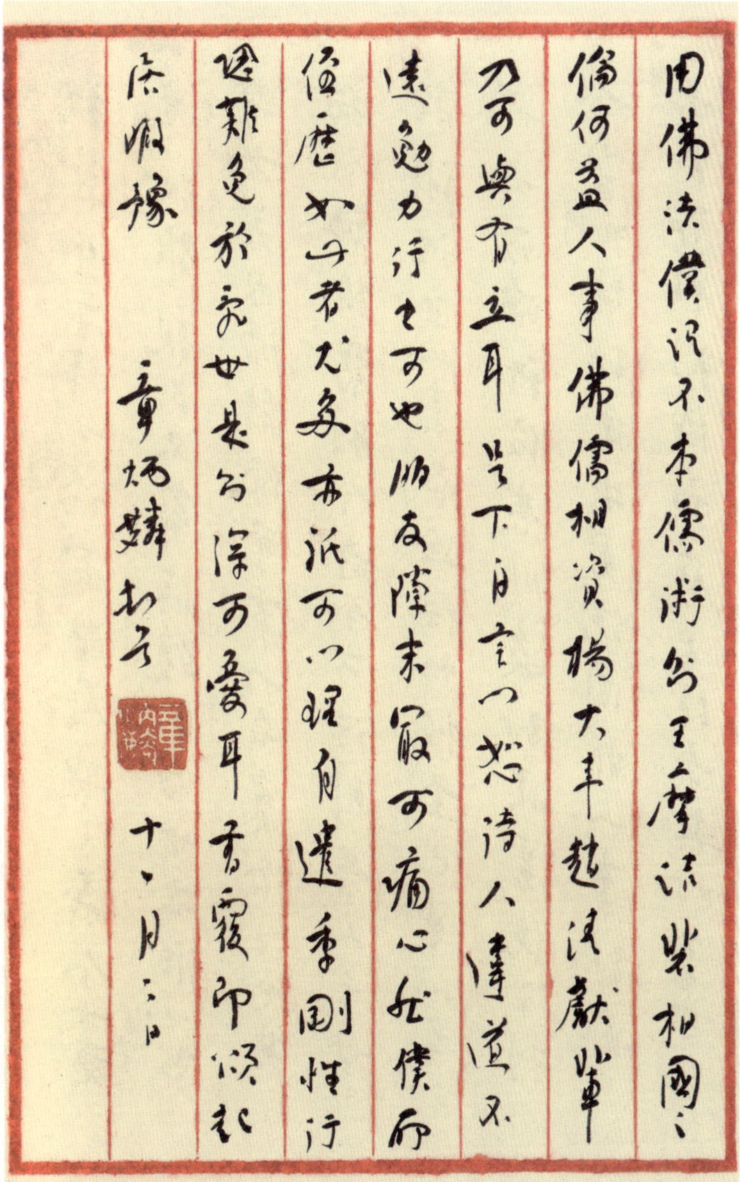
用佛法仆谓不本儒术为王摩诘紫柏[illegible]
偏何益人事佛儒相资杨大年赵清献辈
乃可与言之耳足下自言以恐诗人违道不
远勉力行之可也朋友隙末最可痛心然仆所
经历如此者尤多亦只可以理自遣季刚性行
恐难免于乱世是则深可忧耳书复即颂起
居暇豫 章炳麟顿首
十一月二日

违道不远，勉力行之可也。朋友隙末，最可痛心。然仆所经历，如此者尤多，亦只可以理自遣。季刚性行，恐难免于乱世，是则深可忧耳。书复，即颂起居暇豫。

章炳麟顿首

十一月二日

一九二七年

觇斋足下：得书论丧服废兴之义，今世衰道微，虽亲死不葬，临殡入内，世亦谁以为訾者？若因循颓俗，无事以名实征诘也。其犹欲酌损旧制，令当今可行耶？昔人云，毋轻议礼，盖东原于任幼

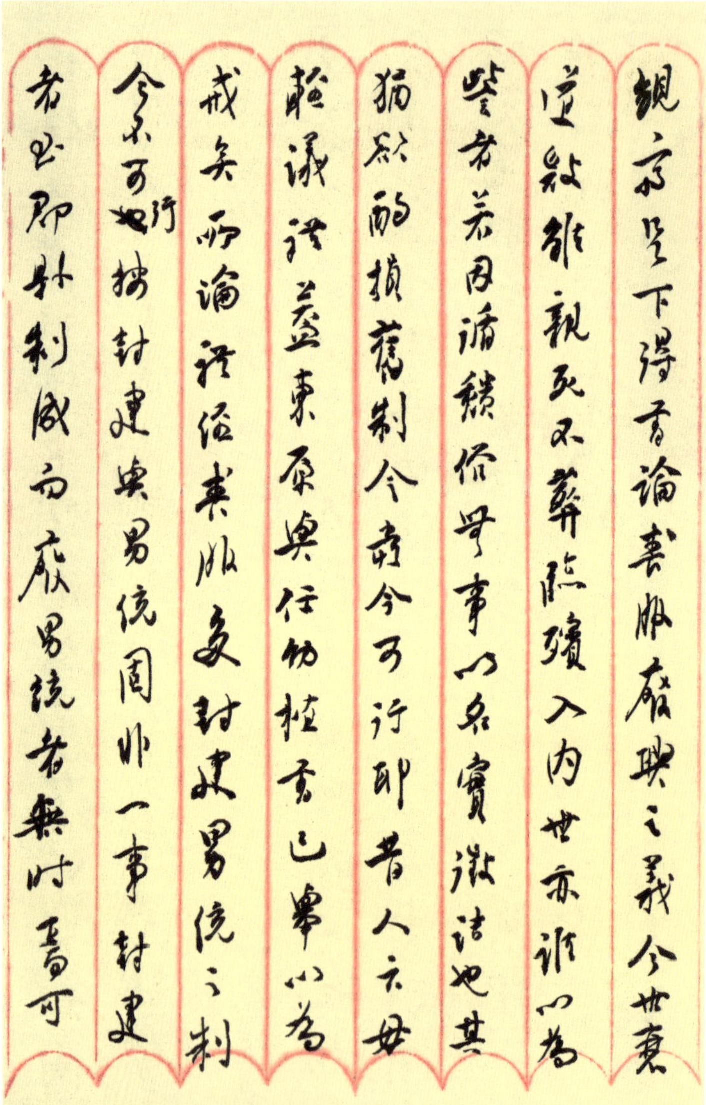
覘齋足下得書論喪服廢興之義今世衰
道微雖親死不葬臨殯入內世亦誰以為
訾者若因循頹俗無事以名實徵詰也其
猶欲酌損舊制令當今可行耶昔人云毋
輕議禮蓋東原與任幼植書已舉以為
戒矣所論經傳其服多封建男統之制
今不可行也按封建與男統固非一事封建
者至郡縣制成而廢男統者無時焉可

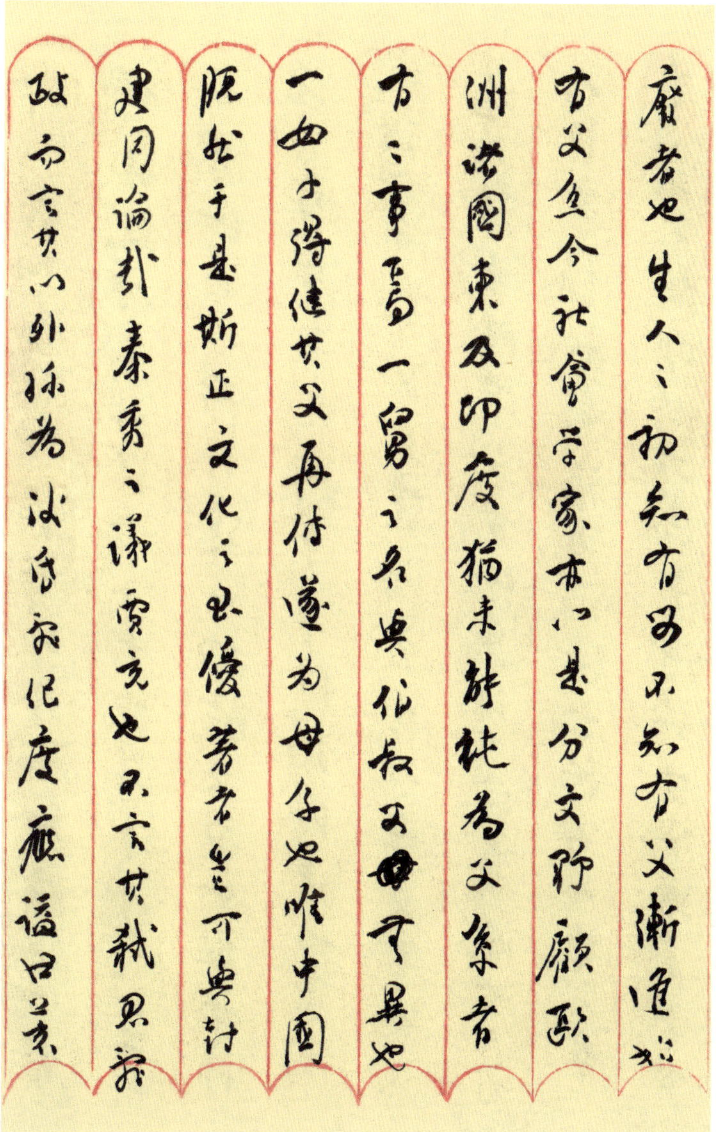
廢者也生人之初知有母不知有父漸進始
有父系今社會學家亦以是分文野顧歐
洲諸國東及印度猶未能純為父系者
有二事焉一舅之名與伯叔父無異也
一女子得繼其父再傳遂為母系也唯中國
脫然于是斯正文化之至優著者豈可與封
建同論哉秦魯之議賈充也不言其為甥
政而言其以外孫為後自紀度應謂曰某

植书已举以为戒矣。所论礼经丧服，多封建男统之制，今不可行。按封建与男统，固非一事。封建者，至郡县制成而废；男统者，无时焉可废者也。生人之初，知有母不知有父。渐进始有父系，今社会学家亦以是分文野。顾欧洲诸国，东及印度，犹未能纯为父系者，有二事焉。一舅之名与伯叔父无异也；一女子得继其父，再传遂为母系也。唯中国脱然于是，斯正文化之至优著者，岂可与封建同论哉？秦秀之议贾充也，不言其弑君乱政，而言其以外孙为后，昏乱纪度，应谥曰荒。古之视此，如是其严重也。今鄙俗亦有以赘壻承统传至外孙者，士大夫素未尝行焉。欲举此美俗与封建一切屏之，其比拟亦非伦矣。所举丧服三事，尊降独封建有之，《开元礼》以来铲削殆尽，此当与时变易者也。为人后者，降其父母，此本后大宗尔。晚世之为人后者，非后大宗也，犹为所后者斩，而为其父母齐衰，不

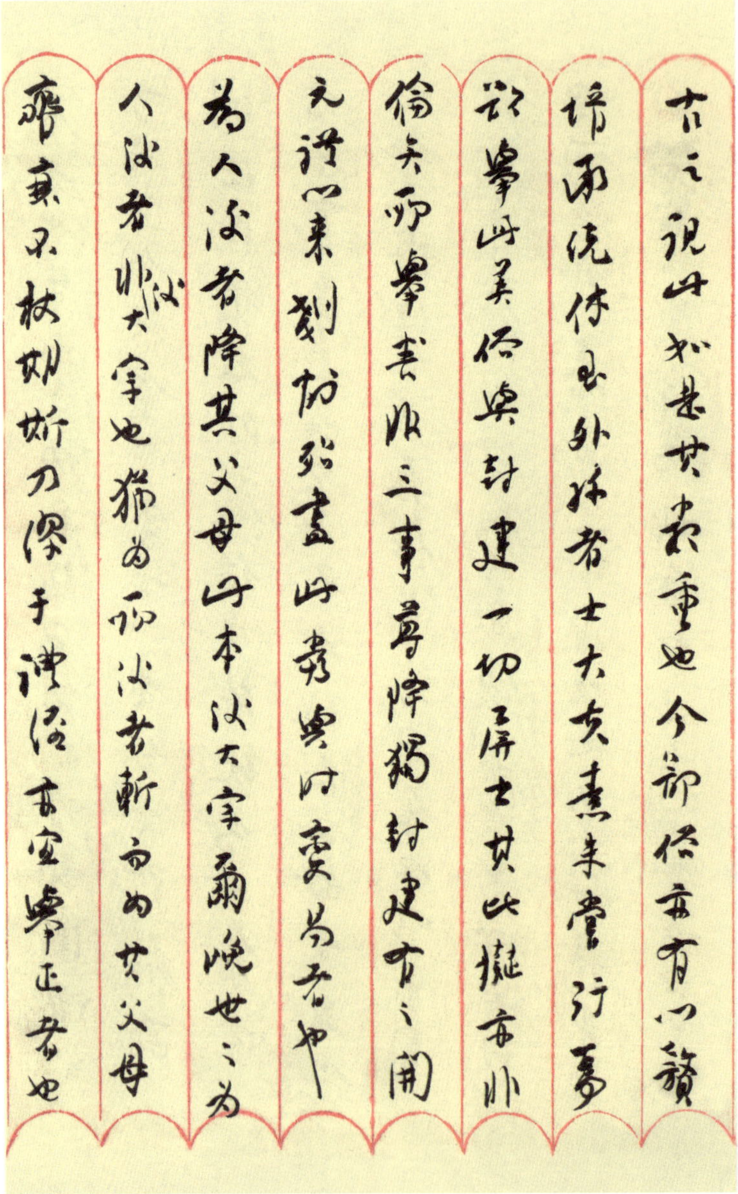
古之視此如是其嚴重也今鄙俗亦有以贅
壻承統傳至外孫者士大夫素未嘗行焉
欲舉此美俗與封建一切屏之其比擬亦非
倫矣所舉喪服三事尊降獨封建有之開
元禮以來剗削殆盡此當與時變易者也
為人後者降其父母此本後大宗爾晚世之為
人後者非大宗也猶為所後者斬而為其父母
齊衰不杖期斯乃深于禮經者宜舉正者也

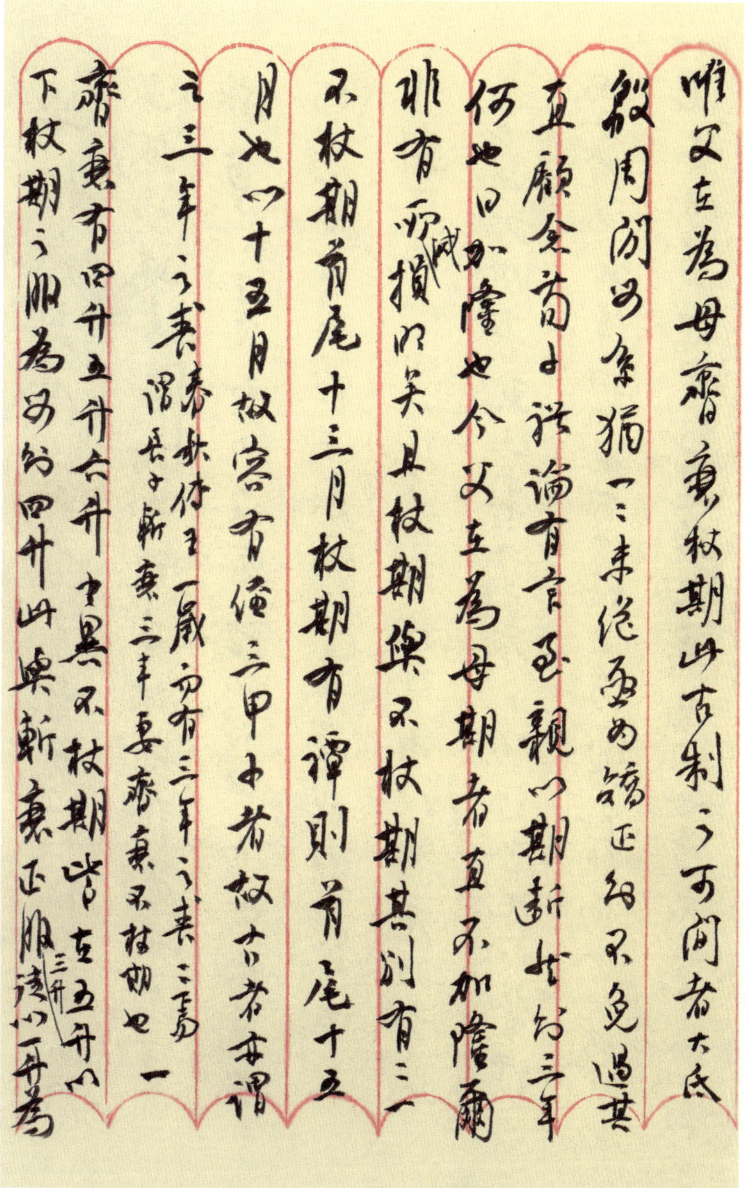

杖期，斯乃缪于礼经，亦宜举正者也。唯父在为母齐衰杖期，此古制之可间者。大氏殷周间母系犹一二未绝，亟为矫正，则不免过其直。顾念《荀子·礼论》有言，「至亲以期断，然则三年何也？曰，加隆也。」今父在为母期者，直不加隆尔，非有所减损明矣。且杖期与不杖期其别有二：一，不杖期，首尾十三月，杖期有禫，则首尾十五月也。以十五月，故容有经三甲子者。故古者亦谓之三年之丧。

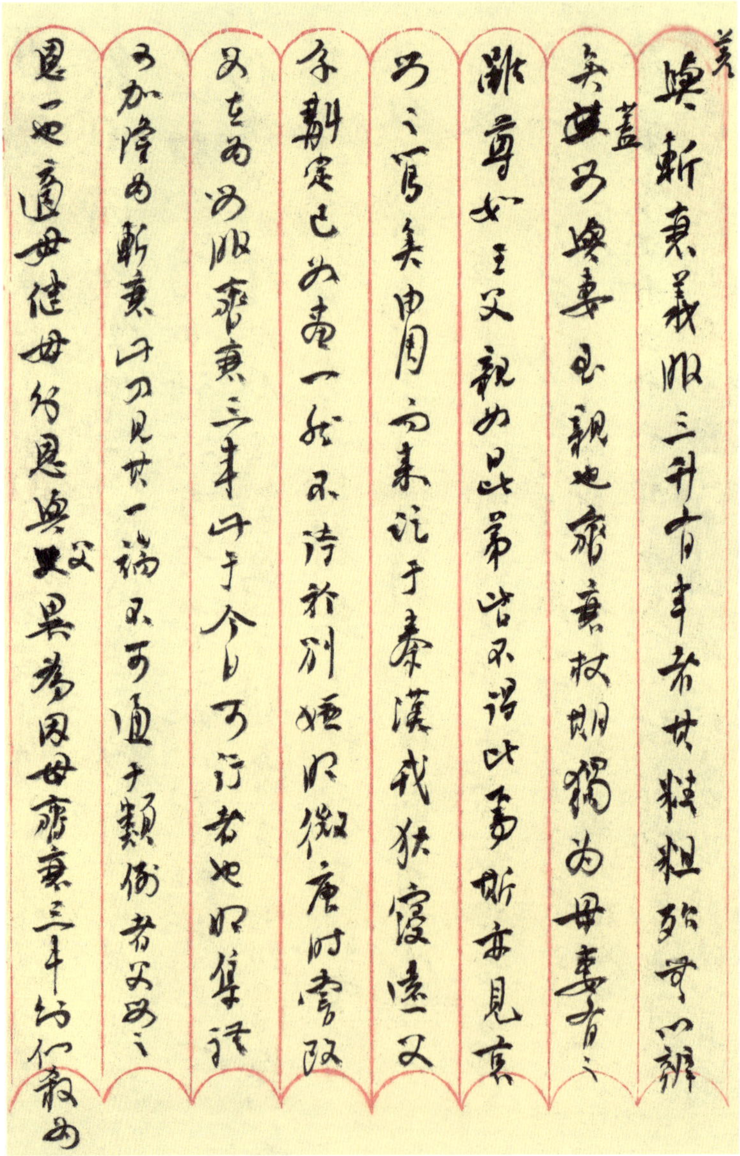

《春秋传》："王一岁而有三年之丧二焉。"谓长子斩衰三年，妻齐衰不杖期也。一，齐衰有四升、五升、六升之异。不杖期，皆在五升以下。杖期之服，为母则四升，此与斩衰，正服三升，徒以一升为差，与斩衰义服三升有半者，其精粗殆无以辨矣。盖母与妻至亲也，齐衰杖期独为母妻有之。虽尊如王父，亲如昆弟，皆不得比焉。斯亦见哀母之笃矣。由周而来，讫于秦汉，戎狄寖远，父系斠定已如画一然，不待于别嫌明微。唐时尝改父在为母服齐衰三年，

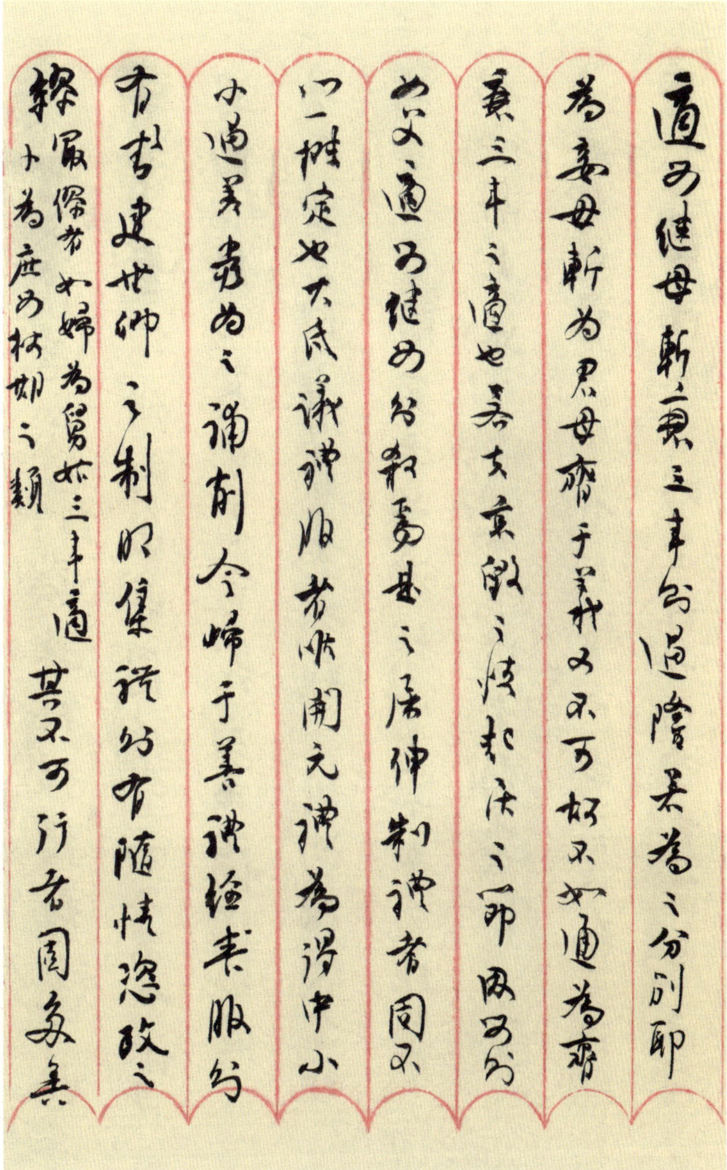

此于今日可行者也。《明集礼》又加隆为斩衰，此乃见其一端，不可通于类例者。父母之恩一也，嫡母、继母，则恩与父异。为因母齐衰三年，则似杀；为嫡母、继母斩衰三年，则过隆；若为之分别耶，为妾母斩，为君母齐，于义又不可，故不如通为齐衰三年之适也。若夫哀毁之情，起居之节，因母则如父，嫡母、继母则杀焉，是之屈伸制礼者，固不以一概定也。大氐议礼服者，唯《开元礼》为得中，小小

过差，当为之补削，令归于善。《礼经·丧服》，则有封建世卿之制，《明集礼》则有随情恣改之缪。最缪者，如妇为舅姑三年，嫡子为庶母杖期之类。其不可行者固多矣。来书又谓遮拨礼教，与提倡礼教者皆非。夫今之遮拨礼教者，非固情有所不安也，怵于异国之俗，而慕其虚华，或妄为论议以通之。是乃华裔之辨，非是与非之辨也。提倡者所苦无其学术，高者为礼经所困，下者为胡清习俗所渐。然与夫一意遮拨者，固不可同日而语

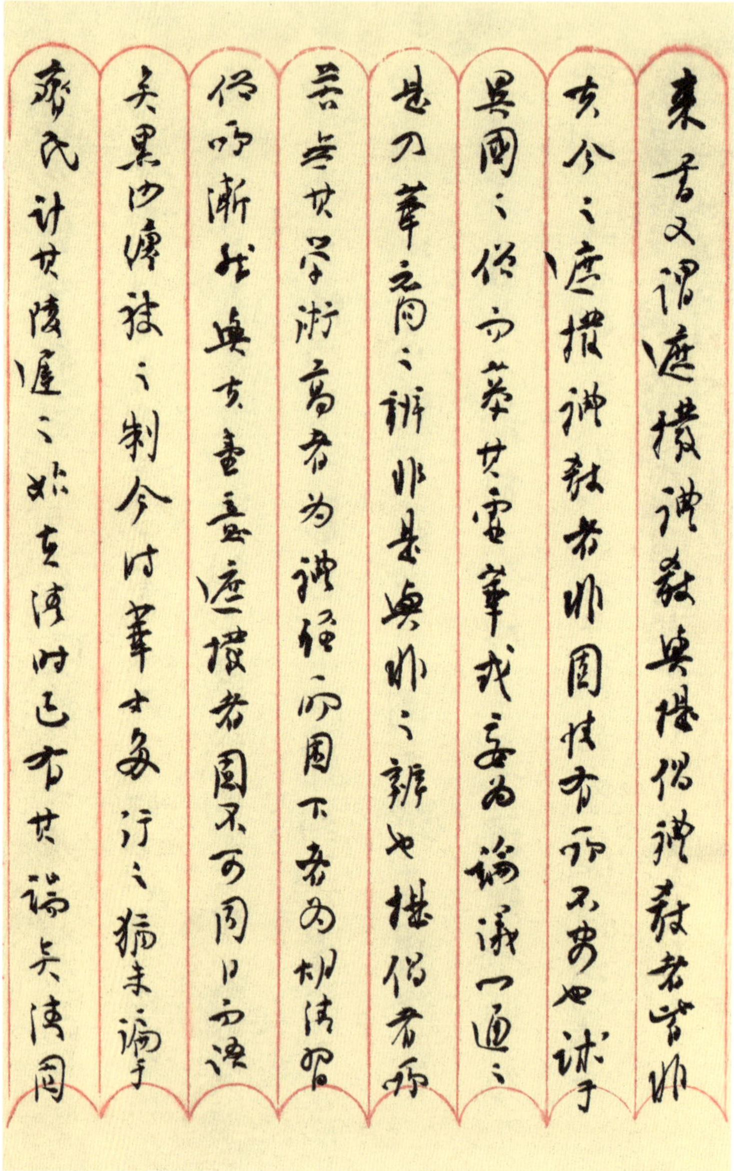
来书又谓遮拨礼教与提倡礼教者皆非
夫今之遮拨礼教者非固情有所不安也怵于
异国之俗而慕其虚华或妄为论议以通之
是乃华裔之辨非是与非之辨也提倡者所
苦无其学术高者为礼经所困下者为胡清习
俗所渐然与夫一意遮拨者固不可同日而语
矣果如传注之制今时华士多行之犹未论乎
魏氏计其陵迟之状在清时已有其论矣清固

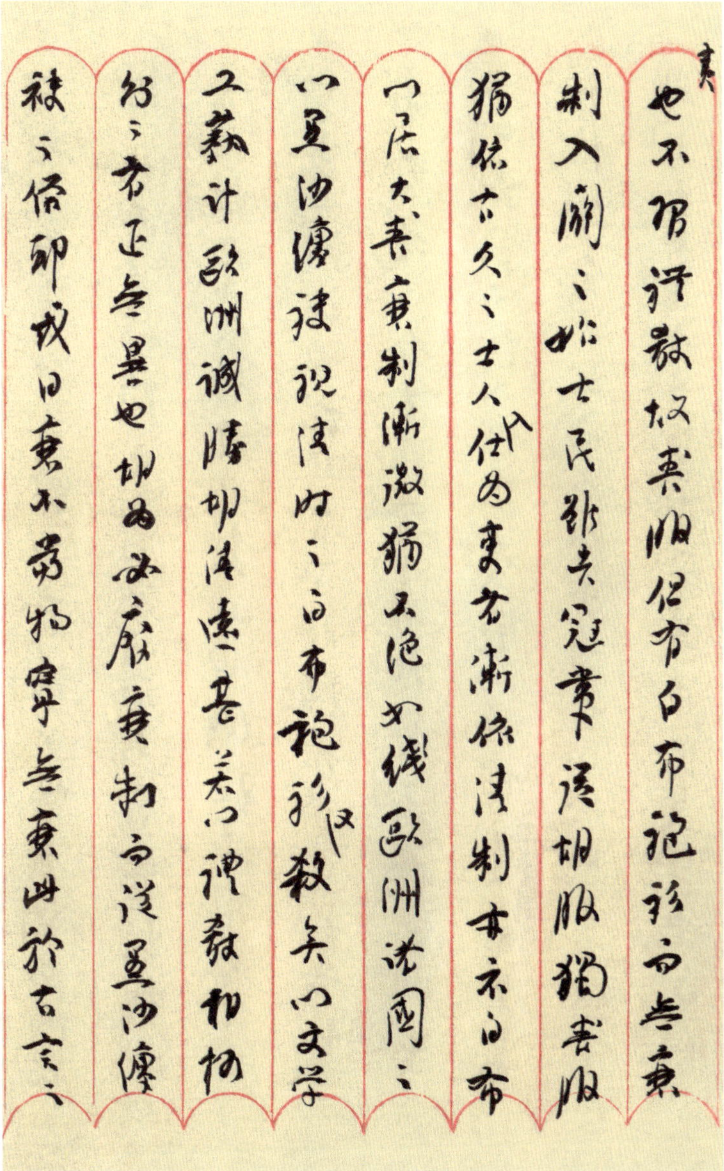
夷
也不習禮教故喪服但有白布袍衫而無衰
制入關之始士民雖去冠帶從胡服獨喪服
猶依古久之士人入仕為吏者漸依清制亦衣白布
以居大喪衰制漸微猶不絕如線歐洲諸國之
以黑沙纏袂視清時之白布袍衫又殺矣以文學
工藝計歐洲誠勝胡清遠甚若以禮教相格
則二者正無異也胡為必廢衰制而從黑沙纏
袂之俗耶或曰衰不前物穿無衰出於古文之

矣。黑沙缠袂之制，今时华士多行之，犹未遍于齐民。计其陵迟之始，在清时已有其端矣。清固夷也，不习礼教，故丧服但有白布袍衫，而无衰制。入关之始，士民虽去冠带，从胡服，独丧服犹依古。久之，士人入仕为吏者，渐依清制，亦衣白布以居大丧。衰制渐微，犹不绝如线。欧洲诸国之以黑纱缠袂，视清时之白布袍衫又杀矣。以文学工艺计，欧洲诚胜胡清远甚。若以礼教相格，则二者正无异也。胡

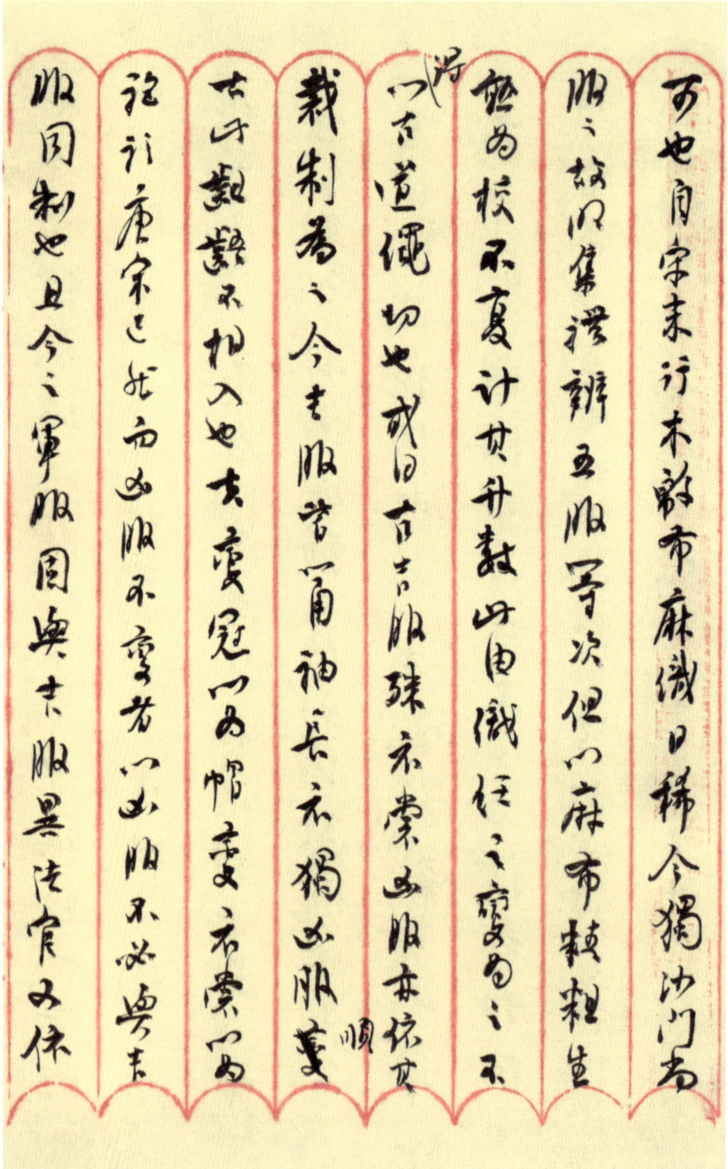

为必废衰制而从黑纱缠袂之俗邪？或曰衰不当物宁无衰，此于古言之可也，自宋末行木绵布，麻织日稀，今独沙门尚服之。故《明集礼》辨五服等次，但以麻布精粗生熟为校，不复计其升数，此由织纴之变为之，不得以古道绳切也。或曰，古吉服殊衣裳，凶服亦依其裁制为之。今吉服皆箭袖长衣，独凶服顺古，此龃龉不相入也。夫变冠以为帽，变衣裳以为袍衫，唐宋已然，而凶服不变者，以凶服

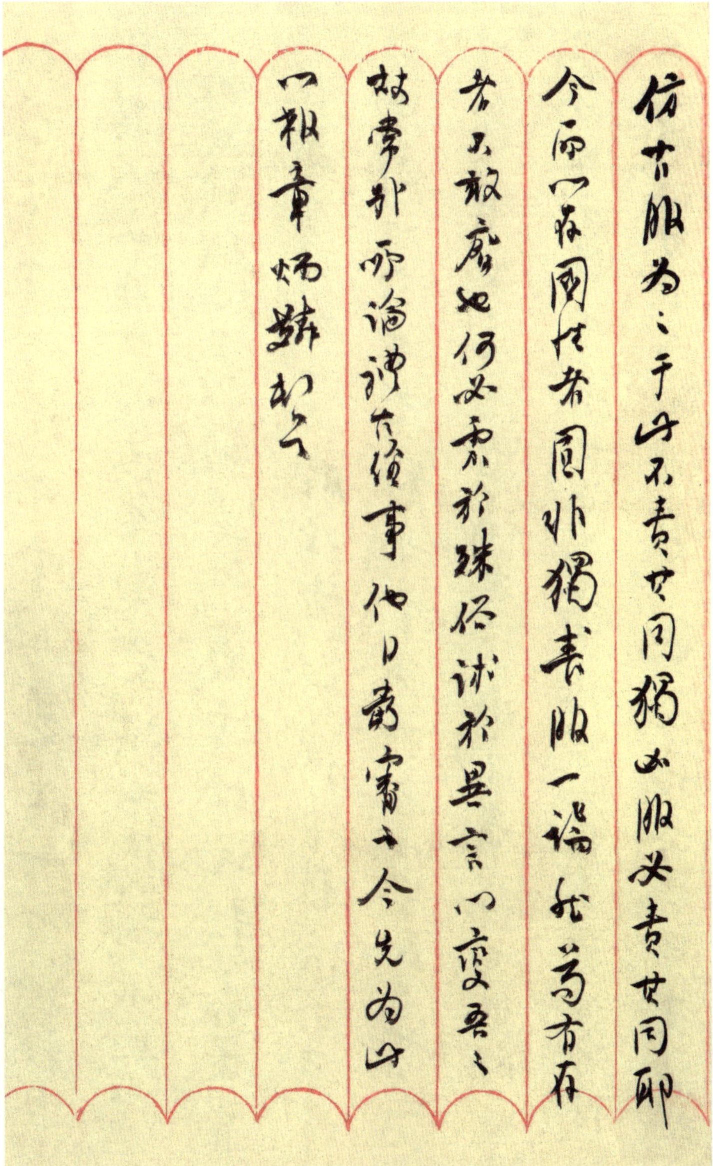
仿古服为之。于此不责其同，独凶服必责其同耶？今所以存国情者，固非独丧服一端，然苟有存者，不敢废也。何必震于殊俗，訹于异言，以变吾之故常哉。所论礼古经事，他日当审之，今先为此以报。章炳麟顿首

不必与吉服同制也。且今之军服，固与吉服异，法官又依仿古服为之。于此不责其同，独凶服必责其同耶？今所以存国情者，固非独丧服一端，然苟有存者，不敢废也。何必震于殊俗，訹于异言，以变吾之故常哉。所论礼古经事，他日当审之，今先为此以报。

章炳麟顿首

民国十六年十一月廿八日

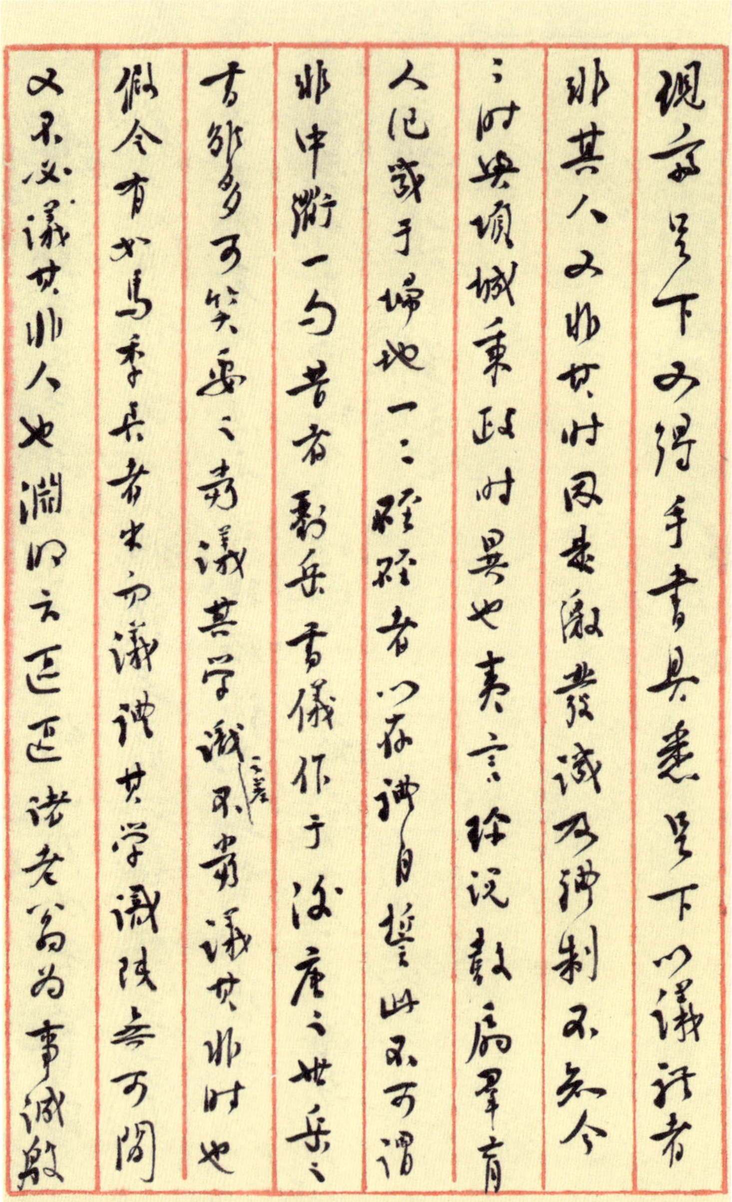
覙齋足下又得手書具悉足下以議禮者
非其人又非其時因是激發譏及禮制不知今
之時與項城秉政時異也夷言珍說鼓扇群盲
人紀幾于掃地一二硜硜者以存禮自誓此不可謂
非中衢一勺昔者劉岳書儀作于後唐之世岳之
書雖多可笑要之當議其學識之差不當議其非時也
假令有如馬季長者出而議禮其學識既無可問
又不必議其非人也淵明云區區諸老翁為事誠殷

覙斋足下：又得手书，具悉。足下以议礼者非其人，又非其时，因是激发，讥及礼制。不知今之时与项城秉政时异也。夷言珍说，鼓扇群盲，人纪几于扫地。一二硁硁者，以存礼自誓，此不可谓非中衢一勺。昔者，刘岳《书仪》作于后唐之世，岳之书虽多可笑，要之当议其学识之差，不当议其非时也。假令有如马季长者，出而议礼，其学识既无可问，又不必议其非人也。渊明云：「区区诸老

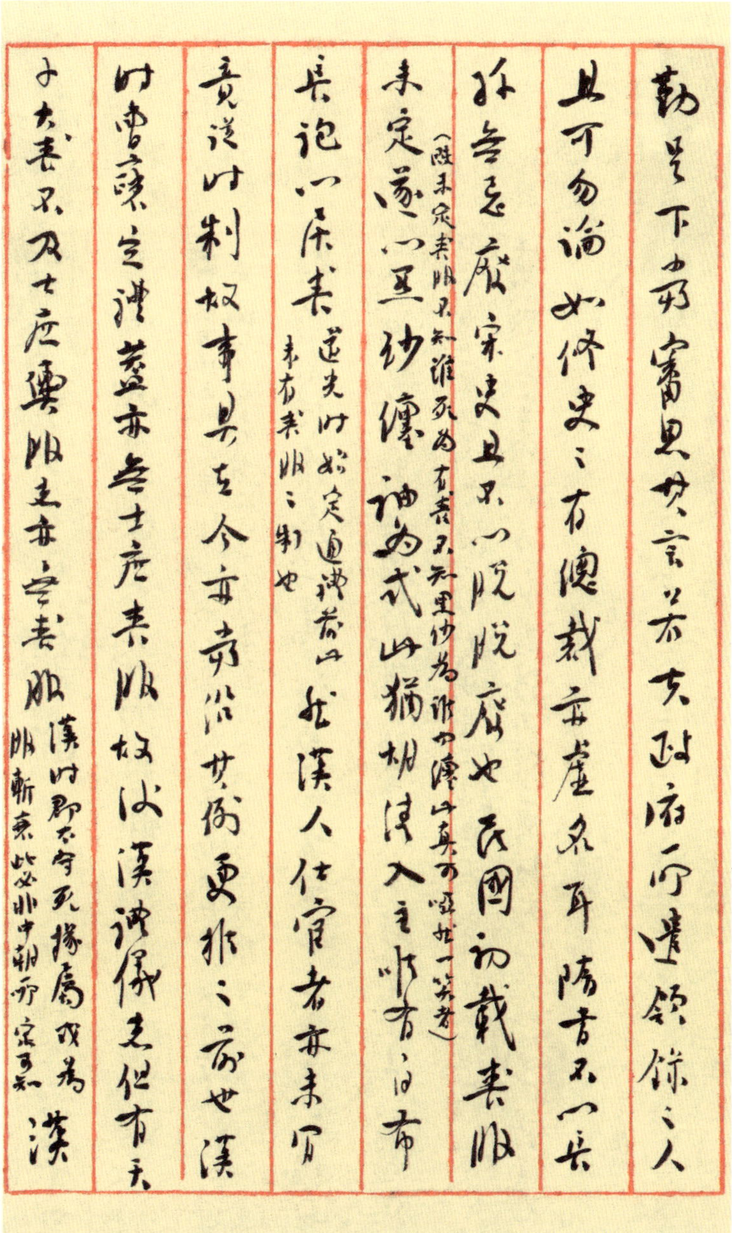

翁，为事诚殷勤」，足下当审思其言。若夫政府所遗领录之人，且可勿论，如修史之有总裁，亦虚名耳。《隋书》不以长孙无忌废，《宋史》且不以脱脱废也。民国初载，丧服未定，（既未定丧服，不知谁死为有丧，不知黑纱为谁而缠，此真可哑然一笑者。）遂以黑纱缠袖为式，此犹胡清入主，唯有白布长袍以居丧。道光时始定通礼，前此未有丧服之制也。然汉人仕宦者，亦未肯竟从时制。故事具在，今亦当沿其例。更推之

前也，汉时曹褒定礼，盖亦无士庶丧服。故《后汉·礼仪志》但有天子大丧，不及士庶。《舆服志》亦无丧服。汉时郡太守死，掾属或为服斩衰，此必非中朝所定可知。汉世经儒，乃自从丧服经行之也。唯今所谓「遵制成服」者，于名非是。有改为「遵礼成服」者，此为得之矣。《士礼》、《开元礼》、《明集礼》、《书仪》、《家礼》皆得称礼。前引《荀子》至亲期断之说，足下疑古者丧期无数，不应有此。不知《荀子》自以例推，非谓古有此制也。父之兄弟，祖之兄弟，皆无大功，丧期一等，即服小功。知服期者，本应大功也，以父之兄弟与祖皆本应大功，则知父本应期也。此所谓以例推也。足下又疑祖母不传重，何以为祖母后者亦三年。不知祖母与祖父一体，不得轻重相绝。为祖父后者，斩衰三年，则为祖母自不得不齐衰三年也。继母如母，足下疑其泰过，不知伯叔母已服齐衰期，父在为继母自不得不齐衰杖期，父殁为继母自不得不齐衰三年也，此皆义服，衰

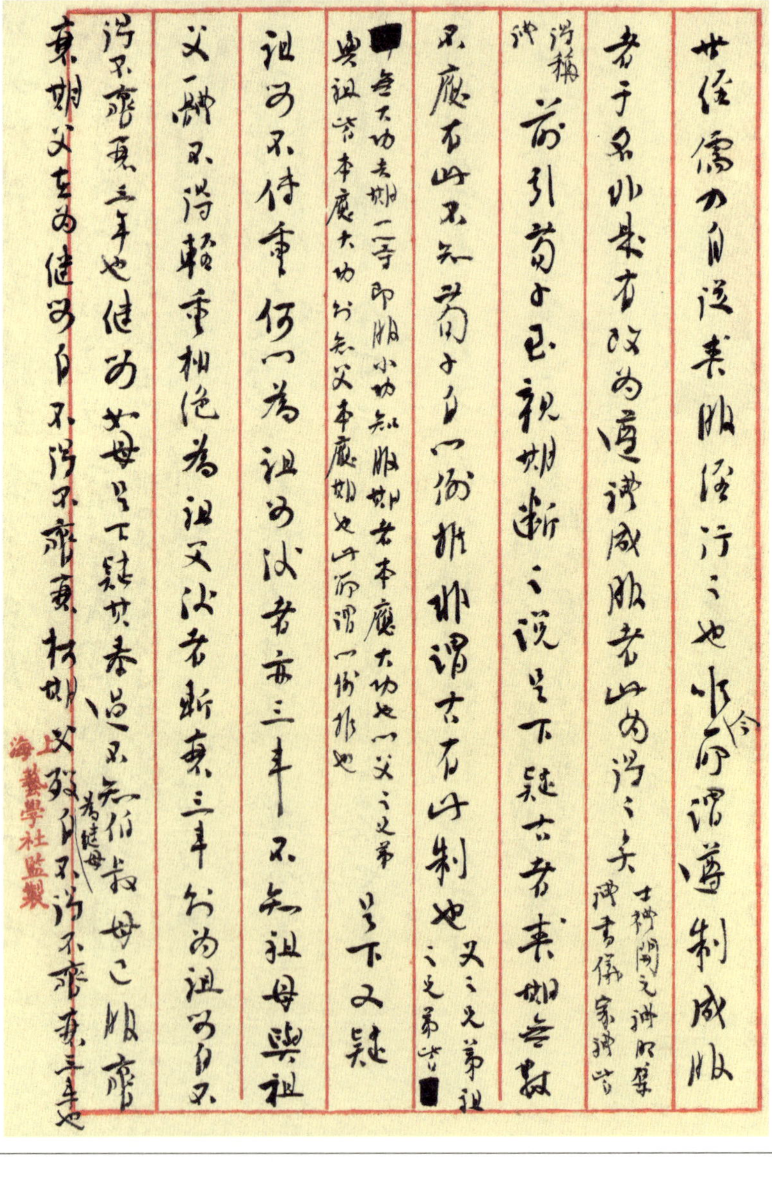

之粗细，当与正服殊矣。若慈母与庶母慈己者，等衰绝异。从母之服，稍加于舅，此则不容无疑者。今人则于庶母慈己者，虽无父命，亦以慈母之服服之，（季刚是也。）又不可以为训。若如明、清之制，庶母虽不慈己，亦以杖期服之，则慈己者自当加至三年。然庶母杖期之制，亦仍不可为训也。此当集合礼家，酌定其制，非一人所能专断也。舅与从母同服，贞观已有其制，则亦且从贞观可也。大氏《士礼》尊

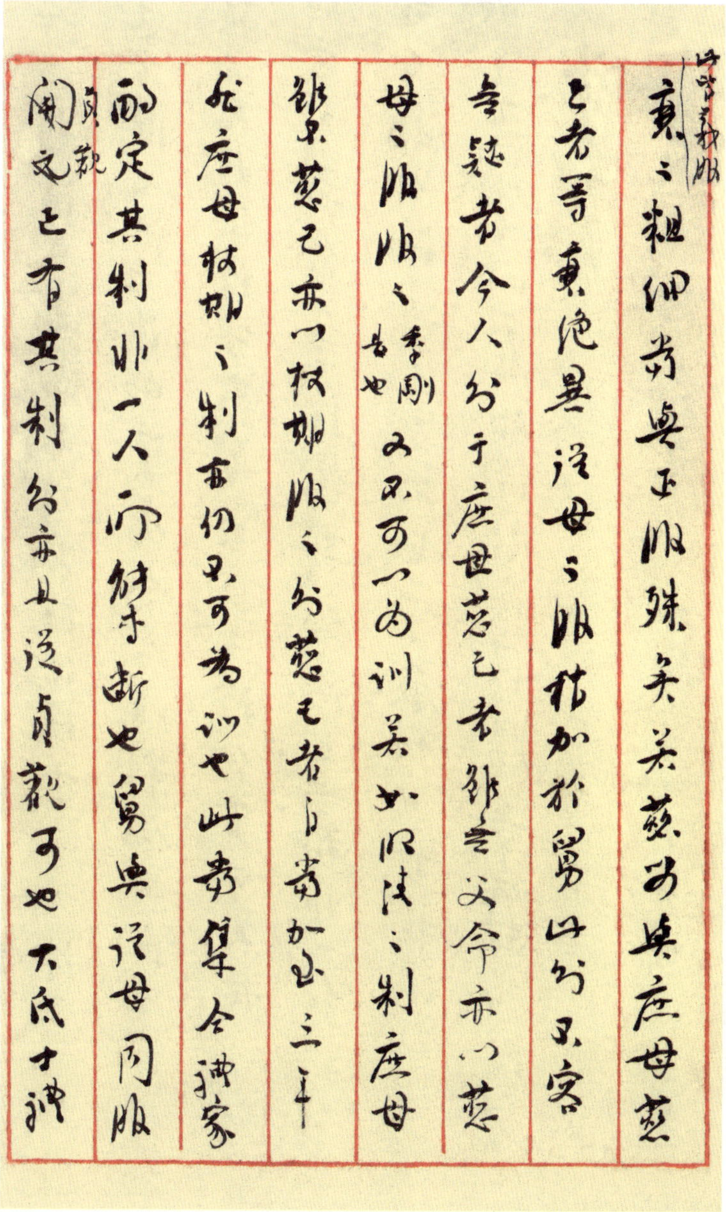

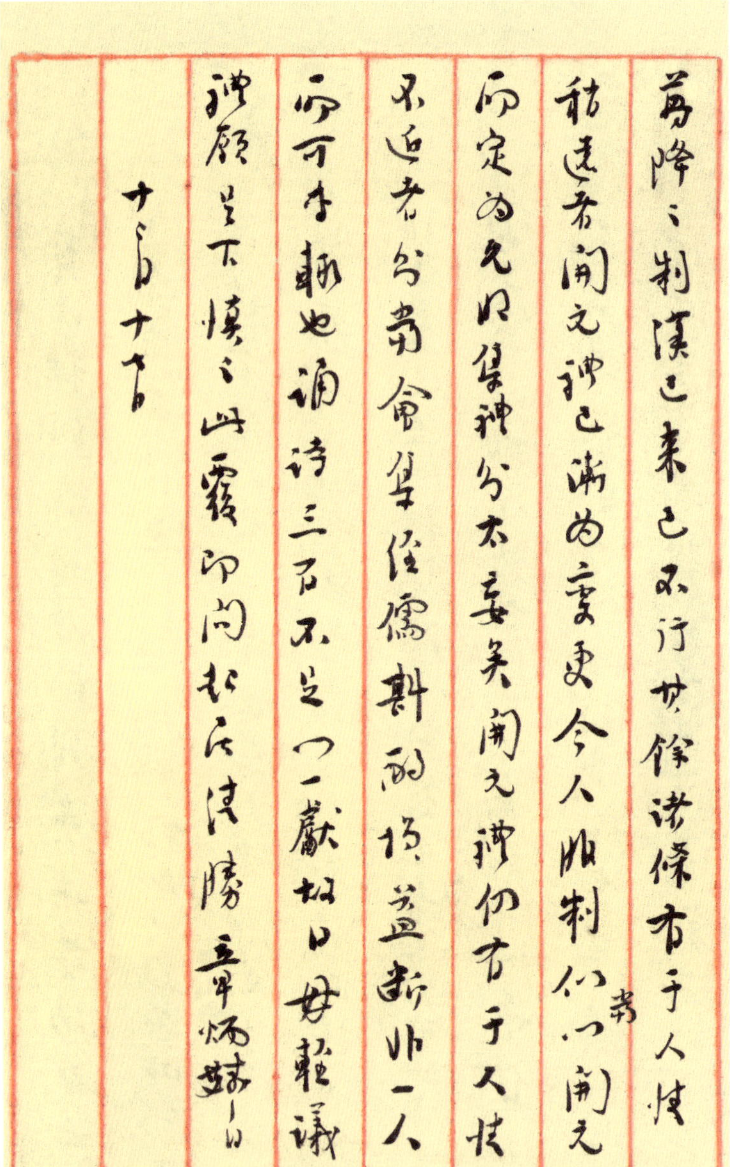

降之制，汉已来已不行。其余诸条，有于人情稍远者，《开元礼》已渐为变更。今人服制似当以开元所定为允，《明集礼》则太妄矣。《开元礼》仍有于人情不近者，则当会集经儒，斟酌损益，断非一人所可专辄也。诵诗三百，不足以一献，故曰毋轻议礼，愿足下慎之。此复，即问起居清胜。

章炳麟白　十二月十七日

一九二一九年

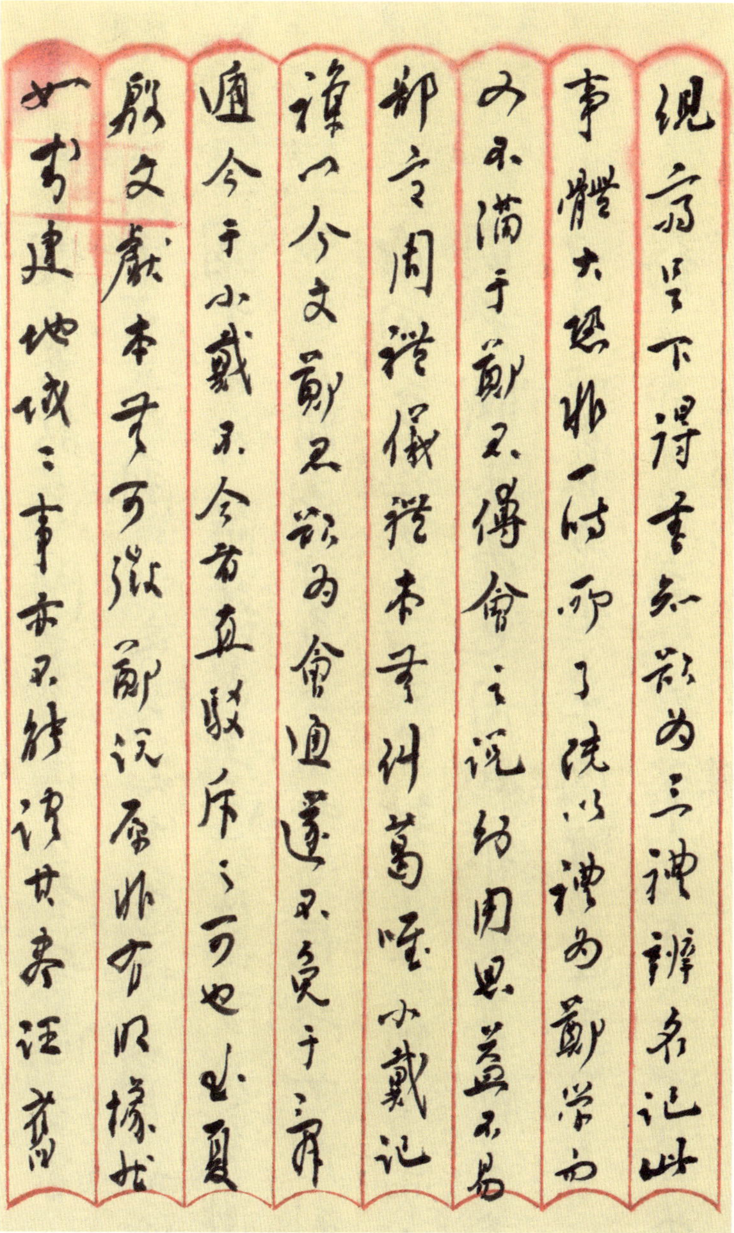
緦齋足下得書知欲為三禮辨名記此
事體大恐非一時所了既以禮為鄭學而
又不滿于鄭不得會之說紛用思益不易
鄭言周禮儀禮本未訓篤信小戴記
襍以今文鄭不能為會通遂不免于二鄭
通今于小戴不分古今直駁斥之可也至夏
殷文獻本未可徵鄭說雖非亦只據於
如書建地域之事亦不能詳讀其注書

缌斋足下：得书知欲为《三礼辨名记》，此事体大，恐非一时所了。既以礼为郑学，而又不满于郑君傅会之说，则用思益不易。鄙意《周礼》、《仪礼》本无纠葛，唯《小戴记》杂以今文，郑君欲为会通，遂不免于辞遁。今于《小戴》不合者，直驳斥之可也。至夏、殷文献，本无可徵，郑说原非有明据。然如封建地域之事，亦不能谓其尽诬。旧说夏殷建国，诸侯大者无过百里。据玉帛万国之文，则知其区域不过如此。

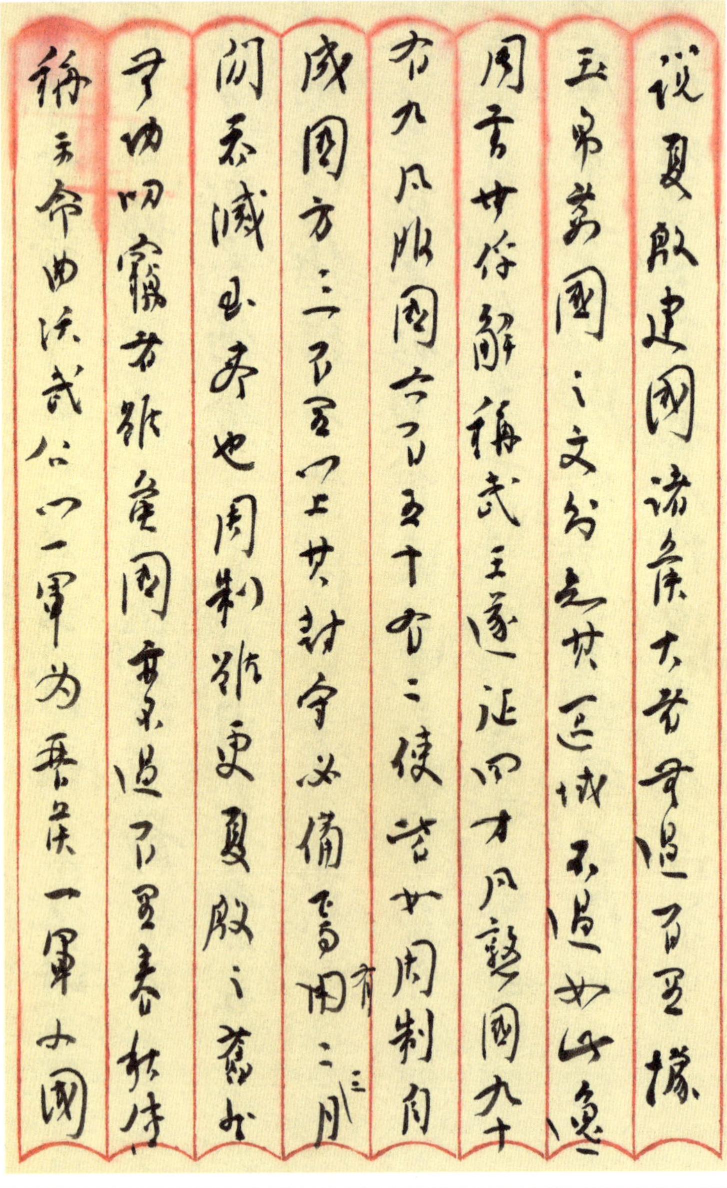

《逸周书·世俘解》称武王遂征四方，凡憝国九十有九，凡服国六百五十有二。使皆如周制，自成国方三百里以上，其封守必备，焉有二三月间吞灭至尽也。周制虽更夏殷之旧，然无功叨窃者，虽侯国亦不过百里。《春秋传》称王命曲沃武公以一军为晋侯。一军，小国制也。故子产对晋人言，天子一圻，诸侯一同。明指武公始封言尔，其大者又或逾五百里。如平王东迁，以西周畿内之地尽予秦襄

公，则大至方八百里矣。《孟子》视诸侯一同，以为常法，故误言公侯皆方百里，非采之夏殷，然夏殷亦正如此也。旧说《禹贡》地方五千里，除去荒服，则九州之内方四千里。唯史公谓甸服在王畿外，故马季长说五服方六千里。然则除去荒服九州方五千里。案据禹贡山川之迹荆州南至衡阳，或抵五岭而止，约在北纬二十五度半，冀州北至碣石，约在北纬三十九度半，相距十四度。于今为二千八百里，于古则三千八百里弱。以汉虑虒尺当今营造尺七寸四分为率，古今里法各长一百八十丈，故以七四除今里，即得古里。则与欧阳诸家所说中国方五千里，除去荒服，即四千里。合。若据《尧典》北至朔方，南至交趾。交趾至少在今龙州以南约北纬二十二度，朔方在今宁夏以北亦约北纬三十九度半，相距十七度半。于今为三千五百里，于古则四千七百里强。则与史公、马

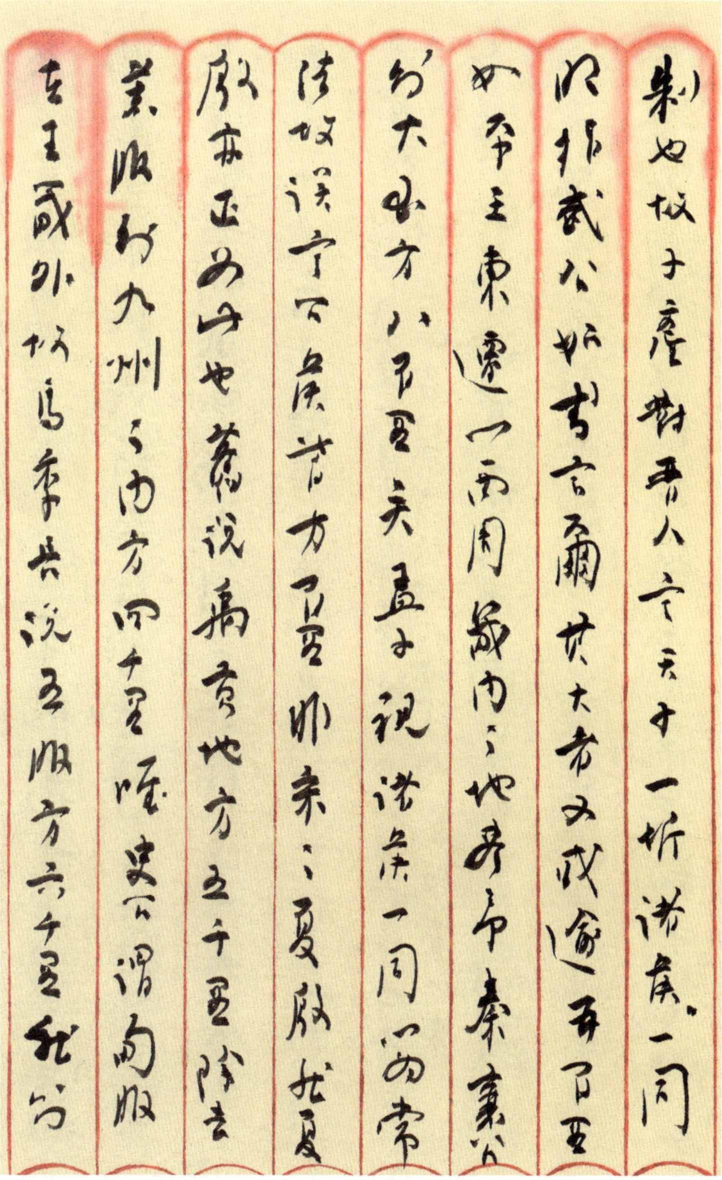
制也故于虞书八字天子一圻诸侯一同
以非武公所言爾其大者又成逾五百里
如平王东迁以西周畿内之地弃于秦襄
公所大至方八百里矣孟子视诸侯一同以为常
法故误言公侯皆方百里非采之夏殷然夏
殷亦正如此也旧说禹贡地方五千里除去
荒服则九州之内方四千里唯史公谓甸服
在王畿外故马季长说五服方六千里然则

季长所说方六千里除去荒服方五千里。合，大致如是。而异议所引，五服相距万里，为唐大无据之词也。《周官·职方》：「王畿九服，相距万里」。《职方》本穆王时作，见《逸周书》。似非周公之旧，即《大行人》所谓「九服朝会之期」恐亦穆王时改定。据自要服以内，相距七千里，东北至医无间，在北纬四十一度半，而南方山镇，但举衡山，未必以衡山为止境，或自扬州转而西，南至日南境，汉《地理志》以交趾、九真、日南属扬州。北纬十五度半，去医无间二十六度。于今为五千二百里，于古七千里稍强也。穆王独勤远略，故疆域甚广。然荒服则不可知，或当北抵肃慎，《春秋传》以肃慎为北土。西极瓜州，今安西州。南极北户，赤道下，今爪哇地。则有古万里之数也。若《王制》方三千里之说，于《禹贡》山川已不合，北不尽恒山，则与《职方》北至医无间者更悖矣。殷时区域虽小，箕子尚可据朝鲜，

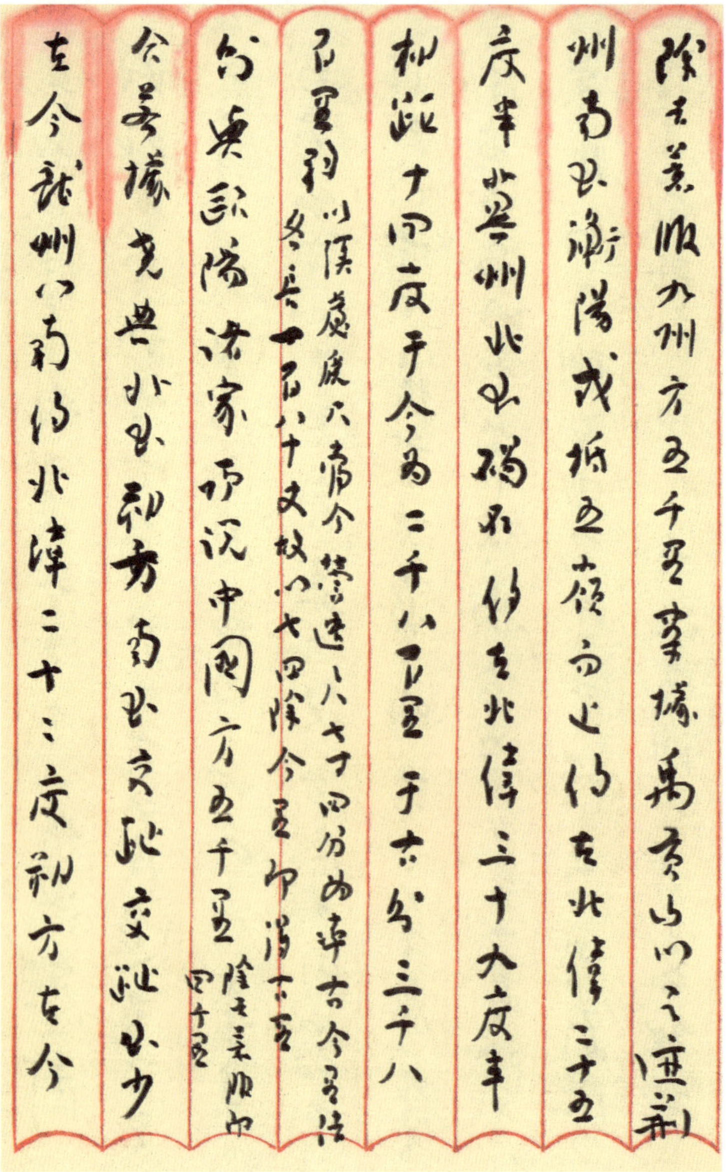
除去荒服九州方五千里案据禹贡山川之远荆州南至衡阳或据五岭而止仍在北纬二十五度半冀州北至碣石仍在北纬三十九度半相距十四度于今为二千八百里于古为三千八百里以汉尺度六寸当今营造尺八寸四分为率古今里法[illegible]长一百八十丈故以七百除今里即得古里约与郑说诸家所说中国方五千里除去荒服而四千里今要据尧典北至朔方南至交趾交趾[illegible]在今越州以南仍北纬二十二度朔方在今

高宗亦尝伐鬼方，相距亦不止三千里也。此据荦荦大者言之。若夫郑说禘祫，似亦糅杂今古文为言。《周礼》无禘祫之文，肆献祼馈食，今人已知为庙祭通制，非指禘祫。案《周礼》但言大烝，《春秋传》言尝禘，《记》言大尝禘。夫四时之祭，祠礿简而烝尝备。疑古者禘祭皆于烝尝合祭群主，非烝尝外别有禘祫，亦非三年一禘，五年一禘也。《周礼》所谓「四时之间祀，追享、朝享」，间祀或因事特举，追享或即享先公。《司服》有享先公之文，如不窋、公刘，去成王、周公远矣，必不在庙祭之列。亦不必是禘祫也。《春秋》所谓大事、有事者，因事须褒贬而书，故与烝尝异文，又非烝尝之外别有大事、有事也。《春秋传》称烝尝禘于庙，明禘即烝尝所行。《楚语》称「日月会于龙豵，百嘉备舍，群神频行，国于是乎烝尝，家于是乎尝祀」。韦解「群神频行」曰：

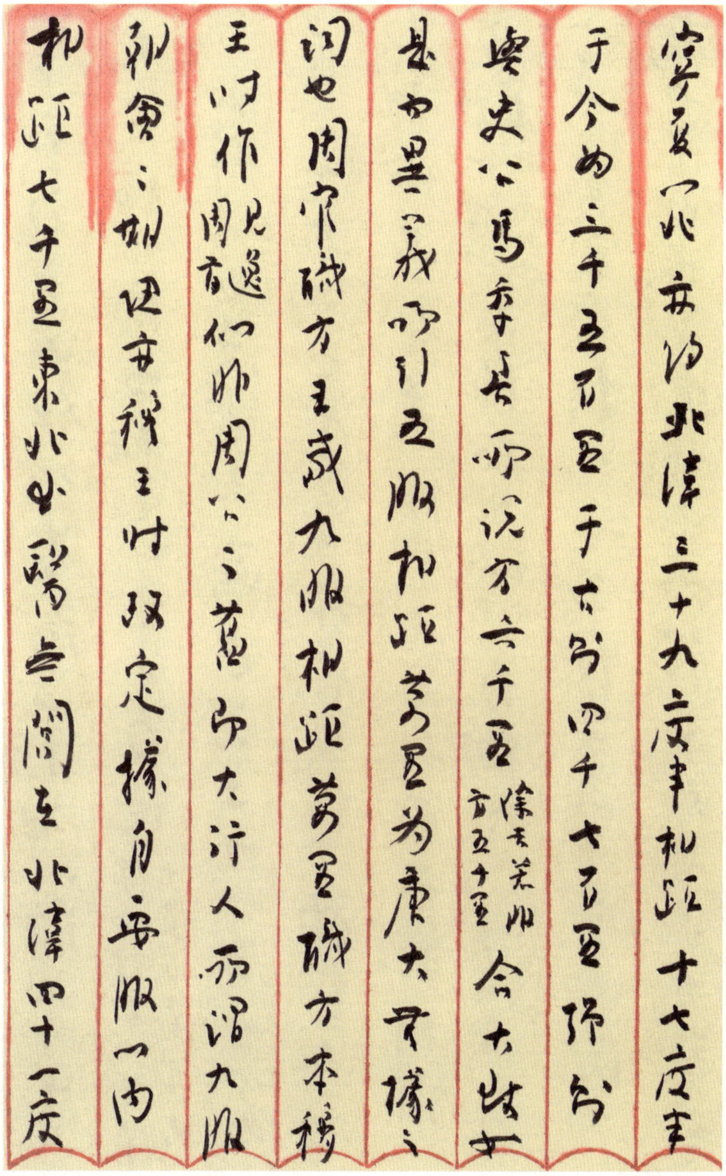

「频，并也，言并行欲求食也。」然则大烝合祭，正遂群神并行求食之志。其非别有禘祭明矣。此鄙人所新见，不知足下云何？又五冕之制，郑傅会《虞书》十二章，以华虫当鷩冕，以宗彝当毳冕。夫三代异制，周何必袭虞。《王风》称「毳衣如菼」、「毳衣如璊」，是即天子之大夫衣毳冕者也。如菼、如璊，必非指虎蜼之饰。司农以毳为罽衣，正与《诗》合。鷩为何物，今虽难言，司农但说鷩为裨衣，是亦不以为华虫。近王壬秋谓鷩为羽衣，似有可取。后代鹤氅之类，岂因缘于是乎？此亦参取先郑以与康成立异者，足下宜详之也。《王制疏证序》大致近是。先师以为素王新制，真乃率尔之言。观其别言周尺，又言今以二百四十步为亩，是岂孔子豫识其事？纵未必尽出汉文博士，亦必在秦汉间矣。足下以为《新

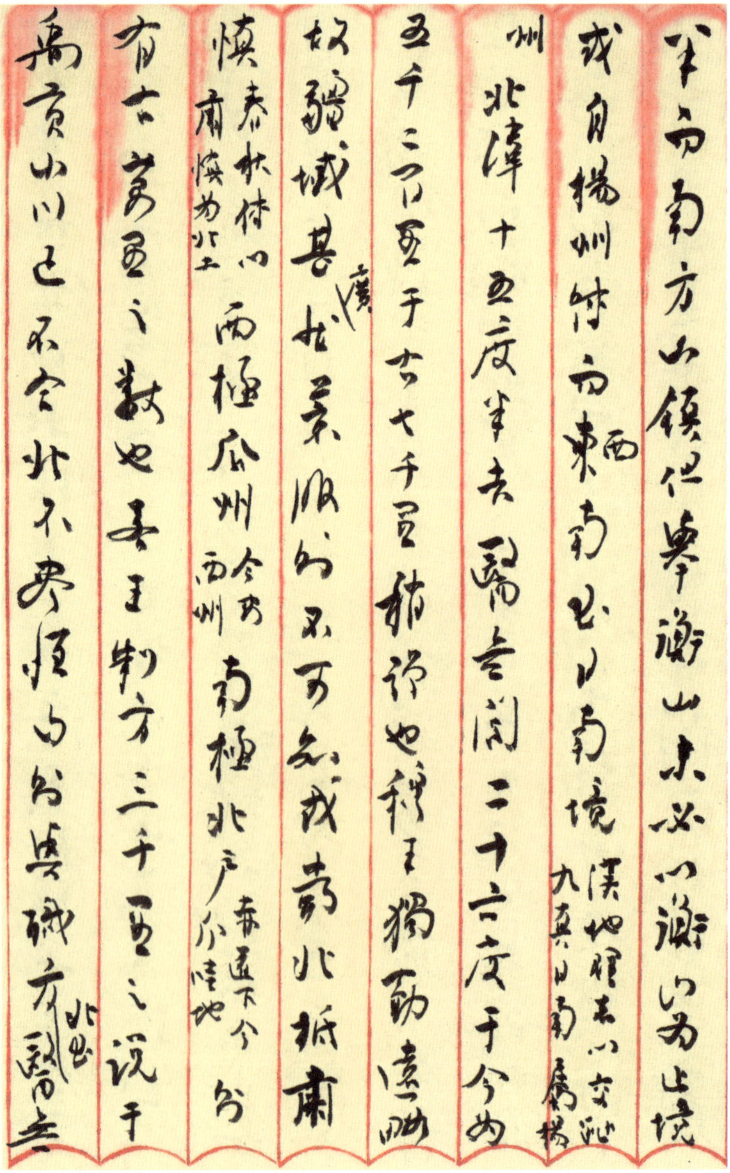
半而南方山镇但举衡山未必以衡山为止境
或自扬州西而东南出日南境（汉地理志以交趾九真日南属扬
州）北纬十五度半去露台閒二十六度于今为
五千二百里于古七千里非诡也穆王独动远游
故骊域甚广然亦不可知或南北祇肃
慎（春秋传以肃慎为北土）而极昆仑州（今为西州）南极北户（赤道下今为陆地）
有古义而与之数也若王制方三千里之说于
禹贡山川已不合此不足怪也为其职方（北出）贤者

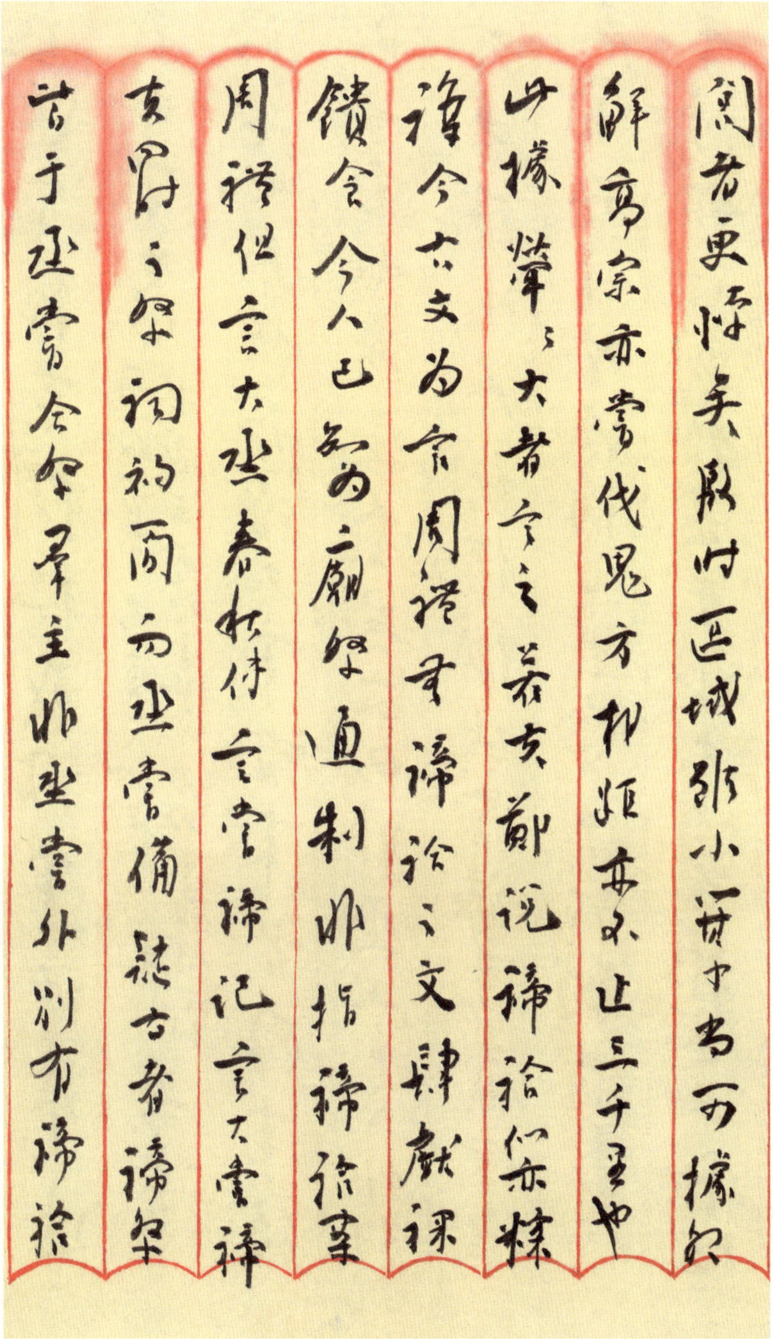

閱者更悖矣敢附一區域張小帆中書所據經
解高宗亦嘗伐鬼方相距亦不止三千里也
此據《詩》之大者言之若交鄭說禘祫似亦糅
雜今古文爲言周禮者禘祫之文肆獻祼
饋食今人已多爲廟享直制非指禘祫享
周禮但言大烝春秋傳言嘗禘記言大嘗禘
者皆之祭祠礿兩而烝嘗備誌古者禘祭
皆于烝嘗合祭群主非烝嘗外別有禘祫

书》、《繁露》之流，拟议亦合。《戴记》多杂汉初著作，非独《王制》一篇。如《大戴记·公冠篇》且明著孝昭冠辞矣。书不能尽，且犆举大较以复。

炳麟白

一月三十日

毋非三年一祫五年一禘也周禮所謂四時之閒祀追享朝享閒祀或因事特舉追享或即享先公（司服有享先公之文如不窋公劉去成王周公遠矣必不在廟祭之列）亦不必其禘祫也春秋所謂大事有事皆因事須廢然亦有祓與烝嘗異文如非烝嘗之外別有大事有事也春秋於僖稱烝嘗禘于廟以禘即烝嘗所行楚語稱日月會于龍尨百嘉備舍群神頻行國於是乎烝嘗家於是乎嘗祀

韋解舉神類行曰類並也言並行於所念也若
爲大造合祭正遂舉神並行於念之表其非
別有禘祭明矣又詔人所新見而知生下云何
又五冕之制鄭傅會虞書十二章一華蟲
當鷩冕以宗彝當毳冕亦三代異制周何
必襲虞王風稱毳衣如菼毳衣如璊是即天
子之大夫衣毳冕者也如菼如璊必非指虎蜼
之飾司農以毳爲罽衣正與詩合鷩爲何

物今鄰邦之刃豈但說鞞為釋未是亦不一為華鍇近王壬秋謂鞞為鞘衣似有可取漢代鶴氅之類以已因緣于是乎此亦參取先鄭以異康成其異者以下當詳之王制疏證序大致近是先師以為素王新制真乃率爾之言觀其別言周尺又言今尺二百四十步為畝是出己見才豫識其事從來必盡本漢文博士亦要在秦漢間矣以下以為新書

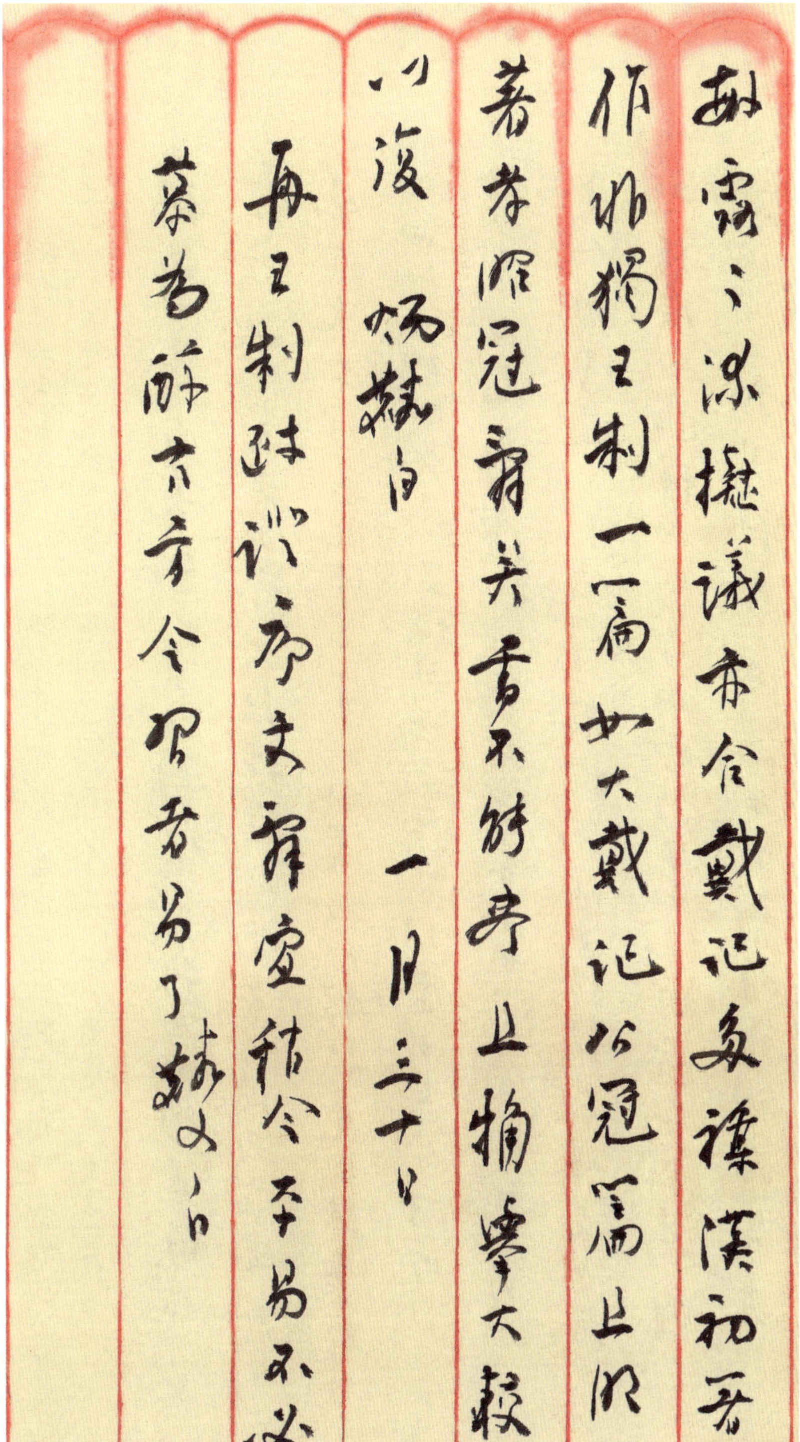
敢露之深樾議亦合戴記多採漢初著作非獨王制一篇如大戴記公冠篇亦足著孝昭冠辭矣畧不能舉其目竊疑大較以後 炳麟白 一月三十日
再王制疏證序文辭宜稍令平易不必慕為醇古方令習者易了 麟又白

再《王制疏证序》文辞宜稍令平易，不必慕为醇古，方令习者易了。

麟又白

一九三一年

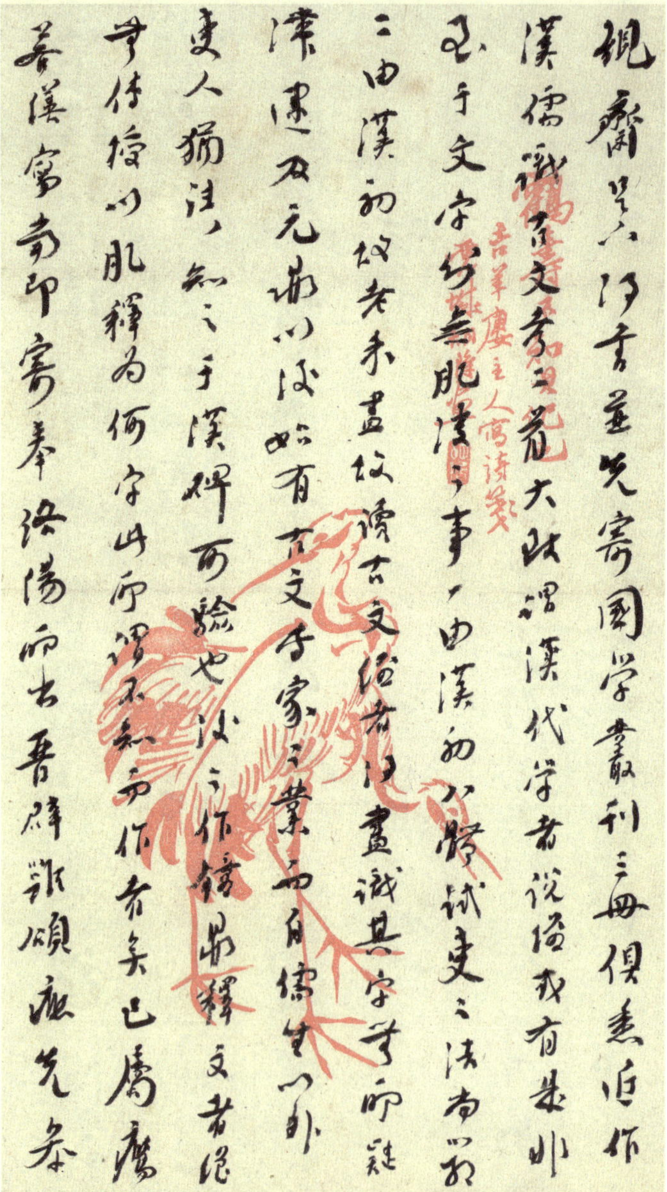

缄斋足下：得书，并先寄《国学丛刊》三册，俱悉。近作《汉儒识古文考》二首，大致谓汉代学者说经或有是非，至于文字，则无肌决之事。一由汉初八体试吏之法尚严，二由汉初故老未尽，故读

古文经者，得尽识其字，无所疑滞。逮及元鼎以后，始有古文专家之业。而自儒生以外，吏人犹往往知之，于汉碑可验也。后之作钟鼎释文者，绝无传授，以肊释为何字，此所谓不知而作者矣。已属鹰若缮写，当即寄奉。洛阳所出晋《辟雝颂》，应先参考《晋书》，始可论定，（近人伪作古碑者多。）未知足下有此暇晷否耶？闻足下治《三礼》名物，学子或言须有古器质验，斯语甚缪。古器唯金石堪以永存，若布帛革木，势不能久，非凭旧儒传说，何以为徵耶？亦可见近代学子之愚也。书复，即问兴居安隐。

麟白

十一月十三日

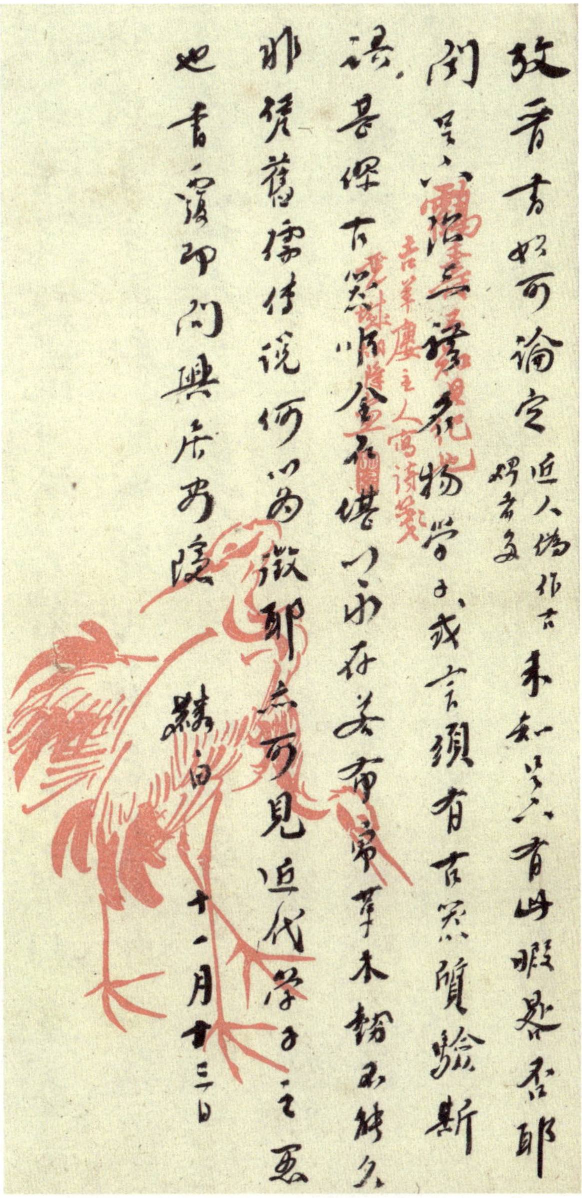
攷晉書始可論定（近人偽作古碑者多）未知足下有此暇晷否耶
聞足下治三禮名物學子或言須有古器質驗斯
語甚繆古器唯金石堪以永存若布帛革木勢不能久
非憑舊儒傳說何以為徵耶亦可見近代學子之愚
也書復即問興居安隱
麟白
十一月十三日

觋斋足下：前寄《汉儒识古文考》二通，想已接到。得来书并释祧一首，大体不误。古庙制宜再精考。韦玄成、刘歆与郑氏义多不同，即《记》称诸侯不敢祖天子，而鲁有周庙，郑祖厉王，亦非记所能通，此事恐须博考经籍，非一家之言所能了。禘祫说鄗人亦不敢专依郑氏，盖三祫五禘之说，不过《公羊》与《纬书》所言，于鲁且未必然，况可云百王通制耶？审思说礼固自不易。盖孔壁逸经与七十子后学者所撰《礼祀》，今皆不存。如近代定海黄氏之伦，研精覃思，亦无过管中窥豹而已。足下更有何

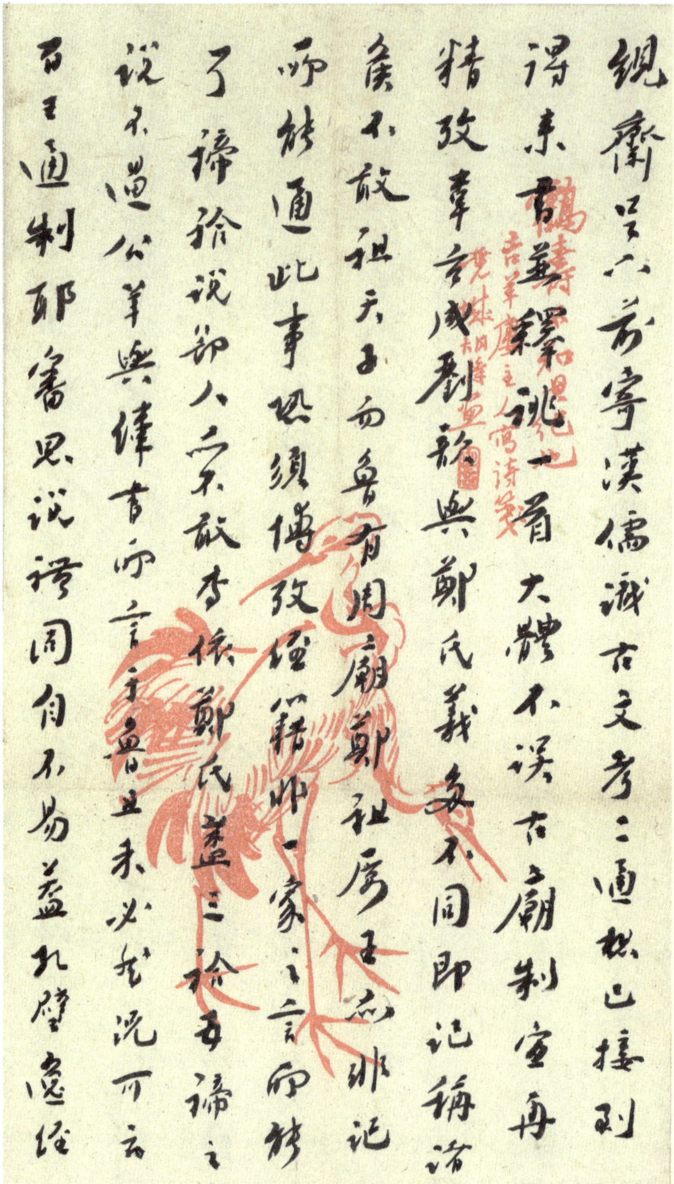
觀齋足下：前寄漢儒識古文考二通，想已接到。得來書並釋祧一首，大體不誤。古廟制宜再精攷。韋玄成、劉歆與鄭氏義多不同，即記稱諸侯不敢祖天子，而魯有周廟，鄭祖厲王，亦非記所能通，此事恐須博考經籍，非一家之言所能了。禘祫說鄗人亦不敢專依鄭氏，蓋三祫五禘之說，不過公羊與緯書所言，于魯且未必然，況可云百王通制耶？審思說禮固自不易，蓋孔壁逸經

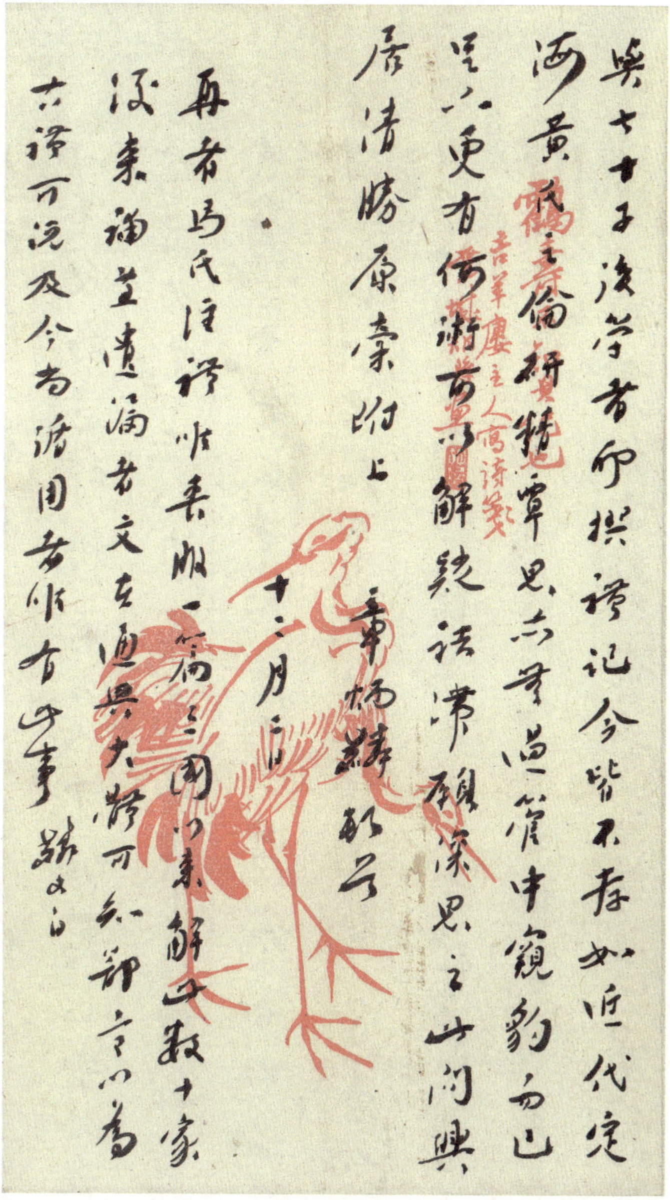

术可以解疑祛滞，愿深思之。此问兴居清胜。原稿附上。

章炳麟顿首

十二月二日

再者：马氏注《礼》，唯《丧服》一篇。三国以来，解此数十家。后来补苴遗漏者，文在《通典》，大体可知。鄙意以为古礼可说，及今尚循用者，唯有此事。

麟又白

一九三二年

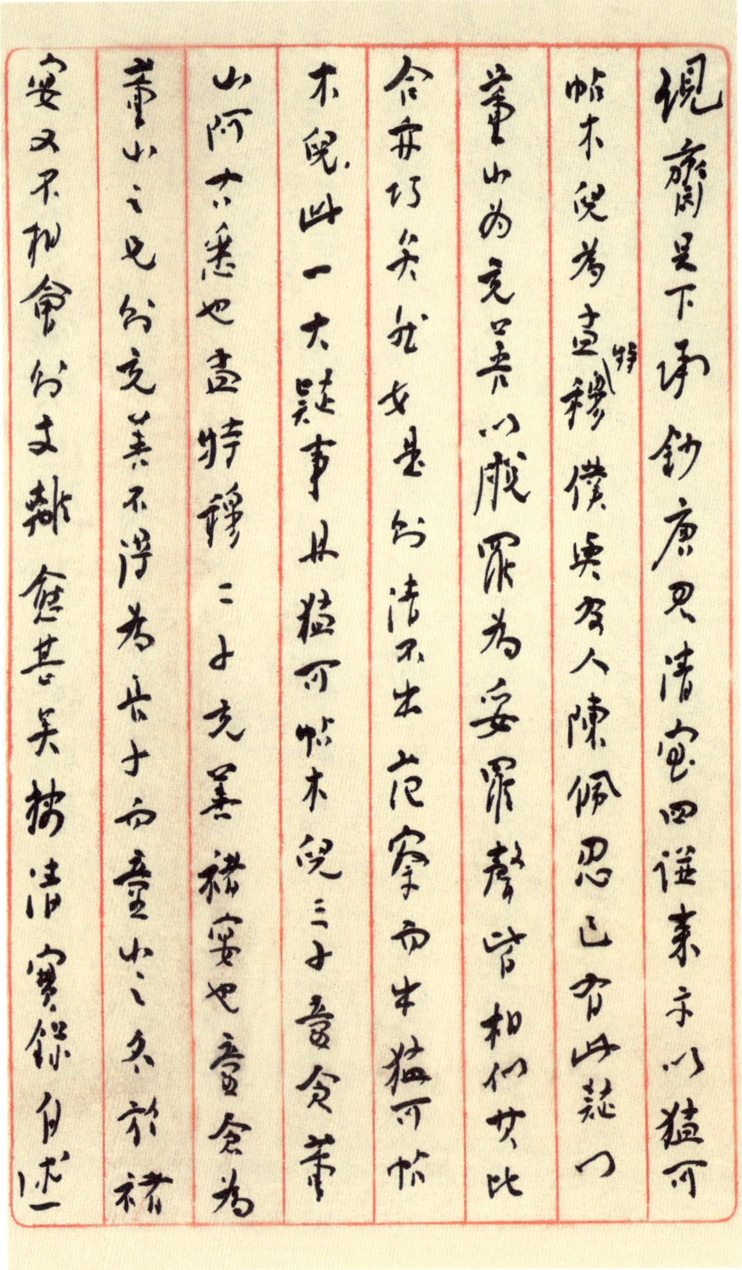
覘齋足下承鈔唐君清室四譜來示以猛可
帖木兒為孟特穆僕與友人陳佩忍已有此疑以
董山為充善以脫羅為妥羅聲皆相似其比
合亦巧矣然如是則清不出范察而出猛可帖
木兒此一大疑事也猛可帖木兒之子為董
山所未悉也孟特穆二子充善褚宴也董倉為
董山之兄然充善不得為長子而董山之名於褚
宴又不相會紀文雜亂甚矣據清實錄自述

覘斋足下：承钞唐君《清室四谱》，来示以猛可帖木儿为孟特穆，仆与友人陈佩忍已有此疑。以董山为充善，以脱罗为妥罗，声皆相似，其比合亦巧矣。然如是，则清不出范察，而出猛可帖木儿，此一大疑事。且猛可帖木儿三子，童仓、董山，阿古悉也。孟特穆二子，充善、褚宴也。童仓为董山之兄，则充善不得为长子，而童山之名于褚宴又不相会，则支离愈甚矣。据《清实录》自述世系云，肇祖生充善，充善生锡宝齐篇古，锡宝齐篇古生兴祖，兴祖生景祖，景祖生显祖，显祖生太祖。是肇祖去太祖六世也。而崇德、顺治两次追王，及今永陵葬处，皆只肇兴景显，而无充善锡宝齐篇古。顺治追王时，有《告天地文》，竟称肇祖为太祖之高祖，与前相去六世之谱不同。窃意太祖以前本无文字，谱牒不具，以口耳相传，妄取充善，锡宝齐篇古置肇兴二祖间。

天聪初修太祖实录因之。崇德以后，悟其非是，又更订正，故只为四世。夫文字或难徵信，而山陵则

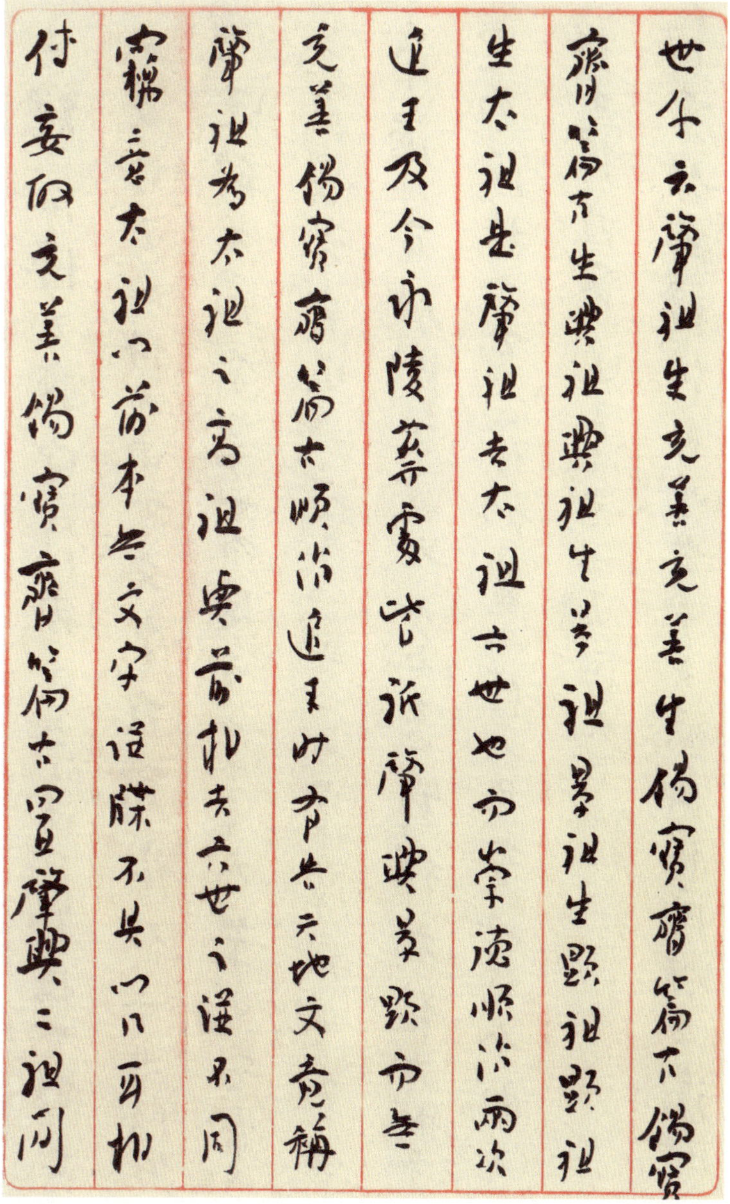
世系云肇祖生充善充善生錫寶齊篇古錫寶
齊篇古生興祖興祖生景祖景祖生顯祖顯祖
生太祖是肇祖去太祖六世也而崇德順治兩次
追王及今永陵葬處皆只肇興景顯而無
充善錫寶齊篇古順治追王時有告天地文竟稱
肇祖為太祖之高祖與前相去六世之譜不同
竊意太祖以前本無文字譜牒不具以口耳相
傳妄取充善錫寶齊篇古置肇興二祖間

形迹皎然，固宜以四世为定。充善之为董山，妥罗之为脱罗，容或近之。要之，以此二人置肇祖后，则必崇德以前传闻之误也。盖孟特穆于猛可帖木儿为从孙，而其音相似，是以清人先有此误，今则不得不据陵墓追王之迹以正之矣。

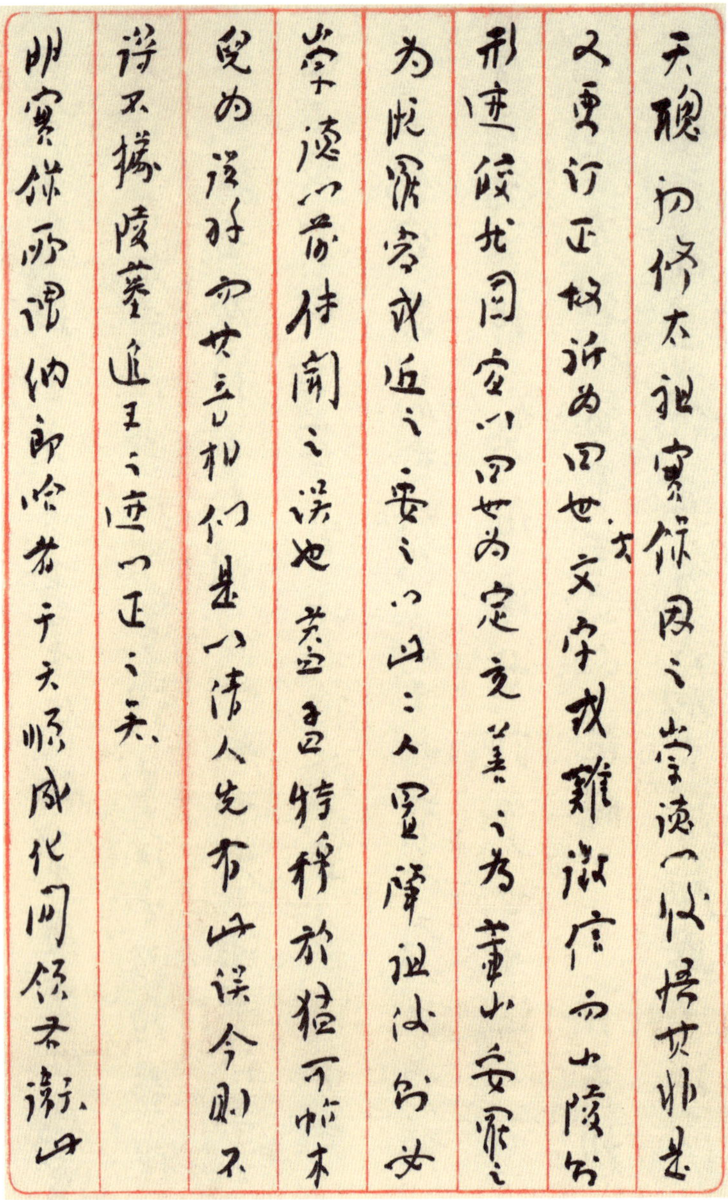

《明实录》所谓纳郎哈者，于天顺、成化间领右卫，此则范察之后也。纳郎哈既诛，无子，以其叔卜哈秃，然则纳郎哈为范察嫡孙，而卜哈秃为范察庶子。何以徵之？天都山臣《建州女真考》，叶向高《女真考》，茅瑞徵《东夷考略》皆云董山诛后，其后与凡察后皆得袭，则卜哈秃断为凡察后也。卜哈秃自成化六年袭职，至嘉靖三十一年犹在，在职八十三年，年近百岁，据《清实录》范察再传至肇祖之说其子则肇祖也，孙则兴祖也。而父祖在，时年已长老，未尝当方面

为大酋，或先其父祖而卒，是以中朝无闻焉。仆所考证如此，似较唐君为确矣。

再范察自朝鲜归与董山争印，卒分左右卫，其人渴于权籍如此，必不隐身以终。范察先与兄猛可帖木儿同处赫图阿剌，非其孙孟特穆始居之，此皆清旧史之误。推其以范察为祖，断不可易。以清显祖及同族阿哈纳皆王杲部将，杲领右卫，则显祖阿哈纳必右卫人也。

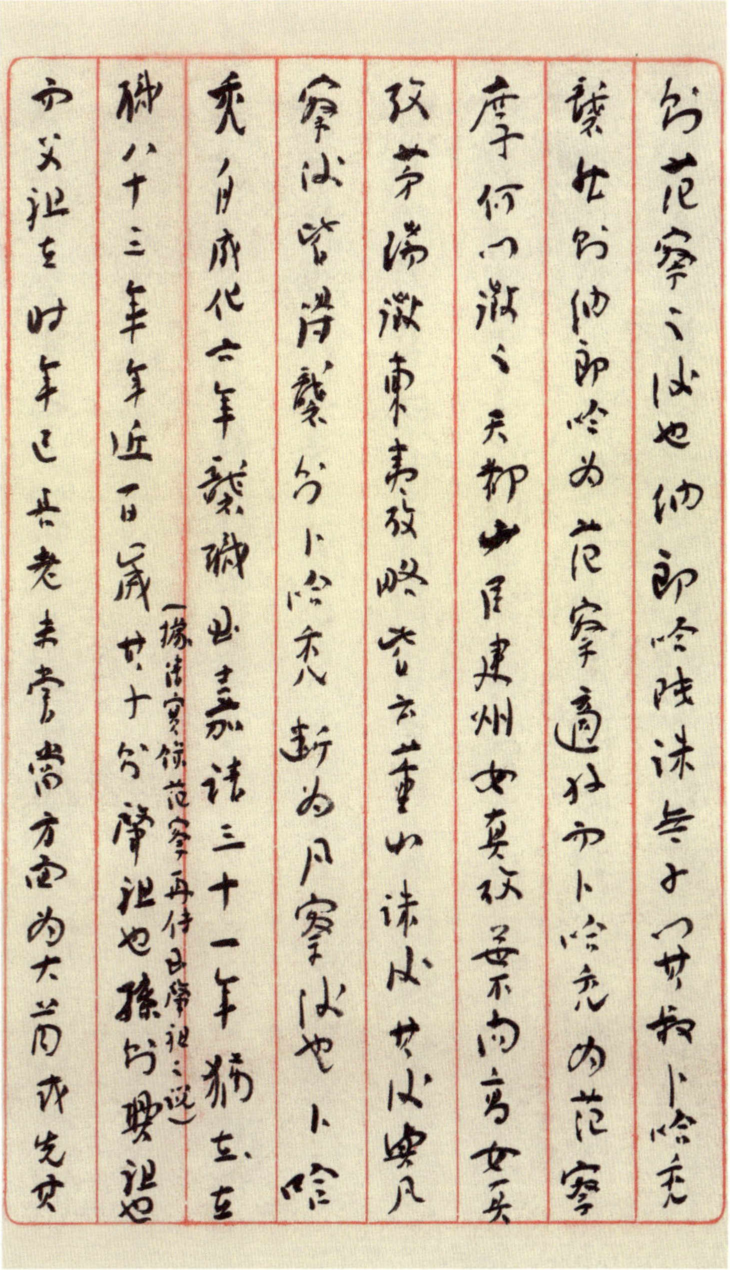
為范察之後也。納郎哈既誅無子，以其叔卜哈充襲，其為納郎哈為范察適孫，而卜哈充為范察庶孫何以知之？天都山居建州女真，無不內屬，女真攻苛滿微東來攻殺，查云董山誅以其以與凡察以皆得襲，而卜哈充斬為凡察後也。卜哈充自成化六年襲職，至嘉靖三十一年猶在，在職八十三年，年近百歲，其於分曾祖也，孫則曾祖也（據清實錄范察再傳至曾祖之說），而父祖在時，年已甚老，未嘗當方面為大酋，或先其

所谓猛可帖木儿者即左卫始封之人，其与阿哈出本是一家。何以知之？以《明实录》载凡察、李满住，同以逢吉为叔，则猛凡与李满住当是同堂兄弟，而猛、凡之父当与释家奴为同产，则阿哈出为两方之祖。如或少疏，亦必同族也。苏子河者，据《清一统志》在兴京城北半里，非苏克苏浒河也。苏克苏浒乃夷语，译言鱼鹰。苏子河则汉语。《汉地理志》亥菟郡高句骊有南苏水是也。高句骊城

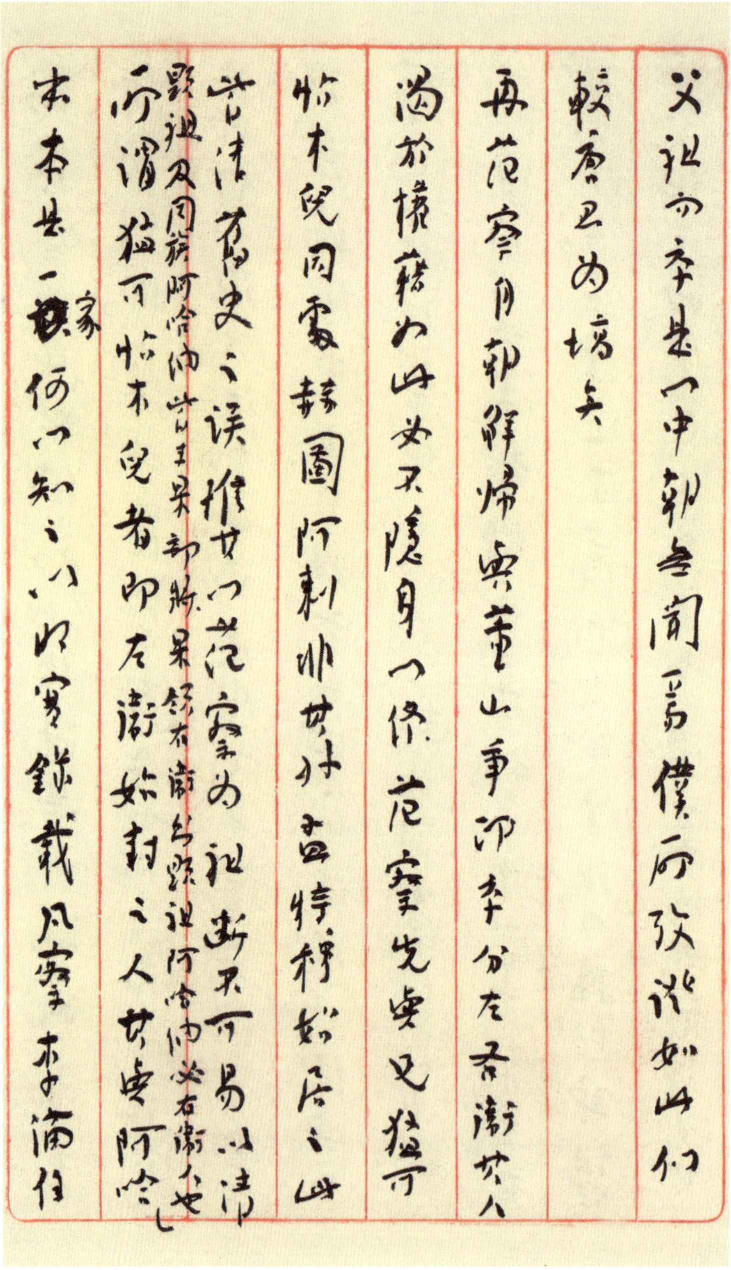
父祖而李满住一中朝無聞焉。僕所攷證如此，似
較唐氏為塙矣。
再范察乃朝鮮歸來，董山事即李滿住分左右衛，其人
過於狼藉如此，安不隱匿，以係范察先世，足猛可
帖木兒同處赫圖阿剌，非其材，互倚犄角，如居之山
皆清舊史之誤，推其以范察為祖，斷不可易。以清
所謂猛可帖木兒者，即左衛始封之人，其與阿哈
出本是一家，何以知之，以明實錄載凡察、李滿住

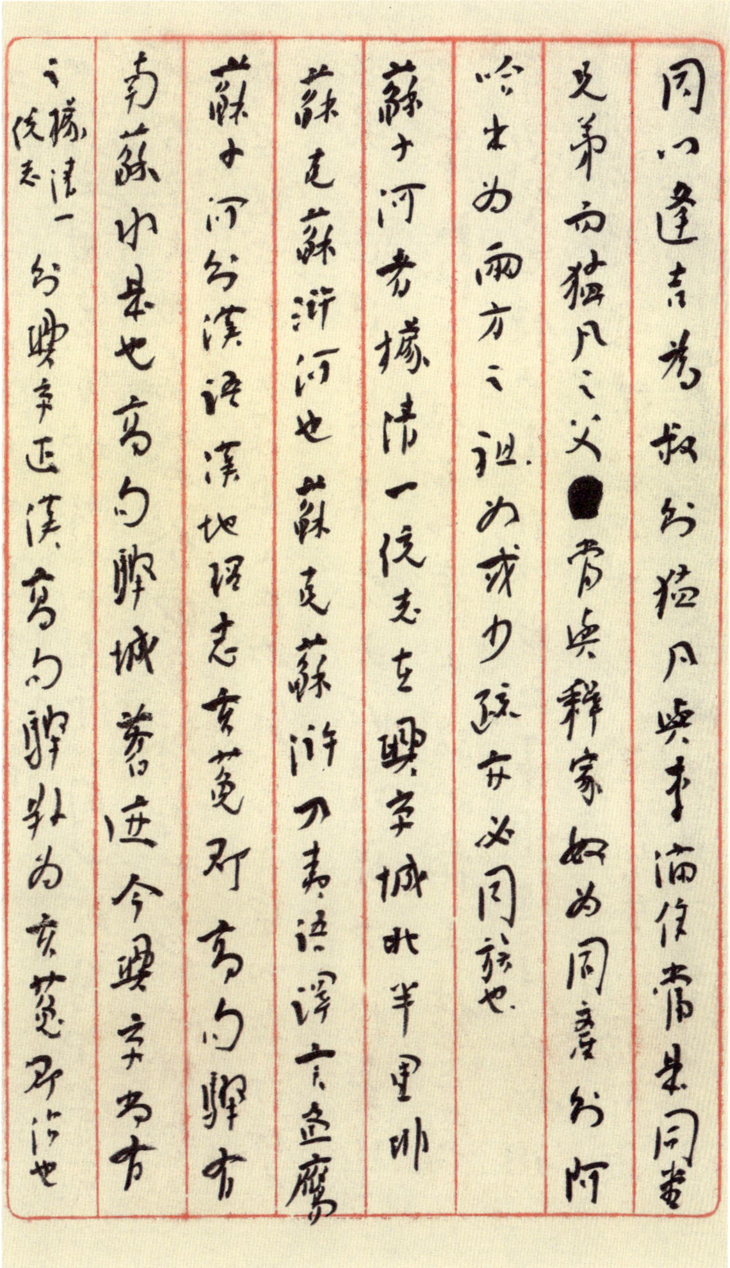
同以逢吉为叔，而猛凡与李满住當是同母兄弟，而猛凡之父實與釋家奴为同產，而阿哈木为两方之祖，为我少疏，亦必同族也。
蘇子河者，據清一統志在興京城北半里，蘇克蘇滸河也。蘇克蘇滸乃滿語，譯言鳥鷹，蘇子河即漢語。漢地理志玄菟郡高句驪有南蘇水，是也。高句驪城舊迹，今興京尚有之。據清一統志，則興京正漢高句驪縣，為玄菟郡治也。

旧迹，今兴京尚有之。据《清一统志》。则兴京正汉高句骊县，为玄菟郡治也。灶突山即呼兰哈达，清语灶突曰呼兰，峰曰哈达。唐君说是。《一统志》兴京有烟筒山，石烟筒山，烟筒即灶突，古今异名而义一也。今兴京烟筒山，土俗语仍然。唐君想亦好学深思之士，如能见之，与相评订，何如？王杲究与清同族否，竟无明证。据《实录》，嘉靖三十一年卜哈秃犹在，而《东夷考略》称嘉靖三十六年王杲已领右卫，相去财五年。唯与清为婚姻，似非同族，故前书疑以壻袭者。据明会典土官袭替例。犹望更检此六年中事状也。

章炳麟白
九月十二日

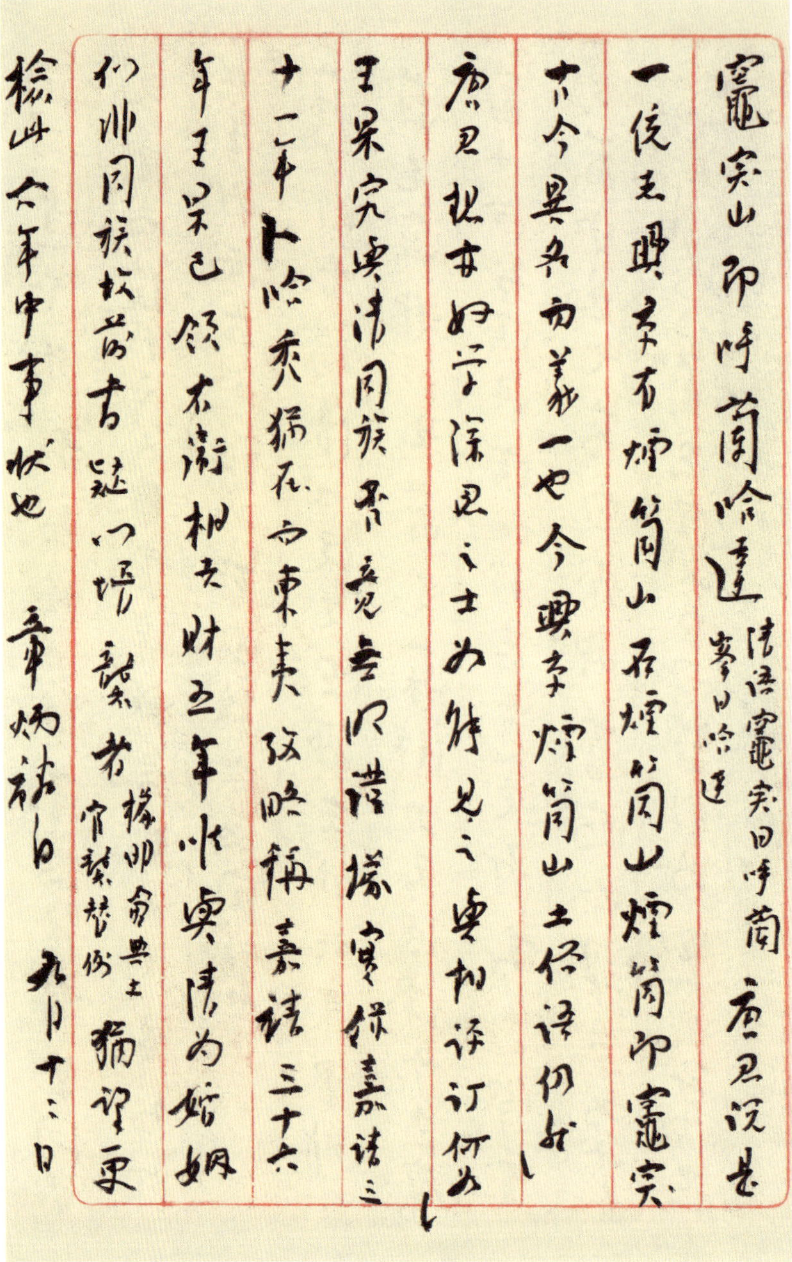

一九三三年

觇斋足下：来书称古、今《尚书》原本，皆古文，传习皆今字，其说近是。鄙意昔人传注本与经文别行，古文家每传一经，计有三部，与近世集钟鼎款识者相类。其原本古文，经师摹写者，则犹彼之摹写款

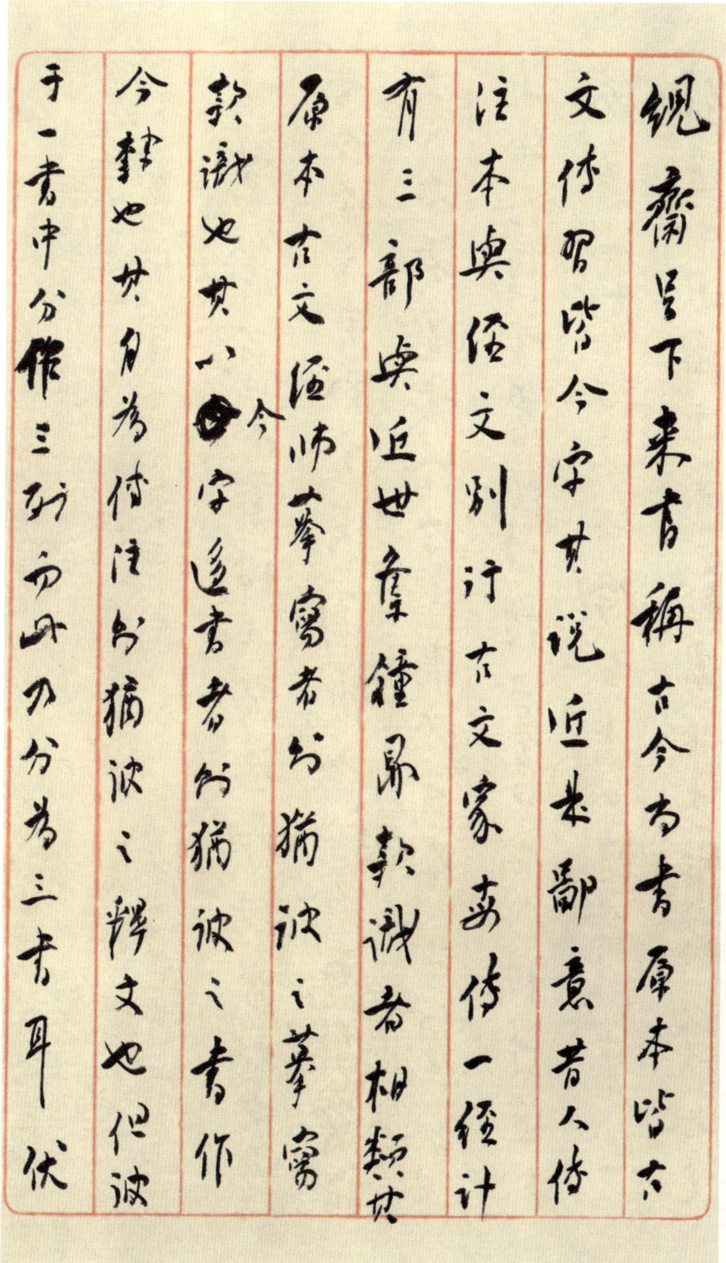

覘齋足下：來書稱古今尚書原本皆古文，傳習皆今字，其說近是。鄙意昔人傳注本與經文別行，計古文家每傳一經，計有三部，與近世集鐘鼎款識者相類。其原本古文，經師摹寫者，猶彼之摹寫款識也；其八分今字逕書者，猶彼之書作今隸也；其自為傳注者，猶彼之釋文也。但彼於一書中分作三列，而此乃分為三書耳。伏

识也。其以今字移书者，则犹彼之书作今隶也。其自为传注，则犹彼之释文也。但彼于一书中分作三列，而此乃分为三书耳。伏书旧简，盖未尝传之其徒，所传者，只其移书今字之本。孔书旧简，虽入秘府，而摹写古文之本，与移书今字之本，必并存之。何以知其然也？《后汉书·卢植传》：「植上书曰：古文科斗，近于为实，而厌抑流俗，降在小学。中兴以来，通儒达士，班固、贾逵、郑兴父子，

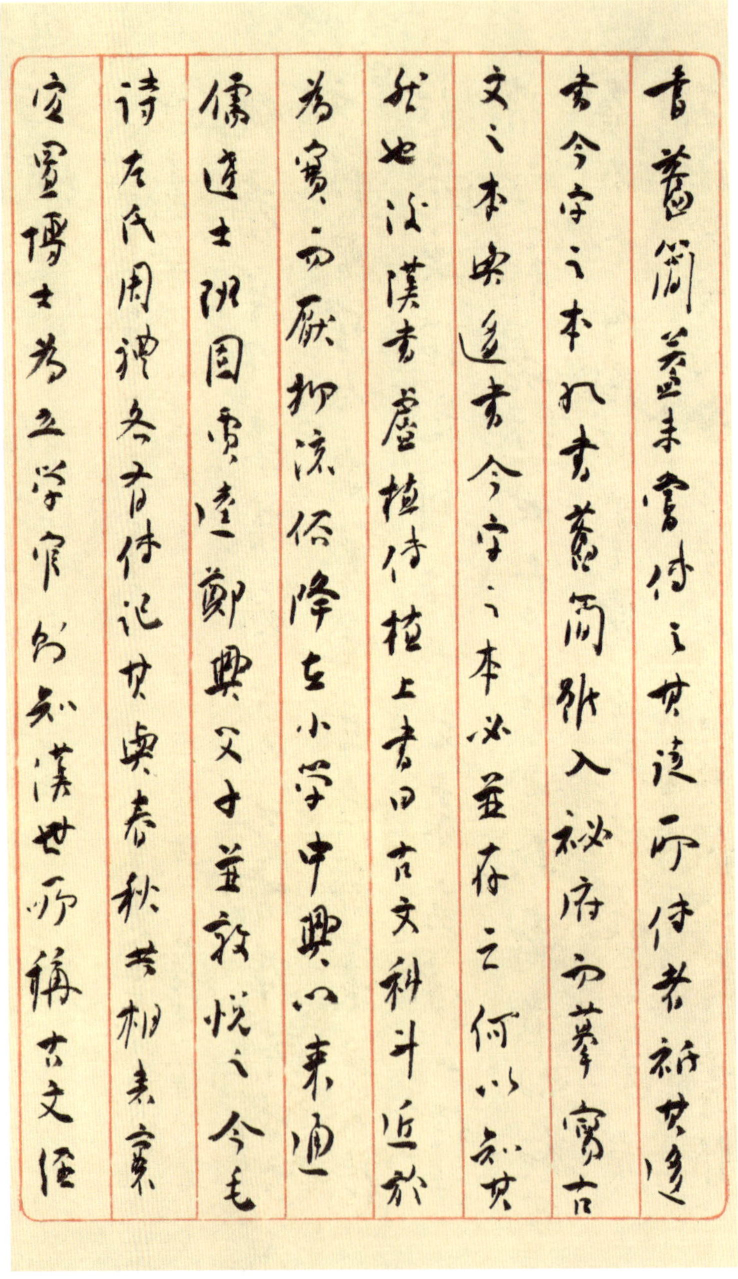
書舊簡蓋未嘗傳之其徒所傳者祇其移
書今字之本耳書舊簡雖入秘府而摹寫古
文之本與移書今字之本必並存之何以知其
然也後漢書盧植傳植上書曰古文科斗近於
為實而厭抑流俗降在小學中興以來通
儒達士班固賈逵鄭興父子並敦悅之今毛
詩左氏周禮各有傳記其與春秋共相表裏
宜置博士為立學官以知漢世所稱古文經

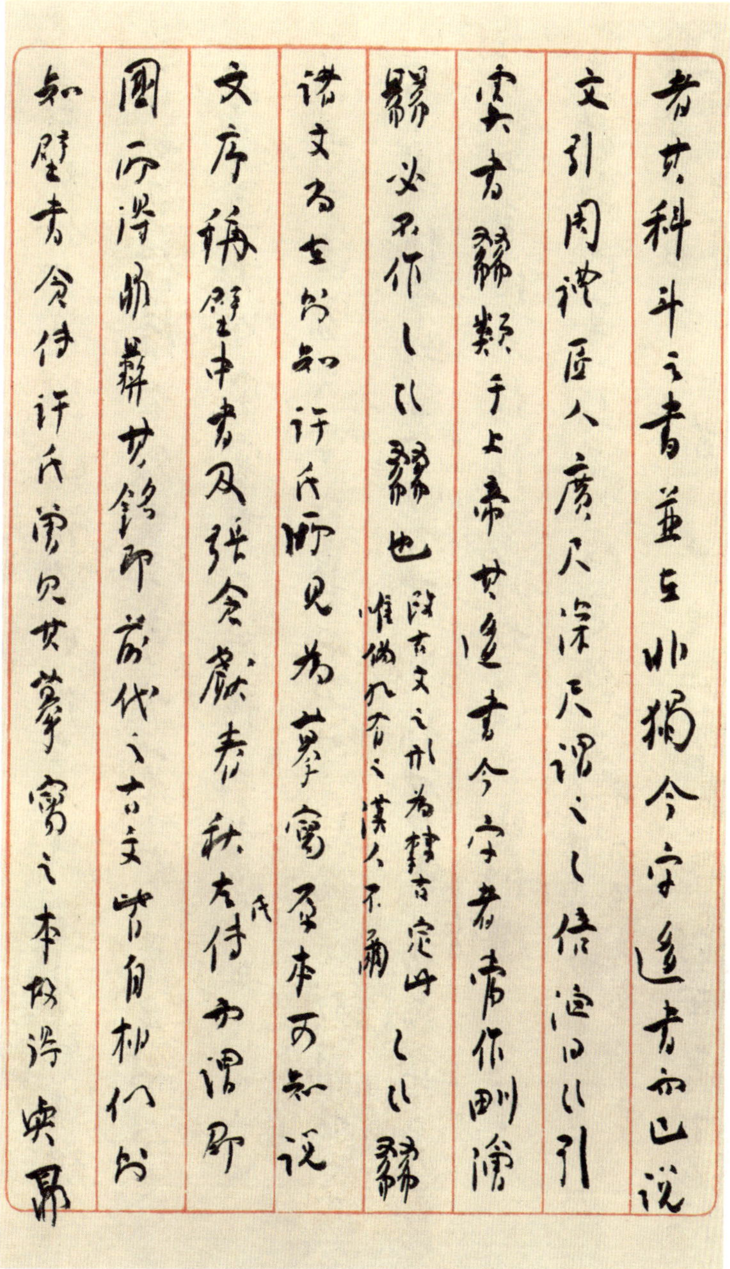
書其科斗之書並在非獨今字遂書而已說
文引周禮匠人廣尺深尺謂之〈倍洫曰巜引
虞書𩏂類于上帝其遂書今字者當作甽澮
𡿩必不作〈巜𡿩也改古文之形為隸古定此唯偽孔有之漢人不爾〈巜𡿩
諸文尚在則知許氏所見為摹寫原本可知說
文序稱壁中書及張蒼獻春秋左氏傳亦謂即
周所得鼎彝其銘即前代之古文皆自相似
知壁書會傳許氏所見其摹寫之本故得[illegible]

并敦悦之。今《毛诗》、《左氏》、《周礼》各有传记，其与《春秋》共相表里，宜置博士，为立学官。」则知汉世所称古文经者，其科斗之书并在，非独今字移书而已。《说文》引《周礼·匠人》：「广尺深尺谓之〈，倍洫曰巜。」引《虞书》「𩏂类于上帝。」其移书今字者，当作甽，浍𡿩，必不作〈巜𡿩也。改古文之形为隶古定，此唯伪孔有之，汉人不尔。〈巜𡿩诸文尚在，则知许氏所见为摹写原本，可知。《说文序》称壁中书及张仓献《春秋左氏传》，而谓郡国所得鼎彝，其铭即前代之古文，皆自相似。则知壁书、仓传，许氏曾见其摹写之本，故得与鼎彝相似也。是故追论原始，则古、今文皆是古文。据汉世所传授者，则古文家皆摹写原文，而今文家直移书今字，实有不得强同者矣。至同一古文经典，而诸家文字或异，此乃其训读之殊，非其原文之异。《经典释文》所云某家作某者是也。然自马氏以上，本经与传注分

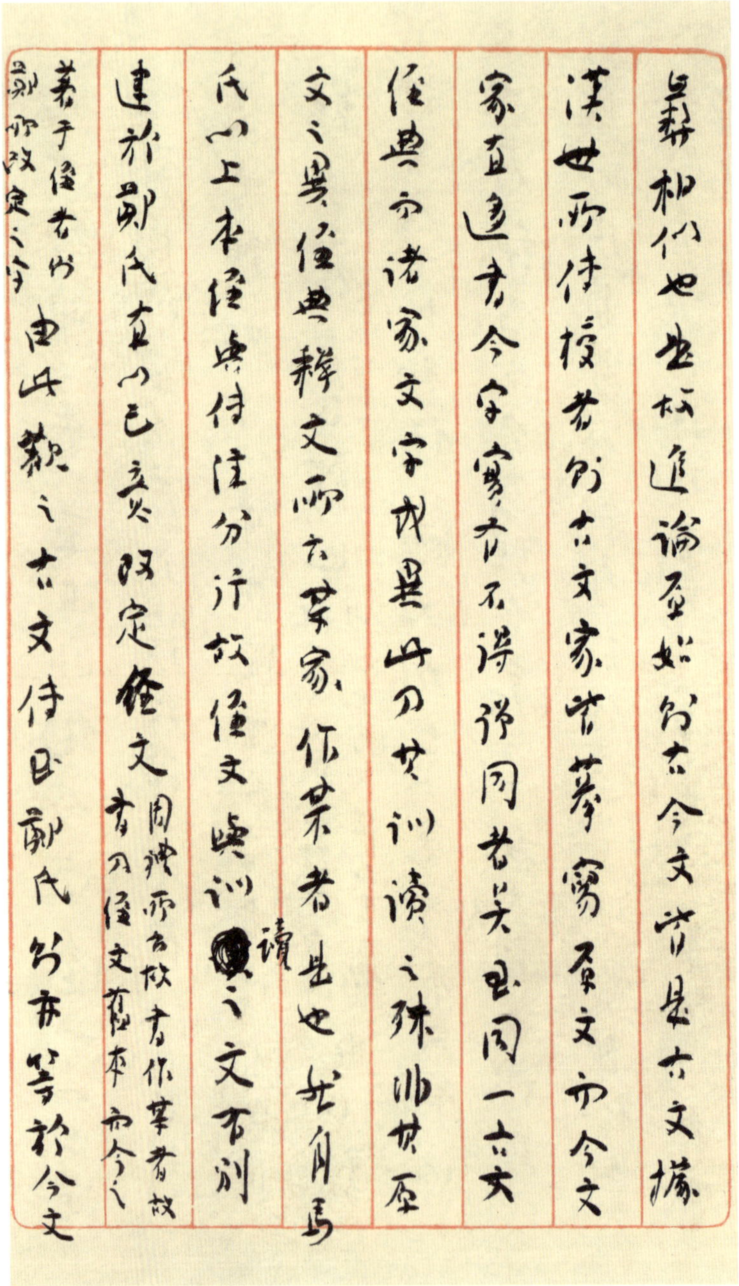

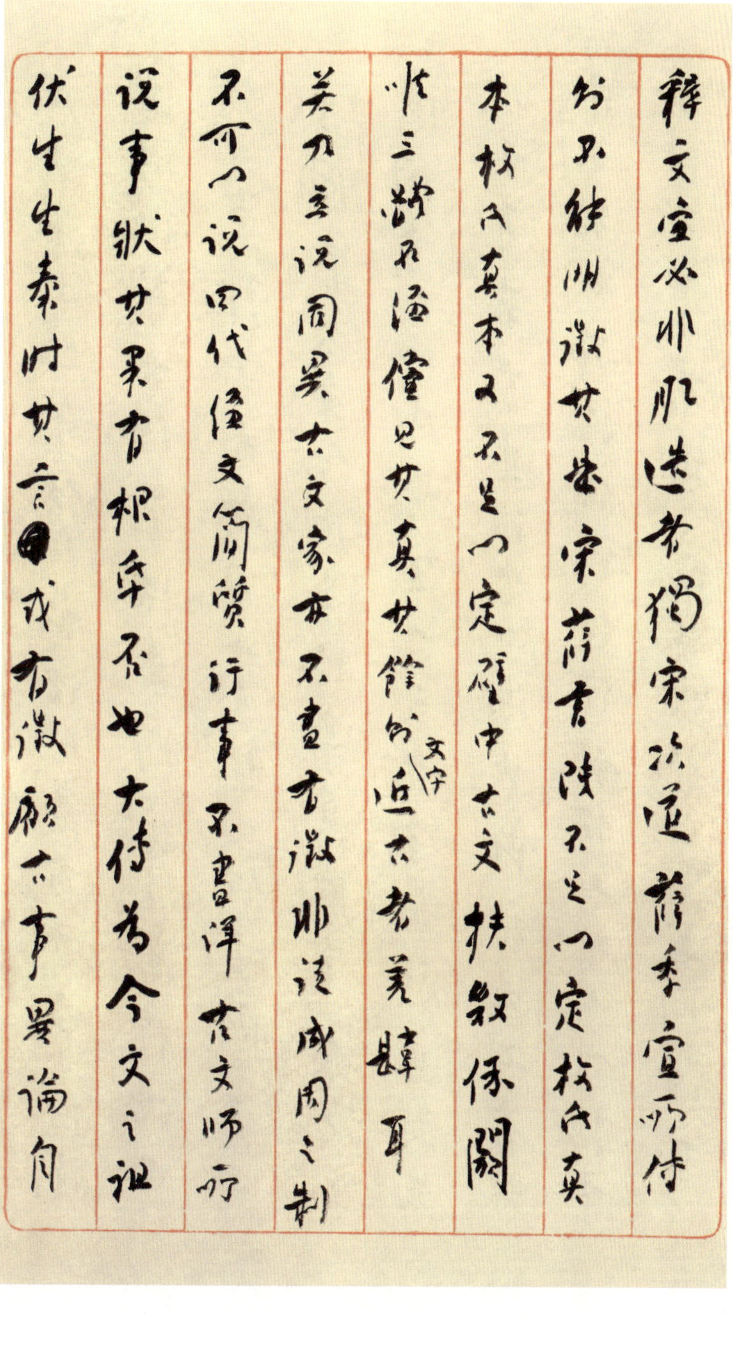

行，故经文与训读之文有别。逮于郑氏，直以己意改定经文。《周礼》所云故书作某者，故书乃经文旧本，而今之著于经者，则郑所改定之字。由此观之，古文传至郑氏，则亦等于今文。《释文》宜必非臆造者。独宋次道、薛季宣所传，则不能明徵其是。宋、薛书既不足以定枚氏真本，枚氏真本又不足以定壁中古文。扶微保阙，唯《三体石经》。倘见其真，其余则文字近古者差踸耳。若乃立说同异，古文家亦不尽有徵。非徒成周之制不可以说四代，经文

简质，行事不尽详。古文师所说事状，其果有根柢否也？《大传》为今文之祖，伏生生秦时，其言或有徵。顾古事异论，自周末诸子已然，伏生视诸师差前，于诸子则晚。其所记录，亦犹蒙恬述周公事矣。仆谓四代之事，难尽悉也。周事辅以它书，则不如《逸周书》。太史公《周本纪》述克殷事，盖全取《逸周书》文，以为考迹古文者宜然。顾马、郑未暇是耳。来书述治《书》四术，大致皆是，欲尽明

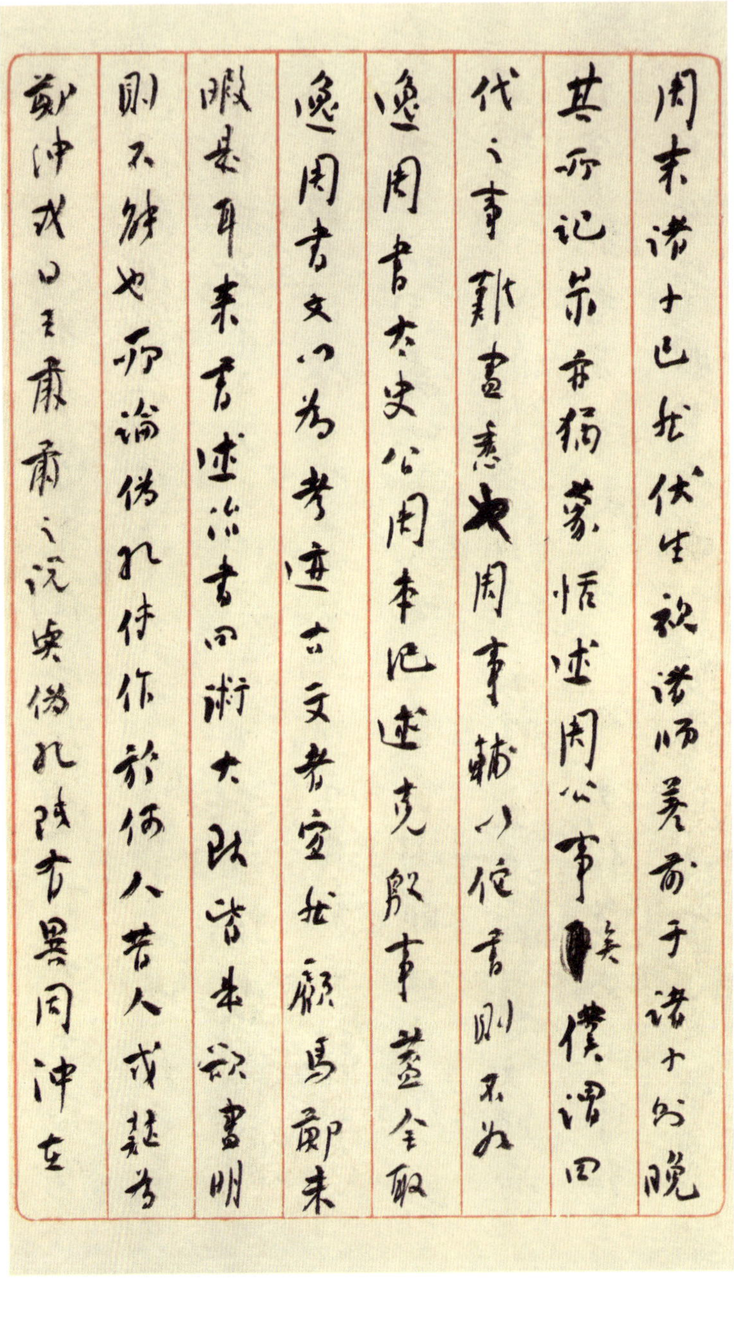
周末诸子已然伏生视诸师差前于诸子则晚
其所记录亦犹蒙恬述周公事矣仆谓四
代之事难尽悉也周事辅以它书则不如
逸周书太史公周本纪述克殷事盖全取
逸周书文以为考迹古文者宜然顾马郑未
暇是耳来书述治书四术大致皆是欲尽明
则不能也所论伪孔传作于何人昔人或疑为
郑冲或曰王肃肃之说实伪孔所异同冲在

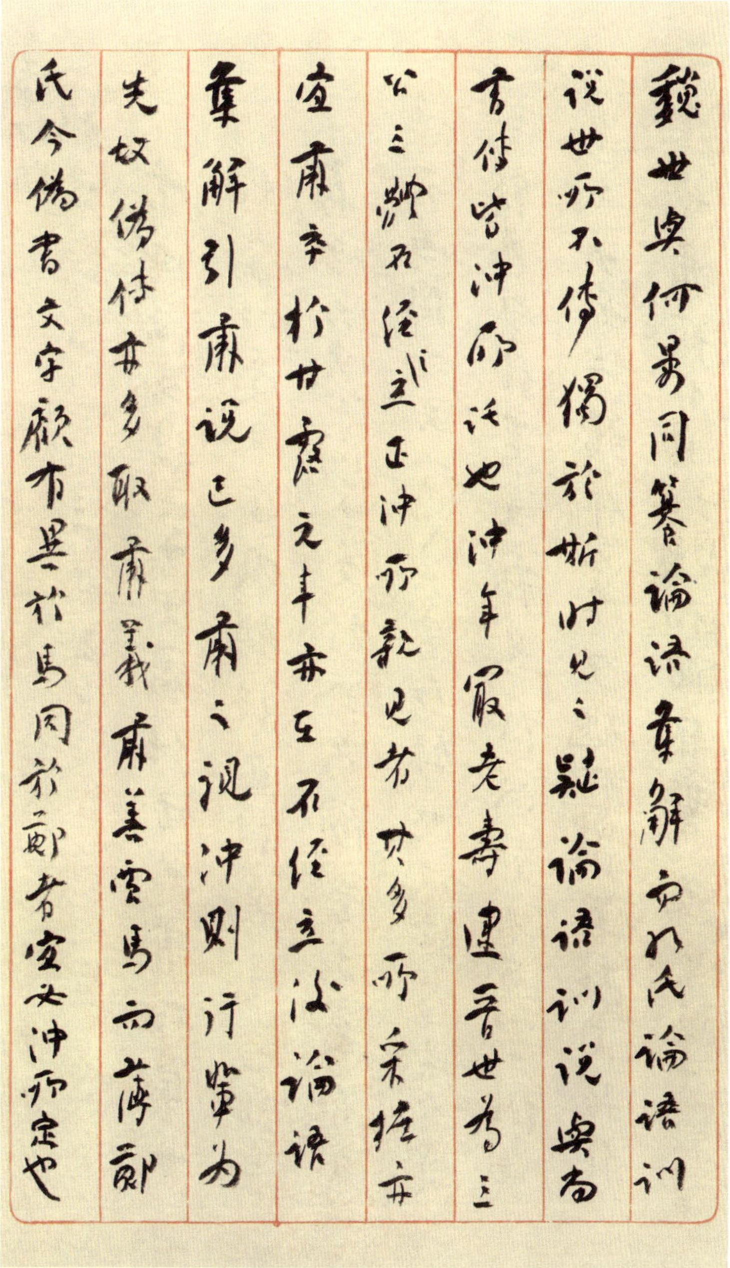
魏世與何晏同篡論語集解而孔氏論語訓
説世所不傳獨於斯時見之疑論語訓説與尚
書傳皆沖所託也沖年最老壽逮晉世為三
公三體石經之立正沖所親見者其多所采摭亦
宜肅卒於甘露元年亦在石經立後論語
集解引肅説已多肅之視沖則行輩為
先故僞傳亦多取肅義肅善賈馬而薄鄭
氏今僞書文字頗亦異於馬同於鄭者寧知沖所定也

则不能也。所论伪孔传作于何人，昔人或疑为郑冲，或曰王肃。肃之说与伪孔既有异同，冲在魏世与何晏同纂《论语集解》，而孔氏《论语训说》世所不传，独于斯时见之。疑《论语训说》与《尚书传》皆冲所托也。冲年最老寿，逮晋世为三公。《三体石经》之立，正冲所亲见者。其多所采摭亦宜。肃卒于甘露元年，亦在《石经》立后。《论语集解》引肃说已多，肃之视冲则行辈为先，故伪传亦多取肃义。肃善贾、马，而薄郑氏。今伪书文字，顾有异于马、同于郑者，宜必冲所定也。

章炳麟顿首

三月五日

又白

书成后，又疑二十五篇伪书为肃所集，其他篇改定文字及伪传则冲为之。

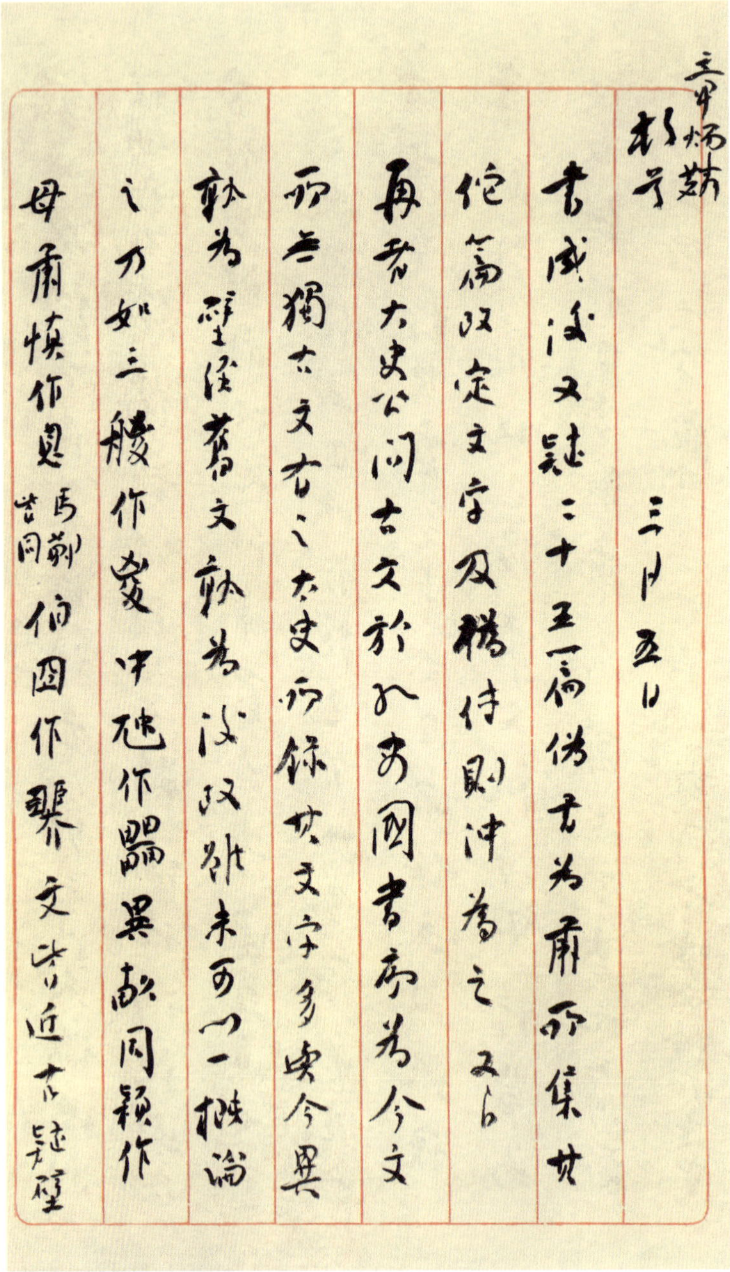

再者，太史公问古文于孔安国，《书序》为今文所无，独古文有之。太史所录，其文字多与今异。孰为壁经旧文。孰为后改，虽未可以一概论之，乃如三艐作㚇，中虺作㗊，异亩同颖作母，肃慎作息，马、郑皆同。伯冏作臩，文皆近古，疑壁经本然。旅天子之命作鲁，则知壁经本作𣥠字。古文多以𣥠为鲁，故史公读为鲁，后儒读为旅也。帝告作俈，汝鸠、汝方作女鸠、女房。女字必是旧文，作汝者唐以后改耳。大坰作泰卷，归兽作狩，虽未知史公所书与今通行之校本孰为得真，要亦考古文者所有事也。

又白

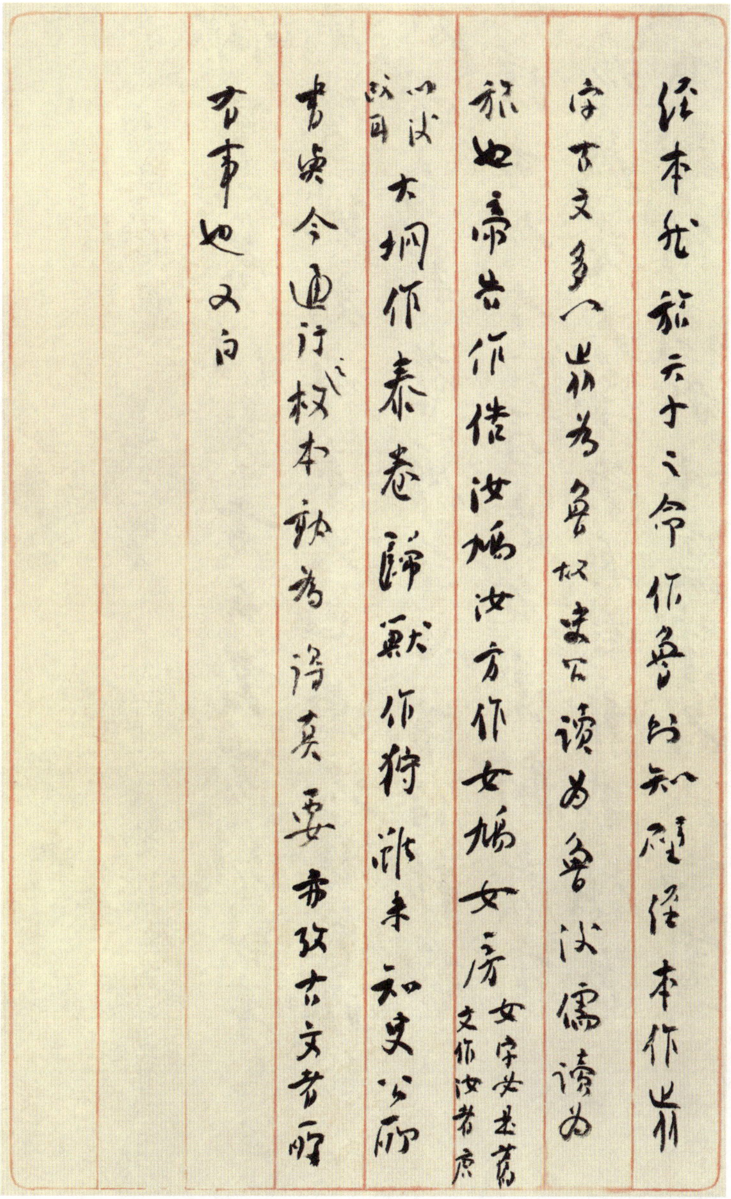
經本作旅，天子之命作魯，則知壁經本作𣥠字，古文多以𣥠為魯，故史公讀為魯，後儒讀為旅也。帝告作俈，汝鳩汝方作女鳩女房（女字必是舊文，作汝者唐以後改耳），大坰作泰卷，歸獸作狩，雖未知史公所書與今通行校本孰為得真，要亦考古文者所有事也。又白

一九三四年

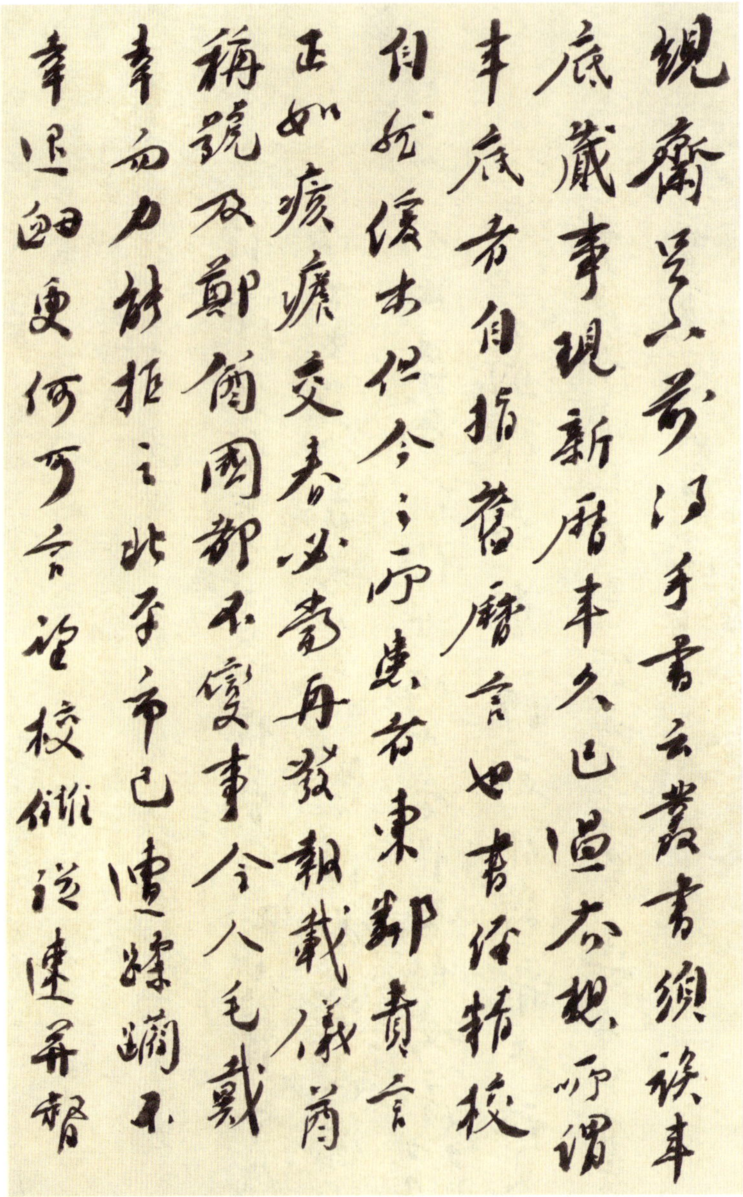

觋斋足下：前得手书，云《丛书》须俟年底蒇事。现新历年久已过去，想所谓年底者，自指旧历

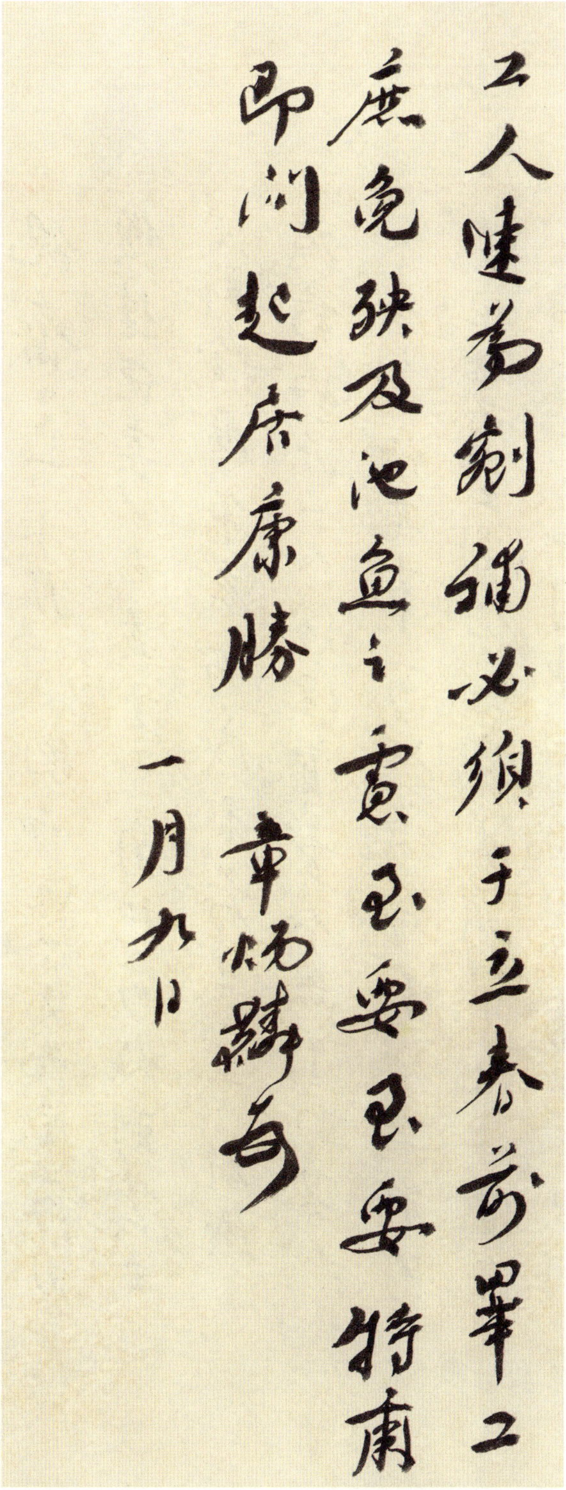
工人速为剜补，必须于立春前毕工，庶免殃及池鱼之虑。至要至要！特肃，即问起居康胜。章炳麟首　一月九日

言也。《书经精校》自然缓出。但今之所患者，东邻责言，正如痎疟，交春必当再发。报载仪酋称号，及郑酋国都不变事，令人毛戴。幸而力能拒之，北平市已遭蹂躏，不幸退衄，更何可言。望校仇从速，并督工人速为剜补，必须于立春前毕工，庶免殃及池鱼之虑。至要至要！特肃，即问起居康胜。

章炳麟顿首　一月九日

觇斋足下：本月十日将所说《古文尚书》一册用双挂号寄去，并信书一函，想可收到。《丛书》之刻，阴历年底可成否？前足下言刻成后当好派一人经理买卖，今亦未得其人。足下且任其事可也。学会款项恐将用尽，但亦不宜遽停。足下且简单作一宣言，不必固辞也。此问兴居康胜。

麟白　十四日

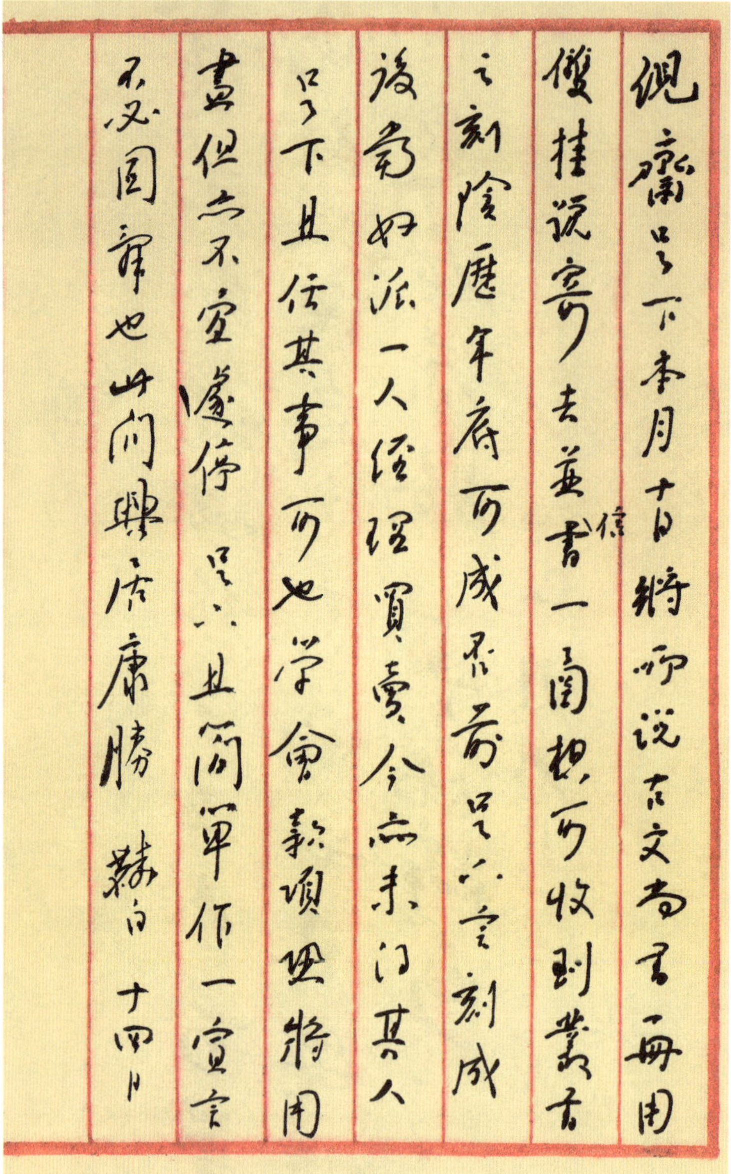
覘齋足下本月十日將所說古文尚書一冊用雙掛號寄去並信書一函想可收到叢書之刻陰曆年底可成否前足下言刻成後當好派一人經理買賣今亦未得其人足下且任其事可也學會款項恐將用盡但亦不宜遽停足下且簡單作一宣言不必固辭也此問興居康勝 麟白 十四日

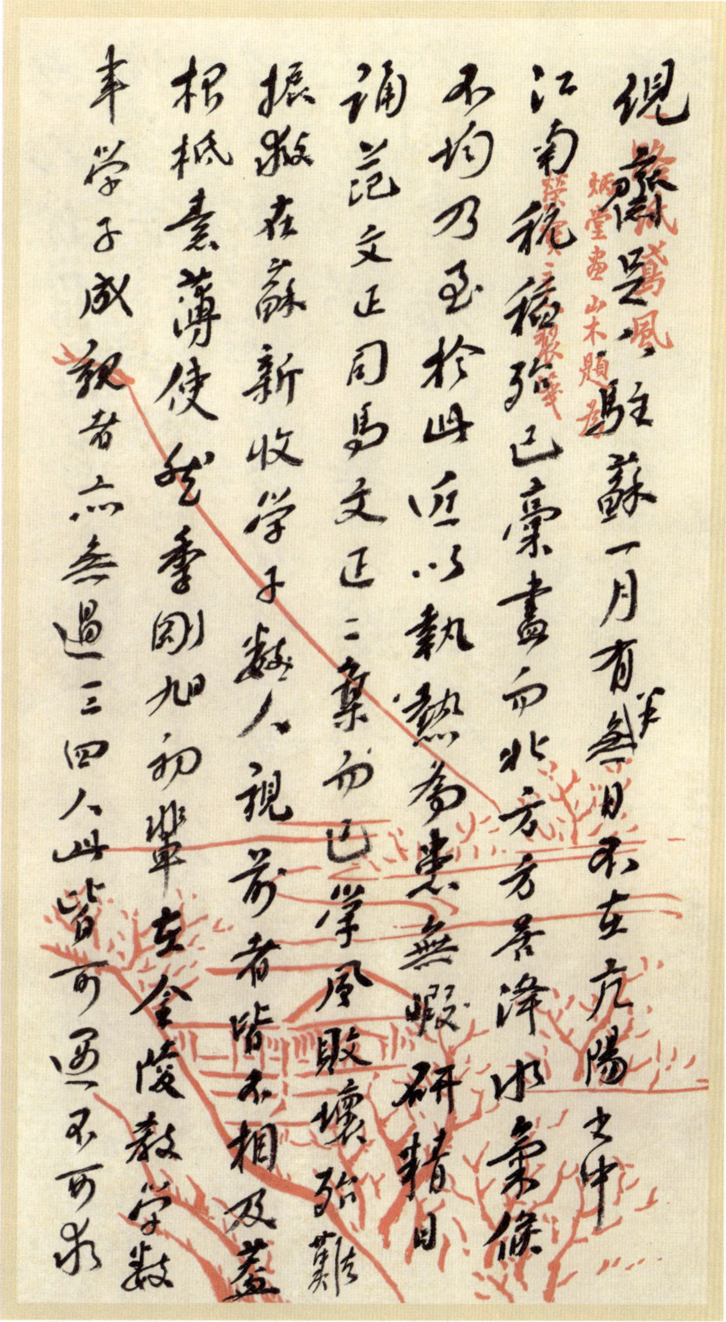

觇斋足下：驻苏一月有半，无日不在亢阳之中。江南粳稻殆已槁尽，而北方方苦涝水，气候不均，乃至于此。近以执热为患，无暇研精，日诵范文正、司马文正二集而已。学风败坏，殆难振救。在苏新收学子数人，视前者皆不相及，盖根柢素薄使然。季刚、旭初辈在金陵教学数年，学子成就者亦无过三四人，此皆可遇不可求者。人材难得，过于隋珠，未知后起者又何如也？拙著各种，想校改已毕，

未审何时可令装订成就。此间学子望此亦亟也。特肃，即问起居康胜。

同志均候。

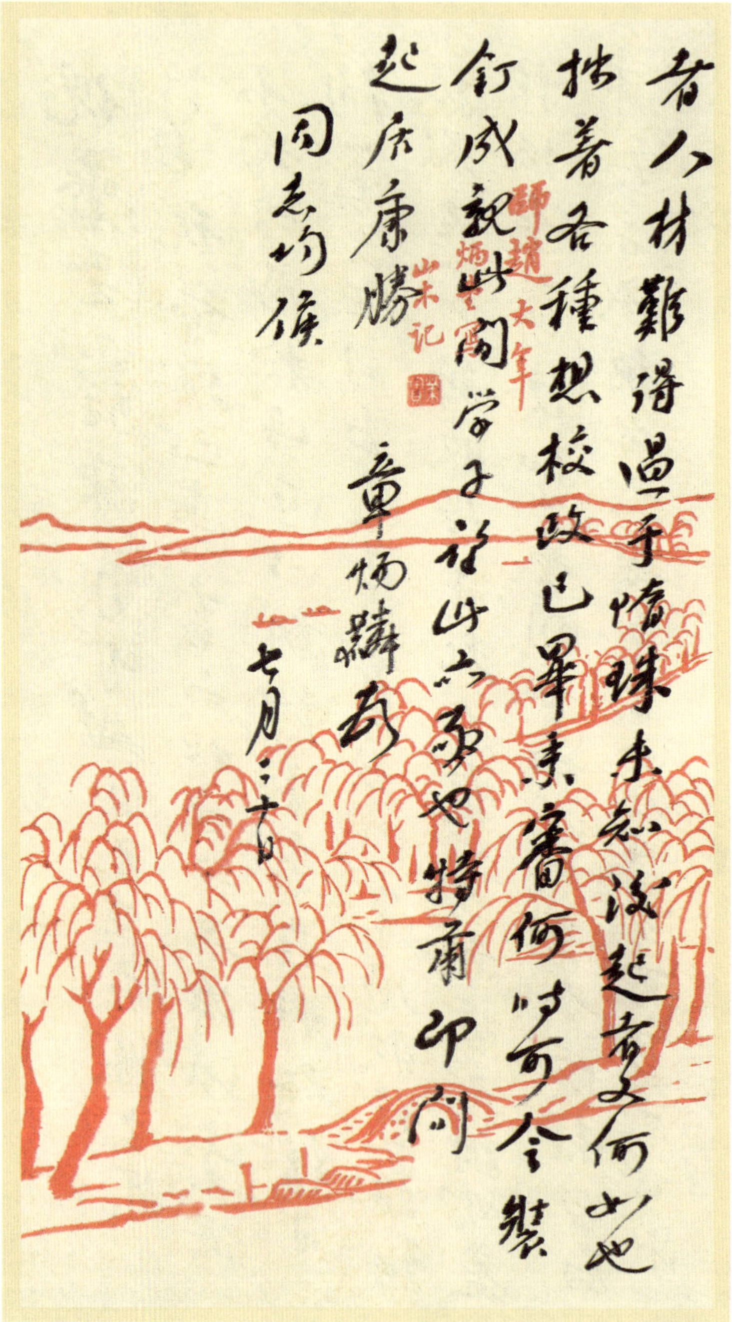

章炳麟顿首

七月二十日

一九三五年

缌斋足下：斗历又移，衰年正觉时去之速，而强壮者正务精进也。拙著数种，自去年七月廿五日得信后，未有音耗。顷来又逾半岁，未知能就绪否？刻字铺一味懈缓，不可不力加催促。计自前三岁

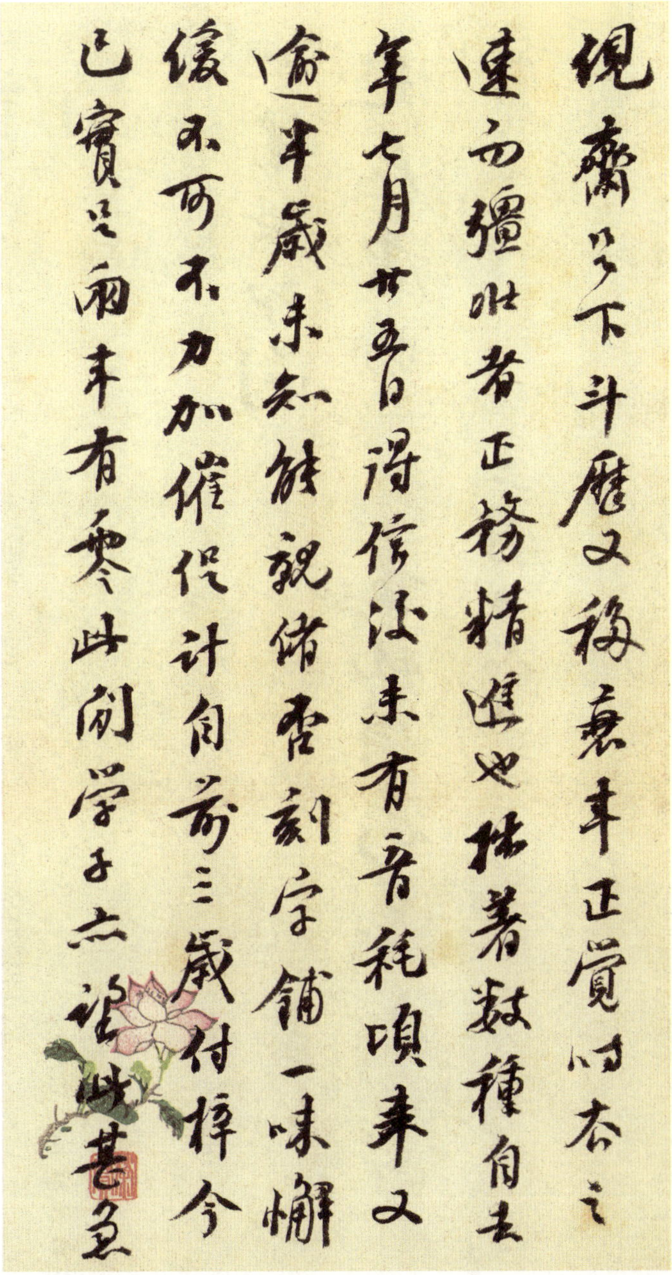
緦齋足下斗曆又移衰年正覺時去之速而彊壯者正務精進也拙著數種自去年七月廿五日得信後未有音耗頃來又逾半歲未知能就緒否刻字鋪一味懈緩不可不力加催促計自前三歲付梓今已實足兩年有零此則學子亦謂此甚急

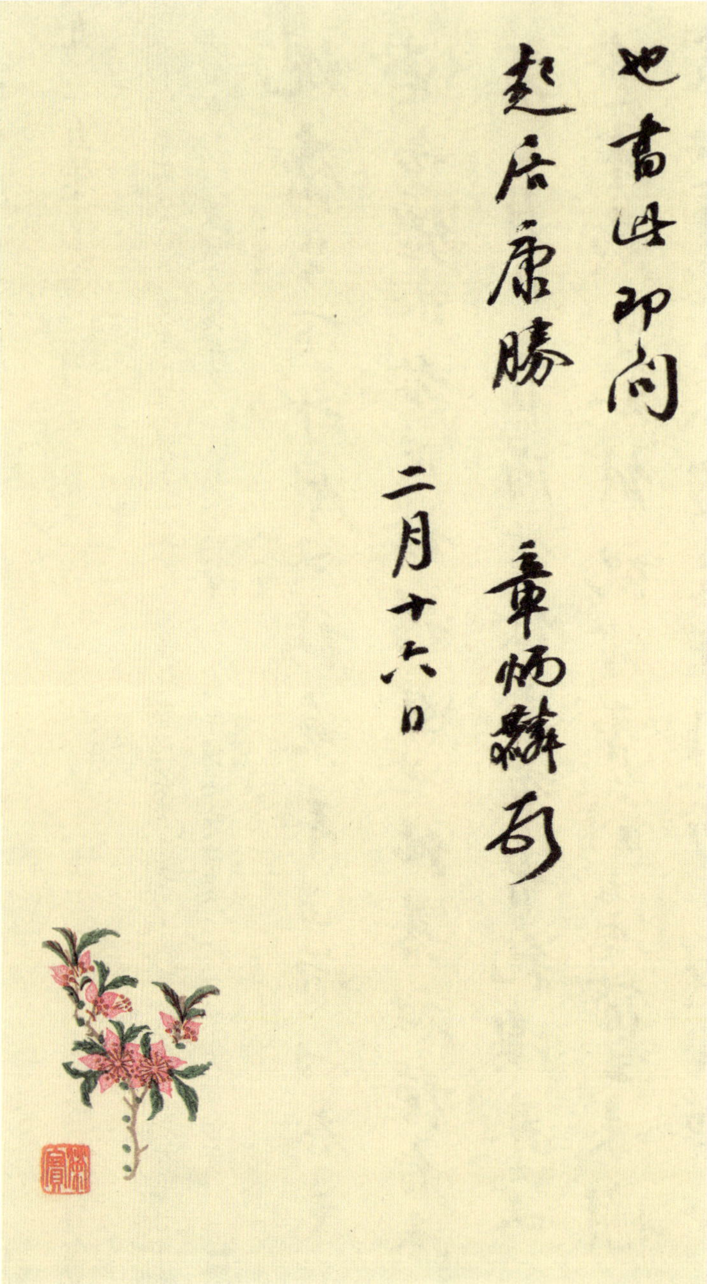
也 書此即問
起居康勝
章炳麟頓首
二月十六日

时付梓，今已实足两年有零。此间学子亦望此甚急也。书此，即问起居康胜！

章炳麟顿首
二月十六日

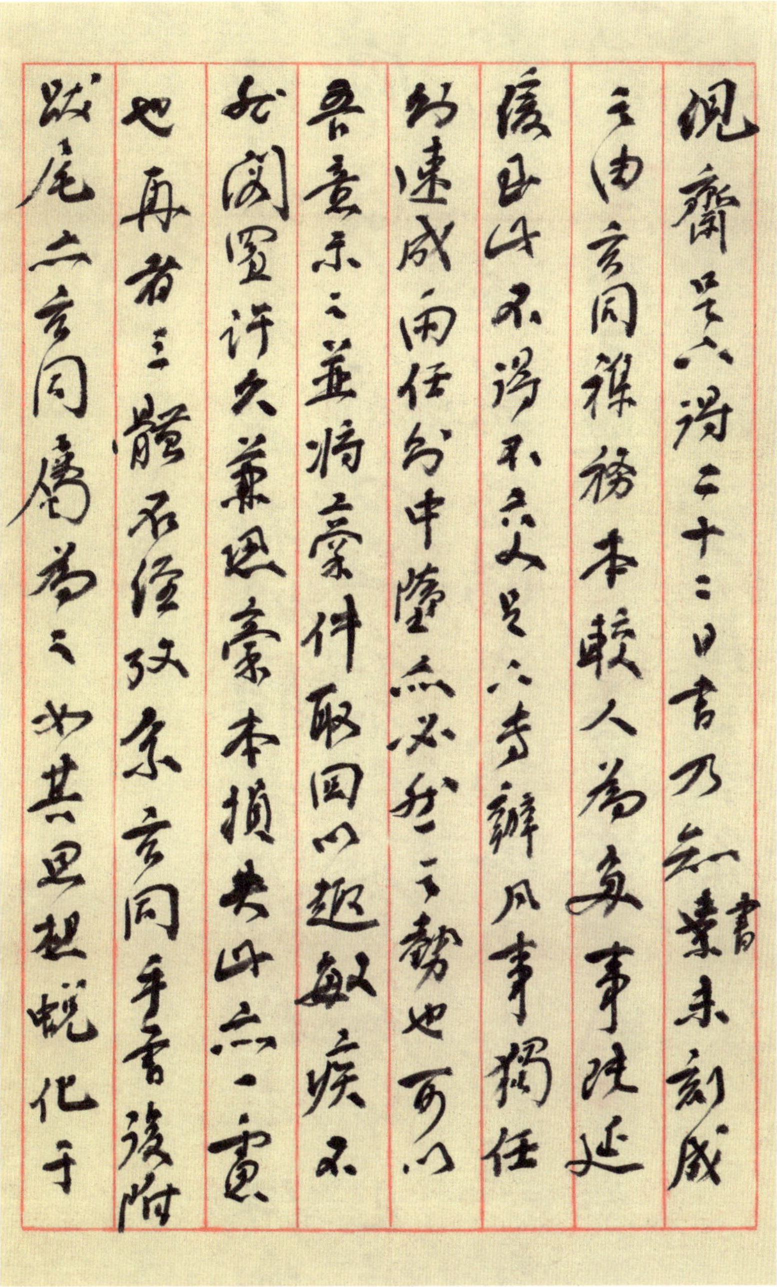

缄斋足下：得二十二日书，乃知书未刻成之由。玄同杂务本较人为多，事既延缓至此，不得不交足下专办。凡事独任则速成，两任则中堕，亦必然之势也。可以吾意示之，并将稿件取回，以趣敏疾。不然阁置许久，兼恐稿本损失，此亦一虑也。再者，《三体石经考》系玄同手书，后附，跋尾亦玄同

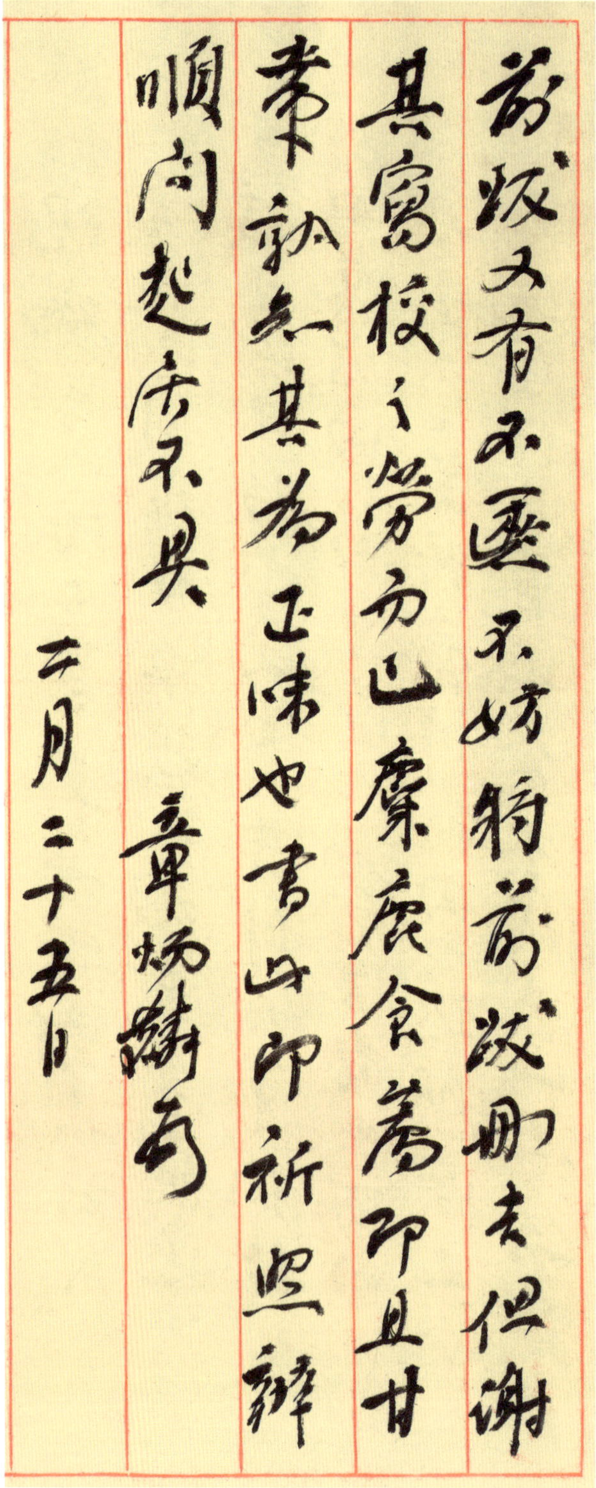

属为之。如其思想蜕化，于前跋又有不惬，不妨将前跋删去，但谢其写校之劳而已。麋鹿食荐，即且甘带，孰知其为正味也。书此，即祈照办。顺问起居，不具。

章炳麟顿首

二月二十五日

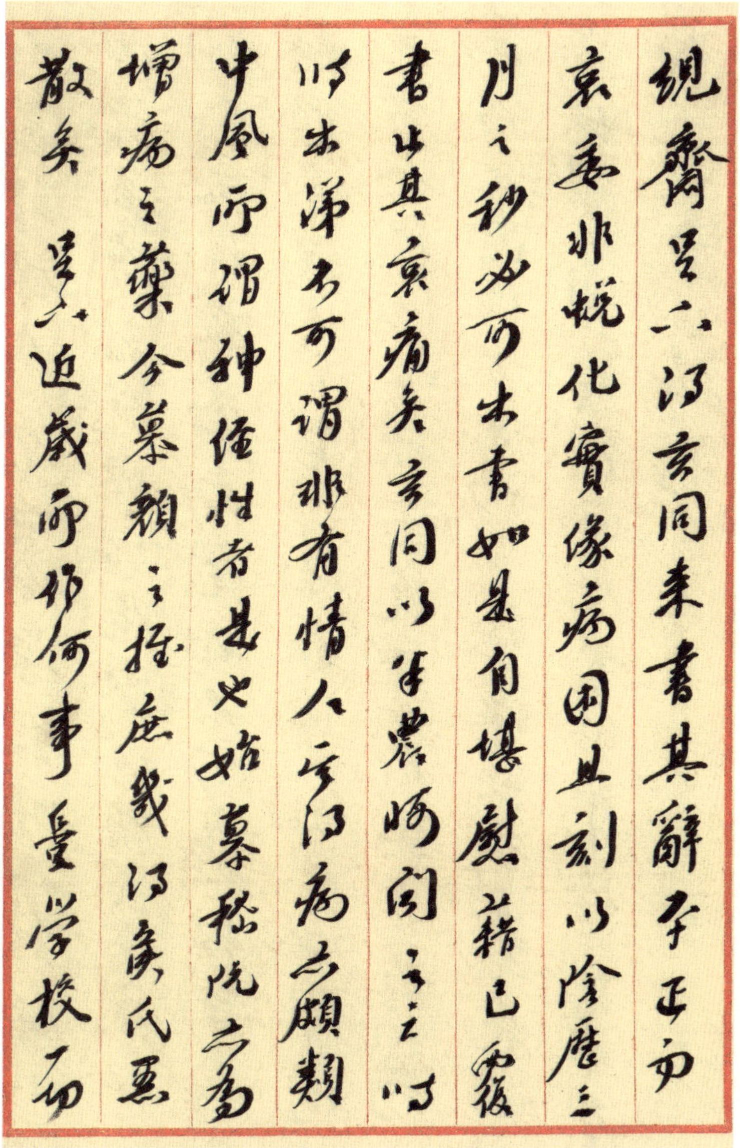

𬘫斋足下：得玄同来书，其辞平正而衰委，非蜕化，实缘病困。且刻以阴历三月之杪，必可出书。如是自堪慰藉，已复书止其哀痛矣。玄同以半农、晦闻云亡，时时出涕，不可谓非有情人，其得病亦颇类中风，所谓神经性者是也。始慕稽阮，亦为增病之药，今慕颜之推，庶几得侯氏黑散矣。足下近岁所作何事？岂学校一切不处耶？仆每念近世学校中人能理小学者多有，能说经者绝少。间有之，大

氏依傍今文，指鹿为马，然尚不可骤得。足下能明《三礼》名物，最为核实。此之一线，固不可令绝也。近欲宣说经义，与众共之，尚苦学子读经者少，诲之谆谆，听则藐藐。此亭林所以开读经会也。书此，即候起居康胜。

章炳麟顿首

三月三日

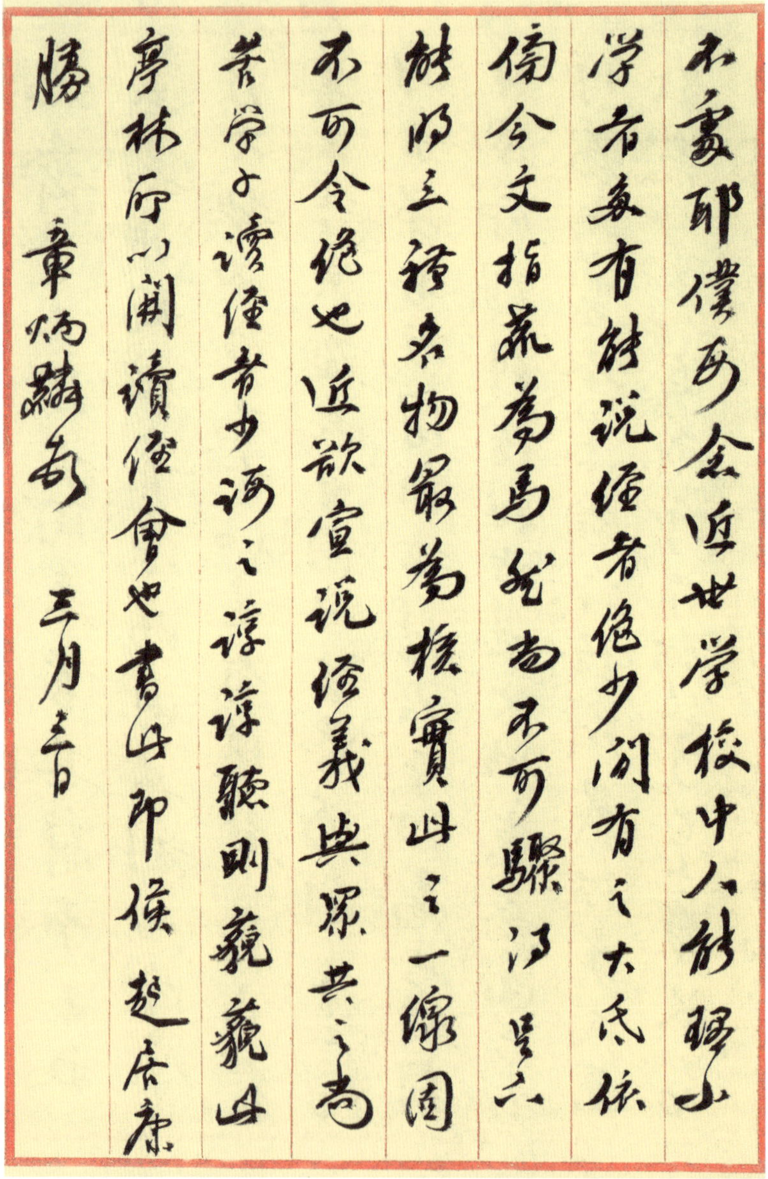
不處耶僕所念近世學校中人能稱小
學者多有能說經者絕少閒有之大氏依
傍今文指鹿爲馬然尚不可驟得足下六
能明三禮名物最爲核實此之一線固
不可令絕也近欲宣說經義與衆共之尚
苦學子讀經者少誨之諄諄聽則藐藐此
亭林所以開讀經會也書此即候起居康
勝 章炳麟頓首 三月三日

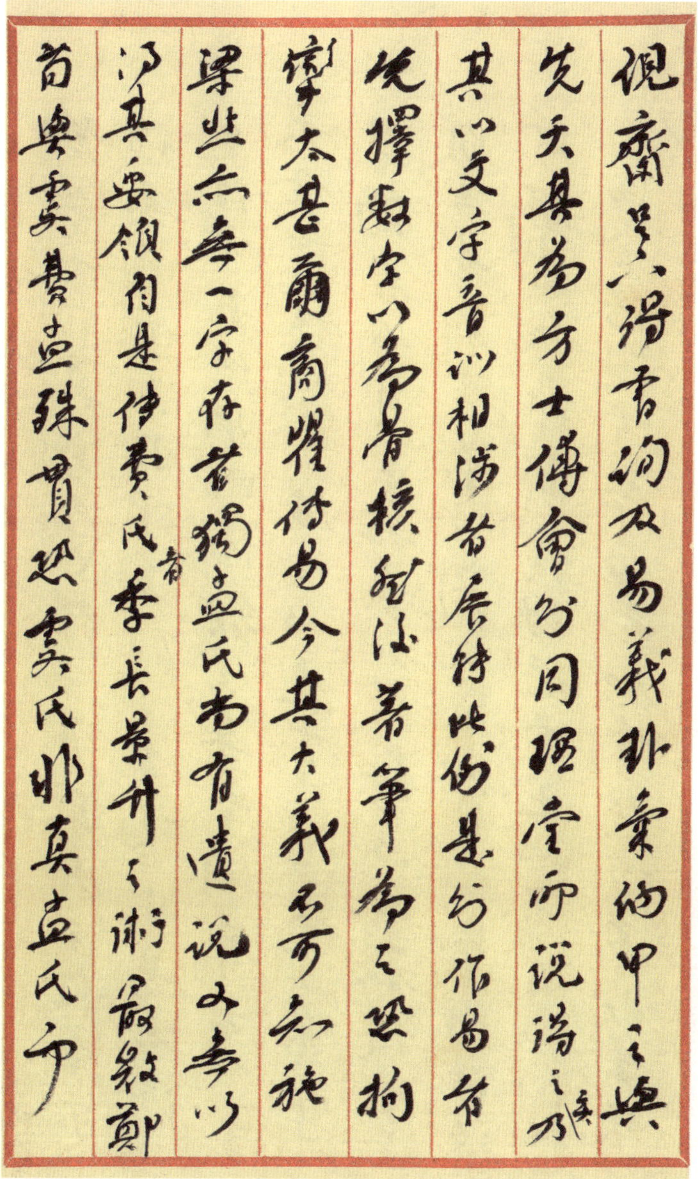

覌斋足下：得书询及《易》义，卦气、纳甲之与先天，其为方士传会则同，理堂所说得之矣。及其以文字音训相涉者，展转比例，是则作易者先择数字，以为骨核，然后著笔为之，恐拘挛太甚尔。商瞿传《易》，今其大义不可知。施、梁丘，亦无一字存者。独孟氏尚有遗说，又无以得其要领。自是传费氏者，季长、景升之术最微。郑、荀与虞、费、孟殊贯。恐虞氏非真孟氏，而郑、荀亦非真

费氏也。仆之有取于王、程者，亦谓其近道耳。非谓三圣之旨，尽于是也。读王注者，当先取略例观之，其言闳廓，亦不牵及玄言。程氏即往往以史事证易。二家所得，独在此耳。足下意好治《礼》，以此教授，亦足自立。《易》义置为后图可也。抑足下曾言，《诗》、《礼》可解，《书》、《春秋》难解，仆谓《诗》、《书》亦略等耳。以训故文曲言《诗》，视《书》为易知。顾《书》犹有事状可凭，

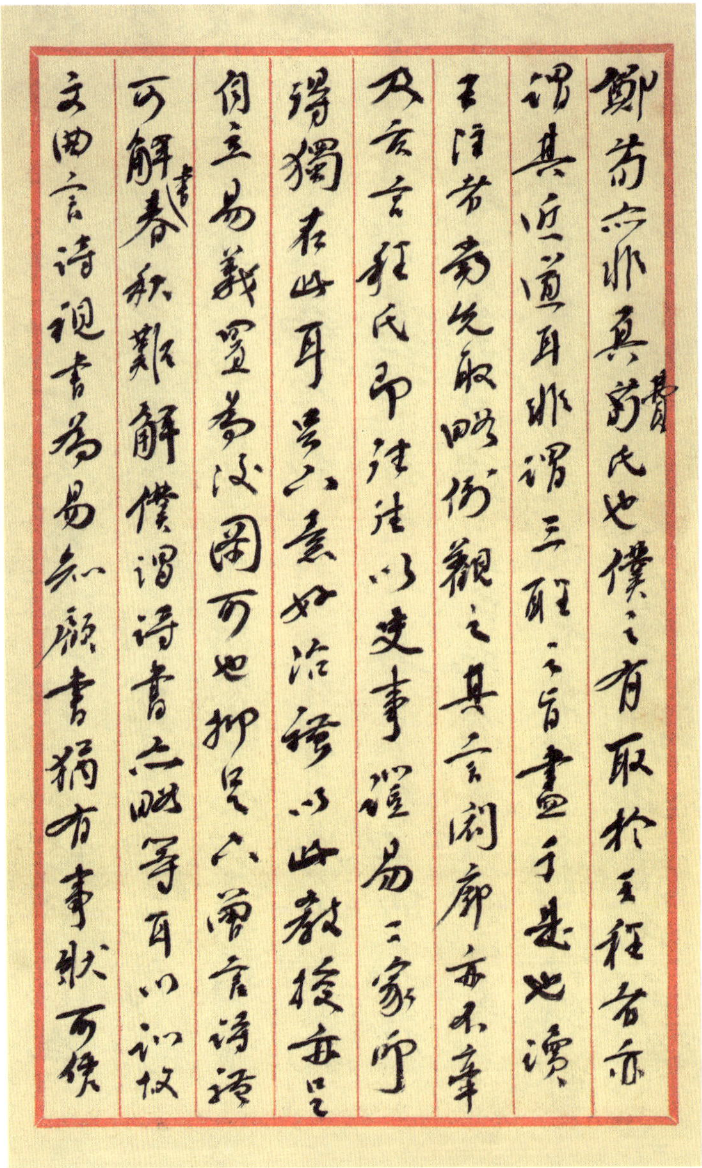

鄭荀亦非真費氏也僕之有取於王程者亦
謂其近道耳非謂三聖之旨盡于是也讀
王注者當先取略例觀之其言閎廓亦不牽
及玄言程氏即往往以史事證易二家所
得獨在此耳足下意好治禮以此教授亦足
自立易義置爲後圖可也抑足下曾言詩禮
可解書春秋難解僕謂詩書亦略等耳以訓故
文曲言詩視書爲易知顧書猶有事狀可侑

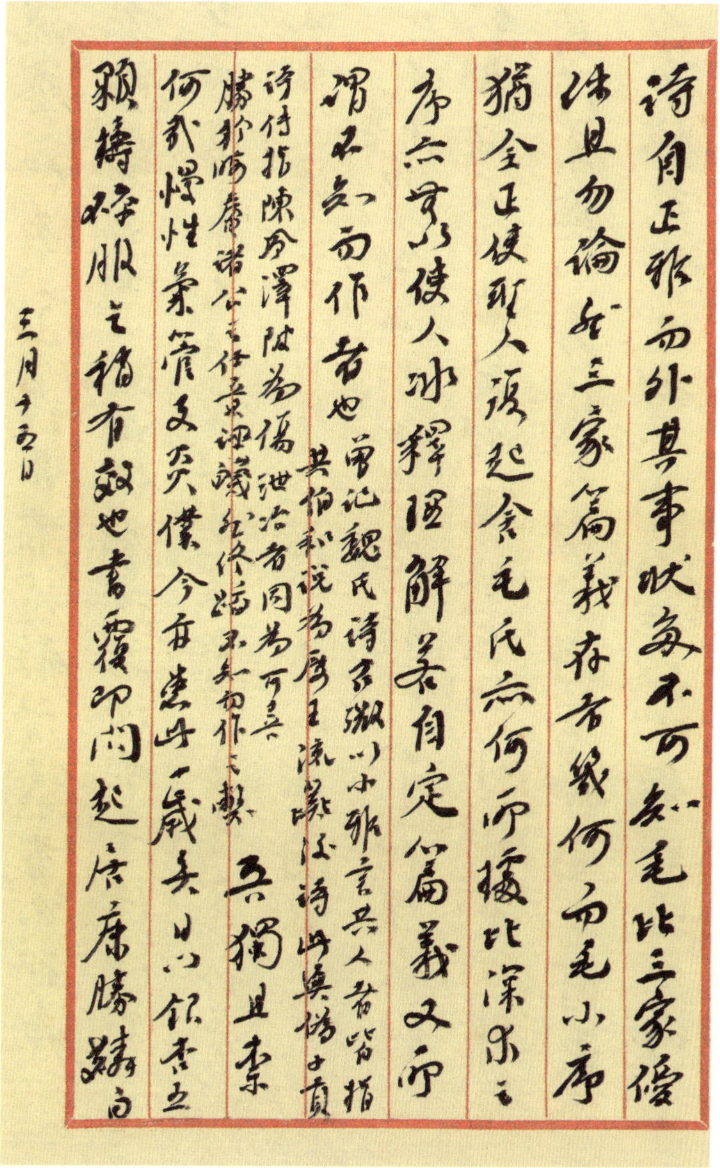

《诗》自正雅而外，其事状多不可知。毛比三家优绌且勿论，然三家篇义存者几何？而毛《小序》犹全，正使圣人复起，舍毛氏亦何所据？比深求之，《序》亦无以使人冰释理解。若自定篇义，又所谓不知而作者也。曾记魏氏《诗古微》以《小雅》言共人者，皆指共伯和，说为厉王流彘后诗，此与伪子贡《诗传》指《陈风·泽陂》为伤泄治者同为可喜。胜于晦庵诸公之任意诬蔑。然终蹈不知而作之弊。吾独且奈何哉！慢性气管支炎，仆今亦患此一岁矣。日以银杏五颗捣碎服之，稍有效也。书复，即问起居康胜。

麟白　三月十五日

䌸斋仁弟足下：得来书谓形声义有不相应者，因举男女父母四语为证，而谓有此语时，至少五万年，有此字时，至多不过五千年。鄙意父母之语，发于自然，容初有生民已尔。男女之语，何时出口，则不能知也。庖牺作八卦，但有乾、坤、坎、离等八名尔，其余果作何语，谁能验之？其夏种未兴以前，

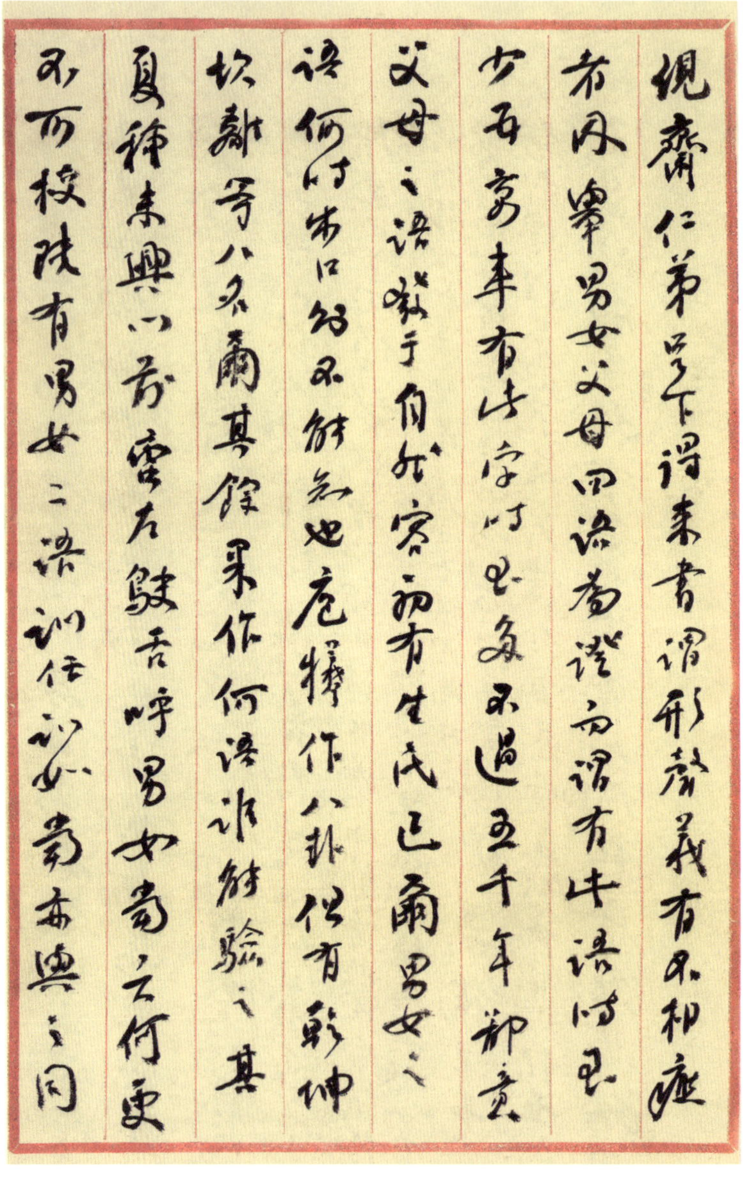

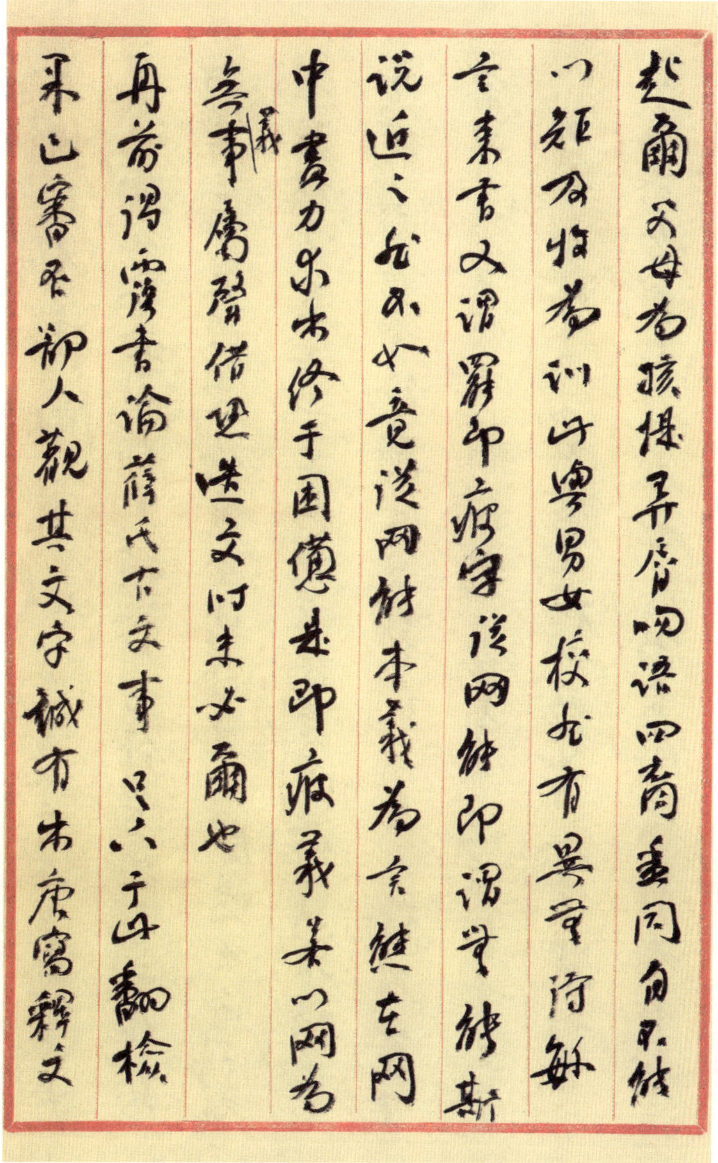
起爾。父母爲孩提弄脣吻語，四裔悉同，自不能以矩及牧爲訓，此與男女校然有異，無待繁言。來書又謂罷即疲字，從网能，即謂無能，斯說近之，然不如竟從网能本義爲言。熊在网中，盡力求出，終于困憊，是即疲義。若以网爲無義，事屬聲借，恐造文時未必爾也。再前謂雷浚書論薛氏古文事，只六于此翻檢，未已審否，鄙人觀其文字，誠有未廣窮釋文

蛮夷缺舌呼男女当云何，更不可校。既有男女二语，训任、训如，当亦与之同起尔。父母为孩提弄唇吻语，四裔悉同，自不能以矩及牧为训。此与男女校然有异，无待繁言。来书又谓罢即疲字，从网能，即谓无能，斯说近之，然不如竟从网能本义为言。熊在网中，尽力求出，终于困惫，是即疲义。若以网为无义，事属声借，恐造文时未必尔也。

再，前得复书，论薛氏古文事。足下于此，翻检果已审否？鄙人观其文字，诚有出唐写《释文》外者，如肆之作緜，斁之作敼，皆本《说文》，而与《释文》正义不合。至如有皆作广变又之，威皆作𢦔，共、恭皆作龚，则与《三体石经》字例悉合，恐非出于臆造。大氏开元改定，枚书真本已亡，而《释文》犹在。开宝又改《释文》。然《释文》原本，孙奭、贾昌朝犹及见之。薛本盖即宋次道等所为，辑录《释

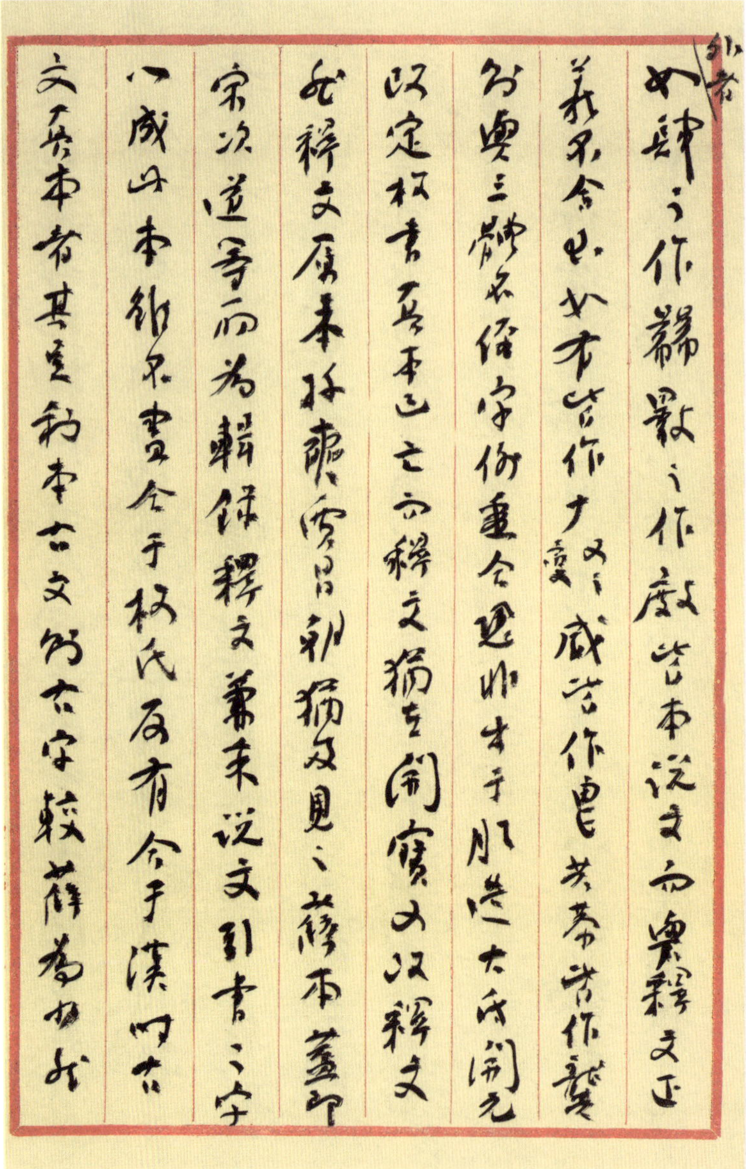
外者
如肆之作緜，斁之作敼，皆本說文，而與釋文正
義不合。至如有皆作广又之變，威皆作𢦔，共恭皆作龔
皆與三體石經字例悉合，恐非出于臆造。大氏開元
改定，枚書真本已亡，而釋文猶在。開寶又改釋文
然釋文原本，孫奭、賈昌朝猶及見之。薛本蓋即
宋次道等所為，輯錄釋文兼采說文引書之字
以成此本，雖不盡合于枚氏原有，合于漢時古
文原本者，其蓋翻本古文，多古字，較薛為如此

文》兼采《说文》引书之字，以成此本。虽不尽合于梅氏，反有合于汉时古文真本者。其足利本古文，则古字较薛为少。然如分北三苗，薛只作北，足利乃作，是仍有采摭异书者。今所见《释文》残本，不过《尧典》、《舜典》二篇，欲求其全，则以《汗简》为正。盖成书在于周时，《释文》原本尚未被改窜也（如云《古文尚书》无繇字确与《释文》相应。）以《汗简》校薛本及足利本，薛本于《释文》外采摭稍繁，足利本于《释文》内搜辑未尽，皆未如《汗简》之诚谛矣。令郎调任事仍属旭初为致力，未知有以藉手否？书复，即问起居康胜。

麟白

五月七日

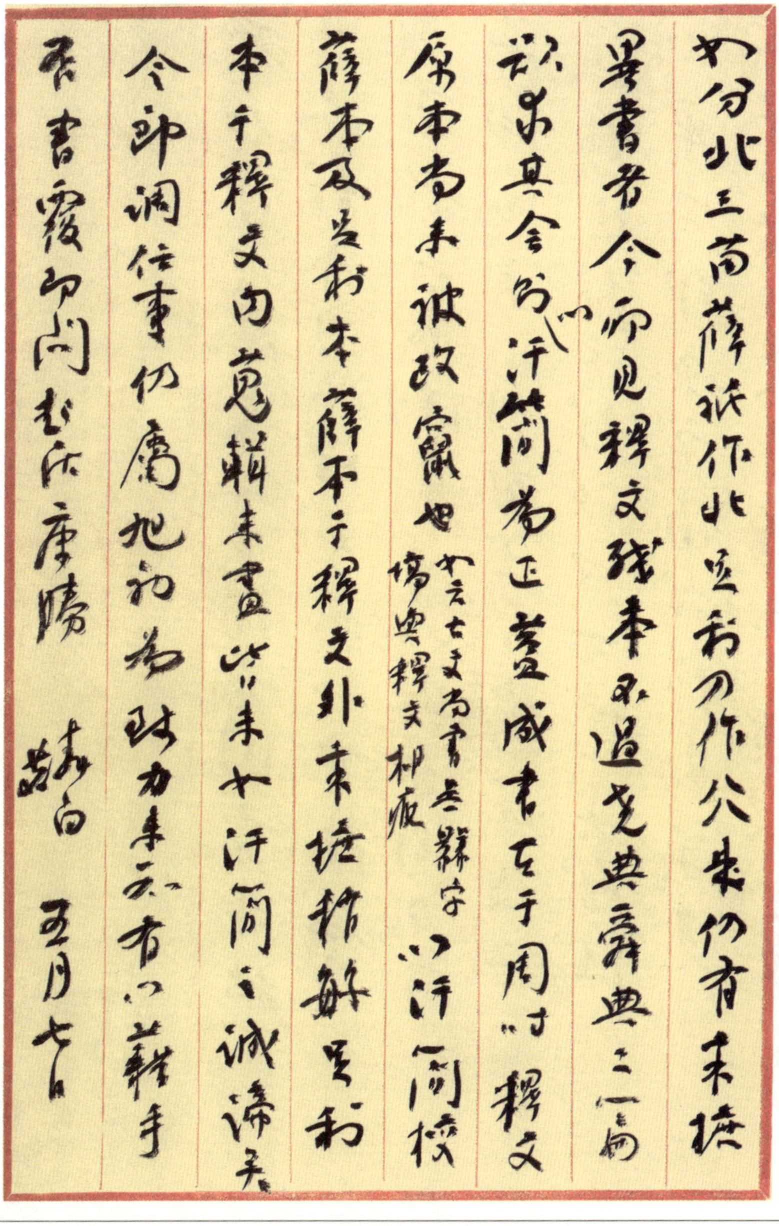

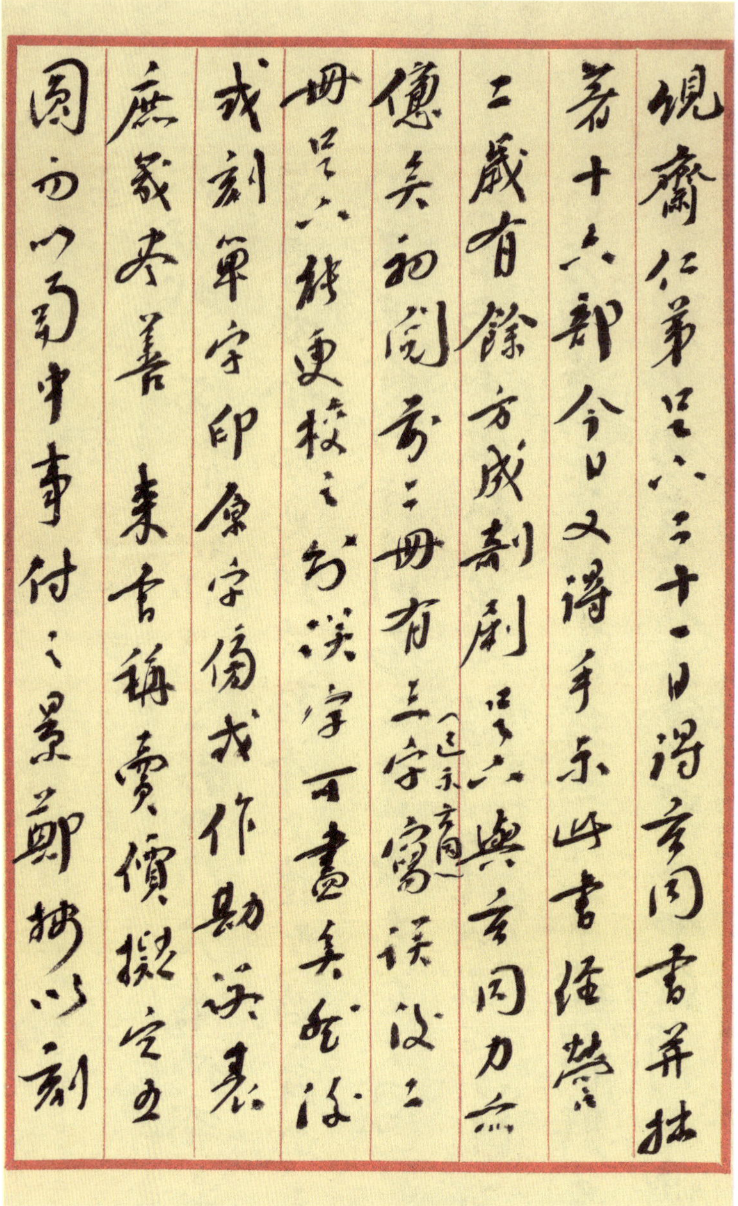
覞齋仁弟足下二十一日得玄同書并拙著十六部今日又得手示此書經營二歲有餘方成剞劂足下與玄同力亦憊矣初閱前二冊有三字（已示玄同）寫誤後二冊足下能更校之則誤字可盡矣然後或刻單字印原字傍或作勘誤表庶幾盡善來書稱賣價擬定五圓而以南中事付之景鄭拙以剞

觇斋仁弟足下：二十一日得玄同书，并拙著十六部，今日又得手示。此书经营二岁有余，方成剞劂。足下与玄同力亦惫矣。初阅前二册，有三字（已示玄同）写误，后二册足下能更校之，则误字可尽矣。然后或刻单字印原字傍，或作勘误表，庶几尽善。来书称卖价拟定五元，而以南中事付之景郑。

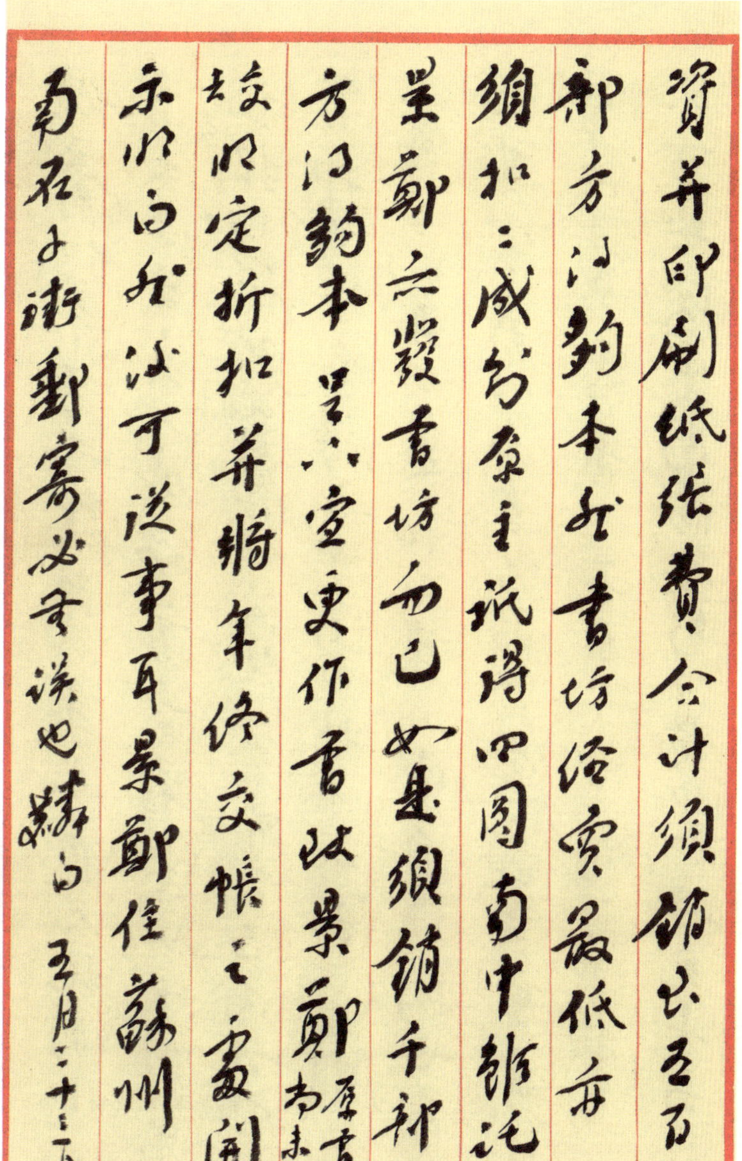
資并印刷紙張費合計須銷至五百部方得夠本然書坊經賣最低亦須扣二成則原主祇得四圓南中雖托景鄭亦發書坊而已如是須銷千部方得夠本足下宜更作書致景鄭原書尚未交去明定折扣并將年終交帳之處開示明白然後可從事耳景鄭住蘇州南石子街郵寄必無誤也麟白 五月二十三日

按以刻资并印刷纸张费，合计须销至五百部方得够本。然书坊经卖，最低亦须扣二成，则原主祇得四元。南中虽托景郑，亦发书坊而已。如是须销千部方得够本。足下宜更作书致景郑。原书尚未交去。明定折扣，并将年终交帐之处开示明白，然后可从事耳。景郑住苏州南石子街，邮寄必无误也。

麟白

五月二十三日

觋斋仁弟足下：变乱以来，未通尺札。闻北京大学受东人威胁，有意南迁。如玄同辈于北平植根已深，恐不能舍之他去。若夫己氏者，颇有邦汋之名，疑其乐处北平，而南迁则虚语也。五四运动一案，此曹自谓间世奇功，其实当时危急，本非南宋之比。而曹、章辈亦未至如汪、黄之甚。击之者，虽云义愤，固不可与陈东同论。今则汪、黄果再见矣，而竟未闻有击之者，然则前功固已尽弃，乃夫己氏得意之

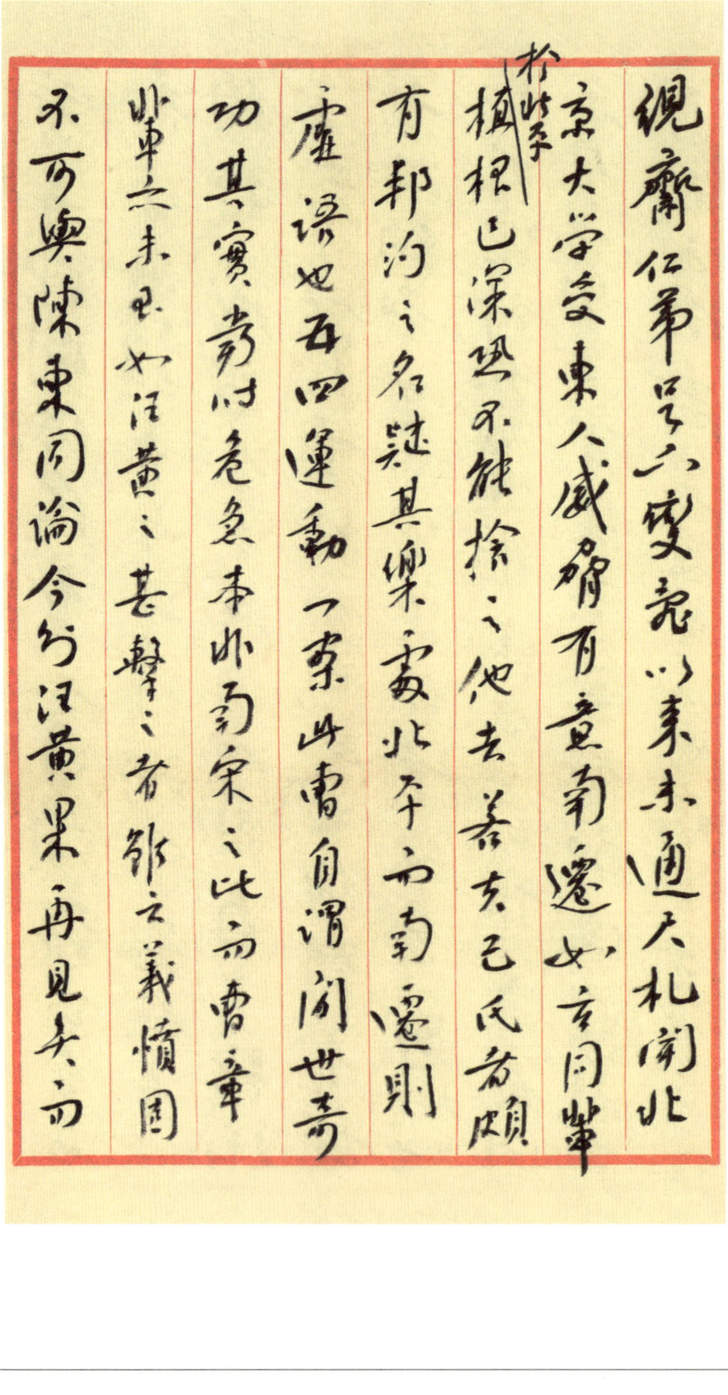
覡齋仁弟足下變亂以來未通尺札聞北
京大學受東人威脅有意南遷如玄同輩於北平
植根已深恐不能捨之他去若夫己氏者頗
有邦汋之名疑其樂處北平而南遷則
虛語也五四運動一案此曹自謂閒世奇
功其實當時危急本非南宋之比而曹章
輩亦未至如汪黃之甚擊之者雖云義憤固
不可與陳東同論今則汪黃果再見矣而

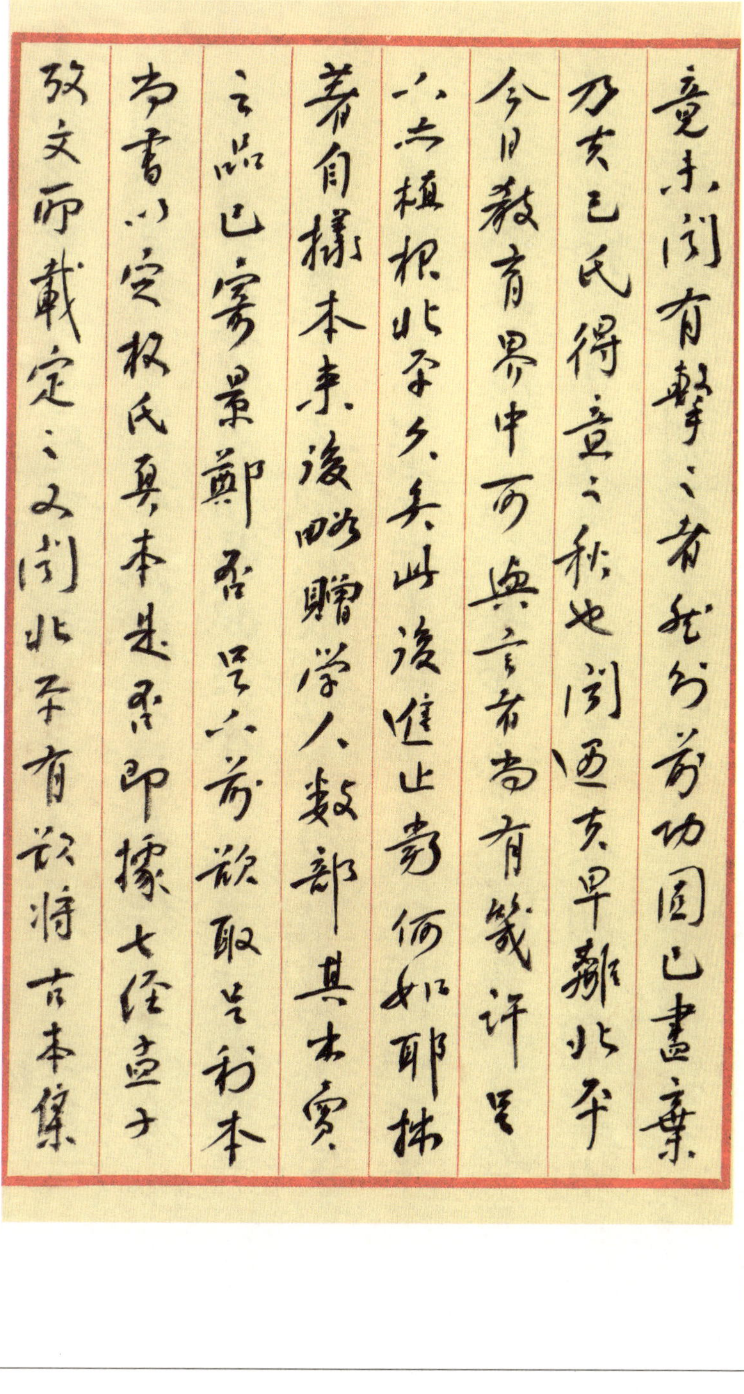
竟未聞有聲，前我所前功圓已盡棄
乃夫己氏得意之秋也聞遇夫早離北平
今日教育界中可與言者尚有幾許足
下亦植根北平久矣此後進止當何如耶拙
著自樣本來後略贈學人數部其出賣
之品已寄景鄭否足下前欲取足利本
尚書以定枚氏真本是否即據七經孟子
考文所載定之又聞北平有欲將古本集

秋也。闻遇夫早离北平，今日教育界中可与言者，尚有几许！足下亦植根北平久矣，此后进止当何如耶？拙著自样本来后，略赠学人数部，其出卖之品，已寄景郑否？足下前欲取足利本《尚书》以定枚氏真本，是否即据《七经孟子考文》所载定之。又闻北平有欲将古本集刻者，恐东方所有，亦不过采足利本。其敦煌石室所出者当祇据未改本《释文》搜集为之。计枚书自天宝改从今文后，至宋初已二百年，

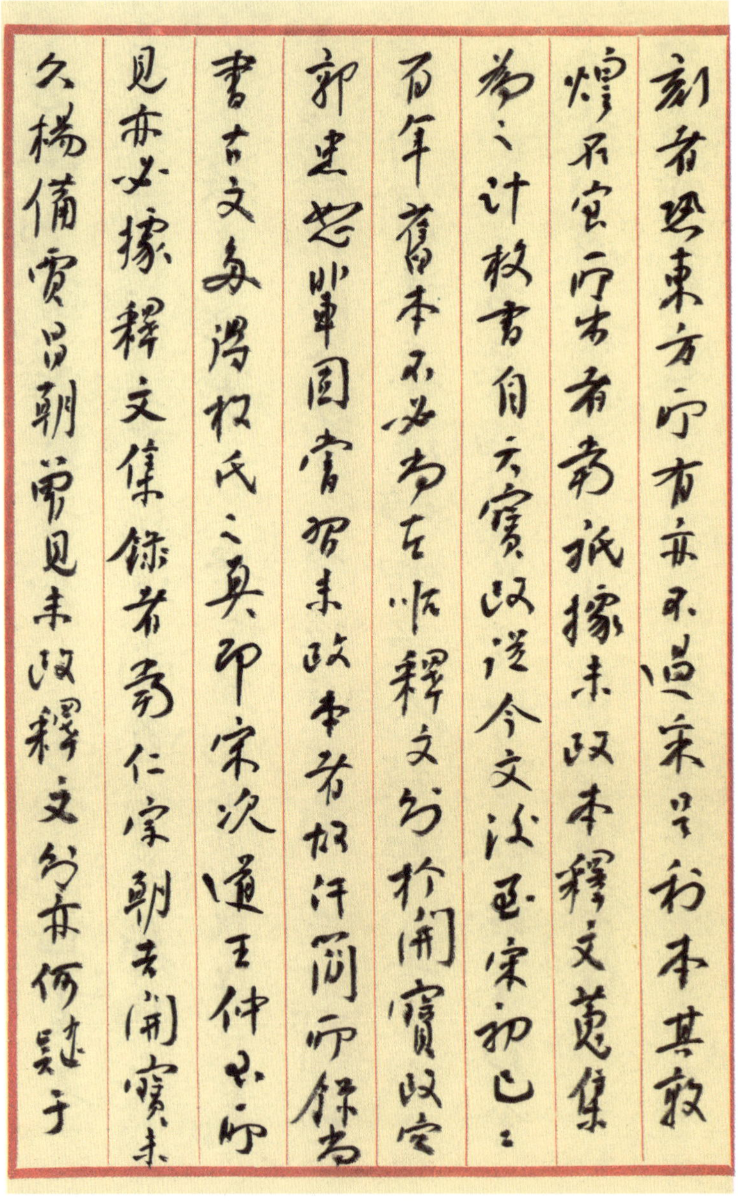
刻者恐東方所有亦不過宋世刻本其敦
煌石室所出者爲祇據未改本釋文蒐集
爲之計校書自天寶改從今文訖至宋初已二
百年舊本不必尚在惟釋文則於開寶改定
郭忠恕輩固嘗習未改本者故汗簡所錄尚
書古文多得枚氏之真即宋次道王仲至所
見亦必據釋文集錄者當仁宗朝去開寶未
久楊備賈昌朝曾見未改釋文則亦何疑于

旧本不必尚在，唯《释文》则于开宝改定，郭忠恕辈固尝习未改本者，故《汗简》所录《尚书》古文，多得枚氏之真。即宋次道、王仲至所见，亦必据《释文》集录者。当仁宗朝去开宝未久，杨备、贾昌朝曾见未改《释文》，则亦何疑于宋次道邪？若谓隶古定原本至宋尚在，恐未必然。即足利本果否出于唐世，亦未敢质言也。然深究此事，与今日国事有关亦不得不从缓矣。溺人必笑足下，得无哂其非

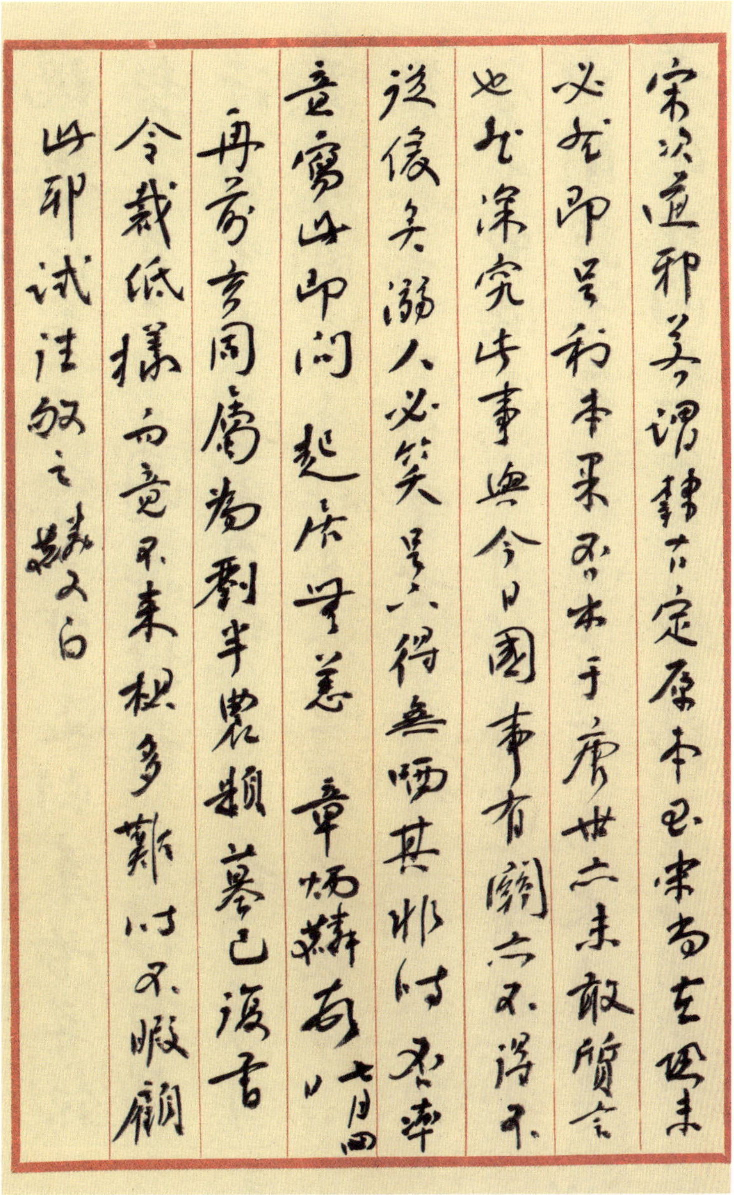
宋次道邪？若谓隶古定原本已宋有古文未
必尽即是，希本果尔，亦求于唐世之未敢质言
也。然深究此事，与今日国事有关，亦不得不
从俟矣。溺人必笑，是亦得无哂其非时否？率
意写此，即问起居无恙。　章炳麟顿首　七月四日
再：前玄同属为刘半农题墓，已复书
令裁纸样，而竟不来。想多难时不暇顾
此耶？试往敬之。　麟又白

时否？率意写此，即问起居无恙。

章炳麟顿首
七月四日

再：前玄同属为刘半农题墓，已复书令裁纸样，而竟不来。想多难时不暇顾此耶？试往敬之。

麟又白

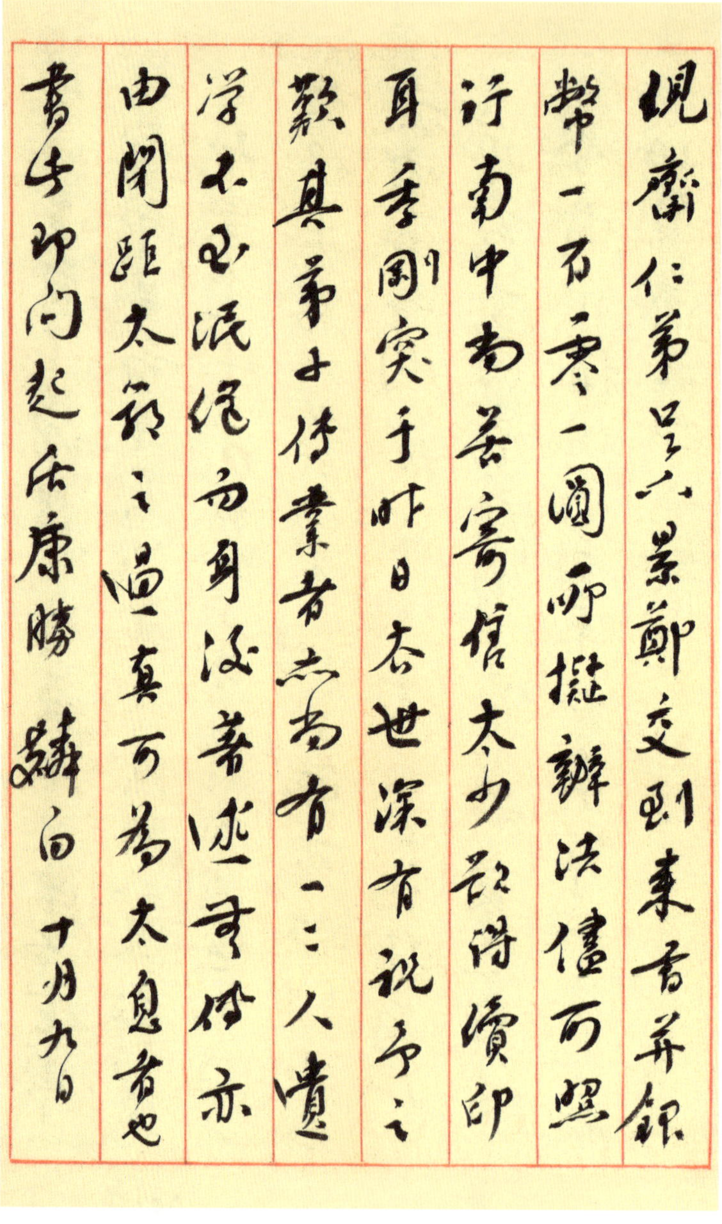

絸斋仁弟足下：景郑交到来书，并银币一百零一元，所拟办法，尽可照行。南中尚苦寄售太少，欲得续印耳。季刚突于昨日去世，深有祝予之叹。其弟子传业者，亦尚有一二人，遗学不至泯绝。而身后著述无传，亦由闭距太严之过，真可为太息者也。书此，即问起居康胜。

麟白　十月九日

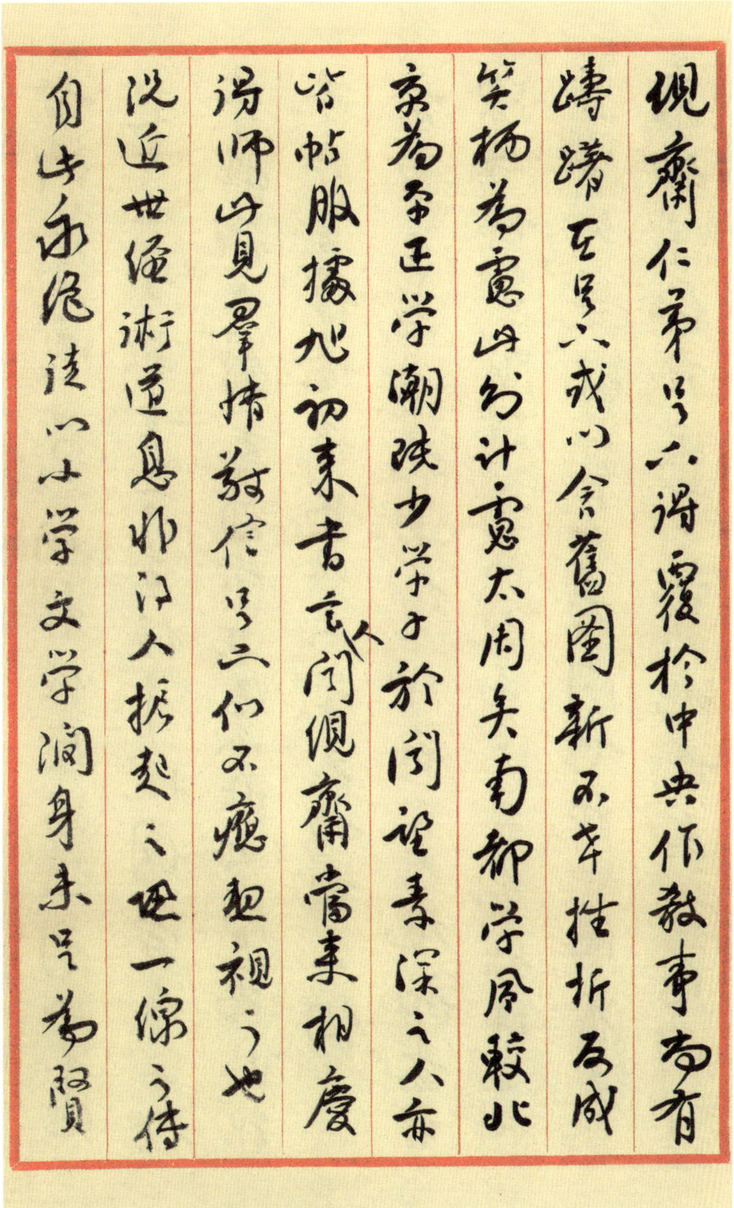
覘齋仁弟足下得復於中央作教事尚有踌躇在足下或以舍舊圖新不幸挫折反成笑柄為慮此則計慮太周矣南都學風較北京為平正學潮既少學子於聞望素深之人亦皆帖服據旭初來書言人聞覘齋當來相慶得師此見羣情敬信足下似不應恝視之也況近世經術道息非得人振起之恐一線之傳自此永絕從以小學文學潤身未足為賢

觇斋仁弟足下：得复，于中央作教事，尚有踌躇。在足下或以舍旧图新，不幸挫折，反成笑柄为虑，此则计虑太周矣。南都学风较北京为平正，学潮既少，学子于闻望素深之人，亦皆帖服。据旭初来书言，人闻觇斋当来，相庆得师，此见群情敬信，足下似不应恝视之也。况近世经术道息，非得人振起之，恐一线之传，自此永绝。从以小学文学润身，未足为贤者识大之道。足下研精经谊，忍使南

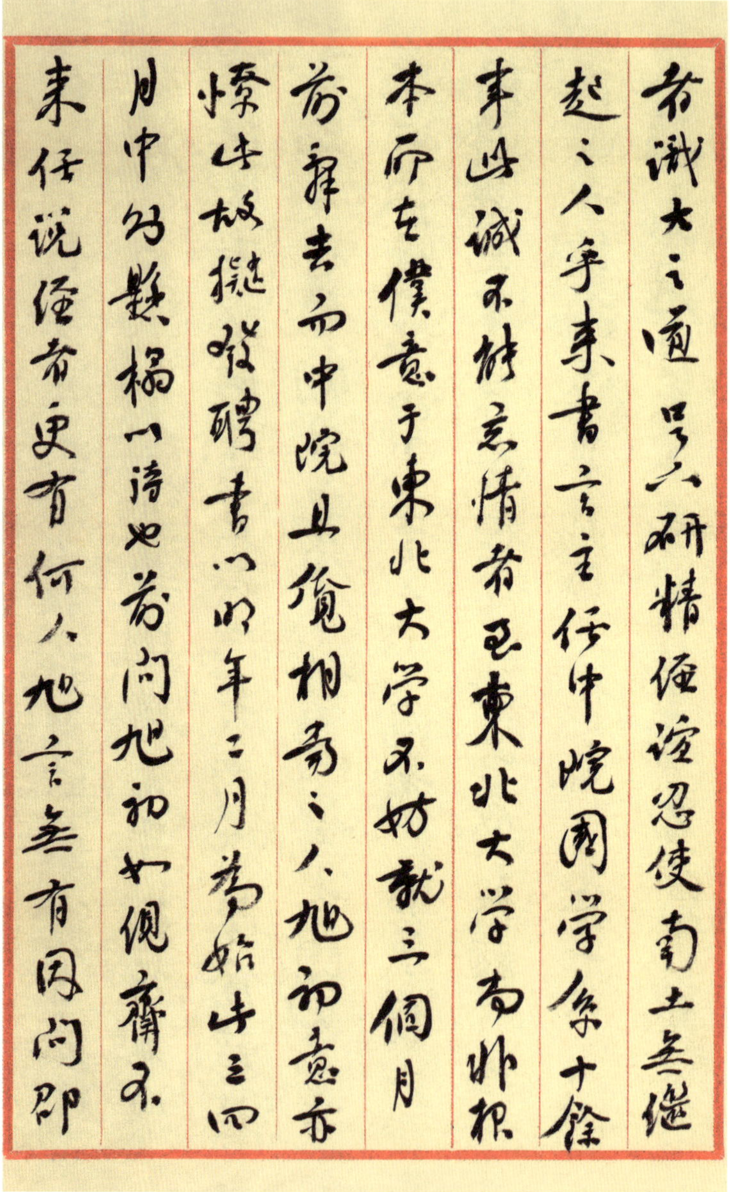
者識大之道，足以研精經誼，忍使南土無繼
起之人乎？來書言主任中院國學系十餘
年，此誠不能忘情者，至東北大學，尚非根
本所在。僕意于東北大學不妨就三個月
前辭去，而中院且覓相當之人。旭初意亦
了此，故擬發聘書，以明年二月為始。此三四
月中則懸榻以待也。前問旭初，如覌齋不
來，任說經者更有何人？旭言無有。因問邵

土无继起之人乎？来书言主任中院国学系十余年，此诚不能忘情者，至东北大学，尚非根本所在。仆意于东北大学不妨就三个月前辞去，而中院且觅相当之人。旭初意亦了此，故拟发聘书，以明年二月为始。此三四月中，则悬榻以待也。前问旭初，如觇斋不来，任说经者更有何人？旭言无有。因问邵君瑞彭如何？旭日，此岂可与觇斋并论。观其用意，除足下外，更无人胜任者。按之事实，亦信如是。

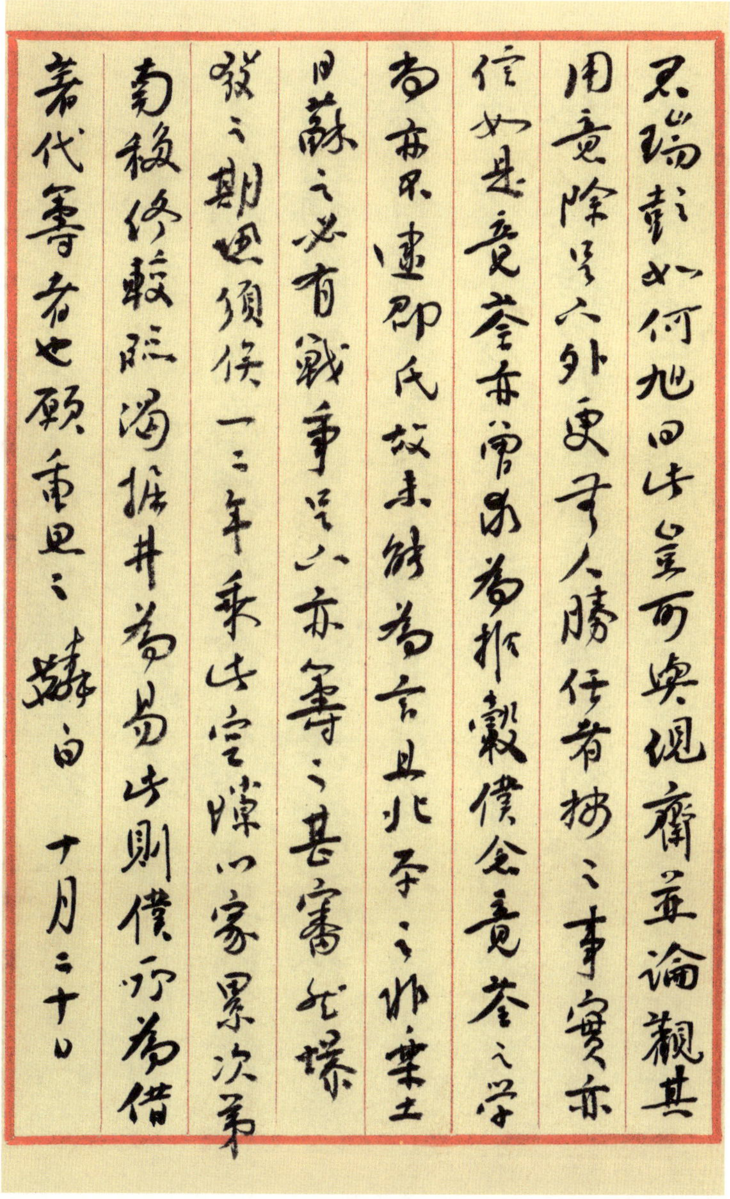
不瑞彭如何旭回此豈可與現齋並論觀其用意除足下外更有人勝任者耶事實亦信如是竟荃亦曾求為推轂僕念竟荃之學尚亦不逮邵氏故未能為言且北平之非樂土日蘇之必有戰爭足下亦籌之甚審然爆發之期恐須俟一二年乘此空隙以家累次弟南移終較臨渴掘井為易此則僕所為借著代籌者也願重思之　麟白　十月二十日

竟荃亦曾求为推毂。仆念竟荃之学，尚亦不逮邵氏，故未能为言。且北平之非乐土，日苏之必有战争，足下亦筹之甚审。然爆发之期，恐须俟一二年。乘此空隙，以家累次弟南移，终较临渴掘井为易，此则仆所为借著代筹者也，愿重思之。

麟白

十月二十日

一九三六年

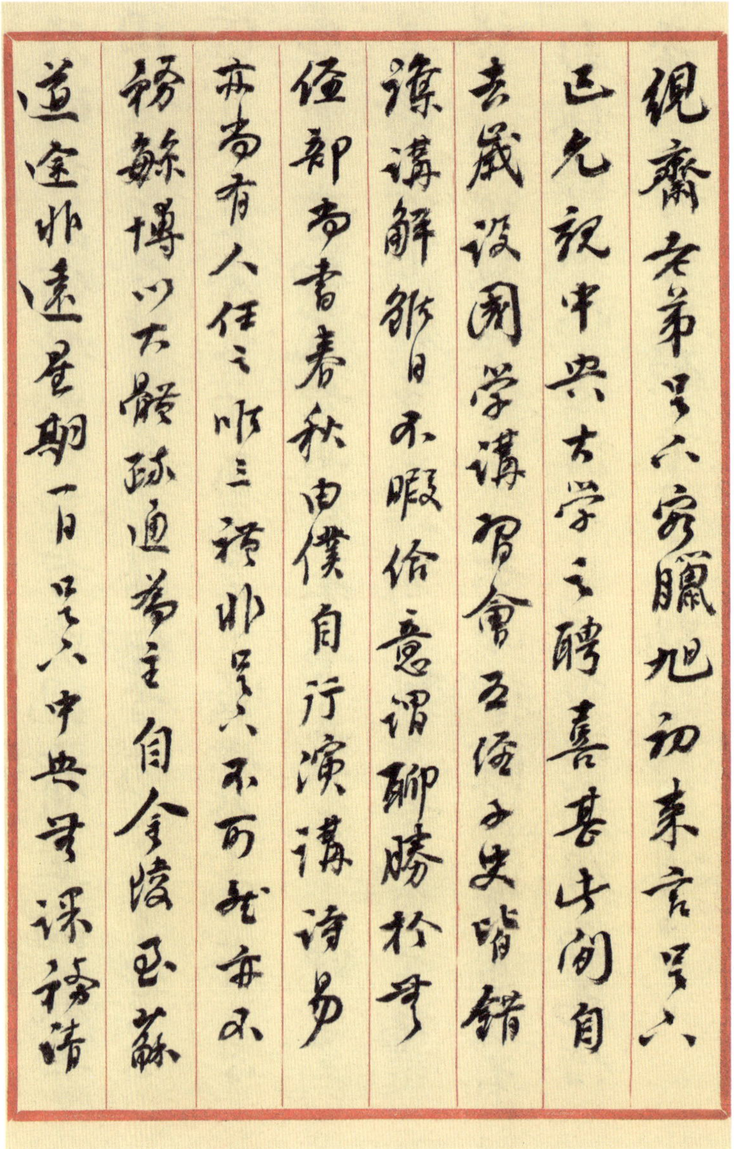
覌斋老弟足下客腊旭初来言足下
已允就中央大学之聘喜甚此间自
去岁设国学讲习会五经子史皆错
综讲解终日不暇给意谓聊胜于无
经部尚书春秋由仆自行演讲诗易
亦尚有人任之惟三礼非足下不可然亦不
务繁博以大体通达为主自金陵至苏
道涂非远星期一日足下中央大学课务请

觌斋老弟足下：客腊旭初来，言足下已允就中央大学之聘，喜甚。此间自去岁设国学讲习会，《五

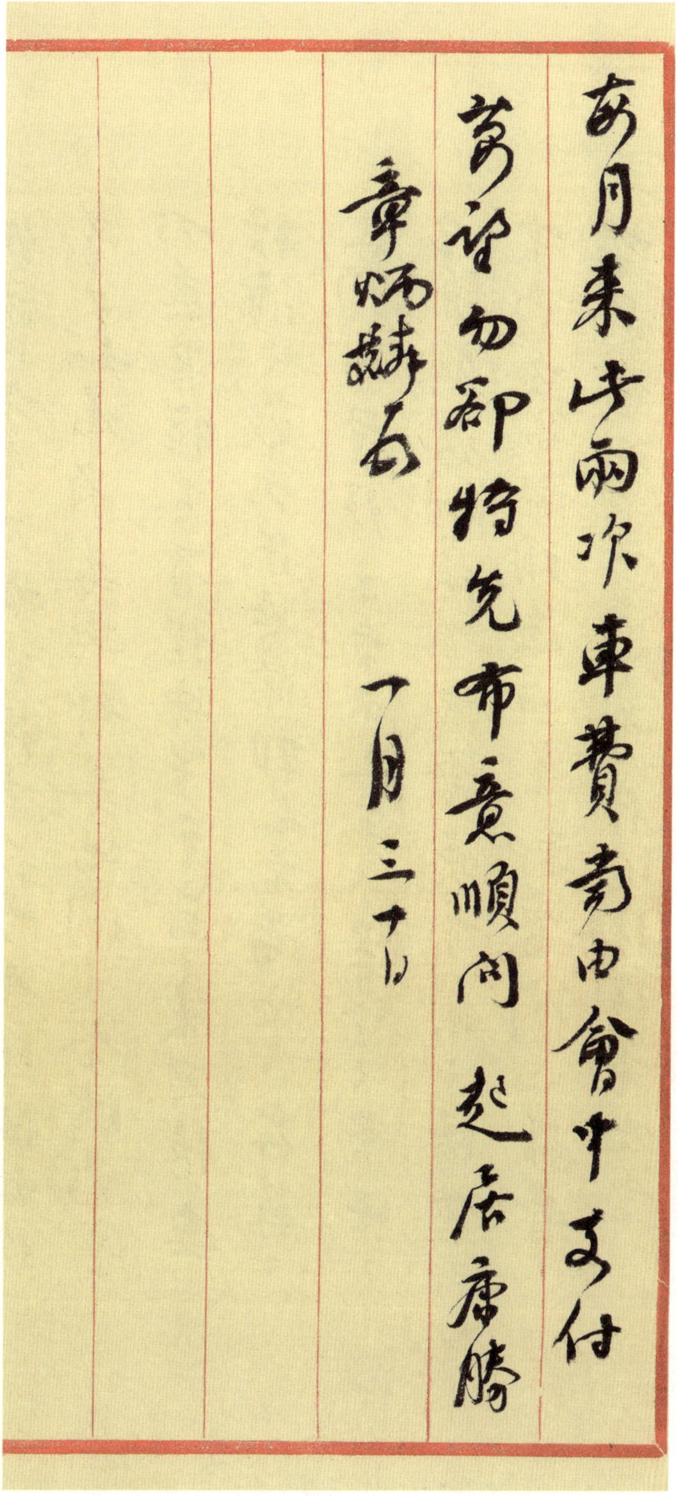
每月來此兩次車費當由會中支付
萬望勿卻特先布意順問起居康勝
章炳麟頓首　一月三十日

经》、子、史皆错杂讲解，虽日不暇给，意谓聊胜于无。经部《尚书》、《春秋》由仆自行演讲，《诗》、《易》亦尚有人任之。唯《三礼》非足下不可，然亦不务繁博，以大体疏通为主。自金陵至苏，道途非远，星期一日，足下中央无课，务请每月来此两次，车费当由会中支付，万望勿却。特先布意，顺问起居康胜！

章炳麟顿首　一月三十日

觇斋老弟左右：前得书欲为令郎调缺，仆素不知为省委与部委也。问之金陵当道，乃悉其权在省。仆与省主席陈君绝无杯酒之欢，乃求与陈相知者为言之。荏苒二三周，卒无复示，亦不知其人果言之否？此事且须忍耐，俟有机会，更为图之。《续丛书》南方求者颇多，而景郑处闻已消尽，望更为寄一二十部。仆近复理董《尚书》，一岁以来，所得又百余条。故《古文尚书拾遗》二卷，将来或再扩

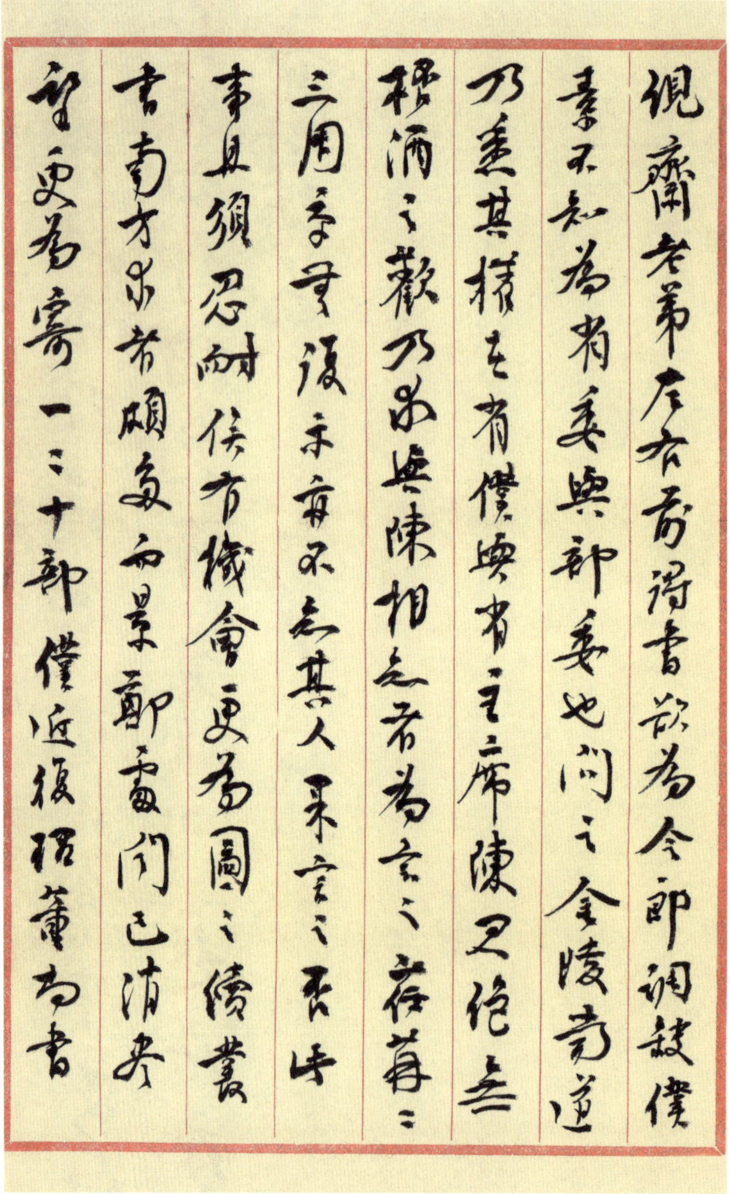
覯齋老弟左右前得書欲為令郎調缺僕素不知為省委與部委也問之金陵當道乃悉其權在省僕與省主席陳君絕無杯酒之歡乃求與陳相知者為言之荏苒二三周卒無復示亦不知其人果言之否此事且須忍耐俟有機會更為圖之續叢書南方求者頗多而景鄭處聞已消盡望更為寄一二十部僕近復理董尚書

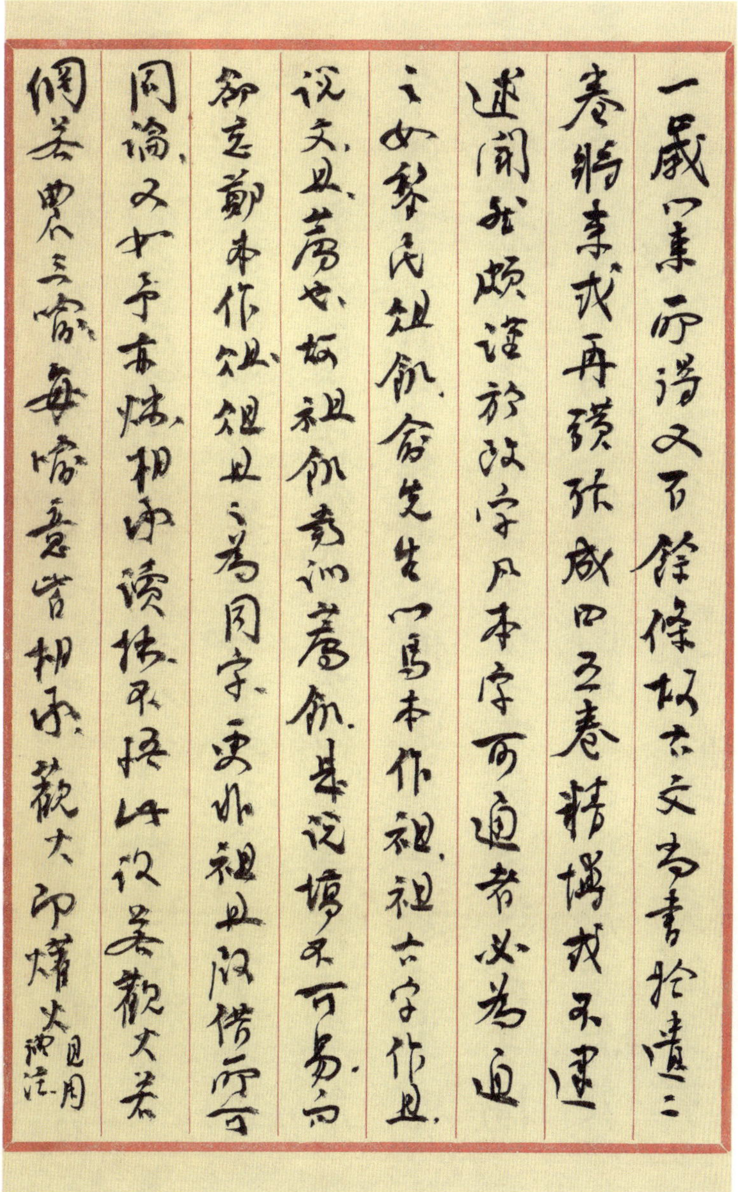

张成四五卷，精博或不逮《述闻》，然颇谨于改字。凡本字可通者，必为通之。如「黎民俎饥，」俞先生以马本作祖，祖古字作且，《说文》，「且，荐也」。故祖饥当训荐饥，是说确不可易，而却忘郑本作俎。俎、且之为同字，更非祖、且叚借所可同论。又如「予亦灿」相承读拙。不悟此后若观火、若网、若农三喻，每喻意皆相承。观火即爟火，见《周礼》注。亦即權火。则灿为火光无疑。又如「非我小国，敢翼殷命」

马、郑、王本皆同，伪孔独改作弋，义过佻巧。马、王训翼为取，郑训翼为驱，翼无取义，驱殷命更益不辞。今取《谥法解》「刚克为伐曰翼」释之，翼殷命，即刚克殷命，文义始条达矣。若斯之类皆不欲改字者也。《三体石经》又出一方，归白坚武手，携至上海求卖，每字索二十元。全石约四百余字，则须八九千元，恐中土无有出此重价者。乃急购其拓片以来。闻北京友人欲将《三体石经》、《熹

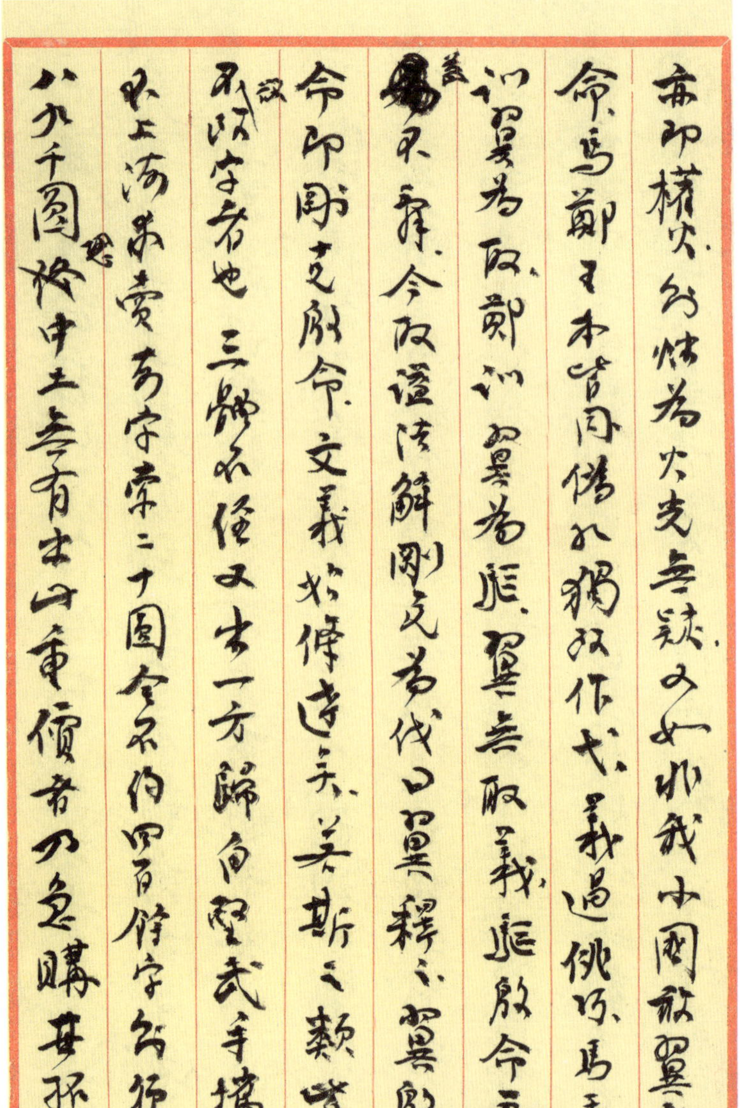
帝印横决，斯惟為炎光無疑，文如非我小國敢翼殷
命，馬、鄭、王本皆同，偽孔獨改作弋，義過佻巧。馬、王
訓翼為取，鄭訓翼為敺，翼無取義，敺殷命更
益不辭。今取謚法解剛克為伐曰翼釋之，翼殷
命即剛克殷命，文義於條達矣。若斯之類，皆
不欲改字者也。三體石經又出一方，歸白堅武手，攜
至上海求賣，每字索二十圓，全石約四百餘字，約須
八九千圓，恐中土無有出此重價者，乃急購其拓

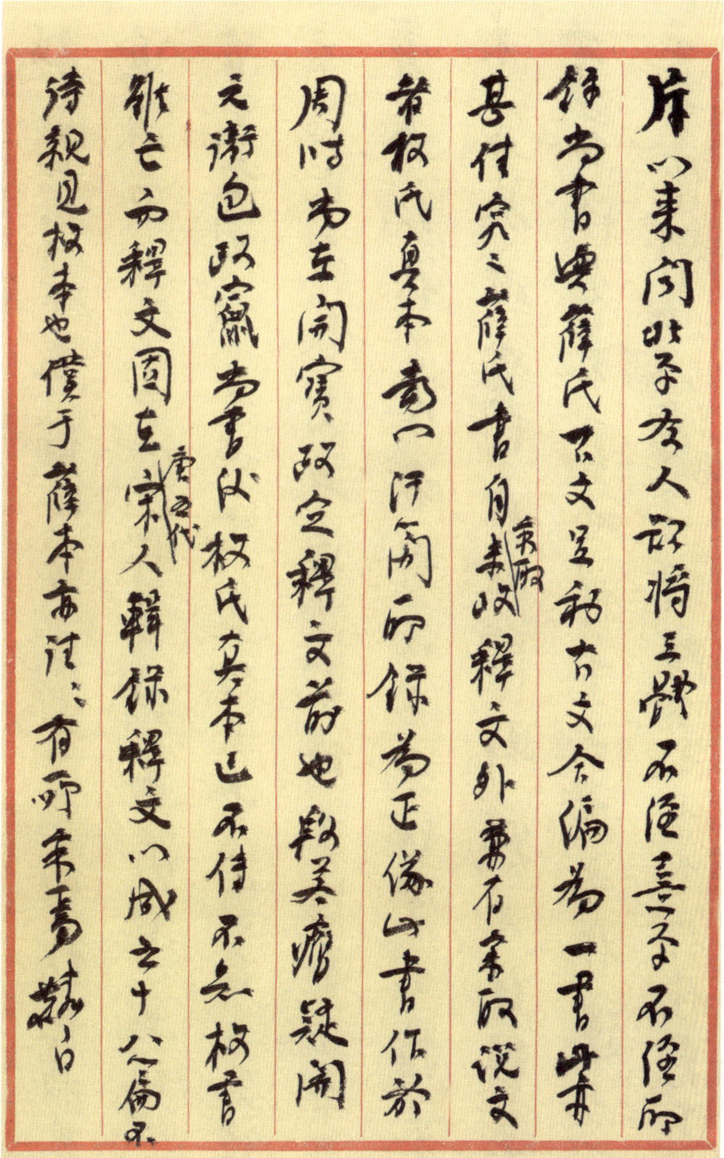
前以來問此事友人許將三體石經熹平石經所録尚書與薛氏古文足利古文合編為一書此亦甚佳究之薛氏書自采取未改釋文外兼有采取說文者枚氏真本當以汗簡所録為正緣此書作於周時尚在開寶改定釋文前也段若膺疑開元衛包改竄尚書後枚氏真本已不傳不知枚書雖亡而釋文固在唐五代宋人輯録釋文以成之十八篇不待親見枚本也僕於薛本亦往往有所采焉 麟白

平石经》所录《尚书》与薛氏古文、足利古文合编为一书，此亦甚佳。究之薛氏书自采取未改《释文》外兼有采取《说文》者。枚氏真本，当以《汗简》所录为正。缘此书作于周时，尚在开宝改定《释文》前也。段若膺疑开元卫包改窜《尚书》后，枚氏真本已不传。不知枚书虽亡，而释文固在。唐、五代、宋人辑录《释文》以成之十八篇，不待亲见枚本也。仆于薛本亦往往有所采焉。

麟白

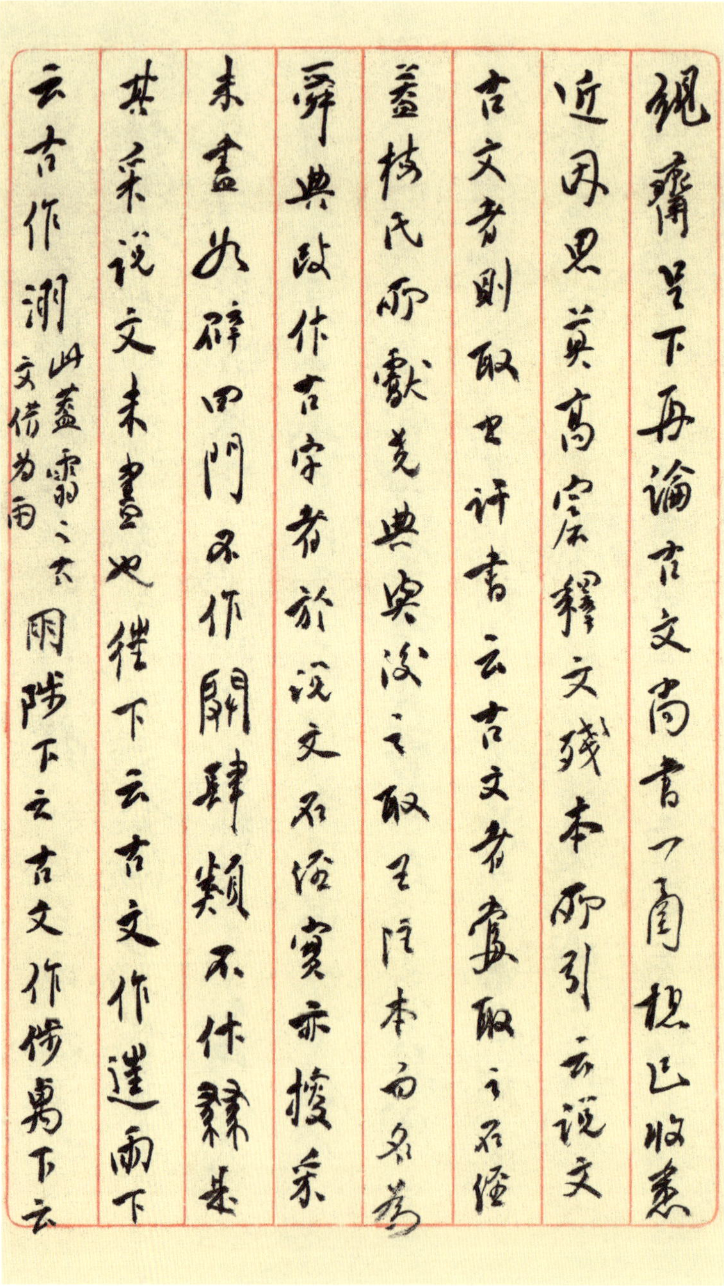

绲斋足下：再论古文《尚书》一函，想已收悉。近因思莫高窟《释文》残本所引，云《说文》古文者，则取之许书；云古文者，当取之《石经》。盖梅氏所献《尧典》与后之取王注本而名为《舜典》改作古字者，于《说文》、《石经》实亦搜采未尽。如辟四门不作閞肆，类不作𩔝，是其采《说文》未尽也。徃下云古文作迋，雨下云作羽、（此盖霸之古文，借为雨。）雨，陟下云古文作㣧，禼下云古文作𡨦，罷下云古文作𦨻，殄

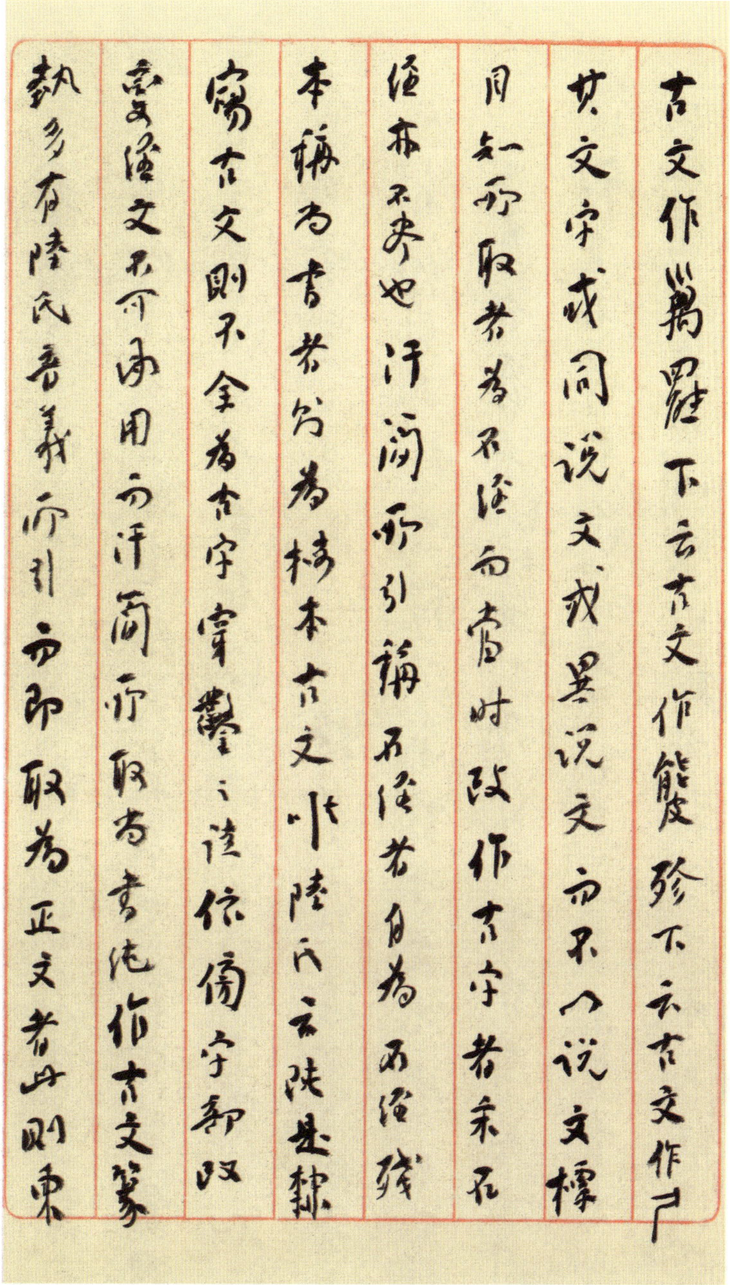
古文作𦦧羅下云古文作䍐殘下云古文作𠃧
其文字或同說文或異說文而不以說文標
目知所取者爲石經而當時改作古字者采石
經亦不盡也汗簡所引稱石經者自爲石經殘
本稱尚書者則爲梅本古文唯陸氏云既是隸
寫古文則不全爲古字穿鑿之徒依傍字部改
變經文不可承用而汗簡所取者純作古文篆
執多有陸氏音義所引而即取爲正文者此則東

下云古文作𠃧。其文字或同《说文》，或异《说文》而不以《说文》标目，知所取者为《石经》，而当时改作古字者采《石经》亦不尽也。《汗简》所引称《石经》者，自为《石经》残本。称《尚书》者，则为梅本古文。唯陆氏云既是隶写古文，则不全为古字。穿凿之徒，依傍字部，改变经文，不可承用。而《汗简》所取《尚书》，纯作古文篆执，多有陆氏音义所引，而即取为正文者。此则东晋旧本实未必尔。故前书云宋次道、薛季宣所传不足以定梅氏真本也。最可异者，〓字见《说文》，亦见《石经》，而《汗简》〓下则云：「今古《尚书》无之」，是则所谓「掎星宿遗羲娥」者矣。《汗简》引《石经》盖得其真，引古文《尚书》未敢信其悉合旧本。梅氏旧本。且其所引，又有古《周易》、古《周礼》、古《毛诗》、古《论语》等，魏晋以来，未见有是。即《三体石经》亦不闻有此数者，疑皆出唐人，犹清世

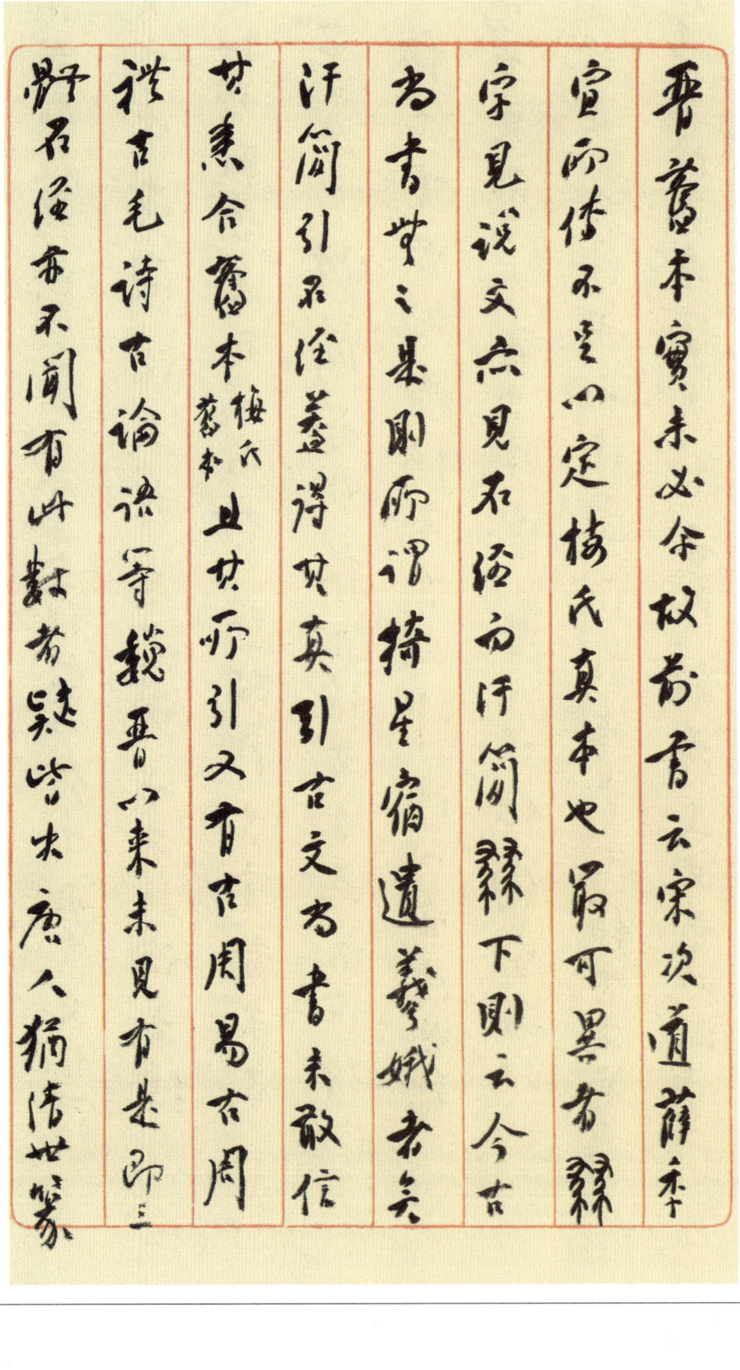

篆文《五经》耳。其文或与《说文》、《石经》应者，则唐时功令，固以此课书学也。足下又疑后出《舜典》所作古字，亦与《石经》相应，此则《石经》摹本，晋时必自有之，隋《经籍志》所谓梁有《三字石经·尚书》十三卷，《春秋》十二卷者是也。匆匆不及多述，以此供考。

章炳麟顿首　三月十一日

再者《汗简》所引《尚书》多有因隶古坏字转作篆执者，如誓字作[illegible]，其实隶古误[illegible]作[illegible]也。

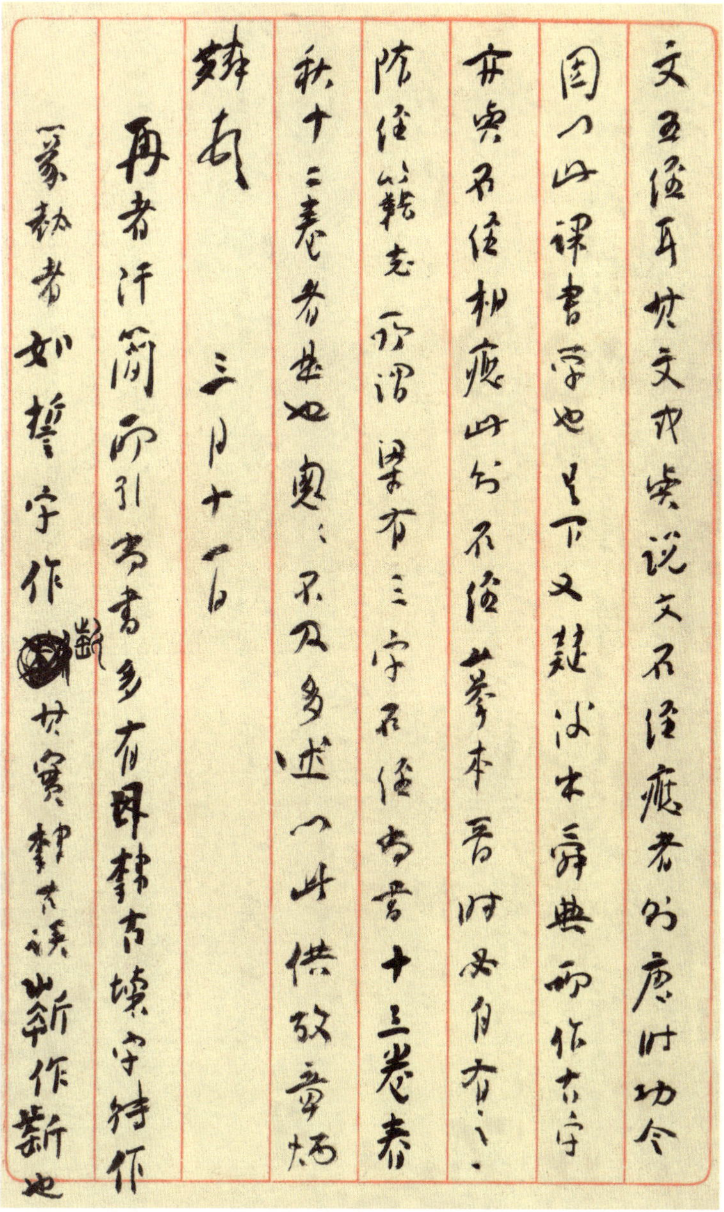
文五经耳其文或与说文石经应者则唐时功令固以此课书学也足下又疑后出舜典所作古字亦与石经相应此则石经摹本晋时必自有之隋经籍志所谓梁有三字石经尚书十三卷春秋十二卷者是也匆匆不及多述以此供考章炳麟

三月十一日

再者汗简所引尚书多有因隶古坏字转作篆执者如誓字作[illegible]其实隶古误[illegible]作[illegible]也

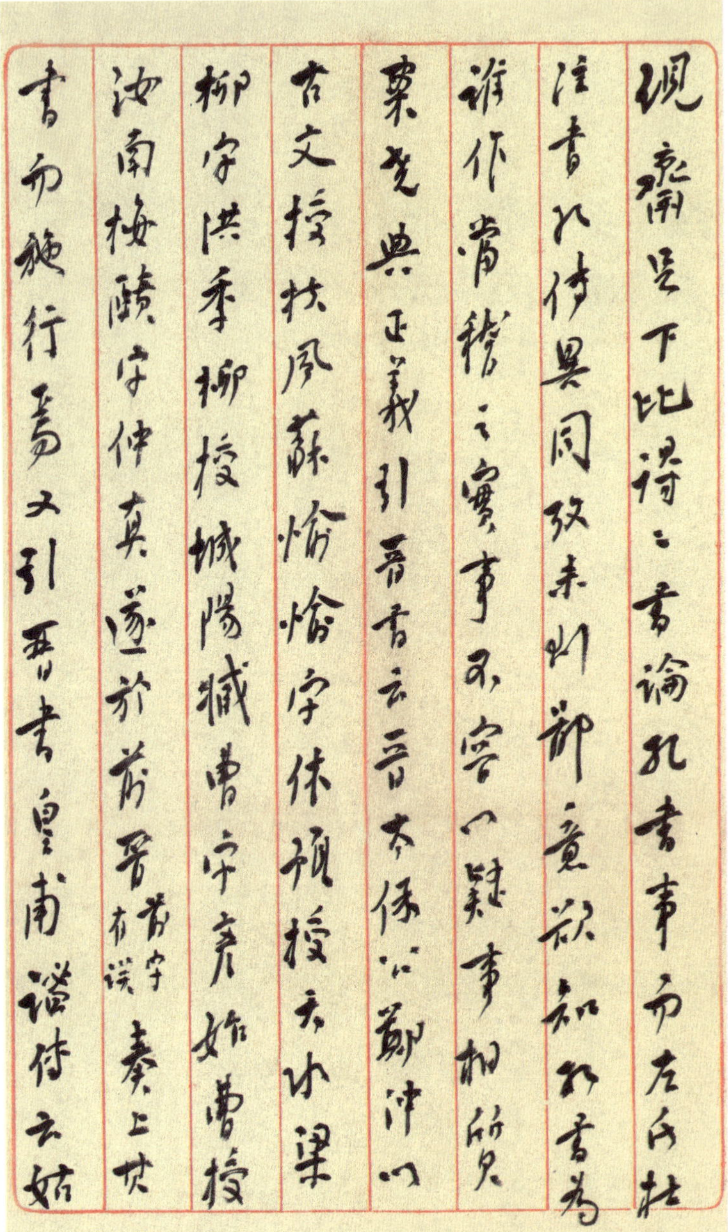
觀齋足下：比得二書，論孔書事，而《左氏杜注書孔傳異同攷》未到。鄙意欲知孔書爲誰作，當稽之實事，不容以疑事相質。案《堯典》正義引《晉書》云：「晉太保公鄭沖以古文授扶風蘇愉，愉字休預，授天水梁柳，柳字洪季，柳授城陽臧曹，曹字彥始，曹授汝南梅賾，字仲真，遂於前晉（前字有誤）奏上其書而施行焉。」又引《晉書·皇甫謐傳》云：「姑

觇斋足下：比得二书，论孔书事，而《左氏社注书孔传异同考》未到。鄙意欲知孔书为谁作，当稽之实事，不容以疑事相质。案《尧典》正义引《晋书》云：「晋太保公郑冲以古文授扶风苏愉，愉字休预，授天水梁柳字洪季，柳授城阳臧曹字彦始，曹授汝南梅赜字仲真，遂于前晋（前字有误。）奏上其书而施行焉。」又引《晋书·皇甫谧传》云：「姑子外弟梁柳边得古文《尚书》，故作《帝王世纪》，往

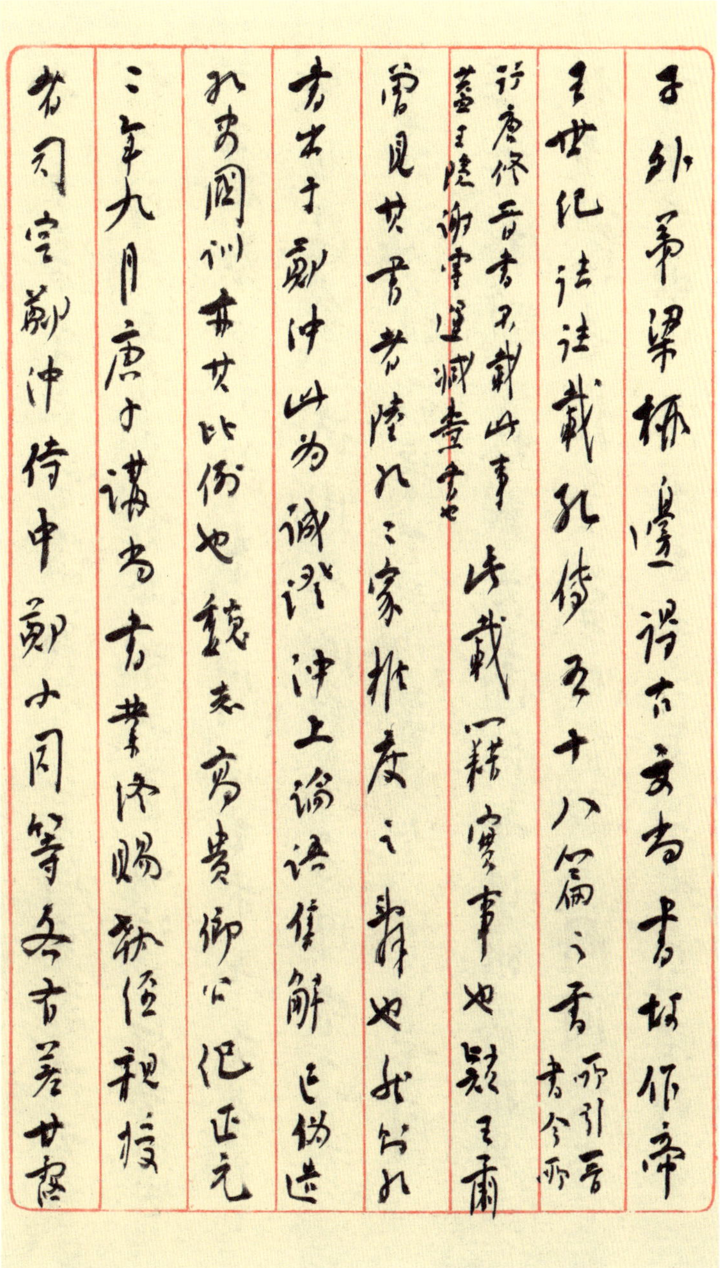

往载孔传五十八篇之书。所引《晋书》今所行唐修《晋书》不载此事，盖王隐谢灵运、臧焘书也。此载籍实事也。疑王肃曾见其书者，陆、孔二家推度之辞也。然则孔书出于郑冲，此为诚证。冲上《论语集解》已伪造孔安国训，亦其比例也。《魏志·高贵乡公纪》：「正元二年九月庚子，讲《尚书》，业终，赐执经视授者司空郑冲、侍中郑小同等各有差。甘露元年，帝幸太学，讲《尚书》，帝问曰：「郑玄云：稽古同天；王肃云尧顺考古道而行之；何者

为是？」次及四岳举鲧，帝又问曰：「王肃云，尧意不能明鲧，是以试用。如此，圣人之明，有所未尽耶？」今按所举王肃二义，今孔传亦同，帝但称肃，不称孔安国，则知冲虽伪作孔传，未敢以是授帝，盖时有郑小同同授《尚书》，不可欺也。冲于正元二年已为司空，明年肃卒，官止列卿。是冲名德在肃上，而伪造孔传多同肃义者，一以肃义多同贾，马，（肃本善贾、马学，顺考古道亦贾马义，见《魏志》。）二则犹《论语集解》有取

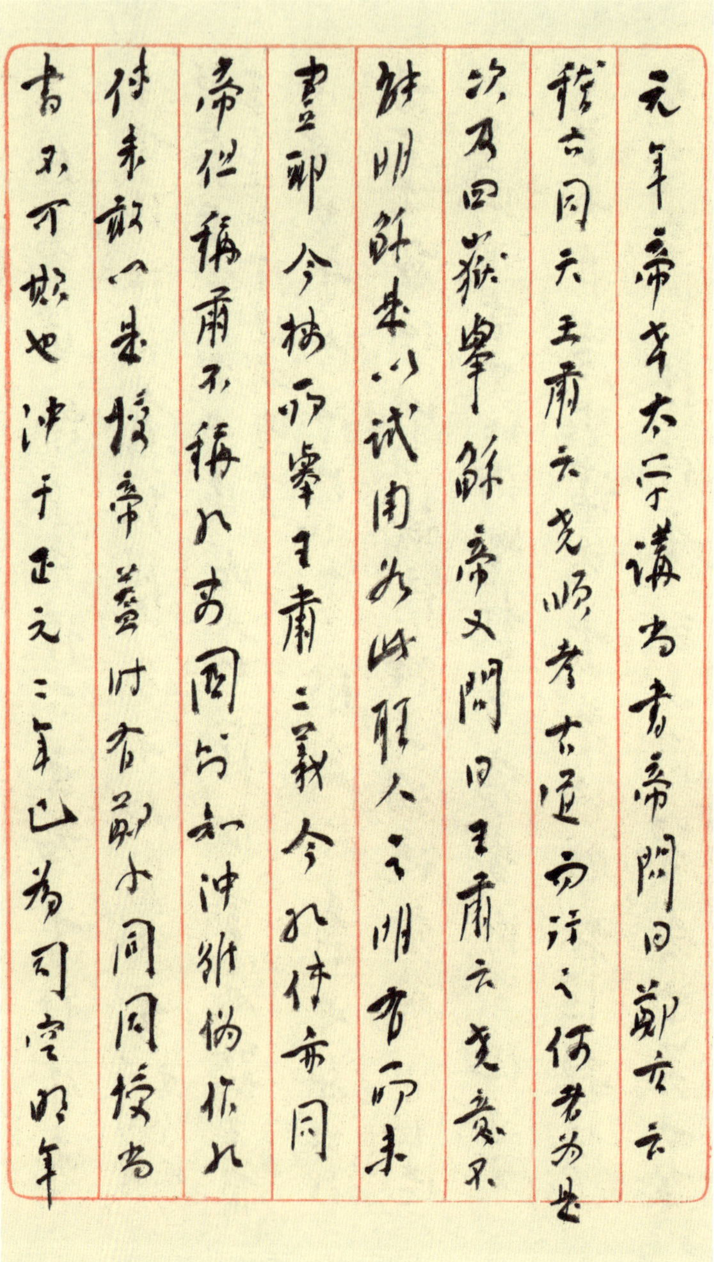
元年帝幸太學講尚書帝問曰鄭玄云
稽古同天言堯順考古道而行之何者為是
次及四嶽舉鯀帝又問曰王肅云堯意不
能明鯀是以試用如此聖人之明有所未
盡耶今按所舉王肅二義今孔傳亦同
帝但稱肅不稱孔安國則知沖雖偽作孔
傳未敢以是授帝蓋時有鄭小同同授尚
書不可欺也沖于正元二年已為司空明年

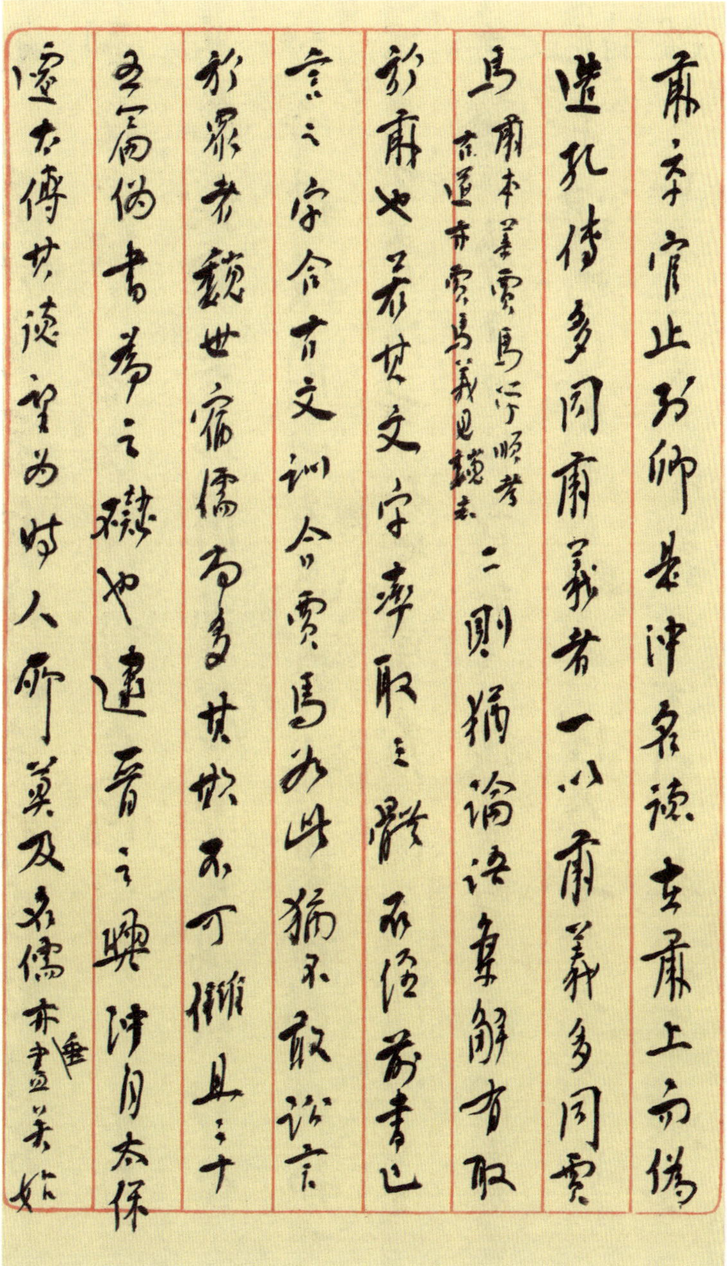

于肃也。若其文字，率取《三体石经》，前书已言之。字合古文，训合贾、马，如此犹不敢讼言于众者，魏世宿儒尚多，其欺不可雠。且二十五篇伪书为之碍也。逮晋之兴，冲自太保迁太傅，其德望为时人所莫及，名儒亦垂尽矣。始稍稍露头角。晋初议六宗，司马光引安国说而破之，是必冲引安国以定礼，而司马彪就文为辩，非彪曾见伪孔传也。冲所传授，同时不过苏愉、梁柳，则杜预亦不见其书，从可

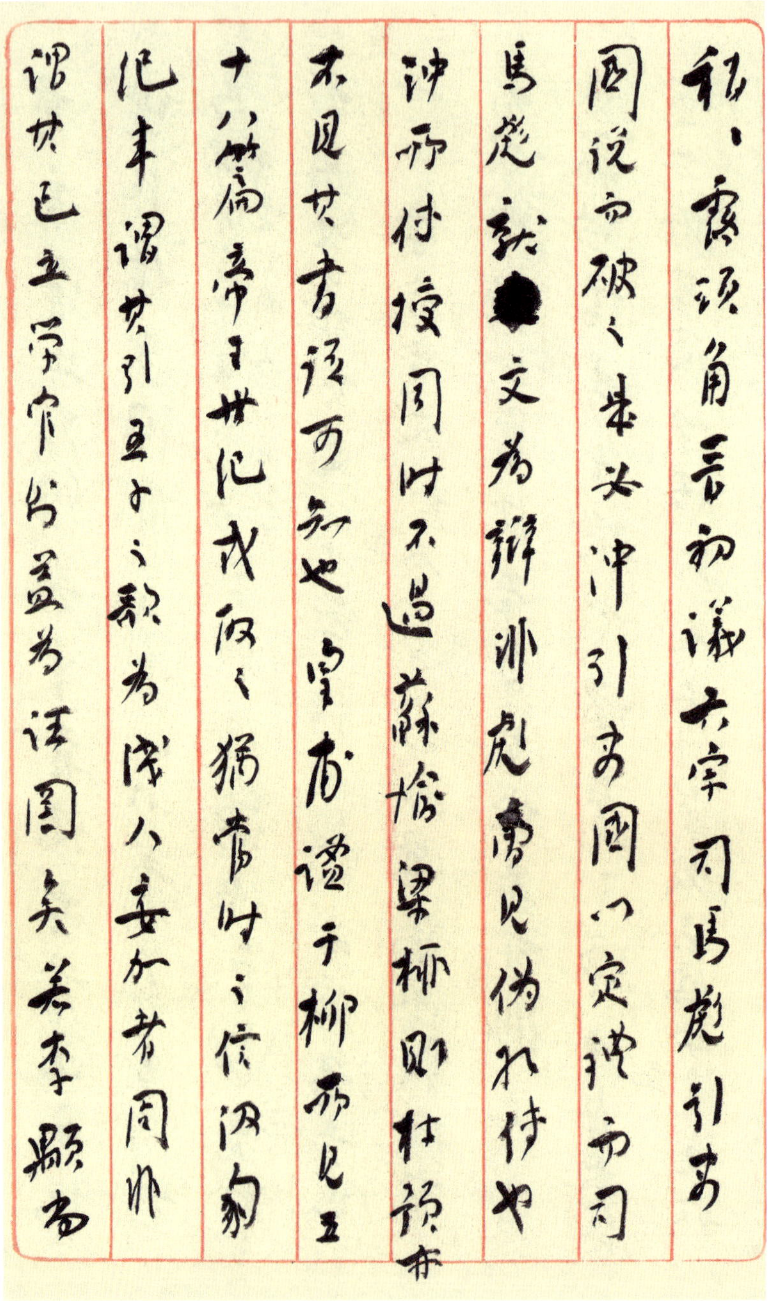
録、露頭角吾初議大宗司馬彪引書
固説而破之朱安沖引書固以定操而司
馬彪誤●文為辯非彪實見偽孔傳也
沖所付授同時不過蘇愉梁柳臧曹
不見其書信可知也皇甫謐于柳所見五
十八篇帝王世紀或取之猶當時之信汲冢
紀年謂其引五子之歌為淺人妄加者固非
謂其已立學官則益為誣罔矣若李顒尚

知也。皇甫谧于柳所见五十八篇，帝王世纪或取之，犹当时之信汲冢《纪年》，谓其引《五子之歌》为浅人妄加者，固非，谓其已立学官，则益为诬罔矣。若李颙《尚书集注》引孔安国以说后得《泰誓》，是或郑冲古文《泰誓》犹用旧本，而今之孔书中《泰誓》又出于梁柳、臧曹所伪造邪？以意度之，

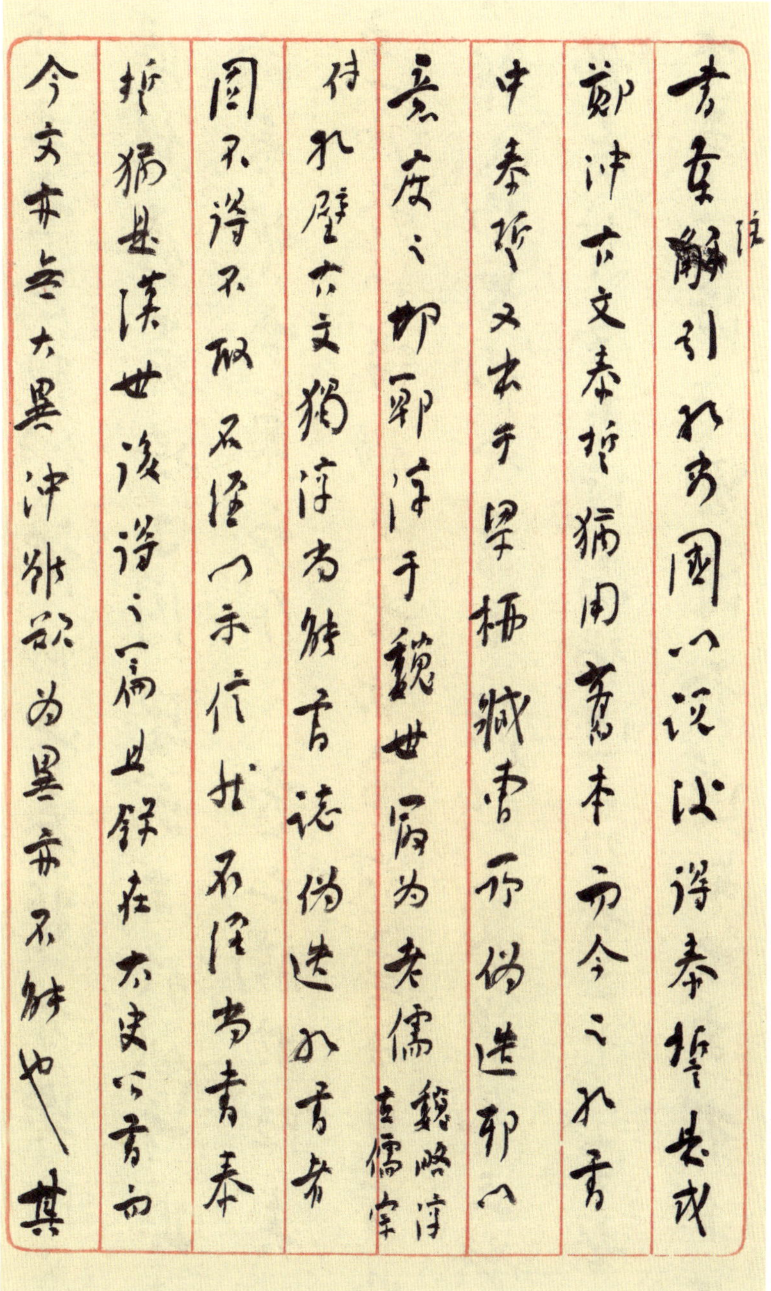
書集解注引孔安國以說以證泰誓其或
鄭沖古文泰誓猶用舊本而今之孔書
中泰誓文出于梅賾藏書所僞造耶以
爲庶之邯鄲淳于魏世最爲老儒魏略淳在儒宗
傳孔壁古文獨淳爲能書志僞造孔書者
固不得不取石經以示信然石經尚書泰
誓猶是漢世後得之篇且録在太史公書而
今文亦無大異沖雖欲爲異亦不能也 其

邯郸淳于魏世最为老儒，《魏略》淳在《儒宗传》。孔壁古文，独淳尚能书志，伪造孔书者，固不得不取《石经》以示信。然《石经·尚书·泰誓》犹是汉世后得三篇，且录在《太史公书》，而今文亦无大异。冲虽欲为异，亦不能也。其分《尧典》为《舜典》，自「慎徽五典」以上，亦不敢妄著一字。立意正相似。彼伪造《泰

分堯典為舜典自慎徽五典以上本不敢妄著一字立意甚相似彼偽造泰誓者實似之姚方興偽撰舜典正同梁武不信姚方興書於兩泰誓亦兼存之蓋已燭其隱矣二十五篇所以得偽造者由當時無其書非泰誓之倫也假令晉不渡江人人得見三體石經偽泰誓必不行而偽造舜典二十八字者亦不出晉之渡江非仲所逆知其事亦自作

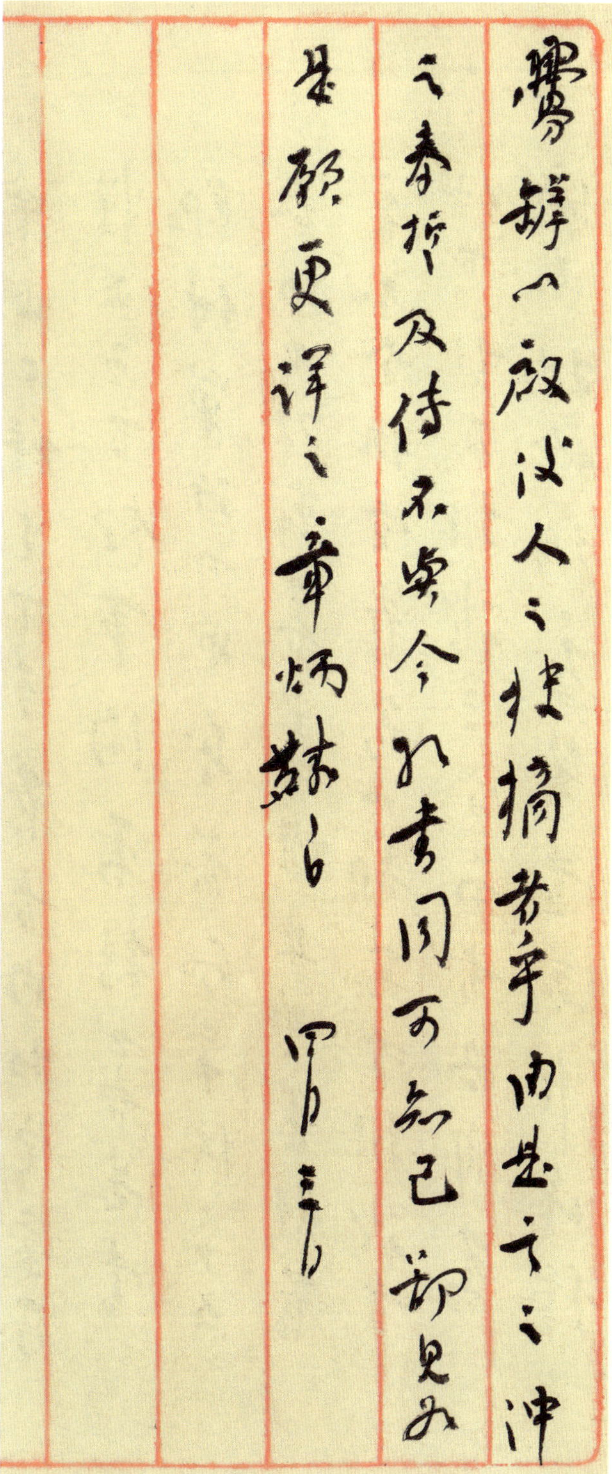
罅以啟後人之抉摘者乎由是言之沖之泰誓及傳不與今孔書同可知已鄙見如是願更詳之 章炳麟白 四月三日

誓》者与后之姚方兴伪羼《舜典》正同。梁武不信姚方兴书，于两《泰誓》亦兼而存之，盖已烛其隐矣。二十五篇所以得伪造者，由当时无其书，非《泰誓》之例也。假令晋不渡江，人人得见《三体石经》，伪《泰誓》必不行，而伪造《舜典》二十八字者，亦不出。晋之渡江，非冲所逆知，夫安有自作衅罅，以启后人之抉摘者乎？由是言之，冲之《泰誓》及《传》，不与今孔书同可知也。鄙见如是，愿更详之。

章炳麟白

四月三日

觋斋足下：得《经籍旧音辨证》、《论衡举正》二种，足下于旧音用功完密，所发正五百余事，洵为精善，是书即付单行可也。然前所采摭二十五卷，功力既勤，弃之可惜。且无是则旧音不全，仍宜集为一部。其有辨证者，条下注「有辨证」三字，两书各自为编，互相检核，庶几尽善。唯此种书籍宜用木板印行，约计两部字数恐在三十万以上。木刻计价，需百金千两。有好事者，当为梓行。

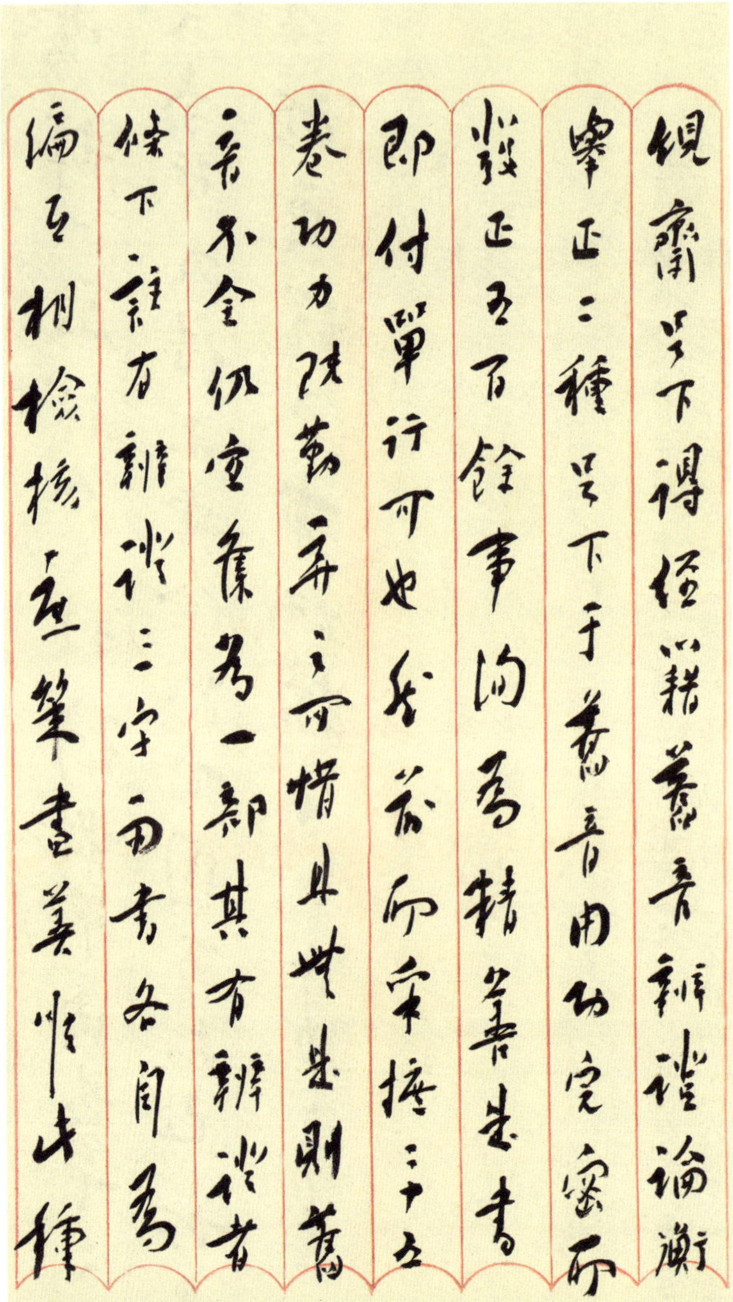
覌齋足下得經籍舊音辨證論衡舉正二種足下于舊音用功完密所發正五百餘事洵為精善是書即付單行可也然前所采摭二十五卷功力既勤弃之可惜且無是則舊音不全仍宜集為一部其有辨證者條下注有辨證三字兩書各自為編互相檢核庶幾盡善惟此種

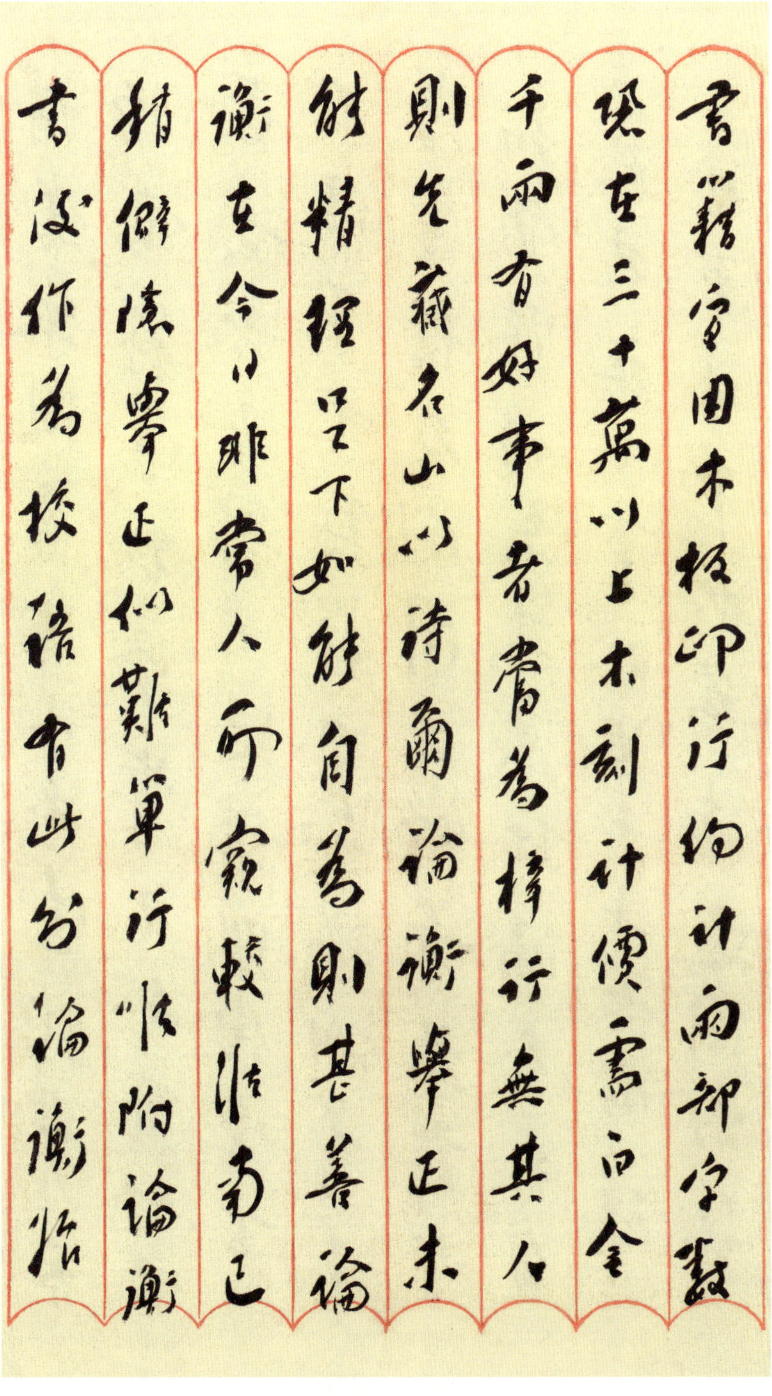
書籍宜用木板印行約計兩部字數
恐在三十萬以上木刻計價需白金
千兩有好事者肯為梓行無其人
則先藏名山以待爾論衡舉正未
能精理足下如能自為則甚善論
衡在今日非常人所窺較淮南已
稍僻隱舉正似難單行惟附論衡
書後作為校語有此則論衡始

无其人，则先藏名山以待尔。《论衡举正》未能精理，足下如能自为，则甚善。《论衡》在今日非常人所窥，较《淮南》已稍僻隐，《举正》似难单行，唯附《论衡》书后，作为校语。有此，则《论衡》始得善本，视通津本必远胜矣。京师书籍近想更贵，不知有佳书惬意者否？鄙人近得明代官书及编

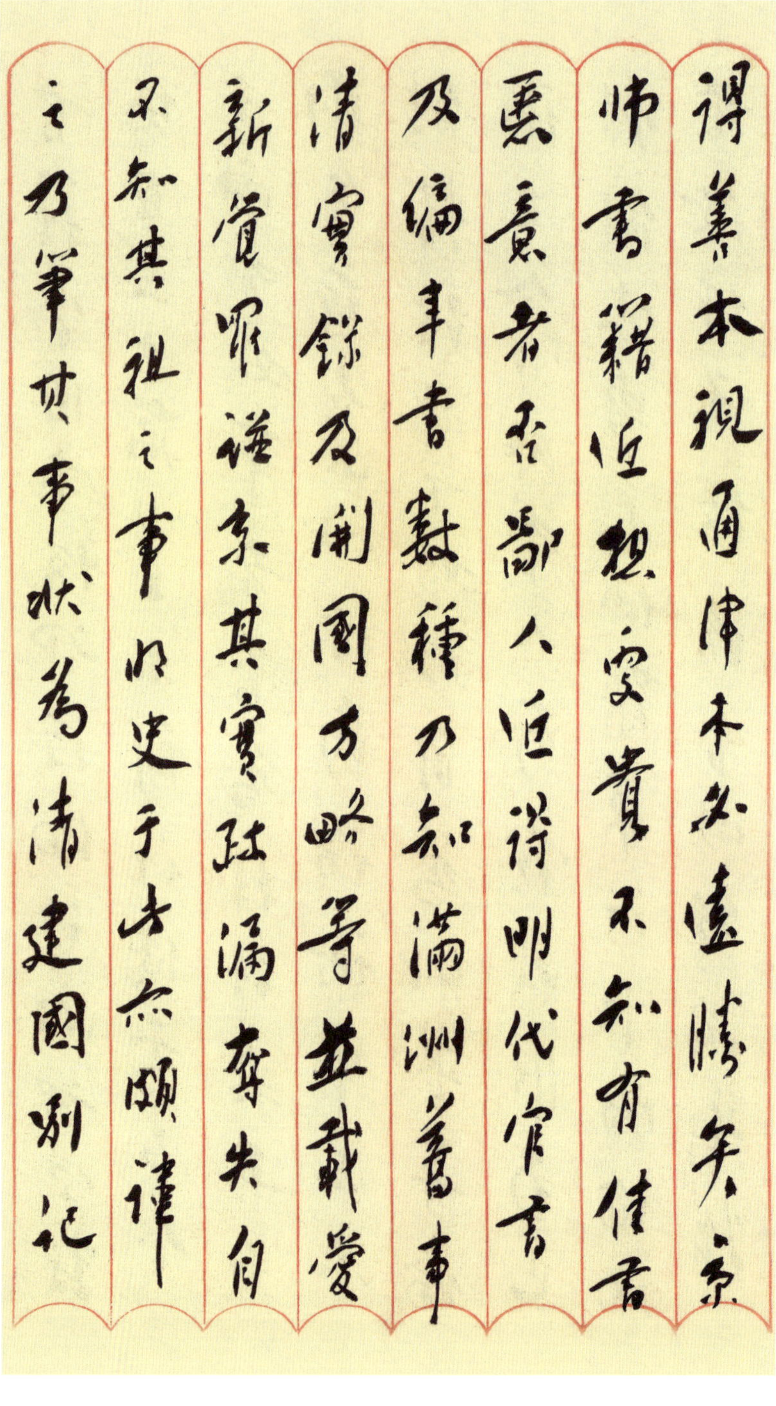
得善本視爲律本必遠勝矣京師書籍近想變賣不知有佳書需意者否鄙人近得明代官書及編年書數種乃知滿洲舊事清實錄及開國方略等並載愛新覺羅譜系其實疏漏奪失自不知其祖之事明史于此亦頗諱之乃筆其事狀為清建國別記

年书数种，乃知满洲旧事。《清实录》及《开国方略》等，并载爱新觉罗谱系，其实疏漏夺失，自不知其祖之事。明史于此，亦颇讳之。乃笔其事状为《清建国别记》一篇，逆知清史馆人必不能考核至此，而鄙意犹以旁证过少，更欲得他书详之。明代册籍，自清修《明史》后，当遭毁灭。闻前岁内阁

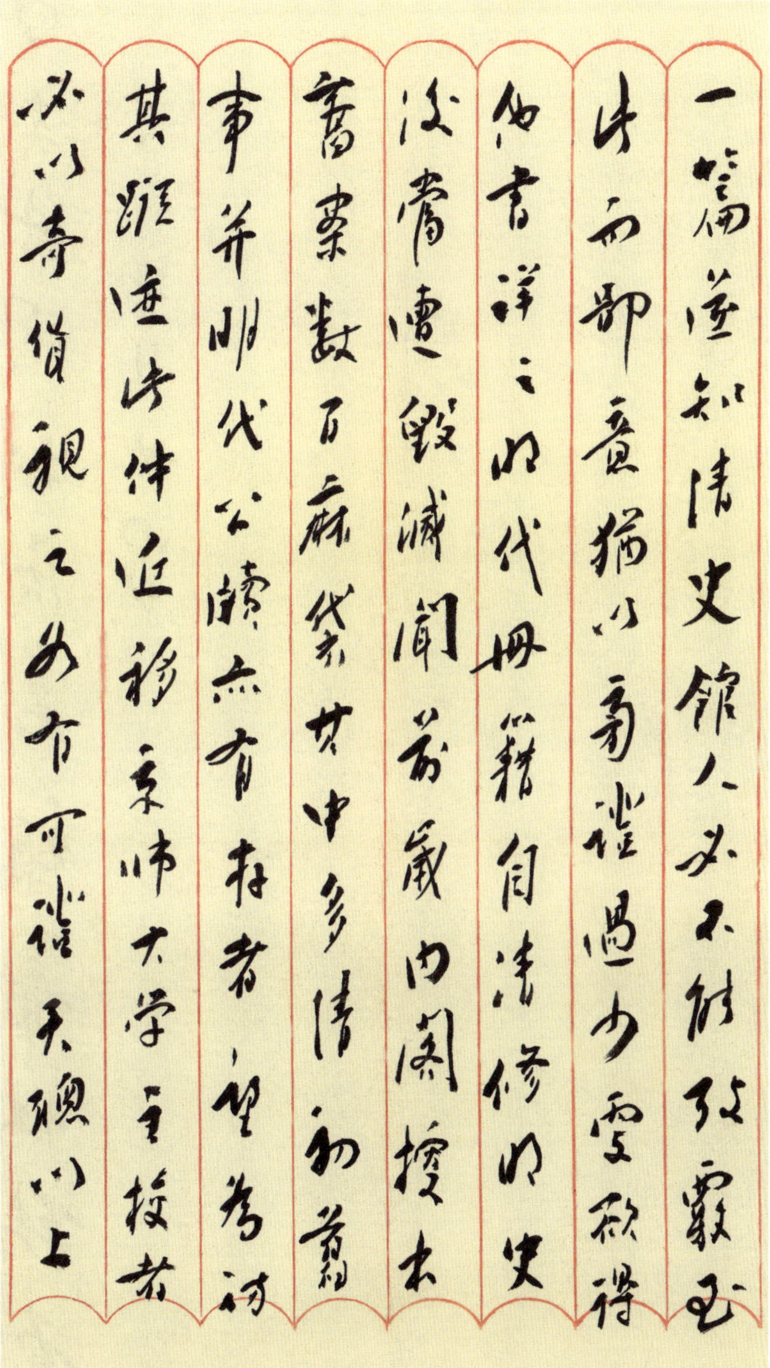
一篇並知清史館人必不能致殷玉
片而鄙意獨以爲證過少更欲得
他書詳之明代冊籍自清修明史
後嘗遭毀滅聞前歲內閣搜出
舊案數百麻袋其中多清初舊
事并明代公牘亦有存者望爲訪
其蹤迹此件近移京師大學主校者
必以奇貨視之如有可證天聰以上

搜出旧案数百麻袋，其中多清初旧事，并明代公牍，亦有存者，望为访其踪迹。此件近移京师大学，主校者必以奇货视之，如有可证天聪以上事者，募书手录得数篇，则不啻拱璧矣。此问起居万福。

章炳麟顿首　五月二十四日

尊翁募書手錄詩數篇，則更當拱
璧矣。此問起居萬福。章炳麟頓首
五月廿四

附

吴承仕大事年表

吴承仕大事年表

一八八四年（清光绪十年）一岁。

三月二十日，吴承仕出生于安徽省歙县昌溪仓山源。

一八八九年（清光绪十五年）五岁。

就读于仓山源私塾，启蒙师为张建勋、汪沛仁。

一九〇二年（清光绪二十八年）十八岁。

应乡试，考中举人。

一九〇七年（清光绪三十三年）二十三岁。

清政府废止科举制度，改行举贡会考的第二年，应考取中。

一九〇九年（清宣统元年）二十五岁。

赴北京应朝考，被取为一等第一名，点为大理院主事。

一九一二年（民国元年）二十八岁。

中华民国临时政府成立，任司法部佥事。对历代典章制度、三礼名物颇有研究。

一九一四年（民国三年）三十岁。

窃国大盗袁世凯阴谋恢复帝制。一月七日，章太炎以大勋章作扇坠，大闹总统府，严厉谴责袁世凯包藏祸心，被袁幽禁。一月二十日章氏被迁往龙泉寺，七月迁东城钱粮胡同，仍被监禁。吴承仕对章氏这种勇于同反动军阀作斗争的精神十分钦佩，经常到章氏被监禁的地方探视，送衣送饭；在此期间，还经常与章氏通信，请教学问。吴承仕受业于章氏门下，自此开始。

一九一五年（民国四年）三十一岁。

吴承仕常到钱粮胡同探视幽居中的章太炎，章氏口述玄理，「令其笔述」，名《蓟汉微言》，共一百六十七则，多数是发挥印度哲学和有关中国先秦诸子、宋明理学思想的记录，也有一些讨论文字音韵的笔述。于北京铅字排印成本，后收入浙江图书馆本《章氏丛书》。章太炎在《自定年谱》中记述了与吴承仕的这段经历：「歙吴承仕检斋时为司法部佥事，好说内典，来就余学。每发一议，检斋录为《蓟汉微言》。时袁氏帝制萌芽已二岁矣，往日当事数遣客来伺余意，道及国体，余即以他语乱之。间亦以辞章讽刺，《宋武》、《魏武》二颂及《巡警总监》、《肃政史》二箴皆是时所为也」。

一九一六年（民国五年）三十二岁。

吴承仕收到章太炎撰赠的一副对联，联曰：「瑜伽师地论不二，人间两足尊方生」。署款为：「支那白衣章炳麟顶礼赞颂」。吴承仕按章氏嘱意将对联挂于释伽像旁。

一九一七年（民国六年）三十三岁。

各派军阀争权夺位，政治动荡，吴承仕出于对现状不满，每日上午十时至司法部「画卯」签到，下午五时即回家读书、写作。

一九一八年（民国七年）三十四岁。

与庞敦敏（微生物研究所所长）、方石山（首善医院院长）、王元增（字新之，京师第一模范监狱典狱长）、陆麟仲（陆润庠之子）、傅侗（宣统皇帝的兄弟）等组成了「昆曲研习会」，在研习会中吴承仕最爱唱的戏有：「弹词」、「骂曹」、「议剑」、「扫秦」、「北诈」等剧。「骂曹」是弥衡击鼓骂曹；「议剑」是王允与曹操合谋刺董卓；「扫秦」是疯僧骂秦桧。名为演唱，实为借古讽时，指桑骂槐，以讽刺抨击北洋军阀政府的腐败。

一九一九年（民国八年）三十五岁。

一月十八日，巴黎和会开会。以战胜国资格出席和会的中国，却受到战败国的待遇。中国在和会上失败的消息传来，举国愤慨。

三月二十日，吴承仕撰写的《王学杂论》及黄侃所撰《题辞》同在北京大学出版的《国故月刊》第一期上发表。章太炎收到黄侃寄送的这期杂志，即复函吴承仕：「季刚寄来《国故月刊》，见足下辩王学条甚是」。

五月四日，「五四运动」爆发，北大、高师、高工等十余校学生三千余人，赴天安门示威，要求罢免曹汝霖、陆宗舆、章宗祥。会后学生队伍拥至东城赵家楼，高师学生匡互生等人破窗而入，打开大门，队伍拥入，并痛打章宗祥，在遭到军警镇压后，有学生、市民三十二人被捕，其中北京高师学生有陈荩民、向大光、初大告、杨明轩、薛荣周、唐英国、赵允则、王德润八人。

一九二三年（民国十二年）三十九岁。

曹锟贿选总统，极力粉饰太平，以收买人心。昆曲社曾发帖给吴承仕，邀请其赴西单堂子胡同唱堂会。吴承仕复函拒绝与会，在给赋斋诸社友的函中言：「前奉社帖，未审曹为谁某，及入朱门，始知其审，彼间空气较热，勉奏弹词半折，嘶哑几不成声，自分歌喉已坏，不得伺候贵人，此后会期，幸勿发帖……」

撰写成《经籍旧音辨证》（七卷本）一书，由章太炎作序，钱玄同题签，后又由黄侃笺识。

一九二四年（民国十三年）四十岁。

撰写《淮南旧注校理》一书，由章太炎题签。《经籍旧音辨证》出版，章太炎为其撰写《经籍旧音题辞》。以为「其审音考事皆甚精，视宁人之疏、雅存之钝，相去不可以度量校矣。明清诸彦，大抵能辩三代元音，亦时以是与唐韵相斠，中间代嬗之迹，阙而未宜，检斋之书出而后本末完具，非洽闻强识，思辨过人者，其未足与语此也」。

一九二五年（民国十四年）四十一岁。

撰写《尚书古文辑录》手稿

一九二七年（民国十六年）四十三岁。

广东国民政府迁至武汉。北洋军大肆搜捕共产党员，李大钊等革命党人被捕。吴承仕在司法部曾多方设法营救李大钊等同志。四月二十八日，反动军阀张作霖在北京以绞刑杀害李大钊等二十名革命烈士。北京师范大学学生、共产党员谢伯俞、吴平地女师大学生张挹兰与李大钊一起英勇就义。

四月二十九日，吴承仕闻知北洋军阀政府的反动暴行，愤然辞去司法部佥事之职，以表明其不与反动政府同流合污的鲜明立场和态度。

当时，北京城内，充满恐怖气氛，到处标示「莫谈国事」。一些反动文人，恬噪不已，反对「学生干政」，提倡「读书救国」。吴承仕继任北京师范大学国文系主任。于七月十五日招生考试时，命作文题为：「读书与救国能否并行不悖，抑有先后缓急之论欤？」与当时的社会上流行的论调针锋相对。

一九二九年（民国十八年）四十五岁。

任私立安徽中学校董事。

续聘为北京师范大学国文系主任教授，钱玄同任国文系主任。

一九三〇年（民国十九年）四十六岁。

继任北京师范大学国文系主任教授，同时在东北大学兼课，并担任中国大学国学系系主任。其时中国大学属私立大学，未在教育部立案，凡有名望、地位和成就的教授皆不愿到私立大学任课。自吴承仕任系主任后，先后聘到一些学术界名流到中大讲课。吴承仕为北京师大毕业同学题辞为：「勿欲速，勿见小利，欲速则不达，见小利则大事不成」。

在中大任教期间，与中国大学进步学生齐燕铭等人往来密切，经齐燕铭介绍，读社会科学、马列主义著作，开始了两个方面的转变：一方面，试用历史唯物主义的观点，讲解三礼名物；另一方面进一步认识到国民党的腐败，内有军阀频繁混战，外有日本帝国主义的入侵，只埋头治学不行，要关心政治，关心社会。

一九三一年（民国二十年）四十七岁。

九一八事变。

卖国政府执行投降政策，引起全国民众的强烈反对。北京师范大学教授会，全体一致决议通电南京政府，要求抗日救国。当时吴承仕任北京师范大学教授会主席。

五月一日，吴承仕编辑的《国学丛刊》由中国大学出版。《序例》中写道：「此中所策，以考订国故之文为多，有实事求是之诚，无专己守残之意」。分学术、文章二门，双月刊。第二期起，「因与师大所出版刊物同名」，改为《国学丛编》。

应聘为北京女子师范大学国文系讲师。

一九三二年（民国二十一年）四十八岁。

继续应聘为北京师范大学国文系教授兼中国大学国学系主任。

热情支持进步青年抗日救亡的正义斗争。北师大国文系学生王志之，以「含沙」笔名写了揭露九师反动当局压迫学生罪行的小说《风平浪静》，无法出版，吴承仕慷慨相助，资助他在人文书店出版。

一九三三年（民国二十二年）四十九岁。

继续应聘为北京师范大学国文系教授，兼中国大学国学系主任。

章太炎在致潘承弼书中称：「前此从吾游者，季刚、检斋，学已成就，检斋尚有名山著述之想，季刚则不著一字，失在太秘。世衰道微，有志者当以积厚流广，振起末俗，岂可独善而已」。

本年，吴承仕、钱玄同于北平校刊《章氏丛书续编》，吴承仕在致潘承弼书中称：「师书开工一年，今始告成」，「初印蓝色二十部，寄师十六部」。

一九三四年（民国二十三年）五十岁。

续聘为北京师范大学国文系教授，中国大学国学系系主任。

吴承仕自己出资创办了进步的学术刊物《文史》，创刊号于五月十五日出版，以刊登进步的学术论文为宗旨。鲁迅、沈雁冰等著名作家及一些青年作家，间有文章发表。吴承仕每期都亲自撰写重要文章，如：《五伦说之历史观》、《中国古代社会研究者对于丧服应该认识的几个问题》(以上见创刊号)；《语言文字之演进过程与社会意识形态》（第一卷第二号）；《布帛上的周代的封建制与井田制》（第一卷第三号）这些文章，以历史唯物主义观点，阐述、分析中国古代文化，具有很高的学术价值。从创刊，到一九三四年十二月一日第一卷第四号止，共出版四期。由于时局的演变，为了适应抗日爱国斗争形势的需要，《文史》停刊，开始筹办新的杂志《盍旦》。

一九三五年（民国二十四年）五十一岁。

经过半年多的筹备，《盍旦》于十月十五日创刊。由吴承仕出资创办，张致祥（管彤）负责编辑，经常投稿的有曹靖华、高滔、谭丕谟等人。文章主要是以马列主义的观点，评论时政。吴承仕在创刊号上发表了《毒品化的疯话》、《张献忠究竟杀了若干人》、《木狗子与本位文化》、《赵老太太的认识论》、《士君子》五篇短文。《盍旦》自一九三五年十月十五日创刊，至一九三六年二月十五日共出版五期，后因反动政府的查禁，被迫停刊。吴承仕共发表论文十四篇。十二月，一二九学生爱国运动爆发，吴承仕积极支持学生的正义斗争，并参加了游行。

一九三六年（民国二十五年）五十二岁。

《盍旦》被迫停刊后，又与黄松龄、齐燕铭、管彤、曹靖华等筹备创办《时代文化》，于八月五日出刊。吴承仕与创办本刊的几位负责人轮流召集座谈会，每一周或十余日举行一次。当时，故都北平处在国民党反动统治之下，白色恐怖十分严重。吴承仕冲破反动派的罗网，进一步靠拢、支持进步势力，以他的行动为青年做出表率，因而赢得了进步青年对他的仰慕。至一九三七年一月十七日，《时代文化》共出版了五期。

经过几年的实际斗争，吴承仕已经有了较高的觉悟，敢于见危受命，临难赴义，这年春天，在北平加入了中国共产党，与齐燕铭、张致祥（管彤）同志同在一个特别小组，由一位清末举人、经学大师而成为一名光荣的无产阶级战士，这是吴承仕一生具有重大意义的转变。

一二九运动以后，高等学校的反动当局加紧迫害进步学生，使许多爱国青年失学。这年暑假，由吴承仕创议，利用新生入学考试，国文试卷出题、评卷的机会，为进步学生创造学习条件，吴出了一个作文题：「无敌国外患国恒亡」。当时正值国难当头，这样的题目可以测验考生的政治思想倾向，其他试题也尽量不出偏题难题。在评卷判分时也细加注意，力求吸收更多的进步学生，当时被清华大学开除的一名进步学生黄诚，就是这样考进了中国大学国学系的，后来成为我党的骨干，在皖南事变中牺牲了。这年吴承仕参加了北平作协，北平各界救国会，华北各界救国会。

一九三七年（民国二十六年）五十三岁。

一二九运动以后，吴承仕继续在中国大学国学系讲授《三礼》《说文》，他赋予这些传统课程以新的意义，力图用马克思主义社会发展史的观点去研究、解释。吕振羽在后来曾评价他说：「再不以其业师章太炎的衣钵为满足」，而是认为「自己在国学方面的智识，不过是『证实新的哲学和科学原理的材料』，帮助他『对数千年中国社会之具体性的了解。』」

七月七日，卢沟桥事变，抗日战争爆发，不久北平沦陷，日寇、汉奸到处搜捕爱国抗日人士。在天津通车后的第二天，吴承仕和张致祥一起到达天津，住在旧英租界的白楼（白俄开的一个公寓）。

一九三八年（民国二十七年）五十四岁。

到达天津后，由张致祥负责与吴承仕联系，张致祥在地下党的领导下秘密出版油印刊物《时代周刊》，吴承仕经常撰写文章，传播民族革命的吼声，激励人民的抗日斗志。

汉奸、日寇几次搜捕吴承仕均未得逞，敌人又想用金钱地位来引诱他。这年暑假，日寇和北平伪政府授意文化汉奸王谟，把吴承仕的儿子吴鸿迈叫到师大丽泽楼，要吴鸿迈到天津去找吴承仕，说明日本兴亚院要聘请吴承仕任北师大文学院院长，如果应聘，将月致高薪。吴鸿迈到天津秘密见到父亲，但遭到断然拒绝，敌人的花招又告失败。

一九三九年（民国二十八年）五十五岁。

年初，中国共产党中央指示在城市工作的同志撤到根据地，张致祥调平西根据地，吴承仕仍留在天津。此时，英国租界当局与日寇加紧勾结，搜捕在天津的抗日人士，情况十分紧迫，开展工作已很困难，当年夏秋之后，天津又发大水，洪水涨进卧室，终日断炊，有时只能从游船上接到一点干粮，生活陷于绝境。随身携带到天津的钱也已用光，在友人的协助下，化名汪少白，秘密返回北平。由于在天津动身之前就饥寒动累身染疾病，再加旅途困顿，心力交瘁，到北平后就病倒了。经协和医院检查，为伤寒症，肠已穿孔，又并发旧病支气管炎，终因医治无效，于九月二十一日与世长辞。吴承仕是一个治学严谨的学者，经过马克思主义的熏陶和时代的锤炼，成为一个光荣的共产主义战士，但因日寇追逼迫害，为抗日救亡献出了自己宝贵的生命。

一九四〇年四月十六日，延安各界举行追悼大会，毛泽东、周恩来、吴玉章等许多同志都送了挽联。毛泽东同志送的挽词是「老成凋谢」。周恩来同志送的挽联是：「孤悬敌区，舍身成仁，不愧青年训导；

重整国学，努力启蒙，足资后学楷模。」吴玉章同志送的挽联是：「爱祖国山河，爱民族文化，尤爱马列主义真理，学贯中西，善识优于苍水；受军阀迫害，受同事排挤，终受日寇毒刃摧残；气吞倭虏，壮烈比诸文山。」这些联句，表达了中国人民对吴承仕同志的深切怀念，也是对他一生的高度概括和崇高的评价。

附记

吴承仕同志是在日寇侵占北京时逝世的，当时限于环境的艰难，报刊上保存他的生平资料很少。仅就现有的资料，整理出这个初稿，所参考的资料有：

《安徽省歙县县志》

吴鸿迈等人在吴承仕逝世时发出的《哀启》

《延安新中华报》一九四〇年四月十九日第一版有关报导。

《章太炎年谱长编》

《文史》

《盍旦》

《时代文化》

《北方青年》

访问吴承仕同志的学生张致祥、王志之、叶仓岑、臧恺之等同志的记录及曹靖华、王志之、王西彦同志的回忆文章。

吴承仕同志的部分著作及手稿。

胡云富、侯刚整理

一九八二年一月二十一日